한국 현대시의 쟁점과 진의

한국 현대시의 쟁점과 진의

이 상 호

국학자료원

책머리에

자유의 바다를 꿈꾸며

단 한 학생이라도 마음에 징이 울릴까? 늘 되돌아보며 주춤거리던 길을 멈추고 부끄러움 속에 한 매듭을 짓는다. 가르치기 위해 공부하고 연구하며 조금씩 사람이 되고 선생도 되어가던 지난 시간을 돌이키면 가르치면서 배운다는 옛말이 새삼스럽다. 강의실 안팎에서 고락을 함께한 제자이자 스승이기도 했던 벗님네들, 어떤 길을 걷든 시처럼 자유로운 영혼으로 거리낌 없이 잘 살아내리라 믿는다.

그동안 엮어내고 남은 시답잖은 글들, 다 모아 훌훌 태워버릴까 망설이다가 단 1%라도 보람이 있으리라는 바람으로 그중 일부를 묶어 떠나보낸다. "문학은 아직 놀랍게도 비교적 정직하고 신뢰할 만하답니다.", "문학이야말로 우리가 가진 최고의 매뉴얼, 우리가 여행하는 '삶'이라는 나라에 가장 유용한 안내서에요."(어슐러 K. 르 귄,『찾을 수 있다면 어떻게든 읽을 겁니다』)라는 말에서 뜻밖의 믿음과 희망을 얻어. 그리고 나도 자유를 찾아 시의 뗏목을 타고 떠나려 한다.

누가 나보고 이제 다 내려놓으라 윽박지른다 해도, 하고 싶은 일을 계속할 수 있는 자유, 누구나 평생 꿈꾸며 끝끝내 이르고 싶어 하는 삶의 극치, 그 자유의 순간으로 가는 시 짓는 짓만은 내려놓을 수가 없다. 어둠에 마음 졸이는 게 팔자라면 어쩔 수 없지 않은가?

　　내 생애 첫 연구서『한국 현대시의 의식분석적 연구』를 선사해준 '국학자료원'에서 마지막이 될 이 책을 엮어내어 더 뜻깊다. 애송이 연구자 시절부터 여기까지 인연을 맺어온 정찬용 사장님을 비롯해 정구형 사장님과 국학자료원 편집진에 감사드린다. 그리고 돈 쓰는 글 말고 돈 버는 글 쓰라고 웃으면서 격려해주던 아내에게도 고마움을 표한다. 세상 시름 훌훌 떨쳐 버리고 마음에 꽃피기를 바라면서…

2021(辛丑年). 늦은 봄날에
이상호

차례

1부: 목월 시편의 깊은 속내 · 기타 ─────────

2부: 우리 현대시 되새겨 읽기 ─────────

3부 우리 당대 시의 참맛

일러두기

· 기호: <작품>, ≪작품집≫(시집 · 선집 · 전집) , 「논문」(평론 · 평설), 『저서』
(신문 · 잡지), 인용 과정의 생략 …(중략)…

· 한자는 작품 원문을 비루해서 꼭 필요한 경우에는 그대로 사용한다.

1부

목월 시편의 깊은 속내·기타

박목월 초기시에 관한
비판적 시각에 대한 비판적 논증

1. 가장 과소평가된 시인

　계간『시인세계』에서 기획특집으로 설문 조사를 통해 과대평가되거
나 과소평가된 우리나라 시인에 대해 다룬 바 있다. 여기서 과대평가된
시인의 대열에 서정주가 첫손가락에 꼽혔고 과소평가된 시인에는 박목
월이 맨 앞자리에 올랐다.[1] 이것은 설문에 응답한 결과를 집계한 결과
이어서 일정한 한계를 지니기는 하지만, 사실 여부를 떠나 목월 시가 그
동안 평단에 어떻게 인식되는지 한 단면을 보여주었다.

　미적 가치란 대체로 상대적이기 마련이어서 감상자(평가자)의 취향이
나 관점에 따라서는 호불호나 긍·부정의 평가 들이 서로 엇갈릴 수 있
다. 이런 예술적 특성을 고려하더라도 목월이 과소평가된 시인으로 첫
손가락에 꼽힌 설문 응답 결과는 그의 시에 대한 진의와 위상이 정당한
평가를 받지 못함을 실증한다. 우리 시사에서 널리 알려져 있듯이 목월
은 이른바 '청록파' 시인의 한 사람으로서 일제 강점 말기인 1940년을
전후한 우리 시단의 암흑기에 그 명맥을 이어준 작품 활동을 한 사실 자

---

1) 2005년 겨울호(14호).

체만도 중요한 위상을 차지한다. 아니, 이보다 더 의의가 큰 것은 무엇보다도 작품의 완성도 측면에서 단연 돋보이는 결실을 보여준 점이다. 이렇게 우리의 시사적 맥락과 함께 가장 먼저 고려해야 할 작품의 장점을 제대로 살핀다면 아마도 그와 같은 과소평가의 결과는 상당히 달라졌으리라 판단된다.

목월의 시정신과 시적 특성을 세밀하게 살피면 그는 시의 예술성과 완성도에 대해 매우 강한 신념을 가졌음이 뚜렷이 드러난다. 그러함에도 일부 비판적인 글들을 참고하면 예술성보다는 소재주의에 함몰되어 부당하게 평가되기도 하여 가치 재단의 척도 자체에 잘못이 있음을 확인할 수 있다. 목월은 당대에 누구보다 치열한 시정신으로 시다운 시를 쓰기 위해 노력한 시인이었기 때문에 예술적 장인정신이 육화된 그의 시도 당연히 예술적 차원에서 접근해야만 그에 상응하는 형색과 미감을 제대로 맛보게 할 수 있기 때문이다.

목월 시 연구사를 개관할 때, 이제 표층적이고 개괄적인 연구는 양적으로 상당히 축적된 편이다. 그렇다면 앞으로의 과제는 심층적이고 미시적인 측면에서, 특히 주로 긍정과 부정이 엇갈리며 비판 대상이 되기도 하는 초기시의 진정한 의미를 제대로 밝혀내는 작업이 더 심도 있게 다루어져야 한다. 이러한 목월 시 연구 경향에 주목하여 이 논문은 먼저 목월 시에 대한 비판적 시각을 검토하여 문제점을 제기한 다음, 목월의 치열한 시정신이 깃든 대표 작품을 다각적으로 분석하여 작품성을 논증한다. 그리하여 이 연구를 통해 목월 시세계의 실체를 확인하고, 기존의 비판적 시각에 내재한 불합리함을 비판할 수 있는 근거를 마련할 것이다.[2]

---

2) 박목월이 생전에 엮어낸 시집은 다음과 같다. 3家詩人 합동시집: ≪靑鹿集≫(을유문화사, 1946) · ≪靑鹿集 · 其他≫(현암사, 1968), 개인 시집: ≪山桃花≫(영웅출판사, 1955) · ≪蘭 · 其他≫(신구문화사, 1959) · ≪晴曇≫(일조각, 1964) · ≪慶尙道의 가랑잎≫(민중서관, 1968) · 연작 시집 ≪어머니≫(삼중당, 1968) · ≪無順≫(삼중당,

2. 목월 시에 대한 비판적 시각의 문제점

목월 시에 대한 몇몇 비판적 시각을 검토하면 그 바탕에는 주로 초기 시를 중심으로 제재 차원에서 정치 사회적인 이념 문제가 직접 노출되지 않은 점이 가장 크게 작용한 것으로 파악된다. 자연 취향이 두드러짐에 주목하여 자연파로도 일컬었듯이[3] 청록파의 대표작들은 유달리 자연을 제재로 표현한 경우가 많다. 그래서 정치 사회적인 현실 문제와 자연 세계를 대척적인 관계로 접근하는 일부 평자들은 청록파의 초기시에 설정된 자연 표상을 초역사적이라거나 도피적 이미지로 접근하기도 한다. 특히 목월의 초기시편 중에 자연 몰입성이 강하고 시적(예술적) 완성도가 높은 작품에 대해 긍정과 부정이 엇갈리는 경우가 있는데, 몇몇 예를 들어보면 다음과 같다.

먼저, 김우창은 '禪이나 老莊'과 '목월 시'의 자연을 '어느 정도까지는 상상된 자연'과 그보다 '훨씬 더 상상된 자연'으로 대비하고, 목월 시의 경우 "결론적으로 말하여 그의 시의 풍경은 자연과 인간의 진정한 혼융의 소산이 아니라, 주관적인 욕구에 의하여 꾸며낸 자기만족의 풍경"[4]이라고 하여 비판적인 인식을 보여주었다.(①) 그리고 김흥규는 <산도화>를 해설하면서 "이상화된 세계의 아름다운 자연과 평화를 한 폭의 상상화"로 "그려진 가상 세계는 매우 순결하고 아름다운 유토피아임이 분명하지만, 한편으로는 역사로부터의 도피라는 비판적 해석을 받기도 한다."[5]라고 양면적으로 평가하였다.(②)

1976), 선집: ≪朴木月自選集≫(전 10권, 삼중당, 1974)·≪朴木月詩選≫(정음사, 1974)·≪百一篇의 詩≫(삼중당, 1975), 동시집: ≪朴泳鐘童詩集≫(조선아동회; 대구, 1946)·≪초록별≫(조선아동문화협회, 1962)·≪산새알 물새알≫(여원사, 1962).

3) 서정주, 『한국의 현대시』, 일지사, 1969, 24쪽.
4) 김우창, 『궁핍한 시대의 시인』, 민음사, 1985, 55쪽.
5) 김흥규, 『한국 현대시를 찾아서』, 푸른나무, 2004, 337쪽.

위의 부정적인 평가에서 가장 큰 문제로 지적할 수 있는 것은 그것이 얼마나 객관성을 지니느냐 하는 점이다. 그런데 ①에서 보면 선이나 노장의 자연과는 달리 목월 시의 자연을 '자기만족의 풍경'이라고 비판했지만, 이것은 '자연과 인간의 진정한 혼융' 상태를 척도로 상상력의 진폭을 잰 것이어서 문제가 있다. 시적 제재는 상상력의 깊이와 형상화에 따라 얼마든지 다양한 형태로 굴절되고 함축될 수 있는데 이 점을 놓쳤기 때문이다. ②의 양면평가 행태에도 문제가 내재한다. 특히 아무런 근거나 논증도 없이 남의 비판 내용을 첨가하고 작품에 흠집을 냈기 때문에 역시 객관적이고 온당한 시각이라 할 수 없다.

양면평가 형태로 된 김재홍의 글에도 일정한 문제점을 엿볼 수 있다. 그는 목월 시의 특성을 시기별로 개관한 뒤 마지막으로 '시사적 의미와 한계'에 대해 종합하는 과정에서 이중적 시각을 드러내는데, 보기에 따라서는 문제의 여지가 있다. 긍정적인 차원에서 그는 목월을 "대가형 시인이자 국어 미의 발굴을 위해서 생애를 경주한 장인형 시인"으로 규정하고 "따라서 그와 그의 시를 논하지 않고서 해방 후의 시사를 올바로 기술한다는 것은 어려운 일"이라고 매우 긍정적인 시각으로 바라보았다. 그 배경에 대해, 그는 특히 '후대에 끼친 영향 관계'에서 파악하고 광복 후의 "혼란의 시대에 목월 문학은 전통적인 시정신과 향토적 서정을 발굴하는 한편 민족어의 완성을 위해 진력함으로써 문학의 문학다움, 시의 시다움을 확보하는 데 크게 이바지하였다. 아울러 혼란으로 점철된 광복 이래 수십 년 동안 시와 시인으로서의 외길을 걸으면서 시의 예술성과 문학적 자율성 제고에 헌신하고 시단 건설에 앞장섬으로써 이 땅 시단을 중심부에서 주도한 것이다. 분단 후 남쪽의 문학, 특히 시는 목월의 영향으로부터 아무도 쉽게 자유로울 수는 없을 것이 분명하다."라고 단언하며 극찬을 아끼지 않았다.

그런데 이런 높은 평가와는 달리 목월 시의 한계를 지적한 부분에서는 앞의 내용과 대조 관계를 이루는 점이 많아 심각한 문제가 발생한다. 즉 첫째 "초기에서의 서정이 삶과 생활 속에 깊이 뿌리박은 것이 되지 못했다", 둘째 "다분히 수동적인 순응주의 또는 개인주의에 함몰돼 있다", 셋째 "사회의식이나 역사의식이 현저히 거세돼 있다"라고 한 점 등6) 목월 시에 대해 현실 문제와 거리가 있음을 부정적으로 강조한 부분은 장점을 뒤집으면 단점이 된다는 식의 서술 형태이어서 모순성을 내포한다. 이것은 단점이 장점을 덮어버려 오히려 단점이 부각 되는 동시에 가치평가의 허망한 결과를 보여줄 뿐이다. 특히 '시의 시다움을 확보하는 데 크게 기여했다.'라거나 '시의 예술성과 문학적 자율성 제고에 헌신'한 것으로 평가해놓고 그것과는 전혀 상반된 제재 노출 여부 상황을 평가 척도로 삼아 한계점으로 거론한 것은 이치에 맞지 않는다. 그렇다면 사회 현실을 직접 수용하고 토로하는 것이 시의 예술성이나 자율성에 우선한다는 의미를 내포하는데, 이런 관념의 연장 선상에서 "안정한 외계는 자아의 갈등을 외면한 결과이며 나아가 피식민 상황이라는 외적 현실의 수용을 방법적으로 거부한 결과"7)라는 식의 모호한 해석과 평가가 나오게 된다. 이처럼 평가의 이중 잣대에 도사린 문제점은 적지 않다.

위와 같은 비판적 시각의 괴리, 또는 평가의 이중 잣대로 인해 발생하는 문제점을 구체적으로 집약하면 이렇다. 첫째, 시대적 한계와 시적 한계를 고려하지 않았다는 점이다. 즉 일제 강점 말기에 표현의 자유가 극도로 억압된 정치 사회적인 현실에서 시인으로서의 자아실현을 가능케 한 것이 바로 예술적 기법을 극대화하는 것임을 고려하지 않았다. 이는 초기시 이후 현실과 긴장 관계를 이루면서 시적 형상화에 집중한 목월

---

6) 김재홍, 「목월 시의 성격과 시사적 의미」, 『한양어문연구』 제16집, 한양어문연구회, 1988, 313~315쪽.
7) 이희중, 「박목월 시의 변모과정」, 박현수 엮음, 『박목월』, 새미, 2002, 142쪽.

과 변화된 그의 시적 향방이 입증한다. 둘째, 예술의 근본 특성인 다양성과 자율성을 무시한 경직되고 폐쇄적인 관점이라는 점이다. 장점/단점, 긍정/부정, 의의/한계 등의 대립하는 양면성을 지양하면 관념상 모든 작품은 두 경우의 경계점에 위치하여 단색으로 통일되는 이상한 결과가 나온다. 셋째, 민중 문학관에 소재주의적인 시각이라는 점이다. 이것은 이미 1930년대 초 카프의 맹원들 사이에 형식과 내용 논쟁으로 갈등과 분열을 겪었던 것, 즉 내용(이념, 정치 사회적인 선전적 목적성)을 우선시하는 편향된 예술관에 의한 오류를 되풀이하는 것일 뿐이다. 단언컨대, 예술적 솜씨와 표현 결과보다 소재의 특성과 반영 및 노출 정도가 시의 한계 여부를 가름하는 평가의 척도가 될 수는 없다. 넷째, 결정론적인 지도비평의 오류라는 점이다. 개인적 취향으로 설정한 문학적 수준이나 관점에 따라 그 틀에서 벗어나면 비판 대상으로 삼는 자세도 작품의 존재와 존엄성을 간과한 수용자로서의 평형감각과 객관성을 잃기 쉬워 문제가 있다. 이 논문은 이런 비판적 평가의 문제점을 논증하는 시각에서 목월 시의 시적 완성도를 구체적으로 살펴볼 것이다.

3. 비판적 시각에 대한 비판적 논증

목월의 치열한 시정신은 여러 가지 측면에서 감지된다. 그것은 무엇보다도 기회가 있을 때마다 작품을 다시 손질하여 완성도를 최대한 끌어올리려고 했던 자료들이 단적으로 증명한다. 또 시어와 운율에 대한 민감한 인식, 노래로서의 시에 대한 인식, 시의 자율성을 최대한 견지하고 시적 긴장을 극대화하기 위해 깊이 고민하고 애쓴 사실들은 아무리 강조해도 지나치지 않다. 이런 점들이 가장 강렬하게 표현된 것이 초기 시인데, 이것이 도리어 일부 비판적인 시각을 가진 평자들에게는 비판 대상이 되어 의문을 자아낸다. 그래서 이 장에서는 시적 자율성을 확보하고 시다운 시를 지으려고 애쓴 목월의 시정신과 작품 양상을 고찰하여 민중적 소재주의적인 문학관에 입각한 비판의 불합리성을 다시 비판하고자 한다.

1) 거듭된 손질, 시적 완성도의 극대화

시적 완성도를 극대화하기 위해 진력한 목월의 손길을 보여주는 가장 두드러진 예는 작품의 '퇴고'와 '수정'에 대한 강렬한 인식과 실천에서 찾을 수 있다. 먼저 퇴고의 예는 목월의 창작과정을 구체적으로 보여주는 창작 공책8)에 고스란히 드러난다. 이 공책에는 하나의 작품이 발상 초기부터 마무리되는 단계까지 여러 면에 걸쳐 연속적으로 펼쳐져 있는 경우가 많다. 그 과정이 길어질수록 퇴고가 많아지고 고심도 많이 했음을 의미한다. 이 자료는 목월이 가장 적확한 표현을 찾아내고, 최상의 작품으로 완성하기 위해 무척 고민했음을 보여주는 단적인 사례이다. 이는 <윤사월>에 대한 자작시 해설에서 구체적으로 살필 수 있다.

> 이 작품에 대해서 지금도 불만히 여기는 것은, '윤사월 해 길다 꾀꼬리 울면' 하고, '길다'라고 한 점이다. 이왕이면 '해 길어' 혹은 '윤사월 긴 해를' 꾀꼬리 울면 했더라면 한결 어감이 가볍고 맑을 것을…… 그러나 그 시절에 '외딴 봉우리' 하고 명사로써 구절을 끊은 버릇이 있었다. …(중략)… '해 길어' 하고 '길어'로 감정을 가볍게 굴러 넘겨버리기는 너무나 심정이 답답했으리라. 그래서 '길다' 하고 '다'의 둔한 어감을 살려둔 것이리라.9)

---

8) 반국판 형태. '목월문학관'에 일부 전시되어 있다.
9) 박목월, 『보라빛 소묘』, 신흥출판사, 1958, 79쪽. (인용문 중 원문을 반드시 그대로 밝힐 필요가 없으면 현대 맞춤법으로 수정하고 한자도 되도록 한글로 바꿈.)

이 글에 따르면 시인이 어감과 시대적 감각이 잘 어울리도록 노력한 점, 그러함에도 만족하지 못해 망설이는 상태이면서도 더 이상의 수정은 가하지 않았다는 점을 알 수 있다. 즉 그는 당시의 암울하고 답답하던 시대적 정서에 맞는 표현을 선택할 것인가, 아니면 보편적 감각을 중시할 것인가로 고민하다가 결국 창작 당시의 시대적 분위기와 심정을 고려하는 것이 더 낫다는 방향으로 결정했지만 끝내 시원한 만족감을 얻지는 못했다. 이처럼 시인이 '길다(둔한 어감)/길어(가벼운 어감)', '있다/있네', 즉 종결어미 하나의 차이까지 민감하게 반응하며 한 음절이라도 더 효과적인 방향으로 바꾸기 위해 두고두고 마음에 간직하였음을 상기할 때, 후대인들로서 창작자의 치열한 시정신에서 발로된 수정 결과를 소홀히 다루거나 간과해서는 결코 안 될 것이다.

작품의 완성도를 높이기 위해 고심한 목월 시정신은 발표한 작품들을 수정한 흔적을 통해서 더욱 분명히 드러난다. 예컨대, 초회 추천작인 <그것은 연륜이다>는 『문장』(1939.9)에 처음 실린 뒤 제목이 <연륜>으로 바뀌고 내용이 수정되면서 ≪청록집≫(1946)·≪산도화≫(1955)·≪박목월자선집≫(1974) 등에 계속 재수록 되어 이본이 네 가지나 있다. 이것은 창작과정이 아니라 이미 발표한 작품을 재수록하면서 시인이 거듭 손질을 한 것이라 이채롭다. 이 사례 외에도 ≪박목월시전집≫[10]에서 목월 시의 판본을 검토하면 총 307편 중 83편에 변화가 드러나 수정 비율이 거의 1/3에 육박하는 27.04%에 이른다. 수정한 사례들을 살펴보면 간단하게 문장부호 하나를 바꾸는 것부터 아주 복잡한 경우로는 개작에 가까운 형태까지 매우 다양하고 많다. 이렇게 수정된 작품 중에 가장 주목되는 몇몇 사례를 살펴보기로 한다.

먼저, 대폭 수정된 작품 예로서 가장 주목되는 것은 <묘비명>이다.

---

10) 이남호 엮음·해설, ≪박목월시전집≫, 민음사, 2003.

이 작품의 초간본(『자유춘추』, 1957.3)은 4연 20행(4행//8행//6행//2행: 4연의 두 행 중 둘째 행은 산문시형)의 형태였는데, 수정본(≪난·기타≫, 1959)에서는 1연의 대부분과 2연의 극히 일부분만 수정되어 남고 나머지는 모두 삭제된 채 2연 7행(6행//1행)으로 대폭 줄어들어 마치 다른 작품처럼 보일 정도이다.

　다른 예는 일차로 수정된 것이 2차로 다시 수정되었는데 내용은 초간본 형태와 완전히 일치되어 '환원적 수정' 형태를 보여주는 경우이다. 예컨대, 시인은 ≪청록집≫에 실었던 일부 작품(초간본)을 ≪산도화≫(1955)에 재수록하면서 수정했는데, 이것들을 ≪박목월자선집≫(1974)에 싣는 과정에서 다시 수정하였으나 결과는 초간본 형태와 완전히 일치하여 일차로 수정한 것을 모두 무효로 돌렸다. <靑노루>·<윤사월>·<나그네> 등 널리 알려진 작품들이 이 유형에 든다. 이들 작품 중에 목월 시의 대표성을 띨 만한 <청노루>를 대상으로 판본 간의 차이를 대비하면 다음과 같다. (②의 밑줄은 초간본과 다른 부분을 표시. ③은 ①과 동일하여 생략함.)

① 초간본(≪청록집≫, 1946)	② 1차 수정본(≪산도화≫, 1955)
머언 산 靑雲寺 낡은 기와집	머언 산 靑雲寺 낡은 기와집
山은 紫霞山 봄눈 녹으면	山은 紫霞山 봄눈 녹으면
느릅나무11) 속ㅅ잎 피어가는 열두구비를	오리목 속잎 피는 열두구비를
靑노루 맑은 눈에 도는 구름	청노루 맑은 눈에 도는 구름

수정 형태로 보면 초간본(①)의 재수록형인 ②와 이것을 다시 수정하여 ≪박목월자선집≫에 실은 형태(③) 등 모두 두 번 수정이 이루어졌으나, ③은 ①의 형태로 환원되었기 때문에 실제로 이본은 ≪산도화≫에 실린 ②의 형태 한 가지뿐이다. 1차 수정본(②)에서 초간본(①)과 달라진 부분은 ㉠느름나무→오리목, ㉡속ㅅ잎→속잎, ㉢피어가는→피는, ㉣靑노루→청노루, ㉤4~5연이 한 연으로 합쳐진 것 등 모두 5곳이다. 이렇게 수정된 결과는 처음 발표했을 때의 표현 중에서 마음에 들지 않는 부분을 고친 것으로 보아야 하므로 일반적으로 시적 완성도가 더 높아졌다고 보아야 하는데, 실제로는 리듬감이 더 떨어지는 점이 엿보인다. 특히 시인이 당시에 관심을 많이 기울인 7·5조의 율격에 대입할 때 음절 수가 더 줄어들어 변주의 폭으로 보면 오히려 7·5조에서 너무 멀어지는 결과가 나온다. 이 때문에 시인은 1차로 수정한 결과를 무효로 처리하고 초간본 형태로 되돌린 것으로 보인다.

이러한 시인의 끝없는 수정 욕구는 몇 가지 측면에서 중요한 의미가 있다. 첫째는 자신의 작품에 대해 만족하거나 완성본이라는 의식을 갖지 않은 점이다. 그래서 시인은 기회가 닿는 대로 더 나은 표현 형태에 이르기 위해 고심하고 더러는 직접 손질을 가해 결정판을 확정하지 않고 유보하는 모습을 보여주었다. 둘째는 수정(개작 포함)을 거듭하며 마음에 드는 지점까지 찾아가는 '과정의 시학'을 보여준 점이다. 여기서 한 편의 작품이 완성되기까지 시인의 숱한 고뇌와 기다림과 인내가 요청되는 창작과정을 엿볼 수 있다. 셋째로 이것은 작품의 발표 여부와 상관없이 독자를 의식하기 이전에 먼저 시적 완성도를 높여 최상의 작품만 남기고 싶은 치열한 예술가 정신과 제 작품을 끝까지 책임지려는 시인의 성실성을 실증하는 단서가 되기도 한다.

---

11) '느릅나무'의 잘못 표기.

발표한 작품을 대상으로 고찰할 때, 멀리는『문장』에서부터 가까이는 목월의 숨길과 손길이 직접 닿은 마지막 문헌인 ≪박목월자선집≫에 이르기까지 간행 시차가 무려 30년을 상회하는 점을 고려하면 그토록 긴 세월 동안 이미 발표한 작품마저 더 효과적인 표현을 찾기 위해 고민하고 수정한 이 흔적만으로도 시에 기울인 목월의 정성과 노력이 얼마나 치열했는지 여실히 드러난다. 이 예는 시적 완성도를 극대화하려는 완벽주의적인 목월의 시정신을 증명한다.

2) 참신한 시 지향, 낯설게 하기의 첨단화

목월은 참신한 개성을 지닌 시를 짓기 위해 무척 골몰한 것으로 파악된다. 이른바 낯설게 하기에 큰 관심을 가졌는데, 특히 시어 창조와 리듬의 변주를 통해서 그의 첨단적 인식이 여실히 드러난다. 이것은 시에서는 한자 하나도 결코 사소한 문제가 아님을 증명하는 다음과 같은 시적 인식을 통해서 분명히 확인할 수 있다.

> …(전략)… '靑노루'도 완전히 나의 판타지 속에 사는 노루다. 그리고 '靑노루' 하고 일부러 한자를 쓴 것은, '靑雲寺' '紫霞山'과 더불어 '한자'가 지니는 글자의 형상성, 의미의 함축성을 살리려는 뜻과 이 작품의 청초한 '푸른 빛'의 그 색감을 주조로 하여 서럽고 은은한 것을 이루려 했으며 또한 시각적으로 청색감을 강조하려는 뜻에서 '청'자를 한자로 썼던 것이다. '청노루' '청운' '자하' '맑은 눈' '흰 구름' 등 푸른 빛깔을 띠운 것이 서러운 정서의 분위기를 빚어내게 하는 것이라 믿었던 것이다.
>
> 이런 색감적인 것의 배열과 조화가 작품에 구체적인 분위기를 암시하고 마련하는 것이 아닐까.[12]

인용문에서 보듯이 '청노루'에서 '청'자를 굳이 한자로 표기한 것은 시인의 정서를 구체화하고 이 시의 전체 분위기를 조성하기 위해서 심사숙고한 결과이다. ≪청록집≫을 대상으로 총 어휘 수 대비 한자어 사용 빈도를 보면 박목월 5%, 박두진 8.8%, 조지훈 13% 순으로 목월이 가장 적게 사용하였다. 이렇게 되도록 순수한 우리말로 시를 지으려 했던 목월이 작품에 한자어를 사용한 이면에는 그에 상응하는 표현 의도가 깔려 있었다. 한자 한 글자에도 민감하게 반응하며 미적 표현을 드높이려 한 것에서 알 수 있듯이 목월은 시어를 선택하는 과정에서 최대한 시적 의미를 궁구했다. 그 강도가 어느 정도였는지 다음 술회를 통해 확인할 수 있다.

> 나는 한 개의 어휘로서 모든 감정을 단적으로 표현하고 상징하는 습성이 있었다. 또한 한 편의 시상을 다만 한 개의 낱말 안에서 발견하고 구현시키는 일이 있었다. 이런 '말' 혹은 '낱말'에 대한 집착—집착이기보다 '말'에 대한 애착이 때로는 나 자신조차 의아할 정도로 강했었다.13)

시인은 '말 혹은 낱말에 대한 집착'이라고 토로했다가 '말에 대한 애착'이라고 수정했는데 사실은 거의 집착이라 할 수 있다. 그것은 스스로 '의아할 정도로 강했다'라고 하는 대목에 잘 드러난다. 그토록 그는 시어 선택에 신중에 신중을 기했다. '한 개의 어휘로서 모든 감정을 단적으로 표현하고 상징'할 수 있도록 하고 '한 편의 시상을 다만 한 개의 낱말 안에서 발견하고 구현시키는 일'을 실현하기 위해 시어 탐색과 선택에 철저하였던 목월의 시어 관점은 결국 시적 표현의 적절성과 참신함을 확보하기 위한 최선의 노력이었던 셈이다.

---

12) 박목월, 『보라빛 소묘』, 83~84쪽.
13) 위의 책, 48~49쪽.

이러한 그의 시어에 대한 미시적 관점의 극단에 '청노루·청운사·자하산'(이상 <청노루>), '구강산'(<산도화>) 같은 신조어가 놓인다. 그는 자신의 시상을 표현하는 과정에서 사전적, 일상적 언어의 한계를 인식할 때 스스로 시어를 창조하여 참신한 이미지를 형성케 하고 궁극의 시적 상태를 조성하였다. 이른바 일상적 인식과 언어에 조직적인 폭력을 가함으로써 시적 모호성을 극대화하고 독자에게 참신한 충격과 놀라움을 주어 낯설게 하기의 한 전형을 보여주었다. 시인의 이렇듯 내밀한 표현 의도에 아무나 도달하기는 어렵겠지만, 그렇다고 문장부호 하나, 시어 하나도 허투루 쓰지 않은 시인의 민감한 표현 의지의 결실인 예술로서의 시의 생리와 특수성을 심각하게 고려하지 않고는 작품의 참맛에 도달하기는 어렵다. 따라서 목월 시의 심층에 드리운 심오한 의미와 시적 묘미를 간과하고 눈에 보이는 대로 읽고 해설하고 비판하는 민중 문학적 시각과 태도에는 시의 기초도 무시한 나태와 무감각이 도사리고 있다고 감히 말할 수 있을 것이다.

한편, 시어 창조의 연장 선상에 운율에 대한 강한 인식과 그 구현인 변주 형태가 자리를 잡고 있다. 특히 <윤사월>·<청노루>·<모란여정> 등의 초기시에서 섬세한 조형 의식이 두드러지게 드러난다. 이 작품들은 심상과 운율 단위로 행과 연이 자주 분절되어 호흡이 빠르고 시적 분위기가 극대화되어 있다. 그 중에도 <청노루>(≪청록집≫)는 시적 완성도가 단연 돋보이는 목월의 대표작이라 할 만하다. 이 작품의 절묘한 운율 구조를 분석적으로 접근하면 다음과 같다.

<청노루> 원문	음수율 분석	
	실제 형태	7·5조 표본에 적용한 계상
머언 산 청운사	3·3=6	7(−1)
낡은 기와집	2·3=5	5
산은 자하산	2·3=5	2행 중 하나는 7(−2):
봄눈 녹으면	2·3=5	7·5(또는 5·7)
느름나무	4=4	5(−1)·7(−7, 생략형)
속ㅅ잎 피어가는 열두구비를	2.5·4·5	7(−0.5)·5(완성형)
청노루	3	7
맑은 눈에	4	
도는	2	3(−1) 5(−1)
구름	2	2

전체 5연으로 이루어진 이 시의 운율은 정격과 변주 형태로 구분된다. 즉 연마다 2행을 규칙적으로 배치한 행수율은 정격이나 7·5조의 음수율은 다양한 모습으로 변주되었다. 이 변주 형태에서 시인의 섬세한 운율 인식과 절묘한 성형 솜씨를 보여준다. 호흡 마디별로 각 연의 음절 수를 표시한 위 표의 오른쪽 예에서 보듯이 3연 2행에서만 7·5조의 원형에 가장 근접한 형태를 보여줄 뿐 나머지 행과 연은 모두 다르게 변화를 주어 기대와 배반이라는 생동감을 준다. 그 중에도 가장 눈길을 끄는 부분은 3연과 4~5연이다. 3연의 경우, 2행에서 7·5조의 음수율 형태가 갖추어진 점을 고려하면 1어절의 4음절(5-1)로만 구성된 1행은 7에 해당하는 나머지 음절들이 생략된 것으로 상상할 수 있다. 즉 느름나무의 복수형인 숲의 형상으로 확장해서 읽을 가능성을 열어놓은 행 구성형태이다. 그리고 4~5연의 경우, 7·5가 4연(7)과 5(4=5-1)연으로 나누어진 것은 '맑은 눈'의 정적인 심상과 '도는 구름'의 동적인 심상이 대비되고, '청노루'의 지상 심상과 '구름'의 천상 심상이 서서히 겹쳐지는 효과를

내기도 한다. 또 5연의 '도는'은 2음절이지만 '도~는'의 3박자로 읊게 하여 청노루의 맑은 눈에 비친 구름이 천천히 생동하는 모습, 즉 소생의 계절인 봄의 정서에 유합되도록 하였다. 이렇듯 이 작품은 시상과 리듬이 유기적으로 구성되어 잘 조화되어 있다. 물론 이 결실은 시인의 조형 의식에서 비롯된 것이다. 7·5조의 정형률 리듬에 대한 목월의 특별한 인식은 다음 글에서 여실히 드러난다.

> 윤사월은 7·5조의 정형률을 밟은 소박한 시형이다. 그러나 내게는 정형률이 그리 안이한 것이 아니었다. 시상을 정리함에 그것을 형식으로 나타나기 위한 막다른, 다른 방법으로서는 불가능한 필연적인 무엇이었었다. 쉽사리 읊기 위한 안이한 방법으로 7·5조를 잡은 것이 아니다. 언어와 언어 혹은 구절과 구절 사이의 움직일 수 없는 유기적인 관련성의 막다른 방법으로써 시상을 가다듬어 정리하고 보면 3·3 조나 4·3·2·3의 음수율을 띄우게 되는 것이다.[14]

위에서 보듯이 목월 시에서 7·5조의 정형 율격은 '시상'을 '형식으로서 나타내기 위한 막다른, 다른 방법으로서는 불가능한 필연적인 무엇'으로서 '언어와 언어 혹은 구절과 구절 사이의 움직일 수 없는 유기적인 관련성의 막다른 방법'이며 '노래'의 성격을 강화하기 위한 필연적 수단이었다. 그리하여 7·5조의 정형률을 다양하게 변주한 형태는 이 시를 정형시와 자유시의 경계점에 놓이게 하는 동시에 전통과 현대를 아우르는 조화의 의미를 띠기도 한다. 또 리듬과 이미지의 유기적인 관계로 보면 이것은 이 시의 배경이 되는 늦은 겨울과 이른 봄이 교차하는 계절적인 특성과 함께 환절기의 빠른 변화를 구조적인 형식으로 표현하기 위한 필연적이고 최종적인 방법으로 선택된 것이다.

---

14) 박목월, 『보라빛 소묘』, 79~80쪽.

요컨대, 목월의 초기시에 두드러진 7 · 5조의 변주 형태는 시인의 섬세한 율격의식을 증명하는 동시에 율격과 심상의 긴장 관계를 형상화하기 위한 유기적이고도 필연적인 결과임을 보여주는 대표적인 사례라 할 수 있다. 이를 통해 시인은 겨울이 가면 봄이 오고, 봄눈 녹으면 나무에 움이 트는 것과 같은 산천의 변화를 마음속 구조에 대체했다. 만물이 봄을 맞아 겨울 동안 잃어버렸던 생기와 자유를 되찾는 것이 자연의 섭리라면, 이것은 시인이 처한 암담한 시대와 현실도 그리 오래 가지 않으리라 확신하게 한다. 그리하여 산천의 봄은 시인의 마음속에도 희망과 자유의 새싹을 움트게 한다. 이렇듯 목월의 조형 의식은 매우 치밀하고 섬세한데, 그 결과는 목월 시의 예술성과 시적 감흥을 극대화하는 방향으로 작용한다.

3) 자연의 섭리 성찰, 진정한 평화와 자유 추구

목월의 초기시에 대해 자아와 세계의 분리, 현실도피 등으로 비판한 일부의 시각은 함축과 절제의 노래라는 시의 기초적이고 양식적인 조건마저 간과한 채 단순하게 1차원적인 시 읽기이자 초보 수준에 머문 것이다. 목월은 이러한 낮은 수준의 안목으로 자신의 시를 비판하고 폄훼한 것을 아쉬워하며 완곡하게 항변하였다.

어느 분이 이 작품을 예로 들어서, 花鳥風月을 노래한 것이라 했다.
과연 화조풍월으로 노래한 것일까?

청노루
맑은 눈에

도는

구름

> 이 체념과 자연몰입의 세계를 시대적인 배경 아래서 봐 주었으면
> 뜻이 달라졌으리라. 일제 말기의 암흑인 시대에 생명을 다스려 나갈
> 막다른 길에서 청노루 맑은 눈에 도는 구름의 세계를 이룩한 것이다.
> 시대적인 상징적 의의가 탈색된 지금에 와서, 작품만을 보는 것은 좀
> 가혹한 일이다.[15)]

이 글은 목월 시에 대한 비판적 시각이 얼마나 표피적이고 일차원적인 해석인지 분명하게 증명한다. 즉 현실과 거리가 있다거나 현실 인식이 부족하다는 비판에는 작품이 창작된 시대와 시인의 정서적인 배경을 간과하였다는 것이며, 이는 결국 작품 자체만을 놓고 비평하는 객관론 — 내재적 접근의 폐해를 보여주는 것이라고 보았다. 그래서 목월은 <청노루> 같은 작품에 투영된 '자연몰입의 세계'에 대해 잣대를 달리하여 '시대적인 배경 아래 봐 주었으면 뜻이 달라'지고, 그에 따라 가혹한 비판적 시각도 달라졌을 것이라고 억울함을 피력하였다.

그런데 자칫 표층적이고 단순해질 수 있는 내재적 접근에 의한 한계를 지양하고, 작가론의 관점에서 목월이 아쉬워했던 점을 고려하여 자연몰입의 작품을 노장사상으로 해석하면 전혀 다른 의미로 풀어낼 수 있다. '인위'로 말미암아 생긴 문제를 인위로 해결하려는 것은 마치 "불로써 불을 구하려 하고[以火救火] 물로써 물을 구하려 한다[以水救水]"[16)]는 것과 같은 모순 행태이다. 장자도 인위에 의해 발생한 문제를 인위로 맞대응함은 천박하다 하고 자연의 섭리에 따르는 것을 삶의 지혜라고 강조하였다.[17)] 이렇듯 노장은 무위자연 사상을 인위로 인한 모순과 부조리, 즉

---

15) 박목월, 『보라빛 소묘』, 81~82쪽.
16) 『노자』 29장. 이강수, 『노자와 장자』, 도서출판 길, 2009, 85쪽.

폭력의 악순환 고리를 끊어 버릴 수 있는 최상의 길이라고 믿었다.

이와 같은 노장사상의 관점으로 목월 시에 접근하면 자연 심상을 중심으로 이루어진 시는 부조리한 현실을 비판한 결과로 궁극적 이상향을 지향하는 의미를 표현한 것으로 읽힌다. 이를테면 이는 평화를 추구하는 데 비평화적인 폭력을 사용하는 것, 또는 폭력에 대해 또 다른 폭력으로 대응하는 자세와 같은 모순을 배제하고 인위적인 세계에서 무위자연의 세계를 꿈꾸는 것과 같다. 억압적인 폭력에 직접 대응하는 것도 어둠에 저항(대결)하는 한 방식이지만, 어둠을 통째로 인정하지 않고 배제하는 것은 '무저항의 저항'처럼 더 높은 대결방식이 될 수 있다. 특히 어떤 제재이든 시적으로 잘 형상화되고 승화되어 예술의 한 양식으로 시의 품격에 도달할 수 있는 예술의 생리를 부정할 수 없어 더욱 그렇다.

요컨대, 시인이 지향하는 자연몰입의 궁극적 경지는 당시 악의 중심축인 일제의 거대한 폭력, 즉 극단적인 인위에 의해 자연 질서가 파괴된 세계에 대립한다. 그곳은 무위의 극치이자 만물이 조화롭게 상생하는 자연계로서 일제의 만행으로 인해 평화와 자유를 상실하고 도탄에 빠진 우리 민족이 지향하던 이상향이다. 목월이 초기시에서 주로 자연을 앞세우고 인간사를 배경으로 돌린 것은 당대의 폭력적인 인간과 현실에 대한 혐오감이 너무 컸음을 암시하기 위함이다. 또 그것은 당시 일제의 악랄한 폭력을 직접 겪은 시인으로서 정치적인 겨울과 암흑이 종식되고 이 땅에 만물이 소생하는 봄처럼 광복과 평화와 자유의 새날이 돌아오기를 염원하는 마음을 간절하게 표현한 것이라 하겠다.

---

17) 『장자』「인간세」, 윤재근, 『우화로 즐기는 장자』, 동학사, 2002, 103쪽.

3. 마무리

현실적 경험에 상상력을 불어넣어 제재를 변용하여 다양한 개성을 창출하는 예술 양식으로서의 시의 자율성을 고려하지 않고 현실에 대한 표면적인 핍진성(逼眞性) 유무와 그 농도로 시의 값을 매기는 단세포적이고 민중 문학적인 관점에는 문제가 적지 않다. 시는 현실 경험에서 잉태되지만 궁극에는 시적인 형상화와 승화 과정을 통해 예술작품으로 성장하고 완성되어야 하는데 이를 위해서는 필연적으로 시인이 상상력을 불어넣어 현실이라는 생경한 경지를 넘어서야 하기 때문이다.

지금도 우리 예술계는 20세기 초반의 이념논쟁 언저리에 머무르며 정치적 이념과 사상에 흔들려 예술 표현의 자유와 존엄성을 완전히 누리지 못하는 경우도 많다. 특히 예술작품의 평가를 예술적인 차원보다는 정치 사회적인 기능이라는 잣대로 재려는 목적의식이 우선하는 경우에 예술의 본질이 흐려지고 본말이 전도되는 경우가 발생할 가능성이 크다. 존재의 궁극적 자유를 추구하는 예술(시)의 본질을 고려하면 창작과 비평도 가장 자유로운 입장이 되어야 하는 데도 현실은 그렇지 않은 경우가 허다하다. 과소평가된 시인으로 첫손가락에 꼽힌 목월 시는 바로 그런 불합리한 잣대로 인한 희생양이 된 성격이 짙다고 할 수 있다.

이런 문제점을 해결하기 위해서는 편협성·경직성·고정관념·주관적 관점 등에서 벗어나는 평가자의 열린 시각과 합리적인 평가 잣대가 절실히 요청된다. 예술혼으로 창작된 작품이라면 마땅히 시적 완성도와 예술적 가치를 찾아 그 특성을 발견하고 음미하려고 노력하는 것이 먼저이지, 단세포적으로 소재의 노출 강도를 통해 비판의 잣대를 들이대서는 바람직하지 않다. 예술로서의 시는 예술작품으로 대접할 때 그것이 놓일 자리에서 제게 걸맞은 빛을 보여준다. 요컨대, 21세기 첨단의 시대에 우리는 이제 정치적인 이념과 예술적 자율성을 구분해야 하며, 궁극적으로는 그 경계마저도 넘어서는 여유를 가져야 한다. 그런 자세로 예술적 차원으로 형상화된 시를 대할 때 시의 참다운 맛을 더욱 깊이 느낄 수 있을 것이다.

박목월 시의 이본과
결정판 확정에 관한 試論

1. 작품의 완성도에 대한 집념

다듬기의 가치와 의의를 설명하는 자리에서 '퇴고'의 어원에 얽힌 고사가 자주 인용되듯이, 창작과정에서 글자 하나를 바꾸는 것도 결과적으로 작품의 표현 효과와 수준을 형성하는 데 큰 영향을 미치기 마련이다. 특히 양식적 특성상 고도의 압축과 함축으로 이루어지는 시의 경우에는 문장부호 하나 음절 하나의 변화에 따라서도 큰 차이가 생긴다. 이때문에 시인들(모든 작가)은 더욱 창작과정에서 작품의 완성도를 높이기 위해 퇴고에 퇴고를 거듭하는데, 이것은 사실 작품 발표 이전의 개인적인 행위이므로 그의 창작 노트를 검토하지 않는 한 문학적이거나 사회적 의미를 확보하기 어렵다.

그러나 시인이 공적인 지면에 발표한 작품을 나중에 첨삭하여 다른 지면에 재수록하는 경우에는 차원이 달라진다. 그것은 어떤 형태로든 독자(연구자)들에게 관심의 대상이 되기 때문이다. 물론 이때 시인 자신이 직접 작품을 수정한 것과 그에 따라 연구자들이 처음 발표된 초간본과 나중에 수정된 이본의 차이와 질적 여부를 따지는 것은 별개의 문제이다. 즉 시인의 수정 욕구는 독자를 의식하기 이전에 시적 완성도를 극대화하려는 예술가 정신(창작심리)의 근본에 해당하기 때문이다. 그래서 언어에 민감하고 작품의 완성도에 예민한 시인일수록 당연히 수정의 빈도가 높을 수밖에 없다.

이미 발표했던 작품을 다른 지면에 재수록하는 과정에서 과감하게 수정한 시인을 꼽으라면 단연 박목월을 들 수 있다. 그의 작품 중에 <연륜>은 이본이 네 가지나 있을 정도로 매우 주목되는 사례이다. 이런 경우를 포함하여 목월 시에서 수정 사례는 전체의 1/3에 가까울 정도로 흔히 발견된다. 예컨대 최근에 발간된 한 자료를 참조하면, 이미 발표한 작품을 다른 지면에 재수록하면서 수정한 실태는 적게는 문장부호 하나를 바꾸는 것에서부터 많게는 완전히 뜯어고치는 개작에 이르기까지 다양하게 확인할 수 있다.[1] 이처럼 목월 시에는 많은 작품이 이본 형태로 존재하는데, 이는 결국 시적 완성도를 극대화하려는 시인의 표현 의도에 기인한 것이라고 볼 수 있다. 그래서 이 글에서는 목월 시의 수정 사례 중에 가장 주목되는 몇 가지 특성을 추출하여 창작심리를 가늠해본 다음, 원전비평 방법을 통해 초간본과 수정본(이본)의 차이를 검토하여, 그중에 작품성이 더 높은 하나를 결정판(definitive edition)[2]으로 확정하

---

[1] 이남호는 목월 시의 수정 사례에 대해 다음과 같이 언급하였다. "전면적으로 개작된 경우도 있었고, 행과 연의 구분이 달라지거나 시어와 시구가 달라진 경우도 있었고, 제목이 바뀐 경우도 있었다. 한글이 한자로, 한자가 한글로 바뀐 경우, 맞춤법과 띄어쓰기가 달라진 경우, 문장부호가 바뀌거나, 없던 문장부호가 생기거나, 있던 문장부호가 없어진 경우 등은 숱하게 많았다. 또 원래 시집에는 없던 시가 ≪박목월자선집≫의 해당 시집 편에 수록되기도 했다. 이러한 사정이 박목월 시의 기준 판본을 확정하는 일을 어렵게 했다." 이남호 엮음·해설, ≪박목월시전집≫, 민음사, 2003, 13쪽.

[2] 일단 지면에 발표한 작품을 창작자가 직접 수정하여 다시 발표하거나 시집으로 출간한 경우에 기본 텍스트가 둘이 되므로 이 중에 작품성이 더 나은 것을 선택하여 결정판(또는 권위본, 최선본)으로 확정할 필요가 생긴다. 이선영, 『문학비평의 방법과 실제』, 삼지원, 1993, 36~37쪽.

는 바람직한 기준을 제시할 것이다.

2. 작품 수정과 결정판 확정에 관한 기준 문제

1) 작품 수정 사례에 나타난 창작심리와 그 의의

이남호 편찬의 ≪박목월시전집≫에 실린 작품들을 대상으로 편찬자의 원전비평 결과만을 참조하면[3] 목월이 기존에 발표한 작품을 수정하여 다시 수록한 사례를 확인할 수 있는 시집은 1~6부에 해당하는 ① ≪청록집≫(1946), ② ≪산도화≫(1955), ③≪난·기타≫(1959), ④≪청담≫(1964), ⑤ ≪경상도의 가랑잎≫(1968), ⑥ ≪무순≫(1976) 등이다.[4] 이 여섯 권에 실린 작품의 수와 수정된 작품의 수(비율)를 대비하면[5] ① 15:5편(33%), ② 29:10편(34.5%), ③ 59:14편(23.7%), ④ 44:12편(27.3%), ⑤ 72:23편(31.9), ⑥ 88:19편(21.6%) 등으로 집계된다. 이를 합산하면 총 307편 중 83편에서 변화된 점이 확인되어 수정 비율은 평균 27.04%에 이른다. 이 자료만을 근거로 하더라도 거의 세 편에 하나꼴로 원본이 수정되었을 만큼 목월은 이미 발표한 작품도 많이 손질하였다.

한편, 수정된 작품들을 사례별로 유형화하면 양적인 측면과 질적인 측면으로 크게 나눌 수 있다. 양적인 측면에서는 앞서 언급한 대로 문장부호 한두 개를 첨삭하는 아주 단순한 수정에서부터 다른 작품으로 오인될 만큼 대폭적인 수정/개작에 이르기까지 편차가 매우 크다. 특히 전기 시에 해당하는 ≪산도화≫와 ≪난·기타≫에서는 시집이나 문예지

---

3) 이 책에는 편찬자가 정한 기준에 따라 작품이 실려 있어 어떤 것은 원본을 명확하게 확인하기 어렵다.
4) 이남호 엮음·해설, ≪박목월시전집≫, 31~597쪽.
5) 중복된 작품은 어느 한쪽 것만 실어서 원본 시집의 작품 숫자와는 차이가 있다.

에 발표했던 원본을 수정하여 재수록한 경우가 많다. 수정한 경우의 일부 예를 들어보면, <임 1>(≪산도화≫)이 <임>(≪박목월자선집≫)으로 제목만 바뀐 것, <월야>처럼 '그리움의 달무리'(≪문학과 예술≫ 1955. 11)를 '달무리'(≪산도화≫)로 바꾸어 감상적인 시어 하나를 삭제한 것, 또는 <산도화 1>의 마지막 연 '사슴이 내려와/발을 씻는다'(≪산도화≫)를 현재 유통되는 형태인 '사슴은/암사슴/발을 씻는다'(≪박목월자선집≫)와 같이 한 연 전체를 수정한 것도 있다. 또한 <山色>·<연륜)>(이상 ≪산도화≫), <묘비명>·<山·소묘 1>·<소년)>(이상 ≪난·기타≫) 등에서는 대폭 수정한 것도 발견된다. 둘째로 질적인 측면에서는, 미적 판단에 관한 것이라서 분명한 언급은 어렵지만, 결과적으로 향상된 경우와 효과가 아주 미미한 것(또는 개악된 것)으로 나눌 수 있다.

다음, 한 작품을 대상으로 수정한 횟수에 따라 구분할 수도 있다. 대부분 일차 수정으로 확정하였지만, 일부 작품은 수정한 후 다시 수정하여 원본으로 환원된 사례도 있다. 이외에도 더 치밀하게 분석하면 또 다른 수정 유형이 밝혀질 가능성이 있을지 모르겠으나, 이들을 일일이 구체적으로 분석하고 유형화하여 그 의미를 규정하기 위해서는 상당한 시간과 노력과 지면이 필요하다. 그래서 이 글에서는 일차적으로 시인이 작품의 완성도를 높이기 위해 치열하게 고민한 흔적을 확인할 수 있는 사례를 중심으로 몇몇 특성을 추출하면 다음과 같다.

첫째, '원본→수정(확정)'의 형태이다. 이 경우는 수정된 작품 대부분을 차지할 만큼 많으므로, 여기서는 수정 사례의 특성이 잘 나타나는 것으로 판단되는 <묘비명>과 <生土> 두 편을 예로 들어 시인이 원본에 얼마나 많은 첨삭을 가했고, 또 그 효과는 무엇인지 확인해본다. 먼저 <묘비명>의 원본과 수정본[6]의 형태를 대비하면 다음과 같다.[7]

⑦ 원본(『자유춘추』1957. 3)	⑦¹ 수정본(≪난·기타≫, 1959)
멜로디가 끝나고 오히려 그 풍성한 여운 그런 終焉. 그런 종언의 감동을…… 눈을 감으리라. 버림으로 차라리 충만한것 함박눈이 멎고 서럭서럭 오는 싸락눈을. 夜半에 비롯하는 소내기를 芭蕉나 이슬젖은 나무잎새나 그런 것은 달빛과 함께 내것임을 그 확고한 證據. 祈禱가 차라리 속절없다. 求하는 것의 쑥스러움. 삶이란 늘 버림으로 淨潔하여 여기 하얗게 뼈만 묻친다. 그것마저 고스란히 삭아진다. 그 安堵感. 한쪼각 碑石마저 짐스럽다. 　다만 이슬을. 밤하늘을. 해질무렵에 오는 눈 발을. 그리고 바람을. 구름을. 흘러서 머물지 않 는 먼 강물의 울음을…… 아아 영혼만의 환한 눈으로 우르러 볼 은핫수를.	멜로디가 끝나고 오히려 그 풍성한 여운. 그런 終焉 그런 종언의 감동을 —아아 눈을 감으리 함박눈이 멎은 후에 서럭서럭 오는 싸락눈 나는 잠든다.

　위의 대비를 통해 확연히 드러나듯이 ⑦과 ⑦¹은 차이가 크다. ⑦¹은 ⑦에서 1연 전체(마침표 위치는 바뀌었음)와 2연의 두 행만 살리고 나머지 관념적인 것들은 모두 삭제한 후 '나는 잠든다.'라는 한 행으로 대체해 버렸다. 이는 '기도가 차라리 속절없다.' '한 쪼각 비석마저 짐스럽다.'

―――――――――――――
6) 지면에 치음 발표된 작품은 '원본(X), 그 작품을 수정한 것은 '수정본(X¹)'이라 칭한다.
　만약 여러 차례 수정되었다면 '1차 수정본(X¹)', '2차 수정본(X²)'… 등으로 구분한다
7) 이남호 엮음·해설, ≪박목월시전집≫, 148~149쪽 참조.

라고 표현한 부분과 그 나머지 관념적이고 수다스러운 표현의 불일치를 뒤늦게 깨닫고 그것을 모두 '나는 잠든다'라는 표현 속에 함축하도록 한 것으로 짐작된다. 그리하여 결과적으로 '버림으로 차라리 충만한 것'이라는 역설적 의미를 구현했다.[8]

　이렇듯 시인이 기존에 발표한 작품을 스스로 수정하는 행위는 작품성을 강화하기 위한 치열한 노력의 일환이다. 물론 여기에는 시간이 지나는 과정에서 변화할 수 있는 여러 가지 사정－가령, 사회와 자아의 변화 및 시정신과 가치관의 변화 등이 작용할 수도 있고, 또 시적 경험의 축적으로 시를 보는 안목과 창작 역량이 향상되기도 하며, 그 밖에 우리가 짐작하지 못하는 어떤 내밀한 요인이 작용할 수도 있어 작품을 수정하게 된 배경이 무엇인지 명확하게 판단하기는 매우 어렵다. 그러함에도 일반적으로 판단할 때 가장 확실한 것은 작품의 질적 수준에 대한 불만이 크게 작용하여 그것을 개선하고 싶은 바람이 가장 절실했기 때문이라 할 수 있다. 이에 관하여 목월이 고백한 다음 대목은 매우 큰 암시를 준다.

　　이 작품은 스스로 청춘의 아름다운 회상처럼 마음에 간직해 두는 것이기는 하나, 2연의 修辭가 부족해서 늘 꺼림칙하다.
　　지금 같으면, '구름을 보며'나 '초저녁별을 보며' 중 어느 하나를 생

---

8) 『世代』 1963.3월호에 실린 작품 <靑瓷·梅花> 다음에 시작 노트 형식으로 게재된 '나의 고백' 끝에 "시인의 多辯함은 어떤 경우에도 유익한 것이 못된다. 대지는 깊은 침묵 속에 한 포기의 꽃나무를 키운다. 그것이 기다리는 자의 모습이다."(박동규 편, ≪강나루 건너서 밀밭 길을≫, 심상사, 1998. 47쪽)라는 대목이나, "또한 감정을 담은 팽창한 언어야말로 시라는 특수한 세계를 창조할 수 있는 생명의 팽창감과 능력이 깃든 것이라 할 수 있다. 그러므로 시인에게 아쉬운 것은 고독한 침묵의 시간이며, 또한 시는 감정의 발산이기보다는 집중이요, 감정의 분출이기보다는 명상의 소산이다."(박목월, 「무제」, 『구름에 달 가듯이』, 228쪽)에서 잘 드러나듯이 목월은 주로 다변보다는 절제의 시를 선호하였다.

략해 버렸으리라. 그렇게 되면, 5행 4연의 균형이 잡힌 작품이 되었을 것이다.

　작품집에 수록할 무렵, 추고할 수도 있었으나, 미숙한대로 한번 발표한 것에 손을 대는 일이, 그것이 결정적인 험이 아닌 이상 삼가기로 했던 것이다.[9]

　이 고백은 목월이 2회로 추천받은 작품인 <산그늘>에 대해 자작시 해설을 통하여 밝힌 것이다. 여기에는 목월 시의 수정에 관련하여 다음과 같은 매우 중요한 정보들이 담겨 있다. 첫째는 시적 '수사'에 대한 관심이 컸고, 둘째는 표현의 정제와 균형 잡힌 구성에 대한 관심이 많았으며, 셋째는 '결정적인 흠(원문의 '험'은 출판 과정의 오류이거나 경상도 사람들의 발음 습관에 따른 시인의 표기 오류로 보임)이 아닌 이상 일단 발표한 것에는 미숙하더라도 '손을 대는 일'을 '삼가기로' 했다는 점 등이 그것이다. 이들 고백을 거꾸로 생각하면 한 번 발표한 작품에 손을 댄 경우는 말 그대로 '결정적인 흠'은 아니라 하더라도 대체로 미숙한 부분이 많았기 때문이라고 볼 수 있다. 이런 그의 인식을 참조하면 앞의 시가 대폭 수정된 이유뿐만 아니라, 다음에 예시한 <생토>[10]도 이미 발표한 작품을 시인이 굳이 다시 손질한 까닭을 짐작할 수 있다. 이를테면 그만큼 원본을 '미숙'한 작품으로 판단한 결과인 셈이다.

ⓛ 원본(『신동아』 1968.1)	ⓛ' 수정본(≪경상도의 가랑잎≫ 1968)
生土 －慶尙道 詠嘆調 5 蔚山接境에서도 迎日에서도 그들을 만났다.	生土 蔚山接境에서도 迎日에서도 그들을 만났다.

---

9) 박목월, 『보라빛 소묘』, 55쪽.
10) 이남호 엮음·해설, ≪박목월시전집≫, 421~422쪽.

億萬年을 산듯한 얼굴들. 奉化에서도 春陽에서도 그들을 만났다. 마른 논바닥같은 얼굴들. 人蔘이 名物인 豊基에서도 그들을 만났다. 척척 금이 간 얼굴들. 다만 聞慶새재를 넘는 길목에서 히쭉히 웃는 그 얼굴은 싯벌건 生土 같았다.	마른 논바닥 같은 얼굴들. 奉化에서도 春陽에서도 그들을 만났다. 億萬年을 산듯한 얼굴들. 人蔘이 名物인 豊基에서도 그들을 만났다. 척척한 금이 간 얼굴들. 다만 聞慶 새재를 넘는 길목에서 히죽이 웃는 그 얼굴은 시뻘건 生土 같았다.

ⓛ은 잡지에 처음 발표된 형태인 원본이고, ⓛ¹은 그것을 시집에 재수록하면서 수정한 것이다. 여기서 보면 전체적인 의미의 변화는 없고, 구성상 울산접경→영일→봉화→풍기→문경까지 북쪽으로 이동해가는 지명의 나열도 달라진 것이 없지만, 언어 체계와 형식 즉, 미적 구조는 상당히 변화되었다.

이에 대해 구체적으로 살피면 다음과 같다. 먼저 ⓛ의 경우, 형식적으로 '경상도 영탄조'라는 연작시 중 다섯 번째에 해당하고, 1연 시이며, 도치법이 많다. 이 작품을 시집에 재수록하면서 시인은 도치법을 제외한 두 가지 형식을 ⓛ¹과 같이 바꾸었다. 즉 연작시 형태를 해소하여 단독 작품으로 완결된 형태로 만들었고, 연을 나누는 과정에 행수율을 적용하면서 3행과 6행을 맞바꾸어 재배치하였다. 행의 맞바꿈은 이 두 행의 의미가 현실적인 것과 상상적이라는 차이를 갖는 점을 고려하면, ⓛ의 1~3연의 구조에 해당하는 부분을 상상→현실→현실(abb) 형태보다는 ⓛ¹의 현실→상상→현실(aba)로 교차해 변화와 역동성을 강화하는 것이 더 효과적인 표현이라고 본 듯하다.11) 이 밖에 바뀐 부분은 ⓐ논바

닥같은→논바닥 같은, ⓑ척척→척척한, ⓒ히쭉히→히죽이, ⓓ싯벌건→
시뻘건 등이 있다. 여기서 ⓐ는 띄어쓰기를 바로잡은 경우이고, ⓑ는 부
사어를 관형어로 만들어 자수를 한 글자 늘리고(다른 연의 3행에 비해
이 행은 2자가 적어 균형이 잘 안 맞음), '간(가다)'을 꾸미던 '척척'이를
'금'을 수식하는 형태로 바꾸어 현재의 동적인 의미보다는 이미 금이 간
상태가 오래된 것으로 하여 비극성을 강화하였다. 그리고 ⓒ와 ⓓ는 전
체적인 어조에 맞게 방언을 표준어로 바꾼 것으로 파악된다.

  둘째, 원본을 수정했으나 결과적으로 만족하지 못한 경우이다. 즉 원
본의 표현을 수정하였는데 그것도 마음에 들지 않아 원본에 대한 미련
을 떨쳐 버리지 못한 것을 뜻한다. 이 경우는 시인이 원본과 수정본을 모
두 만족하지 못한 형태인데 초회 추천작의 하나인 <그것은 연륜이다>
가 그 대표적인 사례이다. 이 작품은 시적 완성도에 대한 목월의 신념이
얼마나 강렬했는지 알게 하는 단적인 예이다. 이 작품에 관련된 공식적
인 판본(잡지·시집·선집)만 네 가지이며, 여기에 자작시 해설에서 인용
한 것을 더하면 목월에 의해서 출판된 것만 다섯 가지의 유형이 있다.[12]
이들은 완전히 개작되거나 조금씩 첨삭되어 모두 다른 형태를 지니기
때문에 다섯 가지 이본으로 취급할 수도 있지만, 이 가운데 자작시 해설
서에 실린 작품의 경우에는 성격이 다르므로 여기서는 이것을 제외한
나머지 4개 판본만을 분석 대상으로 삼아 그 차이를 알아본다. 먼저 원
본과 '개작'(목월의 표현)된 작품을 나란히 인용하면 다음과 같다.

---

11) 4연도 '현실' 이미지이지만 종결부이기 때문에 연속성 개념으로 보지 않아도 된다.
  1~3연에 도치와 韻을 같은 구조로 했다가 4연에서는 모두 해소한 것도 마무리를
  위한 시적 기교로 봐야 한다.
12) 목월의 자작시 해설서인 『보라빛 소묘』에 따르면 다섯 가지인데, 실제로는 한 가
  지가 더 있어 여섯 가지로 확인하였다. 후술 참조.

ⓒ 원본: <그것은 연륜이다>13)	ⓒ¹ 개작된 수정본: <연륜>14)
어릴적 하잔한 사랑이나 가슴에 백여서 자랐다. 질곱은 나무에는 紫朱빛연륜이 몇차례나 감기었다. 새벽꿈이나 달그림자처럼 젊음과 보람이 멀려간뒤, ······나는 자라서 늙었다, 마치 세월도 사랑도 그것은 애달픈 연륜이다.	슬픔의 씨를 뿌려놓고 가버린 가시 내는 영영 오지를 않고······한해 한해 해가 저물어 질고운 나무에는 가느른 가느른 피빛 年輪이 감기었다 　　　(가시내사 가시내사 가시내사) 목이 가는 少年은 늘 말이 없이 새 까아만 눈만 초롱 초롱 크고······귀에 쟁쟁쟁 울리듯 차마 못잊을 애달픈 웃 녘 사투리 연륜은 더욱 새빨개졌다 　　　(가시내사 가시내사 가시내사) 이제 少年은 자랐다 구비구비 흐르 는 은하수에 꿈도 슬픔도 세월도 흘렀 건만······먼 수풀 질고운 나무에는 상 기 가느른 가느른 피빛 연륜이 감긴다 　　　(가시내사 가시내사 가시내사)

　　자세히 분석하지 않으면 ⓒ¹은 전혀 다른 작품으로 보일 만큼 전면적으로 개작되었다. 우선 형식상으로 시적 화자를 '나'에서 제3자로 바꾸어 고백적 성격에서 객관적 전달자의 기능을 하게 만들었고, 자유시 중심에서 산문시 형식에 자유시 형식(연 구분)을 가미하였으며, 소년 시절에 사모하던 소녀에 대한 그리움을 강조하기 위해 '가시내사 가시내사 가시내사'(괄호로 처리한 것은 마음속으로 간절히 부르짖는 것을 나타내려 한 듯함)라고 3번 반복한 형태를 각 연에 배치하였다. 그리고 '영영' '한해 한해' '가느른 가느른' '초롱 초롱' '쟁쟁쟁' 등의 어휘를 반복하여 음악성을 강화함으로써 산문 성향을 중화하려고 노력했다. 이 밖에

13) 『문장』 제1권 제8호, 1939.9, 127쪽.
14) 박목월·조지훈·박두진, ≪청록집≫, 을유문화사, 1946, 26~27쪽. 이 작품은 완전히 개작된 수준으로 판단하여 ⓒ¹로 하지 않았고, 또 개작된 원본(ⓒ)이 따로 있어 '개작된 수정본(ⓒ¹)'이라 했다. 후술 참조.

도 '나는 자라서 늙었다'를 '이제 소년은 자랐다'로 바꾸어 젊은이의 감성에 잘 맞지 않던 것을 해소했고, 전체적으로 시적 의미도 다소 모호하던 것을 산문시답게 상당히 구체적으로 표현하여 초점이 더 분명해졌다. 이런 점에서 개작된 ㉣¹은 ㉢에 비해 질적으로 향상되었다고 보아도 된다. 이렇게 형태 자체가 다르게 개작됨으로써 다른 작품처럼 보이지만, '질곱은/질고운 나무', '자주빛/피빛 연륜이 감기었다' '나는 자라서'/'소년은 자랐다' 등의 중심 이미지가 같은 것으로 볼 때 완전히 새로운 작품으로 볼 수는 없다. 그리고 시인의 술회에 따르면 분명히 ㉣¹은 ㉢을 뿌리로 한다.

<그것은 연륜이다.>라는 작품은 가을이 이르면 '먼 수풀 質이 고운 나무에 감기는 샛빨간 연륜'의 이메지를, 어질적에(어릴 적에─인용자 주) 어느 소녀를 사모한 애틋한 연정과 그 연정이 내 가슴에 색여 놓은 아련한 상처를 노래한 것이다.
　이 작품을 후에 다시 <연륜>이라는 제목으로 개작해서 ≪청록집≫에 수록했다.

　　슬픔의 씨를 뿌려놓고 가버린
　　가시내는 영영 오지를 않고……
　　한해 한해 해가 저믈어 질고운
　　나무에는 가느른 가느른 피빛
　　연륜이 감기었다……
　　(가시내사 가시내사)

　　목이 가는 소년은 늘 말이
　　없이 새까만 눈만 초롱초롱
　　그고……귀에 생생생 울리듯 잠아

못 잊는 웃녘사투리

연륜은 더욱 새빨게졌다.

(가시내사 가시내사)

이제 少年은 자랐다.

구비구비 흐르는 은하수에

슬픔도 세월도 흘렀건만……

먼수풀 질고운 나무에는 상기

가느른 가느른 피빛 연륜이

감긴다……

(가시내사 가시내사 가시내사)

　지금 이 글을 쓰기 위해서, 옛날 작품을 뒤져보니, <u>개작한 것이 첫 작품보다 산만한것 같다.</u> 다만 '귀에 쟁쟁쟁 울리듯 참아 못 잊는'이라는 귀절 중에 '듯'이 지니는 '호흡의 굴절'과 '감동의 기복'─이런 수사적인 묘미를 살린 것만이 대견해 보일 뿐이다. <u>그러나, 작품으로서 <그것은 연륜이다>라는 편이 제목이 좀 거치장스럽기는 하나, 역시 개작보다 한결 이메지가 뚜렷하다.</u>15)

　이 글을 통해서 ⓒ의 특성이 시인의 어린 시절을 제재로 하여 소녀에 얽힌 아련한 상처를 노래한 것임을 알 수 있다. 또 이것을 ⓔ'로 개작하고 거추장스러운 제목을 간단하게 <연륜>으로 바꾸어 ≪청록집≫에 재수록했으며, 부분적으로 '수사적인 묘미를 살린' 결실을 얻기도 했으나 이미지 측면에서는 개작보다 원작이 더 뚜렷한 것으로 인식하였음을 알 수 있다. 그러니까 밑줄 친 부분에 담긴 어감으로 볼 때 시적 형상화 차원에서는 원본이 더 낫다고 생각한 것으로 보인다. 이는 아마도 '다변'

---

15) 박목월,『보라빛 소묘』, 49~51쪽. (밑줄: 인용자)

을 싫어하고 '집중'과 '명상'을 선호한 목월의 시적 취향으로 볼 때 ㉣¹과 같은 유형은 썩 마음에 들지 않았기 때문인 듯하다. 그러함에도 ㉢으로 환원시키지 않고 약간만 수정했을 뿐 ㉣¹을 그대로 둔 것은 개작의 의미를 더 크게 인정한 결과라 하겠다.

그런데 두 작품의 관계에 대하여 『보라빛 소묘』에서 언급한 목월의 말, 즉 '이 작품(㉢ㅡ인용자 주)을 후에 다시 <연륜>이라는 제목으로 개작해서 ≪청록집≫에 수록했다.'라는 술회는 착각으로 보인다. 이 작품은 이미 그 이전에 추천 완료를 위해 투고하여 통과된 '추천시' 중의 둘째 작품(첫째 작품은 <가을 어스름>)으로 『문장』에 다음과 같은 형태로 실려 있기 때문이다.

　　　슬픔의 씨를 뿌려놓고 가버린 가시내는 영영 오지를 않고……한해 한해 해가 저믈어 질고운 나무에는 가느른 가느른 피빛 연륜이 감기었다
　　　(가시내사 가시내사 가시내사)

　　　창백한 소년은 늘 말이없이, 새까아만 눈만 초롱 초롱 크고……귀에 쟁쟁쟁 울리듯 참아 못잊는 애달픈 웃녈 사투리.
　　　연륜은 더욱 샛빩애 졌다
　　　(가시내사 가시내사 가시내사)

　　　이제 少年은 자랐다. 구비구비 흐르는 은하수에 꿈도 슬픔도 세월도 흘렀건만……먼 수풀 質고운 나무에는 상기 가느른 가느른 피빛 연륜이 감기어 나간다
　　　(가시내사 가시내사 가시내사)[16]

16) 『문장』 제2권 제7호, 1940.9, 93~94쪽.

위에서 보듯이 ≪청록집≫에 실린 작품(㉣¹)에서 '창백한 소년'만 '목이 가는 소년'으로 바뀌었을 뿐 뼈대는 거의 같다. 그렇다면 이 작품이 ㉣¹의 원본인 ㉣의 형태임이 분명하다. 이 사실에 따르면, 앞서 보았던 목월의 술회는 착각한 결과[17]이고 사실은 초회에 추천받은 작품을 전면 개작하여 3회 추천 작품으로 다시 투고한 것이 되며, 이 점을 추천자인 정지용도 전혀 몰랐던 것으로 보인다. 정지용은 목월 시에 대한 추천사인 '詩選後'의 앞부분에서 다른 투고자에 대해 "京城電氣學校 김군. <차창>이 어디에 발표되었던 것이나 아닙니까. 의아스러워 그리하니 그렇지 않다는 것을 알리어 주시고 다시 數篇을 보내보시요."[18]라고 하여, 어딘가에 투고했던 것을 다시 투고한 점을 기억하고 있다. 이렇게 꼼꼼한 그가 목월의 두 작품의 유사성을 전혀 감지하지 못했다. 이 문제에 대해 현재로서는 사실 여부를 명확하게 확인할 수 없지만, 두 작품이 원본과 개작본의 관계라는 목월의 말을 그대로 믿으면 ㉢과 ㉣의 발표 간격이 1년 정도밖에 되지 않음에도 불구하고 추천자가 그 유사성을 전혀 거론하지 않은 것은 두 작품의 거리가 그만큼 멀다는 점을 증명하는 예일 수도 있다.

그러나 두 작품은 별개가 아니라 시인이 초회에 추천받은 작품을 개작해서 다시 투고한 것임이 분명하므로 문제가 될 수도 있으나 당시에 문제없이 통과되었다. 만약 이것을 목월의 의도적인 일로 추정한다면, 매우 조심스럽지만, 아마도 추천자인 정지용의 지적 사항을 깊이 의식한 결과가 아닐까 짐작된다. 정지용은 1회 추천을 제외하고는 2회와 3

---

17) 자작시해설을 위해 인용한 형태는 완전한 자유시 형식에다가 부분적으로 ≪청록집≫에 수록된 원본과는 다른 점도 있다. 그렇다면 "지금 이 글을 쓰기 위해서, 옛날 작품을 뒤져보니"라고 한 대목은 작품이 수록된 ≪청록집≫이나 『문장』이 아니라 창작 노트를 찾아본 것으로 짐작된다. 이 짐작이 옳다면 목월은 이 작품을 산문시와 자유시 형태로 바꾸어 보며 더 적절한 형식을 찾으려 노력한 것으로 보인다.

18) 『문장』 제1권 제8호, 1939.9, 128쪽. (일부 현대 맞춤법 수정: 인용자. 이하 같음)

회 때 계속 시에서 '민요'로 전락하는 문제를 거론했는데, 2회와 3회 추천 때의 그의 '시선후' 평을 대조해보면 목월 시의 변모 가능성에 어떤 암시를 받을 수도 있다.

① 2회 추천 평: "박목월 군. 민요에 떨어지기 쉬울 시가 시의 지위에서 전락되지 않았습니다. 근대시가 '노래하는 정신'을 상실치 아니하면 박 군의 서정시를 얻을 것으로 생각합니다. 충분히 묘사적이고 색채적이기도 합니다. 이러한 시에서는 경상도 사투리도 보류할 필요가 있는 것이나 박 군의 서정시가 제련되기 전의 석금(石金)과 같아서 돌이 금보다 많았습니다. 옥의 티와 미인의 이마에 사마귀 한 낮이야 버리기 아까운 점도 있겠으나 서정시에서 말 한 개 밉게 놓이는 것을 용서할 수 없는 것이외다. 박 군의 시 數篇 중에서 고르고 골라서 겨우 이 한 편이 나가게 된 것이외다."[19]

② 3회 추천(완료) 평: "박목월 군. 북에 김소월이 있었거니 남에 박목월이가 날만하다. 소월의 툭툭 불거지는 朔州 龜城調는 지금 읽어도 좋더니 목월이 못지않아 아기자기 섬세한 맛이 좋다. 민요풍에서 시에 진전하기까지 목월의 고심이 더 크다. 소월이 천재적이요 독창적이었던 것이 신경 감각 묘사까지 미치기에는 너무도 '민요'에 終始하고 말았더니 목월이 謠的 데쌍 연습에서 시까지의 콤포지슌에는 요가 머뭇거리고 있다. 요적 수사를 다분히 정리하고 나면 목월의 시가 바로 조선 시다."[20]

위에 인용한 두 개의 추천 평에는 이미지즘을 선호한 정지용의 시적 인식이 그대로 드러난다. 즉 그는 리듬보다는 구성과 심상(감각적 묘사)을 중시하였음을 알 수 있다. 무엇보다도 2회 추천 평에서 마음에 드는 작품이 없어 '박군의 시 수편 중에서 고르고 골라서 겨우 한 편만 나가게 된 것'이라는 말에 대하여 시단에 입문하는 목월로서는 무척 신경이 쓰

19) 『문장』 제1권 제11호, 1939.12, 147쪽.
20) 『문장』 제2권 제7호, 1940.9, 94쪽.

일 수밖에 없었을 것이다. 그 결과가 바로 '민요풍에서 시에 진전하기까지 목월의 고심이 더 크다.'라는 변화로 이어지게 한 것으로 짐작된다. 이런 평가를 가능하게 한 것은 아마도 같이 추천된 두 작품 중에 '요적 수사'가 강한 <가을 어스름>보다는 산문시에 자유시 형식을 가미한 <연륜>일 것이다. 그래도 지용은 아직도 목월 시에 '요적 수사'가 머뭇거리고 있음을 지적하면서 이것을 정리하고 나면 그의 시가 '바로 조선 시'가 될 것이라 기대하였다.

이와 같은 추천자와 추천받는 자의 관계, 그리고 추천자가 파악한 목월 시의 변모 등을 참조할 때, 목월이 <그것은 연륜이다>를 개작하여 추천 완료 작품으로 투고한 것은 이 작품에서 '요적 수사'를 줄이고 구성 형식('콤포지슌')을 아주 다르게 하여 지용에게 재심을 받아보고 싶은 호기심이 발동한 결과가 아니었을까 짐작된다. 이렇게 두 작품 사이에는 아주 미묘한 문제가 개재되어 있으나 시인이 원본과 수정본 사이에서 망설였던 심리적 갈등을 보여주는 예로서는 적절하다고 하겠다.

목월의 심리적 갈등은 <연륜>으로 개작한 이 작품을 부분적으로 수정하여 ≪청록집≫에 수록한 이후 시집 ≪산도화≫와 ≪박목월자선집≫에 재수록하면서 계속 조금씩 수정한 결과를 통해서 더욱 적나라하게 드러난다. ≪산도화≫와 ≪박목월자선집≫에서 수정된 형태를 대비하면 다음과 같다.

연² 2차 수정본 <연륜>21)	연³ 3차 수정본 <연륜>22)
슬픔의 씨를 뿌려놓고 가버린 가시내는 영영 오지를 않고‥ 한해 한해 해가 저물어 질 고운 나무에는 가느른 피빛 연륜이 감기었다‥ (가시내사 가시내사)	슬픔의 씨를 뿌려놓고 가버린 가시내는 영영 오지를 않고……한해 한해 해가 저물어 질고은 나무에는 가느른 피빛 연륜이 감기었다 (가시내사 가시내사 가시내사)
목이 가는 소년은 늘 말이없이 새까	목이 가는 少年은 늘 말이 없이 새

아만 눈만 초롱 초롱 크고·· 귀에 쟁쟁 울리듯 참아 못잊는 웃녘사투리 연륜은 더욱 새빨개졌다

(가시내사 가시내사)

이제 소년은 자랐다 구비구비 흐르는 은하수에 슬픔도 세월도 흘렀건만··

먼 수풀 질 고운 나무에는 상기 가느른 가느른 피빛 연륜이 감긴다··

(가시내사 가시내사 가시내사)

까아만 눈만 초롱초롱 크고……귀에 쟁쟁쟁 울리듯 차마 못잊는 애달픈 웃녘 사투리 연륜은 더욱 새빨개졌다

(가시내사 가시내사 가시내사)

이제 소년은 자랐다 구비구비 흐르는 은하수에 꿈도 슬픔도 세월도 흘렀건만……먼 수풀 질고은 나무에는 상기 가느른 가느른 피빛 연륜이 감긴다

(가시내사 가시내사 가시내사)

위의 자료들을 참조하면 앞의 ㉢은 최초로 발표된 원본이기는 하지만 1년도 채 안 되어 ㉣형태로 대폭 개작된 뒤 작품 목록에서 완전히 사라졌기 때문에 그것으로 생명을 다하였고, ㉣이 새로운 원본이 되어 나중에 판본에 따라 조금씩 첨삭된 상태로 수록되었다. 따라서 여기서 ㉢과 이것을 완전히 개작한 나머지 판본들 사이의 차이를 따지는 것은 무의하므로, 개작된 원본인 ㉣과 다시 수정된 이본들인 ㉣^{1}~㉣^{3}에서 수정된 요점만을 대비하면 다음과 같다.

	㉣ (『문장』)	㉣^{1} (≪청록집≫)	㉣^{2} (≪산도화≫)	㉣^{3} (≪박목월자선집≫)
1연	ⓐ않고……한해	않고……한해	않고·· 한해	않고……한해
	ⓑ저믈어,	저믈어	저믈어	저물어
	ⓒ質고운	質고운	質 고운	質고은
	ⓓ가느른 가느른	가느른 가느른	가느른 가느른	가느른
	ⓔ감기였다	감기었다··	감기었다	감기었다
	ⓕ(가시내사 가시내사 가시내사)	(가시내사 가시내사 가시내사)	(가시내사 가시내사)	(가시내사 가시내사 가시내사)

21) 박목월, ≪산도화≫, 영웅출판사, 1955, 98~99쪽.
22) 박목월, ≪박목월자선집≫ 9, 도서출판 삼중당, 1974, 30~31쪽.

	⑧蒼白한 少年은	목이 가는 少年은	목이 가는 소년은	목이 가는 少年은
	ⓗ말이없이,	말이 없이	말이없이	말이 없이
	ⓘ초롱 초롱	초롱 초롱	초롱 초롱	초롱초롱
	ⓙ크고……귀에	크고……귀에	크고‥귀에	크고……귀에
	ⓚ참아	차마	참아	차마
2연	ⓛ(×)	애달픈	(×)	애달픈
	ⓜ웃녘 사투리.	웃녘 사투리	웃녘사투리	웃녘 사투리
	ⓝ年輪ー(행갈음:○)	年輪ー(행갈음:×)	年輪ー(행갈음:○)	年輪ー(행갈음:×)
	ⓞ(가시내사 가시내사 가시내사)	(가시내사 가시내사 가시내사)	(가시내사 가시내사)	(가시내사 가시내사 가시내사)
	ⓟ샛빩애 졌다	새빨개졌다	새빨개졌다	새빨개졌다
	ⓠ少年은~자랐다	少年은~자랐다	소년은~자랐다	少年은~자랐다
	ⓡ구비구비 (행갈음:×)	구비구비(행갈음:×)	굽이굽이(행갈음:○)	굽이굽이(행갈음:×)
3연	ⓢ꿈도	꿈도	(×)	꿈도
	ⓣ質고운	質고운	質 고운	質고은
	ⓤ감기어 나간다.	감긴다	감긴다‥	감긴다

위의 대조표에서 보면 ㉣에서 ㉣³까지 일치되는 형태는 하나도 없으나 전체적으로 보면 대체로 ㉣과 ㉣², ㉣¹과 ㉣³이 서로 겹치는 부분이 많아 교차하는 모습을 보여준다. 즉 ㉣¹에서 ㉣²로 가는 과정에서는 부분적으로 ㉣로 환원되기도 했고, ㉣²에서 ㉣³으로 가는 과정에서는 다시 ㉣¹로 환원된 경우가 많다. 말하자면 시인이 수정과 환원 사이에서 오락가락하였다.

수정된 부분 중 가장 주목되는 것은 ⑧이다. 여기서는 '창백한'이 '목이 가는'으로 완전히 바뀌어 소년의 이미지가 병색 짙은 모습에서 고아함으로 변화했다. 문장부호는 ㉣에 있던 쉼표와 마침표가 수정본들에서는 말 줄임표만 빼고 모두 삭제되어 호흡의 단절감이 해소되었다. 이 밖에 의도적인 첨삭이기보다는 수정 당시의 맞춤법에 따르느라 생긴 변화나 단순한 띄어쓰기의 수정으로 보이는 것; ⓐ ⓑ('저믈어'→저물어: 사투리→표준어) ⓒ=ⓣ(질 고운→질고은: 표준어→사투리) ⓔ ⓗ ⓘ ⓙ ⓚ ⓜ 등을 제외하고, 시적 형식이나 형태 및 분위기의 변화를 꾀한 의도가 분명히 엿보이는 부분에 대해 구체적으로 살피면 다음과 같다.

첫째, 형식의 변화이다. ㉣^{1}과 ㉣^{3}은 후렴구 이외에는 연마다 산문시의 형태를 취했으나 ㉣은 2연에서, ㉣^{2}는 2연 ⓝ과 3연 ⓡ에서 행이 구분되어 자유시 형태가 가미되었다. 둘째, 낱말의 첨삭이다. ⓓ는 ㉣^{3}에서 반복 형태가 해소되었고, ⓕ=ⓞ는 ㉣^{2}에서 1~2연만 세 번에서 두 번으로 줄었다. 또 ⓘ의 '애달픈'은 개작된 원본에는 없었는데 차후에 첨가→삭제→첨가(환원)가 반복되었고, ⓢ의 '꿈도'는 ㉣^{2}에서 삭제되었다가 ㉣^{3}에서 환원되었다. 끝으로 한자에서 한글로 바뀐 경우인 ⓖ=ⓠ는 ㉣^{2}에서만 한글로 바뀌었다. 이 두 경우 변화된 부분이 양적으로는 꽤 많은데 구체적으로 시적 의미가 크게 달라질 만한 것은 거의 없다. 다만 첨삭된 것 중에서 반복을 줄이거나 늘리는 경우 리듬을 고려한 것으로 보이며, '애달픈'과 '꿈'의 첨삭은 정감을 고려하여 고민한 결과인 듯하다.[23]

셋째, 위의 경우와 유사하면서도 그와는 달리 1차로 수정했다가 다시 원본 형태로 완전히 환원한 경우이다. 즉 원본→1차 수정→2차 수정(원본으로 환원)의 과정을 거친 경우이다. ≪청록집≫을 원본으로 하여 ≪산도화≫에서 수정되었다가 ≪박목월자선집≫에 실리면서 다시 원본으로 환원된 작품들이 대체로 이 과정을 보여준다. 그 중 대표적인 작품 4편만을 대비해본다.

---

23) 『문장』(1940.9)에서 ≪박목월자선집≫(1974)까지의 간행 시차가 무려 30년을 상회하는 점을 볼 때, 이토록 긴 세월 동안 한 작품을 놓고 효과적인 표현을 위해 고민하고 수정한 흔적만으로도 목월의 시정신이 얼마나 치열했는지 감지된다.

작품집\작품	≪청록집≫	≪산도화≫	≪박목월자선집≫
<윤사월>	ⓐ봉오리 ⓑ산직이 ⓒ문설주에 귀 대이고/엿듣고 있다	ⓐ'봉우리 ⓑ'산지기 ⓒ'문설주에/엿듣 고 있네	ⓐ봉오리 ⓑ산직이 ⓒ문설주에 귀 대이고/엿듣고 있다
<삼월>	ⓓ골작에 ⓔ아래ㅅ마을 ⓕ내ㅅ물에 ⓖ열 두고개 넘 어 가는/타는 아 지랑이	ⓓ'골짝에 ⓔ'아랫마을 ⓕ'냇물에 ⓖ'하얗게 떠가는/ 달을 보며	ⓓ골작에 ⓔ아래ㅅ마을 ⓕ내ㅅ물에 ⓖ열 두 고개 넘 어 가는/타는 아 지랑이
<청노루>	ⓗ느름나무/속ㅅ 잎 피어가는 열 두구비를 ⓘ靑 노루/맑은 눈에//도는/구름	ⓗ'오리목/속잎 피 는 열두구비를 ⓘ'청노루/맑은 눈 에/도는/구름	ⓗ느름나무/속 ㅅ잎 피어가는 열두 구비를 ⓘ靑 노루/맑은 눈에//도는/구름
<나그네>	ⓙ술 익은…(副題) ⓚ江나루 건너서 ⓛ밀밭 길을 ⓜ南道 三百里 ⓝ타는 저녁 놀	ⓙ'(×) ⓚ'강나루 건너서 ⓛ'밀밭길을 ⓜ'南道三百里 ⓝ'타는 저녁놀	ⓙ술 익은…(副題) ⓚ江나루 건너서 ⓛ밀밭 길을 ⓜ南道 三百里 ⓝ타는 저녁 놀

위에서 보면 세 작품이 모두 두 번 수정되었으나 3차 수정은 똑같이 원본으로 환원되었으므로 이본은 ≪산도화≫에 실린 형태 한 가지뿐이다. ≪산도화≫에서 바뀐 부분을 검토하면 ⓐ'(모음조화 파기), ⓑ'(연철), ⓓ'(경음화), ⓔ'(아랫마을)=ⓕ'(냇물)=ⓗ'(속잎)(사이ㅅ 독립 해소), ⓛ=ⓜ=ⓝ(붙여쓰기), ⓘ'=ⓚ'(한자→한글; '靑'→'청', '江'→'강') 등은 표기법 문제로서 시적 표현의 효과 차이는 거의 없는 부분이다. 이에 비해 ⓒ'('귀 대이고' 삭제, '있다'→'있네'), ⓖ'[5연 전체를 바꿈; 다른 연은 대개 6(7)/4(5)의 음절이나 5연만 8/6의 음절로 늘어나서 차이가 났으나 수정을 통해 6/4로 바뀌어 전체에 조화되는 것으로 볼 때 리듬에 대한

배려였던 것으로 짐작됨], ⓑ'('느릅나무'→'오리목', '피어가는'→'피는', '열두구비'는≪박목월자선집≫에서만 '열두 구비'로 띄어쓰기를 바로 잡았음), ⓗ'(4~5연을 한 연으로 합침), ⓘ'('술 익은 강마을의/저녁 노을 이여─芝薰'이라는 부제 삭제) 등은 의미와 형식에서 크게 변화되었다. 시인은 이렇게 수정하여 변화를 꾀했다가 ≪청록집≫에 실린 원래의 형태가 더 효과적인 표현이라고 판단하여 다시 환원시킨 것으로 보인다. 이는 목월이 최상의 표현을 위해 크게 고민했음을 보여주는 단적인 사례인데, <윤사월>에 대한 자작시해설은 그 점을 직접 뒷받침한다.

이 작품에 대해서 지금도 불만히 여기는 것은, '윤사월 해 길다 꾀꼬리 울면' 하고, '길다'라고 한 점이다. 이왕이면 '해 길어' 혹은 '윤사월 긴 해를' 꾀꼬리 울면 했더라면 한결 語感이 가볍고 맑을 것을…… 그러나 그 시절에 '외딴 봉우리'[24] 하고 명사로써 구절을 끊은 버릇이 있었다. …(중략)… '해 길어' 하고 '길어'로 감정을 가볍게 굴러 넘겨버리기는 너무나 심정이 답답했으리라. 그래서 '길다' 하고 '다'의 둔한 어감을 살려둔 것이리라.

더구나 이 작품에서 표현에 망설이며, 애를 쓴 곳이 '엿듣고 있다'라는 대목이다. 윤사월은 7·5조의 정형률을 밟은 소박한 시형이다. 그러나 내게는 정형률이 그리 안이한 것이 아니었다. 시상을 정리함에 그것을 형식으로서 나타내기 위한 막다른, 다른 방법으로서는 불가능한 필연적인 무엇이었었다. 쉽사리 읊기 위한 안이한 방법으로 7·5조를 잡은 것이 아니다. 언어와 언어 혹은 구절과 구절 사이의 움직일 수 없는 유기적인 관련성의 막다른 방법으로써 시상을 가다듬어 정리하고 보면 3·3조나 4·3·2·3의 음수율을 띄우게 되는 것이다. 그럼으로 '엿듣고 있다' 대신에 '엿듣네' 하면, 한결 어감이 경쾌하고, 노래적

---

24) 원문의 上點 형태를 밑줄로 바꾸었음: 인용자.

인 것이 된다. 그러나 시형으로서는 감정적인 비중과 형식적인 균형이 후반에서 너무 뜨는 것 같기 때문에 '있다'를 붙였다. 요지음 흔히 정형률을 천히 하고 가볍게 보는 경향이 있으나, 나는 이해하기 어려운 일이다. 그래서 <산도화>에 이 작품을 수록할 무렵에 '엿듣고 있네' 하고 다만 '다'를 '네'로 고쳐보았다. 그러나 지나치게 맑은 어감이 과하게 노래로 흘러버리는 것 같아, 이번에 原詩를 살려서 '다'로 되바꿈으로 끝을 눌러 두려고 생각한 것이다.25)

　시인이 상세하게 설명하였으므로 더 부연할 필요도 없지만, 이 글에서 우리는 크게 두 가지 사실을 확인할 수 있다. 하나는 어감과 운율과 시대적 감각 등이 잘 어울리게 하려고 최대한 노력했다는 점이고, 다른 하나는 그래도 여전히 만족하지 못하고 망설이는 상태이면서도 더 이상의 수정은 가하지 않았다는 점이다. 그러니까 그는 당시의 암울하고 답답하던 시대적 정서에 맞는 표현을 선택할 것인가, 아니면 보편적 감각을 중시할 것인가로 고민하다가 결국 창작 당시의 분위기에 맞추는 형태에 시적 정당성을 부여하여 원시로 환원하기는 했지만 일말의 아쉬움을 떨쳐 버리지는 못했다. 이처럼 시인이 '길다(둔한 어감)/길어(가벼운 어감)', '있다/있네', 즉 종결어미 하나의 차이까지 민감하게 반응하며 한 음절이라도 더 나은 방향으로 바꾸기 위해 두고두고 마음에 간직하였음을 상기할 때, 후대인들로서 창작자의 치열한 시정신에서 나온 수정 결과를 소홀히 하거나 간과해서는 안 된다.

---

25) 박목월, 『보라빛 소묘』, 79~80쪽.

2) 결정판 확정의 기준 문제

앞에서 분석한 결과를 통해서 짐작할 수 있듯이, 시인이 기존에 발표한 작품을 다른 지면에 다시 수록하는 과정에서 수정을 가한 것은 나름대로 분명한 이유(의미, 미학 등)가 있다. 그러니까 그것은 치열한 시정신의 결과인 셈이다. 그렇다면 후대인들은 아주 특별한 경우 가령, 명백하게 오자나 탈자라고 판단한 경우를 제외하고는 가능한 한 시인의 수정 의도와 그 결과를 존중하고 수용해야 한다는 결론에 이른다. 즉 시간적 순서에 따라 대체로 가장 나중에 수정된 것을 제일 완성도가 높은 결정판으로 확정하는 것이 바람직하다고 본다.

이러한 관점에서 볼 때, ≪박목월시전집≫의 편찬자가 '일러두기'에서 밝힌 기준 판본을 확정하는 데 사용한 기본 원칙은 타당한 것으로 동의를 하지만, 그중에 단서 조항들에 대해서는 완전히 동의하기 어려운 점이 있다. 예컨대, "≪청록집≫에서 ≪경상도의 가랑잎≫까지는 박목월 자신에 의해서 최종 손질된 것으로 여겨지는 ≪박목월자선집≫을 기준 판본으로 삼는다."라는 기본 원칙에 대해서는 완전히 동의한다. 그러나 "단 ≪박목월자선집≫에 수록된 것보다 시집에 수록된 것이 더 시적 완성도가 높다고 판단되는 몇몇 작품들의 경우, 시집에 수록된 것을 기준 판본으로 삼는다."(1항), "단 ≪박목월자선집≫에 수록된 것이 더 시적 완성도가 높다고 판단되는 몇몇 작품들의 경우, ≪박목월자선집≫에 수록된 것을 기준 판본으로 삼는다."(2항), "단 사소하다고 여겨지는 차이점들(한자 표기가 한글 표기로 바뀐 것, 맞춤법과 띄어쓰기가 달라진 것, 문장부호가 생략되었거나 바뀐 것 등)은 번거로움을 피하려고 일일이 설명하지 않는다. …"(3항)[26]라고 한 단서 조항 중에서, 다소 주관적일 수 있는 미적 판단에 대한 언급과 '사소하다고 여겨지는 차이점'이라

---

26) 이남호 엮음·해설, ≪박목월시전집≫, 13~14쪽.

는 인식에 대해서는 일부분 동의하기 어려운 점이 있다. 모두 그런 것은 아니겠지만, 시에서는 한자 하나 바뀌는 것이 결코 '사소'한 문제가 아님은 다음과 같은 시인의 시적 인식을 통해서 분명히 확인할 수 있다.

> '靑노루'도 마찬가지다. '靑'은 '玄'과 '黑'에 통하는 뜻에서 깨끗한 노루라고 설명한 분이 있다. 나는 그런 실상에서 노루를 노래한 것이 아니다. 그 누름하고 꺼뭇한 그야말로 동물적인 노루에 '청'빛을 주어서 한결 精神化한 노루를 생각했던 것이다. '청노루'도 완전히 나의 판테지 속에 사는 노루다. 그리고, '靑노루'하고 일부러 한자를 쓴 것은, '청운사' '자하산'과 더불어 '한자'가 지니는 글자의 형상성, 의미의 함축성을 살리려는 뜻과 이 작품의 청초한 '푸른 빛'의 그 색감을 주조로 하여 서럽고 은은한 것을 이루려 했으며 또한 시각적으로 청색감을 강조하려는 뜻에서 '청'자를 한자로 썼던 것이다. '청노루' '청운' '자하' '맑은 눈' '흰구름' 등 푸른 빛갈을 띠운 것이 서러운 정서의 분위기를 빚어내게 하는 것이라 믿었던 것이다.
> 이런 색감적인 것의 배열과 조화가 작품에 구체적인 분위기를 암시하고 마련하는 것이 아닐가.[27]

인용문에서 보듯이 '청노루'에서 '청'자를 굳이 한자로 표기한 것은 시인의 정조를 구체화하고 이 시의 전체 분위기를 조성하기 위해서 심사숙고한 결과이다.[28] 물론 독자들로서는 시인의 이렇듯 내밀한 의도를 일일이 확인할 도리가 없으니 제 나름대로 감상하고 이해할 수밖에 없

---

27) 박목월, 『보라빛 소묘』, 83~84쪽.

28) ≪청록집≫을 대상으로 총 어휘 수 대비 한자어 사용 빈도를 조사한 결과, 박목월 5%, 박두진 8.8%, 조지훈 13% 순으로 목월이 가장 적게 사용한 것으로 파악되었다. 이렇게 되도록 한자어를 사용하지 않으려 했던 목월이 작품에 한자어를 사용한 이면에는 그에 상응하는 표현 의도가 깔려 있다고 볼 수 있다.

지만, 그렇다고 언어 하나에도 민감하게 반응하는 시의 생리와 특수성을 심각하게 고려하지 않는 것은 문제의 여지가 있다. 그렇다면 가능한 한 시의 원문대로, 또는 시인의 의도에 따라 나중에 수정되었으면 수정된 것을 기준 판본으로 삼는 것이 더 온당한 태도라고 본다. 이런 판단을 뒷받침해주는 것으로 다음 시를 예로 들 수 있다. 이것은 시인의 의도와 편찬자의 의도가 어떻게 엇갈리는지 잘 보여준다.

마주 보고 인사를 한다.
노상에서 우연히 만나
돌아서면 서로 적요한 목덜미
우주의 반이 반전이고
길을 건너면 방향이 달라진다.
저편으로 그는 가고
이편으로 나는 가고*
동서로 하늘 끝이 아득한데
문득 그가 돌아본다.
하나의 우주가 반전하고
적요한 목덜미가 向을 바꾸며
오냐, 정이 갸륵하구나.

－<路上> 전문

인용한 시에서 *표한 행, 즉 '이편으로 나는 가고'에 대해 전집 편찬자는 "'이편으로 나는 가고'는 ≪박목월자선집≫에는 있으나 ≪무순≫에 수록되면서 빠졌다. 살리는 것이 나을 듯하여 되살렸다."[29]고 명시하였다. 그런데 그 판단 근거는 제시하지 않아 어떤 까닭에서 그 방향으로 편

---

29) 이남호 엮음·해설, ≪박목월시전집≫, 520쪽.

집하게 되었는지는 알 수 없다. 물론 편찬자도 이 행을 살리는 방향으로 판단하고 결심에 이르기까지는 그에 상응하는 분석과 연구와 고민했을 것으로 짐작된다. 또 미적 인식이란 주관성이 작용하여 독자의 관점에 따라서는 다르게 인식될 수도 있으므로[30] 그의 편집 의도가 잘못되었다고 함부로 비판하기는 어렵다.

그러나 한편으로 생각하면 작품에 대한 내적인 접근 차원에서 먼저 시인의 의도를 충분히 고려하는 것이 더 낫지 않을까 생각한다. 앞서 보았듯이 이미 활자화되어 발표한 작품이기에 일부 독자들은 그 작품을 보았음을 알고 있으면서도 굳이 시인이 손수 첨삭을 가한 것은 미학적으로 그만한 까닭이 있다고 보아야 한다. 그렇다면 시인과 편찬자 사이에는 어떤 인식의 차이가 있을까, 나름대로 짐작하여 시인이 그 행을 굳이 삭제한 요인을 찾아보기로 한다.

첫째, 편찬자의 견해를 긍정적인 측면에서 짐작해볼 수 있다. 그는 주로 앞부분의 구조를 염두에 둔 것으로 보인다. 즉 길에서 우연히 만난 두 사람의 행위인 서로 '마주봄'→'돌아섬'→'방향이 달라짐'의 과정에 드러난 태도를 고려하면, '저편으로 그는 가고/이편으로 나는 가고'라는 표현이 구조적으로 더 안정감을 준다. 그런데 이것을 '저편/이편', '그/나', '가고/가고'로 대비하면 앞의 둘은 대조적이나 '가고'는 같아 구조가 서로 어긋난다. 이것도 그렇지만, 뒤로 전개되는 시상을 따라가면 '이편으로 나는 가고'를 살리면 논리적으로 더 큰 문제가 발생한다. 이를테면 '그가

---

30) 다음 글에 따르면 목월도 작품의 존재론적 특성을 의식했다. "작자가 빚어놓으면 이미 그것은 작자를 떠난 제3의 창조물로써 작자의 것도 아니고 독자의 것도 아닌, 그것 자체의 독자적인 것입니다. 그런 의미에서 한 편의 시는 작자와 독자 사이에 존재하는 것입니다. 다만 작가가 자상하게 이야기할 수 있는 것은 그 작품을 빚게 된 동기라든가, 당시의 정신적인 상황 같은 사실에 대한 것뿐입니다." 박목월, 『구름에 달 가듯이』, 219쪽.

가고' 난 뒤에 '나'도 돌아서서 가는 것보다는 서 있어야 시적 상황에 더 잘 부합한다. '동서로 하늘 끝이 아득한데'라는 표현을 위해서는 한 방향으로 걸어가기보다는 서서 바라보아야 한다. 그래야 양쪽 하늘 끝이 아득하게 보인다는 느낌이 더 실감 나기 때문이다. 또한 '문득 그가 돌아본다.'라는 부분도 그가 가는 모습을 계속 바라보고 있어야 '문득' 순간적으로 돌아보는 그의 모습을 목격할 수가 있다. 그리고 '나'는 그가 문득 돌아보는 모습을 목격한 뒤에 또 '하나'의 '적요한 목덜미'를 의식하며 비로소 방향을 바꾸어 걸어가면서 속으로 생각한다. 그래 참 '정이 갸륵하구나.'라고. 이러한 과정을 통해 시인은 독자에게 서로 '반전'하면서(등을 돌려 반대 방향으로 가면서) '적요한 목덜미'로 사는 존재에게 '정'이 얼마나 그리운 것인지 되돌아보게 한다. 이렇듯 시인이 이 작품을 재수록할 때 '이편으로 나는 가고'를 삭제한 것은 나중에 앞뒤 관계를 치밀하게 검토한 결과 시적 완성도를 더 높이기 위해서 취한 조치라고 짐작된다.

이와 같은 추론이 다소라도 일리가 있다면 시를 창작한 시인의 통찰이 더 세심하다고 말할 수밖에 없다. 예술작품은 그 생리상 창작자와 독자(연구자)의 몫이 서로 다르고, 때에 따라서는 좋은 비평가(연구자)를 만나서 작품이 훨씬 더 빛날 때도 있지만, 사실 어떤 측면에서 보면 3자는 작품을 창작한 사람의 의도를 넘어서기는 어렵다. 그래서 분명한 오자나 탈자 등을 제외하고는 일단 창작 주체의 의도를 긍정하는 방향에서 그 내적 의미(특히 미학성)를 찾아내는 것이 더 온당하다고 본다. 이와 관련하여 더욱 사소한 예를 하나 들면, 지도비평의 관점보다는 가능한 한 표현된 그대로 바라보면서 시인의 의도를 궁구하려고 노력해야 할 까닭을 더욱 확실히 알게 될 것이다.

嶺마루에서
번쩍, 閃光이 눈을 쏜다.*

저것은 레이다기지일까,

참나무 줄기가 **빳빳**하게 곧아진다.

—<산에서> 부분

이 작품에서 *표 부분에 대해 편찬자는 "≪박목월자선집≫에는 '번쩍, 閃光이 눈을 쏜다.'로 되어 있지만 ≪무순≫에 실리면서 '번쩍 섬광(閃光)이 눈을 쏜다.'라고 고쳐졌다. ≪박목월자선집≫에 실린 대로가 낫다고 판단되므로 ≪박목월자선집≫의 판본을 따른다."31)고 하여, 역시 시인이 수정한 것을 수용하지 않았다. 이것은 보기에 따라 쉼표 하나로서 '사소'한 문제로 취급할 수도 있지만, 사실 그리 단순한 문제가 아니라고 판단된다. 만약 시인이 그것을 사소한 문제라고 판단했다면 굳이 쉼표의 첨삭에 신경 쓸 이유가 없기 때문이다. 편찬자가 시인의 의도를 수용하지 않은 이유를 구체적으로 설명하지 않아서32) 그 까닭을 잘 알 수는 없지만 나름대로 짐작하자면, 시인과 편찬자 사이의 거리는 이 구절에서 '쉼표 기능 인정'(편찬자)과 '장애물로 봄'(시인)이라는 관점의 차이에 연유하는 것으로 보인다. 그 차이를 구체적으로 풀어보면 다음과 같다.

먼저, 편찬자의 입장을 짐작해보면 이렇다. 쉼표가 있는 것이 '낫다고 판단'한 것은, 이런 유형의 표현을 다른 시에서도 흔히 볼 수 있듯이, 아마도 '번쩍' 다음에 쉼표를 하여 한 호흡의 휴지를 부여하면 느낌상으로 '번쩍'하는 모습이 강조되는 효과가 있는 것으로 본 듯하다. 이에 비해

---

31) 이남호, ≪박목월시전집≫, 508쪽.

32) 시인도 자작시 해설을 통해서 그 이유나 근거를 친절하게 밝힐 수도 있지만, 이는 창작자의 자유에 해당한다. 그러나 연구자는 작품의 소유권자인 시인의 수정 행위를 부정적 관점으로 접근해 시적 안목을 낮게 평가하는 의미가 될 수도 있어 반드시 그 까닭을 논리적으로 해명하여 근거를 제시할 의무가 있다.

시인의 의도를 짐작하면 오히려 이 구절에서 쉼표는 장애 요인으로 부작용을 일으킨다. 즉 시인은 '번쩍'(우리말)과 '閃光'(한자어)이 유사한 의미이므로, 그 사이에 쉼표를 넣으면 의미상으로 '번쩍, 즉 섬광이 눈을 쏜다.'라는 산문 형태처럼 다소 설명적이라 시적 긴장도가 떨어진다고 본 듯하다. 다시 말하면 '번쩍'과 '섬광' 사이에 쉼표를 넣지 않고 바로 연결하면 '갑자기 순간적으로 번쩍하는 불빛이 눈을 쏘았다'라는 표현 의도, 즉 찰나적인 의미가 더 잘 구현된다고 보았다. 이런 미묘한 효과를 인식하기까지 시인은 이 작품을 거듭거듭 읊으면서 쉼표의 첨삭에 따른 효과를 비교하며 더 적절한 것을 찾으려 고민했을 것이다.

이렇듯 시의 특성은 산문과는 달리 쉼표 하나에도 미묘한 표현의 차이가 난다. 이에 시인들은 시의 양식적 특성이 최대한 발휘되도록 창작 과정에서는 물론이거니와 이미 발표된 작품마저도 기회가 닿는 대로 수정하는 배려와 수고로움을 아끼지 않는다. 따라서 시적 의도를 가장 효과적으로 표현하여 최상의 작품으로 완성하려는 시인의 진정성과 치열한 시정신을 받아들인다면, 시인이 작품을 수정한 결과를 일단 긍정적으로 바라보고 수용하여 그 범위 안에서 미학적 특성을 찾으려는 태도가 더 바람직하다고 하겠다.

3. 마무리

이 글은 가장 완성도가 높은 작품을 남기고 싶어 하는 예술가의 창작 심리에 주목하여, 박목월 시를 대상으로 작품의 수정과 기준 판본이 되는 결정판의 확정 문제를 살펴보는 것을 주요 목적으로 연구되었다. 목월은, 그가 남긴 자작시 해설을 통해서 보면, 이른바 청록파 세 시인 중에서 누구보다도 시적 언어에 대해 민감하였고, 그에 따라 작품이 완성도를 극대화하기 위해 치열하게 노력한 것으로 파악된다. 이는 기존에 발표된 작품까지도 다른 지면에 재수록할 기회가 있을 때 다시 첨삭을 가한 작품이 전체 작품의 1/3에 육박할 정도로 많다는 사실을 통해서도 확인된다. 이러한 그의 태도는 결국 되도록 완벽한 작품을 남기려는 치열한 시정신의 발로이다. 이 점을 중시하여 나는 먼저 목월의 작품 수정 사례를 검토한 뒤, 이를 바탕으로 결정판을 확정할 때 반드시 고려해야 할 기본 조건을 제시하였다.

《박목월시전집》을 기본 텍스트로 하여 분석한 결과, 목월 시 307편의 27.04%에 해당하는 83편이 재수록 과정에서 수정된 것으로 밝혀졌다. 이들을 중심으로 수정 사례들을 유형화하면, 크게 양·질적인 차원과 수정 횟수에 따른 차이로 구분된다. 여기서 질적(미적)인 문제는 주관적 성향이 작용할 가능성이 커서 매우 미묘한 문제이므로 완전히 객관화하기 어렵다는 점을 고려하여 대부분 유보하였다. 그래서 주로 편당 수정한 내용의 많고 적음과 수정 횟수에 초점을 맞추어 대표적인 작품들을 살펴보았다. 그 결과 아주 적게는 문장부호 한두 개를 첨삭하는 경우에서부터 많게는 전면적으로 개작하는 경우까지 매우 다양한 모습을 보여주었다. 또 수정 횟수로 볼 때는 1차 수정으로 끝난 경우가 대부분이다. 이 중에 초회 추천 작품 중의 하나인 <그것은 연륜이다>의 경우에는 수정된 것에 대해서도 만족하지 못해 원본의 장점을 인정하면서도 수정본을 그대로 확정하여 작품에 대한 이중적 인식을 보여준다. 또 이와는 다르게 <윤사월> 등 일부 작품은 1차로 수정했다가 다시 수정하여 최종적으로 원시 형태로 환원된 사례도 있다. 이와 같은 다양한 형태의 수정 사례가 첫 시집인 《청록집》(1946)에서부터 자신이 펴낸 마지막 시집인 《무순》(1976)에 이르기까지 양적으로 평균 30%에 가까운 수치를 보여주는 것을 볼 때, 작품성에 대한 목월의 치열한 인식은 평생 식지 않았던 것으로 짐작된다.

이러한 목월의 시정신을 고려할 때, 후대인들도 그에 버금가는 애정으로 목월 시를 다룰 필요가 있다. 특히 기존에 발표된 원본과 그것을 재수록하는 과정에서 수정하여 생긴 이본 가운데 결정판을 선택하는 경우, 시간상 나중에 이루어진 수정본에 목월의 표현 의도가 더 잘 구현되었다는 점을 잊어서는 안 될 것이다. 물론 미학적으로는 시인과 다른 관점을 가질 수도 있지만, 주관적 취향이 많이 작용할 수밖에 없는 것이 미학적 판단임을 고려할 때 판단자의 관점이 반드시 옳다고만 주장하기 어렵다. 그렇다면 그것은 결국 관점의 차이에 불과한 것이므로 가능한 한 창작자의 뜻을 수용하여 그 범위 안에서 미학적인 문제를 따지고 수정 효과를 검토하는 것이 더 바람직하다고 하겠다. 이 문제는 작품에 대한 구체적인 분석을 통해서도 분명히 확인되었다.

목월이 <청노루>에 대한 자작시 해설에서 직접 밝혔듯이, 시어에 민감한 시인들은 글자 하나를 선택하는 데도 시적 효과를 위해 많은 검토와 고민을 통해 거듭 퇴고를 한다. 또 그 과정을 거쳐 발표한 작품임에도 불구하고 나중에 '미숙'하다고 판단되는 작품은 다시 수정을 가하여 완성도를 더 높이려 하였다. 이러한 그의 태도는 예술작품이란 완벽한 경지에 도달하기가 매우 어렵다는 인식을 보여주는 동시에, 최상의 작품을 남기고 싶은 치열한 시정신의 발로이며, 제 작품을 끝까지 책임지려는 시인으로서의 성실성을 가졌음을 증명하는 단서이기도 하다. 따라서 후대인들은 되도록 그와 같은 목월의 치열한 예술가 정신을 존중하고 수용하는 태도로 결정판을 확정하는 것이 바람직하다고 하겠다.

박목월 시의 재수록에 관한 비판적 성찰

1. 작품 재수록의 문제점

시단의 관례에 따르면, 시인들은 대체로 각종 지면(紙面·誌面)에 발표한 개별 작품들이 시집 한 권 정도의 분량에 이르면 그것들을 모아서 출판한다. 물론 이것이 철칙은 아니다. 가령, 文名이 널리 알려진 시인의 경우는 대개 그렇지만, 신인이나 무명 시인들처럼 작품 발표 기회를 얻기 어려운 경우에는 시집을 엮을 때 발표하지 않은 신작까지 포함할 수밖에 없다. 그러니까 시단에서 차지하는 위상이 높은 시인의 시집은 이미 발표된 작품 수가 많아지지만, 지명도가 낮은 시인의 시집일수록 신작의 비율이 높아질 가능성이 커진다. 여기서 우리가 주의할 문제는, 특히 앞의 경우 시인이 시집을 엮어내면서 기존에 발표한 작품 중 일부를 누락시키는 사례가 있는 점이다. 이 경우 똑같이 기왕에 발표한 작품임에도 시인이 어떤 것은 굳이 재수록 대상에서 제외했다면 분명히 무슨 까닭이 있을 텐데, 그 궁금증을 한번 풀어보고 싶었다.

그런데 이 궁금증을 푸는 실마리를 찾기 위해 먼저 한 가지 생각해볼 것은 시인들이 각종 지면에 발표한 작품들을 무조건 무두 시집에 그대로 수록할까 하는 것이다. 이에 대한 실태는 설문 조사를 통해서 확인하면 구체적인 수치로 나타낼 수도 있으나 굳이 그 방법을 사용할 필요도 없이 상식적으로 생각하면 많은 시인은 그렇게 하지 않을 것이라고 짐작된다. 기존에 발표한 작품을 그대로 싣는 경우도 많겠지만, 이본에 관한 문제를 연구하는 원전비평이 존재하는 것처럼 일단 발표된 작품도 수정을 가해서 싣기도 하고, 또 어떤 것은 아예 제외되어 지면에 1차로 발표된 상태 그대로 영원히 머물 수도 있다. 이 중에 특히 이 글에서 문제의 여지가 있는 것으로 제기하고 싶은 사례는, 생전에 시인이 지면에 발표한 작품이기는 하지만 작품성이 미흡하여 의도적으로 시집에서 누락시킨 것을 후대인들이 찾아내어 이른바 '새로 발굴된 작품'이라는 명목으로 굳이 재발표하거나 작품집으로 간행하는 경우이다.1) 작품성에 관련된 이 경우, 후대의 독자는 물론이고 고인을 위해서도 바람직하지 않다고 보기 때문에 반드시 재고의 여지가 있다.

이러한 문제의식에서 출발한 이 글은 주로 기존의 발표작을 다른 지면에 다시 싣는 이른바 '재수록' 문제를 다룬다. 이에 관련된 논의사례는 이미 근대 시 초기에도 있었다. 예컨대, 정한모의 『한국현대시문학사』의 "『개벽』에 발표된 작품 중에서 한두 편이 시집 수록에서 제외된 것도 있으나 岸曙의 경우 미리 발표하지 않은 신작을 시집에 넣었다고는 볼 수 없는 만큼 아직 밝혀지지 않은 것들도 반드시 어딘가에 발표되었을 것임에 틀림없다."2)라고 한 대목에 그 문제가 언급되었다. 김억의 ≪해파리의 노래≫를 검토하는 자리에서 언급한 정한모의 글에서 두 가지가

---

1) 후손이나 타의에 의해 지면에 소개되는 '遺稿'도 생각할 여지가 있다. 그것이 완성작임에도 불구하고 시인이 생시에 미처 발표하지 못한 것인지, 아니면 써 놓고 마음에 들지 않아서 창작 노트에 내버려 둔 것인지 그 여부를 면밀하게 검증하는 절차를 거친 뒤에 발표하는 것이 온당할 것이다.
2) 정한모, 『한국현대시문학사』, 일지사, 1978, 369쪽. (밑줄: 인용자. 이하 같음)

주목된다. 하나는 기존에 발표한 작품들 가운데 시집에서 빠진 것도 있음을 확신한 점이고, 다른 하나는 각종 지면에 발표된 것을 모아서 시집으로 엮어내는 시단의 관행이 "근대시형성시기에 나타난 최초의 창작 시집"[3]에서 비롯되었음을 확인했다는 점이다.

이 두 가지 사안은 생각하기에 따라서 문제의 여지가 있을 수 있으나, 그것을 처음 인지하고 언급한 정한모도 그 이후 더 진전된 논의를 펼치지 않았을 뿐만 아니라 지금까지도 그에 대한 문제를 제기하고 구체적인 논지를 펼친 자료도 없다. 가령, 이본이 80여 종[4]이나 될 정도로 현대시사에서 가장 많은 주목을 받는 김소월 시의 경우, 최근의 한 성과물인 권영민이 엮은 ≪김소월시전집≫에서도 제3부에 "≪진달래꽃≫·≪소월시초≫ 미수록 작품"이라는 이름 아래 66편을 따로 제시하였지만, 책머리의 '일러두기'에서 "제3부에서는 잡지, 신문에 발표한 후에 시집에 수록되지 않은 작품을 발표 시기의 순서에 따라 수록하였다."[5]고만 언급했을 뿐이다. 물론 이런 작업은 자료적 가치라는 측면에서는 어느 정도 의의가 있을지 모르지만, 그렇다고 아무런 문제도 없다고 단정할 수는 없다. 똑같이 지면에 발표한 작품인데 시인이 어떤 것은 시집에 재수록할 대상으로 선택하고, 어떤 것은 제외해 버렸다면 분명히 그만한 까닭이 있을 것이다. 이와 관련하여, 목월의 기존 발표작 가운데 시집에 실리지 않을 것을 재수록하는 문제에 대해 편찬자가 언급한 다음 글은 한 참고가 될 수 있다.

이제 가신 아버님의 시편을 모아 새롭게 시집을 엮는다. 이 시편들
은 아버님이 살아계실 때 여러 지면에 발표는 하셨지만, 시집으로 묶

---

3) 위의 책, 364쪽.
4) 오하근, 『김소월 시어법 연구』, 집문당, 1995, 3쪽.
5) 권영민 엮음, ≪김소월시전집≫, 문학사상사, 2007. '일러두기'

을 때는 들어가지 아니한 작품들을 새롭게 찾아내었다. 이백 편이 넘는 작품이 있었지만, 우선 시대순으로 정리를 하였다.

　새삼 이제야 겨우 시집으로 엮은 것은 아버님의 뜻이 이 시들을 시집에 담지 않은 이유에 대해서 내 나름대로 명확하게 알지 못한 점이 있었기 때문이다. 그렇지만 어디 실려 있었는지 모르서서 싣지 못한 경우도 있었지 않았겠느냐는 곁에서의 권유를 받아 들여서 시집을 내기로 결정하였다. 돌아가시고 처음 낸 목월 시인의 신앙시집 ≪크고 부드러운 손≫은 어머니가 계실 때여서 별 부담이 없었지만 이제 내 손으로 아버님의 시집을 펴내려니 어렵고, 두렵고, 조심스럽기만 하다.

　그러면서도 한편 목월 시에 대한 폭넓은 이해를 위해 꼭 필요한 시집이 될 것을 확신하기에 마음은 하늘같이 맑다.6)

　이 글의 핵심은 다섯 가지 정도로 압축된다. ① 목월이 살아계실 때 여러 지면에 발표한 것이지만 시집으로 묶을 때 싣지 않은 작품을 200여 편 찾아냈다. ② 그 일부를 발표 순서대로 정리하여 시집으로 엮어낸다. ③ 뒤늦게 시집을 엮어낸 이유는 그 작품들을 시집에서 제외한 '아버님의 뜻'을 '명확하게 알지' 못했기 때문이다. ④ 그분이 발표한 작품을 잊으셔서 싣지 못한 작품도 있을 것이라는 주변의 권유를 받아들여 시집을 엮어내기로 하였다. ⑤ 목월 시에 대한 폭넓은 이해를 위해 꼭 필요한 시집이 될 것을 확신한다는 것 등이다. 이 중에서 특히 주목되는 부분은 ③과 ④이다. ③은 '아버님의 뜻'을 깊이 헤아리고 존중하려는 자세를 취했다는 점에서 의미가 깊다면, ④의 경우는 '아버님의 뜻'을 지나치게 단순하게 축소하여 문제의 여지가 있다. 200여 편이나 되는 작품이 어디에 실렸는지 몰라서 목월이 재수록 대상에서 제외했을 수도 있다는

6) 박동규, '박목월 시인의 미수록 작품집을 내면서', 박동규 편, ≪강나루 건너서 밀밭 길을≫, 심상사, 1998, 115쪽.

추측은 시인에게는 달갑지 않은 일이기 때문이다. 그렇게 많은 작품이라면 단순히 시인의 관리 소홀로 망실된 것으로 볼 수는 없을 것이다. 따라서 거기에는 다른 어떤 의미가 내포되었을 가능성이 크다고 보아야 한다.

이러한 문제점에 착안하여 이 글은 목월 시의 경우를 대상으로 기존에 발표된 작품이 재수록 대상에서 제외된 요인을 추론해보려고 한다. '추론'이라 하였듯이 사실 이 문제는 목월이 환생하여 그분에게 직접 물어보지 않고는 명백한 결론에 이르기는 거의 불가능하다. 그러함에도 이 문제를 제기하는 것은 별다른 인식을 갖지 않고 독자의 호기심을 자극하거나 상업적인 차원에서 '새로운 발굴'이라는 명목으로, 또는 '유고'라는 이름으로 여러 가지 형태로 재발표 및 재수록을 하는 경우가 허다하기 때문이다. 문인이 작고한 뒤 후손이나 관계자가 유고를 정리해 지면에 싣는 행태가 빈번하고, 또 문학사적으로 오래된 문인의 경우 이미 여러 지면에 발표된 작품 중에서 시집이나 전집에 실리지 않은 것을 찾아내어 다시 수록한 사례도 있는데, 과연 이런 관행에 아무런 문제점이 없는지 추론을 통해서라도 한 번쯤 검토해보는 것은 나름대로 의의가 있다고 본다.

목월 시의 경우, 시인이 작고한 뒤에 유족이나 타인이 간행한 출판물 중에 주요한 것을 망라하면 다음과 같다. ① ≪크고 부드러운 손≫(영산, 1979), ② ≪박목월시전집≫(서문당, 1984), ③ ≪강나루 건너서 밀밭 길을≫(심상사, 1998), ④ ≪박목월시전집≫(민음사, 2003) 등이 있다. 이 가운데 ①은 목월이 작고한 직후에 부인인 유익순 여사가 신앙 시들만 모아 펴낸 것이고, ②는 목월이 생전에 출간한 시집과 『현대시학』에 연재된 <사력질>과 신앙시집(①) 등을 대상으로 한 것이며,[7] ③은

---

7) 이 전집에는 '시인의 연보'에 연작시집 ≪어머니≫(1968)가 명시되었고 작품도 74편이 들어있으나, ≪박목월자선집≫ '序'에서 목월은 이 시집을 거론하지 않았고 작품도 없다. 이 때문인지 이남호가 엮은 전집에도 이 부분과 연작시 <사력질>이 제외되었다.

각종 지면에 발표된 작품 중에서 시인이 생전에 엮어낸 시집이나 시선집에 실리지 않은 51편을 '새 발굴 미수록 시집'이라는 부제로 유족 측에서 간행한 것이다. ④에는 기존의 주요 간행물들이 망라되었는데, 특히 8부에『문학사상』(1987.6)에 유고 시로 발표된 7편을 포함하여 '미수록작'이라는 제목 아래 102편이 실려 있다. 이 네 권 중에 이 글의 고찰 대상이 되는 것은 ③의 전부와 ④의 8부가 된다. 여기에 실린 작품들은 시인이 의도적으로 재수록 대상에서 유보하거나 제외한 것이라는 가정 아래 그 까닭을 고찰한 다음, 이를 통해 후대인들이 별다른 문제의식 없이 이런 작품들을 찾아내어 재발표하는 관행이 과연 얼마나 바람직한지 살펴보려고 한다.

이 연구는 넓게 원전비평의 범주에 드는 한편, 최상의 작품만을 남기고 싶어 하는 예술가의 예술정신과 창작심리에 관한 문제이며, 나아가서 시인의 후손을 포함한 후대인들의 작품 취급에 대한 경각심을 불러 일으키는 문학 사회학적 의미를 띠기도 한다. 이 글에서 다룰 주제는 상당히 미묘한 문제이기는 하지만 평생 치열하게 작품을 쓰고 관리한 시인을 생각하면 후대인으로서 결코 소홀히 다룰 일만은 아니라는 점에서 문제 제기로서의 의의를 지닐 것으로 기대된다.

2. 재수록과 탈락한 작품의 거리

좋은 작품을 남기고 싶은 시인이라면 누구든 창작과정에서부터 작품을 수없이 퇴고할 뿐만 아니라 심지어 일단 발표한 작품까지도 기회가 생기면 마음에 들지 않는 부분을 수정하게 마련이다. 이런 시정신이나 창작심리를 고려할 때, 일단 발표한 것도 마음에 들지 않으면 발표 자체를 아예 없는 일로 처리하고 싶기도 할 것이다. 기존에 각종 지면에 발표한 작품들을 모아 시집으로 엮어낼 때 재수록 대상에서 제외한 것은 바로 그와 같은 심정이 작용했을 수도 있을 것이다. 이 글에서는 이런 관점에서 목월이 생전에 가졌던 작품에 대한 인식을 구체적인 사례를 통해서 살펴본 다음, 이를 바탕으로 시집에서 제외된 작품의 탈락 요인을 살펴보기로 한다.

1) 두 가지 판본 검토

앞에서 언급한 대로, 각종 지면에 발표된 작품 가운데 목월이 직접 엮은 시집이나 시선집에 포함되지 않은 것을 찾아내어 시집과 전집에 재수록하여 편찬한 것은 ㉮ 박동규 편, ≪강나루 건너서 밀밭 길을≫(총 115쪽)과 ㉯ 이남호 엮음·해설, ≪박목월시전집≫(총 958쪽)[8] 등 두 가지이다. 이들 편찬물에 실린 미수록 작품—목월이 기존에 발표한 작품 중에 시집 등에 재수록하지 않았던 작품의 숫자는 ㉮의 전체 51편, ㉯의 일부 102편(유고 7편 포함)이므로 이들을 단순하게 합하면 모두 153편에 이르지만, 두 시집에 중복된 것 41편과 유고로 발표된 작품 7편도 포함되어 있어 이것을 제외하면 순수한 개별 작품은 총 105편으로 줄어든다.

그런데 105편이라는 숫자는 앞서 밝힌 대로 새로 발굴한 작품이 '이백 편'이 넘는다는 유족 말에 따르면 그 절반 정도에 해당하므로 이런 유형의 작품들이 아직도 많이 남아 있을 것으로 추산된다. 그렇다면 나머지 100편에 가까운 작품들은 왜 재수록 대상에서 제외되었는지 그 까닭도 궁금하다. 발간사에는 새로 발굴한 작품에 대해 취사 선택한 기준 같은 것이 전혀 언급되지 않아 아무것도 알 수 없다. 그러니까 뒤에 새로 발굴한 작품이 정확하게 얼마나 되고, 그중 어떤 것은 직접 시집으로 묶어내고 어떤 것은 시전집 편찬자를 통해서 소개하게 되었는지 그 내막

---

8) 이하 두 자료는 각각 ㉮와 ㉯로 지칭한다.

은 오직 유족만이 알고 있다. 그래서 이런 미묘한 점에 대해서는 일단 유보하고, 현재까지 구체적으로 밝혀진 작품 중에 이 글의 목적을 수행할 만한 자료들을 중심으로 시인이 재수록 작품 목록에서 제외한 까닭을 구명한다.

2) 재수록 작품의 선별 기준

㉯의 원전비평 결과를 검토한 결과, 목월 시에서 기존에 발표된 작품 중에 손질하여 시집 등에 재수록된 비율이 거의 30%에 이르렀다. 작품을 창작하는 과정에서 많은 퇴고를 거쳐 완성도를 높이려고 최대한 노력했을 것임에도 불구하고 이미 발표한 작품을 다시 수정한 사례는 시인의 치열한 시정신과 시적 완성도에 대해 예민하게 반응했음을 보여주는 증거이다.[9] 이런 예민한 성격의 소유자라면 적어도 자신이 발표한 작품이 어디에 실렸는지 잊어버렸을 수도 있고, 그로 하여 어떤 작품들은 탈락했을 것이라는 추측은 그리 어울리지 않는다.[10] 이에 이 글에서는 일단 그런 추측을 부정하는 관점에서 출발한다.

---

9) 목월을 모신 분들의 회고에 따르면 목월은, "지나치게 예민한"(김규동, 「경주, 그리고 박목월 선생」, 『심상』 통권 56호, 1978.5, 105쪽) 사람이며, 작품에 대해서는 무척 "엄격"(신달자, 「한 시간을 열 시간으로」, 앞의 책, 68쪽)하여, "냉엄한 평가를 하시며 그대로 넘기는 일이 없었다."(김제현, 「20년을 모시다가」), 앞의 책, 109쪽)고 한다. 이는 시인으로서의 그의 예민한 성격, 또는 치열한 시정신을 엿보게 하는 한 대목이다.

10) 1990년대 초반, 나는 '목월 시비' 건립 실무를 맡아 시비에 새길 글씨를 채집하기 위해 목월의 시작 노트(경주 '목월문학관'에 일부 전시) 여러 권을 검토했다. 여기에는 수많은 작품이 연필로 적혀 있고, 어떤 작품들은 계속 수정되어 가는 과정이 여러 면에 걸쳐 적혀 있기도 하였다. 이때의 경험에 따르면 목월은 창작품을 잘 챙긴 듯하다. 그렇다면 잡지에 발표했으나 찾지 못해서 수록하지 못했을 수도 있다는 추측은 틀릴 가능성이 크다.

첫째, 탈락 원인을 찾는 과정에서 우선 검토할 사항은 기존 발표작 중에서 목월이 재수록 대상에서 제외한 작품들의 발표 시기별 유형에 관한 것이다. 이들은 크게 등단 전·후로 구분되며, 더 세분하면 등단 후의 작품은 다시 시인이 작고하기 전 마지막 시집을 엮어낸 해를 기준으로 그 이전과 이후로 구분된다. 마지막 시집 이후부터 작고하기 직전까지 발표한 작품들은 시집에 다시 수록할 기회가 없었기 때문이다. 이에 목월이 직접 간행한 마지막 시집인 ≪무순≫이 1976년에 발간되었으므로 이 이후에 각종 지면에 발표된 작품들은 시인의 선별 여부와는 별개이므로 제외해야 한다. 이와 관련하여 ㉮는 1970년대 이후의 작품은 발표 지면과 시기를 밝히지 않아 참고할 수 없고, ㉯에는 그것이 명시되었는데 전집 831쪽의 <선반>에서부터 915쪽의 <무제>까지 모두 45편이 그 부류에 해당한다.

　둘째, 그 나머지 작품 즉, 목월이 시집을 출간하는 과정에서 제외한 것에 대한 검토이다. 이것은 다시 작품 내·외적인 문제로 구분된다. 먼저 작품 외적인 문제로서 등단 이전에 발표한 작품들11)이 모두 배제되었는데, 이것들은 관례상 습작품이라는 문학 사회학적인 기준을 적용한 결과이다.12) 또 현재 분명히 확인할 방법은 없지만, 시인이 혹시 발표한

---

11) 1932년부터 1935년까지 발표된 작품 6편이 ㉯(733~739쪽)에 실려 있다.
12) ㉯에는 등단 이전에 발표된 작품들을 수록했으나, ㉮에는 전혀 싣지 않은 것으로 볼 때 편찬자가 문단 관례를 의식한 것으로 보인다. 참고로 등단 이전에 최초로 지면에 발표된 작품 일부를 인용하면 다음과 같다.

털거둥
털거둥
밤특급열차는 다람질침니다
피곤한승객이
노래부르며 잣단을맞추어 춤을춥니다
우슴을웃습니다

사실을 잊어버린 결과라면 이 역시 작품 외적인 문제가 된다. 이 두 가지 요인은 작품의 질적 문제와는 무관하므로 논란거리가 되지 못한다. 이렇게 보면 이 글에서 다룰 대상은 작품 내적인 문제에 결부된 것 즉, 작품성을 고려하여 시인이 의도적으로 재수록 대상에서 제외한 작품들이 된다. 만약 이것이 사실이라면 그 까닭을 몇 가지 집약해볼 수 있다.

첫째, 작품성이 미흡하다고 판단한 결과가 가장 중요한 원인이라 할 수 있다. 작품성(미학성) 문제는 주관적 성향이 개입될 여지가 많아 관

그래도
까―스냄새가 머리를앞으게하고
도적마진사람이 야단을칩니다
한나그네가
잠을이르기위하야누엇건만
천장에불이너무도밝습니다
한나그네가
책을읽어라 도라앉엇건만
울렁거리는소리가 너무도큽니다
한시인의승객이
붓을잡고 창밖을 보오니
달밤에잠긴시가 너무도큽니다
스르룽
털걱
다라나든차가 머무엇습니다
…(하략)…
―부여여행가는길경부선을타고―
―<기차속> 전문(『신생』 1932.11. ≪박목월시전집≫, 733~734쪽)

작품 끝에 명시했듯이, 이 작품은 시인이 경부선 기차를 타고 부여로 여행 가는 중에 차 안에서 본 광경을 거의 사실적으로 묘사하였다. 그래서 초기시의 특성 즉, 자연을 제재로 하여 언어의 절제미와 운율이 잘 드러나는 서정성이 풍부한 경향과는 거리가 멀다. 두 해 뒤인 1934년 6월부터 1935년 3월까지 『學燈』에 발표한 5편도 길이만 짧아지고 현실성보다는 상상력이 많이 가미된 차이는 있으나 역시 초기시의 리듬과 시적 정조와는 크게 다르다.

점에 따라 달라질 가능성이 있지만, 목월이 작품집을 낼 때마다 기존의 발표작 중에 손질하여 재수록한 비율이 높았음을 고려하면 그는 작품성에 대하여 매우 민감하였다. 이런 목월의 평소 창작 태도에 따르면 어떤 작품의 경우에는 수정하더라도 소기의 성과를 거두기 어렵다고 판단하여 아예 재수록 대상에서 제외해 버렸을 가능성이 있다.

둘째, 시집의 전체 분위기나 빛깔에 맞지 않아서 보류했을 가능성도 있을 것이다. 특히 목월도 스스로 "나의 초기 작품이 대체로 자연을 소재로, 자연과의 교감이나 친화를 노래한 것", "나의 초기 작품이 대단히 소박한 가락이기는 하지만 음악성이 중시된"[13] 것이라 평가했듯이 이러한 특성이 상대적으로 잘 드러나지 않으면 보류했을 가능성이 크다.

이 밖에도 구체적으로 파악하지 못할 어떤 요인들이 있을 가능성도 있으나 현재까지 확보된 자료에 따르면 단연 첫째의 기준이 가장 크게 작용한 것으로 확인되었다. 즉 재수록 여부는 대체로 완성도와 작품성이 기준이 되었으며, 이는 작품에 대한 시인의 준엄한 자기 검증의 결과였다. 다음과 같은 목월의 술회들은 이런 판단을 뒷받침해준다.

사람에 따라서는 그가 빚은 작품을 모조리 시집에 수록하는 분이 있다. 나는 그런 분에게서 일종의 선망과 경이 같은 것을 느끼게 된다. 그런 분은 편편이 심혈을 기울이고 정성을 다함으로, 하나하나마다 버릴 수 없는 애착을 가졌다는 증좌일 것이다. 또 그와 같은 창작 태도가 바람직한 것임은 말할 나위도 없는 것이다.

하지만 나의 경우는 그렇지 못하다. 활자화한다는 그 자체가 정제품을 선보이는 자리이기보다 일종의 창작과정의 일부라 할 수 있다. 말하자면 지상(誌上·紙上)에 활자화시킨다는 것은 최종적인 세련도를 판단하기 위한 수단이라는 뜻이다.

---

13) 박목월, 『내 영혼의 숲에 내리는 별빛』, 문학세계사, 1979, 81~82쪽.

활자화는 메카니즘이 준엄한 냉혹성과 肉筆과는 다른, 시각적인 정결성을 가지는 것이다. 그러므로 나는 이른바 발표라는 수단을 통하여 작품의 세련도를 가늠하게 되고 때로 그것의 우열을 판단하게 된다. 발표된 작품 중에서 미흡한 것은 아낌없이 버린다. 대체로 나는 五년마다 한 권의 시집을 가지게 되지만 그것에 수록된 작품은 그 기간에 발표한 작품 수의 1/5이나 1/10 정도밖에 되지 않는다. **그런 의미에서 시집 속에 수록된 것만이 나의 작품이라 할 수 있다.**14)

내가 詩에 뜻을 둔 것이 1930년. 실로 20여 년 만에 첫 시집을 내고 30여 년 동안에 세 개의 시집을 가진 셈이다. 물론 첫 시집을 좀 더 일찍 출판할 수 있는 기회가 여러 번 있었다. 1949년 겨울에는 국제출판사에서 조판까지 끝낸 일이 있었다.

책 이름은 ≪石像의 노래≫. <문예>에 광고까지 내고 표지도 마련했었다. 그것을 저자인 내가 떼를 써서 허물어 버렸다. 또 한번은 1952년 여름, 新稿만 모아 역시 조판을 했었다. 徐悌淑 씨가 교정 일체를 애써 주었다. 그러나 인쇄 단계에 들어가서 역시 중지해 버렸다. 지금 생각하면 철없는 고집 같기도 하다. 시집을 출판하지 않으려면 그 원고나마 보관해 둘 것을 그것조차 잃어버렸다. 애석하다. 하지만 시집을 내지 않았음을 후회하지 않는다. 오히려, 자기의 작품을 아낌없이 버릴 수 있었던 약간의 용기와 자기 작품에 대한 潔白性, 너절하다고 생각되는 것에 미련을 갖지 않은 것이 시인으로서 나대로의 결백에서 오는 것이라 믿는다. 대견스럽기조차 하다. 이런 버릇은 시집을 엮을 때마다 경험하는 일이다. 허술하다 싶은 작품은 여지없이 제외해 버리는 것이다. 그러므로 시집에 수록된 작품보다 '발표해 버린 작품'이 내게는 더 많다.

이것은 결코 자랑도 自負도 아니다. 어느 의미에서는 나의 창작 태

---

14) 박목월, ≪박목월자선집≫ 9─시선집 · Ⅰ, 서문. (밑줄 및 강조: 인용자)

도의 불성실과 미숙한 역량을 자백하는 것에 불과하다.

만일 편편의 작품마다 충실을 기하고 나의 역량이 성숙하였더라면 나는 모든 작품을 주저하지 않고, 시집에 수록할 수 있었을 것이다. 하지만 그것은 도저히 내게는 바랄 수 없는 일이다. 내가 얼마나 성숙하게 되면 빚는 것마다 알알이 알찬 열매가 되어질 수 있을 것인가. 나는 태반 설익은 작품을 생산할 뿐이다. 다만 내가 빚은 설익은 작품 중에서 가려내는 나대로의 지극히 단순하면서 확실한 기준을 가지고 있다. 쉽게 쓰여진 작품에 대해서는 작자로서 과히 애착을 가지지 않으며 으레 그런 작품이 선택에서 제외되는 것이다. '쉽게 쓰어진다'는 표현이 모호한 일면이 있지만, 타성적인 창작 태도를 의미하는 것이다. 재탕은 언제나 쉬운 법이다. 그것은 이미 아는 것이기 때문이다. 그런 만큼 성실성이 결여되고 설사 독자에게서 의외의 호평을 받게 되는 경우라도 나로서는 믿어지지 않는다.

나의 경험으로서는 창조적인 작업에는 늘 휘어잡을 수 없는 저항감을 느끼게 되고 그럴 때마다 나는 혼신의 힘을 기울이게 되며 강한 긴장을 느끼게 되는 것이다. 이 긴장과 투쟁 속에서 빚어지는 작품은 무엇이나 내게는 필연적인 결실로서 또한 그것에 대한 작자의 애착도 각별한 것이다. 즉, 쉽게 쓰어지는 작품일수록 창조자로서의 긴장이 미약한 것이며, 그런 작품에 대해서는 작자로서 애착이 덜 가게 된다는 뜻이다. 이것은 빚어진 작품의 성과보다는 창작에 있어서 작자의 성실성의 문제이기도 하다. 하지만 대체로 강한 긴장감 속에서 빚어지는 것일수록 작품의 성과도 빛나게 되는 것이다.[15]

시인으로서의 목월의 삶과 정신의 실상을 들여다볼 수 있는 많은 단서가 담겨 있어 좀 길게 인용하였다. 1년 정도의 시차를 갖는 두 글을 통해서 우리는 목월의 치열한 시정신과 예민한 시관 및 시집을 엮을 때의

---

15) 박목월, 『구름에 달 가듯이』, 삼중당, 1975, 197~199쪽.

독특한 습관 같은 것을 엿볼 수 있다.

먼저, 앞의 글에서는 세 가지 사실이 주목된다. 첫째는 작품을 '지상(誌上·紙上)에 활자화시킨다는 것은 최종적인 세련도를 판단하기 위한 수단'이라고 생각한다고 하여 작품 발표도 하나의 창작과정의 일환이라고 보았다는 점이고, 둘째는 '발표된 작품 중에서 미흡한 것은 아낌없이 버린다. 대체로 나는 5년마다 한 권의 시집을 가지게 되지만 그것에 수록된 작품은 그 기간에 발표한 작품 수의 1/5이나 1/10 정도밖에 되지 않는다.'라고 밝힌 점이며, 셋째는 '그런 의미에서 시집 속에 수록된 것만이 나의 작품이라 할 수 있다.'라고 명확하게 선을 그었다는 점이다. 어떻게 보면 치열한 시정신을 넘어 작품에 대한 지나친 결벽성일 수도 있는 이러한 목월의 인식과 태도는 결코 예사롭게 보이지 않는다. 일반적으로 지상에 발표된 것은 창작과정에서 자기 검증을 거친 완성작이라고 생각하기 쉬운데, 목월은 전혀 그렇지 않았기 때문이다. 그는 발표 과정을 단지 '최종적인 세련도를 판단하기 위한 수단' 정도로 여겨 이 과정을 거쳐 지상에 발표한 작품들마저도 겨우 10~20% 정도밖에 시집에 재수록하지 않았다니, 그는 대부분 작품을 작품성이 미흡하다는 판단 아래 미련 없이 자기 작품 목록에서 제외해 버렸다.16) 이와 같은 준엄한 자기 검증 체계에 따라 작품을 엄선했기 때문에 그는 '시집 속에 수록된 것만이 나의 작품이라 할 수 있다'라고 단언하면서도, 또 한편으로는 대부분 작품에 대해 기회가 생길 때마다 다시 손질을 가했는데, 이로 보면 작품에 대한 그의 결벽성이 어느 정도였는지 충분히 짐작할 수 있다.

한편, 뒤의 글에서 주목되는 정보들은 다음과 같다. 첫째, 1955년 개인 첫 시집인 ≪산도화≫를 펴내기 전인 1949년 겨울과 1952년 여름 두

---

16) 유족이, 지상에 발표되었으나 시집에 수록되지 않은 것으로 '이백 편이 넘는 작품'을 찾아냈다고 밝힌 것은 바로 이런 목월의 자기 검증 결과에서 탈락한 것으로 보인다.

번에 걸쳐 시집을 내려고 작업을 거의 다 마친 상태에서 포기하고 원고마저 모두 폐기했다.17) 둘째, '너절한 작품'을 싫어하는 '결백성', 즉 작품의 수준을 아주 꼼꼼히 따지는 성격을 가졌다. 셋째, 그 버릇은 시집을 낼 때마다 작용하여 허술하다고 판단되는 작품은 여지없이 제외해 버려서 시집에 수록된 작품보다 '발표해 버린 작품'이 더 많다. 넷째, 자신의 창작 태도의 불성실과 미숙한 역량을 뼈저리게 인식하였다. 다섯째, 시집을 엮을 때 선별 조건으로 '쉽게 씌어진 것', 즉 타성적인 창작 태도로 쓴 것인지를 따졌다. 요컨대, 그는 창작과정에서 가장 중요한 것으로 작자의 성실성과 강한 긴장감을 들고, 이런 태도로 쓴 작품일수록 그 성과도 빛나게 되는 것임을 강조하였다.

시집의 조판이 거의 끝났거나 심지어 인쇄 단계에까지 들어간 것을 뒤늦게 포기하고 모조리 폐기할 정도라면, 작품에 대한 목월의 자기 검열이 무척 준엄했음을 알 수 있다. 이러한 그의 결벽성과 작품성에 대한 엄격한 잣대가 결국 그에게 시집을 간행할 때마다 지면에 발표한 것을 무조건 싣지 않고 엄밀하게 선별하도록 작용했고, 또 수록 대상 경우에도 완성도를 더욱 극대화하기 위해 수정 보완하는 작업을 거치게도 하였다. 그러니까 기존에 발표한 작품 가운데 목월이 직접 시집에 거두어들이지 않은 것은 대체로 '쉽게 씌어진 작품'으로서 '허술하다 싶은 작

---

17) 이 사실은 ≪산도화≫의 발문에서 언급한 조지훈의 다음 내용이 분명히 확인해준다. "목월의 첫 시집이 <산도화>란 이름으로 이제사 나오게 되었다. 십년래에 목월의 시집이 지상에 예고된 적은 한두 번이 아니었다. 그러면서도 그 시집들이 번번이 세상을 보지 못한 채 스러진 것은 시인 스스로가 그 시집의 조판을 허물어버린 까닭이다. 우리는 이 하나의 사실만으로도 목월의 시에 대한 태도가 얼마나 정성스럽고 또 경건한 것인가를 엿볼 수 있다. 자기 시를 자기보다 더 사랑하는 사람이 이 세상에 있을 수 없음을 알면서도 제 시를 제 손으로 모을 만용이 없는 곳에 시인의 아름다운 겸허의 마음이 있기 때문이다." 조지훈, '발문', 박목월, ≪산도화≫, 112쪽. (현대 맞춤법 수정: 인용자. 이하 같음)

품'이자, 그냥 '발표해 버린 작품'의 유형에 드는 것일 수도 있다. 그렇다면 후대인들은 그런 작품들을 굳이 수습하지 않고 그대로 두는 것이 시인의 순수한 뜻을 적극적으로 존중하는 태도가 된다고 하겠다.[18]

3) 재수록 대상과 탈락한 작품의 거리

앞서 확인한 내용 즉, 시인이 언급한 쉽게 쓰여서 '허술하다 싶은 작품'이 구체적으로 어떤 형태인지는 분명하게 단정할 수 없다. 다만, 각종 지면에 발표된 목월의 작품을 검토하여 시집이나 자선집에 재수록된 것과 거기서 제외된 것들을 대비하면 어떤 시사점을 얻을 수는 있다. 그런데 재수록 작품들의 경우 유형별로 더 세분할 수도 있어서 1차 발표된 작품을 기준으로 검토하면, 그 유형은 ①무수정 재수록, ②부분 수정 재수록, ③대폭 수정 재수록, ④개작 후 재수록, ⑤1회 발표 후 재수록 대상에서 제외된 것 등 다섯 가지 유형으로 크게 나눌 수 있다.

위의 다섯 가지 유형 중에 ①의 경우인 무수정 재수록 유형은, 총체적으로 정밀하게 대조하면 다소 변화가 있을지 모르나, 이 연구 과정에서

---

18) 이러한 관점으로 보면 목월이 작고하기 직전 해인 1977년에 『심상』에 집중적으로 발표한 것들을 재수록하는 것도 재고할 여지가 있다. 특히 후기에 '무제'라는 제목으로 된 작품이 많은데, 그것들은 다음과 같은 목월의 고백을 참고하면 완성된 작품이 아닐 수도 있다. "제목이 '무제'라는 것은 제목이 없다는 뜻이지만 무제도 일종의 제목임에는 틀림없다./최근 내가 쓴 작품에는 <무제>라는 것이 간혹 있다. <u>제목을 붙일 만큼 맺혀진 것이 아니라는 뜻으로, 시를 쓰기 위하여 도사리지 않고 소감을 기록하는 가벼운 기분으로 붓을 든 것들이다.</u>//…(인용 작품 생략: 인용자 주)…//<u>물론 이것은 초고에 불과하며 한 편의 작품으로 심화, 성숙된 것이 아니다. 그럴수록 이른바 '나의 심정'이 솔직하게 노골적으로 표현된 것이다.</u>"(박목월, 「무제」, 『구름에 달 가듯이』, 228~229쪽. 밑줄: 인용자) 이 고백을 참조하면 후반기에 집중적으로 발표된 작품들은 악화하는 건강을 의식한 목월이 '제목을 붙일 만큼 맺혀진 것'이 아닌, 다소 완성도가 떨어지는 작품도 발표한 것으로 짐작된다.

일별한 결과로는 거의 찾아보기 어려웠다.[19] 특히 독자에게 널리 알려진 작품일수록 대부분 다소간의 손질이 된 것으로 파악되었다.[20] 이에 따르면 목월은 기존 작품을 재수록할 기회가 생길 때마다 대부분 다시 퇴고를 거쳤다고 해도 과언이 아니다. 따라서 이 글에서는 주로 ②~⑤의 유형을 검토하여 재수록 대상에서 제외된 작품의 탈락 요인을 추정한다.

먼저, ②의 유형 중에서 수정 내용이 가장 적은 경우로 <갑사댕기>와 <달무리>(≪청록집≫→≪박목월자선집≫) 같은 작품을 예로 들 수 있다. 두 작품에서는 '삼삼 하고나'가 '삼삼하고나'로, '이런밤엔'이 '이런 밤엔'으로 각각 두 곳(유형으로 보면 한 가지)에 띄어쓰기가 달라져 있을 뿐이어서 시적 의미에는 별다른 변화가 없다. 이 유형은 단순한 맞춤법에 관한 문제이므로 목월의 시정신을 들여다볼 만한 자료가 되지 못하는 까닭에 더 이상의 구체적인 고찰은 유보한다.

한편, 수정하여 재수록한 작품을 통해서 목월의 시정신을 구체적으로 들여다볼 수 있는 적절한 자료로서 1939년 9월 『문장』에 초회 추천작으로 나란히 수록된 <길처럼>(㉠)과 <그것은 연륜이다>(㉡)를 들 수 있다. 재수록에 관련하여 두 작품의 엇갈린 운명을 대조하면 그의 시정신의 한 단면이 여실히 드러나리라고 본다. 두 작품 가운데 나중에 ≪청록집≫에 재수록 되면서 ㉠은 원형을 거의 간직한 채로 부분 수정된(② 의 예) 반면에, ㉡은 과연 같은 작품인지 의구심이 들 정도로 완전히 개작되었다(④의 예). 두 작품의 거리를 가늠하기 위해 먼저 대비적으로 예시하면 다음과 같다.[21]

---

19) 확인 결과 <春日>은 ≪청록집≫(30~31쪽)에 실린 것과 ≪박목월자선집≫(34~35쪽)에 실린 것이 완전히 일치된다.
20) ≪청록집≫의 작품 중에 ≪산도화≫에 재수록 된 작품 9편(<임>·<윤사월>·<삼월>·<청노루>·<나그네>·<길처럼>·<연륜>·<산이 날 에워싸고>·<산그늘>)은 모두 수정되었다.

㉠ <길처럼>	㉡ <그것은 연륜이다>
머언산 굽이굽이 도라갔기로 山 구비마다, 구비마다 절로 슬픔은 일어…… 뵈일듯 말듯한 산길. 산울림 멀리 울려 나가다, 산울림 혼자 도라 나가다, ……어쩐지 어쩐지 우름이 돌고 생각처럼 그리움처럼…… 길은 실낯 같다.	어릴적 하잔한 사랑이나 가슴에 백여서 자랐다. 질끔은 나무에는 자주빛 연륜이 몇차례나 감기었다. 새벽꿈이나 달그림자처럼 젊음과 보람이 멀리간뒤, ……나는 자라서 늙었다, 마치 세월도 사랑도 그것은 애달픈 연륜이다.

  목월을 시단에 추천한 정지용이 '詩選後' 소감에서 "朴木月君 등을 서
로 대고 돌아앉어 눈물없이 울고싶은 '리리스트'를 처음 만나뵈입니다
그려. 어쩌자고 이 험악한 세상에 哀憐測測한 '리리시즘'을 타고나셨읍
니까! 모름지기 시인은 강하야 합니라('라'는 '다'의 오자—인용자 주)."[22]
라고 평가했듯이 두 편은 대체로 비슷한 감수성과 분위기를 보여준다.
그래도 세심하게 살펴보면 ㉠에 비해 ㉡은 상대적으로 정제미가 부족하
고 서정성보다는 감상적 분위기가 더 짙다. 이러한 차이가 두 작품의 운
명을 부분 수정과 전면 '개작'으로 엇갈리게 한 것으로 보인다. 두 작품의
차이를 구체적으로 확인하기 위해 ㉠과 ㉡을 각각 원본과 수정본(㉠')/개
작본(㉡')으로 나누어 상하로 대비해서 제시하면 다음과 같다.

---

21) 『문장』 제1권 제8호, 1939.9, 126~127쪽.
22) 위의 책, 128쪽.

㉠ 원본: <길처럼>[23]	㉠' 수정본: <길처럼>[24]
머언산 구비구비 <u>도라갔기로</u> 山 구비마다, 구비마다 절로 슬픔은 일어…… 뵈일듯 말듯한 산길. 산울림 멀리 울려 나가다, 산울림 <u>혼자 도라</u> 나가다, ……어쩐지 어쩐지 우름이 돌고 생각처럼 그리움처럼…… 길은 실낯 같다.	머언산 구비구비 돌아갔기로 山 구비마다 구비마다 절로 슬픔은 일어…… 뵈일듯 말듯한 산길 산울림 멀리 울려 나가다 산울림 홀로 돌아 나가다 ……어쩐지 어쩐지 우름이 돌고 생각처럼 그리움처럼…… 길은 실날 같다

㉡ 원본: <그것은 年輪이다>	㉡' 개작본: <年輪>[25]
어릴적 하잔한 사랑이나 가슴에 백여서 자랐다. 질굽은 나무에는 紫朱빛 年輪이 몇차례나 감기었다. 새벽꿈이나 달그림자처럼 젊음과 보람이 멀리간뒤, ……나는 자라서 늙었다, 마치 歲月도 사랑도 그것은 애달픈 年輪이다.	슬픔의 씨를 뿌려놓고 가버린 가시 내는 영영 오지를 않고……한해 한해 해가 저믈어 質고운 나무에는 가느른 가느른 피빛 年輪이 감기었다 　(가시내사 가시내사 가시내사) 蒼白한 少年은 늘 말이없이, 새까 아만 눈만 초롱 초롱 크고……귀에 쟁 쟁 울리듯 참아 못잊는 애달픈 웃녘 사투리. 年輪은 더욱 샛빨애 졌다 　(가시내사 가시내사 가시내사) 이제 少年은 자랐다. 구비구비 흐 르는 은하수에 꿈도 슬픔도 세월도 흘 렀건만……먼 수풀 質고운 나무에는 상기 가느른 가느른 피빛 年輪이 감기 어 나간다 　(가시내사 가시내사 가시내사)

---

23) 밑줄; 인용자.
24) 박목월·조지훈·박두진, ≪청록집≫, 을유문화사, 1946, 22~23쪽.

⊙의 경우, 원본 중 밑줄 친 부분이 ⊙'에서 수정되었다. 그 내용은 크게 교정과 수정으로 구분된다. 즉 '도라→돌아'('우름'은 그냥 두어서 일관성이 없음)와 '실낯→실낱'은 각각 맞춤법과 오자를 교정한 것으로 시적 의미나 분위기에는 별다른 영향을 주지 않는다. 이에 비해 '혼자'를 '홀로'로 바꾸고 생략부호 이외의 모든 문장부호를 지운 것은 표현 효과를 고려한 수정 사항에 해당한다. 즉 '혼자'를 '홀로'로 바꿈으로써 流音인 'ㄹ'이 두 개나 첨가되어 음악성이 한층 강화되었고, 쉼표와 마침표를 모두 삭제한 것도 매끄러운 호흡(리듬)을 고려한 것으로 이해할 수 있다. 그 반면에 ⓛ의 경우에는 ⊙에 비해 작품의 완성도 측면에서 수준이 떨어지는 것으로 보인다. 이 점이 결국 ⓛ'의 경우처럼 같은 작품으로 볼 수 없을 정도로 전면 개작하게 만든 요인으로 작용한 것으로 보인다.

위에서 선명한 차이를 보이기 위해 ②(부분 수정 재수록)와 ④(개작 후 재수록)의 유형을 먼저 대비하여 살펴보았다. 다음으로 작품을 대폭 수정한 ③의 예가 되는 <山色>의 초간본과 수정본을 대비하면 다음과 같다.

ⓒ <菩薩>(「죽순」)26)	ⓒ' <山色>(≪산도화≫)
눈물 어린 자리 스르르 풀리면	산빛은 제대로 풀리고
산빛도 제대로 새로 밝아 오는데	꾀꼬리 목청은 티는데28)
달빛에 木船 가듯 조으는 菩薩	달빛에 木船가듯 조는 菩薩
꽃그늘 환한 골27) 조으는 菩薩	꽃그늘 환한 물 조는 菩薩

25) 『문장』 제2권 제7호, 1940.9, 93~94쪽. 목월은 자작시해설에서 초회 추천작인 <그 것은 연륜이다>를 '개작'하여 ≪청록집≫에 실었다고 회고했지만(박목월, 『보라빛 소묘』, 신흥출판사, 1958, 49쪽), 실제로는 이미 『문장』에 3회 추천작으로 실려 있다.

이 작품은 왼쪽처럼 『죽순』(1949.4)에 처음 발표할 때는 제목이 <보살>이었지만, 시집 《산도화》(1955)에 재수록 된 형태는 제목이 바뀌고 1~2연도 수정되었다. 수정된 부분과 그에 따른 시적 효과를 구체적으로 살펴보면 다음과 같다.

수정 내용 중에 1연의 '눈물 어린 자리'가 완전히 삭제된 점이 가장 주목된다. 감상적인 느낌을 주는 이 부분을 삭제한 다음 2연의 '산빛'을 1연으로 끌어올리고 2연에는 청각 이미지인 '꾀꼬리 목청'을 첨가하여 1연의 시각(색채) 이미지에 대비되도록 했다. 그리고 3연의 '목선 가듯'을 붙여서 3·4의 음절 구조에 맞추었으나 '조으는'은 '조는'으로 한 음절을 줄여 7·5의 '5'에 해당하는 부분에 변화를 주고 한 박자 빠르게 읊어지게 했다. 끝으로, 4연에서는 '골'을 '물'로 바꾸어 3연의 '목선'에 적절히 부응하도록 하였다. 이렇게 하여 전체적으로 변화된 내용을 집약하면, 정지용이 추천 과정에서 비판적으로 언급했던 이른바 '요적 수사'는 한결 자유로워졌는데 도입부의 감상적 분위기가 밝고 경쾌한 이미지로 바뀌었을 뿐만 아니라 시적 구조도 한층 탄탄해졌다. 물론 이 한 편으로 목월의 미적 인식의 변화를 총체적으로 통찰하기는 어려우나 어느 정도는 감지할 수 있을 것이다.

그렇다면 지면에 단 1회 발표한 다음에는 챙기지 않아 시집 목록에서는 완전히 제외된 작품 즉, ⑤의 유형에 해당하는 것은 어떤 형태일까? 그 한 단면을 살펴보기 위해 재수록 대상에서 탈락한 작품 중에 비교적 색깔이 강한 것을 한 편 예로 들면 다음과 같다.

---

26) 박동규 편, 《강나루 건너서 밀밭 길을》, 20쪽.

27) 이남호 편 《박목월시전집》(60쪽)에는 '물'로 되어 있다.

28) 《박목월자선집》(44쪽)에는 이 행만 '티어오는데'로 수정되었다. 3음절을 5음절로 늘인 것은 다른 연의 2행 음절 수와 비슷하게 균형을 맞추기 위한 것으로 보인다.

이조 오백 년
흐린 종일

大韓 잠시
해빛 쬐일듯
삼십육년의
슬픈 강을

건너니 밝은 아침
해맞이 이슬

홀로 꽃밭에
깨어 있었다

이마에 맑은 구름
떠가는 구름

－<꽃밭에 깨어 있었다> 전문29)

　이 작품은 형태 측면에서는 초기시의 유형과 거의 유사하지만 내용에
서는 큰 차이가 있다. 특히 1~2연30)의 현실 인식이 드러나는 부분은 자
연과 향토색이 짙은 초기시의 서정성과는 거리가 상당히 멀다. 아마도 이
런 점 때문에 이 작품을 재수록 대상에서 제외한 것이 아닐까 짐작된다.
　이상으로 대표적인 사례에 대한 구체적인 분석을 마친다. 유족 측에
서 각종 지면에 발표된 것 가운데 시집에 재수록 되지 않은 작품이 무려

---

29) 『죽순』 1946.8. 박동규 편, ≪강나루 건너서 밀밭 길을≫, 18쪽.
30) 초기시에서 2행 1연으로 구성된 형태가 많은 점과 이 시의 전체 구성을 고려하면 2
　　연의 1~2행과 3~4행 사이는 연을 나누어야 할 것으로 보이는데, 이어져 있는 것
　　은 편집 과정의 오류일 가능성이 크다.

200여 편이나 된다고 밝혔듯이, 각종 지면에 발표된 작품 가운데 수습되지 않은 것이 무수히 많고, 또 탈락 요인도 각양각색으로 보이는 까닭에 그것들을 일일이 분석하여 그 실체를 구체적으로 다 밝혀내기는 불가능하다. 이 점을 고려하여 이 글에서는 한 본보기로서 일부분의 특징적인 사례를 중심으로 목월의 시정신이 실제 작품에서 어떻게 구현되었는지만 구체적으로 살펴보았다. 이 결과와 앞서 소개한 목월의 술회를 중첩하면 그의 고백에 내재한 진정성을 확인할 수 있다.

지금까지 살펴본 사안들을 사려 깊게 고려할 때, 이미 지면에 발표된 작품이지만 목월 자신이 의도적으로 배제하여 시집과 시선집 등에 수록하지 않았던 것들을 후대인들이 찾아내어 이른바 '새로 발굴된 작품'이라는 이름으로 간행하여 새삼스레 세상에 드러내는 일은 시인에게는 그리 달갑지 않은 일일지도 모른다. 비록 그것이 개인사적인 차원에서 작품 발표 사실을 확인하고 작품 연보를 확장하는 의미가 있다고 하더라도 문학사적으로 이미 어느 정도 평판이 나 있는 시인에게는 오히려 작품의 편차로 인하여 그 위상을 유지하는 데 약점으로 작용할 가능성도 있다고 보기 때문이다.

3. 마무리

이 글은 작고 시인의 작품, 특히 시인이 생시에 시집 등을 간행하면서 기존에 발표한 작품 중에 제외한 것들이나 유고 등을 찾아내어 후대인들이 임의로 재발표나 재출간하는 관행에 대해 문제점을 검토하는 것을 주요 목적으로 연구되었다. 그동안 우리는 각종 언론 매체나 문예지 등을 통해서 새로 발굴된 작품, 또는 유고라는 큰 의미를 부여하여 재발표되는 경우를 종종 보아 왔다. 그리고 그것은 대체로 해당 문인의 문학사적 위상이 높을수록, 그리고 자료가 오래될수록 가치가 더 높아진다는 인식을 가진 것으로 파악된다.

그런데 이런 관행에 대해 지금까지는 대체로 별다른 문제의식 없이 긍정적 가치로 받아들였다. 물론, 그것이 역사적인 자료이거나 골동품처럼 오래고 희귀할수록 의미가 깊고 가치도 높아짐은 당연하지만, 문학작품의 경우에는 좀 더 깊은 성찰이 필요하다고 본다. 이 문제는 매우 미묘한 사안이라 여간 조심스럽지 않다. 그래도 반드시 연구해볼 가치는 있다고 판단된다. 기존에 발표한 작품이더라도 시인이 나중에 시집을 엮어내는 과정에서 마음에 들지 않아 일부러 보류하거나 무시했을 수도 있기 때문이다. 그렇다면 이런 작품들은, 재발표하는 일이 오히려 시인에게 누가 될 수도 있으니 오히려 시인의 뜻을 존중하는 일이 더 바람직할 수도 있다. 이 글에서는 이러한 문제 제기의 측면에서 기존에 발표한 작품 가운데 재수록 대상에서 제외한 작품이 매우 많은 박목월의 시를 대상으로 살펴보았다.

그 결과, 목월은 심오한 시정신과 치열한 창작 태도로 작품의 완성도에 대해 무척 신경을 쓴 것으로 파악되었다. 이미 지면에 발표한 작품마저도 시집에 재수록하는 과정에서 많은 첨삭을 가한 사실이라든지, 본인의 말대로 '결백성'이라고 표현할 만큼 자기 작품을 준엄하게 검열하여 일정한 기준에 맞지 않는 것들은 시집에 재수록하지 않고 의도적으로 제외해 버렸다는 그의 고백 등이 그 점을 분명히 뒷받침한다. 목월의 고백을 실제 작품을 다룬 그의 구체적인 사례들이 분명히 증명한다면, 그가 생전에 발표한 작품 중에 시집에서 제외된 채 묻혀 있는 것을 후대인들이 발굴하여 발표한 것들은 대개 작품의 수준이 미흡한 것이라고 단정해도 무방할 것이다.

목월의 치열한 시정신과 태도는 매우 소중한 것으로 반드시 존중되어야 한다. 그렇다면 후대인들이 시인의 본뜻과는 상관없이 새로 발굴된 작품이라는 이름으로 문학적 성과를 별로 고려하지 않은 채 임의로 재발표하는 관행은 재고할 필요가 있다. 예술작품은 양이 아니라 먼저 질적인 차원에서 고려되어야 하므로 창작 주체가 의도적으로 배제한 작품일지도 모르는 것을 굳이 찾아내어 지면에 다시 발표하는 일은 작품 편수를 늘리는 것 이상의 의미는 별로 없음을 알아야 한다. 특히 그 배경에 문학 외적인 어떤 관심을 끌려는 의도나 상업성이 깔린 경우라면 더욱 삼가야 할 것이다. 어떠하든 작품은 그것을 창작한 사람의 것이므로 창작자의 뜻이 최대한 존중되고 반영되는 것이 가장 순리적이고 바람직하기 때문이다.

박목월의 시정신과 작품의 변모 양상

1. 실마리

우리나라 시인 중에 박목월(이하 목월)만큼 시인으로서 치열한 삶을 산 분이 얼마나 있을까? 그런 의문이 들 정도로 목월은 그야말로 시인 정신으로 철저히 무장하고 시적 삶을 살았던 대표적인 시인으로 평가할 수 있다. 1939년 정지용 추천으로 『문장』 9월호(<길처럼>·<그것은 연륜이다>, 1회)와 12월호(<산그늘>, 2회)에 작품이 실리면서 시인으로 등단해 타계할 때까지 약 40년간의 활동을 개관하면, 시인으로서 그가 보여준 열정과 노력은 오늘날의 시인들에게도 모범이 될 만하다. 이 점은 그가 남긴 많은 시와 시에 관한 다양한 글들이 뒷받침한다.

목월 하면 흔히 현대시사에서 '청록파'의 일원으로 '자연'을 노래한 대표적인 시인으로 논의된 경우가 많다. 사실 이런 규정은 엄밀히 따지면 그의 초기 시편들에 한정된 판단일 뿐이며 표면적으로 접근하면 일면 타당한 부분도 있을지 모르나, 심층적 의미는 물론이고 전체 시를 통해서 볼 때는 타당하지 않다. 다시 말해 그의 치열한 실험정신과 그에 따른 시적 변모 양상을 살펴보면 그런 경직된 논의가 얼마나 부실한지 여실히 드러난다. 그래서 이제는 목월 시에 접근할 때 초기, 특히 ≪청록집≫을 대상으로 평가한 결과에 얽매이지 말고, 접근 태도나 인식 방법에서 좀 더 깊이 있고 다양한 해석이 이루어져야 마땅하다.

이러한 평가 척도의 단순함과 획일화에 대해 문제를 제기하면서, 논자는 이 글을 통해 목월 시 전편을 통시적으로 접근하여 주요 변모 양상을 살펴보려고 한다. 이를 위해 시적 변모의 근원으로 작용한 정신적 측면을 고려하면서 목월의 시적 자아와 세계인식, 또는 사회와의 긴장 관계 등을 성찰하고, 그에 따라 시적 변용이 어떻게 전개되었는지 확인할 것이다.[1]

2. 목월 시의 변모 과정과 그 양상

목월의 시세계는 초기에서 후기로 전개되는 과정에서 그 지향점이 계속 달라진다. 특히 시정신의 변화에 따라 시의 빛깔이 달라진다. 변모 양상에 주목하면 시적 연륜에 따라 초기·중기·후기 등의 3단계로 구분할 수 있고, 이것을 이분법적으로 구분하면 갈등하는 구조와 극복과정 구조로 파악할 수도 있다. 또 목월의 말을 빌리면 갈등하는 구조는 '서서 돌아다님의 세계'로, 극복과정 구조는 '앉음의 세계'로서 대조적인 관계가 된다. 이 두 양상이 개별 시집을 단위로 계승과 대립, 또는 변화와 심화하는 양상을 보이면서 목월 시편의 전체 색채와 파장을 형성한다.

---

1) 초고에서 작품 인용은 일부 개별 시집을 포함해서 주로 ≪박목월시전집≫(서문당, 1984)을 참고했고, 이후 이 책에 수록하기 위해 보완하는 과정에서는 이남호 엮음·해설 ≪박목월시전집≫(민음사, 2003)도 참고했음을 밝힌다.

1) 비극적 현실과 방랑의식

목월의 초기시는 시대적 배경과 밀접한 관련이 있다. 목월이 시단에 등단한 시기인 1930년대 말은 사회적으로 보나 문단으로 보나 목월 시의 출발과정에 큰 영향을 미쳤다. 먼저 당시의 사회적 배경을 살펴보면, 1940년 전후는 일제의 강압 정치가 더욱 극악해지던 시기였다. 그들은 한국의 언어문화 말살 정책을 쓰기 시작했고 급기야는 문학에까지 그 마수를 뻗쳐 문인들이 울분을 참지 못하고 붓을 꺾기도 할 정도로 악랄하였다. 그리고 문단 배경은 '시문학파'의 순수시 운동과 모더니즘의 기교적인 시에 대한 반발로 특징지어지는 소위 '생명파'의 유치환·서정주·오장환 등의 시인들이 인간 생명의 궁극적인 문제 탐색에 주력하던 시기였다. 이런 시기에 목월을 비롯한 조지훈과 박두진 등 나중에 세칭 '청록파'로 일컬어진 시인들은 암담한 시대 현실 속에서 '생명파'의 문학 경향과는 거리가 있는 새로운 제재─자연과 향토적인 문제를 노래하면서 등장하였다. 그 중에도 목월은 어두운 현실로 인한 내적 갈등을 자연 속에 갈무리한 작품을 발표하여 나머지 두 시인과는 나름대로 변별적 위상을 갖는다.

> 내ㅅ사 애달픈 꿈 꾸는 사람
> 내ㅅ사 어리석은 꿈 꾸는 사람
>
> 날마다 홀로
> 눈물로 가는 바위가 있기로
>
> 기인 한밤을
> 눈물로 가는 바위가 있기로

어느 날에사
어둡고 아득한 바위에
절로 임과 하늘이 비치리오

-<임> 전문

이 시는 목월의 초기시편에 드리운 큰 특성을 잘 보여준다. 특히 시적 화자가 현실을 '기인 한밤'으로 인식하고 스스로 애달프고 어리석은 꿈꾸는 존재로 성찰하는 부분에 현실과 자아의 갈등 관계가 구체적으로 드러나서 이른바 자연몰입, 현실도피 운운하는 비판적인 비평들이 얼마나 공허하고 피상적인 해석인지 여실히 증명한다.

이 시에서 가장 주목되는 대목은 어두운 현실 인식에 이어지는 비극적인 자아 성찰이 시인에게 복합적인 정서를 불러일으키는 점이다. 즉 '애달픈 꿈'과 '어리석은 꿈'이라는 대조적인, '기인 한밤'으로 인해 아프고 슬프고 쓸쓸하여 꿈에 젖으면서도 한편으로는 그 꿈은 실현 불가능하므로 어리석은 꿈이 될 수밖에 없다고 하였으니 이율배반적인 인식을 보여준다. 이러지도 저러지도 못하는, 꿈꾸어도 허사인 줄 알면서도 그만둘 수 없는 나라 잃은 피식민지 백성의 기막힌 처지가 아이러니 형식을 통해 절절히 드러난다.

이러한 통절한 마음에 대해 시인은 '기인 한밤'을 '날마다 홀로/눈물로 가는 바위'로 심화하여 다시 복합적인 정서를 중층적으로 암시한다. 즉 '바위'의 심층 의미를 두 갈래로 해석할 수 있도록 표현했다. 하나는 시적 화자의 심정을 바위로 이미지화한 것이고, 다른 하나는 화자가 갈아서[磨] 없애 버리고 싶은 어두운 현실로 해석할 수도 있다. 그리하여 '바위'는 어두운 밤 곧, 암담한 시대를 굳은 신념으로 살아가면서 애달픈 꿈에 젖는 화자이면서, 한편으로는 절망적인 현실을 타개해야 한다는 사명감을 가지면서도 현실적으로는 거의 실현 불가능하다고 판단하여 어리석고 부질없는 꿈을 꾸는 것으로 풀이할 수 있다.

여기서 특히 후자의 경우, 우리는 목월의 구도자적인 자세를 엿볼 수 있다. 이는 그의 시 전체를 관통하는 중요한 이미지로, 시인 또는 사회인으로서 그의 생존방식이었던 것으로 파악된다. 그것은 "시인이든 농부이든 돌을 가는 자는 슬기롭다"(<평일시초>)라는 시에도 드러난다. 그렇다면 '애달픈 꿈 꾸는 사람'이 갈망하는 '임과 하늘'은 무엇을 의미할까? 이에 대해 시인은 다음과 같이 술회하였다.

> 20대를 나는 잡초 씨앗처럼 고독하게 보낸 것이다. 일제 말기의 절망적인 조국의 현실 속에 친구도 다방도 없이 스스로 사모하는 눈을 안으로 환하게 뜨고……
>
> 위에서 '스스로 사모하는 눈을 안으로 환하게 뜨고'라는 말을 했지만, 당시만 하더라도 나는 사모의 대상을 구체적으로 파악할 수 없었다. '밤마다 가는 바위에 어리는 하늘'로서의 조국이나 꿈 속에 살아나는 삼삼한 모습으로서의 임에 불과하였다. 구체적인 사모의 대상을 갖지 못한 채, 스스로 우러나오는 사모에 나 자신을 맡기고 거리를 헤매게 된 것이다.[2]

시를 이해하는 데 시인의 작시 체험을 적극적으로 참조할 필요는 없다고 하지만, 위와 같은 시인 자신의 진술은 당시의 그의 정신적 측면을 이해하는 데 큰 보탬이 될 수 있다. 위의 진술대로라면 그는 당시에 암담한 조국의 현실 앞에서 '잡초 씨앗처럼 고독'하게 보냈다. 그리하여 '스스로 사모하는 눈을 안으로 환하게 뜨고' 막연하게나마 '조국'이나 '임'을 그리워하게 되었다는 것이다.

그러나 그 꿈은 현실적으로는 거의 실현할 수 없다. 일제는 막강한 조

---

2) 박목월, 『구름에 달 가듯이』, 삼중당, 1979, 200~201쪽.

직력과 무력을 가진 절대강자이어서 대결 자체가 무모하거나 무의미할 수 있다. 그러니까 그들에게 적극적으로 대항하여 승리를 거두고 평화를 구현하려는 희망은 다만 헛된 꿈에 불과할 뿐이다. 이러한 자각이 결국 자신을 '어리석은 꿈 꾸는 사람'으로 회화하였다고 볼 수 있다. <나그네>에 드리워진 방랑의식은 바로 여기서 비롯된 것이라 하겠다. 물론 이 시에 드러나는 방랑의식은 모든 것 포기하고 그저 정처 없이 떠돌기만 하는 퇴폐적인 의미만 갖지 않음에 주목할 필요가 있다.

> 江나루 건너서
> 밀밭 길을
>
> 구름에 달 가듯이
> 가는 나그네
>
> 길은 외줄기
> 南道 三百里
>
> 술 익은 마을마다
> 타는 저녁놀
>
> 구름에 달 가듯이
> 가는 나그네
>
> —<나그네> 전문

이 시에 등장하는 '나그네'는 사전적 의미로만 해결할 수 없는 복합적인 이미지이다. 특히 나그네가 주체성을 갖고 일정한 방향으로 움직인다는 점에서 실제로는 스스로 설정한 목적지를 향해 가는 존재이다. 더 구체적으로 말하면 내적으로 분명한 목적지를 설정하고 있어 실제로는 나그네 아닌 나그네의 심정으로서 절망적인 현실을 극복하려는 저항적 몸짓으로 볼 수 있다. 미당은 이 시에 대해 "남방 정서의 풍류 정신을 풍겨주는 시편"이라 규정한 다음, "서양인에게는 그 설움의 절망이 극복하기 힘 드는 것이지만, 동양 사람에겐 그런 것쯤은 툭툭 털고 일어서 사물을 초연할 수가 있는 기질을 가지고 있는 것"[3]이라고 하여 이 시에 흐르는 주된 분위기를 풍류 정신 또는 '浪人的 정서'로 보았다.

그러나 나는 그런 낭만적인 풍류나 유랑의 정서를 넘어서는 비극적 현실에 관련된 깊은 인식과 고뇌가 그 밑바탕에 깔려 있다고 본다. 물론 표면적으로 보면 깊은 절망감을 극복할 수 없는 극한 상황은 인간을 방황하게 만든다. 다시 말해 현실 세계가 앞이 전혀 보이지 않는 막막한 어둠뿐이라고 인식했을 때 인간은 거기에 뿌리를 내리지 못하고 표류할 수밖에 없다. 그러므로 현실적으로 자아실현이 불가능할 때 빚어지는 방랑의식은 일종의 초월 의지로서 새로운 생존방식이 된다. 이것은 '나그네'의 궁극적 지향성을 파악하면 분명해진다.

그렇다면 '나그네'의 지향점은 어디일까? 그 심층 의미는 세 가지 정도로 집약할 수 있다. 첫째는 '강나루 건너서/밀밭 길'의 의미이다. 시적화자는 강(시간, 역사 상징)을 따라서 흘러내려 가는 게 아니라 나루를 건너(가로질러) '밀밭 길', 즉 삶을 경작하고 꿈을 품고 있는 사람들이 사는 마을로 가는 길임을 암시한다. 둘째는 '구름에 달 가듯이/가는 나그네'라는 이미지에 함축된 주체성과 극복 의지에 관한 문제이다. 즉 나그네는 구름(나그네를 억압하고 가리는 부정적 존재)을 벗어나려는 적극적인 자세를 취하고 있다. 그리하여 그의 자세에는 저항·대결·탈출·초월·전이·극복 등의 의미가 함축되어 있다. 셋째는 '길은 외줄기/남도 삼백 리'라는 뚜렷한 지향점을 제시한 표현이다. '외줄기' '남도'라는 시

---

3) 서정주, 『한국의 현대시』, 일지사, 1980, 223~224쪽.

어에 따르면 나그네의 발길은 필연적으로 '남도'로 갈 수밖에 없다. 이런 범주에서 '남도'는 다시 몇 가지 의미로 분화된다. 단순하게는 남쪽 지방(시인의 고향이기도 함), 상징적으로는 따뜻한 이상향, 확장하면 잃어버린 고향이나 빼앗긴 조국을 표상하기도 한다. 상실된 고향(조국)에 대한 그리움이 당대의 민족의식 속에 자리한 가장 보편적인 정서임을 상기할 때 나그네의 심중에는 잃어버린 고향에 대한 그리움과 귀향 의지로 가득 차 있다.

이러한 정서는 목월의 초기 시편에 두드러진 민요적 율조와 연결되어 더욱 절절해진다. 주지하듯이 민요적 율격은 우리의 전통적인 가락이요, 우리 고유의 정서를 담는 그릇이므로 나그네가 고달프고 슬픈 길에서 이 가락을 만난 것은 자연스럽다. 말하자면 그것은 슬픈 자아를 달래고 풀어내는 역할을 할 수 있다.

여기 모은 것은 모조리 ≪청록집≫에 수록된 작품과 같은 무렵의 것이다. 그 즈음 나는 한국적인 정서의 바탕 위에 나의 청춘의 애달픔을 수놓으려고 애썼던 것이다. 그러므로 우선 작품이 민요적인 기틀 안에서 빚어진 것은 당연하다. 이 민요적인 해조야말로 우리 겨레의 낡고 오랜 핏줄의 가장 생생한 것이며 그것에 새로운 꽃송이를 피우려는 나의 소원이었다.[4]

목월 자신이 밝힌 것처럼 그는 그 당시 한국적 정서와 전통적 율조를 바탕으로 하되 그것을 새롭게 꽃피우려고 하였다. <나그네>의 율격을 분석하면, 이 시는 각 연 2행으로 구성된 전체 5연의 자유시인데 각 행이 일정한 음절 수로 맞추어져 있어 7·5조의 음수율로 파악할 수도 있다.[5] 이것을 근래의 일반적 경향인 음보로 따지면 3음보로 구성되어 있

---

4) 박목월, ≪산도화≫ 서문, 영웅출판사, 1955.

다. 3음보 율격은 민요의 기본 율격 가운데 하나인데, 이 시는 3음보 가운데도 끝 음보에 음절 수를 많이 배치하여 이른바 뒤가 무거운 3음보형이 된다. 이것은 변화를 기조로 하는 율조이다.6) 따라서 목월은 전통적 율격을 수용하되 그것을 현대적으로 해석하여 떨어진 한 행에 더 강한 의미를 부여하고자 하였다.

이 밖에도 밀밭과 '술'의 밀접성(밀은 술을 만들 때 사용하는 누룩의 재료), '술 익은 마을'과 '타는 저녁놀'의 상호작용성도 돋보인다. 술의 도취성은 고통과 슬픔을 누그러뜨리게 하는 힘이 있고, 타는 저녁노을은 어두운 밤으로 가는 길목에서 마지막으로 밝음을 불사르며 저항하는 신화적 시간을 상징하는 이미지이다. 이렇게 보면 당시 시인은 어떻게든 어둠에 맞서서 살아남아야 한다는 의지에 불타고 있었던 셈이다. 이러한 정서를 비유적으로 표현한 것이 바로 '구름에 달 가듯이/가는 나그네'의 모습이다. 목월은 당시 두 번 반복되었듯이 구름을 벗어나는 강한 주체 의식을 갖는 자세가 절대적으로 중요함을 절실하게 의식했다고 하겠다.

이상에서 살펴본 대로 목월의 초기시의 두드러진 양상은 고향 상실감과 그에 의한 방랑의식, 그리고 잃어버린 것을 되찾으려는 탐색 의식에서 발현되는 전통의 재인식으로 집약된다. 따라서 이 시기는 '서서 돌아다님의 세계'로 요약할 수 있는데, 이것은 부정적이고 비극적인 세계인식으로부터 정신적으로 초월하려는 꿈을 반영한 결과이다.

2) 자연몰입과 초극의지

앞서 보았듯이 목월의 나그네 의식은 극복 의지와 밀접한 관련을 맺는다. 이것은 결국 새로운 세계에 이르는 원천이 되었는데, 새로운 세계

---

5) 김춘수, 「자유시의 전개」, 『의미와 무의미』, 문학과지성사, 1976, 101쪽.
6) 조동일, 『우리 문학과의 만남』, 홍성사, 1981, 212쪽.

란 '서서 돌아다님의 세계'의 반대편에 자리하는 '앉음의 세계'이다. 둘째 시집 《산도화》의 주된 빛깔인 '앉음의 세계'는 밝고 순수한 자연계에 몰입하는 것으로 특징지어진다. 이를테면 어두운 현실과의 무모한 대결보다 현실 상황으로부터 자신을 격리해서 상대적 초월을 꾀하려 하는 것이다.

현실 부정의식은 잘못된 세계로부터 더 나은 세계를 지향하는 의지이다. 목월이 어두운 현실을 도저히 뛰어넘을 수 없는 거대한 심연으로 인식했을 때 거기에 뛰어들어 죽음으로써 자기를 구원하려고 하기보다는 그 세계에서 초월함으로써 그것을 정신적으로 극복하려 했다. 그리하여 그는 부정적인 현실 속에서 새로운 세계를 찾아 나섰고, 여기서 발견한 것이 바로 자연이었다. 이것은 '나그네'가 도달한 또 다른 귀착점이라 하겠다.

목월은 정서를 시의 표면에 직접 노출하지 않고 출발 시기에 보이던 내적 갈등을 안으로 삭이면서 형식미의 예술성을 강조했다. 그 결과 이 시기의 시의 양상은 순수 자연만 등장하고 시적 화자는 거의 드러나지 않고 잠재되어 있다. 대부분의 시가 서술적 이미지에 의존하여 시 속에 인간과 역사성이 배제된 양상을 보인다. 이러한 시의 예를 1930년대 모더니즘 계열의 시에서 보아왔듯, 이 점에 대해서는 관점에 따라 "현실의 갈등을 도피하려는 초월주의의 심정"7), 또는 "사회사적 측면에서 생각한다면 이것은 일종의 자기방어 아니면 현실 외면에 결부된다."8)라고 비판받기도 한다.

이러한 논의는 모두 문학이 현실을 직접 반영해야 한다는 시각에서 이루어진 것이다. 말하자면 문학의 자율성을 거의 고려하지 않은 경직된 관점이라 다시 비판할 수 있다. 깊이 생각할 필요도 없이, 모든 문학

---

7) 박철석, 「박목월론」, 『한국현대시인론』, 학문사, 1981, 208쪽.
8) 이기철, 「서정시의 형태적 승리」, 『현대문학』 통권 294호, 1979.6.

작품은 현실을 직접 반영한 것으로 보이든 현실이 배제된 것처럼 보이든 궁극적으로는 모두 그 뿌리가 현실에 닿아 있다고 보기 때문이다. 아무리 깊은 상상력에 의존해서 형상화한 작품이라 해도 그것을 어떠한 형태로 작품에 표출하느냐가 문제이므로 결국 기법상의 차이일 뿐이지 시의 가치 여부와는 거리가 멀다.

이런 점에서 시인이 정서를 직접 노출하느냐 마느냐 하는 문제는 일단 시인의 예술적 취향과 밀접한 관련이 있다고 본다. 말하자면 극단적으로 말해서 결과적으로 순수냐 목적이냐 하는 문제는 그리 중요하지 않다. 작품으로서의 완성도에 대한 논의는 의미가 있을지 모르나 현실의 노출 여부는 작품의 질을 가름하는 결정적인 잣대가 될 수는 없다. 이렇게 본다면 목월 시편의 자연몰입 현상에 대해서는 비판하기보다는 그 이면에 자리 잡은 시인의 인식이나 표현 의도를 살펴 그 실체를 밝히는 노력이 먼저 이루어져야 한다. 그래서 나는 현실 외면이라고 비판받는 그런 시들은 사실 현실 저편에서가 아니라 현실 이편, 또는 그 속에서 산출되었다고 보는 시각이 더 타당하다고 판단한다. 백철도 이러한 시에 대하여, 문학사적으로 동양고전의 귀거래사에 관련된 자연시에 접근해 있으며 일종의 반항 자세로서 시대비판의 의미가 있다고 평가한 바 있다. 결론적인 부분을 들면 다음과 같다.

그러나 문제는 이들이 등장한 시대가 40년대를 전후한 일제 말기의 어두운 계절이었다는 것, 20대의 젊은 시대 감각에 얼마든지 현대문학의 모더니티로 의욕이 갔을 터인데 결국 도시적인 현실이 싫었던 것이다. 얼른 보면 자연 귀환이라는 심정은 일종의 무색투명한 것이지 무슨 사상성의 표현이 아닌 것 같으나 그러나 적어도 이들이 그 자연 귀환으로서 그 시대의 악한 현실을 외면하는 뜻이 되었다면 때에 따라서는 침묵이 비판될 수 있는 깃처럼, 그 자연사랑이 일종의 반항적인 자세가 되기도 했으리라는 것이다. 여기 이 자연 경향에 대한 시대비판의 의미가 있지 않은가 한다.[9]

이렇듯 시인이 자연을 주된 제재로 창작한 시도 그 자체로 상당한 현실적 의미를 함유하고 있다. 그러니까 고도의 압축과 함축성을 근본으로 한 시의 생리를 도외시하고 표피적 논리에 얽매이면 시에 대한 총체적이고도 온전한 이해는 불가능하다는 결론에 이른다. 때로는 침묵이 웅변보다 더 절실한 전달력을 가지기도 하듯이, 목월 시에서 자연 회귀의 표현 이면에는 바로 그런 의미가 깔려 있다. 다시 말하면 일제 강점기의 강압적인 문단 현실에서 우회적인 수단을 통해 당대 현실을 빗대어 비판한 대목을 통해 시인으로서 자아실현을 추구한 시인의 고뇌를 읽어내는 예술적 슬기를 가져야 한다. 이러한 시각으로 목월 시에 접근하면 그 의미는 크게 달라질 수 있다.

> 모란꽃 이우는 하얀 해으름
>   a
> 강을 건너는 청모시 옷고름
>   a
> 仙桃山
> 수정 그늘
> 어려 보라빛
>   b
> 모란꽃 해으름 청모시 옷고름
>   a
>
>   ―<牡丹餘情> 전문(밑줄 및 기호: 인용자)

---

9) 백철,『신문학사조사』, 신구문화사, 1968, 567쪽.

시집 ≪산도화≫의 세계를 비교적 선명하게 들여다볼 수 있는 이 시는 4음보의 율격으로 구성되어 있다. 구성형식도 전통적인 형식의 하나인 aaba型의 각운을 수용하여 형태에 대해 세심하게 배려했다. 이 형식미10)는 고려가요에서 처음 나타나기 시작하여 오늘날 민요에까지 계속 나타나는데11), 목월 시에서 이러한 형식성이 강하게 나타남은 전통 인식과 시의 형식미를 중시하는 예술성 인식에서 비롯된 것으로 볼 수 있다. 시에서 의미를 중요시하여 어떤 사상적인 요소나 역사의식을 찾으려고 한다면 이 시는 아무 가치도 없는 것이 되고 만다. 하지만 현실의 문제와 예술성은 별개라는 점을 인정한다면 이 시는 존재가치를 얻을 수 있는 것이다.

그런데 이러한 시는 랜섬의 견해를 빌리면 사물시의 범주에 든다. 사물시란 시에서 관념을 배제하고 주로 서경성을 다룬 것을 일컫는다.12) 그러니까 이것은 순수시 부류에 들어 형이상시에 비해 단순함을 면치 못한다는 것이다. 이에 비해 김춘수는 현대시의 유형을 서술적 심상의 시와 비유적 심상의 시로 이분하였다.13) 서술적 심상에 의존하는 시는 시의 표면에 이미지만 제시할 뿐 시인의 정서는 직접 드러내지 않는 것이 특징인데, 다음의 <불국사>는 서술적 이미지에 의해 창작된 한 본보기가 된다.

---

10) <桃花>는 그 형식미에 집중한 극단적인 예이다.
    慶尙北道 慶州郡 內東面 朝陽里
    慶尙北道 慶州郡 內東面 馬東里
    그리고
    慶尙北道 慶州郡 內東面 鰕洞里
11) 김대행, 『한국시의 전통 연구』, 개문사, 1980, 34~36쪽.
12) J. C. Ransom, *poetry; A Note on ontology, Twentieth Century Criticism*, Light & Life Publishers, 1974, p.45.
13) 김춘수, 「서술적 심상과 비유적 심상」, 『의미와 무의미』, 206쪽.

흰달빛
紫霞門

달안개
물소리

大雄殿
큰보살

바람소리
솔소리

泛影樓
뜬그림자

흐는히
젖는데

흰달빛
紫霞門

바람소리
물소리

－＜佛國寺＞ 전문

　이 시는 이미지만 제시되어 관념이 배제되었다. 이에 대해 김춘수는
"의미론적으로는 賓辭가 생략되고 없다는 것은 판단중지를 뜻하게 된
다."14)라고 하고, 외연만 있을 뿐 내포가 없으므로 심상의 입장으로는 순

14) 김춘수, 『시론』, 송원문화사, 1980, 33~34쪽.

수시에 둔다고 설명하여 랜섬의 견해를 수용했다. 그리고 한 걸음 더 나아가서 시는 심상을 중시할 일이지 사상을 읽지 말 것을 강조하였다. 이러한 그의 관점은 시란 사회성·역사성을 반영해야 한다는 측면에서만 바라볼 것이 아니라 미적 차원에서 음미하라는 것이라 하겠다.

이와 같은 의미가 배제된 서술적 이미지를 중심으로 한 시가 창출된 근거는 무엇일까? 이 점은 김준오가 적절히 지적했듯이 당대의 시대적 특수성과 밀접한 관련이 있다. 진정한 의미의 문학은 현실적 자아나 현실적 감정의 극복에서 탄생한다고 할 때 현실적 요소의 극복은 절제를 통해서 가능하다고 한다. 그런데 현대시가 진정한 의미에 있어서 절제가 아닌 배제의 의미를 띠는 것은 시대적 요인에 의한 억압이 잠재해 있기 때문이라는 것이다.

> 그러나 한국 현대시의 절제가 당대의 역사적 사회적 현실을 배제한 데서 결과된 사실에 우리의 고통이 있는 것이다. 절제와 배제는 엄연히 구별되어야 함에도 불구하고 우리의 절제는 배제와 일치하는 것이다. 그러므로 식민지 시대 시에는 절제의 원리라기보다 '억압'의 원리가 작용하고 있다고 보아야 보다 정확할 것이다. 적어도 절제 속에 억압이 잠재되어 있는 것이다.15)

이상에서 지적한 바와 같이 목월 시의 특성은 현실적 갈등의 극단에서 빚어진 하나의 자아실현으로서 "뼈저리는 고독 속에서 견디다 못한 인간이 다른 무리를 찾아 헤맨"16) 끝에 찾아낸 새로운 세계이다. 시인은 개인적인 감정의 무절제한 노출보다는 객관적인 자연 속에 몰입하여 자연과의 동일성을 찾으려 하였다. 그리하여 목월은 결국 '어둡고 아득한'

---

15) 김준오, 『시론』, 문장사, 1982, 255~256쪽.
16) 박목월, 『구름에 달 가듯이』, 46쪽.

현실에서 한걸음 물러나 "보라빛 석산"에서 "봄눈 녹아 흐르는/옥 같은/물에//사슴은/암사슴/발을 씻는다."(<산도화>)라는 표현에 드러나는 모습, 즉 하늘과 산과 사슴이 어우러지는 조화로운 세계를 꿈꾸는 경지를 지향하게 되었다. ≪산도화≫에 드러나는 계절 배경 가운데 많은 부분이 봄임은 그의 의식이 밝은 세계를 지향한다는 점을 단적으로 증명한다. 다시 말해서 그의 방랑의식이 새로운 세계에 정착하게 됨으로써 '서서 돌아다님의 세계'는 이제 '앉음의 세계'로 접어들어 안정기를 맞게 된다. 이 시기에 와서 시 형식이 더욱 압축되고 간결하게 나타나는 것도 바로 그의 정신의 밝음에서 빚어진 자연스러운 귀결이라 하겠다.

그러나 목월은 이 세계에 오래 안주하기보다는 중기로 접어들면서 다시 시적 변용을 꾀한다. 이는 현실과 자아를 격리하여 하나의 자기 구원은 얻었다고 할지라도, 현실적으로는 고립된 자아에 의하여 또 다른 고독감에 빠지게 되고, 나아가서 시의 편협함, 또는 포괄의 한계를 드러내 필연적으로 새로운 세계로 나아갈 수밖에 없는 원인을 지니고 있었기 때문이다.

3) 삶에 대한 애착과 허무 의식의 교차

절대 자연을 노래하여 현실적 갈등을 줄여 보려고 했던 목월은 거기서 어떤 한계를 느끼게 된다. 산속에서 신선이 되기보다는 사회로 내려와서 인간이 되려고 하였다. "먼 산마루의 한그루 수목처럼 잠잠히 않는 나의 자세는 불안하기 그지없는 것"임을 깨달은 그는 "남이라는 것을 발견하게 되고 인간과 인간 사이의 심오한 유대에 눈을 뜨게 되어"[17] 하산함으로써 인간의 마을로 내려온다. 절대 자연 속에서는 자아실현이 불가능함을 인식했을 때 인간 세계로 내려오는 것은 필연이었다. 그리하여 새로

---

17) 박목월, 『구름에 달 가듯이』, 203쪽.

운 시적 세계를 모색하게 되는데 1959년에 발간된 ≪난·기타≫의 세계
는 이 시기의 정신적 측면을 잘 보여준다.

> 이쯤에서 그만 하직하고 싶다.
> 좀 여유가 있는 지금, 양손을 들고
> 나머지 허락받은 것을 돌려보냈으면
> 여유 있는 하직은
> 얼마나 아름다우랴
>
> ─<蘭> 부분

'좀 여유가 있는 지금' '하직'을 하고 "한 포기 난을 기르듯 애석하게
버린 것에서 조용히 살아가고" 싶었던 시인, 그러나 그는 곧 현실이란
조용히 살아갈 수만 없는 세상임을 깨닫는다. 세상은 "이상한 바람"
(<一常事>)이 불거나 "눈속에 돌층계가 잠드는"(<廢園>) 곳이었기
때문이다. 그래도 쓸쓸한 인간사회로 내려오지 않을 수 없는 까닭을 목
월은 다음과 같이 토로하였다.

'앉음의 세계'─하지만 이것은 나의 슬픈 정신적 갈구에 불과하였
다. 아무리 심령의 앉음을 희구하여도 생활이 그것을 허용치 않았다.
'서서 방황함'으로 일용의 양식이 베풀어지는 것이며, 이 끝없는 '돌아
다님'으로 겨우 내가 거느린 식솔을 이끌어 갈 수 있었다. 앉음이 무엇
임을 발견하고 그것을 깨닫게 됨은 '서서 돌아다님'이 무엇임을 알게
되는 일이었다. 나는 내면적인 공허와 더불어 편히 '쉬면서 생각하려
는' 나 자신의 절실한 욕구가 크면 클수록 서서 돌아다닐 수밖에 없는
생활의 굴레가 목덜미를 파고들게 되었다.[18]

---

18) 박목월,『구름에 달 가듯이』, 125쪽.

이 진술을 액면 그대로 받아들인다면 목월의 사회 귀환은 생활인, 또는 가장으로서의 책임의식에 바탕을 두고 있다. '앓음의 세계'란 자신의 '슬픈 정신적 갈구에 불과'하였다고 스스로 밝혔듯이 그것은 오히려 정신적으로 더 큰 공허감만 줄 뿐이었기 때문이었다. 더 비약할 수 없는 절대 자연의 세계에서 차라리 나직하고 따뜻한 상대적인 세계로 내려옴은 이외에 달리 그 停滯를 타개할 수 있는 길이 없었기 때문이며19) 동시에 생활에 대한 문제였다고 하겠으니 그것은 하나의 절실하고도 숙명적이었다.

그런데 이러한 생활인으로서의 목월은 또 다른 내적 갈등에 처하게 된다. 물론 이 시기의 갈등은 ≪청록집≫의 세계에서 보이던 것과는 현실적으로 다른 의미를 지닌다. 곧 이 시기의 갈등은 인간 존재의 불안, 또는 삶에 대한 허무감에서 비롯한 것이다.

> 잠이 오지 않는 밤이 잦다.
> 이른 새벽에 깨어 울고 했다.
> 나이는 들수록
> 恨은 깊고
> 새삼스러이 허무한 것이
> 또한 많다.
> 이런 새벽에는
> 차라리 기도가 서글프다.
>
> ─ <뻐꾹새> 부분

목월의 허무감은 '나이가 들수록' 삶의 적나라한 것이 점점 드러나기 시작한 데서 왔다. 사회로 돌아온 시인, 그러나 갈수록 인간의 짐은 늘고 그 앞에서 자신은 너무나 무력한 존재였다. "굴욕과 굶주림과 추운 길을

---

19) 박두진, 『한국현대시론』, 일조각, 1980, 138쪽.

걸어"가는 "아버지라는 어설픈"(<家庭>) 존재, 또는 "생활의 막다른 골목 끝에 놓인" "수척한 얼굴"의 "너무나 어처구니없는 '아버지'라는 것"(<층층계>)에 드러나는 자의식, 그리고 거기서 귀결되는 허무감이 갈수록 그를 압도해 왔다. 이와 같은 목월의 갈등은 ≪晴曇≫의 세계에서 더 깊어진다.

> 갈수록 힘에 겨운 인간의 의무를, 벗을 수 없는 고역을 초만원의 버스는 달린다. 허리에 오는 중량감, 구을며 마멸하는 중고품 타이어의 세상을, 뜰에는 앉아서 명상하는 꽃나무, 생각하는 꽃가지.
>
> — <작품 5수> 부분

여기서 보면 목월은 이 시기에 와서는 삶의 절실한 문제 때문에 고민하고 있다. 힘겨운 인간의 의무를 벗을 수 없는 절박한 현실이야말로 시인에게는 가장 고통스러운 것이 아닐 수 없다. 이 시에 대하여 목월 자신은 다음과 같이 소회를 털어놓고 있다.

> 40대 후반에 내가 노래한 세계다. 초만원의 손님을 실은 낡은 버스처럼 인간으로서의 자식을 기르고, 먹고 사는 그 무거운 짐의 중량이 허리에 오게 되고, 중고품 타이어처럼 그야말로 생활의 길에 자신을 밀착시켜, 짓이겨가며 구을러 다녀야 하는 고역이 실감나는 것이었다. 먹이를 구해 먹음으로써 생명을 부지할 수 있는, 이 동물적인 숙명적 세계에서 나는 서서 돌아다니는 일에 지칠 대로 지치게 된 것이다.[20]

이와 같은 현실 인식은 시집 ≪청담≫에 많이 산재해 있다. 이런 시들의 공통점은 초기시의 전통의식이나 매끄러운 율조는 거의 사라지고 현

20) 박목월, 『구름에 달 가듯이』, 126쪽.

실에서 겪는 경험과 감각이 두드러진다. 그만큼 힘겨운 삶에 대응하려는 치열한 정신을 살필 수 있다. 그런데 이러한 현실적 고통을 목월은 저주스러운 것으로만 받아들이지 않는다. 가난하고 어두운 시대를 걸어가면서도 그는 늘 그것에 대한 대결의식이나 극복 자세를 정신의 한 모퉁이에 마련하고 있었다는 사실이다. 현실 인식이나 그 비판의식은 자칫하면 소시민의 애환을 수긍하거나 단순한 고발적 차원의 감상성에 머물고 말 우려가 있음에도 그것을 적절히 극복하고 보다 긍정적인 의식으로 타개해 가려고 하는 자세나 시민적 책임의식은 매우 값진 것이 아닐 수 없다.

　　　지금은 엄동,
　　　눈이 얼어, 빙판이구나.
　　　등만 따스면
　　　그만이라, 겉치레도 벗어버릴까.
　　　안팎이 如一하고
　　　表裏없이 살자는데
　　　어라, 바로
　　　너로구나.
　　　누더기 걸친 우리 內外
　　　보고 빙긋 마주 빙긋
　　　겨울 三冬을 지내는구나.

　　　　　　　　　　　　　　　　　－ <詠嘆調> 부분

　가을 빗줄기에 비쳐오는 江 건너 불빛.

　－이 소슬한 경지의 對句를 마련하지 못한 채, 年五十. 半百의 年齒에 市井을 배회하며 衣食에 급급하다. 다만 강 건너에서 멀리 어려오는 불빛을 對岸에서 흘러오는 한 오리 응답이냥.

어둠 속에서 이마를 적시는 가을나무.

―<對岸> 전문

깊은 밤
별이 찬란하게 빛나는 누리 안에서
고독한 공간으로
혼자 떨어지는
그 땅덩이에서
나는 糊口策을 마련하기 위해서
하루 종일 거리를 서성거렸고

―<回歸心> 부분

시집 ≪청담≫에서 현실 인식이나 자기 인식이 강하게 드러나는 3편의 시를 들어보았다. 여기서 보면 시인이 생활과 관련된 문제 때문에 얼마나 방황했는지 알 수 있다. 먹고 사는 방책을 마련하기 위하여 온종일 거리를 서성거렸고 반백 살이 되도록 '시정을 배회하며 의식에 급급하다'라고 표현한 대목은 거의 육성에 가깝지만, 이에 드러나는 시인의 정서는 적어도 시인 혼자에게만 국한된 것은 아니었을 것이다. 즉 당대의 수많은 지식인이 함께 인식했던 '서글프고 허전한' 삶의 한 모서리였을 것이다.

그런데 우리가 여기서 간과해서 안 될 것은 '지금은 엄동 눈이 얼어 빙판'이라는 현실 인식 속에서도 '안팎이 여일하고 표리 없이 살자'라고 하는 삶에 대한 성실성이다. 그의 성실성은 그가 현실적 절망감이나 삶에 대한 허무감 속에서도 체념이나 포기와 같은 소극적인 도피로 빠지지 않고 그것을 극복해 나가도록 한 정신적 힘이 되었을 것이다. 부정의식이란 그것이 하나의 새로운 세계나 가능성으로 발전하지 못하고 거기에 함몰해버리면 현실을 포기하거나 도피주의로 빠지게 되는 위험성을 내포하고 있기 때문이다. 이러한 그의 생활에 대한 성실성은 시에 대해서도 마찬가지로 드러난다.

> '나'는
> 흔들리는 저울대.
> 시는
> 그것을 고누려는 추.
> 겨우 균형이 잡히는 위치에
> 한가락의 미소.
> 한줌의 위안.
> 한줄기의 운율.
> 이내 무너진다.
> 하늘끝과 끝을 일렁대는 해와 달.
> 아득한 진폭.
> 생활이라는 그것.
>
> ─<시> 전문(《난·기타》)

'생활이라는 그것' 때문에 흔들리는 '나'를 감지한 시인은 그런 자신을 흔들리지 않도록 균형을 잡기 위해('고누려는') 더욱 시를 쓸 수밖에 없었다고 한다. 그런데 문제는 시가 생활에 지친 자신을 웃게 하고 어루만져 주는 노래이지만, 이내 무너져 버린다는 점이다. 그토록 생활이란 흔들림이 심해 시로서는 해결하기 힘들다는 것이다. 그리하여 고된 생활과 시 짓기는 어쩔 수 없이 서로 엇물려 돌아갈 수밖에 없다. 말하자면 시와 생활 어느 하나도 포기할 수 없는 삶의 일부이다. 여기서 시인이 묵도를 드리듯 시에 투신하는 이유가 있었다. 목월은 이 시기의 흔들리는 생활로 인한 삶의 공허감을 시를 지으면서 견딜 수 있었다고, 그 뒤에 출간한 시집 ≪경상도의 가랑잎≫ 서문에서 밝혔다.

> 시가 내 생활에 정신적 지주가 된 것만은 틀림없는 사실이다. 만일 내가 시를 쓰지 않았다면 오십대의 가눌 길 없는 삶에의 공허와 감정의 동요를 무엇으로 지탱할 수 있었을까.21)

목월에게 '시작이란 정신적 지주'였다. "하루의 생활이 지치도록 피곤하여도 시를 생각하지 않고 밤을 맞이한 일은 드물다"22)고 하는 것은 위와 같은 문맥에서 이해될 수 있는 것이다. 이처럼 시와 삶에 대해 성실성과 긴장감을 잃지 않았기에 그는 현실적 공허감과 갈등을 끝내 극복하게 되는 계기를 마련할 수 있었다. 그리하여 그것은 "어디서나 나는 원효로행 버스를 타고" 가족 곁으로 돌아오는 "갸륵하고 측은한 회귀심"과 "서로 등을 붙이고/하룻밤을 지내는 측은한 화목들"(<회귀심>)을 갈망하는 마음으로 귀결된다.

현대라는 고독한 공간 속에서 질식할 듯한 정신적 상황을 표현한 ≪난·기타≫와 ≪청담≫의 세계는 돌이켜보면 현실 정황만 다를 뿐 ≪청록집≫에서 보았던 어둡고 아득하다는 현실 인식에 버금간다. 물론 시적 긴장이나 형식은 초기시편에 비하면 많이 변모하였다. 이 점은 시인 자신도 인정하고 있으나 삶의 어려움과 그 허무감은 결과적으로 시의 형식에도 반영되어 ≪산도화≫에서 보여주던 압축되고 단아하던 표현은 여기에 와서 많이 이완되고 내면화되는 경향을 보여준다.

---

21) 박목월, ≪경상도의 가랑잎≫ 서문, 민중서관, 1974.
22) 위와 같음.

4) 향수와 順命의식

세 번에 걸쳐 큰 변화 양상을 보인 목월의 시는 후기에 접어들어 다시 변화의 길로 들어섰다. 이 과정에서는 중년기의 현실에서 오는 내적 갈등에서 벗어나려는 의지가 더욱 구체적으로 표현되어 있다. 이를테면 고향에 대한 짙은 그리움이 바로 그것이다. 이 정서를 시인은 내용에서는 향수를, 형식적으로는 고향 사투리를 수용하는 형태로 형상화했다. 이를 통해 비극적인 현실로 인한 메마른 정신적 공간을 채우려 한 것으로 보인다.

≪경상도의 가랑잎≫은 고향의 가랑잎이라는 뜻이다. 경상도의 소박하고 마디가 억센 사투리처럼 나는 소박하기를 염원하고 또한 그와 같은 무뚝뚝하게 져가는 가랑잎이기를 소원한다. 그런 뜻에서 이 시집의 이름은 나의 소원을 단적으로 표현한 것이라 할 수 있다.23)

'경상도의 소박하고도 마디가 억센 사투리처럼 소박하기를 염원하는' 50대에 이른 시인의 서정이 담긴 ≪경상도의 가랑잎≫을 비롯한 목월의 후기 시의 세계는 한마디로 30~40대의 삶에 밀착되어 허우적대던 '굴욕과 굶주림과 추운 길'에서 한걸음 물러나 자신의 위치를 되돌아보고 확인하는 것으로 특징지어진다. 그가 절대 자연의 세계에서 내려와 사회 속으로 뛰어들어 자신의 이상을 실현하려 할 때 거기서 일어나는 외적 마찰과 내적 갈등에 직면하게 되었는데, 이때 그는 그 어지러움을 중화시킬 어떤 매개 요소를 찾았다. 그것이 바로 소박하고 무뚝뚝한 고향의 정서였다.

---

23) 박목월, ≪경상도의 가랑잎≫ 서문.

아우 보래이.
사람 한평생
이러쿵 살아도
저러쿵 살아도
시쿵둥 하구나.
누군
왜
살아사는 건가
그렁저렁
그저 살믄
오늘같이 杞溪 장도 서고,
허연 산뿌리 타고 내려와
아우님도 만나잖는가베.
앙 그렁가잉.
이 사람아.
누군
왜 살아사는 건가.
그저 살믄
오늘같은 날
지게 목발 받쳐 놓고
어슬어슬한 산비알 바라보며
한 잔 술로
소회도 풀잖는가.
그게 다
기막히는기라
다 그게
유정한기라.

―＜기계 장날＞ 선문

이 시에 드러난 정신 구조는 ≪청담≫에서 보이던 것과는 대조적이다. ≪청담≫의 세계는 삶의 어려움으로 인한 부정적인 세계인식이 큰 흐름을 보여주었으나, 여기서는 상당히 긍정적인 모습으로 제시된다. 표면적으로 단순하게 접근하면 자칫 자기 방임이나 체념을 하는 부정적인 삶의 태도라고 볼 정도이다. 그래서 이 시기의 작품에 함축된 내적 의미에 도달하기 위해서는 섬세하게 읽는 감수성이 필요하다.

이 시기의 심리적 특성은 현실을 가능한 한 긍정적으로 받아들이려는 순명 의식으로 집약할 수 있다. 인간사가 그렇듯 어렵다고 생각하면 한없이 어렵게 느껴지지만 반대로 한 걸음 물러나 조금만 여유를 두고 생각한다면 한 잔의 술을 통해서도 소회를 풀 수 있는 '유정한 세상'이다. 이러한 시인의 표현은 한마디로 굴욕과 굶주림 속에 추운 길을 걸으면서 마주쳤던 절망의 세계를 뛰어넘어 희망의 세계에 도달하려는 소박한 인생관을 표현한 것이라 하겠다. 목월이 이 경지에 도달하게 됨은 그의 끊임없는 자아 성찰과 탐구 정신에서 연유되는 "정신적—나아가서는 생리적인 지극히 자연스럽고 필연적인 순환이며, 정신 성장의 그야말로 어쩔 수 없는 청산이요, 내면에 테두리가 만들어지는 나이테와 같은 것"24)이었다.

김윤식은 이 시기의 변모 양상에 대해 "온통 드러내어 버리는 세계"로 규정하고 "그것이 예술의 위기"라고 비판하면서 그 원인을 "'요적 수사 극복'이라는 압력(조선 시의 정상이 되어야 한다는 강박관념)"에서 인간으로서의 저항감이 반비례로 컸던 데서 비롯된 것이라 지적하였다.25) 그럼에도 불구하고 이 시집 전편에 흐르는 분위기로 보면 비록 일관된 모습은 아니지만, 형식이나 내용 면에서 전반적으로 매우 안정된 모습을 보인다.

---

24) 박목월, ≪무순≫ 후기.
25) 김윤식, 「박목월론」, 『우리 문학의 넓이와 깊이』, 서래헌, 1979, 80쪽.

사람 사는 세상에
완전 낙토야 있으랴마는
목기 같은 사투리에
푸짐한 시루떡

　　　　　　　　　　　　　－<푸성귀> 부분

밤이 가면
지평은 밝아오고
가문 땅은
빨리 물을 빨아들인다.
왜 사느냐.
그것은 따질 문제가 아니다.
사는 그것에 열중하여
오늘을
성의껏 사는
그 황홀한 맹목성.
겨울이 가면
봄이 오는 것은
자연의 섭리.
적설 밑에서도
풀뿌리는 살아나고
남쪽에서
부드러운 바람이 불어온다.

　　　　　　　　　　　　　－<내년의 뿌리> 부분

　≪경상도의 가랑잎≫에 실린 작품들 가운데는 <萬述 아비의 祝文>
처럼 시인의 내면의 목소리가 강하게 노출되는 것들도 더러 보이는데,

그보다는 조용히 삶을 관조하거나 재인식하려는 자세가 더 두드러진다. 위의 시에서 보면 격한 육성은 많이 가라앉고 삶의 공허감이나 불안감 같은 것도 거의 드러나지 않는다. 오히려 여기서는 삶을 긍정적으로 인식하려는 여유로운 정신세계를 읽을 수 있는데 이것은 시인의 세계인식이 다시 밝음의 상태로 돌아옴을 말해준다.

겨울이 가면 봄이 오는 자연의 섭리와 순환원리는 인간의 삶에도 그대로 대입할 수 있다. 이 과정의 기본 형식을 프라이는 순환 운동이라 하였는데[26] 살아가는 과정에서 이 순환 운동의 리듬은 융성과 쇠퇴, 노력과 휴식, 삶과 죽음의 교체 과정을 통하여 드러난다. 삶의 순환 리듬을 크게 의식한 표현들에 보이는 순응 자세는 ≪무순≫에 이르러 더욱 심화된다.

> 시멘트 바닥에
> 그것은 바싹 깨어졌다.
> 중심일수록 가루가 된 접시
> 정결한 옥쇄 (터지는 매화포)
> 받드는 것은
> 한번은 가루가 된다.
> 외곽일수록 원형을 의지하는
> 그 싸늘한 질서.
>
> — <砂礫質·하나> 부분

이 시의 중심 이미지는 '싸늘한 질서'이다. 시인이 현실이라는 절박한 상황에서 여유로운 자세를 가질 수 있었음은 이러한 우주질서를 깊이 인식했기 때문일 것이다. 그의 시적 연륜으로 볼 때 '이순의 아침나절'을 넘어선 그에게도 "슬기로운 늙음의 예지가 밝아올 만도"[27] 하였으니

---

26) N. Frye, 임철규 역, 『비평의 해부』, 한길사, 1982, 220~221쪽.

'슬기로운 늙음의 예지'로 발견한 것은 바로 삶에 대한 질서였다. '중심일수록 가루가 된 접시'와 '외곽일수록 원형을 의지하는'의 이 두 구절에서 암시하듯 이것은 바로 우주의 질서를 표상한다. 그것은 또한 '받드는 것은 한번은 가루'가 될 수밖에 없는 존재 인식과 관련된다. 이러한 존재 인식은 "유약이 반드시 억세고 강한 것을 이기게 마련이다"[柔弱勝剛强][28]라는 노자의 말과 상통한다. 목월은 이 시기에 아마도 노장의 무위자연에 관한 사유에 심취해 있었던 듯하다.

> 무위자연의 도를 따라 자기를 완전히 버리는 것이 영원히 사는 것이다. 그러나 인간들은 어디까지나 자기를 고집하려고 함으로써 자기 이외의 세계를 잃게 된다. 나는 시간적으로나 공간적으로나 유한한 존재다. 나만을 고집하고 남과 전체를 무시하는 것은 스스로 무한한 세계를 버리는 어리석은 짓이다.[29]

'받드는 것은 한번은 가루가 되는' 유한한 존재임을 인식한 목월은 영원히 살 수 있는 길에 대해 깊이 사유하기 시작한다. 삶과 죽음의 대극을 뛰어넘을 수 있는 길이란 현실적으로는 없다는 것이 자명한 이치라면 궁극적으로 그것을 초극할 수 있는 길은 무엇일까? 그것은 아마도 삶에 대한 집착과 아집을 버림으로써 가능할 것이다. 모든 것에서 초연하는 길은 있는 것을 그대로 받아들이는 자세일 수도 있다. '중심일수록 가루가 된 접시'라는 표현이 "행복을 추구하면 그것은 자취를 감춘다."[30]라는 아이러니와 동궤에 놓이는 것처럼. 따라서 현실적으로 어떤 욕망에 매달

---

27) 박목월, 『구름에 달 가듯이』, 205쪽.
28) 장기근 역, 『노자, 도덕경』, 제36장 <미명>, 삼성출판사, 1979.
29) 위와 같음.
30) 박목월, 『그대 영혼에 내리는 별빛』, 문학세계사, 1981. 32쪽.

려 허우적거리기보다는 거기서 한걸음 물러나거나 순응할 때 역설적으로 영원히 살게 되며 자기 구원도 가능할 수 있게 됨을 시인은 절감한다.

어제는
밀려드는 파도를 바라보며
사람을 그리워하고

오늘은
돌아가는 것을 생각한다
바다에 뜬 구름을 바라보며

세상의 모든 것은
앉는 자리가 그의 자리다

― <무제> 부분

꽃이 핀다.
도라지는 도라지의 빛으로
구름은 구름의 빛깔로
하지만 흐르는 물은
제자리로 돌아갈 뿐,
앉으면
그것이 그의 성좌이다.

― <坐向―돌의 시 2> 부분

여기 인용된 짧은 몇 구절에서 우리가 암시받는 바는 매우 크다. 삶의 갈등과 허무감의 세계를 거쳐 한층 원숙한 경지에 접어들게 되어 마치 태풍이 지나간 뒤의 고요한 바다처럼 잔잔한 삶의 태도를 엿볼 수 있다. 어제는 사람을 그리워하고 '오늘은 바다에 뜬 구름을 바라보며' '세상의 모든 것은/앉는 자리가 그의 자리다'라고 인식한 점, 그리고 모든 것들은 제 빛깔을 간직하고 '앉으면/그것이 그의 성좌이다.'라는 표현에서 보듯이 시인은 주어진 운명에 순순히 따르려는 삶에 대해 경건한 자세를 취한다.

물론 이러한 성찰은 삶의 과정에서 숱한 우여곡절을 겪으면서 쌓인 체험과 지혜에서 비롯되었을 것이다. 특히 독실한 기독교 신자로서 바라보는 세상에 대한 소회가 크게 작용한 것으로 보인다. 이를테면 이것은 "나이 60에 겨우/꽃을 꽃으로 볼 수 있는/눈이 열"려 "어설픈 나의 주관적인 감정으로/彩色하지 않고/있는 그대로의 꽃/불꽃을 불꽃으로 볼 수 있"으며, "세상은/너무나 아름답고/충만하고 풍부하다./신이 지으신/있는 그것을 그대로 볼 수 있는/至福한 눈"(<개안>)을 가지게 되었음을 감사하는 대목에 여실히 드러난다. 그러니까 삶의 연륜과 종교적 개안이 시인의 인식을 완전히 바꾸어놓아서 "인생의 종말이/이처럼 충만한 것임을/나는 미처 몰랐다./허무의 저편에서/살아나는 팔./치렁치렁한/성좌가 빛난다."(<크고 부드러운 손>)라고 하는 각성과 발견이 겹치는 순간을 맞이하게 되었다고 하겠다.

그런데 ≪난·기타≫와 ≪청담≫에서 보여주었던 현실에 얽매어 고통과 좌절로 갈등하던 세계는 ≪경상도의 가랑잎≫을 통하여 극복의 모색단계를 거쳐 ≪무순≫에 와서 삶의 질서를 발견하여 자기 구원의 길을 열어 가기 때문에 이 시기는 다시 '앉음의 세계'를 추구했다고 할 수 있지만, 한편으로는 '인생의 종말', 또는 "나의 생애도 끝이 보이는" (<돌과 그림자—돌의 시 5>) 등에 직접 드러나듯이 이는 종말의식과도 밀접한 관련이 있다는 점에서 일말의 비극성을 내포하고 있기도 하다. 이 점은 다음 시에 따르면 입원하게 되면서 더 절실하게 마음속에 자리를 잡았던 듯하다.

앓고 있는 밤 사이에 눈이 내린
눈부신 아침이었다.
보이는 것이
혹은 보이지 않는 것이
승천하고 있었다.
백병원 뜰에도
달리는 버스 위에서도
교회 지붕 위에서도
하늘의 것은 하늘로 돌아가고
땅의 것은 땅에 남는
그 현란한 회귀.

―<승천> 부분

　제목을 '승천'으로 한 것, 보이는 것과 보이지 않는 것이 모두 승천한
다는 것, 그리고 하늘의 것은 하늘로 돌아가고 땅의 것은 땅에 남는 '그
현란한 회귀'를 상상하는 대목에 종말과 순환 의식이 뚜렷이 드러난다.
여기에 이르면 시발점에서 보았던 어둡고 불안한 정서가 상당히 투명해
지는 것을 알 수 있다. 이를테면 '바위'를 갈고 갈아서 '눈물로 가는 바위'
가 드디어 투명해져 '절로 임과 하늘'이 비치는 경지를 감지하고, '어리
석은 꿈 꾸는 사람'의 궁극적 지향지점이었던 하늘에 이르는 길도 발견
하게 된다. 그 길이 바로 무위자연에 이르는 순수한 사유이자 상상력이
었으며, 또 목월이 이순 지점에서 깨달은 새로운 생존법이었다고 할 수
있다.

　　세 번 다시
　　구름과 함께

무영탑을 본다.

햇볕에 바랜 정결한 돌결

塔身은 하늘까지 닿고

빙빙 도는 구름

흰 층계를 오르면

도라지빛

아득한 하늘꼭지로

날아가는

새

가물거리며

— <무제> 부분31)

이 시는 전체가 3단계 구조로 이루어졌다. 마치 목월의 시적 편력 과정을 요약 제시한 것 같은 암시를 받을 수 있다. '도라지빛 아득한 하늘꼭지로 날아가는 새'를 자아 표상의 객관상관물이라 할 때 시인은 하늘로 비상하는 꿈을 꾼다. 그리고 "서라벌의 가람"에서 "바람과 구름의 가람"을 거쳐 흰 "층층계"(<무제>)를 따라 올라온 시인은 "오랜 풍우에 바랜 자만이 지닐 수 있는 준엄하게 정결한 표정과 고고하고도 깊은 정신"32)에 이르러 드디어 출발점에서 인식했던 아득하기만 하던 '하늘 꼭지'에 근접하였다고 할 수 있다. 그러니까 목월은 타계 직전에 이르기까지 치열하게 살아가는 과정에서 인간과 시인으로서 어느 정도 자아실현의 지점에 도달했다고 할 수 있다.

---

31) 『심상』 1977.7. 타계하기 약 8개월 전에 발표.
32) 박목월, ≪경상도의 가랑잎≫ 서문.

3. 마무리

지금까지 목월의 초기에서 후기 시에 이르기까지 시적 변모 과정을 검토하여 목월 시에 드러난 세계인식과 정신 구조를 살펴보았다. 이에 따르면 목월은 그의 시적 생애를 통해 일정한 간격을 두고 새로운 시의 세계를 구축하기 위해 항상 노력한 것으로 파악되었다.

그런데 전체 시를 통시적으로 그 변모 양상을 살펴보면 개별 시집들이 크든 작든 모두 다른 모습을 보여주지만, 지향 측면에서 보면 주기적으로 순환하는 성격을 지닌다. 이는 크게 보아 '갈등'과 '극복'이라는 두 개념으로 집약되는데, 이것을 목월은 스스로 '앉음의 세계'와 '서서 돌아다님의 세계'로 규정했다. 그리고 이것을 정신 구조의 측면에서 접근하면 부정적 세계인식과 긍정적 세계인식으로 양분되는데, ≪청록집≫·≪난·기타≫·≪청담≫의 세계는 전자, ≪산도화≫·≪경상도의 가랑잎≫·≪무순≫은 후자에 포함된다.

≪청록집≫의 시세계는 역사의식에 의한 갈등 양상을 보이며, 그 극복의 몸짓으로서 '나그네'로 표상되는 방랑과 탐색 의식이 드러난다. 그리고 이것은 전통적 민요 율격과 어우러지면서 그 의미가 구체적으로 표상된다. 즉 단절된 현실을 극복하려는 의미가 내포된 향수와 관련을 맺는다.

≪산도화≫의 시세계는 절대 자연의 발견에 의한 현실 극복의 양상을 띠며, 이로써 초기의 현실적 갈등을 초월하고자 하였다. 이것은 현실과 문학의 대응 관계로 볼 때는 현실도피의 소극적 자세라는 비난을 받을 수 있는 여지가 있지만, 그보다는 뛰어넘을 수 없는 현실적 갈등의 심연에서 최후로 도달한 자기 구원의 의미로 파악된다.

≪난·기타≫는 ≪산도화≫의 한계점에서 사회로 귀환한 세계로서

강력한 현실 인식에서 촉발하는 갈등 양상을 보여준다. 이는 현실에 대한 자아의 무력감과 삶에 대한 허무감에서 비롯된다. ≪청담≫의 세계는 이의 심화 과정이 된다. 특히 이 시기는 사회인으로서의 책임의식과 삶에 대한 존재론적 갈등 양상이 짙게 드러나는데, 시인의 말에 의하면 이 시기에 "평생에 가장 벅찬 문제와 직면하였으며 가장 창작에 충실을 기하였다."[33]고 한다. 따라서 그가 창작에 몰두함은 현실 문제에서 일어나는 갈등을 줄이려는 의지와 밀접한 관련을 맺는다.

≪경상도의 가랑잎≫은 다시 중기시에 보였던 갈등을 해소하려는 모색의 단계이다. 여기서 시인은 고향의 정서를 그리워하고 그것을 성취하려는 한 방편으로서 경상도의 사투리와 향토성을 시에 수용한다. 그리하여 차츰 정신적으로 정화되는 모습을 보여준다. ≪무순≫의 세계는 이의 심화 과정으로 ≪경상도의 가랑잎≫에서 인식하기 시작한 무위자연의 노장 사유에 더욱 접근해 간 양상을 드러낸다. 이 시기의 특성은 순명의식으로 집약되며 이를 통해 초기·중기 시에서 보이던 갈등 양상은 거의 순화된다. 특히 지병을 앓으면서 생의 종말을 예감하고 운명을 담담히 받아들이며 승천 순간을 맞으려는 정서를 여실히 보여준다. 그리하여 결과적으로 출발점에서 보았던 어둠과 혼란 속에서 '꿈꾸는 사람'의 지향점이었던 '임과 하늘'이 변주된 신의 세계에 이르는 모습이 암시된다.

결론적으로, 단계적인 변모로 집약되는 목월의 시세계는 한마디로 시를 통한 자기 동일성의 漸成과정이라 할 수 있다. 이러한 결과는 시인이 자아와 세계와의 긴장 관계를 인식하면서 끊임없이 자아실현을 추구한 결과에서 비롯된 고결한 경지라 할 수 있다.

---

33) 박목월, 『구름에 달 가듯이』, 203쪽.

≪청록집≫의 시어와 구성적 특성

1. ≪청록집≫을 새로 읽어야 할 까닭

1939년에 창간된 『문장』을 통해 정지용의 추천으로 시단에 등단한 박목월·조지훈·박두진 등 세 시인은 광복 직후에 ≪청록집≫(1946)이라는 합동시집을 냄으로써 현대시사에서 이른바 '청록파'라는 칭호를 얻게 되었다. 널리 알려져 있듯이 청록파에 대한 구체적인 평가는 김동리가 처음 시도하였다. 그는 세 시인의 시적 공통분모로 '자연의 발견'이라는 점을 추출하고 그들이 새로운 시대에 직면하여 자연을 재인식하게 된 까닭을 다음처럼 규정하였다.

> 그들은 이 심연이 이미 기독교와 및 18세기 이전의 모든 諸神을 삼킨 데서 온 것임을 짐작하였고, 그리고 이제 와서는 다른 성격의 새로운 신이 이 심연에 의하여 요구되고 있다는 것을 깨달았다. 그들은 동양사람이었다. 그리하여 그들의 심안은 어느덧 자연으로 기울어졌다.
> 오늘날 정치문학 청년들이 花鳥風月 운운하고 앨써 무시하려는 '자연'의 발견도 이와 같이 남이 봄으로써 지키려는 세기적 심연에 직면하여 절대 절명의 궁극에서 불려진 신의 이름이었던 것이다.[1]

이 관점에 따르면, 세 시인이 새삼 발견한 '자연'은 시대의 변화에 따른 필연적인 산물이었다. 즉 자연에 대한 그들의 재인식은 새로운 시대가 '기독교를 비롯한 18세기 이전의 모든 신'—서구적인 모든 신을 부정하고 그 자리에 동양적인 신의 의미가 있는 자연으로 대체하기를 요청했다는 관점에서 나왔다. 그들이 새삼스레 자연을 발견한 이면에는, 새로운 인식을 요구하는 시대적 소명에서 나온 절체절명의 궁극에서 불렸던 신의 이름으로서 자연의 섭리에 따르는 슬기가 난세를 구원할 수 있는 새로운 길이라는 믿음이 있었다. 말하자면 인간들이 자연의 이치를 본받고 그에 순응하는 것이 곧 '세기적 심연'에서 구원될 수 있는 길이라고 본 셈이다. 김동리는 이러한 공통점이 곧 ≪청록집≫을 관통하는 끈이라고 파악했는데, 이로 인해 그들이 '청록파'라는 명칭 외에 '자연파'로도 불리게 되었다는 것이다.[2]

우리 현대시사에서 세칭 '청록파' 세 시인을 하나로 묶어 '자연파'라는 이름을 붙인 사람은 서정주였다. 그는 '한국 현대시의 사적 개관'이라는 글에서 이 명칭을 처음으로 사용하였다. 이 글에서 그는 개화 이후부터 1950년대 초반까지의 "반세기 여에 걸친 이 나라의 시문학"의 맥락을 주로 "유파적 구분에 의해 전개"[3]하는 과정에서 1940~1942년간을 메우는 세 시인을 '자연파'라고 명명하였다. 그는 이 글 중에 '자연파의 시'라는 항목을 설정하여 이들의 시적 경향에 대하여 다음과 같이 개괄하여 언급함으로써 같은 점과 다른 점에 대한 인식을 처음으로 개진하였다.

> 1939년 창간한 『문장』지가 정지X(용, 인용자)을 추천위원으로 하
> 여 3회씩의 추천을 거쳐서 산출한 시인들 중에 박목월·박두진·조지

---

1) 김동리, 『문학과 인간』, 청춘사, 1952, 60쪽.
2) 서정주, 『한국의 현대시』, 일지사, 1969, 24쪽.
3) 위의 책, 8쪽.

훈이 있어, 그 셋은 또 우연처럼 '자연'에 귀의한 작품들을 많이 써냈다. 써 모으기는 해방 전에 했다가 해방되어 발간한 그들 삼인의 合著 시집 ≪청록집≫을 보면 알 수 있다.

일제 말기 도시로부터 농촌으로의 疏開라는 것을 조선총독부가 장려해, 많은 도시인들이 전원으로 한때 총탄의 염려와 먹이를 찾아 그 소개라는 것을 한 일이 있거니와, 이들로 말하면 이미 인간사회에서는 볼일 다 봤다는 데서 이를테면 자진 소개해 버린 느낌이다.

청록집을 보면 일정 말기의 숨 막히던 때를 그들은 가지런히 산수 사이에 소요하며 언제 활자화해 볼 기약도 없는(1941년에 우리 어문 활동은 일절 중지당했으니까) 시편을 짜내고 있었던 것이 보이는데, 그러나 셋이 다 자연 속에 돌아가 있으면서도 각기 그 정신의 특색들은 다르다.[4]

서정주는 '청록파'의 작품을 개관하여 '자연에 귀의한 작품을 많이 써냈다'는 점에서는 공통점이 있으나, '각기 그 정신의 특색들은 다르다'는 점을 분명하게 파악했다. 그러면서도 그는 주로 동질성보다는 이질성에 대하여 언급하고 있는데, 동질성이 주로 자연을 소재로 하고 있다는 점, 즉 외형적인 문제인 반면에 이질성은 그 내면적 의미에 관한 것, 즉 본질적인 문제가 되므로 차이점에 집중하는 것은 매우 자연스러운 일이라 할 수 있다.

그렇다면 서정주가 파악한 세 시인의 작품에 드러나는 이질적 요소는 무엇일까? 그는 주로 사상 측면으로 접근하여, 박목월 시의 특색은 향토 색에 있는데 이것은 "신라의 풍월도적 자연 바로 그것이, 오랜 세월 생활의 협곡의 애로들을 통해서라고 하기보다는 실생활을 통해서 오는 전승에 의해 이 시인에게 계승되었다"라고 했다. 그리고 조지훈의 시의 자

---

4) 서정주, 『한국의 현대시』, 24쪽.

연에는 "禪味라 하는 것과, 망국민의 비탄과 고전적인 취미들이 들어 있다."라고 보고, 이는 "20을 갓 넘은 약관의 정신적 표현으로선 가히 당돌하다고 할 만한 정도"라고 그는 강조하고 있다. 또한 "박두진의 자연은 그가 기독교의 한 사람인 만큼 기독교적인 취향이 농후하다. 그가 능히 잘 체득한 得力處는 구약의 창세기나 시편, 雅歌 등으로 보일 만큼, 그런 쪽의 영향이 그의 표현하는 시편 속의 자연엔 많이 배어나 있다."라고 파악하였다.[5] 이렇듯 같은 자연이라고 해도 박목월의 시에서는 신라의 풍월도가 계승된 향토성이, 조지훈의 시에서는 불교적 선미와 고전적 취미가, 박두진의 시에는 기독교적 정신이 함유되어 서로 차별성을 지닌다는 것이다.

김동리가 처음 개진한 청록파와 자연의 관계, 그리고 자연의 질적 차이에 대한 서정주의 간명한 견해는 청록파의 시적 특성에 대하여 정곡을 찔렀다고 할 수 있다. 그것은 이들의 관점이 지금까지도 많은 연구자에게 그대로 수용되어 오면서 이제는 거의 화석화되다시피 한 양상을 보여준다는 점이 증명한다. 이렇듯 청록파 시인들에 대한 두 사람의 견해는 우리 현대시사에서 누리고 있는 청록파의 유명세만큼이나 거의 움직일 수 없는 논리로 굳어져 있다.

청록파의 초기시에 대한 두 사람의 견해는 설득력이 있다. 그러함에도 한편으로는 작품 낱낱으로 좀 더 가까이 다가가서 미시적 관점으로 들여다보면 세 시인의 작품은 각각의 개성만큼이나 얼마든지 다른 점을 발견할 수 있다. 어떻게 보면 그동안 《청록집》에 대해서 두 사람의 견해에 입각한 평가 이외에는 별다른 것이 없다는 것은 김동리와 서정주의 논점에 압도되었거나 아니면 무의식적인 동의나 무관심의 결과는 아닐까? 따라서 김동리의 첫 평가 이후 반세기가 지난 지금 우리는 이제

---

5) 위의 책, 24~26쪽.

기존의 연구 관행을 버리고 완전히 자유로운 입장에서 ≪청록집≫을 다양한 관점으로 들여다볼 필요가 있다고 생각된다.

이와 같은 문제 제기에서 출발하므로 이 글은 가능하면 기존의 논의들에서 일탈하여 ≪청록집≫을 새롭게 읽고자 한다. 청록과 시인들이 대체로 자연에 관심이 높았다는 점과 더불어 그 구체적인 내용(동질성과 이질성)에 대해서도 많이 언급되었으므로 이 관점은 중복을 줄이기 위해 되도록 여기서는 다시 거론하지 않기로 한다. 그리하여 나는 다른 관점에서 그들 시의 변별성을 찾아보고자 하는데, 특히 그동안 논자들이 별로 관심을 보이지 않았던 시어(한자어)의 선택 문제와 구성형식에 관한 것으로 압축하여 각각의 특성을 비교 또는 대비하면서 세 시인의 시적 거리를 가늠해본다.

2. 한자어 사용 빈도로 본 세 시인의 성향

우리나라는 오랜 시간 한자문화권의 영향을 받아와서 우리말 중에 한자어가 차지하는 비중이 무척 높다. 한자어의 비중이 무려 50%를 상회할 정도이니 그 영향력을 가히 실감할 수 있다. 우리말에 한자어가 많은 비중을 차지하는 것은 곧 일상의 언어생활에서도 많은 한자어를 사용할 수밖에 없음을 나타내기도 한다. 실제 언어생활에서는 반드시 그렇지는 않을 수도 있지만, 사전에 등록된 우리말과 한자어의 비중이 대략 5:5 정도라는 점을 단순하게 추론하자면 우리나라 사람들이 쓰는 말은 대체로 두 어휘 가운데 하나 정도는 한자어가 된다는 결론이 나올 수 있다. 그러므로 문장을 구성하는 과정에서 한자어를 많이 사용하느냐 않느냐 하는 것을 따지면 자연 우리말에 대한 그 사람의 인식과 성향을 엿볼 수 있는 단초를 마련할 수도 있다.

이러한 관점에서 ≪청록집≫에 수록된 세 시인의 작품6)을 통해 한자어를 사용한 빈도수를 조사하여 그 성향 차이를 살펴본다. 한자어 사용 빈도수를 조사하기 위해서는 한자음으로 된 것은 체언·용언·수식언 등에 상관없이 일단 모조리 계산하고 분석과정에서 그 특성을 다소 참고하기로 한다. 가령, 같은 한자어라고 하더라도 인명이나 지명 등과 같은 고유명사는 그 사람의 어휘 사용 성향과는 별로 관계가 없다고 보기 때문이다. 조사 형태는 먼저 제목 구성에서 한자어 사용 빈도수를 살핀 다음에 본문을 조사하기로 한다.

1) 작품 제목 구성에 관한 성향

(1) 작품 제목 구성 유형 분석

① 박목월 시(15편) 분석

우리말(고유어): 7편(<임>·<나그네>·<달무리>·<박꽃>·<길처럼>·<가을 어스름>·<귀밑 사마귀>)

우리말+한자어: 4편(<靑노루>·<甲紗댕기>·<山이 날 에워싸고>·<山그늘>)

한자어: 4편(<閏四月>·<三月>·<年輪>·<春日>)

② 조지훈 시(12편) 분석

우리말: 1편(<피리를 불면>)

한자어: 11편(<鳳凰愁>·<古風衣裳>·<舞鼓>·<落花>·<古寺 1>·<古寺 2>·<玩花杉>·<律客>·<山房>·<芭蕉雨>·<僧舞>)

---

6) 박목월(15편)·조지훈(12편)·박두진(12편) 순으로 총 39편이 실려 있다.

③ 박두진 시(12편) 분석

우리말: 5편(<별>·<숲>·<푸른 하늘 아래>·<푸른 숲에서>·<어서 너는 오너라>)

우리말＋한자어: 2편(<흰 薔薇와 白合꽃을 흔들며>·<薔薇의 노래>)

한자어: 5편(<香峴>·<墓地頌>·<道峰>·<年輪>·<雪嶽賦>)

(2) 작품 제목의 구성적 성향

위의 결과를 시인별로 분류하여 대비하면 [표·1]과 같다.

[표·1] 세 시인의 제목 구성에 관한 성향 대비

구분	우리말		우리말＋한자어		한자어		계
	편수	비율	편수	비율	편수	비율	
박목월	7	46.7%	4	26.7%	4	26.7%	15
조지훈	1	8.3%	0	0%	11	91.7%	12
박두진	5	41.7%	2	16.7%	5	41.7%	12
계	13	33.3%	6	15.4%	20	51.3%	39

[표·1]에서 보면 우리말로 된 시 제목은 총 39편 중 13편(33.3%)인데, 한자어가 포함된 것(6편)＋한자어로만 된 것(20편)은 26편(66.7%)으로 과반이 넘는다. 제목만 가지고 본다면 우리말과 한자어의 비중에 관한 일반적인 통계가 그대로 적용됨을 알 수 있다.

그러나 이러한 일반론은 개별 시인의 작품 제목으로 접근하면 다른 결과가 나온다. 박목월 시의 경우, 15편 가운데 우리말로 된 제목이 7편으로 46.7%를 차지하고, 우리말＋한자어로 된 것과 한자어로만 된 것이 각각 4편씩으로 되어 있다. 이 중에 우리말＋한자어로 된 4편도 청노루·갑사댕기·산이 날 에워싸고·산그늘 등과 같이 거의 우리말처럼 된 것이니, 한자어로 된 제목 역시 閏四月·三月을 빼면 <年輪>·<春日>

등 2편 정도가 다소 낯선 한자어로 되어 있을 뿐이다. 박목월의 경우 이 특징은 본문에서도 그대로 드러난다.

조지훈 시의 제목들은 박목월의 경우와는 대조적이다. 그는 전통적인 것을 선호한 만큼 작품 제목을 정하는 데도 한자어를 가장 많이 사용하였다. 조지훈의 시에서 우리말만 사용한 작품은 <피리를 불면> 단 1편밖에 없고 나머지 11편(91.4%)이 모두 한자어로 되어 있다. 또 제목들을 보면 鳳凰愁·古風衣裳·舞鼓·落花·古寺·玩花杉·律客·山房·芭蕉雨·僧舞 등 태반이 일상에서 흔히 쓰이지 않는 말들이다. 이에 따르면 조지훈은 박목월보다 상대적으로 한자어 사용 빈도가 높고 우리 말 사용 빈도는 낮았다.

박두진 시의 제목들에서는 박목월과 조지훈의 중간 정도로 우리말과 한자어 사용이 엇비슷하게 나타난다. 우리말만 사용한 작품은 <별>·<숲>·<푸른 하늘 아래>·<푸른 숲에서>·<어서 너는 오너라> 등 5편(41.7%)이고, 우리말+한자어로 된 작품이 2편, 그리고 한자어로만 된 작품은 <香峴>·<墓地頌>·<道峰>·<年輪>·<雪嶽賦> 등 5편으로 비율이 우리말로 된 작품과 같다. 이 가운데 고유명사인 장미·백합·도봉 등을 빼면 4편 정도가 한자어로 되어 있어 박두진도 비교적 우리말에 대한 선호도가 높았다고 할 수 있다.

2) 한자어 사용 빈도로 본 특성

(1) 한자어 사용 빈도

시의 본문에 사용된 한자어 빈도수를 밝히기 위해 각 편마다 사용된 한자어를 추출하면 다음과 같다.

① 박목월 시([ ] 안의 숫자는 시에 사용된 총 어휘 수]

0개: 2편; <임>[29], <달무리>[32]

1개: 6편; <윤사월>(門설柱)[18], <삼월>(芳草木)[21], <박꽃>(草家)[23], <길처럼>(山)[33], <귀밑 사마귀>(江)[36], <산이 날 에워싸고>(山)[42]

2개: 4편; <갑사댕기>(甲紗댕기 · 襤끝동)[19], <나그네>(南道 · 三百里)[24], <가을 어스름>(오리木 · 靑石)[44], <산그늘>(木果木 · 黃土)[53]

3개: 2편; <청노루>(靑雲寺 · 紫霞山 · 靑노루)[20], <연륜>(年輪 · 永永 · 少年)[77]

5개: 1편; <춘일>(千年 · 石塔 · 鄕校 · 門 · 丹靑)[29]

② 조지훈 시

1개: 2편; <山房>(蘭草)[37], <芭蕉雨>(芭蕉)[41]

3개: 1편; <落花>(珠簾 · 歸蜀道 · 山)[73]

4개: 1편; <피리를 불면>(萬 · 里 · 鶴 · 紫霞山)[45]

5개: 2편; <古寺 1>(木魚 · 上座 · 西域 · 萬里 · 牧丹)[21], <玩花杉>(七百里 · 多情 · 恨 · 病)[41]

7개: 1편; <律客>(牛皮 · 玳瑁 · 貴히 · 奚琴 · 唐紅 · 오리木 · 鬚髥)[96]

9개: 1편; <僧舞>(紗 · 薄紗 · 臺 · 黃燭 · 梧桐잎 · 世事 · 煩惱 · 合掌 · 三更)[84]

10개: 1편; <古寺 2>(木蓮꽃 · 香氣 · 九 · 層 · 塔 · 新羅 · 千 · 年 · 鐘소리 · 丹靑)[49]

13개: 1편; <舞鼓>(珍珠 · 五色 · 七色 · 線 · 花冠 · 蒙頭里 · 水晶 · 半月 · 彩衣 · 鬚髥 · 敲 · 靑 · 銀)[73]

17개: 2편; <鳳凰愁>(丹靑 · 風磬 · 山 · 玉座 · 如意珠 · 戲弄 · 雙龍 · 代

身·鳳凰새·礱石·佩玉·品石·正一品·從九品·俗·九天·號哭)[67],
<古風衣裳>(敷衍·風磬·珠簾·半月·杜鵑·眞情·紫朱빛·回裝·曲線·幅·雲鞋·唐鞋·大廳·門·古典·胡蝶·蛾眉)[102]

③ 박두진 시

2개; 1편; <숲>(杜鵑·綠陰)[93]

4개; 2편; <墓地頌>(北邙·燭淚·香氣·太陽)[49], <道峰>(人跡·山·黃昏·生)[69]

7개; 1편; <香峴>(山·默重·長松·累巨萬年·沈默·火焰·等屬)[72]

7개; 1편; <어서 오너라>(情·向·山·音聲·兄·南風·香氣)[178]

10개; 1편; <年輪>(雨露·霜雪·蒼穹·日月·星辰·樵夫·世紀·地心·波紋·年輪)[131]

11개; 1편; <푸른 숲에서>(玲瓏·薔薇·海棠·豪奢·山·金·童話·王子·公主·勳章·靑山)[104]

12개; 1편; <흰 장미와 백합꽃을 흔들며>(怪怪·當身·永遠·月光·今時·光明·莊嚴·異常·速·事緣·薔薇·白合)[97]

13개; 2편; <푸른 하늘 아래>(東山·爛漫·羊·滅·悽慘·荒廢·山·淨淨·長生木·一年草·石竹·山菊花·金)[157], <장미의 노래>(土壤·父母·杜鵑·靑春·戀人·恒時·詩·結晶·薔薇·一齊·人類·合唱·玲瓏)[118]

18개; 2편; <雪嶽賦>(北極·南極·太古·山·永遠·白骨·陽地·杜鵑·太陽·復活·人間·只今·滅·世代·族屬·雪嶽·眞正·和暢)[168], <별>(疊疊·山·人氣척·白樺·雜木·風雪·蒼天·終日·九月·落葉·潭·落花·東海岸·漁村·莊嚴·許多·山莊·爛漫)[112]

(2) 한자어 사용에 관한 성향

위에서 분석한 결과를 시인별로 분류하여 대비하면 [표·2]와 같다.

[표·2] 세 시인의 한자어 사용수 대비

구분		박목월	조지훈	박두진
수록 작품 수(A)		15편	12편	12편
시어 (어휘)	총 어휘 수(B)	500개	729개	1,348개
	편당 평균 어휘 수(B/A)	33.3개	60.8개	112.3개
한자어 (어휘)	총 어휘 수(C)	25개	92개	119개
	편당 평균 한자어 수(C/A)	1.66개	7.7개	9.9개
총 어휘 수 대비 한자어 사용 비율(C/B)		5%	13%	8.8%

* 한자어의 경우 한 편에 같은 어휘가 중복되는 것은 1개로 계산
* 한자와 우리말이 합성된 것도 한자어로 계산

먼저, 1편당 평균 시어(어휘)의 숫자로 보면 15편에서 총 500개의 어휘가 사용된 박목월의 시가 33.3개로 가장 적고, 다음으로 조지훈의 시는 12편에서 729개의 어휘가 사용되어 1편당 60.8개로 박목월 시의 거의 배수에 해당하며, 산문시+자유시의 복합 형태가 많은 박두진 시의 경우에는 12편에 1,348개가 사용되어 1편당 평균이 무려 112.3개로 집계되어 다시 조지훈 시의 거의 배수에 이른다. 이에 의하면 박목월은 가장 간결한 시 형태를 선호하는 반면, 박두진은 가장 호흡이 길고 표현 내용이 많은 긴 시를 선호한 것으로 나타났다. 특히 박두진의 경우에는 반복과 나열 형식을 자주 사용하는 시 구성의 성향도 많은 작용을 하였다.

그 반면에, 1편당 평균 한자어를 시어로 사용한 빈도수를 적은 쪽부터 따지면 박목월(5%) < 박두진(8.8%) < 조지훈(13%)의 순이 되어 조지훈이 제목 유형에서 보았던 것처럼 상대적으로 한자어를 가장 선호한 것으로 나타난다. 이것을 좀 더 자세히 분석하면, 박목월 시의 경우, 한 음절이라도 한자어가 사용된 낱말이 총 25개로서 1편당 평균 1.66개로

2개의 어휘에도 채 미치지 못하며, 시에 사용된 시어의 총 숫자로 보면 500개 단어 중에 5%를 차지하여 매우 미미하다. 그 내용을 구체적으로 살펴보면, 제목을 포함하여 한자어가 전혀 없는 작품이 2편이지만, 산이나 강 등과 같이 거의 우리말로 굳어진 한자어를 사용한 작품(<윤사월>: 문설주, <갑사댕기>: 갑사댕기·남끝동, <박꽃>: 초가, <길처럼>: 산, <귀밀 사마귀>: 강, <산이 날 에워싸고>: 산) 등 6편을 합하면 총 8편(53.3%)으로 과반이 넘는 작품에서 거의 한자어를 배제하고 있다. 그 밖에 한자어를 사용한 작품들도 <춘일>에서 5개 단어를 사용한 것을 제외하면 모두 1~3개 정도에 그쳐 박목월의 경우 시를 지을 때 가능하면 한자어보다 고유어를 가려서 사용하려는 의식을 분명히 갖고 있었던 것으로 보인다. 이에 비해 조지훈의 경우에는 총 어휘 수 대비 한자어 사용 비율이 13%에 이르러 상대적으로 한자어를 가장 선호한 편이고, 박두진의 경우에는 두 사람의 중간 정도인 8.8%가량 된다. 이러한 성향은 시의 제목에서와 동일한 결과를 보여주는 것이다.

위와 같이 시어 가운데 한자어 비중을 따지면 세 시인이 다소 편차를 보이지만, 사실 한자어의 비중이 상대적으로 가장 높은 조지훈도 불과 13%에 그치고 있어 청록파 시인들은 모두 우리말을 가려 쓰고자 한 인식이 대체로 높았던 것으로 보인다. 물론 이는 일반화하기에는 무리가 따른다. 시와 산문의 특성, 일반적인 언어생활과 시문학의 차이까지 포함해서 비슷한 시기에 지은 다른 시인들의 작품, 나아가서는 우리나라 시들에서 사용된 한자어의 비중에 관한 다양한 조사를 바탕으로 해야 그 차별성이 분명히 나올 수 있기 때문이다. 이 문제는 이것만 따로 떼어서 더 넓고 깊은 종합적인 연구가 필요한 것이려니와 이 글의 근본적인 목표도 아니므로 유보하기로 한다. 다만, 여기서는 일반적인 관념에서 우리말 속의 한자어가 차지하는 비중에 견주어 볼 때 그렇다는 것이고,

특히 세 시인의 성향의 차이를 대비해보고자 하는 목표에 따른 분석결과를 놓고 판단할 때 그런 의미를 부여할 수 있다는 것이다.[7]

요컨대, 시어 선택에서 한자어 사용을 가능한 한 최소화하려 한다는 것은 시어 선택의 제한성으로 인한 상상력과 정서 표현의 제한으로도 이어질 수 있음은 주지의 사실이다. 말하자면 표현의 자유를 스스로 어느 정도 제한하는 것이라고 할 수 있다. 이러한 제한적 조건 속에서도 시인이 의도하는 주제나 형식을 제대로 표현하기 위해서는 당연히 그에 상응하는 고민과 노력이 따라야 한다. 이를 고려하면, 한자어보다는 애써 우리말을 골라 쓰려고 노력한 것은 작시 과정에서의 고민을 엿보게 하는 것이자, 적어도 우리말에 대한 탁월한 언어 감각과 구성력을 지닌 시인임을 증명하는 것이기도 하다. 이런 점을 고려할 때, 세 시인이 대체로 평가받을 만하나, 그중에 특히 박목월은 우리말을 가려서 시를 짓고 우리말의 맛을 살리려고 노력하였다.[8]

---

7) 시어를 사용한 성향을 알아보기 위해서는 체언·용언·수식언 등에 대한 통계 분석이 중요한 방법이 될 수 있으나 이런 성분의 시어들은 시의 이미지나 세계인식과 깊은 관련이 있어 기존의 논의들과 비슷한 결과를 얻을 수밖에 없다고 판단하여 유보하였다.

8) 참고로, 우리말과 한자어를 각각 많이 사용한 결과로 인한 문체 因子는 소리글자와 뜻글자의 차이에 의한 효과가 달라진다는 점에서 그 의미를 생각해볼 수 있다. 우리말은 음 그대로 語義를 나타내어 깊이 새기지 않고도 쉽게 전달되는 반면에 한자어는 음과 뜻이 이원적이기 때문에 다시 마음속으로 새겨서 이해해야 하는 과정이 부가된다. 또 우리말은 주로 일상생활에서 늘 쓰는 생활언어이므로 다른 사람이 이해하기 쉬우므로 전달적이고 구체적이며 감정적이고 기술적이다. 이에 비해 한자어를 많이 사용한 문장은 그 음 이면에 개념이 숨어 있어 그 말 자체가 여음이요 함축이기는 하지만, 독자가 바로 구체적으로 직감하기보다는 그 소리 이외에 여음인 개념을 마음속으로 새기고 인식해야 하므로 상징적이고 추상적이며 개념적이라는 특성에 의해 이론적 기능이 강하다. 이인모, 『문체론』, 동화문화사, 1959. 299쪽.
　편의상 다른 변수들을 생각지 않고 참고삼아 위의 논리에 그대로 대입해보면 박목월의 시는 다른 두 사람에 비해 상대적으로 구체적·직감적(감각적)·전달·기

3. 시의 형식과 구성상의 특성

1) 시의 행과 연 구성의 내적 의미

자유시는 시인의 정서와 사상, 또는 시적 이미지의 흐름에 따라 시인이 자유롭게 시의 행이나 연을 분절하여 표현하는 것이 한 특징이다. 다시 말하면 詩想 전개 과정에서 시인이 작품에서 노리는 효과에 따라 다양하게 행과 연 갈음이 드러난다. 그중에서도 행과 연 갈음에 가장 많이 고려하는 대상은 의미·이미지·운율·형태 등이라고 할 수 있는데 이것들은 행이나 연으로 연결하느냐 분절하느냐에 따라서 그 결과와 효과가 아주 달라질 수가 있다. 가령, 박목월의 <청노루>를 예로 들어보면 쉽게 이해할 수 있을 것이다.

    머언 산 청운사
    낡은 기와집

    산은 자하산
    봄눈 녹으면

    느릅나무
    속잎 피어 가는 열두 구비를

술적인 성격이 더 강하지만, 조지훈의 시는 추상적·개념적·상징적·이론적 성격이 더 강하고, 박두진 시의 경우에는 그 중간에 든다는 결론에 이를 수 있다. 물론 이러한 평가는 어디까지나 통계적 수치를 통해서 일반화시킨 것일 뿐 개별 작품으로 접근하면 각 시인의 작품마다 상당한 차이를 보일 수 있다. 예를 들어, 가장 한자어를 많이 사용한 것으로 드러나는 조지훈의 시 가운데도 <산방>은 한자어가 2개, <파초우>와 <낙화>는 3개에 불과하여 예외로 분류될 수가 있다.

청노루
맑은 눈에

도는
구름

―＜청노루＞ 전문

이 시는 잦은 행과 연의 분할로 인하여 일상적인 통사 구성에서는 매우 많이 벗어나 있지만, 이미지 단위로 분절하여 시적 효과는 도리어 아주 극대화되어 있다. 그것은 이 시를 다음과 같이 의미 단위를 고려하여 행 구성을 다시 배치해보면 그 맛이 얼마나 달라지는지 알 수 있다.

머언 산 청운사 낡은 기와집
산은 자하산 봄눈 녹으면
느릅나무 속잎 피어가는 열두 구비를
청노루 맑은 눈에 도는 구름

원래의 시를 위와 같이 재배열하면 의미 단위가 좀 더 명확해져서 읽는 사람이 이해하기에는 더 편안해질 수 있을지 모르지만, 이미지와 리듬의 효과가 감소되어 시적 맛은 현저히 떨어질 수밖에 없다. 이러한 차이는 이 시를 구체적으로 분석해 보면 어느 정도 감지할 수 있을 것이다.

이 시는 우선 리듬으로 보면 1연 2행의 행수율에 2음보 대응의 음보율을 변주하고 있다. 그리고 형태상으로 행이 긴 3연의 2행을 중심으로 앞뒤가 대칭을 이루면서 시의 주된 이미지인 산의 형태를 옆으로 기울인 ▷의 모습을 띠게 하였다. 또 이미지로 보면 1연의 옛것(퇴색) 이미지가 2연의 봄눈(흰색)이 녹는 과정을 거쳐 3연에 이르러 느릅나무의 속잎

(연두색)이 다시 피어나는 모습(새것)으로 변화한다. 이 3연의 '느릅나무/속잎 피어 가는 열두 구비를'에서 '느릅나무'는 '속잎'을 꾸미는 관형어의 기능을 갖지만, 행 갈음과 관형격 조사의 생략으로 '느릅나무'가 1행으로 독립됨으로써 잠시 자유로움과 휴지상태를 얻어 관형어로 약화할수 있는 부정적 효과가 줄어들면서 그 의미가 확장된다. 말하자면 행의분절과 조사의 생략이 시의 전달과정에서 느릅나무(전체)로부터 속잎(부분)으로 바로 넘어가지 않고 잠시 머물도록 하는 효과를 가져와 독자의 마음속에 느릅나무가 선명하게 들어설 수 있는 시간적 여유와 극적효과를 얻을 수 있도록 만든다.

이 시가 전체적으로 7·5조의 음수율을 변주한 형태로 읽을 수 있음을 고려할 때 이 연의 1행과 2행의 대조적인 구성은 그에 상응하는 의미가 내포된 것으로 풀이할 수 있다. 즉 2행이 7·5조의 음수율이 갖추어져 있음을 고려하면 1행에서 4음절만으로 처리한 것은 7·5에 상응하는나머지 음절들이 생략된 것으로 상상할 수 있다. 즉 느릅나무의 복수형인 숲의 이미지나 의미로 확장해서 읽을 가능성을 열어놓은 행 갈음 형태라 할 수 있다. 이어서 4연에 이르러서는 식물적 이미지로부터 동물적이미지로 바뀌어 동적인 의미가 강화된다. 이는 연두색이 청색(靑노루)[9]으로 짙어지고 봄이 깊어진다는 것과도 관련된다. 4연과 5연을 나눔으로써 '맑은 눈'의 정적인 이미지와 '도는 구름'의 동적인 이미지가더욱 강하게 대비되는가 하면, '청노루'의 지상 이미지와 '구름'의 천상이미지가 서서히 겹쳐지는 효과를 나타내기도 한다.

위의 분석을 다시 정리하고 그 심층적 의미를 살피면 이렇다. 즉 퇴색·정적인 이미지→새로움·동적 이미지로 대조적인 변화, 먼 산→자하산·

---

9) 목월은 시각적으로 청색을 강조하려고 일부러 '靑'을 한자로 썼다고 하였다. 박목월,
『보라빛 소묘』, 신흥출판사, 1958, 84쪽.

느릅나무→속잎 · 청노루→맑은 눈→눈 속에 비치는 구름 등의 원근법을 통한 전체에서 부분으로의 이동, 겨울⇒봄의 계절 변화 등이 수묵화처럼 펼쳐져 있다. 겨울이 가면 봄이 오고, 봄이 오면 만물이 겨울 동안 잃어버렸던 생기와 자유(구름)를 되찾게 되는 것이 자연의 섭리라면, 이러한 자연의 섭리는 시인이 처한 암담한 시대도 그리 오래 가지 않으리라고 확신하도록 한다. 그래서 산천의 봄은 시인의 마음속에도 희망과 자유의 새싹을 움트게 하는 것이다. 이렇듯 자유시에서 행과 연 갈음은 시인이 의도한 필연적인 결과이어서 매우 심오하고도 중요한 가치를 지닌다. 따라서 시의 행과 연 구성형식은 시인의 작시 성향을 파악할 수 있는 좋은 자료가 된다.

2) 시의 행과 연 구성상의 특성

(1) 작품의 구성 분석

시의 형식상의 특성을 파악하기 위해 세 시인의 작품을 분석한다. 먼저 연과 행 갈음의 특성을 대비하면 다음과 같다.

[표·3] 박목월 시의 행과 연 갈음 형태 분석

작품	각 연의 행수	총 연수	총 행수
<임>	2/2/2/3	4연	9행
<윤사월>	2/2/2/2	4연	8행
<삼월>	2/2/2/2/2	5연	10행
<청노루>	2/2/2/2/2	5연	10행
<갑사댕기>	2/2/2/2/2	5연	10행
<달무리>	7/6	2연	13행
<박꽃>	5/5	2연	10행
<길처럼>	3/1/3/1/1	5연	9행
<가을 어스름>	4/4/6	3연	14행
<연륜>	산문시+자유시	3연	–
<귀밑 사마귀>	5/4/6	3연	15행
<춘일>	3/4/4	3연	11행
<산이 날 에워싸고>	3/5/4	3연	12행
<산그늘>	5/6/5/5	4연	21행

* 산문시 형태로 행 갈음을 하지 않았으나 연은 나누었으므로 완전한 자유시로 보기 어려워서 복합 형태로 보았음.

[표·4] 조지훈 시의 행과 연 갈음 형태 분석

작품	각 연의 행수	총 연수	총 행수
<봉황수>	산문시	–	–
<고풍의상>	1행 1연시	18	18행
<무고>	2/2/2/2/2/2	6연	12행
<낙화>	2/2/2/2/2/2/2/2/2	9연	18행
<피리를 불면>	2/2/2/2/2/2/2/2/2/2	10연	20행
<고사 1>	2/2/2/1/2	5연	9행
<고사 2>	2/2/3/2/2	5연	11행
<완화삼>	2/2/2/2/2	5연	10행
<율객>	5/2/4/4/4/4	6연	23행
<산방>	2/2/2/2/2/2/2/2	8연	16행
<파초우>	2/2/2/2/2	5연	10행
<승무>	2/2/2/2/2/2/2/2/2	9연	18행

[표·5] 박두진 시의 행과 연 갈음 형태 분석

작품	각 연의 행수	총연수	총행수
<향현>	산문시+자유시	5연	–
<묘지송>	산문시+자유시	4연	–
<도봉>	2/2/3/2/2/2/2/2/2	10연	21행
<별>	산문시+자유시	6연	–
<흰 장미와 백합꽃을 흔들며>	산문시+자유시	4연	–
<연륜>	2/2/2/2/2/3/4/2/2/4 /2/2/2/3/3/2/2/3	18연	44행
<숲>	5/4/5/11	4연	25행
<푸른 하늘 아래>	산문시+자유시	5연	–
<설악부>	산문시+자유시	8연	–
<푸른 숲에서>	6/6/3/2/2/2/2/2/2	9연	25행
<어서 너는 오너라>	산문시+자유시	6연	–
<장미의 노래>	2/2/4/3/2/2/3/3/3/3 /2/2/3	13	35행

(2) 작품 구성상의 세 시인의 성향

위에서 분석한 결과에 대하여 먼저 1편당 연의 수 분포 상황을 대비하기 위해 다시 시인별로 분류하면 [표·6]과 같다.

[표·6] 1편당 연의 수 분포 대비

비고	형식 산문시	연시	2연	3연	4연	5연	6연	8연	9연	10연	13연	18연	소계	계
박목월	0	복합형		1									1	15
		자유시	2	4	3	5							14	
조지훈	1	복합형											0	12
		자유시				4	2	1	2	1		1	11	
박두진	0	복합형			2	2	2	1					7	12
		자유시				1				1	1	1	5	
계	1		2	5	6	11	4	2	3	2	1	2	–	39

* 복합형은 산문시+자유시의 형태, 행 가름이 없는 산문시 형태이면서 연을 구분한 작품을 말함.

[표 · 6]에 의하면, 《청록집》에 수록된 총 39편의 시를 외면적 형식에 의해 분류할 때 자유시가 30편(76.9%)으로 약 77%를 차지하고, 산문시가 1편, 그리고 '산문시+자유시'(산문시 형식에 연 가름을 가미한 형식) 형식을 취한 시가 8편이다. 이를 다시 시인별로 분류하면, 박목월 시는 자유시 14편, 산문시+자유시 1편이고, 조지훈 시는 자유시 11편, 산문시 1편이다. 박두진 시는 자유시 5편, 산문신+자유시 7편으로 집계된다. 따라서 박목월과 조지훈은 주로 자유시 형식을 선호했으나, 박두진은 오히려 '산문시+자유시' 형식이 2편이나 많아 자유시보다는 산문시 유형을 더 좋아한 것으로 나타난다. 특히 박목월과 조지훈의 경우 자유시라고 해도 행수율을 비롯한 전통적 율격(7 · 5조[10], 2~4음보)이 뚜렷이 드러나는 작품이 많다는 점에서 엄밀하게 말하면 정형시+자유시의 유형을 좋아했으며, 또한 전통적 시 형식을 계승하면서 변주한 것으로 평가할 수 있다. 이에 비하면 박두진의 경우에는 이들보다 상대적으로 리듬에 대한 성형의식이나 배려보다는 정서를 자유롭게 표현하는 데 더 많은 관심을 가졌던 것으로 보인다.

한편, 각 시인이 1편의 시에 설정한 연의 수에 관한 분포를 분석하면 조지훈의 산문시 1편을 제외하고는 모두 연시를 선호하였다. 즉 세 시인 모두 시상을 의미나 호흡 단위로 연을 나누어 전개하는 형식을 좋아하였다.

---

10) 7 · 5조 율격은 아직도 논란의 여지가 많다. 음악학자인 서우석은 "7 · 5조 역시 나의 의견으로는 시조의 각 행의 네 박자 구조와 크게 다를 것이 없는 리듬이고 그 네박자의 변형으로 볼 수 있는 것이다."(서우석, 『시와 리듬』, 문학과지성사, 1981, 37쪽)라고 하여 시조 리듬의 변형으로 보았다. 그 반면에, 김대행은 "단언하거니와 우리 민요에는 7 · 5조의 율조가 전통을 이루고 있지 않았으며 이른바 7 · 5조가 넘실대기 시작한 것은 속칭 개화기라고 불리는 시절부터였으며 이것은 일본의 7 · 5조 세례와 무관하지가 않다."(김대행, 「목월 시의 운율」, 박현수 엮음, 『박목월』, 새미, 2002, 58쪽)고 하여 7 · 5조를 개화기에 일본에서 수입된 것으로 보았으며, 나아가서 그는 우리말의 특성상 음수율을 따지는 것 자체가 무리가 있어 음보 단위로 파악하는 것이 온당하다고 주장하였다.

그러나 각 연을 구성하는 행의 수로 볼 때는 그 성향이 상당히 다른 결과가 나온다. 박목월 시의 경우 15편이 대개 2~5연의 형태를 취해 세 시인의 작품 중에서 가장 짧고 간결했다. 조지훈 시는 산문시 1편과 1행을 1연으로 처리한 <고풍의상>을 제외한 나머지 11편이 5~10연의 형태를 취하여 박목월의 시보다 비교적 연의 수가 많다. 박두진 시는 '자유시+산문시'의 복합 형식을 취한 시들은 4연·5연·6연이 각각 2편씩이고 8연이 1편이며, 자유시 형식을 취한 5편의 시는 4연·9연·10연·13연·18연 등에 각각 1편씩 분포되어 있다. 이에 의하면 '산문시+자유시'의 복합 형식을 취한 시는 연의 수가 적은 대신, 자유시 형식을 취한 시는 연의 수가 상당히 많아서 결국 사용 어휘 수로 보면 큰 차이가 없다. 가령, 가장 짧은 복합형 시인 <묘지송>에 사용된 어휘 수는 49개인데 가장 짧은 자유시인 <도봉>은 69개이며, 가장 긴 복합형 시인 <어서오너라>에 사용된 어휘는 178개인데 가장 긴 자유시인 <연륜>에서도 131개의 어휘가 사용된 것을 보면 그 점을 알 수 있다. 따라서 박두진의 경우에는 다른 두 시인에 비해 상대적으로 호흡이 긴 시를 선호했다고 할 수 있다.

다음으로, 세 시인의 행 구성의 성향을 알아보기 위해 작품에 상관없이 1연당 배치한 행의 수에 따른 분포를 분석하여 분류하면 [표·7]과 같다.

[표·7] 1연당 행 수의 구성 분포 대비

구분	1행	2행	3행	4행	5행	6행	7행	11행	계
박목월	1	27	5	6	7	4	1	0	51개
	2	52.9	9.8	11.8	13.7	7.8	2	0	100%
조지훈	19	61	1	4	1	0	0	0	86개
	22.1	70.8	1.2	4.7	1.2	0	0	0	100%
박두진	0	32	13	4	2	2	0	1	54개
	0	59.2	24.1	7.4	3.7	3.7	0	1.9	100%

세 시인의 시에서 모두 1연을 2행으로 구성한 비율이 가장 높다. 박목월 시의 경우 15편의 51개 연중에 2행으로 구성한 것이 27개로 52.9%를 차지했고, 조지훈 시의 경우에는 11편의 86개 연 가운데 61개로 무려 70.8%에 이르고 있으며, 박두진 시의 경우에는 12편의 54개 연 가운데 32개로 59.2%를 차지한다. 따라서 1연 2행 구성 성향으로 본다면 조지훈 > 박두진 > 박목월 순으로 그 선호도가 높은 것으로 드러난다. 여기서 박두진 시의 경우에는 자유시의 편수(12편 중 5편)가 적고, 다른 두 시인의 시에 비해 완전한 규칙성을 보이는 것도 없지만 1편당 연의 수가 많고 그중에 2행으로 구성된 연의 비중도 높아서 박목월 시보다 숫자는 오히려 많다. 다음으로는 박목월 시의 경우 3~6행을 취한 연이 4~7개 정도로 비교적 고르게 분포되어 있으나, 조지훈 시는 1행 1연 시 <고풍의상>을 제외하면 4행으로 된 연이 4개(4.7%) 정도이고 그 밖에는 3행과 5행이 각각 1개씩일 뿐이다. 박두진 시는 3행으로 된 연이 13개, 4행이 4개, 5행과 6행이 각각 2개, 11행이 1개로 분포되어 있다.

한편, 1편의 시에서 연마다 행의 숫자가 같아 규칙성이 있는 것을 행수율이라 하는데, 행수율을 고려한 시의 빈도수를 보면, 조지훈 > 박목월 > 박두진의 순으로 나타났다. 즉 조지훈은 연 구성에서 가장 신경을 많이 썼다고 할 수 있다. 조지훈 시의 경우 12편 가운데 8편에서 정확한 행수율이 드러나고 산문시 1편을 제외한 나머지 3편도 2편은 1연, 1편은 2연에서만 파격을 이룰 뿐 규칙성을 지니고 있다. 박목월 시의 경우 정확하게 행수율을 지킨 시가 5편, 1연만 파격을 이룬 시가 3편, 교차율을 지닌 시(<길처럼> 3/1/3/1/1)가 1편 등 9편 정도에 행수율의 형식이 드러나는데, 앞에 수록된 5편에서는 2행 1연의 규칙성을 따르다가 뒤로 가서는 각 연의 행수가 늘어나고 규칙성도 느슨한 경향을 보인다. 박두진 시는 자유시 5편 가운데 정확하게 행수율을 보이는 작품은 1편도 없고 단지 <도봉>에서만 전체 10연 중 9연이 2행으로 되어 있고 1연만 3행으로 파격이라 비교적 행수율을 따른 것으로 보일 뿐 나머지 4편은 2행 1연의 형태가 가장 많기는 하지만 뚜렷한 규칙성을 발견하기는 어렵다. 이런 점에서 박두진은 작시 과정에서 행수율에 대한 인식을 거의 갖지 않은 것으로 보아도 무방한데, 이는 전체 12편 가운데 산문시와 자유시를 융합한 형태의 작품이 7편으로 자유시보다 더 많다는 것에서도 알수 있다. 그만큼 박두진은 산문시 유형을 선호했으며, 그래서 작시 과정에서 외면적 리듬에 대하여 아주 둔감시했거나 개방적으로 인식했다고할 수 있다.

행수율과 관련하여 한 가지 눈에 띄는 것은 박목월과 조지훈의 경우 1연 2행의 규칙성을 보이는 작품이 압도적으로 많다는 점이다. 즉 박목월 시에서는 15편 가운데 완전한 규칙성을 보이는 것이 4편, 4연 중 1연만 1행이 늘어난 3행으로 처리한 작품(<임>)이 1편으로 총 5편으로 33.3%를 차지하고(나머지는 각각 다름), 조지훈 시의 경우에는 완전한 규칙성을 보이는 것 7편과 1연만 1행이 줄거나(<고사 1>) 늘어난 것 (<고사 2>) 2편을 합하면 모두 9편이 되어 무려 75%를 차지한다. 이에 비해 박두진 시는 10연 중 1연만 1행이 늘어난 것(<도봉>) 1편밖에 없다. 이렇듯 박목월과 조지훈 시에서 1연 2행의 행수율의 빈도수가 높은데, 이런 유형의 작품은 앞선 예로서 김억이나 서정주의 시에서 더러 보이는데, 특히 정지용의 시에서 빈번하게 보인다는 점에서 어떤 시사점을 보여준다. 참고로 정지용의 시에서 1연 2행의 규칙적인 행수율이 드러나는 작품의 빈도수를 조사하면 [표·8]과 같다.

[표·8] 정지용 시의 1연 2행의 행수율 작품 수

시집명(간행연도)	총 편수	행수율 작품 수	행수율 작품 비율
≪정지용시집≫ (1935)	87편	33편	37.9%
≪백록담≫ (1941)	25편	11편	44.0%
계	112편	44편	39.3%

　　정지용의 시 중에 1연 2행의 행수율이 드러나는 작품의 비율은 총 112편 중 44편으로 39.3%를 차지할 만큼 상당히 많다. 게다가 이 형식 외에 다른 유형은 거의 미미한 상태라는 점을 고려하면 그가 1연 2행의 행수율을 얼마나 선호했는지 짐작할 수 있다. 특히 광복 직후에 간행한 ≪지용시선≫(1946)에는 총 25편 중에 과반수를 상회하는 13편(52%)이 1연 2행의 행수율을 지킨 작품들이다. 시선집을 간행할 때에는 대개 완성도가 높아 자기 마음에 드는 작품을 선정하는 점을 고려하면 정지용 시 가운데 수준 높은 작품은 대체로 1연 2행의 행수율로 지었다는 결론에 이른다. 그만큼 정지용은 성형의식이 강했고, 또 그런 의식을 갖고 지은 작품이 완성도도 높았음을 알 수 있다. 따라서 청록파 시인들이 정지용의 추천으로 시단에 등단했다는 점을 고려하면 세 시인 중에 적어도 박목월과 조지훈의 경우에는 정지용 시에서 구성형식에 대한 영향을 받았다는 개연성을 추론해 볼 수 있다.11)

---

11) 운율(음수율·음보율)에 관한 논의를 더 개진할 수 있으나 이에 대해서는 이미 많은 논구가 있어 중복을 피해 여기서는 논외로 한다. 이 논의에서도 부분적으로 드러났듯이 박목월과 조지훈은 전통적 운율을 많이 고려했으나 박두진의 경우에는 상대적으로 더 자유로웠다. 그리고 전통적 율격을 적극적으로 수용한 박목월과 조지훈도 더 세분하면 박목월이 대체로 전통 운율을 변주하려 했다면, 조지훈의 경우에는 경직된 유형의 작품이 많은 점에서 일정한 거리가 있다. 이 점을 비판하여 오탁번은 조지훈 시에 대해 "비개인화, 몰개성의 성격은 도처에서 나타난다."라고

4. 마무리

우리 현대시사에서 일제 강점기의 말기, 즉 이른바 암흑기의 공간을 이어주고 있다는 측면에서 청록파의 존재는 큰 의의를 지닌다. 비슷한 시기에 윤동주가 있는데 그는 시단의 관례로 보면 정식으로 등단의 과정을 거치지 않았다는 점에서 정통파로 보기는 어려우므로 이들과는 성격을 달리한다. 이에 정식으로 문예지를 통하여 등단한 정통파 시인으로서 암흑기의 공백을 어느 정도 메워주고 있는 청록파의 존재는 우리 현대시사로 보면 매우 다행스러운 일이다. 이 글에서 나는 이와 같은 시사적 의미를 지닌 청록파의 시적 특성을 ≪청록집≫을 중심으로 그동안 비교적 관심의 대상이 되지 않았던 시어와 구성의 문제에 대하여 분석하고 그 변별성을 살펴보았다. 그 결과를 간략히 집약하면 다음과 같다.

먼저, 한자어 사용에 관한 빈도수를 제목 유형과 본문으로 나누어 조사해본 결과, 제목에서 한자어를 사용한 비중으로 볼 때 박목월은 26.7%를, 박두진은 41.7%를, 그리고 조지훈은 무려 91.7%를 차지하여 한자어 선호도 측면에서 박목월 < 박두진 < 조지훈의 순으로 집계되었다. 이에 의하면 세 사람이 각각 거의 배수씩 증가하는 수치를 보여 흥미롭다. 그리고 본문에서 1편당 평균 한자어 사용 빈도수로 보면, 박목월(1.66개) < 조지훈(7.7개) < 박두진(9.9개)의 순으로 되지만,[12] 총 어

하면서 '개인의 몰락'이라는 표현을 쓴 바 있다. 오탁번, 『현대문학산고』, 고려대출판부, 1976, 175~184쪽 참조.

12) 이 결과는 박두진의 시에는 산문시 유형이 많을 뿐만 아니라 자유시도 비교적 긴 작품들이어서 1편당 사용 어휘 수가 많은 것이 작용한 것으로 보인다. 문장이 길고 어휘가 많아질수록 아무래도 수식어와 서술어 등 우리말의 사용 빈도도 많이 늘어날 수밖에 없기 때문이다. 박목월 시는 1편당 평균 어휘 수가 불과 33.3개인데 조지훈의 시는 그 2배에 가까운 60.8개, 박두진은 다시 조지훈의 2배에 가까운 112.3개에 이른다는 점을 보면 박두진 시가 상대적으로 얼마나 긴 형태인지 알 수 있다.

휘 수 대비 한자어 사용 비율로 보면 제목에서와 비슷한 비율을 보이면서 역시 박목월(5%) < 박두진(8.8%) < 조지훈(13%) 순으로 드러난다. 이 결과에 의하면 상대적으로 고전적, 禪味 취향을 많이 가진 조지훈의 성향이 시에도 그대로 드러나고 있으며,13) 박목월은 세 시인 가운데 우리말에 대한 애착심이 가장 강했음을 알 수 있다.

다음으로, 시의 구성형식을 분석한 결과 박목월과 조지훈은 각각 1편씩을 제외하고 모두 자유시인데, 박두진은 산문시＋자유시의 혼합형이 12편 중 7편으로 오히려 더 많아 산문시 유형에 대한 선호도가 매우 높은 것으로 드러난다. 그만큼 박두진은 간결성과 압축의 미학보다는 관념적 의미를 추구했다고 할 수 있다. 이는 "기독교에 바탕을 둔 두진의 종교적 의지"와 무관하지 않은 것으로 보이는데, 말하자면 시적 형상화를 통한 예술적 효과보다는 종교적 의지와 관념을 드러내려는 의도가 더 우세했기 때문이라고 할 수 있다.14)

한편, 행과 연 구성의 성향으로 보면, 39편 중에 조지훈의 산문시 1편을 제외한 38편이 모두 연을 나누는 연시이어서 세 사람 모두 연시를 선호하였으며, 1연당 행의 숫자로 보면 2행으로 구성된 것이 가장 많다. 그 선호도를 보면 박목월(52.9%) < 박두진(58.5%) < 조지훈(70.8%) 순으로 나타났다. 여기서 박두진의 경우 자유시 가운데 정확한 행수율을 보인 작품은 1편도 없으나 각 편당 연의 수가 많고 2행 1연의 작품도 많은 관계로 2행 1연의 규칙적인 행수율이 드러나는 작품이 많은 박목

---

13) 조지훈은 민족문학으로서의 우리 현대문학이 고전주의의 특성을 받아들일 때 그 전통과 역사 위에 개화하고 나아가서 '문학의 황금시대'를 열 것이라고 강조한 바 있는데, 그의 시에 짙게 드러나는 고전적 취향은 결국 그의 민족문학관에 합치되는 것이라 할 수 있다. 조지훈, 「고전주의의 현대적 의의－민족문학의 지향에 관한 노트」, 『문예』, 1949.10, 141쪽.

14) 이런 점을 비판적으로 바라본 오탁번은 '두진, 시의 패배'라는 말로 집약하여 나타냈다. 오탁번, 위의 책, 165~168쪽.

월의 시보다 우세한 것으로 집계되었다. 그리고 정확하게 규칙성을 보이거나 한두 행 정도의 파격을 보이는 행수율이 드러나는 작품 수로 보면 박두진(1편) < 박목월(9편) < 조지훈(11편)의 순이다. 행수율과 관련하여 한 가지 특이한 것은 대부분 2행 1연의 형식을 취하고 있다는 점이다. 이는 멀리는 2음보 대응의 전통적 율격의 영향이 있었을 것으로 생각되기도 하지만, 가까이는 정지용 시의 영향을 받았을 것으로 추측된다. 정지용의 시 112편 가운데 무려 39.3%에 해당하는 44편에서 2행 1연의 규칙적인 행수율이 드러나는 것을 볼 때, 적어도 박목월과 조지훈의 경우 습작기에 정지용 시의 형식에서 어떤 시사점을 얻었을 것으로 짐작된다. 결론적으로, 시의 행과 연 구성형식으로 보면 박목월과 조지훈은 전통적 율격에 깊은 관심을 가졌으나, 박두진은 서양 기독교 정신에 기울어져 있는 만큼 그에 대해서는 현저히 무관심했던 것으로 보인다. 또 전통적 율격을 수용한 박목월과 조지훈을 대비할 때에는 고전 취향이 강했던 조지훈의 시에서 훨씬 경직된 수용양상이 드러나는 점에서 일정한 거리가 있다.

이상에서 보듯이 청록파의 시적 세계는 동질성을 많이 지니면서도 세부적으로 접근하면 상당한 차이를 보여주기도 한다. 특히 이 글에서 분석한 결과에 의하면 형식적인 측면에서는 오히려 동질성보다는 차이가 더욱 분명하게 드러남을 알 수 있다. 따라서 청록파는 같은 유파로 묶일 수 있는 공통분모를 지니고 있으면서도 또 상당 부분 개별성을 확보하고 있음으로써 개인성과 집단성이라는 양면성을 잘 견지하고 있다는 결론에 이르게 한다. 이러한 점은 우리 현대시사에서 흔히 찾아보기 힘든 청록파 시인들만의 몫으로 인정해야 할 것이다.

≪청록집≫에 함축된 도가적 상상력

1. 도가적 사유와 청록파의 시적 사유의 등가성

사회 현실과 자연 세계가 대척적인 거리에 놓이는 점에 주목하여 '청록파'의 초기시에 두드러진 자연 표상을 초역사적이라거나 도피적 이미지로 보기도 한다. 가령, 이것은 "목월의 소시민적 개인의식의 끝없는 확대, 지훈의 사회 또는 역사 앞에서 벗어던진 선적 동양적 달관, 두진의 샤머니즘적 감성의 비시화로 전개돼 나간 세 시인의 초기시"[1]라는 인식을 비롯하여, "고요의 시는 소월의 슬픔의 시나 마찬가지로 회피의 시이다. 한국문화의 전체적인 붕괴 속에서 급한 대로 단편적인 피난처를 구한 결과가 청록파의 시라 할 수 있다."[2]는 평가, 또는 목월 시에 대해 "안정한 외계는 자아의 갈등을 외면한 결과이며 나아가 피식민 상황이라는 외적 현실의 수용을 방법적으로 거부한 결과이다."[3]라고 지적한 것들을 통해 확인된다.

---

1) 오탁번, 「≪청록집≫의 방향과 의미」, 『현대문학산고』, 고려대출판부, 1976, 154쪽.
2) 김우창, 「청록파─고요와 슬픔」, 『궁핍한 시대의 시인』, 민음사, 1985, 57쪽.
3) 이희중, 「박목월 시의 변모과정」, 박현수 엮음, 『박목월』, 새미, 2002, 142쪽.

이 글은 이러한 부정적 관점에 대해 비판적 입장에 선다. 즉『청록집』을 세밀하게 검토하면 당대의 비극적 현실을 인식한 점이 분명히 드러나며, 당시 우리 겨레로서는 추호도 용서할 수 없는 거대한 악의 중심인 일제의 강탈과 통치를 부정하고 그것을 넘어설 수 있는 대안적 의미로서 무위자연을 지향하는 과정이 형상화되었다고 보기 때문이다. 이 점을 구체적으로 밝히기 위해, 이 글은 특히 청록파의 도가적 상상력을 통해『청록집』의 시 세계를 재인식하기 위해 연구되었다.

청록파의 자연 취향이 시대적 산물임은 일찍이 김동리가 주장한 바 있다. 그는 청록파가 추구한 시적 자연은 '당시의 정치문학 청년들이 화조풍월 운운하면서 애를 써서 무시하려는 자연'과는 다르다고 규정하였다.[4] 즉 그 자연은 절체절명의 현실 인식과 밀접한 관련이 있다고 보았다. 김동리의 통찰 이후 서정주는 박목월 시의 자연은 '신라의 풍월도적 자연을 계승한' 향토색으로, 조지훈의 시는 '禪味'로, 박두진 시에 대해서는 '기독교적 취향'을 가진 것으로 보아 그 변별성을 구체적으로 지적하였다.[5] 그 이후 조지훈 시의 불교 사상이나 박두진 시의 기독교 사상에 관한 문제는 이제 상식이 될 만큼 많이 다루어졌고, 목월 시도 향토적 정서를 넘어 자연의 근원이나 신성성에 주목하여 기독교 사상을 중심으로 접근한 예도 있다.[6] 이렇듯 청록파 시편은 모두 종교적 사상적 차원에서 접근하고 해석될 가능성을 내포하지만, 이 글에서는 종교적 관점보다는 노자와 장자의 사상[7]을 아우르는 도가적 사유, 즉 철학적 차원

---

4) 김동리,『문학과 인간』, 청춘사, 1952, 60쪽.
5) 서정주,『한국의 현대시』, 일지사, 1969, 24~26쪽.
6) 유성호,「사랑과 궁극적 근원을 향한 의지-박목월 시의 종교적 상상력」, 박현수 엮음,『박목월』, 새미, 2002. 최승호,「박목월론-근원에의 향수와 반근대의식」,『서정시의 이데올로기와 수사학』, 국학자료원, 2002. 금동철,「박목월 시에 나타난 기독교적 자연관 연구」,『우리말글』제32집, 우리말글학회, 2005.
7) 노자는 자연을 따라야 천지 만물과 조화를 이룰 수 있다고 주장했다. 그리고 노자의

에서 다루려 한다. 예술작품으로서의 시는 비록 종교 사상이 내재하더라도 결국은 종교적 목적을 직접 수행하기보다는 시적 감수성을 경험하게 하는 것이 먼저라고 보기 때문이다.

그렇다면 청록파와 노장사상은 어떤 상관성으로 비교될 수 있을까? ≪청록집≫에 실린 작품들이 대부분 1940년을 전후로 한 시기에 창작되었음을 고려할 때, 우리나라의 청록파 시인들이 살았던 시대와 도가사상이 확립되는 시대적 배경인 기원전 475∼기원전 222년 사이의 중국은 시간적으로나 지역적으로나 비교하기 불가능할 만큼 거리가 멀다. 그러함에도 각각의 철학적 사유와 시적 정서를 형성하는 시대적·사회적 배경에는 유사성이 많다.

우선 중국을 보면 이른바 춘추전국시대로 불리는 당시는 역사상 가장 큰 격변기로서 사회 체제가 전면적으로 해체되어 극심한 혼란을 겪을 때였다. 정치적으로는 군웅할거의 시대였고, 국가 간에는 참혹한 전쟁이 계속되었으며, 학술적으로는 다양한 사상이 다투어 일어났다. 도가 사상은 이러한 시대와 사회를 배경으로 혼란기를 극복하려는 하나의 사상적 체계로 정립되었다.[8]

이에 비해 우리나라의 청록파가 형성된 시대는 중국의 전국시대와 무려 2100년 이상의 거리가 있지만, 일제 강점 기간의 말기로서 황국신민화 정책의 시행으로 가장 악랄한 통치가 자행되어 너무도 비참하였다. 이 혼란기에 청록파의 시적 정서가 형성되었다는 점에서 그 배경의 내적 특성은 중국의 전국시대와 유사성을 지닌다. 즉 다 같이 국가 간의 갈등과 쟁투로 소란했다는 점, 반인간적이고 비이성적인 부조리가 만연한 비극적인 현실이었다는 점, 그러함에도 절망적 현실을 딛고 낙관적 전

사상을 이어받은 장자는 사사로운 자의식을 버리고 사물들의 자연스러운 흐름에 따를 것을 주장하였다.

8) 이강수, 『노자와 장자』, 도서출판 길, 2009, 21쪽.

망 속에 사상적으로(중국), 또는 시적으로 혼란과 암흑기를 건너가는 통로를 탐색했다는 점(한국), 그 결과로 도달한 궁극의 세계가 자연의 섭리가 현현되는 것과 같은 절대적 자유의 경지였다는 점 등에서 그렇다.

이런 관점에서 이 글은 ≪청록집≫을 대상으로 청록파의 도가적 상상력의 실체를 해명하려고 한다. 이를 위해 도가사상이 형성된 배경을 염두에 두고, ≪청록집≫의 작품이 창출되는 시기인 일정 말기의 암울한 시대 배경을 전제로 하여 그에 대한 각 시인의 현실 인식과 지향의식을 이원화하여 고찰한다. 즉 일제라는 거대한 부정행위(인위)로 질서가 파괴된 비극적 현실을 부정 또는 비판하고, 그 대안으로서 궁극적 이상향인 자연을 지향하는 시적 양상을 자기 동일성 확립 과정 차원에서 재구성하여 그 의미를 살펴볼 것이다.9) 이를 통해 세 시인의 시적 동질성과 이질성, 특히 청록파의 자연 취향에 대한 새로운 의미를 도출한다.

2. ≪청록집≫에 함축된 현실 인식과 도가적 상상력

크든 작든 어떤 문제에 직면할 때 지혜로운 사람은 그것을 극복하기 위해 갖은 노력과 정성을 기울이기 마련이다. 이때 문제 해결의 방식은 사안의 성격과 경중, 시대적 배경, 인식 주체의 성향과 관점, 접근 방법 등등에 따라서 다양하게 갈라질 수 있다. 그렇다면 중국의 가장 큰 격변기였던 전국시대에 거대한 혼란의 와중에서 지식인들의 태도는 어떠했을까? 다음 설명에 따르면 당시 그들의 방책은 두 가지로 구분된다.

하나는 공동생활을 강조하며 무너진 사회제도와 도덕을 재건하려
는 학파이다. 다른 하나는 공동생활보다 개인의 중요성을 강조하며 변

---

9) 자기 동일성은 시정신의 문제이며, 시를 통한 자아실현의 구현 양상을 뜻한다.

화에 대처할 수 있는 자기 자신의 정신세계를 가꾸려는 사상가들이다. 전자는 흔히 적극적 救世주의자들이라고 불리는데, 유가·墨家가 여기에 속하며, 후자는 흔히 소극적 避世주의자들이라 불리는데 楊朱·노자·장자가 여기에 속한다.10)

같은 시대, 같은 현실 문제에 대해 접근하는 데 유가와 도가의 해결 방법은 이렇게 대조적이었다. 즉 문제의 안으로 들어가서 해결책을 직접 찾는 방법과 그 반대로 문제의 밖으로 초월하여 자기 내면의 성숙을 통해 대처 방법을 추구하는 것은 일단 표면적으로는 각각 적극적/소극적으로 대립하는 것처럼 보인다. 그러함에도 불구하고 궁극적 목적으로 보면 난세를 지혜롭게 건너가려는 적절한 방법론을 모색했다는 점에서는 동궤에 놓인다. 특히 도가적 관점은 유가의 방법론마저도 비판함으로써, 그것이 난세를 극복하는 진정한 방법론이 될 수 없는 것으로 규정했다는 점에서 주목된다. 예컨대, "인위를 가하려는 자는 실패하고, 붙잡으려는 자는 잃게 될 것이다."11)라는 역설을 통해서 그 진의가 드러난다. 노자는 그 당시 유가의 尙賢(현자 숭상) 정책·예악 제도·법령 등을 비판했으며, 사회의 지도 이념으로 내세운 仁義마저도 반대하였다.12) '인위'로 말미암아 생긴 문제를 '인위'로 해결하려는 방법, 이를테면 "불로써 불을 끄고 물로써 물을 막으려는 것"13)과 같은 방법에는 모순이 내재함을 상기하면 문제 해결책으로 인위적인 다스림을 지양하고 무위의 정치를 지향한 그들의 사유와 관점을 수긍할 수 있다. 이 관점으로 청록파의 자연관에 접근하면 그들이 인식하고 추구한 자연 이미지들은 부조

10) 이강수, 『노자와 장자』, 21~22쪽.
11) 『노자』 29장.
12) 이강수, 『노자와 장자』, 22쪽.
13) 『장자』 「人間世」.

리한 현실을 비판한 결과로 궁극적 이상향을 의미한다. 그래서 이 글에서는 그들의 시를 도가적 상상력을 척도로 살펴보려고 한다.

1) 박목월 시의 경우

(1) 상실과 불구 의식

《청록집》의 첫 작품인 <임>에서 보면 박목월의 시적 전개는 '임과 하늘'의 부재 의식에서 출발한다. 이것은 시인이 자작시해설에서 직접 밝힌 대로 "어둡고 답답한 시대"[14]를 표상하는 것으로서, 온갖 구실과 무력으로 한국을 강점하여 통치한 일제의 극단적인 '인위'에 기인하는 것으로 볼 수 있다. 노자는, 통치자의 인위로 인해 인류 사회에 온갖 갈등과 싸움이 끊이지 않아 백성들에게 통치자는 성인이 아니라 도적이라고 보고, 통치자를 강도의 두목이라는 뜻으로 '盜竽'[15]라 했다.[16] 이에 따르면 우리나라를 강탈한 일제는 가장 악랄한 강도이자 세계적인 큰 강도의 두목이고, 그들의 부정한 탐욕과 무자비한 도둑질로 인해 우리는 '임과 하늘'을 상실하고 말았다. 시인은 그런 현실 인식을 다음처럼 표현하였다.

내ㅅ사 애달픈 꿈꾸는 사람
내ㅅ사 어리석은 꿈꾸는 사람

밤마다 홀로
눈물로 가는 바위가 있기로

---

14) 박목월,『보라빛 소묘』, 신흥출판사, 1958, 74쪽.
15)『노자』53장.
16) 장자는 '大盜'라 했다.『장자』,「胠篋」.

기인 한밤을
눈물로 가는 바위가 있기로

어느날에사
어둡고 아득한 바위에
절로 임과 하늘이 비치리오

—<임> 전문

이 시에서 현실 인식은 '기인 한밤', '어둡고 아득한 바위' 등으로 상징화되어 있다. 이 표현은 절망적 현실과 비극적 존재 인식을 함축하는 동시에 한편으로는 새로운 세계에 대한 열망을 지울 수 없는 당위적인 존재 인식을 공유한다. 이를테면 절망적 현실과 비극적 존재 인식의 차원에서 보면 '눈물로 가는 바위'는 슬픔에 젖어 어리석은 꿈이나 꾸는 사람으로 비하되지만, 그 현실을 딛고 일어서야 한다는 당위적인 존재 인식으로 보면 그것은 어떻게든 거대한 비극의 덩어리인 바위를 갈아 없애 버리거나 아니면 거울처럼 맑고 투명한 상태로 변화시켜 '임과 하늘'이 스스로 비치어 서로 합일되는 방향으로 노력해야 함을 나타낸다. '어느 날에사' '절로 임과 하늘이 비치리오'라고 표현한 결구의 탄식하는 반문 형태에 바로 그러한 복합 심리가 깔려 있다. 즉 현실 상황이 극히 막막하기는 하지만, 그럴수록 더욱 이상향을 향한 정진을 결코 포기해서도 안된다는 의미가 맞물려 있다고 하겠다.

목월은 당대의 극악한 현실에 대한 시적 표현을 설명하는 자리에서 당시의 심경에 대해, "이것은 나만의 문제가 아니고, 어쩌면 시대를 건너온 '우리'들이 자기를 고누고 의지해 간 것은 이 체념과 소망의 '절로' 안에서가 아닐 것인가 하고 생각해 보았다."[17)]라고 술회하였다. 이에 따

---

17) 박목월, 『보라빛 소묘』, 74쪽.

르면 그가 합일하기를 간절히 소망하는 '임과 하늘'은 당시의 민족적 염원인 조국 광복일 것이며, 일제에 의해 왜곡·단절된 자연의 섭리가 회복되는 이상향이기도 하다. 특히 자연의 섭리와 관련이 있음은 '절로'라는 시어가 암시한다. 여기에는 무력한 인간의 한계 인식을 넘어서는 자연의 섭리가 현현되기를 기대하는 시적 자아의 소망이 내포되어 있다.

극악한 현실로 인한 체념과 소망이라는 복합적인 시적 정서는 <윤사월>과 <나그네> 같은 시로 변주된다. <윤사월>에서는 '눈 먼 처녀'라는 불구 의식과 '문설주에 귀 대이고/엿듣고 있다'라는 탐색 의미가 짝을 이루고, <나그네>에서는 '구름에 달 가듯이/가는 나그네'로서 체념하고 방황하는 존재 인식과 '길은 외줄기/남도 삼백 리'를 지향하는 의지적인 자세가 짝을 이룬다. 그러니까 무력한 인간의 한계를 지나치게 의식할 때에는 소극적인 자세로, 그렇지만 마냥 주저앉아 있을 수만 없다는 당위적인 존재 인식이 팽창할 때에는 이상향이라는 일정한 방향을 지향하는 의지가 분출된다. 특히 후자의 관념에서 '나그네'가 오로지 한 방향으로 지향하는 '남도'는 매우 중요한 의미를 띤다. 우선 방향성으로 볼 때 그곳은 시에서 흔히 다루듯이 '추운 북쪽'에 대립하는 '따뜻한 남쪽'이라는 의미가 있다. 그리고 그곳은 현실적으로 일제의 강압과 폭력이 행사되는 중심축(총독부)에서 멀리 떨어진 곳이자, 시인의 고향인 경주 방향으로서 폭력성(인위의 극단=逆理)이 덜 미치는 장소(무위자연=順理)이자 고향을 확장한 빼앗긴 조국이 회복된 미래이기도 하다. 그러니까 '나그네'는 현실적으로 조국을 상실한 민족으로서 뿌리 뽑힌 채 방황하는 심정과 강탈당한 조국을 되찾아야 한다는 일념을 아우르는 이미지로 해석할 수 있다. 물론 시의 전개 과정을 따라가면 전자보다는 후자, 즉 인위와 역리에 의해 박탈당하고 단절된 것을 정상적으로 되돌려 놓으려는 의지가 더 강하게 작용한다. 그것이 바로 누구도 거역할 수 없는 자연의 섭리이기 때문이다. 여기서 자연스럽게 낙관적 세계관이 자리를 잡는다. 끊임없이 순환하는 자연의 섭리에 들면 삶이 죽음을 낳지만 죽음이 다시 삶을 낳을 수도 있기 때문이다.[18]

(2) 평형과 조화의 세계 지향

"반대 방향으로 되돌아가는 것이 도의 움직임"[19]이라는 재귀적 원리와 '對立轉化'[20]하는 속성 즉, 무엇이든 발전에는 한계가 있어서 어느 시점에 이르면 그 반대 방향으로 변화한다는 역설적 인식을 통해 비극적 현실을 성찰하면, '임과 하늘'이 상실된 국면은 반드시 그 반대 방향인 빼앗기기 이전으로 되돌아가 '광복'의 순간에 이르게 된다. 이러한 자연의 섭리를 인식하는 것은 산(자연)의 소리를 엿듣는 형식(자기 암시)으로 새로운 삶의 길을 의식하는 정서를 노래한 다음 시에서 잘 드러난다.

산이 날 에워싸고
씨나 뿌리며 살아라 한다
밭이나 갈며 살아라 한다

어느 짧은 山자락에 집을 모아
아들 낳고 딸을 낳고
흙담 안팎에 호박 심고
들찔레처럼 살아라 한다
쑥대밭처럼 살아라 한다

---

18) 『장자』 「至樂」.
19) 『노자』 40장.
20) 『노자』 58장. 『장자』 「則陽」.

산이 날 에워싸고
그믐달 처럼 사위어지는 목숨
그믐달 처럼 살아라 한다
그믐달 처럼 살아라 한다

－<산이 날 에워싸고－南嶺에게> 전문

앞서 극한적인 암흑세계로 인해 시적 자아가 스스로 '어리석은 꿈꾸
는 사람'이라 규정하였음을 보았는데, 이러한 자기 비하의 '피조물 감
정'21)은 이 시에서 '산'이라는 절대 세계의 소리에 귀를 기울이는 것으로
변주된다. 즉 자연적 질서가 파괴되어 암흑한 현실로 전락한 세계로 인
해 위기를 느끼는 시적 자아는 자연의 질서가 현현되는 '산'을 통해 새로
운 자아로 거듭나는 계기를 마련하려고 한다. 다시 말하면 갈망 대상과
의 단절과 소외로 인한 비극적 자아를 일탈하는 길을 탐색한다. 그것이
바로 '씨나 뿌리며' '밭이나 갈며' 살고자 하는 인식인데, 여기에는 '~이
나'라는 조사로 인하여 세속적·심리적 차원에서 보면 애초에 추구하던
것이 아니라 어쩔 수 없이 차선책을 선택한다는 의미의 부정성도 들어
있다. 이에 반해 도가적 상상력으로 보면 겸허한 삶의 자세로 볼 수도 있
다. 앞으로 나아가는 것이 아니라 물러서는 것을 선택하는 것이기 때문
이다. 이는 현상의 양면성 가운데 정면보다는 반면에 주목하는 태도이
나 궁극적으로는 "부드럽고 약한 것이 굳세고 강한 것을 이긴다."22)라
는 역설적 이치에 따라 '정면적 가치'로 돌아온다.23) 이를테면 일제의 거
대한 힘에 대항해 무모하게 힘으로 부딪치기보다는 한 걸음 물러설 때

---

21) 금창태, 「중생과 종교적 생명의식」, 『유교사상과 종교문화』, 서울대학교 출판부,
    1994, 261쪽.
22) 『노자』36장.
23) 이강수, 『노자와 장자』, 43쪽.

오히려 이기는 무저항의 저항 같은 길일 수도 있다는 것이다.

시적 자아가 현실에서 한 걸음 물러나 '산'(자연)의 소리에 귀를 기울이는 것은 그것이 비극성을 극복하는 길이자, '애달픈 꿈'을 꾸게 하는 인위적 세계의 반대편에 자리하고 있기 때문이다. 그가 산으로부터 암시를 받아 지향하려는 '들찔레·쑥대밭'이나 '그믐달'은 인위적 세계의 반대편인 자연으로서 철이나 날짜에 따라 주기적으로 피고 지거나 뜨고 지는 것으로서, 삶과 죽음이 끊임없이 반복 순환하는 속성이 있다.[24] 또 자아와 '들찔레'·'쑥대밭'의 동일화가 어떤 절망적 상황도 극복할 수 있는 강인한 생명력을 간직하려는 의지의 소산이라면, '그믐달'과의 일체화는 보름달로의 상승과 변화 및 재생을 의식하는 의미가 함축되어 있다. 즉 비극적이고 유한한 존재로부터 희극적이고 무한한 존재로 거듭나고 싶은 꿈의 실현 가능성을 그는 자연(산)을 통해 인식했다. 그러므로 자아의 세계화를 통한 영원 추구는 결국 물아일체의 경지에 관련된 것으로서 만물을 분별하지 않고 궁극적인 하나로 보는 제물론[25]적 상상력에 유합될 수 있다. 시적 자아의 '애달픈 꿈'이 실현될 낙원이 구름을 지나 '남도 삼백 리' 그 어디쯤 위치한다면 그곳은 <청노루>에 형상화된 자연의 세계와 같은 궁극적 경지일 것이다.

　　　머언 산 청운사
　　　낡은 기와집

　　　산은 자하산

---

24) 장자는 이것을 "어떤 보이지 않는 현묘한 힘"에 의한 작용으로 보고 이 힘에 의해 만물은 "자생자화하고, 대립전화하며, 반복순환하고 조화와 평형을 유지하게 된다."라고 하였다. 위의 책, 211쪽.
25) 『장자』 「齊物論」.

봄눈 녹으면

느릅나무
속ㅅ잎 피어가는 열두구비를

청노루
맑은 눈에

도는
구름

－<청노루> 전문

　목월은 이 작품에 대해 '마음의 자연－지도'(또는 '내 판타지 속의 산')26)
라 하여 환상을 통해 갈등과 싸움 없는 조화로운 세계를 그려냈음을 피력
했다.27) 즉 <청노루>에 형상화된 산의 정경은 인간 삶의 현장인 비극적
현실의 저편에 있는 이상향으로서의 궁극의 경지이다. 산을 정치 사회적
관점에서 보면 낭만적인 자연이며 시인이 부정하는 세상 밖에서 찾아내
어 마음으로 지향하는 이상향이 된다. 자연의 핵심 표상인 산에는 봄이
돌아와서 '눈'이 녹고 수목에는 움이 돋으며 동식물들은 평화롭고 자유
롭게 존재할 뿐 갈등과 슬픔은 거의 사라지고 없다. 그리하여 낙원 지향
의식을 표현한 이 작품에는 많은 것들이 상징화되어 있다.
　먼저, '먼 산'(자연)과 '낡은 기와집'(인공), 겨울의 끝자락과 봄의 첫머
리, '청노루 맑은 눈'(지상)과 '도는 구름'(천상) 등이 연결되어 있음이 주
목된다.28) 이 아우름을 구체화하기 위해 시인은 지상에 없는 '자하산'29)

---

26) 박목월,『보라빛 소묘』, 앞의 책, 83쪽.
27) 환상은 꿈과 동궤이므로, 꿈과 현실을 구분할 수 없다는 장자의 '호접몽'에 연관된다.
28) 물아일체 차원에서 '청노루'를 시적 자아의 표상으로, '구름'을 천상계인 하늘의 환

을 창조하였다. '紫霞'는 노을빛, 즉 낮에서 밤으로 넘어가는 순간에 드리워지는 경계색으로서 빛과 그림자의 대립 관계가 해소되는 중앙을 상징하는 것으로 볼 수 있다. 이것은 신화의 시간이자 밤과 낮, 흑과 백의 대극이 중앙으로 합일된 경지를 나타내기도 한다.[30] 또 구도적으로도 먼 데서 가까운 곳으로 시선을 옮기는 원근법적 묘사, 정적인 '산'에서 동적인 '구름'으로 이동하여 절망적이고 부정적인 겨울에서 희망적이고 긍정적인 봄으로의 전환을 꿈꾸는 시적 정서도 치밀하게 조직하여 시인의 의식과 무의식, 현실 인식과 낙관적 전망 등이 유기적으로 형상화되어 있다.

이상에서 살펴보았듯이, 시인이 지향하는 궁극적 경지는 당시 거대한 악의 중심축인 일제의 침략 야욕이 노골화된 정황, 즉 인위에 의해 자연질서가 파괴되어 자유를 상실한 암흑세계에서 허덕이던 우리 민족의 현실, 이른바 역리의 세계에 대립한다. 그곳은 무위의 극치요 만물이 조화를 이루는 가장 이상적인 자연계이다. 목월이 이 세계에 인간 존재를 전혀 상정하지 않은 것은 그만큼 인간에 대한 혐오감이 짙었기 때문이라할 수 있다. 유사 이래 낙원은커녕 시간이 흐를수록 더욱 갈등과 혼란이 심화하는 역사를 상기하면 그것은 어느 정도 수긍되기도 한다. 그러니당시 일제의 만행을 몸소 겪은 시인으로서 암흑의 겨울이 종식되고 만물이 소생하는 봄이 되돌아오기를 염원하는 마음이 얼마나 간절했을지짐작하기 어렵지 않다.

유로 보면, <임>에서 화자의 애달픈 꿈으로 형상된 '하늘'에 이르는 길은 곧 무위자연을 통해 열릴 수 있음을 암시한다.

29) 조지훈 시 <피리를 불면>에도 이 시어가 나온다. 예사롭지 않은 이 시어는 <나그네>처럼 시상을 공유한 흔적을 보여주는 또 다른 예이다.

30) 이부영은 빛과 그림자의 대립 관계가 그늘(중간)에서 해소되는 것을 분석심리학적으로 밝히는 과정에서 장자는 그 이치를 알았다고 파악했다. 이부영, 『노자와 융』, 한길사, 2012, 81쪽.

2) 조지훈 시의 경우

(1) 凋落의 세계와 비애 의식

조지훈 시에 드러나는 현실 인식 역시 비극성이 주류를 이룬다. 일찍이 박두진은 "우리 민족의 생존과 자존 위에 더할 수 없는 굴욕과 위협이 가중되어 오던 倭帝에 의한 민족 수난의 최악의 期요 암흑기였던 이 1940년의 지훈의 작품들은 거개가 오욕의 市巷을 저버리고 산중의 절간으로 벽촌으로 그가 표연히 구름과 물소리를 벗하여 유랑 隱避하던 때의 자연을 주제로 한 서정시들이다."31)라고 구체적으로 지적하여 그의 자연 지향이 시대 현실에 맞물려 있다고 규정하였다.

지훈의 비극적 현실 인식은 "눈부신 노을 아래/모란이 진다."(<古寺 1>), "오동잎 잎새마다 달이 지는데"(<승무>), "차운 산 바위 위에 하늘은 멀어/산새가 구슬피 울음 운다./이 밤 자고 나면 저 마을에/꽃은 지리라"(<완화삼―목월에게>) 등에서 여실히 표현되어 있다. 다음 시에서는 그것이 더욱 구체적으로 드러난다.

> 물 우에 바람이
> 흐르듯이
>
> 내 가슴에 넘치는
> 차고 흰 구름.
>
> 다락에 기대어
> 피리를 불면

---

31) 박두진, 「지훈의 시세계 1」, 『한국현대시론』, 일조각, 1970, 117~118쪽.

꽃비 꽃바람이
눈물에 어리어

바라뵈는 자하산
열두 봉우리

싸리나무 새순 뜯는
사슴도 운다.

-<피리를 불면> 부분

위의 시에서 시간적 배경은 주로 저녁·밤·겨울 등이고 그에 따른 낙
화 이미지가 주류를 이룬다. 이러한 현실에서 시적 자아의 비극적 존재
인식은 '산새'나 '사슴'에 투사되어 '우는 존재'로 형상화된다. 특히 '차운
산 바위 위에 하늘은 멀어'라는 구절에 직접 드러나듯 지훈의 현실 인식
도 목월과 가까운 거리에 있음을 보여준다. 즉 '울음'을 유발하는 원인이
지상으로부터 멀리 떨어진 하늘 때문이라는 점에서 같은 맥락이다. 그
는 자연의 섭리가 상실된 '차운 산 바위'와 같은 현실로 인해 슬픔에 젖
을 수밖에 없다는 것이다. 그의 상실 의식과 슬픔의 크기는 다음 시에서
더욱 극명하게 표현된다.

보리 이삭 밀 이삭
물결 치는 이랑 사이
고요한 외줄기 들길 위으로
한낮 겨운 하늘 아래 구름에 싸여
외로운 나그네가 흘러가느니.

(중략)

노닥노닥 기워진
흰 조고리 당홍 치마
맨발 벗고 따라 오던 망내 딸년도
오리木 늘어선 산ㅅ골에다 묻고 왔노라.

소나무 잣나무 높은 고개
아스라히 휘도는 길 해가 저물어
사늘한 바람결에 흰 수염을 날리며
서러운 나그네가 홀로가느니.

—<律客> 부분

이 시에서 '맨발 벗고 따라 오던 막내딸년도/오리나무 늘어선 산골에
다 묻고 왔노라.'라고 표현한 대목은 비극적 세계인식의 극한점을 보여
준다. 신발도 신기지 못하고 헐벗은 채로 데려가던 막내딸이 죽어 지나
가던 산골 아무 데나 묻고 떠나는 아비의 심정이 오죽했을까마는, 자식
이 죽으면 가슴에 묻고 살아야 한다는 어버이의 크나큰 아픔과 슬픔을
안으로 감추고 담담하게 주변 경관만 그려냄으로써 더 진한 안타까움이
배어난다. 이는 두 가지 해석을 가능하게 한다. 하나는 그만큼 가정보다
는 사회의식을 강화하는 것으로서 시대적 고통을 더 절실하게 인식한다
는 점이고, 다른 하나는 그 정황은 사실 여부와 상관없는 시적 상징과 함
축성을 나타내는 것으로 남루한 꿈마저도 포기해야 할 극단적 상황을
암시하는 것이라 할 수 있다. 따라서 '서러운 나그네' 의식은 딸을 여읜
슬픔과 조국을 상실한 서러움이라는 이중의 의미를 내포하므로, 그에게
암담한 현실이 얼마나 절망적으로 인식되었는지를 가늠하게 한다.

그러나 아무리 현실이 절망적이라 해도 결코 포기할 수 없는 것이 존
재의 숙명이다. 또 결핍에 대한 성찰로부터 꿈을 꾸는 것이 시적 생리이

므로 그것을 극복하는 길을 찾아가는 것은 시인의 사명이다. 지훈 시에서는 비극적 현실에 대한 극복 의지가 두 가지로 구분된다. 하나는 시간적 이동에 관련된 과거로 회귀하려는 것이다. 이를테면 고전 취향을 통해 조국이 상실되기 이전으로 되돌아가고 싶은 의지, 즉 "나는 이 밤에 옛날에 살아"(<고풍의상>)라고 하는 구절에 드러나는 것과 같은 퇴행 의식이다. 이 정서는 비극적인 현실을 잊는 것이자 조국을 강탈한 일제의 부정한 인위를 부정하는 심리적 방어기제이기도 하다.

그런데 문제는 불가역적인 시간에 대한 가역반응이라는 모순이 내재하는 시적 자아의 퇴행 의식이 잠시 정신적 위안을 줄 수는 있을지언정 궁극적 해결 방책은 되지 못해 일정한 한계를 지닌다는 점이다. 여기서 바로 현실성이 농후한 공간적 이동이라는 새로운 길을 모색하게 된다. 새로운 공간에 대한 지향이 비록 외롭고 서러운 나그네로 전락하는 길이기는 하지만, 그 길이 '외줄기 들길', 즉 오직 한 길밖에 없다는 의미로 형상화되었다는 점에서 목월의 나그네 이미지에 유합된다. 이렇게 그는 절망적 현실을 직시하면서도 한편으로는 꿈을 저버리지 않았다.

(2) 초연과 閒靜의 세계 지향

현실적으로 깊은 좌절감을 느끼면서도 자아가 결코 완전히 주저앉지는 않는 것은 그 마음에 일말의 낙관적 미래인식이 잠재해 있음을 의미한다. 도가적 사유로 보면 '代立轉化'의 세상 이치를 의식함을 뜻한다. 이것이 바로 그에게 외롭고 서러운 나그네라는 자아의식을 가지면서도 오로지 '외줄기 들길'을 걸어 어딘가에 이르려는 지향성을 잊지 않도록 하였다. 그렇다면 지훈이 꿈꾸는 궁극적 세계는 어디일까?

꽃이 지기로소니
바람을 탓하랴.

…(중략)…

묻혀서 사는 이의
고운 마음을

아는 이 있을까
저어하노니

꽃이 지는 아침은
울고 싶어라.

－<落花> 부분

이 시에도 목월의 '절로'에 함축된 '체념과 소망'이라는 대립성과 자연
의 섭리에 대한 인식이 드러난다. 즉 '꽃이 지기로소니/바람을 탓하랴'와
'꽃이 지는 아침은 울고 싶어라.'라고 하는 대립적 표현에 그 점을 엿볼
수 있다. 앞의 경우에는 초연함이 드러나고, 뒤에서는 세속적 비애를 보
여주기 때문이다. 도입부의 인식이 반전되어 결구를 이루었다는 점에서
시적 자아가 애초의 의지와는 다르게 은둔적 자세로 귀결되는 아이러니
를 겪는다. 이 자세를 은일이나 초월보다는 현실도피라는 부정적 의미
가 더 강한 은둔으로 보는 것은 시적 자아의 내면에 즐거움보다는 일말
의 그늘이 깔려 있기 때문이다. 즉 스스로 '묻혀서 사는 이의 고운 마음'
을 알면서도 혹시 그것을 아는 사람이 있을까 두려워하는 경계 의식, 그
리고 '꽃이 지는 아침'이라는 모순성[32]에 드러나는 비극적 세계인식 등

---

32) '아침'은 새로운 출발점으로 희망적이어야 하는데, 시적 자아는 '꽃이 지는 아침'을

에 따르면 그는 아직도 세속적인 관념을 완전히 떨쳐 버리지 못한 채 갈등 국면에 들어있다. 즉 세상에 관한 관심이 여전히 남아서 일반인들처럼 꽃이 피고 지는 것에 대해 연연하며 일회일비함으로써 자연에 완전히 동화되지 못했음을 나타낸다. 달리 말하면 그만큼 비극적 현실 인식이 자의식에 깊이 침윤되어 있다. 따라서 그에게는 다소 부정적인 의미를 띤 은둔을 넘어서는 노력이 요구되는데, 다음 시에 표현된 '그리움'은 바로 그 노력의 일환이며 그 대상인 '산'은 궁극적 지향세계이다.

> 창 열고 푸른 산과
> 마주 앉아라.
>
> 들어도 싫지 않은 물소리기에
> 날마다 바라도 그리운 산아
>
> ─<芭蕉雨> 부분

노자가 "가장 좋은 것은 물과 같다"[33]라고 했듯이, 시적 자아가 간절히 그리워하고 지향하는 물이 흐르는 산은 지상에서는 인위로부터 가장 먼 곳에 있는 이상향이다. 그러니까 창문을 열고 바라보는 그리운 산, 즉 거리를 두고 멀리 바라보는 산보다는 물이 흐르는 산에 들어 물아일체가 되는 경지는 자아실현의 극치가 될 수 있다. 산은 부정한 탐욕과 부조리한 폭력이 난무하여 자연의 섭리가 사라진 사회 정치적 현실, 즉 인위의 극단적 형국과는 대척적인 거리에 있어 그 공간에 드는 것은 곧 현실적 고통에서 벗어나는 길이기 때문이다.

그런데 이 시에서는 '날마다 바라도 그리운 산'이라는 표현에 주목하

상정하여 비극적 관념에 짙게 물들어 있음을 암시한다.
33) 『노자』 8장.

면 자아와 산이 일체화되지 않았음을 드러낸다. 그래서 그는 '날마다 바라도'라는 구절이 암시하듯 '산'에 들고 싶은 간절한 마음을 갖는다. 역으로 말하면 일탈하고 싶은 마음의 크기만큼 현실이 혐오스럽게 인식되고 있음을 뜻한다. 즉 현실 인식과 산을 지향하는 의지가 서로 맞물려 있다. 더 구체적으로 말하면 그리움의 크기는 이상과 현실의 거리에 비례하여, 자아가 이상향에서 멀어질수록 그리움이 커지고 또 그리움이 커질수록 그것을 줄이고 싶은 소망도 함께 커져 악순환의 고리를 형성한다.

그렇다면 고통스러운 악순환의 고리를 어떻게 끊을 수 있을까? 단언하면 치열한 구도의 자세가 바로 그 방편이다. "세사에 시달려도 번뇌는 별빛이라"(<승무>)는 역설적 표현에서 그것이 구체적으로 드러난다. 여기서 '번뇌'='별빛'이라는 치환은유 형태는 '번뇌'가 자아를 절망에 빠지게 하는 것이 아니라 오히려 '별빛'(이상향)에 이르게 하는 계기로 작용함을 나타내기 위한 장치이다. 이것은 현실과 이상의 거리 사이에서 일어나는 악순환의 고리를 끊고 재생하려는 노력을 암시한다. 이러한 긍정적이고 적극적 자아 인식은 그에게 더욱 치열하게 구도의 길을 걷게 하여 초월의 경지에 근접하도록 한다. 그리하여 그는 스스로 존재하는 자연의 이치를 통찰하고 관조한다. 그것은 <山房>에서 절정을 이룬다.

> 닫힌 사립에
> 꽃잎이 떨리노니
>
> 단비 맞고 난초 잎은
> 새삼 치운데
>
> 볕 바른 미닫이를

꿀벌이 스쳐간다.

바위는 제 자리에
움쩍 않노니

푸른 이끼 입음이
자랑스러라.

아스럼 흔들리는
소소리 바람

고사리 새순이
도르르 말린다.

─ <山房> 전문

　이 시의 자아는, 의연한 마음을 간직하려 하면서도 현실적으로는 '꽃
이 지는 아침'에는 울고 싶어 하며 세속에 연연하던 정서를 보여준 <낙
화>와는 사뭇 다르다. 시에 묘사된 환경은 '사립문'이 닫혀 있고 인적도
없다. 다만 '산방' 주위에는 만물이 스스로 존재할 뿐이다. 그리하여 인
간적 갈등이나 그늘은 말끔히 사라졌다. 속세에서 멀리 떨어진 거리만
큼 '산방'의 정경은 초월적 세계관을 반영한다. 그리하여 자아는 그저 순
행하는 자연을 관조할 따름이다. 이는 자아가 자연에 동화됨으로써 아
무런 구속도 없는 자유를 누릴 수 있음을 암시한다.[34] 인간들이 인위에
서 멀어져 자연(도)과 하나가 될 때 참된 자유의 세계가 열린다는 것은,
정치적인 관념으로 보면 절대자에 의한 지배하지 않는 지배─무위의 다
스림[35]과 관련이 깊다. 구체적으로 당대의 일제 강점기의 현실에 대입

---

34)『장자』「大宗師」. 대종사란 스승으로 삼을 만한 도로서 자연을 뜻함.

하면 일제의 부당한 정복과 부조리한 통치에 대한 통렬한 비판과 저항적 인식으로 연결될 수 있다. 이를테면 부조리한 인위의 통치가 종식되고 순리의 세상이 회복되어야 함을 암시한다.

이러한 그의 인식은 그의 시정신으로 연결된다. 즉 "진리는 평범한 곳에 있기 때문에 평범을 잃은 예술은 생활을 잃는 것이요, 생명적 자연을 잃게 된다.", 또는 어린아이처럼 "아직 몇 마디 배우지 못한 단어의 지식으로 그의 생명의 의욕을 표현하는 것"[36] 등과 같은 주장에 그 점이 드러난다. '평범함'에 진리가 있고 그것은 곧 자연의 생명과 같다는 제재인식, 그리고 어린아이의 소박한 언어와 같은 시어의 선택 즉 세속적 때가 묻지 않은 순수한 동심을 견지하는 것이 좋다는 인식은 바로 인위성(新奇, 현란한 기교 등)이 지나친 시는 진정한 생명을 갖지 못함을 의미한다. 그러니까 현실(정치·사회 등)이든 예술이든 인위가 두드러지는 것은 좋지 않다는 것이다. 그러므로 이러한 조지훈의 세계관은 "도는 무위하지만 그에 의해 이루어지지 않는 것은 아무것도 없다."[37]는 도가사상과 일맥상통한다.

3) 박두진 시의 경우

(1) 폭력적 세계와 상실 의식

박두진은 ≪청록집≫에 수록된 시들을 쓰던 1941~1945년(자칭 '제3기'로 명명) 즈음을 회고하면서 그때의 자신에 대해 "일정 암흑기부터 해방이 되기까지의 서정적인 방랑과 민족적인 의분과 종교적인 귀의와 지적 관조의 시기를 통해서, 나는 일신상의 시련과 부침, 격심하고 심각

---

35) 『장자』「應帝王」. 자신을 버리고 자연을 따르면 제왕이 될 수 있다는 뜻.
36) ≪조지훈전집·2≫, 나남출판, 1998, 83~84쪽.
37) 『노자』 37장.

한 사상 감정의 기복을 오직 시와 신앙으로 극복하고 위로받고 隱忍해왔으며, 유장한 기다림과 종교적 법열에도 몸담아 왔다."[38]라고 직접 술회한 바 있다.

이러한 그의 세계인식과 시정신을 종합해 보면 그의 시 역시 목월이나 지훈 시의 근거리에 놓임을 짐작할 수 있는데, 실제 시를 확인해보아도 거의 등가관계를 이룬다. 다만 시적 표현에서는 두 사람의 시에 비해 정제와 함축성이 떨어진다. 그래서 시인의 현실 인식도 매우 직설적이고 관념적으로 표현되었다. 예컨대, 첫머리에 배열된 다음 작품에서 그 동질성과 이질성이 확연히 드러난다.

　아랫도리 다박솔 깔린 山 넘어 山 큰 山 그 넘엇 안보이어 내마음 둥둥 구름을 타다.

　우뚝 솟은 山, 묵중히 업드린 山, 골골이 長松 들어섰고, 머루 다랫 넝쿨 바위 엉서리에 얼켰고 샅샅이 떠깔나무 옥새풀 우거진데 너구리, 여우, 사슴, 산토끼 오소리 도마뱀, 능구리등, 실로 무수한 짐승을 지니인,

　山, 山, 山들! 累巨萬年 너히들 침묵이 흠뻑 지려함즉 하매,

　山이여! 장차 너희 솟아난 봉우리에, 업드린 마루에, 확 확 치밀어 오를 火焰을 내 기다려도 좋으랴?

　피ㅅ내를 잊은 여우 이리 등속이 사슴 토끼와 더불어 싸리ㅅ순 칡순을 찾아 함께 즐거이 뛰는 날을 믿고 길이 기다려도 좋으랴?
―<香峴> 전문

38) 박두진, 「永시대적인 탐구와 당시대적인 대결」, 『한국현대시론』, 앞의 책, 148쪽.

우선 동질성은 시적 자아가 여우와 이리 등속으로 상징되는 힘세고 간악한 무리에 사슴과 토끼로 상징되는 연약한 존재들이 희생된 고통스러운 현실에서 모든 존재가 화해하고 조화되는 이상향의 도래를 고대하며 '산'에 대한 강렬한 그리움에 젖는다는 점이다. 반면에 차이점은 연마다 산문시형을 취하여 직설적 표현 형태가 강하고, 알레고리 기법을 통해 현실을 동물 세계로 구조적으로 비유하였으며, 빈번한 열거와 반복을 통해 산문을 넘어 시적 리듬을 형성하면서 현실 인식과 지향성을 거듭 강조하는 것 등이다. 이를 통해 약육강식의 동물적 본능이 횡행하여 세계 질서가 깨어졌으므로 타락하고 오염된 세속으로부터 멀리 떨어진 이상향으로서의 '산'에 대한 동경심이 강력하게 일어남('내 마음 둥둥 구름을 타다')을 적나라하게 표현하였다.

이런 직설적 표현은 "생은 오직 갈사록 쓸쓸하고,/사랑은 한갓 괴로울 뿐//그대 위하여 나는 이제도 이/긴 밤과 슬픔을 갖거니와//이 밤을 그대는 나도 모르는/어느 마을에서 쉬느뇨."(<道峰>)라는 자유시 형태에서도 대동소이하게 드러난다. '긴 밤'이라는 암담한 현실과 '그대'와 단절된 삶으로 인한 고독하고 고통스러운 존재 인식 등이 거의 직설적으로 표현되었다. 이는 그만큼 부정적 현실 인식이 극에 달했음을 나타내는 것이다.

내게로 오너라. 어서 너는 내게로 오너라. ─불이 났다. 그리운 집들이 타고 푸른 동산 난만한 꽃밭 타고, 이웃들은 이웃들은 다 쫓기어 울며 울며 흩어졌다. 아무도 없다.

일히들이 으르댄다. 양떼가 무찔린다. 일히들이 으르대며 일히가 일히와 더불어 싸운다. 살점들을 물어뗀다. 피가 흐른다. 서로 죽이며 작고 서로 죽는다. 일히는 일히와 더불어 싸우다가 일히는 일히와 더불어 멸하리라.

처참한 밤이다. 그러나 하늘엔 별ㅡ 별들이 남아있다. 날마다 아직
은 해도 돋는다. 어서 오너라. …… 황폐한 땅을 새로 파 이루고 너는
나와 씨앗을 뿌리자. 다시 푸른 산을 이루자. 붉은 꽃밭을 이루자.
　　　　　　　　　　　　　　　　　　ㅡ<푸른 하늘 아래> 부분

　여기서 보면 이웃들이 뿔뿔이 흩어진 비극적 상황은 잔인한 이리들의
공격 때문이다. 그래서 그는 '푸른 동산과 난만한 꽃밭'을 짓밟아 황폐하
게 만든 짐승 같은 부정적 존재들에 대해 저희끼리 싸우다가 멸망할 것
이라 저주한다. 위의 작품들에 따르면 박두진의 현실 인식은 일상적 사
유(앞)와 사회 인식(뒤)이 복합되어 있다. 특히 무자비한 폭력과 억압을
자행한 일제의 극악함을 '이리'의 만행에 빗대고 짐승 같은 그들에 의해
파탄에 빠진 불행한 우리 민족의 현실을 강조했다.
　'이웃들은 이웃들은 다 쫓기어 울며 울며 흩어졌다. 아무도 없다.'라는
극한 상황에 대한 깊은 성찰은 그에게 두 갈래의 대응 자세를 취하도록
작용한다. 하나는 "살아서 설던 주검 죽었으매 이내 안 서럽고, 언제 무
덤속 화안히 비춰줄 그런 태양만이 그리우리."(<묘지송>)라는 죽음과
구원 의식으로 수렴된다. 여기서 구원 주체는 주로 '당신'이나 '너'로 형
상화된다. 예컨대, "빛을 거느리고 당신이 오시면 밤은 밤은 영원히 물
러간다"(<흰 장미와 백합꽃을 흔들며>)는 표현에 드러나듯이 '당신'은
어둡고 막막한 현실을 밝힐 수 있는 순수한 빛을 의미한다. 그래서 그는
'내게로 오너라. 어서 너는 내게로 오너라.'고 간절히 빈다. 그리고 다른
하나는 "내가 이 땅에 뿌리를 박고,/하늘을 바라보며 서 있는 날까지는,/
내 스스로 더욱/빛내야 할 나의 세기"(<연륜>)라는 표현에 드러나듯
이, 어떤 상황일지라도 삶의 의지를 다지고 스스로 세상을 밝히려는 사
명감을 간직하여 구원의 통로를 탐색하는 자세를 갖는 것이다. 두 자세
는 과정상으로는 구원 노력이 안과 밖으로 나뉘지만, 비극적 현실을 타

개하고 새로운 세계로 나아갈 목적을 실현하려는 점에서는 일치한다. 또 그것이 현실 상황이 '처참한 밤'이지만, '하늘엔 별들'이 남아 있고 '날마다 아직은 해도 돋는다'라는 긍정적·낙관적 세계인식에서 발로된다는 점에서도 일치한다. 이것이 바로 그에게 암흑의 세계를 건너 새날을 맞을 수 있는 근본정신이자 저력으로 작용한다.

(2) 同務와 至德의 세계 지향

앞서 <향현>을 통해서 일부 보았듯이 박두진 시에서의 궁극적 지향점도 '산'으로 형상화된다. 다만 그것은 '만물제동' 차원에서 '同樂'의 의미가 더 구체적으로 드러나는 점에서 두 시인의 세계인식과 다소 차이를 보인다. 또 그래도 '장차', '기다려도 좋으랴'라는 결구를 보면 그의 기대치에는 회의가 짙게 깔린 점도 다소 다르다. 세 시인 중에 현실을 가장 극악한 정황으로 인식하고 표현한 만큼 꿈의 실현 가능성이 희박함을 뜻한다. 그래도 그 꿈은 인간으로서 결코 접을 수 없는 당위이기 때문에 실현 가능성이 작을수록 그리움의 부피는 반비례하여 더욱 넓어지게 마련이다. 격렬하고 직설적인 어조로 된 박두진의 산문시 형태는 이러한 세계인식과 자의식의 악순환에 기인한다. 이 점은 다음 시를 통해 다시 확인할 수 있다.

　　　1.
　　　…(전략)… 너무 고요하여 외롭게 나는 태고! 태고에 놓여있다.

　　　2.
　　　왜 이렇게 자꾸 나는 산만 찾어 나서는겔까? ―내 영원한 어머니…
　　　… 내가 죽으면 백골이 이런 양지짝에 묻힌다. 외롭게 묻어라.

…(중략)…

언제 서로 다른태양 다른태양이 솟는날 아침에 내가 다시 무덤에서
부활할것도 믿어본다.

3.
나는 눈을 감어 본다. 순간 번뜩 영원이 어린다. ……인간들! 지금
이 땅우에서 서로 아우성치는 수많은 인간들— 인간들이 그래도 멸하
지 않고 오래 오래 세대를 이어 살아갈것을 생각한다.

우리 족속도 이어 자꾸 나며 죽으며 멸하지 않고 오래 오래 이땅에
서 살아갈것을 생각한다.

언제 이런 설악까지 왼통 꽃동산 꽃동산이 되여 우리가 모두 서로
노래치며 날뛰며 진정 하로 화창하게 살어볼 날이 그립다 그립다.
— <雪岳賦> 부분

시적 자아는 설악산에 들어가서 '太古'를 연상하며 자문자답한다. 자
꾸 산을 찾는 이유는 그것이 '내 영원한 어머니'이기 때문이라고. 그리고
스스로 죽음과 부활을 생각해본다. 그는 '서로 아우성치는 수많은 인간'
세상에서 소멸한 다음에 '다른 태양'이 뜨는 날 다시 태어나고 싶어 한
다. 이에 따르면 그는 "죽고 태어나고 하는 것보다 더 새로운 것[不故]은
없다."[39]는 자연의 섭리를 깊이 의식한다. '눈을 감아 본다'라는 표현은
비극적 세계를 성찰하는 입구로 들어섬을 나타내는 동시에 새로운 세계
로 다시 태어나고 싶은 꿈을 실현하기 위한 상징적 죽음의 단계를 암시
하기도 한다.

---

39) 윤재근 편, 『장자』, 동학사, 2002, 398쪽.

그런데 이 과정을 통해 그가 인식한 미래가 전혀 변함없는 상태, 즉 '이 땅 위에서 서로 아우성치는 인간'들의 행태가 영원히 지속할 것이라고 예감된다는 점에서 그의 슬픔은 배가된다. 이에 따르면 그가 다시 태어나면 악의 무리가 사라진 새로운 세계이기를 바라지만 그것은 어디까지나 꿈일 뿐, 현실적으로는 불가능하다는 세상 이치를 그는 더욱 분명히 깨닫는다. 물론 이 표현은 아귀다툼하는 인간들도 '멸하지 않고 오래오래 세대를 이어갈 것'일 터인데 하물며 '우리 족속'도 그러지 않은가라는 점을 강조하기 위한 전제임을 간과해서는 안 된다. 다시 말하면 이것은 악한 무리까지 사랑하려는 박애 정신을 나타내기보다는 어떤 고난과 시련도 결국 끝이 있다는 보편 원리로서의 자연의 섭리에 대한 확신이자 민족애를 나타낸다고 하겠다.

이러한 그의 인식은 다시 다음과 같은 두 가지 대립적 인식으로 수렴된다. 하나는 비록 '진정 하루'만이라도 화창하게 살아볼 수 있기를 바라면서도 '그립다'를 반복하고 강조하여 그의 갈망 실현의 가능성이 아주 낮음을 암시하는 것이고, 다른 하나는 그러함에도 불구하고 언젠가는 이 땅에 평화가 깃들고 '온통 꽃동산 꽃동산이 되어', 모두가 하나로 어우러져[同務][40] '화창하게 살아볼 날'이 올 것을 확신하는 방향으로 귀착되는 점이다. 자연의 섭리에 따르면 세계는 한 방향으로만 가지 않고 반드시 '대립전화'하며 순환하기 때문이다. 말하자면 "발꿈치를 드는 사람은 오래 서 있지 못하는 것"[41]처럼 역리이자 비정상적인 일제의 통치도 반드시 끝날 것을 그는 굳게 믿는다. 이렇게 만물이 하나로 어우러지는 낙원의 재생, 이를테면 일제에 의해 강탈된 자유가 회복될[光復] 날에 대한 염원은 다음 시에서 절정을 이룬다.

---

40) 『장자』「田子方」. '동무'는 尙同·無二心과 동의어로서 삼라만상을 하나로 보는 大同을 뜻한다. 同은 무위의 정치가 실현된 모습이다. 위의 책, 377쪽.
41) 『노자』 24장. 노자는 이런 행태를 도가 아닌 '찌꺼기 밥'이며 '군더더기'라 했다.

눈물과 피와 푸른빛 기빨을 날리며 너는 오너라. ……비둘기와, 꽃
다발과 푸른빛 기빨을 날리며 너는 오너라……

　　복사꽃 피고, 살구꽃 피는 곳, 너와 나와 뛰놀며 자라난 푸른 보리
밭에 남풍은 불고 젖빛 구름 보오얀 구름속에 종달새는 운다. 기름진
냉이꽃 향기로운 언덕, 여기 푸른 잔디밭에 누어서, 철이야 너는 너는
닐 닐 닐 가락 맞춰 풀피리나 불고, 나는, 나는, 두둥싯 두둥실 붕새춤
추며, 막쇠와, 돌이와 북술이랑 함께, 우리, 우리, 옛날을 옛날을, 딩굴
어 보자.

– <어서 너는 오너라> 부분

　여기에는 '너'라는 존재, '복사꽃 피고, 살구꽃 피는 곳, 너와 나와 뛰
놀며 자라난 푸른 보리밭', '우리, 우리, 옛날을 옛날을, 딩굴어 보자' 등
에 드러나는 '우리' 및 과거에 대한 재생의식을 비롯하여 꽃향기와 노래
가 흐르고 인간과 인간 이외의 것들까지 함께 어우러지는 진정한 낙원
이 회복되기를 간절히 염원하는 마음이 절절히 표현되어 있다. 인간들
끼리만 아니라 금수까지도 모두 함께 어울릴 수 있는 경지를 장자는 '至
德'[42]의 세상이라 하고 지덕의 세상이 깨어진 상태는 "천지에 통하는
덕"과 "만물에 유행하는 도"[43]가 사라지고 인위에 의한 통치만 있을 뿐
이라고 하였다.
　이러한 관점으로 보면, 시적 자아가 꿈꾸는 세상, 즉 "새로 푸른 동산
에 …(중략)… 섧게 흩어졌던 이웃들이 돌아오면 너는 아아 그때 나와
얼마나 즐거우랴. 푸른 하늘 푸른 하늘 아래 난만한 꽃밭에서 꽃밭에서
너는 나와 마주 춤을 추며" (<푸른 하늘 아래>) 함께 어우러져 즐길 그

---

42) 『장자』 「馬蹄」.
43) 『장자』 「天地」.

날은 인위로 인해 사라진 '덕'이 회복되는 날이기도 하다. 여기서 그 실현을 가능하게 하는 '너'라는 존재는 복합적인 의미로 읽힌다. 이를테면 잃어버린 조국이나 광복, 자유를 빼앗긴 현실을 '꽃밭'으로 되돌릴 수 있는 절대자, 또는 '대립전화'가 이루어지는 자연의 섭리일 수도 있다. 그래서 그는 현실을 폐허로 만든 무리와 그들의 인위를 혐오하면서 하루빨리 우주적 질서가 현현되어 만물이 서로 어울려 춤을 추는 '동락'의 날이 도래할 수 있도록 '너'를 간절히 그리워한다.

3. 마무리

'청록파'의 초기시에 대해 현실 도피적이라는 문제가 제기되는 것은 시적 자연과 사회적 현실을 분리하여 접근하기 때문이다. 청록파 시의 자연을 현실에 밀착된 당위적인 존재 인식으로 접근하면 결과는 달라진다. 앞서 살펴보았듯이 그들의 시적 사유는 현실과 유리된 것이 아니라 오히려 절실한 현실 인식에서 수렴된 것이다. 물론 시적 표현 형태에서는 박목월과 조지훈의 경우 다소 우회적이고 함축적으로 표현하여 유사성을 보이지만, 박두진은 상대적으로 직설적이고 격정적인 표현이 많아 차이가 나지만 궁극적으로는 부조리하고 비극적인 현실의 반대 방향에 있는 자연을 통해서 극복의 길을 성찰하고 발견한 점에서는 거의 일치한다. 다시 말하면 부정적 현실에 대한 치열한 인식에서 비롯된 이상향 지향 의지와 그 결과로서 자연(특히 산)에 귀일하려는 과정은 다음처럼 매우 유사한 패턴으로 형성되었다.

구분	현실 인식 / 자의식	전환 의지	이상향 / 인식 유형
박목월 시	임과 하늘 부재 / 비애·불구	꿈·나그네·외길	하늘, 산 / 평형·조화
조지훈 시	겨울(밤)·조락 / 고독·비애	나그네·외길	하늘, 산 / 초연·閑靜
박두진 시	폭력·이별·폐허 / 상실·슬픔	갈망·재귀	하늘, 산 / 동무·지덕
공유 의미	절망적 / 비극적 존재 인식	광복·신세계 동경	희망적 / 화평과 자존
도가적 상상력	인위·역리 부정 비판	지향·초월	무위·자연에 귀일

여기서 현실 인식은 일제의 식민지 정책에 의해 억압된 현실, 즉 자연의 질서가 파괴된 역리 현상에 대한 성찰과 비판의식을 아우른다. 전환 의지는 비극적 현실을 초월하려는 자세를 뜻하며, 이상향 인식은 초월 의지를 통해 궁극적 세계를 탐색하는 정신적 태도를 나타낸다. 이와 같은 정신적 전이 과정을 통해 청록파가 찾아낸 이상향은 인위로 인해 파괴된 사회질서가 회복된 무위자연의 경지로 시에서는 주로 '하늘'과 '산'으로 형상화되었다. 도가적 사유로 보면 하늘은 최고의 이상인 도의 근원이며, 산은 하늘에 가장 근접한 지상의 성스러운 장소로서 인간이 도달할 수 있는 가장 높고 구체적인 자연 공간이기도 하다. 이렇게 암흑기라는 일제 말기에 함께 시를 통해서 자아실현을 추구한 그들의 인식체계, 특히 다양한 도가적 상상력이 드러나는 것도 거의 일치하는 점에서 그들이 '청록파'로 불리는 이유를 재확인할 수 있다. 또 자연 지향의식을 통한 그들의 시적 자아실현은 결과적으로 문학사적 암흑기로 지칭되는 1940년 전후의 단절 기간을 이어주는 역할도 하여 시사적으로 큰 의의를 지님도 간과할 수 없다.

요컨대, 자연 이미지에 투영된 시인의 정서가 시적으로 형상화된 결과임을 고려할 때 종교사상보다 더 유연하고 보편적인 도가적 상상력으로 바라보는 것도 의미가 있다고 본다. 노사와 장자 및 청록파가 난세에 이상향에 이르는 출구를 탐색한 것이 인간의 당위적 도리라면, 그 결과로서 자연에 귀일하려는 자세를 추구한 것은 이것이 삶의 여러 유형 가운데 더 가치 있는 것이라는 판단에 따른 것이다. 특히 유가의 관점마저 비판적으로 바라본 도가사상을 뜯어보면 그들의 인식을 수긍할 수 있다. 여기서 삶이든 문학이든 결국 관점이 중요함을 새삼 확인하게 된다. 따라서 청록파의 초기시에 드러나는 도가적 사유에 입각한 자연관과 시적 상상력은 당시 일제의 강압적 통치[人爲]가 극에 달했음을 상기할 때 그 역방향인 무위에서 구원의 통로를 찾은 점에 그 의의가 있다고 하겠다.

2부

우리 현대시 되새겨 읽기

원전비평을 통한 <진달래꽃>의 진의 찾기

1. 작품을 되새겨 읽어야 할 까닭

우리 현대시의 명작 중의 하나인 김소월의 <진달래꽃>[1]이 처음 세상에 발표된 해는 1922년이며, 현재 주로 각종 문헌에 인용 및 소통이 되는 형태의 원본이 수록된 시집은 1925년에 출간되었다. 초간본은 햇수로 86년, 시집에 실린 작품은 83년이나 되었다. 이렇듯 긴 세월 동안 이 작품은 많은 사람의 사랑을 받아왔다. 특히 오랜 시간 동안 국어 교과서에 실려 청소년들의 시문학교육 자료로 사용되어왔기 때문에 우리 국민 중에 웬만한 사람은 거의 알 정도로 인지도가 높고, 또 학문적으로도 많은 조명을 받아왔다.

그런데 위와 같은 현상적 의미를 잠시 유보하고 본질적인 차원에서 이 작품을 바라보면 그 사정은 사뭇 달라진다. 각종의 문헌들에 실린 작품의 형태를 검토하면, 원본을 그대로 인용한 경우를 제외하고는 같은 형태가 거의 없을 정도로 각양각색이다. 이러한 현상은 대체로 시집 편

---

1) 발표 당시의 '원본'을 직접 지칭하지 않을 때는 현대 맞춤법에 따른다. 그리고 이 글에서 '원본'은 원전에 실린 그대로의 작품을, '텍스트'는 그 밖의 것들을 지칭한다.

찬자2)나 인용자가 원본을 소중하게 다루지 않아서 발생한 것으로 볼 수밖에 없다. 물론 맞춤법이 시대에 따라 변화되기도 하고, 또 동시대인이라 해도 띄어쓰기 같은 경우는 조금씩 편차를 보일 수가 있어 원본을 직접 인용하지 않는 한 완벽하게 통일된 형태로 소통되기를 기대하기는 어렵다.

그러나 이런 사정을 고려해도 현재 각종 문헌에 실린 <진달래꽃>의 형태를 검토하면 상당한 문제점이 드러난다. 극심한 경우는 원본의 본래 의미가 훼손될 수 있는 형태로 수정된 것들도 적지 않다. 작가 중에 언어에 대하여 가장 민감한 반응을 보이는 존재가 시인이듯이 시라는 양식은 때로는 띄어쓰기나 문장부호 하나에 따라서도 의미에 큰 변화가 일어날 수 있다고 볼 때, 원본의 본래 의미를 세심하게 고려하지 않은 채 필자가 임의로 수정하는 것은 자칫 큰 오류를 범할 수 있다.

가령, 요즘 가장 많은 독자를 가졌을 것으로 짐작되는 고교생 대상의 어떤 국어 참고서에 실린 해석의 한 예를 참고해보기로 한다. <진달래꽃>의 마지막 행에 대한 해설이 "가시는 임이 나의 슬픈 모습을 보고 마음이 상할까 걱정스러워, 죽는 한이 있어도 눈물을 보이지 않겠다는 뜻으로 인고를 통한 정한의 극복 의지가 나타나 있다."3)라고 되어 있다. 과연 이런 식의 해설을 학생들은 물론, 일반인들이 얼마나 수긍할 수 있을지 의문이다. 나 보기가 역겨울 정도로 싫증이 나서 가는 사람에게 이렇게까지 친절한 여인이 있을까 하는 의구심이 들 뿐만 아니라 '인고를 통한 정한의 극복 의지'라는 표현도 보편적 인간 심리로 보기 어렵기 때문이다. 이를테면 여기에는 지나친 남성 위주의 시각과 더불어 고통을 참는 것은 정한을 삭이기보다는 오히려 한이 마음에 쌓이도록 하는 태

---

2) 김소월 시집은 이본만도 80종이 넘는다. 오하근, 『김소월 시어법 연구』, 집문당, 1995, 3쪽.
3) 상업용 참고서임을 고려하여 원전 밝힘을 생략한다.

도라는 점을 간과했다는 문제점이 들어있다.

그렇다면 왜 이런 억지 해석이 나올까? 나는 그것은 원본비평을 제대로 거치지 않은 결과로 본다. 즉 원본의 표현과 표기 형태를 무감각하고 안이하게 현대 맞춤법으로 수정하여 텍스트로 삼은 결과라고 생각한다. 이 점은 <진달래꽃>의 마지막 행에 대한 원본비평을 통해서 확인할 수 있다. 이 행은 처음 잡지에 발표된 것, 시집에 수록된 것, 그리고 다른 잡지에 재수록된 것 등이 다음과 같이 각각 다르다.

① 죽어도 아니, 눈물흘니우리다. (『개벽』(1922): 초간본)
② 죽어도아니 눈물흘니우리다 (≪진달내꽃≫(1925): 일차 수정된 형태)
③ 죽어도 눈물 흘니우리다. (『삼천리』(1931): 이차 수정된 형태)

위의 세 형태는 모두 소월이 생존하던 시기에 출간된 잡지나 시집에 실려 있는 것이므로 시인의 의도에 따른 변화로 보아야 한다. 당시에는 요즘과는 달리 출판환경이 열악했음을 고려하면 출판 과정에서 오류가 생겼을 수도 있지만, 지금으로선 그것을 확인할 도리가 없으므로 일단 시인 자신이 수정한 것으로 보면, 이 세 유형은 중요한 시사점을 던져준다. 즉 수정과정을 거치면서 표현 형태가 계속 달라지는 것은 시인이 의도한 어떤 효과를 충분히 나타내기 위한 자구책이었을 것으로 판단된다.

본론에서 구체적으로 다룰 터라 결론만 약술하면, 이 구절에는 사랑하는 사람이 어느 날 내가 역겨워져서 떠난다면 처음에는 고이 보내 주기로 다짐을 하지만, 결국에는 아무리 참으려 해도(죽어도) 눈물을 흘리게 되리라고 예상하는 의미가 담겨 있다. 즉 첫 수정단계에서는 문장부호를 삭제하면서 발생하는 문제점을 해결하기 위해 띄어쓰기를 바꾸고,

다시 띄어쓰기를 바꾸면서 생기는 문제점을 해소하기 위해 '아니'를 삭제하는 방법을 취한 것이라고 추정된다. 이 예는 쉼표 하나, 띄어쓰기 하나가 시의 의미를 크게 바꿀 정도로 중요한 기능을 할 수도 있음을 보여준다. 그러므로 시를 다루는 사람은 시인이 창작과정에서 고심하는 이상으로 원본에 대해 세심한 주의를 기울일 책무가 있다.

이러한 문제점을 고려할 때, 현재 이 작품이 각양각색으로 인용되는 행태에 대해서 심각하게 문제를 제기할 필요가 있다. 작품에 접근하는 과정에서 어떤 텍스트를 선택하느냐에 따라 해석 결과가 달라질 수 있음을 생각하면, 그것은 결코 무심히 넘길 사안이 아니다. 이에 나는 원본의 중요성을 재인식할 필요성을 확인하기 위한 기초 작업으로서 <진달래꽃>을 하나의 표본대상으로 연구하려고 한다. 이 연구를 통해서 그동안에 알려진 <진달래꽃>을 다른 관점으로 접근할 수 있는 점을 타진하는 한편, 원본과 원전비평의 가치를 재인식하는 계기를 마련하고, 나아가서 현재 더러는 원본의 본질이 훼손된 상태로 인용 소통되는 문제점에 대해 학계의 관심을 불러일으키고자 한다.

2. 원본의 본래 의미와 이본 고찰

1) 초간본과 수정본의 대비 분석

문학 연구에서 원본을 확보하는 일이 얼마나 중요한가 하는 점은 새삼 강조할 필요가 없다. 특히 문학 연구에서 원본 확정에 대한 문제가 제기되는 것은 그 성격상 같은 작품이 원고·초간본·수정본·이본 등 다양한 형태로 유통될 가능성이 있기 때문이다. 동일 작품이 이렇게 여러 가지 형태로 유통된다면 이 가운데 분명 시인의 창작 의도가 가장 잘 드러나는 형태가 있을 것이므로, 가능하면 그 원본을 연구 대상으로 삼는 것이 바람직할 것이다.

주로 구전이나 필사본으로 인하여 이본이 생기던 고전에 비해, 근·현대 작품의 경우에는 완성도를 높이기 위해 시인이 직접 수정하거나, 시간이 흐른 뒤에 인용되는 과정에서 옛 철자법으로 표기된 원본을 인용 시점의 맞춤법으로 고쳐서 작품 형태가 달라지는 예도 더러 있다. 이때 뒤의 예는 인용 과정마다 서로 편차가 생길 수 있고, 때로는 "한 작가의 텍스트 본래의 순수성(purity)을 훼손하는"4) 오류도 범할 수 있다. 내가 검토한 결과 <진달래꽃>은 위와 같은 특성과 문제점을 동시에 지닌다. 이 시는 처음 잡지에 발표했던 것을 시집에 수록하는 과정에서 운율5) 등 시적 완성도를 높이기 위해 시인이 직접 손질을 하여 두 작품 사이에 상당한 변화가 일어났다. 그리고 나중에 인용하는 사람들이 원본을 현대 맞춤법으로 수정하면서 부분적으로 변형한 것도 많다. 이런 까닭에 <진달래꽃>에 관한 논의는 먼저 원본비평에서 시작하는 것이 더 바람직하다.6) 그래서 원본비평 작업을 위해 먼저 초간본과 시집에 실린 원본을 대비하면 다음과 같다.

---

4) 이선영 편,『문학비평의 방법과 실제』, 삼지원, 1993, 32쪽.
5) 정한모는 소월의 '운율의식'이 김억에게서 전수된 것으로 보았다. "시인 안서가 소월에게 시의 세례를 주었다면 그 전수 내용 가운데서도 '운율의식'이 가장 큰 비중을 차지하고 있다고 보아야 할 것이다." 정한모, 「소월시의 정착과정 연구」,『성심어문논집』 4집, 성심여대 국문과, 1977. 재수록: 국어국문학회 편,『현대시연구』, 정음문화사, 1984, 301쪽.
6) <진달래꽃>의 원본을 검토한 최근의 업적으로 김종욱 평석『정본 소월전집』(명상, 2005, 522~527쪽)을 꼽을 수 있다. 이것은 그간에 나온 주요 소월시집-≪소월시초≫(김억 편, 박문출판사 간 1939), ≪진달래꽃≫(숭문사 간, 1951), ≪소월시집≫(정음사 간, 1956), ≪먼 후일≫(김안서 편, 홍자출판사 간, 1959), ≪못 잊을 그 사람≫(백순재·하동호 공편, 양서각, 1966), ≪완본 소월시집≫(정음사 간, 1973) 등을 "원본 ≪진달내꼿≫과 對校함으로써 異形을 비교 검토하고 미심적은 것은 평석자의 주석을 붙"('일러두기')이는 형식으로 되어 있다. 따라서 여기서는 논문이나 각종 문헌에서 인용된 것에 대한 언급은 없어 이 글의 논지와는 다르다.

나보기가 역겨워 가실째에는 말업시 고히고히 보내들이우리다. 寧邊엔 藥山 그 진달내꼿을 한아름 짜다 가실길에 쑤리우리다. 가시는길 발거름마다 쑤려노흔 그꼿을 고히나 즈러밟고 가시옵소서. 나보기가 역겨워 가실째에는 죽어도 아니, 눈물흘니우리다. ㉮ 『개벽』 25호(1922.7)	나보기가 역겨워 가실째에는 말업시 고히 보내드리우리다 寧邊에 藥山 진달내꼿 아름짜다 가실길에 쑤리우리다 가시는거름거름 노힌그꼿츨 삽분히즈려밟고 가시옵소서 나보기가 역겨워 가실째에는 죽어도아니 눈물흘니우리다 ㉯ 시집 『진달내꼿』(1925.12, 매문사)

㉮는 『개벽』 25호에 처음 발표된 형태이고, ㉯는 그 3년 뒤에 펴낸 시집에 수록된 것이다. 이 대비에 의하면 ㉮와 ㉯는 의미로는 큰 차이가 없지만, 몇 가지 점에서 주목되는 변화가 드러난다. 우선 전체적으로 시어의 정제와 압축을 통해 율격을 강화한 점, 문장부호를 모두 삭제한 점이두드러진 변화이고, 부분적으로는 1연에서 행 갈음을 바꾼 점, 4연에서 띄어쓰기에 변화를 준 점 등이 달라졌다. 이것을 연별로 나누어서 구체적으로 살펴보기로 한다.

첫째, 1연에 드러나는 변화는 2행에 배치했던 '말업시'를 3행으로 넘기고 '고히고히'를 '고히'로 고쳐 첩어형태를 해소했다는 점이다. 이를 통해서 가는 사람과 보내는 사람 모두에게 연결이 가능하던(양 걸침) '말업시'의 중의성/모호성을 해소하여 보내는 나의 입장으로 한정하고,[7] 각행

---

7) 가는 사람의 입장을 고려하면 '역겨워'(강한 느낌)와 '말업시'(약한 느낌)는 잘 어울리지 않는다. 반면에 이별을 당하는 이 측에서 보면 가는 이의 강한 태도에 주눅이

2음보의 리듬을 7·5조의 형태가 뚜렷이 드러나도록 바꾸었다.

둘째, 2연에서는 '~엔'을 '~에'로 수정하고, 2행과 3행에서 일부 음절을 삭제하여 정제하였다. 그렇더라도 이 연은 유독 ㉮㉯ 모두 7·5조의 형태가 매우 불안정하여 파격이 심하다. 음절 수로 보면 1, 2행에서는 5/6(㉮)→5/4(㉯)로 되어 2행에서 2음절이 줄어들었고, 3행에서는 5·4·5→4·4·5로 바뀌어 첫 어절에서 1음절이 줄었다. 이 부분에 대해 ㉮㉯를 함께 고려해서 생략된 부분을 채워서 읽으면 '영변에 (있는)[8] 약산/진달래꽃'의 형태가 되어 7·5조의 형태에 근접하고 있다.[9] 다른 관점에서 이 부분을 다소 비약해볼 수도 있다. 즉 5음절이 갖추어진 1행을 고려하여 2행을 7음절에 해당하는 것으로 보면 3자가 부족한데, 이 부족한 음절을 생략된 것으로 보고 그 구체적인 내용을 '진달래꽃'이라고 상상해 보아도 되지 않을까 한다.[10] 그러면 이 행에 함축된 의미가 '다수의 진

들어서 아무 말도 못 하고 약한 모습을 보이는(순응하는) 느낌을 주므로 두 시어는 의미상 조화를 이룬다. 이런 미묘한 의미와 효과를 고려하여 행 갈음을 바꾼 것이 아닌가 생각된다.

8) 오하근은 "김소월 시에서 관형격 '의'를 '에'로 대체시킨 예는 '영변엔약산'(진달내꽃) 등 흔하지만 이는 다만 소재를 보일 때에 한한다."(『김소월 시어법 연구』, 29쪽)라고 하여, '의'를 '에'로 대체한 것으로 보았다. 그러나 이것은 음수율 측면에서 다른 연에 비해서 음절 수가 부족함을 고려할 때 '있는'이 생략된 형태로 보는 것이 더 좋을 듯하다.

9) 서우석은 2연 1, 2행의 파격에 대해 "음절 수로만 생각하면 3행(3음보 단위로 재구성하여 인용했음)은 7·5조일 수가 없다. 그러나 이것이 7·5조가 아니라면 그것은 아무 재미가 없는 운율이 되고 만다. 다시 말해 그것이 7·5조의 변형이기 때문에 묘미가 생기는 것이다."라고 설명하였다. 서우석, 『시와 리듬』, 문학과지성사, 1981, 45쪽.

10) '진달래꽃' 다음에는 목적격 조사인 '을'이 생략되었고 보아야 한다. 또 1, 2행은 7·5조의 율격 상 음절 수가 부족하고, 다른 연에 비해서 파격이 심하다. 그래도 군이 조사를 생략한 것은 음송을 통해 2행에서 3행으로 넘어가는 과정에 '을'의 유무에 대한 차이를 느껴보면 알 수 있다. 상당히 미묘한 차이이지만 '을'을 생략할 때에는 2행에서 3행으로 넘어갈 때 자연스럽게 짧은 멈춤이 생기는데, 잠시 멈추는 이 순

달래꽃'이 되므로 다음 행에 이어지는 '아름'(한 아름)에도 적절히 부응하는 효과도 얻을 수 있다.

셋째, 3연에서는 비교적 변화가 많다. 먼저 1행에서는 '길'을 삭제하고 '발거름마다'를 '거름거름'('겨름'은 '거름'의 오자)으로 바꾸어 9자를 7자로 정리한 다음, '거름'을 첩어형태로 만들어 시적 리듬을 한껏 살렸다. 2행에서는 '쑤려노혼'을 '노힌'으로 바꾸어 5음절이 되도록 했다. 이것은 음수율뿐만 아니라 2연에서 이미 사용된 '뿌리다'를 다시 사용하지 않으려는 배려로 보인다. 3행에서 '고히나'를 '삽분히'로 교체한 것도 같은 맥락이다. 이를 통해서 1연에서 이미 사용된 '고히'를 3음절로 만들기 위해 강세 조사 '나'를 덧붙인 어색함을 해소하고 시적 어감과 의미도 강화했다. '즈러'를 '즈려'로 바꾼 것은 오식을 바로잡은 것으로 보인다.

넷째, 4연은 ㉮㉯ 모두 7 · 5조의 형태가 가장 잘 갖추어져 있고, 문장부호를 제외하고는 삭제되거나 수정된 시어도 없다. 다만, 3행에서 쉼표를 삭제하면서 띄어 썼던 '아니'를 앞 어절에 붙여 쓰는 변화를 주었다. 이렇게 수정한 것은 서론에서 잠시 언급했듯 매우 중요한 의도가 깔린 것으로 보이는데, 이에 대한 구체적인 분석은 중복되지 않도록 뒤로 넘기기로 한다.

2) 현대 맞춤법에 따른 텍스트의 확정

『개벽』에 발표된 것과 시집 ≪진달내꽃≫에 수록된 형태를 대비해보면, 당연한 결과이지만, 시집에 수록된 작품이 훨씬 잘 정제되어 완성도가 크게 높아졌다. 무엇보다도 율격이 뚜렷해졌으며(각운은 변화 없음)

간 속에 생략의 의미를 채워 넣을 수 있다. 그러나 '을'을 붙이면 그 자체로 한정되기 때문에 멈춤 현상이 생기지 않고 자연스럽게 다음 행으로 바로 넘어갈 가능성이 커져서 생략의 의미가 자리 잡을 여유가 사라진다.

시어의 정선과 절제가 한층 강화되고 함축성도 깊어졌다. 이런 점에서 시집에 실린 작품을 원본으로 확정하고, 각종 문헌에 주로 인용하여 유통되는 것들도 이것을 모본으로 사용한 것은 바람직하다고 하겠다.

그러나 인용된 형태들을 살펴보면 다소 문제가 있다. 시집에 수록된 원본을 그대로 인용하고 연구하면 관계가 없지만, 현재 유통되는 각종 문헌에 인용된 형태들이 대부분 원전에 실린 그대로가 아니라 현대 맞춤법을 적용하여 수정한 것이어서 몇몇 구절에서는 편차를 보이기 때문이다. 특히 문장부호의 경우, 처음 발표했던 작품을 수정하는 과정에서 시인이 스스로 어떤 시적 표현 효과를 염두에 두고 완전히 삭제했음에도 불구하고 많은 논자가 이 점을 간과한 채 산문처럼 기계적으로 문장부호를 첨가하는 경우가 적지 않다. 이것은 원본의 본질을 훼손할 우려가 있으므로 반드시 시정되어야 한다.

그런데 문제는 현재 그와 같은 행태를 제어할 방법이 없다는 점이다. 물론, 생각하기에 따라서는 매우 간단하게 그것을 해결할 방법이 있다. 예컨대, 옛날 맞춤법으로 된 원본을 현대 맞춤법에 따라 정확하게 수정하고, 필요할 때에는 누구든 그것을 인용하도록 하는 어떤 제도를 마련하면 된다. 이렇게 관념적으로는 쉬운 방법이 있지만 사실 그것이 생각처럼 그리 단순한 일이 아니다. 많은 경비와 시간과 노력을 투입한다고 하더라도 소기의 성과를 거둘 수 있을지는 미지수이다. 그 대상이 양적으로 방대할 뿐만 아니라 인력과 자료의 한계도 있을 것이기 때문이다. 따라서 이는 최소한 학계 차원이나 국가적 차원에서 해결해야 할 일로 보고, <진달래꽃>의 원본을 현대 맞춤법으로 수정한 텍스트를 확정한다.

이 텍스트를 확정하기 위해서 나는 앞서 검토한 초간본과 수정본을 대조하여 얻은 시인의 창작 의도를 충분히 고려하였으며, 또 각종 문헌에 현대 맞춤법으로 수정해서 인용된 형태들을 참조하였다. 이렇게 하여 확정된 텍스트는 각종 문헌에 인용된 다양한 형태들의 편차를 검토하는 과정에서 기준점으로 사용하게 된다. 그러면 한눈에 대비될 수 있도록 시집에 실린 원본(왼쪽) 형태와 내가 현대 맞춤법으로 수정한 텍스트(오른쪽)를 나란히 배치하면 다음과 같다.

시집의 원본과 현대 맞춤법으로 수정한 텍스트 대비

나보기가 역겨워 가실째에는 말업시 고히 보내드리우리다	나 보기가 역겨워 가실 때에는 말없이 고이 보내드리우리다
寧邊에 藥山 진달내꼿 아름짜다 가실길에 쑤리우리다	寧邊에 藥山 진달래꽃 아름 따다 가실 길에 뿌리우리다
가시는거름거름 노힌그꼿츨 삽분히즈려밟고 가시옵소서	가시는 걸음걸음 놓인 그 꽃을 사뿐히 즈려밟고 가시옵소서
나보기가 역겨워 가실째에는 죽어도아니 눈물흘니우리다	나 보기가 역겨워 가실 때에는 죽어도 아니 눈물흘리우리다

현대 맞춤법에 따라 수정한 것은 철자법과 띄어쓰기이고 '거름겨름'에서 '겨름'은 오자이므로 수정하는 쪽을 따랐다.[11] 이것은 김용직 편찬의 『김소월전집』[12]에 실린 형태와 거의 일치하는데, 다만 4연의 3행, 즉 '눈물'과 '흘리우리다'를 띄어 쓴 것에 대해서는 동의하지 않았다. 그 이유는 '아니'가 '죽어도'를 부정하는 기능을 지닌 애초의 창작 의도, 그리

---

11) 원본을 있는 그대로 둘까 명백한 오기는 수정할까 하는 논란이 있을 수 있지만, 현재는 원본비평의 문예적 기능이 인식되면서 원본의 명백한 오기는 교정이나 수정을 가하는 이른바 '교열본주의'를 인정한다. 이선영 편, 『문학비평의 방법과 실제』, 32쪽.
12) 김용직 편, 『김소월전집』, 도서출판 문장, 1981. 145쪽.

고 수미쌍관을 이루는 1연의 '보내드리우리다'(7음절)와의 관계 등을 고려하여[13] 이 시어를 동사 '눈물흘리다'의 雅語형으로 보고 한 단어로 처리하는 것이 원본의 본래 의미에 더 가까워진다고 보았기 때문이다. 이러한 검토를 거쳐 나는 <진달래꽃>의 현대어 텍스트를 위의 오른쪽에 배치한 작품의 형태로 확정하였다.

3) 텍스트에 대비한 이본들의 편차와 문제점

다른 시대의 철자법이나 맞춤법으로 된 작품을 전달의 편의상 인용 당시의 형태로 바꾸는 경우 수정자의 자의성이 개입될 여지가 많다. 이에 어떤 제도에 의해서 원본을 확정하여 공표하고 반드시 그것을 따르도록 강제하지 않는 한 인용된 문헌마다 조금씩 편차가 생기는 것은 어쩔 수 없다. 또 그것은 인용자 나름의 이유와 판단에 근거한 것이라고 강변하면 전적으로 부정하기도 어렵다. 이런 점을 고려하여 몇몇 사례를 검토하면 주로 편차를 보이는 부분은 철자법 · 띄어쓰기 · 문장부호(마침표) 등이다. 이 중에 철자법에서는 거의 일치하는 반면에 띄어쓰기와 문장부호의 경우에는 인용 주체에 따라 더러 차이가 있다. 이 점을 구체적으로 확인하기 위해 먼저 몇몇 인용 예들을 도표로 나타내면 다음과 같다.

---

13) 띄어쓰기하면 목적격 조사를 생략한 형태가 되어 내적으로 음절 수가 늘어나므로 율격에도 어울리지 않는다.

구분	철자법		띄어쓰기				마침표
	고이	우리다	보내드리	걸음걸음	즈려밟고	눈물흘리	첨가 유/무
㉠오세영14)	1939년판『진달내 꼿』에서 원문 인용						有/4연만 無
㉡김재홍15)	1925년판『진달내꼿』의 원문 형태						無
㉢조창환16)	1925년판『진달내꼿』의 원문 형태						有/3연만 無
㉣서정주17)	○	○	보내 드리	걸음 걸음	즈려 밟고	눈물 흘리	有
㉤박두진18)	○	○	○	걸음 걸음	즈려 밟고	눈물 흘리	無
㉥김현승19)	○	○	보내 드리	걸음 걸음	○	눈물흘리	有
㉦김용직20)	○	○	○	○	○	눈물 흘리	無
㉧이승훈21)	○	○	○	○	○	눈물 흘리	有
㉨이남호22)	○	오리다	○	걸음 걸음	즈려 밟고	눈물 흘리	有
㉩황현산23)	○	오리다	보내 드리	○	○	눈물 흘리	有
㉪윤여탁24)	○	○	○	○	○	눈물 흘리	無
㉫권영민25)	고히	○	○	○	즈려 밟고	눈물 흘리	無
㉬이숭원26)	○	오리다	○	○	○	눈물 흘리	無

14) 오세영, 『한국낭만주의시연구』, 일지사, 1980, 338~339쪽. 필자 주로 "띄어쓰기, 맞춤법, 1939년판 ≪진달내 꼿≫ 매문사" 명시. 마침표와 '거름거름'을 수정한 것 외에는 1925년 판과 같다.

15) 김재홍, 『한국현대시인연구』, 일지사, 1986, 36쪽. '거름겨름'만 '거름거름'으로 수정.

16) 조창환, 『한국현대시의 운율론적 연구』, 일지사, 1986, 100쪽. 마침표 외에는 1925 년판 시집의 원문과 같다. 출전은 직접 밝히지 않고 참고문헌에 명시.

17) 서정주, 『한국의 현대시』, 일지사, 1969, 71쪽.

18) 박두진, 『한국현대시론』, 일조각, 1970, 77쪽.

19) 김현승, 『한국현대시해설』, 관동출판사, 1973, 81쪽.

20) 김용직 편, ≪김소월전집≫, 문장, 1981, 145쪽.

21) 이승훈, 『한국 현대시 새롭게 읽기』, 세계사, 1996, 18쪽.

22) 이남호, 『교과서에 실린 문학작품을 어떻게 가르칠 것인가』, 현대문학, 2001, 27쪽.

23) 황정산, 「소월의 진달래꽃」, 강진호·유성호 외, 『고등학교 교과서에 실린 문학 작품 바로 읽기』, 문학사상사, 2003, 251~252쪽. 여기서는 편집 실수로 3연과 4연이 구분되지 않았다.

24) 윤여탁, 『시교육론』, 태학사, 2005, 138쪽.

25) 권영민, ≪김소월시전집≫, 문학사상사, 2007, 290~291쪽.

아무런 의도 없이 임의로 참고한 문헌 13종(㉠~㉢은 원본을 인용한 형태, ㉣~㉤은 현대 맞춤법으로 수정한 형태; 각각 출판 연도순으로 배열)을 대상으로 <진달래꽃>을 다룬 형태를 검토한 결과 위와 같은 편차가 드러났다. 이에 따르면 ㉡을 제외하고는 내가 확정한 원본(보기로 제시한 형태)에 일치된 것이 없고, 현대어본 10종 가운데는 ㉑과 ㉭만 서로 일치할 뿐 나머지는 모두 조금씩 다른 형태이다.[27] 이것은 결국 전문 연구자들마저도 원전의 의미와 중요성을 무심히 넘기는 경우가 적지 않음을 뜻한다. 시는 구두점 하나도 소홀히 다루지 않아야 함을 감안할 때 이런 현상은 바람직하지 않다. 그러면 이 대조표에 드러난 몇 가지 특성을 구체적으로 검토해보기로 한다.

첫째, 철자법에 대해서 차이를 보이는 구절은 '고히'와 '~우리다'의 경우이다. 이 가운데 '고히'는 대부분 '고이'로 바꾸었는데 ㉢의 경우에만 원문대로 두었다. '~우리다'의 경우도 대부분 원문을 따랐으나 ㉲㉳㉤의 경우에는 '~오리다'로 하여 모음조화 현상을 철저히 적용하지 않는 현대 맞춤법에 따랐다. 이 두 부분에 대해서는 시적 효과 측면에서 별 차이가 없으므로 문제는 없는 듯하다.

둘째, 띄어쓰기에 대해 차이를 보이는 부분은 '보내드리우리다'→보

---

26) 이숭원, 『교과서 시 정본 해설』, Human & Books, 2008, 17~18쪽.

27) 이 외에 위의 여러 유형과 전혀 다른 형태를 몇 가지 더 제시하면 다음과 같다. 1연 3행: '말없이 고히 보내 드리 우리다.', 2연 3행: '사뿐히즈려 밟고 가시옵소서.'(≪진달래≫, 진문출판사, 1966, 75쪽), 2연 2행: '진달래 꽃', 4연 3행: '죽어도 아니 눈물 흘리오리라.'(≪못잊어≫, 성문사, 1967, 52쪽). 앞 두 연에서는 '~우리다.'로 했다가 4연에서는 '~오리라.'로 하여 일관성이 없다. 이런 경우와 비슷한 예로, 한 참고서에서는 작품 인용과 구절 풀이는 '~우리다'로 하고 종합해설에서는 '~오리다'로 표기했다. 이런 경우는 해설자의 불찰로 봐야 하겠지만, 어쨌든 원본에 대한 관념이 투철하지 않음을 보여주는 단적인 예이다. 한편, 1연 3행을 '말 없이 고이 보내 드리우리다'의 형태로 수정한 것도 있다. (오하근 편, 『정본 김소월전집』, 집문당, 1995, 123쪽.)

내 드리우리다(ㄹㅂㅊ), '걸음걸음'→걸음 걸음(ㄱㄴㄷㅈ), '즈려밟고'→
즈려 밟고(ㄹㅁㅈㅌ), '눈물흘리우리다'→눈물 흘리우리다(ㄹ~ㅁ) 등 네
경우이다. 나의 판단으로는 '보내드리우리다'는 '보내다'의 경어체이고,
'걸음걸음'은 첩어형태이므로28) 모두 붙이는 것이 더 낫다고 생각된다.
'즈려밟고'는 "발밑에 있는 것을 힘을 주어 밟다."29)는 뜻으로 풀이한 견
해와 '즈려'를 접두사 '짓'의 의미로 보는 견해30)를 좇아 붙여 쓰는 것이
나을 듯하다.31) 이것이 시적 효과나 의미상으로도 더 바람직하다고 본

---

28) '걸음 걸음'으로 떼어 쓰면 형태상 보행의 느낌을 줄 수는 있지만, 첩어는 연속으로 이
    어 쓰는 맞춤법에도 맞고 원문을 존중하는 뜻에도 맞아 붙이는 것이 더 바람직하다.
29) 이기문, 「소월시의 언어에 대하여」, 『심상』, 1982, 12월호, 16쪽. 오하근도 이 말의
    뜻을 "지레 밟다. 지리밟다. 발 밑에 있는 것을 힘주어 밟다."(앞의 책, 384쪽)로 보
    았다.
30) 김현승, 앞의 책, 82쪽. 김현승은 "'즈려'는 평안북도에서 쓰는 '짓밟고'의 '짓'에 해
    당하는 사투리"라 하고, 굳이 이런 사투리를 쓴 이유로서 "이 경우 '즈려밟고'를, 만
    일 '짓밟고'와 같은 표준어로 썼다면, 그 어감이 너무 강하여 바로 그 위의 '사뿐히'
    라는 말과 도저히 어울릴 수 없을 것"이라는 점을 들었다.
31) 권영민은 '즈려밟다'를 '즈려'와 '밟다'라는 두 개의 단어가 복합된 것으로 볼 것을
    제안하였다. 그는 "이 경우, '즈려'는 '지레'라는 말의 방언으로 '어떤 일이 일어나기
    전' 또는 '미리 먼저'라는 뜻이다. 여기서는 길 위에 뿌려놓은 진달래꽃을 다른 사람
    이 밟기 전에 미리 먼저 밟고 가시라는 뜻으로 해석할 수 있다."라고 보고 김억이 펴
    낸 ≪소월시초≫에 '지레 밟고'로 바뀌어 있음을 예로 들었다.(권영민, 앞의 책, 289
    쪽) 이숭원은 이희승 편 『국어대사전』(1995)에 '즈려밟다'의 의미를 "제겨디디어 사
    뿐히 밟다"로 밝힌 것을 참조하여 이 구절을 다음과 같이 풀이하였다. "'제겨디디다'
    라는 말은 '발끝이나 발뒤꿈치만으로 땅을 디디다'라는 뜻이다. 즉 '사뿐히 즈려밟
    고'는 힘을 주어 눌러 밟는 것이 아니라 마치 구름 위를 걸어가듯 아주 사뿐하게 밟
    고 가는 것을 의미한다."(앞의 책, 19쪽). 이런 풀이가 가능할 수도 있으나 문제는 『
    국어대사전』의 풀이에 따르면 '즈려밟다' 자체에 이미 '사뿐'이라는 의미가 포함되
    어 있으니 원본에 있는 '사뿐히'는 군더더기가 될 수도 있다는 점이다. 그래서 나는
    '사뿐히'와 '즈려밟다(짓밟다)'의 관계를 역설 구조로 보고자 한다. 오하근은 이것을
    '아이러니의 언어'로 보고 "이 '삽분히 즈려밟다'는 화자의 무력과 무의지와 순종과
    함께 강한 저항감을 표출시키는" 것이라고 설명하였다. 앞의 책, 279쪽.

다. 그리고 '눈물흘리우리다'의 경우에는 현대 표기법으로 수정한 모든 인용에서 '눈물'과 '흘리우리다'가 띄어져 있는데, 이는 앞서 설명한 대로 붙이는 것이 원본의 본래 의미를 더 잘 살리는 것으로 생각된다.

한편, 띄어쓰기와 관련하여 반드시 짚고 넘어갈 것은, '죽어도아니 눈물흘리우리다'에 대한 문제이다. 시인이 처음에 '죽어도 아니, 눈물흘니우리다'로 표현했던 것을 '죽어도아니 눈물흘니우리다'로 수정한 이유에 대해 두 가지 측면에서 짐작할 수 있다. 하나는 5·7조(7·5조의 역구조) 형태를 좀 더 표면화하기 위한 수단으로 볼 수 있고, 다른 하나는 율격을 강화하고 유연한 흐름의 효과를 내려고 문장부호를 지우는 과정에서 생긴 문제점을 해소하기 위한 수단으로 볼 수 있다. 그런데 앞의 경우에는 수미쌍관을 이루는 1연에서 '말업시'와 '고히'를 붙이지 않았는데 이 부분만 붙이니 통일성에 문제가 있어 그럴 가능성이 작다.[32] 그렇다면 이것은 단순히 편집상의 오류이거나 아니면 어떤 의도에 기인하는 것으로 볼 수 있는데, 나는 단순한 편집상의 오류로 보는 소극적인 태도보다는 시인의 의도를 표면화하기 위한 수단으로 보는 것이 낫다고 본다. 이를테면 '죽어도 아니, 눈물흘니우리다'에서 쉼표는 '아니'가 뒤의 '눈물흘니우리다'로 연결될 가능성을 막고 앞의 '죽어도'를 부정하는 효과, 즉 이른바 정정 어법의 기능을 한다. 더 구체적으로 말하면 '아니'가 도치된 것으로 '눈물흘니우리다'를 꾸미는 것이 아니라(도치시켰다면 굳이 쉼표를 찍을 필요가 없음) '죽어도'를 부정하는 것으로 보아야 한다. 그러면 이 구절은 '죽어도 눈물을 흘리지 않을 것이다'가 아니라 그러려던 처음의 생각이 바뀌어 '아니'에 의해서 '죽어도'가 삭제되고 '눈

---

32) 띄어쓰기가 불안정하여 명확한 판단을 내리기 어려운 점이 있다. 그런 가운데도 전체적으로 보면 7·5(또는 5·7)의 음수율 단위를 맞추려 한 흔적이 드러나는데, 1연 1·3행, 2연 3행, 4연 1행은 그렇지 않은 것으로 보면 반드시 자수율 단위로 띄어쓰기를 했다고 보기도 어렵다.

물을 흘릴 것이다'라는 의미로 변한다. 요컨대, 이 표현은 '말없이 고이 보내드리우리다'라고 했던 애초의 다짐을 끝끝내 지키기가 불가능함을 암시하고, 따라서 이별 앞에 초연할 수 없음을 자인하는—헤어짐에 대한 안타까운 심정을 더욱 강조하는 구실을 한다.

이런 추정을 뒷받침하는 주목되는 자료가 있다. 소월이 생존할 때에 발간된 『삼천리』 21호(1931.11)에 재수록 된 <진달내꼿>에서는 이 구절이 '죽어도 눈물 흘니우리다.'로 되어 있다고 한다.[33] 현재 구체적인 확인은 불가능하나 만약 이 형태가 시인이 직접 수정한 것임을 전제로 하면, 이 구절은 인고의 마음을 나타내기보다는 사랑하는 사람이 떠나가는 것은 참을 수 없는 슬픔을 안겨줄 것이라는 인지상정의 의미를 표현한 것으로 볼 수 있다.[34] 그런데 시인이 직접 '아니'를 삭제했다고 본다면, 7·5조의 율격에 어긋나는 점이 문제로 남는다. 시집에 재수록하면서 율격을 강화하는 방향으로 수정하였음을 고려하면 이는 오히려 그 반대 효과를 내는 것이기 때문이다. 따라서 이 구절은 이래저래 논란거리가 많을 수밖에 없는데, 수정 자체를 사실로 받아들이는 것을 전제로 하여 이 구절에 대해 수정과정에서 나타난 핵심 의미를 나름대로 짐작하여 정리하면 다음과 같다.

---

33) 김종욱, 『정본 소월전집』, 527쪽. 정한모는 이 작품이 『삼천리』 33년 9월호에 게재되었다고 했으나 확인할 수 없었다.

34) 김종욱도 현재로서는 추측할 수밖에 없는 이 문제에 대해 '연구 대상'으로 주목하였다. 그는 "1931년이면 소월이 아직까지는 생존하고 있을 때로 이 작품을 다시 손본 후 『삼천리』에 게재했었는지 여부는 알 수 없다. 혹 『삼천리』에서 소월의 시를 옮겨 실으며 실수로 '아니'가 탈락되었는지도 생각해볼 수 있으나, 역시 확인할 길은 없다. 그러나 '아니'가 빠지면서 긍정의 의미를 지녀 『개벽』의 '죽어도 아니, 눈물흘니우리다.'와 공통된 견해를 보이고 있는 것은 주목할 만한 사실이다. …(중략)… 혹 ≪진달래꼿≫의 '아니 눈물흘니우리다'에서 '아니'의 다음에 올 콤마가 어떤 실수로 생략된 것이 아닌가하는 추측이 막연한 생각만은 아닐 것 같다."(위와 같음)라고 하였다.

첫 번째 수정에서 두드러진 변화는 문장부호를 삭제하는 대신 '죽어도'와 '아니'를 붙였다는 점이다. 처음에는 '아니' 다음에 쉼표를 찍어 이것이 앞의 말을 부정하는 기능을 하도록 했는데, 수정본에서 문장부호를 모두 지워버림으로써 '아니'가 도치된 형태로 읽히는 문제점이 발생했다. 그러면 이 행의 의미는 애초의 의도에 반대되는 결과가 된다. 이 점을 고려하여 시인은 '아니'를 '죽어도'에 붙여서 뒤의 '눈물흘리우리다'에 영향이 미치는 문제점을 스스로 차단하였다. 두 번째 수정한 것도 같은 맥락에서 설명할 수 있다. 재차 수정한 구절에 나타나는 특징은 '아니'를 삭제하는 대신에 '눈물흘니우리다'를 '눈물'과 '흘니우리다'로 띄어 쓰는 변화를 주었다는 점이다. 이것은 '죽어도아니'를 어절 단위로 띄어 쓰는 맞춤법에 따를 때 나타나는 문제점을 해결한 결과로 보인다. 즉 두 어절을 띄어 쓰면 다시 '아니'가 도치된 형태의 의미로 작용할 수 있으므로, 이번에는 아예 그것을 삭제하여 애초의 표현 의도를 살리는 방향을 선택한 것으로 보인다. 물론 심층적 의미로 볼 때는 이 구절을 주로 아이러니 형태로 읽기 때문에 결과는 비슷해지지만, 원문을 충실히 읽어 시인의 의도를 고려하여 해석하면, 최소한 "죽어도 아니 눈물 흘리오리다를 두고 '눈물을 흘리겠다'로 이해해야 하느냐 아니면 '눈물을 흘리지 않겠다'로 이해해야 하느냐 하는 논란이 있다."[35]는 문제는 자연스레 해소된다.

이렇듯 원본에 있는 '아니'에는 처음에 '죽어도'라고 마음먹었던 것을 부정하거나 적어도 약화하려는 의도가 함축되어 있다. 그런데 이런 미묘한 의미를 고려하지 않고 완전히 일반화하여 현대 맞춤법에 따라 띄어 쓰면 작품의 의미는 크게 달라질 수밖에 없다. 그런데도 교육 현장은 물론 대부분의 해석에서 원본비평을 소홀히 한 채 편의상 현대 맞춤법

---

35) 이남호, 『교과서에 실린 문학작품을 어떻게 가르칠 것인가』, 40쪽.

으로 띄어 쓰고 도치법으로 처리하여 작품의 본질이 훼손될 가능성이 있다. 그래서 나는 이 문제점을 다소 해소하기 위해 이 구절을 '죽어도 아니 눈물흘리우리다'의 형태로 띄어 써서 '아니' 다음에 약간의 휴지가 생겨 '죽어도'에 더 많은 영향을 주는 효과가 나타나도록 할 것을 제안한다. 그러면 이 부분을 모호성으로 접근하여 원전의 의미에 가까이 다가갈 가능성이 열릴 수 있다.

셋째, 문장부호의 경우에는 ⓛⓜⓓⓚⓣⓟ만 원문처럼 일절 마침표가 없고, 나머지에는 마침표가 첨가되었다. 또 원문 표기법을 따른 것 가운데도 ㉠에서는 4연에, ㉢에서는 3연에만 마침표가 없어 서로 다르다. 그런데 원본에 없는 문장부호를 첨가한 경우는 철자법이나 띄어쓰기를 수정한 경우보다 더 큰 문제가 나타날 수 있다. 시인이 처음에 문장부호를 사용하였다가 나중에 수정하면서 삭제한 만큼 이는 시인의 특별한 의도에 따른 결과로 보아야 하기 때문이다.36) 즉 시인이 율격 형태가 뚜렷해지도록 수정하면서 마침표와 쉼표를 모두 지워 버린 것은 시의 부드러운 흐름을 의식한 것으로 보아야 한다. 그래도 이런 시적 효과를 고려하지 않고 마치 산문을 다루듯이 문장이 끝나면 으레 마침표를 찍어야 정확하다는 식으로 작품을 처리한 것은 원본은 물론이거니와 시의 양식적 특성을 고려하지 않은 오류를 범한 꼴이다. 특히 고등학생을 대상으로 하는 교과서와 참고서에 이런 현상이 두드러진데 이는 반드시 시정되어야 할 일이다.

---

36) 김재홍은 "소월시의 표기상의 특징은 그것이 구두점을 전혀 사용하고 있지 않은 시(<님의 노래>, <진달내꽃> 등), 부분적으로 사용한 시(<왕십리>, <바리운 몸> 등), 습관적으로 반복한 시(<몹쓸 꿈>, <애모> 등) 등으로 나뉘어진다. 대체로 정조가 불안하고 다급한 것은 구두점이 많이 찍혀 있고, 부분적이거나 안 찍혀 있는 것일수록 내용이나 형태가 안정돼 있는 경우가 많다. <진달내꽃> <삭주구성> <접동새> <산유화> <님의 노래> 등 인구에 회자되는 뛰어난 작품들은 대부분 구두점이 없거나 덜 찍혀 있는 특징을 보인다."라고 분석하였다. 앞의 책, 30쪽.

3. 기본구조와 형식에 대한 재인식

<진달래꽃>의 구조와 운율, 즉 기승전결의 4단 구성과 7·5조 및 3음보의 율격 등에 대해서는 이미 많이 지적되었지만, 내가 파악한 바로는 대부분 피상적으로만 언급하여 형식과 의미가 유기적으로 조직되어 있음을 제대로 파악한 것은 드물다. 이를 통해서는 김억이 지적한, 시의 '음조미'를 추구하기 위해 노력한 소월의 치열한 시정신과 성형의식을 제대로 감지하지 못할 뿐만 아니라 작품의 미감도 충분히 음미할 수가 없다.[37] 이에 나는 기존의 해석들에서 간과한 점을 심층적으로 해명하고자 한다.

1) 기본구조

본론에 들어가기에 앞서, 작품의 구조를 새롭게 인식해야 할 필요성을 제기하기 위한 기초로서 앞서 인용했던 한 국어 참고서의 <진달래꽃>에 대한 분석 사례를 참고로 제시하면 다음과 같다.

---

37) 김억은 "소월이의 시단에 대한 움직일 수 없는 큰 공적은 그 표현 수법의 하나로서 언어"를 꼽고, 다음으로 詩稿의 수정을 거론하였다. 그에 의하면, 소월은 시고의 수정에 대해 무척 고심하여 세심하게 퇴고를 거듭했다. "그리고 될 수 있는 대로 音調 그것에다 새로운 생명을 주기 위하여, 가령 같은 칠오조라도 그것을 그대로 쓰지 아니하고 행을 이렇게도 나누고 저렇게도 찍어서 그것에다 움직일 수 없는 음조미를" 주었다. 이렇게 소월은 우리말에 깊은 애정을 가졌고, 또 말의 미감을 최대한 살리기 위해 절차탁마하는 수고를 아끼지 않았다. 그것은 "같은 칠오조의 시구라도" "行別을 달리하면 그 음조미는 사뭇 달라지는 것"으로 보았기 때문이다. 김억, 「소월의 추억」, 김용직 편, 앞의 책, 421~423쪽.

<진달래꽃>의 심층적 의미

연	표층 의미	심층 의미
1(기)	이별의 체념	엄청난 고통의 반어적 표현
2(승)	임에 대한 축복	· 원망과 절망감 표현 · 미련과 집념
3(전)	원망을 초극한 희생적 사랑	죄책감의 자극을 통한 이별의 만류
4(결)	인고의 의지	슬픔과 충격의 반어적 표현

이 표에서 드러나는 큰 문제점은 세 가지 정도이다. 하나는 작품의 모티프이자 중심 제재인 '진달래꽃'을 상기할 만한 내용이 전혀 없이 그저 이별에 대한 관념적 의미만 부각하는 것으로 일관하였다는 점이다. 둘째는 기승전결로 나누어서 적시한 핵심 의미들도 구성 형식상의 특성, 즉 3연의 전환 부분에 대한 해석에서 논리적 연결성이 부족하다는 점이다. 예컨대, '이별의 체념→임에 대한 축복→원망을 초극한 희생적 사랑→인고의 의지'로 연결한 풀이는 적절하지 않다. 이것은 전환의 구조 의미가 드러나지 않고 '인고의 의지'라는 결말을 향해서 일직선으로 흘러가는 밋밋한 느낌을 줄 따름이다. 특히 3연에서 '원망을 초극한 희생적 사랑'이라는 해석은 너무 작위적이거나 과잉된 해석으로 인하여 원본의 의미를 제대로 살리지 못했다고 할 수 있다. 셋째는 표층적 의미와 심층적 의미가 모두 완전히 대립적으로만 해석되었다는 점이다. 어떤 부분에 대해 특히 의미를 강조하기 위한 수단으로 아이러니 표현법을 구사하는 것이 상례인데, 이 예처럼 모든 연을 반어적으로 읽는 것은 상식적으로 이해하기 어렵다.

위와 같은 해석은 요즘의 고등학생 감성으로서는 매우 받아들이기 어렵다. 이런 해석대로라면 이 작품은 일반인의 정서나 감정을 노래한 것이기보다는 극단적인 자기희생이나 극기 정신을 요구하는 종교사상을 표현한 것에 더 가깝다. 따라서 이런 문제를 극복하기 위해서 나는 지나치게 남성적 관점에서 관념화하고 이상화하는 기존의 해석 태도를 버리고 원본에 충실한 입장에서 이 작품의 구조적 특성을 살펴보기로 한다. 이를 위해 먼저 작품의 구조에 맞추어 새로 해석한 각 연의 핵심 의미를 제시하면 다음과 같다.

원본에 내포된 각 연의 핵심 의미

연(구조)	원본의 의미
1(기)	만약 이별의 순간이 온다면 순응할 것을 다짐함
2(승)	자신의 다짐 재확인-꽃을 뿌려 가실 길을 축복해주려 함
3(전)	갈등하는 마음-내 마음과 임의 마음이 다를 것임을 인식함
4(결)	막상 이별의 순간이 온다면 결국 눈물을 흘릴 수밖에 없을 것이라 함

이 표에 제시했듯 3연의 전환단계에 와서 화자의 마음에 갈등이 일어나면서 반전국면을 분명히 보여준다. 즉 1, 2연에서 초연한 마음으로 보내 주려고 다짐했던 자세가 3연의 전환단계에 와서 흔들리기 시작한다. 그런 징후를 은밀히 암시하는 장치가 바로 '사뿐히'와 '즈려밟고'의 모순어법에 담긴 역설과 반어적 표현 형태이다. 이 표현이 역설임은 가벼움(사뿐히)과 무거움(즈려밟고)의 어긋난 관계로 인해서, 그리고 아이러니는 애초의 초연하려 했던 마음이 흔들리면서 일말의 미련을 갖게 되는 상황에서 발생한다. 그리하여 결국 4연에 와서 처음에 초연하리라던 다짐에 변화가 일어나서 만약 이별의 순간이 온다면 슬퍼서 눈물을 흘리고 말 것이라 예감한다. 이처럼 도입부와 종결부가 완전히 대립하여 기대와 반전의 극적 효과가 잘 드러나고, 작품의 미감도 한층 높아진다. 또 인지상정의 보편 심리를 그려냄으로써 독자의 마음에 더 가까이 다가가서 결과적으로 감동의 폭도 그만큼 더 넓어질 수가 있다.

2) 운율의 특성

먼저 작품에 드러나는 『운율의 특성을 요약 제시하면 다음과 같다.

연별 주요 의미와 운율의 특성

연(구조)	각 연의 주요 의미	운율의 특성	
		음수율 구조(특징)	각운(특징)
1(기)	이별에 순응할 것임	[7/5]/[5·7](정격)	~우리다(정격)
2(승)	앞길을 축복해줄 것임	[5/4(7−3)]/[8(7+1)·5](파격)	~우리다(정격)
3(전)	미련으로 갈등할 것임	[7/5]/[7·5](정격)	~옵소서(파격)
4(결)	이별을 슬퍼할 것임	[7/5]/[5·7](정격)	~우리다(정격)

위의 표에서 보면 이 작품은 7·5조의 음수율과 '~우리다'의 각운을 바탕으로 조직되었으면서도 부분적으로 파격을 통해 생동감을 준다. 운율이란 동일 유형의 반복이나 병치로 형성되고 구현되지만, 그것이 기계적인 반복보다는 때로는 독자의 기대에 어긋나게 하는 파격이 가미될 때 그 미적 가치가 더 높아진다고 할 때[38], 시인이 경직된 운율의 형태를 깨는 파격을 배치한 것은 매우 가치 있는 것이다. 또 그것이 의미의 흐름에 은밀하게 연결되어 있음—화자의 마음 변화를 구조적으로 드러내고 있음을 고려하면 시인의 성형의식이 얼마나 섬세한지를 짐작할 수 있다. 그렇다면 이 작품의 율격 형태는 어떤 특징을 갖는지 좀 더 구체적으로 알아보기 위해 그것을 기호화하여 검토해보기로 한다.

---

38) I. A. 리처즈, 김영수 역, 『문예비평의 원리』, 현암사, 1981, 181쪽.

음수율과 그 기호화 형태

연	㉮음수율 형태	㉯기호화한 형태
1연	[7/5]/[5 · 7]	ⓐ | ⓑ
2연	[5/4(7−3)]/[8(7+1) · 5]	ⓑ | ⓐ
3연	[7/5]/[7 · 5]	ⓐ | ⓐ
4연	[7/5]/[5 · 7]	ⓐ | ⓑ

　각 연은 모두 3행(㉮; /은 행구분 표시임)으로 된 행수율을 보이지만, 7 · 5조의 음수율 구조로 보면 ㉯(| 은 [7 · 5]의 형태를 구분하는 표시임)와 같이 두 개의 구조로 분할된다. 그리고 ㉯를 다시 7 · 5(ⓐ)와 그 역구조 형태인 5 · 7(ⓑ)로 구분하여 나타내면 위와 같이 표시된다. 여기서 보면 1연과 4연(밖)은 동형으로 수미상관을 이루고, 2연과 3연(안)은 서로 다르다. 이것을 다시 연속적으로 표시하면 ⓐⓑ//ⓑⓐ//ⓐⓐ//ⓐⓑ(//은 연구분 표시) 등이 된다. 이에 의하면 1연에서부터 계속 변주되는 형태를 보여준다. 그리하여 같은 형태가 기계적으로 반복되는 단조로움을 탈피하도록 하였다.

　각운은 '轉'에 해당하는 3연에 파격 형태를 배치하여 구조적으로 반전과 관련을 맺도록 하고, 율격은 2연에 파격을 주어 '起'에서 '承'으로 넘어가는 과정에서 화자의 심중에 다소 갈등이 일어남을 은밀히 암시하였다. 2연의 율격 파격은, 앞서 설명한 대로 일단은 '다수의 진달래꽃'이라는 의미가 함축되는 여지를 갖게 했다면, 이차적으로는 자신이 역겨워져서 떠나는 사람을 체념할 수는 있을지언정 축복까지 해주기는 그리 쉽지 않다는 것, 즉 마음에 일말의 동요가 일어나고 있음을 은밀히 암시한 것으로 볼 수도 있다. 이를테면 흔들리는 마음을 율격의 흔들림[파격]으로 구조화했다고 하겠다.

　끝으로, 가운은 4연 가운데 1 · 2 · 4연은 '~우리다'로 통일되었으나 3

연은 '~옵소서'로 파격적이다. 이 형식은 우리 민요에 나타나는 구조인 이른바 aaba형식[39]과 일치한다. 예컨대, 민요의 '형님(a) 형님(a) 사촌(b) 형님(a)', '노세(a) 노세(a) 젊어(b) 노세(a)', 또는 소월 시에서 '접동(a) 접동(a) 아우래비(b) 접동(a)'(<접동새>) 같은 데서 이 유형을 찾아볼 수 있다. 이런 예들로 미루어보면 이 시의 각운 형태는 세심한 배려로 조직된 것이다. 이 구조는 동형 반복의 지속과 파격을 통한 변화를 구현함으로써 단조로움에서 벗어나는 효과를 내는 동시에 의미와의 관계에서 반전을 형식화한 것으로 보인다. 즉 2연에서 다소 미련을 보이며 흔들리던 마음을 3연에 와서 그 징후가 좀 더 직접 드러나게 하여 처음에 다짐했던 마음에 변화가 일어남을 형식적으로 나타내려 한 것으로 보인다.

이상에서 보듯이 구조와 운율 측면에서 <진달래꽃>은 매우 섬세한 읽기를 요구할 만큼 내적으로 탄탄하게 조직되어 있다. 분석한 결과에 따르면 이는 김억의 지적대로 소월의 섬세한 시정신과 성형의식에 기인한다. 시인의 성형의식은 작품의 의미에도 직결되는 것이기 때문에 피상적으로 접근해서는 작품의 심층 의미에 도달하기 어렵다. 그러므로 작품의 진정한 의미에 접근하기 위해서는 연구자도 작품의 섬세한 구조에 상응하는 심안이 필요하다.

4. 마무리

김소월의 <진달래꽃>은 독자들의 많은 사랑을 받는 만큼, 작품의 완성도가 높고 우리 정서에도 잘 맞는 아름다운 작품이다. 고등학생 대상의 교과서에 수록될 정도로 표현도 어려운 데가 없어 감상도 쉬울 법한데, 사실 이 작품은 그렇게 간단히 접근해서는 안 되는 심오한 형식과

---

39) 김대행, 『한국시의 전통연구』, 개문사, 1980, 43쪽.

의미로 이루어져 있다. 특히 시인이 시적 완성도를 높이기 위해 초간본에 첨삭을 가하여 시집에 실은 관계로 두 작품 사이에 생긴 미묘한 표현의 차이에 따라 작품의 진정한 의미를 찾아가는 데 혼란이 가중된다. 이때문에 이 작품의 본래 의미에 가까이 다가가기 위해서는 먼저 원본비평이 전제되어야 한다. 이런 문제의식에서 나는 이 연구를 진행하였다.

이 연구는 크게 두 가지 단계로 나누어 진행되었다. 첫째 단계에서는 주로 원본비평의 관점에서 시인의 창작 의도를 밝혀 원본을 확정한 다음, 각종 인용 텍스트에 드러나는 편차를 대조해서 문제점을 검토하였다. 둘째 단계에서는 기본구조와 운율의 특성을 검토하고, 그것이 작품의 의미와 어떤 관계를 맺고 있는가를 밝혔다. 그 결과는 다음과 같다.

첫째, 시인의 창작 의도를 충분히 고려하여 확정한 원본과 각종 문헌에 인용된 텍스트의 형태를 대조한 결과, 현대 맞춤법으로 수정된 <진달래꽃>은 편차가 매우 심하게 드러난다. 특히 문장부호의 경우, 리듬의 효과를 의식하여 시인이 수정한 원본에는 모두 삭제되었는데, 나중에 작품을 인용하는 과정에서 시의 특성을 무시하고 임의로 마침표를 찍어 원본을 훼손하는 오류를 범했다.

둘째, 작품의 구조와 운율의 특성을 분석한 결과, 형식과 의미가 잘 조화되어 있음을 알 수 있다. 즉 시적 화자의 심경이 변화되는 모습을 구조와 운율의 변화로 드러냄으로써 이 작품이 매우 섬세하게 조직되었음을 알 수 있다. 이는 音調美에 깊은 관심을 가진 소월의 치열한 시정신을 뒷받침하는 것이다.

끝으로, 나는 이 연구를 통해서 <진달래꽃>에 대한 기존의 해석에 대하여 부분적으로 다른 해석이 가능함을 개진하였다. 그리고 원본의 중요성을 인식시키는 작업이 매우 필요하다는 점도 강조하였다. 물론 시에 대한 해석은 과학적인 글처럼 한 가지의 의미로 귀결되는 절대적인 결과를 가질 수 없다. 시어의 특성은 무엇보다도 함축성을 갖는다는 점을 고려하면 시에 대한 해석은 관점에 따라서는 비슷하거나 다르게 해석될 여지가 상존한다. 이렇게 보면 중고교 참고서처럼 경직되고 폐쇄적인 해석에는 근본적으로 큰 문제가 있다.

이런 관점에서 나의 견해 역시 <진달래꽃>에 접근하는 여러 가지 가능성 가운데 하나에 불과할 수 있다. 다만 그것이 얼마나 논리적으로 타당한 논증으로 이루어졌는가 하는 점이 관건이 될 터인데, 나는 나름대로 충분한 논증을 통해서 가능한 한 자의적 해석을 줄이려고 노력했다. 특히 원본비평 작업을 통해서 도출된 이 결과는 <진달래꽃>에 함축된 본래 의미를 재인식하도록 하고, 나아가서 지나치게 이상화된 기존의 해석에서 탈피하여 작품의 현실감을 강화하고 공감대를 넓히는 계기를 마련해줄 것이라 믿는다.

<진달래꽃>에 함축된 다중성 풀어내기

1. 오도하는 문학교육 현장

　김소월의 <진달래꽃>은 그동안 우리나라 고등학교 국어(문학) 교과서에 빈번하게 수록되어 왔기 때문에 고등교육을 받은 사람들이라면 대부분 한 번쯤 접했다고 해도 과언이 아닐 것이다.[1] 이 작품이 우리나라 청소년의 시 교육 텍스트로 빈번하게 인용되어왔음은 그만큼 시적 완성도(예술성)가 높을 뿐만 아니라 정서 함양이나 교육적 차원에서도 학생들에게 경험하게 할 만한 가치가 높은 것으로 평가된 결과일 터이다.

　그런데 이 작품이 교육 현장에서 교육적 목적이나 목표에 맞게 바람직하게 소통되느냐 하는 점은 다소 회의적이다. 이 문제에 대한 논의는 그 결과물들이 더러 있지만,[2] 이들이 일련의 문제점을 모두 해소했다고 보기는 어렵다. 특히 대부분 필자가 원본비평을 거치지 않음으로써 작품의 본래 의미를 간과하거나 시 양식의 중요한 특성이자 이 작품의 핵심인

---

1) 제7차 교육과정에서는 고등학교 문학 교재 18종 가운데 7종에 수록되었다.
2) 그 예로, 이남호, 『교과서에 실린 문학작품을 어떻게 가르칠 것인가』, 현대문학, 2001. 강진호·유성호 외, 『고등학교 교과서에 실린 문학 작품 바로 읽기』, 문학사상사, 2003. 이숭원, 『교과서 시 정본 해설』, Human & Books, 2008. 등을 들 수 있다.

모호성에 대한 문제를 충분히 고려하지 못한 한계가 적잖이 드러난다.

단순하게 생각하면, "<진달래꽃>은 고등학생의 수준에서도 이해하기 비교적 수월한 작품"[3]이지만, 사실 더 깊이 따지면 독자에게 풍부한 상상력을 불러일으킬 만한 다층적 의미를 내포하여 다양한 접근이 가능하다. 그래도 실제 교육 현장에서는 여러 가지 가능성을 대부분 배제한 채 거의 천편일률적으로 경직된 해설 행태를 벗어나지 못한 것으로 파악된다. 가령, 한 문학 참고서에 실린 <진달래꽃>에 대한 해설 부분과 한 논문의 <진달래꽃>에 대한 해석의 결론 부분을 대비해보면, 이 작품에 대한 교육에 어떤 문제점이 도사리고 있는지 쉽게 짐작할 수 있다.

① [핵심 정리]

갈래: 자유시, 서정시

성격: 전통적, 향토적, 민요적, 여성적

제재: 임과의 이별

주제: 승화된 이별의 정한(情恨)

특징: ● 이별의 상황을 가정하는 형식임.

　　　● 1연과 4연이 수미 상관을 이룸.

　　　● 전통적 정서를 민요조의 3음보 율격에 담음.

　　　● 여성적인 간절한 어조를 띰.

출전: 『개벽』(1922)[4]

② 이 점에서 이 시는 역시 이별의 정한을 노래한 것이 아니라, 존재의 근본원리를 이별의 상황 설정이라는 문학적 장치를 통해서 형상

---

3) 이남호, 『교과서에 실린 문학작품을 어떻게 가르칠 것인가』, 36쪽.

4) 각종 고등학생 대상 참고서에 실린 해제들은 대체로 이런 식으로 되어 있다. 이에 대해서 이 글이 비판적인 입장인 점, 그리고 논자가 참고한 책자가 수험생 대상의 상업용임을 고려하여 구체적인 출전은 밝히지 않는다. (밑줄: 인용자)

화한 '존재론의 시'라고 할 수 있다. 이별이라는 상황 설정과 산화공덕 (散花功德)의 사건 제시는 시의 정서적 긴장을 유발하고 지속시키기 위한 방법적 장치에 불과한 것이다. 그리고 이별이라는 드라마틱한 상황 인식은 소월이 항상 지니고 있던 세계에 대한 불안 의식을 표상한 것이며, 동시에 소월의 생리적 콤플렉스의 자연스런 유로라고 해석할 수 있을 것이다. 끝내 서른세 살 아까운 나이로 자살할 수밖에 없던 사연도 이러한 감수성의 병적 예민함에 기인하는 것이 아닐 수 없다. 꽃이 피고 지는 현상 속에서 존재의 밑바닥, 인생의 끝을 투시하는 소월의 심혼은 그 자체가 고통스럽고 허무한 것일 수밖에 없기 때문이다.[5]

①의 핵심 요약의 가장 큰 문제는 작품 해석을 '임과의 이별'이라는 방향으로만 몰아감으로써 학생들이 다른 관점으로 보거나 자기 나름의 상상력을 발휘할 가능성을 원천적으로 제한해 버렸다는 점이다. 사실 해석자의 선입관이나 자의적 해석 태도를 버리고 텍스트를 최대한 존중하여 접근하면, 작품 내용을 꼭 '임과의 이별'로만 보기는 어렵다. 가령, 작품에 표현된 대로 미래가정 시제를 고려하면 '만약 어느 날 내가 역겨워져서 가신다면 굳이 붙잡거나 원망하지 않고 곱게 보내드리겠다.'라는 미래의 예상과 자기 다짐을 나타내므로 오히려 두 사람의 관계는 현재 뜨겁게 사랑하는 상태라고 볼 수 있다. 이런 점에서 이 시의 제재를 '임과의 이별'로, 주제를 '승화된 이별의 정한' 따위로 규정하고 그 방향으로만 주입식으로 가르치는 것은 그리 온당한 관점도 아니고 참된 교육 방향도 아니라고 생각한다.

위와 같은 참고서 같은 해석 태도가 왜 문제가 되느냐 하는 점은 ②의 결론을 통해서 더욱 극명하게 드러난다. 이에 의하면 분명 같은 작품인

---

5) 김재홍, 「소월 김정식」, 『한국현대시인연구』, 일지사, 1986, 37~38쪽.

데 해석적 관점은 ①과 ②가 사뭇 대조를 이룬다. 즉 이 작품에 대한 인식과 해석은 ①과 ②의 거리만큼 다양한 층위를 형성할 수 있는데, ①의 해석적 관점을 통해서는 그런 가능성이 자리 잡을 여지가 매우 희박하다. 이 문제는 제목인 '진달래꽃'이 작품의 모티프이자 중심 제재이기도 한 가장 중요한 시어라는 점을 인식하지 못하고, 제재를 '임과의 이별'이라고 판단한 오류에서 비롯되었다고 본다. 제재를 '임과의 이별'로 규정하는 순간에 이 작품은 매우 단순한 작품으로 전락해 버린다. 제재가 주제를 담는 그릇임을 고려하면 '임과의 이별'이라는 그릇에 담긴 주제는 다른 상상력을 발휘할 가능성이 없어져 버린다.

그 반면에 제재를 '진달래꽃'으로 보면 자연스레 ②와 같은 심층적 의미도 도출될 수 있다. 그러니까 '봄→진달래꽃→피고/짐'이라는 자연의 이치에 빗대어보면 생명을 가진 존재란 무엇이든 그 범주에서 결코 벗어날 수 없음을 알게 되고, 이런 인식이 會者定離라는 자연의 섭리를 깨닫게 하여, 결국 자신도 언젠가 그 상황에 직면하면 순응하겠다는 여유로운 마음을 갖게도 한다. 말하자면 시인은 어느 봄날 영변의 약산을 아름답게 물들이던 진달래꽃이 오래지 않아 모두 저 버리고 없어진 모습을 보았던 절실한 경험을 모티프로 하여 만남과 이별이라는 존재의 숙명을 성찰하는 작품으로 빚어냈다. 이런 관점으로 접근하면 이 작품의 중심 제재인 '진달래꽃'도 살리고 시적 의미도 한층 깊어질 수 있다.

그러나 각종 해설서를 보면 이 작품에서 정작 중요하게 다뤄야 할 주요 제재인 '진달래꽃'은 빠졌다. 그리하여 이 시가 "이별의 정한을 노래한 것이 아니라, 존재의 원리를 이별의 상황 설정이라는 문학적 장치를 통해서 형상화한 존재론의 시"며, "이별이라는 상황 설정과 산화공덕의 사건 제시는 시의 정서적 긴장을 유발하고 지속시키기 위한 방법적 장치에 불과한 것"이라는 사실을 인식하지 못한 채 한낱 부차적 의미에 불과한 이별 타령이나 하는 모습을 보여준다.

이렇듯 문학교육의 현장에서는 본말이 전도된 모습이 적잖이 노출된다. 특히 문학 양식 가운데 가장 함축성이 강하고 풍부한 상상력을 자극하게 하는 시를 감상하고 가르치는 데 무슨 논리적인 글처럼 천편일률적인 해석만을 주입식으로 전달하는 것은 참으로 문제가 많다. 나는 우리의 시 교육에 도사린 위와 같은 문제점을 염두에 두고 <진달래꽃>을 하나의 본보기로 다양한 관점에서 작품에 함축된 복합적 의미를 탐색해봄으로써 기존의 경직된 해석의 행태를 넘어서 보려고 한다.

이러한 연구 목적에 도달하기 위해 나는 두 단계의 과정을 거친다. 먼저 원본을 확정한 다음, 그것을 대상으로 작품의 기본 구조와 심층적 의미를 밝힌다. 원본비평을 전제하는 것은, 이 작품이 처음 발표된 것과 나중에 시집에 수록된 형태가 달라져서 작품의 구조와 의미를 제대로 파악하기 위해서는 두 경우를 함께 고려할 필요가 있다는 판단에 따른 것이다. 그리고 작품을 다중성으로 바라보려는 것은, 이 작품이 쉽게 읽히는 것과는 달리 함축성이 매우 깊음을 고려한 결과이다. 이런 과정을 거치면, 현재 소통되고 이해되는 <진달래꽃>의 작품 구조와 그 이면에 함축된 심오한 의미가 한층 더 구체적으로 밝혀짐은 물론이거니와 결과적으로 이 시의 면모도 새롭게 다가올 것이라 믿는다.

2. <진달래꽃>에 다중성이 깊어진 요인

현재 시중에 유통되는 <진달래꽃>은 1922년 잡지 『개벽』에 처음 발표된 것을 1925년에 시집을 내면서 소월 자신이 직접 수정하여 ≪진달내꽃≫에 수록한 것을 원본으로 하고 있다. 물론 이 원본은 1920년대의 맞춤법으로 되어 있어 현재 여러 문헌에 인용된 형태는 대부분 각 이용 과정에서 현대 맞춤법으로 수정된 것이다. 이런 특수한 사정이 담긴 <진달래꽃>에 접근할 때에는 다른 작품보다 더 세심한 주의가 필요하다. 즉 일반적으로 서정 양식은 그 특성상 다른 양식에 비해 상대적으로 함축성이 강해서 다양하게 해석될 가능성이 더 큰데, 이에 더하여 <진달래꽃>은 시인이 초간본6)의 작품성에 불만을 품고 완성도를 높이기 위해 직접 첨삭을 가하여 형태와 의미의 진폭이 더욱 미묘해졌을 뿐만 아니라, 이것을 다시 인용자들이 현대 맞춤법으로 수정하는 과정에서 원작의 의미를 깊이 고려하지 않은 채 일반적인 기준을 적용하는 바람에 또 다른 모호성을 부가하였기 때문이다.7) 이처럼 <진달래꽃>은 일반적인 요인에 특수한 요인까지 덧붙여져서 작품의 형식과 내용이 더욱 복잡한 성격을 지니게 되었다. 이를 요약하자면 현재 유통되는 <진달래꽃>은 ①일반적 특성으로서 서정 양식이 지닌 함축성에, ②시인의 일차 수정, ③현대 맞춤법을 적용하여 인용하는 과정에서 이차로 수정한 결과 등이 복합적으로 작용하여 다른 작품에 비해 더 다양한 해석의 여지를 내포한다.

나는 복합적 요인에 의해 더욱 미묘해진 <진달래꽃>의 진정한 의미에 접근하기 위해서는 먼저 원본비평이 선행되어야 한다는 판단 아래 이 작업을 수행하였다. 그 결과 수정으로 인하여 발생한 가장 큰 변화는 율격이 강화되었음을 확인하였다. 말하자면 시인이 주로 율격을 고려하여 첨삭을 가했다고 해도 과언이 아닐 정도로 그 변화가 뚜렷이 드러난다. 다음과 같이 두 형태를 대비해보면 그 점이 확연히 드러난다.

---

6) 문예지에 실린 것은 초간본, 시집에 실린 것은 수정본이라 칭한다.

7) 김억에 의하면, 소월은 '音調美'에 관심이 있어서 작품을 지을 때마다 거듭 퇴고를 하곤 하였다고 한다. 소월의 그런 치열한 시정신이 이미 발표된 작품까지도 다시 손질하는 철저함을 보여주었다고 하겠다. 김억, 「소월의 추억」, 김용직 편, ≪김소월 전집≫, 문장, 1981, 421~422쪽.

나보기가 역겨워 가실째에는 말업시 고히고히 보내들이우리다. 寧邊엔 藥山 그 진달내꼿을 한아름 짜다 가실길에 쌱리우리다. 가시는길 발거름마다 쌱려노흔 그꼿을 고히나 즈려밟고 가시옵소서. 나보기가 역겨워 가실째에는 죽어도 아니, 눈물홀니우리다. 　　㉮ <진달내꼿>(초간본)[8]	나보기가 역겨워 가실째에는 말업시 고히 보내드리우리다 寧邊에藥山 진달내꼿 아름짜다 가실길에 쌱리우리다 가시는거름거름 노힌그꼿츨 삽분히즈려밟고 가시옵소서 나보기가 역겨워 가실째에는 죽어도아니 눈물홀니우리다 　　㉯ <진달내꼿>(수정본)[9]

위에서 보면 기본구조나 의미 측면에서는 큰 변화가 없으나 율격은 크게 달라졌다. 특히 7·5조의 음수율을 고려한 흔적이 뚜렷이 드러난다. 이렇게 율격을 강화하는 과정에서 부수적으로 몇 가지 변화가 생겼는데, 중요한 것만 들면 ① 행 가름(1연 2~3행), ② 중복된 시어 삭제(3연 뿌리다, 고히), ③ 띄어쓰기(1연 3행, 2연 3행, 3연 2~3행, 4연 3행), ④ 문장부호 완전 삭제 등이다. 이 가운데 의미상으로 미묘한 변화를 보이는 부분은 ①③④이다. 이 세 가지 변화에 대해 더 구체적으로 살펴보면 다음과 같다.

①에서 2행에 배치했던 '말업시'를 3행으로 넘김으로써 이 낱말이 앞과 뒤의 행, 즉 떠나는 사람과 보내는 사람인 화자에 모두 연결될 수 있는 모호성이 없어지고 보내는 사람의 입장으로만 국한되었다. 즉 '말없

---

8) 출전, 『개벽』 25호, 1922.7, 146~147쪽.
9) 출전, ≪진달내꼿≫, 매문사, 1925.12, 190~191쪽.

이 가는 사람'보다는 '말없이 보내는 사람'의 입장을 강조했다. ③띄어쓰기의 변화는 주로 7 · 5조의 형태를 뚜렷이 하기 위한 수단으로 보이는데, 다만 4연의 끝 행에서는 그 외에 의미 해석상 모호성이 생기는 것을 고려하여 띄어쓰기를 변경한 것으로 보인다. 즉 쉼표를 지울 때 '아니'가 도치된 것으로 읽힐 가능성이 생기는 것을 방지하기 위한 수단이었다고 생각된다. 이를테면 '죽어도 아니, 눈물흘니우리다'에서는 '아니'가 '죽어도'를 부정하는 정정 어법의 기능을 하여 처음에는 '죽어도 눈물을 흘리지 않겠다'라고 생각했다가 다시 '죽느니 차라리 눈물을 흘리는 게 낫다'로 마음을 바꾼 형태가 되지만, 쉼표를 지워버리면 도치된 형태가 되어 오히려 '죽어도 눈물을 흘리지 않겠다'로 읽힌다. 이런 문제점을 차단하기 위해 시인은 쉼표를 삭제하고 그 대신에 '아니'를 '죽어도'에 붙여서 그것이 뒤로 연결될 가능성을 막아놓은 것으로 보인다. 그런데 이런 작의를 무시하고 그냥 기계적으로 현대 맞춤법으로 고쳐 놓으면 현재 행해지는 대부분의 해석처럼 '아니'를 도치된 것으로 보고 '죽어도 눈물을 흘리지 않겠다'라는 해석과 더불어 이 구절에는 고통을 참는 여인의 마음이 잘 드러난다는 평가가 나올 수 있게 한다.

이상에서 보았듯이 시인이 직접 작품에 첨삭을 가함으로써 초간본과 수정본이 달라졌는데, 여기에 후대의 인용자들이 제 나름대로 판단하여 현대 맞춤법으로 수정한 결과에 따라 생긴 편차까지 덧붙여진 <진달래꽃>은, 양식적 특성으로서의 시적 함축성을 논외로 취급하더라도 그 자체로 이미 관점에 따라 다르게 해석될 여지가 다분해졌다. 나는 이런 여러 가지 요인을 고려하여 이 작품에 대하여 다양한 접근이 가능하다는 점을 구체적으로 살펴보고자 한다.

3. <진달래꽃>의 다중성

본론에 들어가기 전에 먼저 연구 대상 텍스트를 확정할 필요가 있다. 앞서 설명한 대로 <진달래꽃>의 다중성은 ㉮에서 ㉯로 넘어가는 과정과 ㉯에서 다시 현대 맞춤법으로 수정하는 과정에서 배가되었다. 특히 현재 시중에 유통되는 각종 문헌에 인용된 것들을 검토하면 같은 형태가 거의 없을 정도로 편차가 심하여 혼란하기 짝이 없다. 이런 문제점을 고려하여 원본의 현대어 텍스트를 다음과 같이 확정하였다.

> 나 보기가 역겨워
> 가실 때에는
> 말없이 고이 보내드리우리다
>
> 寧邊에 藥山
> 진달래꽃
> 아름 따다 가실 길에 뿌리우리다
>
> 가시는 걸음걸음
> 놓인 그 꽃을
> 사뿐히 즈려밟고 가시옵소서
>
> 나 보기가 역겨워
> 가실 때에는
> 죽어도 아니 눈물흘리우리다
>
> ―㉯ <진달래꽃> 전문

㉯는 내가 초간본과 수정본을 면밀히게 대조히어 두 텍스트에 담긴

시인의 창작 의도를 참작하고, 기타 후대의 각종 문헌에 인용된 수정된 것을 참고하여 확정한 텍스트이다. 이것은 현재 원본의 본질이 훼손된 채 그 본래 의미가 왜곡되는 것을 방지하기 위해서는 어떤 형태로든 원본의 본래 의미를 최대한 고려해서 확정한 통일된 수정본이 꼭 필요하다는 인식 아래 시도해본 결과물이다. 그래서 나는 이 글에서 ㉯를 기본 텍스트로 하여 <진달래꽃>에 함축된 다중성을 밝혀보기로 한다.

1) 율격의 중의성

<진달래꽃>에 나타난 운율에 대하여 7·5조의 음수율, 3음보격의 음보율, 각운 등을 지적하는 것은 대체로 일치한다. 그런데 현대 맞춤법으로 수정한 ㉯를 텍스트로 하면 이 세 형태가 비교적 뚜렷하게 드러나지만, ㉯를 텍스트로 하여 시인이 띄어쓰기한 형태대로 분석하면 음보율에 대해서는 적극적으로 고려하지 않은 듯하다.[10) 따라서 운율의 형태 중에 고정된 각운을 제외하면, 7·5조의 음수율과 현대 어법으로 띄어 쓰면서 형태화된 3음보의 율격에 대해서는 아래와 같이 다른 관점이 나올 가능성이 있다.

먼저, 7·5조의 음수율에 대한 중의성을 검토해보기로 한다. 이것은 7·5조의 구조를 단일한 형태로 보느냐, 변주된 형태로 보느냐 하는 의견으로 엇갈릴 수 있다. 대부분 7·5조의 구조가 단일 형태로 반복되는 것으로 보는 경향인데, 서우석의 분석이 그 대표적이다. 그는 "7·5조의 틀 안에서 섬세한 리듬의 변화를 주려는 시를 우리는 여러 개 발견할 수 있다. <진달래꽃>도 그런 형식의 시이다."라고 전제한 후 "<진달래꽃>을 띄

---

10) 시인이 음보율을 별로 고려하지 않은 것으로 본다면, 현재 이 작품을 3음보로 분석하는 행태는 시인의 작의와는 관계가 적고, 단지 현대 맞춤법으로 띄어쓰기를 하면서 나타난 형태를 음보율 이론으로 접근한 것이라고 할 수 있다.

어쓰기로 박자 표시를"11) 하고 아래와 같이 재구성하여 인용하였다.

나보기가	역겨워	가실때에는
말없이	고이보내	드리우리다
영변에	약산	진달래꽃
아름따다	가실길에	뿌리우리다
가시는	걸음걸음	놓인그꽃을
사뿐히	즈려밟고	가시옵소서
나보기가	역겨워	가실때에는
죽어도	아니눈물	흘리우리다

보기에 따라서는 위와 같이 모든 행을 7·5조의 구조로 분석할 수도 있을 것이다. 그런데 이렇게 구분하면 7·5조의 형태로 통일된다는 장점은 있지만, 부정적으로 보면 획일적이고 단조롭다는 느낌을 준다. 그리고 이보다 더 큰 문제는 원본을 엄밀하게 고려하지 않아 본래 의미가 훼손될 수 있는 점이다. 특히 2행(원본의 1연 3행)과 8행(원본의 4연 3행)에서 문제가 발생한다. 동사인 '보내드리우리다'를 7·5의 형태를 만들기 위해 '고이보내' '드리우리다'로 억지로 나누었으며,12) '눈물흘리우

---

11) 서우석, 『시와 리듬』, 문학과지성사, 1981, 45쪽. 인용자는 리듬의 강세를 상점을 찍어 표시하였으나 그 부분은 필자가 임의로 빼고 인용하였다.

12) 조창환은 각 연을 세 마디율로 보아 아래와 같이 3단 구조로 형태화하였다. (조창환, 『한국현대시의 운율론적 연구』, 일지사, 1986, 110쪽) 본 연구자는 이 관점이 더 자연스러워 보인다.

1	2

3

4	5	6

리다'도 '아니눈물'로 나누어 결국 '눈물흘리우리다'를 부정하는 형태가 되게 하여 원본의 본질에서 벗어나는 결과를 초래했다. 따라서 이런 문제점을 고려할 때 나는 다음과 같은 구조로 구분하는 것이 원본의 본질에 더 근접한다고 생각한다.

텍스트를 음수율 구조로 구분한 형태		음절 수로 표시한 형태
나 보기가 | 역겨워	|| 가실 때에는	7(4 · 3) || 5(2 · 3)
말없이 고이	|| 보내드리우리다	5(3 · 2) || 7
영변에 | 약산	|| 진달래꽃	5(3 · 2) || 4(7−3)
아름 따라 | 가실 길에	|| 뿌리우리다	8(4 · 4=7+1) || 5
가시는 | 걸음걸음	|| 놓인 그 꽃을	7(3 · 4) || 5(2 · 3)
사뿐히 | 즈려밟고	|| 가시옵소서	7(3 · 4) || 5
나 보기가 | 역겨워	|| 가실 때에는	7(4 · 3) || 5(2 · 3)
죽어도 아니	|| 눈물흘리우리다	5(3 · 2) || 7

위와 같은 형태로 배열하면, 의미상으로 원본의 의미를 살릴 수 있을 뿐만 아니라, 7 · 5와 이를 뒤집은 5 · 7의 형태를 혼합하여 변화를 줌으로써 단조로움을 탈피한 것으로 읽힌다. 그런데 7 · 5조의 율격으로 보면 2연에 파격이 드러나지만, 각운은 3연에 파격이 있다. 운과 율격을 각각 다른 연에 파격 형태를 배치한 것은 시적 의미와 관련이 있다. 이를테면 시적 의미를 구조적으로 표현한 것이라 하겠다. 즉 2연의 파격에는 1연[起]에서 보여준 화자의 내적 다짐을 2연[承]에서 재확인하는 의미로서 진달래꽃을 뿌려주겠다고 했지만, 사실 일반인에게 그것은 결코 쉬운 일이 아니므로 마음에 다소 흔들림이 있음을 보여주는 의미가 은밀히 함축되어 있다면, 3연[轉]에서 각운에 파격을 준 것은 이별 앞에 초연하겠다던 애초의 내적 다짐에 변화의 조짐이 있음을 구조적으로 나타

냈다고 할 수 있다. 그리하여 4연[結]에 이르러 결국 그 변화의 조짐이 현실로 드러나도록 하였다. 즉 1연에서 묵묵히 순응하리라던 다짐을 바꾸어 참지 못하고 눈물을 흘릴 수밖에 없을 것이라고 실토한다. 이를 통해서 시인은 이별이란 참으로 참기 어려운 아픔을 줄 것이라는 점을 강조하고자 한 것으로 보인다.

2) 의미의 복합성

앞서 논의한 대로, <진달래꽃>은 양식적 특성을 고려하기 이전에 이미 기본적으로 두 가지 이상의 해석 가능성을 지닌다. 이를테면 원본의 의미를 충실하게 고려한 해석과 더불어 현대 어법으로 수정한 각종 텍스트의 조금씩 편차를 보이는 부분을 일일이 고려한다면 매우 다양한 의미의 <진달래꽃>을 재생산해낼 수 있다. 그러나 현대 어법에 따라 수정한 텍스트의 경우, 인용 경우마다 조금씩 다른 견해를 보이기는 하지만 아주 미미한 차이를 보이기 때문에 일일이 참고할 필요는 없다. 그래서 나는 시집에 실린 원본을 기본으로 한 해석과 현대 어법으로 수정할 때 다소 달라질 가능성을 고려한 해석 등으로 나누어 크게 세 가지 형태로 해석해보려고 한다.

그런데 작품의 구체적 의미에 접근하기 전에 먼저 이 작품에 대한 논란거리인 시제에 대한 문제를 잠간 짚고 넘어갈 필요가 있다. 즉 '나 보기가 역겨워/가실 때에는', '가실 길' 등에 대하여 표현된 그대로 미래 상황을 가정한 것으로 해석하는 경우와 실제 이별하는 순간으로 해석하는 것이 더 바람직하다는 의견으로 대비된다. 전자의 경우로, 이승훈은 "먼저 시제를 중심으로 하면 이 시는 미래가정법 시제로 되어 있다. 따라서 화자와 님의 이별은 현실적인 것이 아니라 어디까지나 미래의 가정 속에서 일어난다."[13]고 보았다. 그리고 그창헌은 "<진달래꽃>은 이별의 상황을 가정한 사랑의 확인, 사랑의 영원성을 노래한 것이다. 즉 비극적 상황을 가정하고, 이를 거부하고 부정하며 내적으로 극복하는 의지가 소월시의 정신적 배경"14)이라고 보았다. 그 반면에 가정법으로 이해하는 것은 "이 시를 잘못 이해하는 것이며, 이 시의 맛을 크게 훼손하는 해석"인데, 그렇게 보면 시적 화자의 마음과 태도가 "다소 장난스러운 것이 되고 말며, 따라서 <진달래꽃>의 아름다움은 없어지고"15) 말기 때문이라는 견해도 있다.

두 가지 견해 가운데 논자는 자의적 해석보다는 텍스트의 표현에 충실히 따라야 하는 시각에서 앞의 견해에 동의한다. 원본의 표현을 존중할 때 오히려 이 시에 함축된 의미의 폭이 더 넓어질 뿐만 아니라 개연성과 공감대도 더욱 높아지기 때문이다. 다시 말해서 웬만한 사람이라면 사랑하던 임이 변심하여 자신을 역겨워하며 떠나가는 순간에 "떠나는 임에 대한 축복" "원망을 초극한 희생적 사랑", 또는 "슬픔의 극복"(해설서)이라는 따위의 의미를 떠올릴 수 있는 마음가짐을 갖기는 어렵다. 이 점은 고려가요 <가시리>에서 "설운 님 보내옵나니 가시는 듯 다시 옵소서"라고 하는 화자의 미련을 떨쳐 버리지 못하는 심정이라든가, 민요 <아리랑>에서 "나를 버리고 가시는 님은 십 리도 못가서 발병 난다"라는 구절에 드러나는 화자가 저주를 보내는 심정을 통해 잘 드러난다. 어느 쪽이 더 인간의 보편적 심정을 노래한 것인지는 더 설명할 필요가 없을 것이다. 나는 후자의 가사에 드러나는 화자의 심정이 오히려 더 인간적이고 마음에 와닿는다고 생각한다.

이와 같은 관점에서 나는 <진달래꽃>에 드러난 화자의 태도에 '초

---

13) 이승훈, 『한국 현대시 새롭게 읽기』, 세계사, 1996, 19쪽.

14) 조창환, 『한국현대시의 운율론적 연구』, 일지사, 1986, 101쪽.

15) 이남호, 『교과서에 실린 문학작품을 어떻게 가르칠 것인가』, 41쪽. 황현산도 비슷한 의견을 제시하였다. 앞의 책, 255쪽.

극'·'희생'·'이별의 한과 승화' 등의 의미를 부여함은 이 작품의 창작 의
도를 간과한 너무 이상에 치우친 과잉 해석이라고 생각한다. 이에 나는
미래 가정법의 시제를 시간의 거리에 따라 다르게 해석할 수 있음을 고
려하여, ①원본의 본래 의미를 충실히 고려한 해석과 현대 어법으로 수
정한 텍스트에 입각하되 ②사랑에 파탄이 온 상황, ③자연의 섭리를 따
르려는 초월적 화자의 인식을 환유로 만든 것 등 크게 세 가지 정도의 해
석을 시도하여 이 작품에 함축된 다중성을 해석해보기로 한다.

(1) 이성과 감성의 괴리로 인한 갈등적 화자

이 작품이 미래가정법 시제로 되어 있음을 그대로 수용하면, 작중 화
자와 상대방은 현재 열렬히 사랑하는 관계이다. 뜨겁게 사랑하므로 행
복에 겨운 나머지 화자는 혹시 이 행복이 깨어지면 어쩌나 하는 불안감
에 젖는다. 이렇게 미래에 대한 불안감이 시상의 핵심인데 시인은 이것
을 형상화하는 과정에서는 극적 효과를 높이기 위해 대조법을 사용하였
다. 즉 도입부에서는 설령 어느 날 이별의 순간이 닥쳐온다고 하더라도
초연한 마음으로 곱게 보내주리라 다짐하는 것으로 실마리를 풀어갔다.
시의 중심 제재인 '진달래꽃'은 이별 앞에서 초연한 마음을 갖게 하는 결
정적인 계기를 마련해준 구체적 질료이다. 다시 말하면 이른 봄에 활짝
피어 영변의 약산을 붉게 물들이던 그 꽃이 어느 날 자취도 없이 사라져
버리듯이, 시적 화자는 사랑도 그와 별로 다를 것이 없음을 인식하고 있
다. 그러니 뜨거운 사랑이 영원하기를 바라는 것은 욕심이고 한낱 착각
일 따름이다.

이렇게 어떤 만남도 영원할 수 없는 것이 존재의 숙명이라는 사실을
알면서 내가 역겨워져 가겠다는 사람을 억지로 붙잡는 것은 얼마나 부
질없는 짓인가. 그런 피고 지는 진달래꽃에 대한 화자의 경험이 바로 떠

나는 사람을 원망하기보다는 곱게 보내주려는 마음을 갖게 한 것이다. 2연에서 가는 사람의 발걸음마다 진달래꽃을 뿌려 축복해주겠다는 것은 그런 초연한 마음을 재확인하는 행위를 함축한다.

  그러나 이런 마음은 3연에 와서 위기의 조짐을 보인다. 이는 '사뿐히 즈려밟고 가시옵소서'에서 '사뿐히'와 '즈려밟고'의 모순어법을 통해서 은밀히 암시된다. 이 구절에는 이별을 당하는 나의 마음과 나 보기가 역겨워 떠나가는 사람의 마음을 동시에 헤아리는 복합적 의미가 내포되어 있다. 이를테면 '사뿐히'에 내 마음을 나타내는 진달래꽃(뜨거운 사랑의 징표)을 가볍게 밟고 가기를 바라는 뜻이 담겨 있다면, '즈려밟고'에는 내가 역겨워져서 가는 사람이라면 내 마음을 무시한 채 완전히 짓밟고 가고 싶은 심정일 것이라는 짐작이 들어있다. 더 구체적으로 말하면 모순된 이 구절에는, 사랑하는 마음이 변하지 않은 나로서는 꽃잎을 가볍게 밟아 가능한 한 그 원형을 지키려고 하지만—사랑이 다시 복원될 여지를 남기려 할 테지만, 마음이 변해 상대방을 역겨워하며 떠나는 사람의 입장이라면 그것을 짓밟아 흔적을 깨끗이 지워버리고 싶을 것이라는 복합적인 심정이 중첩되어 있다. 원치 않는 이별 앞에 선 사람의 마음은 이렇게 마냥 복잡해질 수밖에 없는 것이 인지상정일 것이다. 여기서 떠나가는 사람이 보내는 내 마음을 알아주고 최소한의 배려라도 해주기를 바라는 화자의 마음에는 떠나는 사람에 대한 일말의 미련이 자리를 잡고 있음이 드러난다. 이것을 시적 구조에 대입하면 '말없이 고이 보내드리우리다'라고 다짐했던 애초의 마음에 위기[轉]가 스며들고 있음을 뜻한다.

  이러한 위기의 조짐은 결국 4연에 이르러 현실로 드러난다. 만약 어느 날엔가 자신이 역겨워져서 떠나간다면 화자는 죽기보다는 차라리 슬픔의 눈물을 흘리겠노라[16]고 하여 처음에 초연하겠다는 다짐을 끝까지

___

16) '죽어도 아니 눈물흘리우리다'에 대한 해석은 4가지 유형이 가능하지만, 의미는 2

지키기 어려워짐을 암시한다. 여기서 이 시의 화자가 세상에 존재하기 어려운 비범한 초인—독자와는 전혀 다른 세계의 사람이 아니라 평범한 한 여인—인지상정의 개연성을 보여주는 여인상임이 드러난다.

이상과 같은 관점으로 접근하면 이 작품은, 그동안 이 시에 드러난 화자의 마음과 태도를 주로 남성적 입장에서 지나치게 이상화된 아름다운 여인의 모습으로 보는 과장된 해석의 차원을 벗어나는 대신에 사랑하는 사람과의 이별 앞에서 참으로 초연하기 힘든 평범한 여인의 심정을 절실하게 담아낸 것으로 새롭게 탄생한다. 나는 이러한 해석 태도가 오히려 더 많은 독자에게 더 높은 공감대를 형성할 수 있는 차원이 아닐까 생각한다.

(2) 사랑의 파탄을 인정하는 일상적 화자

다소 세속적인 의미로 접근한 점이 있기는 하지만, 현대 어법으로 수정한 텍스트에 입각한 해석 가운데 가장 단순한 것은 평범한 일반인의 마음으로 돌아가서 이별할 처지가 된 화자의 마음을 읽는 태도이다. 이런 관점으로 보면 시적 화자는 비록 사랑하던 사람일지라도 어느 날 내가 역겨워져서 가겠다고 한다면, 그를 원망하거나 억지로 붙잡지 않고 곱게 보내주리라 다짐한다. 물론 이런 태도는 자신도 싫증이 났음을 전제로 한다. 이 부분에서 우리는 시인이 '역겹다'(극한의 증오심)와 '말없

가지로 구분된다. ① 현대어 표기법으로 고친 그대로 '아니'를 단순히 도치된 형태로 보면, 표면적 의미는 '죽어도 눈물을 흘리지 않겠다'가 된다. ② 앞서 원본비평 과정에서 지적한 대로 정정 어법으로 보면 '죽는 것보다는 차라리 눈물을 흘리겠다'는 의미로 볼 수 있다. ③ '죽어도 눈물을 흘리지 않겠다'라는 태도는 육체적으로는 불가능하여 논리적인 모순이 생기므로 이 구절을 역설로 읽으면 오히려 '많은 눈물을 흘린다'는 뜻이 된다. ④ 일반적인 관점대로 반어법으로 읽으면 심층적 의미는 '눈물을 흘린다'는 뜻으로 해석된다. 이렇게 보면 ①을 제외하고는 모두 '눈물을 흘린다'는 의미가 된다.

이 고이'(온순하고 순응적임)라는 대조적인 시어를 선택한 창작심리에 주목할 필요가 있다. '역겹다'의 사전적 의미는 "역정이 날 만큼 겹다. 몹시 逆하다"[17]이다. 이 말에는 변심하여 돌이킬 수 없을 정도로 증오하는 마음이 되었다는 의미가 있다. 그런 지독한 증오심을 갖고 떠나겠다는 사람에게 무슨 말이 더 필요하겠는가. 아마 너무 무서워서라도 곱게 보내줄 수밖에 없다. 또 그런 상황이라면 이전에 서로 많은 갈등과 충돌이 있었을 터이므로 나의 마음도 이미 온전할 할 리가 없다. 그렇다면 자신도 어서 가라고 그의 등을 떠밀고 싶은 심정일 텐데, 마침 스스로 간다고 하니 얼마나 고마운 일이겠는가.

이러한 화자의 심정을 헤아리면 2연에서 떠나가는 사람의 걸음마다 진달래꽃을 뿌려주려는 행위를 이해할 수 있다. 여기에는 가는 것을 환영하는 의미—스스로 떠나가 주어서 고맙다는 뜻과 함께 그래도 한때 사랑했던 사람이니 앞길을 축복해주는 의미가 복합되어 있다고 볼 수 있다. 말하자면 '사뿐히 즈려밟고'에는 떠나가는 그 사람에 대한 시원/섭섭한 마음이 담겨 있는 셈이다.

두 사람의 관계를 이렇게 바라보면, 4연에 드러나는 화자의 태도는 눈물을 흘리지 않겠다는 의미로 읽힌다. 마치 진달래꽃이 피었다가 지는 것처럼 인생사의 만남과 헤어짐도 같을 수밖에 없으니 내가 싫다고 가는 사람에게 억지로 매달려 잡을 이유도 없고 슬픔의 눈물을 흘릴 필요는 더욱 없다는 것이다. 아니, 내가 역겹도록 미워져서 떠나는 사람 앞에서 눈물을 보이는 것은 자존심에 금이 가는 일일 수도 있으므로 죽어도 눈물을 흘리지 않겠다고 단단히 다짐한다. 특히 우리는 '죽어도'라는 시어에 주목할 필요가 있다. 즉 이 말의 쓰임을 다음과 같이 둘로 나누어 생각해보면 그 의미가 좀 더 분명해진다.

---

17) 민중판 『국어대사전』, 민중서관, 1999, 1756쪽.

⊡ 죽어도 눈물을 흘리겠다: 죽어도+긍정어법→강조+진지한 태
도→무척 슬퍼할 것이다
　　⊡ 죽어도 눈물을 흘리지 않겠다: 죽어도+부정어법→강조+냉소
적 태도→슬퍼하지 않겠다

　이렇듯 '죽어도' 다음에 오는 의미의 긍정/부정에 따라 강조성도 대조
적인 관계가 된다. 그래서 4연에 드러나는 화자의 태도에는 '나 보기가
역겨워 가는 사람 앞에 내가 왜 눈물을 흘려!'라는 냉소적인 의미가 깔려
있다. 현대 어법으로 수정된 텍스트의 표층적 의미를 적극적으로 고려
하여 해석하면 위와 같은 의미로 읽을 수 있다. 어떻게 보면 이런 모습은
평범한 사람들의 사랑 관계에서는 흔히 볼 수 있는 일이다. 아무리 뜨거
운 사랑도 일단 마음이 식으면 돌변하여 얼음같이 차가워지고, 증오심
에 대해서는 증오심으로 갚고 싶은 것이 각박한 현대인들의 마음 상태
임을 고려하면 위와 같은 해석도 충분히 가능하지 않을까 생각한다.

(3) 자연의 섭리에 따르려는 초월적 화자

　쉽게 만나고 쉽게 싫증 내고 쉽게 헤어지기 일쑤인 현대인들의 단순
한 사랑 행태를 고려하면, 위와 같은 일상적인 차원에서의 새로운 해석
도 얼마든지 가능할 것이다. 다만 작품의 어조, 즉 '~우리다'라는 아어
체에 주목하면 비록 떠나는 사람은 역겨운 감정이라 할지라도 보내는
화자는 여전히 그에 대한 애틋한 마음을 갖는 것으로 볼 수도 있다. 이런
관점으로 작품에 접근하면 화자의 태도는 사랑과 이별을 자연의 섭리로
받아들이려는 자세를 가진 것으로 풀이할 수도 있다.
　한번 피어난 '진달래꽃'은 반드시 지고 말듯이 사랑도 아니, 그보다 높
으 범주인 인간존재도 만남 다음에는 반드시 헤어짐이 오게 됨은 자연

의 섭리이므로 누구도 거역할 수 없다. 언젠가 다가올 이별을 예감하고, 만약 그 순간에 직면한다면 순응하면서 슬픔의 눈물마저도 설령 죽는 한이 있더라도 억지로 참아내겠다는 시적 화자의 너그럽고도 초연한 마음은 세상 이치를 거스르지 않으려는 지혜에서 나온 것이라 할 수 있다. 그것은 곧 봄마다 피었다가 지는 '영변에 약산 진달래꽃'에 대한 경험에서 우러나온 것일 터이다.

봄마다 진달래꽃이 피고 지는 자연의 이치를 적극적으로 고려하면, 이 시에 드러나는 회자정리의 섭리를 따르려는 화자의 순응의식에는 한편으로 거자필반이라는 삶의 역전현상에 대한 믿음이 깔려 있기도 하다. 이를테면 순환하는 우주질서로 본다면 만남과 헤어짐, 헤어짐과 만남은 서로 맞물려 돌고 도는 것이기에 일회일비할 이유가 없다. 따라서 '죽어도 아니 눈물흘리우리다'라는 마지막 구절에 드러나는 화자의 초월적 태도에는 적어도 재회에 대한 기대나 확신이 전제된 것으로 볼 수도 있다.

4. 마무리

세상 물정이 급변하고 추구하는 가치도 크게 변화한 오늘날에도 여전히 시가 청소년들에게 가치 있는 대상으로 다가갈 수 있는 길이 무엇인가 묻는다면, 나는 무엇보다도 그들에게 감수성을 자극하고 상상력을 확장할 수 있는 계기를 마련해줌으로써 궁극적으로는 창의력을 기를 수 있도록 하는 일이라고 생각한다. 다시 말하면 교훈적 차원에서 내용도 중요하지만, 그에 앞서 시 읊기를 통해서 새로운 경험을 쌓게 하고 상상력을 자극하고 확장하게 하는 데 더 많은 시간과 노력을 할애할 것을 주장한다. 특히 김소월의 <진달래꽃>은 학생들에게 상상력을 자극할 수 있는 좋은 시가 될 것으로 본다.

<진달래꽃>은 함축성이 짙은 서정적 양식이라는 점에서 기본적으로는 관점의 차이를 보일 여지가 있다. 여기에 초간본과 수정본이 상당한 차이가 생기고, 또 그것을 현대 어법으로 수정하는 과정에서 생긴 원본의 의미가 모호해지는 경우까지 더하여 더욱 다양한 해석을 가능하게한다. 나는 이 점을 고려하여 원본비평 작업을 한 바 있는데, 이 글은 그원본비평의 결과를 바탕으로 이 작품의 다중성에 초점을 맞추어 율격과의미를 살핀 것이다. 특히 시적 화자의 태도에 관하여 ① 원본의 의미를충실히 고려한 해석과 현대 어법으로 수정한 텍스트를 중심으로 ② 사랑에 파탄이 온 상황, ③ 자연의 섭리를 따르려는 초월적 화자의 인식을환유적으로 표현한 것 등 크게 세 가지 정도의 해석을 시도해보았다.

먼저 ①의 경우에는, 기승전결의 구조로 3연에 이르러 반전을 통해서극적 효과를 잘 살렸음을 고려하고, 또 시제가 미래가정법으로 되어 있음을 고려하여 두 사람이 현재 뜨겁게 사랑하는 관계임을 전제로 텍스트를 해석하였다. 즉 이 작품은, 봄에 피었다 지는 '진달래꽃'처럼 만남과 헤어짐도 인간으로서 피할 수 없는 한계이기에 순순히 받아들여야한다는 사실을 머리로는 이해하지만, 그래도 막상 그 순간에 이르면 감정적으로는 어쩔 수 없이 미련을 버리지 못해 가지 말라고 애원하고 싶은 욕망에 사로잡힐 수밖에 없다는 평범한 사람들의 마음을 노래한 것으로 정리할 수 있다. 즉 1·2연이 이성적 차원에서 마음의 다짐과 행동을 보여주는 것이라면, 반전과 결말에 이르는 3, 4연은 감성적 차원에서이별 앞에서 초연하기 어려운 현실을 암시한다. 이 작품이 많은 사람에게 공감을 얻는 것은 결국 이와 같이 보편적인 사람의 심정을 잘 표현했기 때문이라 할 수 있다.

②의 경우에는, 떠나는 사람과 보내는 사람이 똑같이 사랑이 식었을때를 전제로 해석하여 자신이 역겨워서 가는 사람을 곱게 보낼지언정

죽어도 눈물만은 흘리지 않겠다는 화자의 굳은 다짐을 보여준다. 이러한 해석은 사랑하던 사람이 역겨운 대상으로 전락할 만큼 이미 두 사람 사이에는 많은 갈등과 다툼이 있었음을 전제로 한 것이다. 그래서 화자는 떠나는 사람에게 '왜 눈물을 흘려!'라는 냉소적 태도를 보이는 것으로 보았다.

③의 경우에는, 봄마다 피었다 지는 진달래꽃처럼 사람 사이의 만남과 헤어짐도 다를 바 없음을 깊이 인식하고 순순히 받아들이려는 지혜로운 자세를 보여준 것으로 해석했다. 이러한 화자의 초월적 태도에는 결국 만남에는 이미 헤어짐의 싹이 트고 있듯이 그 역도 같다는 것, 즉 헤어짐에는 만남의 가능성이 열리는 것이라는 믿음이 깔려 있기 때문이라고 볼 수도 있다. 다시 말하면 순환하는 자연의 섭리처럼 우리 삶에도 역전현상이 있는 것임을 확신한 결과이다. 그것이 바로 시적 화자에게 미래를 내다보는 지혜를 갖게 하고 스스로 집착에서 벗어날 수 있는 자유로운 마음을 갖게 했다고 하겠다.

결론적으로, 이 작품에 대하여 '이별의 정한', '자기희생', '인고의 의지' 등의 의미를 부여하는 해석들은 남성 위주의 관점에서 지나치게 이상화되거나 미화한 과잉 해석이라고 할 수 있다. 사실, 아무리 독한 여인이라 해도 사랑하는 사람이 떠난다는데 어떻게 차라리 죽을지언정 눈물만은 흘리지 않겠다는 냉정한 마음을 가질 수 있을까 하는 일말의 의문이 생긴다. 그렇다면 진정 사랑하기 때문에 떠나는 임이 행여 괴로워할까 죽어도 눈물을 보이지 않겠다는—극한의 고통과 슬픔마저도 참아내겠다고 다짐하는 모습에 바로 이 여인과 이 시가 지닌 아름다움이 있다는 식의 해석이 얼마나 허황한 느낌을 주는지 짐작할 수 있을 것이다. 그런 유의 해석은 마치 세속에서 '사랑하기 때문에 헤어진다.'라는 아리송한 말과 다를 바가 뭐가 있는가.

요컨대, 이 작품에 대하여 지금까지 주로 접근해온 것처럼 지나치게 이상적인 관념의 잣대를 적용하거나 남성 위주의 입장에서만 접근할 것이 아니라, 이제는 좀 관점을 달리하여 다양한 해석을 시도하는 노력도 개진되어야 할 것이다. 이것은 함축성을 근본으로 하는 시의 특성을 최대한 살려내는 일인 동시에 독자들에게 상상력의 폭을 확장할 수 있게 하는 길이기도 하다. 이러한 문제의식에서 이 작품을 다중성의 관점에서 살펴보았다.

김춘수의 무의미시에 함축된 진의

1. 선언적, 지향적 의미로서의 무의미시

김춘수의 무의미시는 난해한 것으로 정평이 나 있다. 여기서 '난해함'이란 관점에 따라서는 다르게 인식될 수도 있다. 즉 그것은 일상적 논리를 초월할 수도 있는 시의 특성으로 보면 고차원의 시적 형상화에 도달한 경지가 되지만, 독자를 의식하기 이전에 먼저 시적인 자기 만족감을 실현하려는 의지가 더 강한 시 쓰기의 결과로 볼 때는 귀족주의적인 시정신의 결과라고 비판될 수도 있다. 어떤 관점이든 간에 김춘수의 무의미시는 그 난해성만큼이나 예술화의 과정인 승화작용이 잘 이루어진 것으로 볼 수 있는데, 문제는 일반 독자는 그것을 이해하기가 그리 쉽지 않다는 점이다. 그래서 김춘수가 펼친 무의미시론은 그의 시를 이해하는 과정에서 많은 도움이 된다. 아니, 때로는 도움을 넘어 논자들이 지나치게 그 논리에 연연함으로써 시의 진의를 놓치기도 한다.

널리 알려졌듯이 김춘수는 무의미시를 쓴 만큼이나 무의미시론을 펼치는 일에도 많이 노력했다. 우리 시사에서 시 창작과 더불어 자기 시에 대한 해설이나 논리화를 계속 추구한 시인이 드문 만큼[1] 그의 작업은 예사롭지가 않다. 그 중에도 그가 무의미시론을 다양하게 전개한 이면에는 특별한 의미가 있다고 하겠는데, 그것은 최소한 다음과 같은 세 갈래의 접근이 가능하다. 첫째는 무의미시의 난해함을 희석하는 작업으로 창작 의도와 작품의 특성을 스스로 밝힘으로써 독자들에게 무의미시에 접근하는 길을 안내한 의미가 있다. 둘째는 자신이 추구한 무의미시를 논리적으로 합리화하여 시론으로 정립하려 한 작업으로 볼 수 있다. 셋째로는 자신의 의도와는 달리 무의미시를 온전히 실현하기가 그만큼 어려움을 증명하는 것이기도 하다.

그런데 위의 셋째 사안과 관련하여 오규원은 김춘수의 무의미시론의 바탕에 깔린 '불안'에 주목하고, 그것을 "시의 각 행간에 어떠한 형태로든지 자리 잡은 관념을 깨끗이 제거해 버렸을 때, 시가 아무런 의미를 띠지 않을 때, 그렇다면 시를 쓰는 이유는 무엇이며 시인이란 어떻게 존재해야 하는가에 대한 확신을 스스로 세울 수가 없는 데 대한 불안이기도 하다."[2]는 것으로 보았다.[3] 그 불안감이 그에게서 숱한 논의를 통해 무의미시를 방법론적으로 논리화하는 작업으로 분출된 것이라 할 수 있다. 그리고 이러한 김춘수의 내면에 잠재한 불안감을 고려하면 무의미시와 무의미시론에 대한 그의 관점이나 주장을 액면 그대로 수용하기는 어렵다. 특히 그 스스로 무의미시론을 논리화하려고 애를 쓰면서도 한편으로는 늘 작품으로는 끝내 완결되기 어려운 것이라고 회의하거나 일정한 한계가 있음을 자인했던 점을 상기하면 더욱 그렇다. 가령, 그것은

1) 그 당시는 아주 희귀했으며, 그 이후에는 오규원과 이승훈 정도가 그 범주에 들 수 있다.
2) 오규원, 「무의미시」, 『현실과 극기』, 문학과지성사, 1976, 79~80쪽.
3) 오규원의 관점은 '무의미'를 주로 의미(meaning) 작용으로 보아 김춘수가 의도한 무의미 개념을 축소한 듯하다. 즉 김춘수의 의도에는 무의미(meaninglessness)보다는 기성 관념의 부조리함과 그에 대한 전복 의지인 허무 의식 및 일상적 논리를 초월하는 시적 책략으로서의 무의미(nonsense)라는 개념이 더 많이 들어있다.

다음에서 잘 드러난다.

> …(전략)… 이미지를 서술적으로 다룬 시들 중에는 대별하여 두 개
> 의 유형이 있다. 그 하나는 대상의 인상을 재현한 그것이고 다른 하나
> 는 대상을 잃음으로써 대상을 무화시킨 결과 자유를 얻게 된 그것이
> 다. 이 후자가 30년대의 이상을 거쳐 50년 이후 하나의 경향으로서 한
> 국시에 나타나게 된 무의미의 시다. 그러니까 시사적으로 한국의 현
> 대시가 50년대 이래로 비로소 시에서 자유가 무엇인가를 경험하게 되
> 었다고 하겠다. 그러나 이 경우에도 완전한 자유에 도달하였다고 말
> 하기는 어려울 것 같고, 비교적 자유에 접근해간 경우가 있었다고 해
> 야 할는지 모른다. 자유를 위장해서라도 대상으로부터 자유로워지고
> 싶어 하는 그런 경우가 훨씬 더 많은는지도 모른다. 이런 사정들을 식
> 별하기란 매우 어려운 것이다. 그것은 시인의 창작 심리와 밀접한 관
> 계가 있기 때문이다.4)

여기서 주목할 것은 '그것은 시인의 창작심리와 밀접한 관계가 있기
때문'이라는 대목이다. 이를테면 그의 무의미시론들은 창작심리에 관한
것이 많아서 수용자의 해석적 자유와 권리를 유보한 측면이 많다는 점
이다. 그러므로 엄밀히 따지면 창작자의 심리나 이론적 관점에서 벗어
나 수용자 측면에서 그의 작품에 접근할 때에는 얼마든지 다른 관점이
나 해석이 나올 수도 있다.5)

---

4) 김춘수, 「한국현대시의 계보」, 『의미와 무의미』, 문학과지성사, 1980, 50쪽.
5) 수용 미학의 측면에서 보면 "작품은 그 자체와 그것의 생산된 효과의 기능인 '문학
   적 기대의 지평', 그리고 독자들의 '미학적 코드'에 속하는 제2의 사회적 지평을 포
   함한다."(장 - 이브 타디에 지음, 『20세기 문학비평』, 김정란 · 이재형 · 윤학로 옮김,
   문예출판사, 1995, 241쪽) 따라서 창작심리에 관한 문제는 '제2의 사회적 지평'을 간
   과하고 주로 '제1의 문학적 기대지평'만을 염두에 둔 것이라 할 수 있다.

이와 관련하여 우리는 엘리엇 등을 비롯한 구미의 형식주의 비평가들이 제기한 작가의 의도와 그것이 작품으로 실현된 것은 다를 수 있다는 점과 또 독자가 자유롭게 작품을 해석할 수 있다는 주장을 고려할 필요가 있다. 엘리엇은 "우수한 시에서 …(중략)… 문제 되는 것은 구성요소인 정서의 위대한 것이나 강렬한 것이 아니라, 예술적 방법의 강렬성, 즉 용해작용을 일으키는 압력의 강렬성"[6]이라고 하였다. 즉 시인의 정서와 의도에 연연하여 시에 접근할 것이 아니라 그것이 작품에 얼마나 잘 용해되어 형상화되었는지를 보라는 것이다. 이른바 그는 '의도의 오류'를 범하지 말라고 경고한 셈이다.

주지하듯 의도의 오류란 "작가의 계획 혹은 의도는 문학작품의 성공도를 판정하는 기준으로서, 알 수도 없는 것이려니와, 바람직한 것도 아니다."[7]라는 명제 아래 작가의 의도를 지나치게 고려하는 과정에서 범할 수 있는 해석적 오류를 뜻한다. 왜 이것이 문제가 되느냐 하면, "독자가 시인이 느낀 것과 동일한 정서를 느낀다는 것은 불가능하며, 그가 그렇게 느껴야 할 아무런 이유도 없는 것이다. 시는 시인이 그것과 더불어 시작한 그러한 정서보다도 '적게' 표현되지만, 또한 그것은 더욱 많은 것을 표현하고 있다."[8]고 보기 때문이다. 여기서 우리는 시인과 작품에 대한 독자의 수용적 한계와 권리 및 자유, 그리고 작품의 자율성 등을 함께 인식할 수 있다. 즉 시인의 의도가 그대로 작품에 표현되기 어렵고 독자도 작품을 통해서 시인과 동등한 정서를 느끼는 것은 거의 불가능하며, 그렇게 느껴야 할 이유도 없으므로 독자는 제 나름의 감상적 권리와 자

---

6) T. S. 엘리엇, 이창배 역, 「전통과 개인의 재능」, 『T. S. 엘리엇 문학론』, 정연사, 1970, 22쪽.
7) W. K. Wimsatt, Jr & M. C. Beardsley, *The Intentional Fallacy*, 사사끼 겐이찌 지음, 이기우 옮김, 『예술작품의 철학』, 신아, 1987, 210쪽. 재인용.
8) 클리언스 브룩스/W. K. 윔셀 2 공저, 『문예비평사』, 한기찬 역, 월인재, 1981, 162쪽.

유를 갖는다. 또 작품이란 시인이 의도한 정서보다 적게 표현된 것일 수도 있으므로 표현의 한계를 내포하는 반면에 시인이 의도한 그 이상의 의미를 함유할 수도 있어 그 자체로 자율성을 지닌다. 따라서 하나의 작품은 독자의 해석에 따라서는 더 풍부한 의미를 지닐 수도 있다.

이와 같은 관점으로 김춘수의 무의미시론과 무의미시의 관계에 접근하면, "무의미는 발생하지 않는다."9)거나, "그가 추구한 무의미란 모순이며 역설"10)이라는 비판적 인식, 또는 "무의미는 의미를 누구보다 강하게 의식한 사람만이 획득할 수 있는 것"11)이라는 역설적 의미로 파악하는 견해들을 수긍할 수 있다.12) 즉 김춘수의 무의미시는 무의미시론과는 별개로 적어도 의미 차원에서는 실제로 무의미를 실현하지 못하거나, 설령 그 가능성이 있더라도 궁극에는 의미를 더 강하게 의식한 시인의 의도가 그 이면에 깔려 있음을 알 수 있다.

요컨대, 김춘수의 무의미시론은 그 실제인 작품에 접근하면 일련의 괴리나 한계를 지닌다. 김춘수는 이 괴리를 해결하는 방식으로 종종 '시적 트릭'13), 또는 '위장'이라는 말을 썼다.14) 그는 관념적으로는 무의미

---

9) 오규원, 『날이미지와 시』, 문학과지성사, 2005, 56쪽.

10) 김유중, 「김춘수의 실존과 양심」, 한국시학회, 『한국시학연구』 제30호 2011.4, 7~8쪽.

11) 김준오, 「처용시학」, 김춘수연구간행위원회, 『김춘수연구』, 학문사, 1982, 293쪽.

12) 이들의 논의는 주로 무의미시론을 대상으로 하여 작품의 뒷받침이 부족하다. 이에 여기서는 무의미시 형태로 거론된 대표적인 작품을 통해 유의미의 실체를 밝혀 그들의 논의와 차별화를 꾀할 것이다.

13) '트릭(trick)'의 사전적 의미는 "(사람의 눈을 속임의 뜻에서) 책략, 장난, 농담, 그 재롱 비결, 요술, 계교, 속임수, 환각, 착각, 술책, 희롱, 비열한 짓, 재주, 묘기, (영화 연극의) 기교" 등등 다양한 개념으로 정의된다. 김춘수가 무의미시론에서 강조하는 '시적 트릭'은 이런 다양한 의미들을 두루 함유하는 것으로 보아도 무방할 정도로 그 범주가 넓다.

14) 김춘수, 「대상의 붕괴」, 『의미와 무의미』, 앞의 책, 82~84쪽. 「한국현대시의 계보」, 앞의 책, 46쪽. 「대상·무의미·자유」, 앞의 책, 53~54쪽 등 참조.

시를 지향하지만, 현실적으로는 언어로 이루어지는 시의 생리를 부정하거나 완전히 초월할 수 없음을 인정함으로써[15] 그 괴리를 심리적인 것, 또는 '시적 트릭'이라는 말로 보완하려 했다. 그렇다면 그의 무의미시론은 작품으로 온전히 실현되기 어려운 일종의 선언적이며, 지향적이며, 형식적 실험이자 도전이고 과정이라고 보아야 마땅하다. 이 글에서는 이런 문제의식 아래 김춘수의 무의미시에 함축된 궁극적 의미를 살펴봄으로써 그 실체와 지향성을 가늠해보고자 한다.

2. 무의미시에 함축된 진의와 지향성

김춘수의 무의미시에 접근한 경우 가장 큰 문제점으로 보이는 것은 많은 연구자가 무의미시론을 지나치게 의식한 나머지 작품의 자율성을 많이 제한하고 있다는 점이다. 앞서 언급했듯 김춘수의 무의미시론과 그 실제인 작품은 일련의 괴리나 한계를 지닐 수밖에 없다. 즉 그는 관념적으로는 무의미시를 지향하였지만, 현실적으로는 언어로 이루어지는 시의 생리를 완전히 부정하거나 일탈할 수 없었다. 그래도 논자들은 주로 이 점을 의식하면서도 정작 작품에 접근할 때에는 무의미시론에 내재한 '시적 트릭'의 측면을 간과한 채 주로 표층적 의미에 초점을 맞추어 그 진정성을 놓치는 경우가 많다. 이를테면 시인이 '자아'는 물론이거니와 '시대의 사회 현실'[16]에 대해 치열하게 고민했음에도 불구하고, 그의

---

15) 만약 시인이 "철저하게 언어를 파괴해 버린다면 시 자체도 살아남기 어려운 것"이기 때문일 것이다. 이형기, 「허무, 그리고 생을 건 장난―김춘수 또는 무의미의 의미」, 김춘수연구간행위원회, 『김춘수연구』, 39쪽.

16) 이는 다음과 같은 김춘수의 언급들에 적나라하게 드러난다. "나의 경우, 나의 시작은 나의 생활에서의 체험이 언어를 불러 언어의 질서 속으로 자기를 변용케 하려는 노력이 되고 있다는 것을 의식한다. 詩作하면서 나는 나의 인격을 본다. 그렇지 않다면

무의미시를 "삶의 의미를 거부한 것"[17]으로 보는가 하면, "무상의 관념" 즉 "의미가 제거된 난센스의 세계"[18]로 보기도 하고, 또 해석 불가능한 무의미의 차원에서 바라보려는 태도 등에서 그 예를 찾아볼 수 있다. 여기서는 주로 이런 관점들에 내재한 일련의 문제점에 주목하여, 무의미시론은 가능한 한 유보하고 자유로운 입장에서 무의미시 형태로 많이 거론된 몇몇 작품을 중심으로[19] 거기에 내포된 궁극적 의미와 지향점을 해명한다.

1) 비극적 세계인식과 구원 갈망

먼저, 김춘수의 무의미시 가운데 가장 널리 거론되는 작품부터 한 편 인용하고 그 궁극적 의미를 살펴보기로 한다.

> 불러다오.
> 멕시코는 어디 있는가,
> 사바다는 사바다, 멕시코는 어디 있는가,
> 사바다의 누이는 어디 있는가,
> 말더듬이 일자무식 사바다는 사바다,

나는 시작과 같은, 공리와는 인연이 먼 無償의 행위를 훨씬 이전에 포기했을 것이다. 나는 나의 시작을 통하여 나의 현재를 보고, 나의 과거와 미래도 본다."(김춘수, 「처용·기타에 대하여」, 『의미와 무의미』, 앞의 책, 181쪽), "자동 기술로 길어 올린 것에 이름을 붙이는 일은 현대와 한국이라고 하는 시공이다. 내 자신 무엇으로 이름 불리어져야 하는가는 내가 살고 있는 시대의 사회 현실이 책임을 져야 한다." 김춘수, 「존재를 길어 올리는 두레박」, 『시의 표정』, 문학과지성사, 1979, 150쪽.

17) 김준오, 「처용시학」, 292쪽.

18) 김현, 「명상적 집중과 추억」, 김춘수연구간행위원회, 『김춘수연구』, 158쪽.

19) 여기서는 주로 무의미시도 일정한 의미망을 갖는다고 보고, 무의미시에 대해 적극적인 해석을 유보하는 태도를 비판하기 위한 것임을 고려하여 기존에 많이 거론된 대표적인 작품 일부만을 대상으로 삼는다.

멕시코는 어디 있는가,

사바다의 누이는 어디 있는가,

불러다오.

멕시코 옥수수는 어디 있는가,

　　　　－<처용단장 제2부－들리는 소리 5> 전문(≪처용단장≫)

　논자들은 이 시에 대해 "이 시행들에서 읽게 되는 것은 언어의 의미가

아니라, 그런 의미가 배제된 상태에서 얽혀 돌아가는 언어의 음악 혹은

리듬이다."[20]라고 파악하거나, "주술은 소리로써 인간의 영혼을 전율케

하는 것이다. 이것은 언어에서 의미를 제거했을 때 가능하다. 언어에서

의미를 제거하면 물론 소리만 남는다. …(중략)… 언어에서 의미(논리)

가 없어지고 소리만이 남아 있을 때 …(중략)… 자기 주위를 에워싸고

있는 인간들로부터 자기를 분리시킬 줄 아는 (그러니까 유아론적 고립

주의자로서의) 시인의 목소리"[21]로 보는가 하면,[22] 또 "의미를 형성할

수 있는 시어도, 시어에 의미를 덧씌울 자아도 부재하게 된 상황에서, 모

든 시적 발화는 음성(소리)의 차원으로 환원된다. 자아와 대상, 언어와

의미가 모두 완전하게 비워지는 것이다.", "발화들 사이사이로 의미 해

독이 전혀 불가능한 '사바다는 사바다'라는 발화가 삽입되어 있다. 시적

발화간에 의미의 통합을 가능하게 하는 시간적 질서(혹은 통사적 연속성)

---

20) 이승훈, 「김춘수의 시론」, 『한국현대시론사』, 고려원, 1993, 208쪽.

21) 김준오, 「처용시학」, 288쪽.

22) 이 시에 두드러진 '리듬'을 의미가 제거된 '주술'적인 것, 그리고 이것을 '유아론적
고립주의자로서의 시인의 목소리'로 보는 것은, "주술은(많든 적든 어디서나 발견
되는 것이지만) 종교를 떠나서는 결코 존재하지 않는다는 사실"(미르치아 엘리아
네, 『종교형태론』, 이은봉 옮김, 한길사, 2002, 80쪽)과는 다소 거리가 있다. 종교
행위가 개인적일 수도 있지만 궁극에는 이타적인 의미로 확장될 때 그 진정한 의
미를 가지며, 또한 주술도 표면적으로는 의미가 제거될 수 있으나 "항상 그것을 행
사하는 어떤 사람과 결부되어"(79쪽) 어떤 의미를 함유하기 때문이다.

이 완전하게 해체되어 있다."[23]고 하여, 대체로 의미가 없든지 있어도 해독 불가능하여 무의미가 실현된 것으로 본다. 과연 이 주장들을 액면 그대로 받아들일 수 있을까? 이 시에 수용된 언어들, 또는 어떻든 시인의 작의에 의해서 선택되고 조합된 구절들이 그것을 부정한다. 그렇다면 이 시에는 어떤 시인의 의도와 시적 의미가 깔려 있을까?

먼저 단언하면, 이 시는 시인이 의도한 어떤 의미를 표현하기 위해 매우 치밀하게 조직/조작된 결과물이다. 단순하게 보아 반복되는 시어와 그에 반하는 빈번한 쉼표들에도 어떤 효과를 의식한 시인의 노림수가 깔려 있다. 이를테면 반복이 리듬과 간절한 호소(염원)와 강조 등의 의미를 띤다면, 빈번한 쉼표는 오히려 무의식화와 자동화(기계화)되는 흐름을 의도적으로 끊어 버림으로써 숨 돌릴 겨를 없이 흘러가는 호흡을 잠시 멈추거나 쉬게 하는 조절적 기능을 갖는 동시에 의미를 의식하지 못하고 미끄러져 가는 것을 의도적으로 제어하는 기능도 한다. 이런 치밀한 조직 속에 함축된 이 시의 궁극적 의미는 무엇일까? 그것은 적어도 다음과 같은 세 가지로 구분하여 살필 수 있다.

첫째, '불러다오'와 '어디 있는가'의 연결성에 주목하면 시적 자아는 현재 여기에는 없는 '멕시코'와의 합일을 간절히 염원한다. 둘째, '사바다는 사바다'[24]라는 구절은 사바다의 고립성을 뜻한다. 즉 다른 존재와

---

23) 남기혁, 「김춘수의 무의시론 연구」, 『한국 현대시의 비판적 연구』, 월인, 2001, 228~230쪽.
24) 김춘수는 한 수필에서 '사바다'의 정체와 그에 대한 인식을 자세히 언급한 바 있다. "사바다의 의지와 살인자들의 본능 사이에는 건널 수 없는 강이 있다. 사바다는 그런 모양으로 죽고 싶지는 않았지만, 살인자들은 장난처럼 아무 것도 아닌 것처럼 개미 한 마리를 밟아 버리듯, 그리고는 느닷없이 사바다를 죽이고 싶은 것이다. 다른 것은 그만두고라도 사바다에게는 이 느닷없이 죽는다는 것이 가장 견디기 어려운 일이었을는지도 모른다. 우연은 대문자로 된 사바다를 이 세상에서 말살해 버리는 엄청난 사건이기 때문이다.", "사바다는 일자무식이지만 알만한 것은 다 알고

의 관계성을 갖지 못한 사바다는 다만 사바다일 뿐이라는, 고립무원의 존재임을 강조한다. 여기서 '다른 존재'란 사바다가 합류할 수 없는 부정적 존재요 억압자들일 수 있으며, 사바다는 그들로부터 분리되어 있으므로 문제적 인물(혁명가)이라는 위상을 갖는다. 또 사바다는 '말더듬이 일자무식'이기 때문에 세속적 존재 인식으로 보면 결핍되어 불완전한 존재이다. 이것이 그에게 구원의 손길이 필요한 까닭이며, 시적 자아가 다급한 목소리로 '어디 있는가' '불러다오'라고 반복하여 외치는 원인이기도 하다. 셋째, 여기서 시적 자아가 간절히 찾는 대상이 '멕시코'+'누이'+'옥수수'라는 점이 자연스럽게 연결된다. '일자무식 말더듬이'인 '사바다'가 멕시코의 혁명가라는 사실을 전제하면, 그의 염원 대상은 부정적인 현재의 반대편에 있는 이상적인 '멕시코'라는 점을 유추할 수 있으므로, 결국 그가 추구하는 혁명의 궁극적 목표는 '누이'(온정, 배려; 정신적인 것)와 '옥수수'(식량; 물질적인 것)가 충족된 나라임을 알 수 있다.

이렇듯 표면적으로는 '완전하게 해체'되어 '의미 해독이 전혀 불가능'

있었다. 어머니의 품은 따뜻하고, 아내의 가슴은 그보다도 더욱 따뜻하고, 누이의 살결은 깨끗하고, 옥수수죽은 배를 불려 주고, 너무 많은 옥수수는 영혼을 썩게 한다는 것을 알고 있었다.", "그는 단순하고 정확했다. 무식을 수치라고 생각하지도 않았고 그것을 자랑으로 휘두르지도 않았다. 그는 오직 힘을 믿었다." 이들 정보에 따르면 이 시에서 시인이 추구하는 의도와 의미가 선명히 밝혀진다. 즉 '대문자로 된 사바다'—한 개인으로서의 그는 제 '의지'와는 상관없이 '우연'으로 점철된 역사와 폭력성('살인자들의 본능'; 인간의 양면성, 즉 인간적 의지와 동물적 본능의 대립을 암시한 듯)에 희생당하는 비극적 존재이다. 또 그는 '일자무식이지만 알만한 것은 다 알고' 있는, '힘'을 갖고 그 '힘을 믿'는 존재이면서도 '우연'이라는 역사의 거대한 폭력에 무기력하게 당할 수밖에 없다는 점에서 더욱 비극적인 인물로 전락한다. 이에 대해 김춘수는 역설적으로 "그의 그런 죽음이 동포들의 눈에 얼마나 초라하게 비쳤을까? 그는 갑자기 회극적인 인물이 되어 동포들의 동정을 사게 되었다."고 하였다. 김춘수, 「빛 속의 그늘—말을 주제로 한 몇 개의 변주곡」, ≪김춘수 전집 3, 수필≫, 문장사, 1983, 53쪽 참조.

하거나 '자아와 대상, 언어와 의미가 모두 완전하게 비워지는 것'과 같은 국면일지 모르나(사실 표층에도 비극적 세계인식이 짙게 드러남), 조금만 더 깊이 음미하여 상상력을 발휘하면 이 시를 구성하는 언어와 이미지, 또는 존재의 특성들은 서로 긴밀하게 연결되어 작의 즉, 비극적 세계로부터 일탈하고 싶은 구원 열망이 잘 구현되어 있음을 알 수 있다. 이런 관점에서 보면 다음 시들 역시 해석이 가능한 유의미한 형태임을 확인할 수 있다.

> 하늘 가득히
> 자작나무 꽃 피고 있다.
> 바다는 남태평양에서 오고 있다.
> 언젠가 아라비아 사람이 흘린 눈물,
> 죽으면 꽁지가 하얀 새가 되어
> 날아간다고 한다.
> 　　　　　－<리듬 I>전문(≪김춘수전집 1, 시≫)

> 바보야, 우찌 살꼬
> 바보야,
> 하늘수박은 올리브빛이다 바보야,
> 바람이 자는가 자는가 하더니
> 눈이 내린다 바보야,
> 우찌 살꼬 바보야,
> 하늘수박은 한여름이다 바보야,
> 올리브 열매는 내년 가을이다 바보야,
> 우찌 살꼬 바보야,
> 이 바보야,
> 　　　　　－<하늘수박>전문(≪김춘수전집 1, 시≫)

이들 작품에 대한 해석 역시, "<리듬 1>은 '자작나무 꽃'→'바다'→'눈물'→'새'의 이미지로 전개되어 있다. 하지만 각각의 이미지 사이에는 어떤 연속성도 없다. 단지 시인의 자유 연상에 의해 각각의 이미지들이 자유롭게 병치되어 있다."라고 하거나, "<하늘수박> 역시 유년의 기억 속에서 길어 올린 이미지들이 자유롭게 병치되어 있다. 하지만 이 작품이 <리듬 1>의 경우보다 더 극단적인 무의미시로 읽히는 이유는, 언어의 통사적인 질서가 보다 완전하게 해체되어 있기 때문이다. 이 시에서 각각의 시행은 의미의 독해가 불가능하다."25)고 단언하는 경우를 볼 수 있다.

그러나 이 시들도 시인이 노리는 효과를 위해 치밀하게 조작되어 있다. 표면적으로는 이른바 자유 연상에 의한 이질적인 이미지들이 당돌하게 '병치'되어 해석의 어려움이 따를지는 모르지만, 그 속을 깊이 들여다보면 시적 자아의 비극적 세계인식을 바탕으로 하여 그 심층에 다시 구원에 대한 간절한 염원이 중첩되어 있음을 알게 된다. 그러니까 이들 시에도 김춘수의 비극적 세계인식과 시적 패턴이 그대로 작용한다.

먼저, <리듬 1>의 핵심 이미지를 분석하면 그 연결이 비교적 자연스럽게 이루어짐을 알 수 있다. 즉 '하늘 가득히 자작나무 꽃이 피고 있는' 상황이 '아라비아 사람이 흘린 눈물'(비극적 세계)의 대척점에 있는 이상향이라면, 거기에 이르는 길은 죽음을 통해 재생될 때에나 가능하다는 것이니 결국 인간은 살아서는 거기에 도달하지 못하는 비극적 존재임을 이 시는 드러낸다. 여기서 '바다는 남태평양에서 오고 있다'라는 시행은 밀려오는 파도와 같은 역동성과 전이의 의미를 함축함으로써 하늘과 사람과 새의 연결 고리를 만들어 주는 기능을 한다. 이 시에 투영된 시적 화자의 의식구조를 다음과 같이 도식화하면 의미 구조가 매우 논리적으로 짜여 있어 전혀 해석 불가능한 것이 아님을 분명히 확인할 수 있다.

---

25) 남기혁, 「김춘수의 무의시론 연구」, 240쪽.

위에서 보듯 각각의 이미지들이 전혀 연결될 수 없는 차원으로 파편화되어 있는 것이 아니라 내적으로 일정한 흐름을 지닌다. 즉 하늘과 비극적 현실(눈물 흘리는 사람)을 대립 관계로 보면, 비극적 인간은 이상향을 염원하더라도 그것이 현실적으로는 실현 불가능하므로 죽음을 통해 새로 재생하는 과정을 겪을 때 비로소 하늘로 비상할 수 있다는 것이다. 그러니까 시인은 현존[此岸]에 대해서는 비극적 세계관을 갖고 있으나 저승[彼岸]에 대해서는 회극적 세계관을 갖는다. 즉 그는 죽음을 통해 자유로운 영혼(새)으로 거듭나는 과정을 통해 이상향으로 비상할 가능성을 열어놓았다.

또한 <하늘수박>도 누구나 비극적으로 느낄만큼 어두운 빛깔이다. 무엇보다도 계속 입버릇처럼 불러대는 '바보야'라는 호칭이 그렇고, 또 '우찌 살꼬'(어떻게 살까)를 반복하는 대목에서 삶의 방향을 잡지 못하고 절망하는 존재의 비극성이 절절히 드러난다. 이것을 좀 더 분석적으로 바라보면 이렇다.

'하늘수박'과 '올리브 열매'는 빛깔의 유사성으로 혼란을 유발해도 근본적으로는 다르다. 즉 하늘(수박)이 '한여름'인 이상향이라면, '올리브 열매'는 '내년 가을'이므로 현재 여기에 없는 그리움의 대상일 뿐이다. 이 그리움이 '바람이 자는가 자는가 하더니'와 같은, 즉 시련이 곧 끝날 것 같은 조바심에 젖게 만든다. 그러나 바로 이어 다시 '눈이 내린다'라는 국면을 제시함으로써 시련이 끝날 것 같다고 착각하는 그(자신일 수도 있음)가 바보임을 재확인하며 시련의 연속성을 암시한다. 그러니 삶은 계속 막막할 수밖에 없고 '어떻게 살까' 궁리를 해봐야 별 뾰족한 수단도 없다. 벗어날 수 없는 시련 속에 무기력하게 한탄하는 존재로서 서로가 아무런 도움이 될 수 없으니 너나없이 '바보'일 따름이다. 시적 자아가 '바보'를 거듭 되뇌는 것은 그런 무기력한 자아에 대한 책망과 혐오와 조소이며, 구원자가 될 수 있는 타자에 대한 원망과 부정의 심정을 나타내는 것이기도 하다. 이렇듯 이 시도 표면적으로는 일견 해석 불가능한 무의미시 같지만 실은 존재와 현실에 대한 비극적 인식과 그로부터 발원된 구원에 대한 갈망이 시의 표면과 심층에 짙게 드리워져 있다.

2) 인간 존재의 존엄성 인식

김준오는 <처용삼장 1>을 해석하는 자리에서, "오르테가의 신예술은 춘수의 무의미시를 가장 잘 해명해 주고 있다."라고 전제하고 "이 작품에서의 비유는 오르테가가 명쾌하게 밝힌 비인간화의 한 방법이다."라고 규정하였다. 그리고 결론적으로 그는 "중요한 것은 이 유희의 초월성에 있다. 처용은 춤추며 물러남으로써 빼앗고 빼앗기는 갈등의 세계를 초월하고 인간의 일상성과 상식성 및 세속성을 일탈했다. 유희의 본질은 지혜로움과 어리석음, 진리와 허위, 선과 악 등 모든 대립의 짝들, 삶의 굴레들 밖에 있는 그 초연함에 있다. 여기서 춘수의 무의미는 일상적 인간의 이해 밖에 있는 보다 높은 차원의 시적 의미로 볼 수 있다."[26]고 분석하였다.

이 논리는 일면 수긍되나 어딘가 불안한 구석이 있다. 특히 오르테가의 비유법의 특성에 대한 해석을 원용하여 '비인간화의 유희'로 보는 관점에는 동의하기 어렵다. 그리고 무의미시라고 규정하고, 다시 그것을

---

26) 김준오, 「처용시학」, 285~287면 참조.

'춘수의 무의미는 일상적 인간의 이해 밖에 있는 보다 높은 차원의 시적 의미로 볼 수 있다'라는 해석도 다소 모순적이다. 일상적 차원에서 인간이 이해할 수 없는 것이 곧 무의미는 아니기 때문이다. 정말 '춘수의 무의미'는 일상적 인간의 차원에서는 이해할 수 없는 것일까? 우선 작품을 보기로 한다.

> 그대는 발을 좀 삐었지만
> 하이힐의 뒷굽이 비칠하는 순간
> 그대 순결은
> 형이 좀 틀어지긴 하였지만
> 그러나 그래도
> 그대는 나의 노래 나의 춤이다.
>   ─<처용삼장> 1 전문(≪김춘수전집 1, 시≫)

이 시는 앞에 인용한 작품들보다 훨씬 더 표면적으로도 논리가 통한다. 그 핵심은 '순결'을 잃은 '그대'에 대한 시적 자아(처용의 입장 포함)의 인식, 즉 그러함에도 불구하고 무한한 사랑을 갖는 것으로 집약된다. <처용가>를 통해 알고 있는 사전 지식을 적용하면 이른바 처용의 '歌舞而退'에 대한 시적 재해석이요, 인간에 대한 시인의 관점을 노출하는 것이기도 하다. 시적 자아는 '그대'가 역신의 부당한 폭력으로 인하여 순결을 잃은 상황에 대해 '발을 좀 삐었지만', 그리하여 '형이 좀 틀어지긴 하였지만'이라고 전제한 다음 '그래도 그대는 나의 노래 나의 춤이다'라고 하여 여전히 '그대'를 신뢰하는 마음에는 변함이 없다고 다짐하고 토로한다. 즉 '그대=나의 노래, 나의 춤'이라는 은유 구조가 암시하는 것은 결국 순결의 유무로 인간을 판단할 것이 아니라 존재의 존엄성을 더 중요한 가치로 보려는 태도를 암시한다. 따라서 '나'는 지극히 인간적인 심성의 소유자인 셈이다.

위와 같은 논리에서 김준오가 '형이 좀 비틀어진 그대의 순결'을 '나의 노래와 춤'으로 대체함으로써 '비인간화의 유희' 형태가 된다는 관점과는 구분된다. 순결을 빼앗긴 '그대'에 대한 초월적 태도를 일면 일상적 인간의 사유를 벗어나는 '보다 높은 차원의 시적 의미'로 볼 수도 있지만, 지나치게 여성의 순결을 강요하는 남성적 관점이나 세속적 관점을 비판한 것이라 볼 수도 있다. 불가항력의 폭력에 의해 순결을 빼앗겼다고 그 사람 전체를 부정하는 행위는 결코 진정한 사랑이라고 할 수는 없기 때문이다. 그러니까 순결의 여부와 상관없이 여전히 '그대'를 사랑하겠다는 것은 결국 인간의 존엄성을 깊이 인식한다는 것을 뜻한다. 이러한 인식을 뒷받침하는 것이 '좀'이라는 부사어이다. 이것은 순결을 빼앗김으로써 약간의 흠결은 생겼지만, 그것 때문에 '그대'의 존재를 송두리째 부정할 일은 아님을 나타내기 위한 전제로 기능한다. '노래와 춤'을 '영원함, 아름다움' 등의 상징적 의미로 풀어보면 '그대'에 대한 '나'의 사랑과 믿음이 얼마나 확고한지 분명히 알 수 있다.

3) 역사의 폭력성 비판과 해체 의지

끝으로, <처용단장> 3부에서 부분적으로 음절을 해체하여 무의미를 지향하는 의지가 더욱 강하게 드러나는 작품 한 편을 더 보기로 한다.

> ㅕㄱㅅㅏㄴ—ㄴ
> 눈썹이없는아이가눈썹이없는아이를울린다.
> 역사를
> 심판해야한다 ㅣㄴㄱㅏㄴㅣ
> 심판해야한다고 니콜라이 베르쟈에프는

이데올로기의솜사탕이다
바보야
하늘수박은올리브빛이다바보야
,

역사는
바람이자는가 자는가 하더니
눈이 내린다 바보야
우찌살꼬ㅂㅏㅂㅗㅑ
,

ㅎㅏㄴㅡㄹㅅㅜㅂㅏㄱㅡㄴ한여름이다 ㅂㅏㅂㅗㅑ
,

올리브 열매는 내년 ㄱㅏㄹㅣㄷㅏ ㅂㅏㅂㅗㅑ
,

ㅜ찌ㅣㅅㅏㄹㄲㅗㅂㅏㅂㅗㅑ
ㅣ바보야,
역사가 ㅕㄱㅅㅏㄱㅏ 하면서
ㅣㅂㅏㅂㅗㅑ
,

         -<처용단장 3부-메아리 39> 부분(4연 중 앞 3연)[27]

이 시는 기존에 발표한 작품인 <하늘수박>을 근간으로, 역사의식이
담긴 구절을 부분적으로 첨가하고,[28] 또 일부의 구절은 음소 단위로 해

---

27) ≪처용단장≫, 99~100쪽.
28) '눈썹이없는아이가눈썹이없는아이를울린다'는 ≪처용단장≫ 제3부 <메아리
4>(59쪽)에 있는 '눈썹이 없는 아이가 눈썹이 없는 아이를/울리고 있었다. 언제까
지나'에 있는 일부 구절이다.

체하거나 반음절('늘') 형태로 표기하였다. 일견 음절 단위를 해체하여 무의미를 지향하는 것 같지만 사실은 독해를 방해하여 잠시 지연하는 효과를 낼 뿐 의미가 있는 낱말을 음소 단위로 해체하여 순서대로 배열했기 때문에 의미가 발생한다. 또 기존의 자기 작품들의 일부를 조합하고 변용한 점에서 이 시는 일종의 혼성모방(pastiche)과 비판적 모방(parody)의 형태를 띠는데, 이는 기존 작품에 대한 불만을 수정한 것으로 읽힌다. 특히 역사의식에 관한 내용—폭력성은 불완전한 존재들 사이에 횡행한다는 것('ㅕㄱㅅㅏㄴㅡㄴ/눈썹이없는아이가눈썹이없는아이를울린다.'), 그래서 역사를 심판해야 한다고 니콜라이 베르쟈예프는 (말했지만) 그의 이념 역시 솜사탕처럼 달콤한 말이기는 하나 큰 힘을 발휘할 수는 없다('니콜라이 베르쟈에프는/이데올로기의솜사탕이다')[29]고 표현한 것으로 보면, 그의 불만은 앞 시에서 역사의식이 희석되거나 지나치게 내면화된 것에 대한 것일 수 있다. 즉 이 시에서 그는 역사의식(관념)을 한층 강화한 셈이다.

그런데 이 시에서 음절을 해체한 것에 대해 김춘수는 "이 상태는 일종의 악보다. 현실을 살면서 깜박깜박한다. 위의 표기처럼 정상이 되었다가 비정상이 되었다가 한다. 다르게 말하면 물리적이 되었다가 심리적 또는 실존적이 되었다가 한다."[30]고 설명하여 깜박거리는 의식을 형태화한 것이라고 하였다. 즉 존재의 한 모습(또는 의식)에 대한 인식을 표현했다는 것이다.[31] 결국 이 작품 역시 현실 관념을 초월하기보다는 오

---

29) '니콜라이 베르쟈예프'는 러시아의 사상가로 "여태까지는 역사가 인간을 심판했지만 이제부터는 인간이 역사를 심판해야 한다."라는 말을 한 사람이다. 김춘수는 이 말을 인용한 다음에 "역사의 이름으로 얼마나 많은 사람들이 희생됐는가고 그는 묻고 있다. 나는 진보주의와 같은 웁티미즘을 믿지 못한다."라고 부언하여 역사의 허위와 폭력성을 비판하였다. 김춘수, ≪쉰한 편의 비가≫ '책 뒤에', 앞의 책, 72~73쪽.

30) 김춘수, ≪처용단장≫, 미학사, 1991, 142쪽.

히려 폭력적이고 허위적인 역사를 비판하고 그것을 해체하려는(음절을 해체한 형식에 함축된 의미에서) 의지와 함께 불완전한 존재의 한 양태를 형식화하여 표현한 것임을 알 수 있다.

이상과 같은 해석 결과에 따르면, 김춘수의 무의미시는 현실이나 역사적 관념(의미), 특히 비극적 세계인식을 전제로 하여 거기서 일탈하고 싶은 의지−자유로운 존재에 대한 갈망(지향성)을 내포하고 있다. 이는 결국 시인이 선택한 시어들과 그 조합인 시행들의 '조직과 구조'를 통해서 실현된 것이므로 무의미시는 특히 시적 의미 차원에서 실제로 '무의미를 지향하는' 것이 아니고 무의미가 실현된 것은 더욱 아니다. 다만 표면적으로 기성 관념과 일상적 언어 체계 및 전통적 작시 방법을 많이 해체하여 독자가 접근하기 어렵게 만들었을 뿐 내적으로는 최소한 어떤 연결성을 갖고 시인의 세계인식이 함축되도록 하였다. 이런 시의 안팎의 괴리를 연결하는 방법론적 고리를 김춘수는 '시적 트릭'이라 하였는데, 이는 예술로서의 詩性을 강화하기 위한 수단일 뿐이다.32) 그렇다면 결국 그가 말하는 '무의미'란 편협하고 유한한 기성 관념(표현의 한계가 있는 언어까지)을 무의미(허무)한 것으로 보려는 비극적 세계인식에 연

---

31) 김춘수는 이에 대해 다른 글에서, "낱말, 즉 글자를 분해해서 자음과 모음으로 갈라 버린다. 즉 음절 단위로 글자(낱말) 그 자체를 의미 이전의 상태로 환원케 한다. 문장이 아니라 악보가 되게 한다. 음악과 같은 원시적 혼돈이지만, 음악과 같은 환기력이 언어의 지시성을 떠난 순수한 상태 그대로 살아난다."(김춘수, 『시의 위상』, 둥지, 1991, 239쪽)고 그 의도를 밝히기도 하였다. 그러나 시인의 의도와 지향성은 이해할 수 있으나 독자의 편에서는 결국 어떤 의미로 읽혀 완전히 순수한 상태로만 다가오지 않는다. 즉 관념이 삐져나온다.

32) 이 수단으로 이루어진 무의미의 특성을 유형화한 최라영은 "'상황의 무의미', '언어의 무의미', '범주적 이탈', '수수께끼'로 나누어 살펴" 본 뒤, 결론적으로 "무의미의 여러 유형은 그 자체로 무의미이나 시적 의미 형성과 시의 분위기 조성에 중요한 부분으로 작용하는 의미생산의 분기점인 것"으로 보았다. 최라영, 『김춘수 무의미시 연구』, 새미, 2005, 96~97쪽.

관되고, 실제 시에서는 그것을 부정하고 해체한 대신에 새로운 세계인식이 열리게 하는 의미를 지닌다. 따라서 그의 무의미시는 그가 의도했든 의도하지 않았든 결과적으로는 항상 어떤 의미가 있고, 독자 나름의 해석도 얼마든지 가능하다.

3. 예술적 고뇌의 결실

지금까지 흔히 김춘수의 대표적인 무의미시로 일컬어지는 몇몇 작품들을 중심으로 살펴보았듯이[33) 무의미시는 의미론적으로 무의미를 추구하는 것이 아니라 내적으로는 항상 현실과 역사와 자아에 대한 인식을 함축하고 있다. 다만 그는 그 관념을 직접 노출하는 것을 꺼려 시적 장치를 통해 표면에서는 위장하려고 애를 썼을 뿐이다. 여기서 바로 그가 강조한 '시적 트릭'(위장, 책략, 기교)의 방법론이 제기된다. 그리고 "이 트릭은 이미 말한 대로 어쩔 수 없는 하나의 작시 의도를 대변해 주"[34)는 것인 동시에, "도덕이 돌을 보고 돌이라고 하며 의심하지 않을 때 시는 왜 그것이 돌이라야 할까 하고 현상학적 망설임을 보여야 한다. 시는 도덕보다 더 섬세하고 근본적일는지도 모른다. 나는 시를 쉽게 쓸 수가 없다."[35)고 피력한 대목에 드러나듯이 시와 '도덕'(=非詩)의 차별성을 확보하기 위한 예술의식의 소산이요, 나아가서 실재를 좀 더 명확하게 인식하려는 철학적 존재론적 성실성을 의미하기도 한다. 특히 시와 비시의 차별성, 또는 시의 예술성에 대한 인식이 더 극단화될 때, 자작시 해설에서 피력한 다음과 같은 '장난기'가 발동하기도 한다.

---

33) 다른 시들은 이들보다 관념이 더 많이 노출됨을 의미한다.
34) 김춘수, 「대상의 붕괴」, 『의미와 무의미』, 앞의 책, 82쪽.
35) 김춘수, 「존재를 길어 올리는 두레박」, 『시의 표정』, 앞의 책, 150~151쪽.

'수박'이라는 제목은 좀 당돌한 느낌일는지 모른다. 내가 제목을 이렇게 붙일 때 내 스스로 어떤 장난기를 느낀다. 독자와 더불어 수수께끼풀이 같은 장난을 해보고 싶은 그런 심정이다. 시를 쓰는 재미의 하나, 시를 음미하는 즐거움의 하나가 여기에 있다. 이 당돌한 제목이 한 편의 시 속에서 어떤 작용을 하고 있으며, 어떠한 연상으로까지(시에서는 얼굴을 드러내 놓고 있지 않는) 이끌어 갈 수 있는가? 생각하면 참 즐거운 일이 아닐 수 없다. 제목이 시의 설명이 되어서는 따분하다. 제목도 시의 한 부분이고, 보다는 시 속의 가장 강한 악센트가 되기도 한다. 두 말할 것도 없이 시의 리얼리티와 굳게 손을 잡고 있어야 한다.[36]

위에서 보면 '시적 트릭', 즉 '위장'의 기교가 갖는 의미가 더 분명해진다. 그것은 일종의 '수수께끼 풀이' 같은 '장난'이며, '시를 음미하는 즐거움의 하나'를 얻기 위한 수단이다. 이를 위해 '시에서는 얼굴을 드러내 놓고 있지 않는' 부분을 속에 감추고 독자가 자유롭게 연상하도록 한다는 것이다. 이는 결국 표층과 심층적 의미의 거리, 이를테면 시적 긴장[37]이라는 문제에 결부되어 있다. 시인이 그 장난기가 단순한 장난이나 놀이가 아니라 궁극적으로는 '시의 리얼리티', 즉 시적 현실성[詩性]을 확보해야 한다고 한 것은 바로 그 시적 긴장을 염두에 둔 것이라 하겠다.

한편, 김춘수가 추구한 '시적 트릭'과 '위장', 또는 일종의 '장난기'로 이루어진 무의미시를 "완전주의적 시정신"[38]에 입각한 시로 규정하기도 하지만, 때로는 "무의미시＝귀족시＝난해시"[39]로 비판하기도 하여 대립적인 가치평가를 받는 점에 대해 생각해볼 필요가 있다. 이 문제는

---

36) 김춘수, 「＜수박＞에 대하여」, 『의미와 무의미』, 앞의 책, 200쪽.
37) 이것을 김춘수는 '말의 긴장된 장난'이라고 하였다. 「의미에서 무의미까지」, 위의 책, 70쪽.
38) 구모룡, 「완전주의적 시정신」, 『김춘수연구』, 앞의 책, 407쪽.
39) 김준오, 『처용시학』, 292쪽.

"예술표현이, 표현 대상의 세계를 투사시키는 유리창과 같은 것일 수 없다는 것은 분명할 것이다. 유리창이 될 때 예술은 예술이기를 그만둔다. 완전히 사람을 속이는 데에 성공한 속임수 그림은 예술에서 일탈하게 마련이다."[40]라는 주장에 드러나는 '유리창'과 '속임수'의 두 가지 척도로 접근해볼 수 있다. 이 견해에 따르면 예술이란 '유리창'처럼 '표현 대상'이 그대로 드러나는 것과 그 반대로 그것을 전혀 알 수 없는 완전한 '속임수' 같은 것도 아닌 그 중간쯤에 위치한다는 것이다. 즉 반투명 유리 같은 것, 이를테면 적절한 암시성을 띠어야 예술적 가치를 지닌다는 것이다.

위의 비유적 설명을 적용하면, 김춘수의 무의미시를 '귀족시=난해시'로 규정하는 비판적 관점은 '시적 트릭'으로 위장된 결과 소통의 약화나 부재로 인해 자칫 예술의 범주를 일탈할 위험성이 있는 일종의 '속임수' 같은 것으로 보는 경우인데, 이것은 김춘수의 시정신의 진의를 간과한 것이어서 재고의 여지가 있다. 앞서 해석을 통해서 보았듯이 무의미시는 조금만 깊은 연상력을 동원하면 내적 논리에 도달할 수 있기 때문이다. 다만 그것은, "시는 어떤 분위기를 전달하여 암시를 주면 되는 것이 아닐까? 시는 말하자면 불립문자의 극한지대에까지, 그 한계선과 아슬아슬하게 접하고 있는 그 무엇이라고 할 수는 없는 것일까?"[41]라고 반문하는 대목에 잘 드러나듯이, 가능한 한 축자적 서술을 지양하고 예술적 차원에서 고도의 암시적인 표현을 통해 시인의 창작 의도가 우회적으로 전달되도록 노력한 결과일 따름이다.

요컨대, 김춘수가 추구한 시적 실험, 즉 '시적 트릭'으로 위장된 무의미시는 예술이기를 그만두는 '유리창'의 차원을 벗어나기 위한 시인의

---

40) 사사끼 겐이찌, 『예술작품의 철학』, 153~154쪽.
41) 김춘수, 「김종삼과 시의 비애」, 『의미와 무의미』, 앞의 책, 148쪽.

치열한 예술의식의 소산이다. 이는 "좋은 독자는 오히려 얼마큼씩 빗나가게 시를 읽는 사람일는지도 모른다. 말하자면 시에서 缺하고 있는 점을 보완해 주는 사람일는지 모른다."[42]라고 한 김춘수의 관점에 따르면, 시인의 몫과 독자의 몫(자율성)은 별개의 것이므로 시인은 무엇보다도 시를 시답게 빚는 일에 최선을 다할 뿐임을 의미하는 것이기도 하다. 그러니까 김춘수의 무의미시는 궁극적으로 무의미로 이루어진 것이 아닐 뿐만 아니라 유아론적 고립주의나 반인간 또는 반역사주의를 지향하는 것도 아니다. 그보다는 오히려 세계와 자아를 깊이 인식하고 그 궁극적 의미에 이르기 위해 끊임없이 회의하고 성실하게 탐구한 결과요, 시적 차원으로 승화되도록 하기 위한 그의 예술적 고뇌에서 이루어진 결실이라 하겠다.

---

42) 김춘수, 「<수박>에 대하여」, 『의미와 무의미』, 201쪽.

김춘수의 무의미시론에 대한 재인식

1. 무의미시론의 불완전성

우리 현대시사에서 김춘수는 시적 방법론에 대해 끊임없이 모색하고 회의한 시인으로 널리 알려져 있다. 그의 회고에 따르면, 그는 처녀시집 ≪구름과 장미≫를 발간한 뒤 30을 바라보는 나이인 "50년대로 접어들면서 비로소 詩作의 방향 설정에 대한 어떤 자각이 싹트기 시작했다."라고 한다. 이때 그동안 약 10년간 잠재해 있던 릴케의 영향이 고개를 들게 됨으로써 그는 "꽃을 소재로 하여 형이상학적인 관념적인 몸짓을 하게 되었다. 이런 상태가 다시 한 10년 계속되다가 60년으로 들어서자 또 어떤 회의에 부닥치게 되었다."는 것이다. 그것은 지금까지의 작업이 단순히 릴케의 아류에 불과하다는 자각과 더불어 "또 하나 중요한 문제는 관념이란 시를 받쳐줄 수 있는 기둥일 수 있을까"라는 문제의식에 기인한다. 그래서 그는 어쩔 수 없이 다시 관심의 방향을 바꾸었는데 그것이 바로 "T. S. 엘리엇의 시론과 우리 옛 노래와 그 가락들"에 관한 것이었다. 특히 그 중에도 "아주 품격이 낮은 장타령을 붙들고, 여기에다 엘리엇의 이론을 적용"하여 자신에게 "새로운 시험"을 강요하게 되었는데 이때 그는 나이 40대로 접어들고 있었다. 그리고 여기에 국내에서는 김수영의 '압력'(시적 영향)[1]이 더하여 그는 "여태껏 내가 해온 연습에서 얻은 성과를 소중히 살리면서 이미지 위주의 아주 서술적인 시세계를 만들어보자는 생각"으로 "크게 한번 회전"을 하였다. 물론 그 바탕에는 "관념에 대한 절망이 깔려" 있는데, 그는 이 문제를 해결하기 위해 "현상학적으로 대상을 보는 눈의 훈련을 해야 하겠다는 생각"을 하게 되었다는 것이다.[2]

이렇게 요약한 회고 내용에 따르면, 김춘수는 거의 10년 단위로 새로운 시적 방법론에 대해 모색하고 연습한 뒤에 다시 회의하는 과정을 거듭하였다. 여기서 관념적인 시에 대한 절망에서 새로 연습하기 시작한 것이 '서술적인 시세계'라면, 무의미시론은 그 연장 선상에서 그것을 한층 더 앞으로 밀고 나간 실험 결과였다.

---

1) 김수영은 김춘수의 무의미시론을 언급하는 자리에서 "그가 말하는 난센스는 시의 승화작용이고, 설사 시에 그가 말하는 '의미'가 들어있든 안 들어있든 간에 모든 진정한 시는 무의미한 시이다."(김수영, 「변한 것과 변화지 않은 것-1966년의 시」, 《김수영전집 2, 산문》, 민음사, 1997, 244~245쪽)라고 하였다. 즉 그는 김춘수의 시론을 특별한 것으로 인정하지 않고 시다운 시를 만드는 '승화작용'의 하나로 일반화하였다. 이는 일면 김수영의 시정신이 김춘수보다 앞섬을 의미하므로, 결국 김춘수는 김수영의 시다운 시의 형태에 대한 보편적 인식을 통해 스스로 압박을 느꼈다고 할 수 있다. 그리고 이러한 동질감이 김수영과 김춘수 시(론)에 관한 비교연구의 관심을 촉발케 한 것으로 보인다. 두 시인의 비교연구에 관한 결실은 다음과 같은 것들이 있다. 조강석, 『비화해적 가상의 두 양태-김수영과 김춘수의 시학 연구』, 소명출판, 2011. 노철, 「김수영과 김춘수의 창작방법 연구」, 고려대학교 박사학위논문, 1998. 이은정, 「김춘수와 김수영 시학의 대비적 연구」, 이화여자대학교 박사학위논문, 1993. 오형엽, 「김수영과 김춘수의 시론 비교 연구」, 『한국문학 이론과 비평』 제16집, 2002. 이광호, 「자유의 시학과 미적 현대성-김수영과 김춘수 시론에 나타난 '무의미'의 문제를 중심으로」, 『한국시학 연구』 제12호, 한국시학회, 2005. 전병준, 「김수영과 김춘수의 시 비교 연구」, 고려대학교 박사학위논문, 2010.
2) 김춘수, 「거듭되는 懷疑」, 『의미와 무의미』, 문학과지성사, 1976, 12~13쪽.

이러한 모색 과정을 거쳐 도달한 무의미시론은 김춘수가 말년까지 집요하게 매달릴 만큼 그의 시정신을 가득 채운 시적 방법론이었다.3) 어떻게 보면 초기 이후의 그의 시적 방법론은 릴케의 영향으로 '형이상학적인 관념적인 몸짓', 또는 존재론적 관념시를 쓰면서 느낀 '관념에 대한 절망'을 극복하는 데 온전히 바쳐졌다고 할 정도이다. 물론 시에서 관념을 제거하려는 의지에서 비롯된 무의미시론도 그 이면을 들여다보면 다양한 이론들이 얽혀 있다. 예컨대, 서술적 시세계에 관련된 몰개성 이론(또는 객관상관물 이론)과 물질시(순수시) 개념, 현상학, 무의식과 정신분석학, 초현실주의와 자동기술법, 반 소설 기법, 유희론[無對象, 無代償], 리듬과 주술성, 언어의 유한성 인식과 선의식(불립문자) 등등 실로 다양한 이론과 기법들이 전개되거나 이합집산하고 또 굴절되거나 분산되기도 한다. 이들 기법을 수용한 시정신의 통괄적 의미는, 결국 자아와 세계(대상)에 대한 기성 관념(불순한 것, 편견과 고정관념 등 유한한 것)을 무의미한 것으로 보아 지워버리는 대신에 새로운(순수한, 진정한, 창조적 의미) 세계에 도달하려는 강렬한 의지에 긴밀히 연관되어 있는데, 그 의지가 거의 말년까지 이어졌다.4)

---

3) 김춘수가 무의미시를 쓴 시기를 작품집 기준으로 ≪타령조 기타≫(1969)에서부터 ≪들림, 도스도예프스키≫(1997)까지라 보고 그 이후의 시집들은 이 연장 선상에 있는 것이라 규정한 예가 있으나(최라영, 『김춘수 무의미시 연구』, 새미, 2005, 1쪽), 생전의 마지막 시집인≪쉰한 편의 비가≫(2002)에도 무의미시 유형인 '말놀이 시'가 실려 있음을 고려하면 그 기간은 더 길어진다. 또 먼저 작품을 창작하여 발표하고 난 뒤에 시집으로 엮어내는 관례를 고려하면 그가 무의미시를 쓴 기간은 1960년대로 들어서면서부터 말년까지 거의 50년을 상회한다. 그러니까 그는 초기를 제외하고는 대부분 무의미시 창작에 매달린 셈이다. 그만큼 그는 무의미시에 대해 열정을 가졌으며 창작과정에서 시적 실현의 보람도 느낀 것으로 짐작된다.

4) 그는≪쉰한 편의 비가≫'책 뒤에서' "시는 話術이다. 더 얕잡아 말하면 레토릭이다. 나의 수사는 요즘 많이 달라지고 있다. 秘義的인 요소를 줄이고 풀어쓰기로 했다. 해이해졌다는 뜻은 아니다. 읽기에 수월해졌다는 뜻으로 새기면 되리라. 그것이 어

그러나 그는 무의미시론에 대해 항상 분명한 확신을 갖지 못했다. 그 것은 그가 전개한 대부분의 무의미시론에서 늘 가능성과 한계를 함께 인식한 대목에서 여실히 드러난다. 예컨대, 그것은 그가 말년에 이르러 "말놀이로서의 시는 난센스 포에트리다. 그러나 나의 경우는 완전한 난센스 포에트리가 되지 못하고 있다. 난센스란 의미가 완전히 증발한 상 태다. 그러나 나의 시에는 의미의 여운, 알레고리성이 바닥에 눈에 띄게 깔려 있다. 난센스와 알레고리가 갈등하고 있다고도 할 수 있겠다."[5]라 고 피력한 데서도 잘 드러난다. 이렇듯 그가 인식하고 추구한 무의미시 는 항상 가능성과 한계 사이에 머무는 것, 즉 난센스(무의미)와 알레고 리(의미)가 '갈등'하는 국면이라는 점에서 결국 하나의 실험 차원에 머물 렀다고 해도 과언이 아니다. 이는 무의미시에 대한 그의 인식과 집념을 시적 실체로 온전히 실현하기가 얼마나 어려운 것이었는지를 반증하는 것이다. 물론 이는 시적 생애의 대부분을 바쳐 궁구하고 창작한 그의 무 의미시와 그 시론을 폄훼하거나 무의미한 것으로 돌리려는 것은 결코 아니다. 다만 그것은 그가 끈질긴 집념과 노력을 투여했음에도 불구하 고 늘 일련의 한계를 지니고 있음을 간과해서는 안 된다는 것을 암시할 따름이다. 이런 점에서 그의 무의미시론의 정체를 더욱 분명히 확인할 필요가 제기된다.

이 글은 위와 같은 문제의식에서 출발하여 전개 과정에서는 크게 두 개의 경로를 밟는다. 하나는 무의미시가 무의미(meaninglessness)를 지 향하여 '의미가 제거된 난센스의 세계',[6] '唯我論的 고립주의와 비인간

쩔 수 없는 나의 시작 행로의 또 하나의 과정인 듯하다. 스스로 그렇게 생각한다."라 고 하여, 무의미시의 난해함을 줄이고 '읽기에 수월'하게 풀어쓰는 방식을 택하여 또 다른 시도를 했다고 토로하였다. 김춘수, ≪쉬운 편의 비가≫, 미학사, 2002, 74쪽.
5) 위의 책, 75~76쪽.
6) 김현, 「명상적 집중과 추억」, 김춘수연구간행위원회, 『김춘수연구』, 학문사, 1982, 158쪽.

화',7) '무의 소용돌이'8) 등을 노출한다는 일부 관점에 대해 비판적 입장에서 김춘수의 무의미시론의 궁극적 의미를 되짚어보려는 것이다. 그의 무의미시론을 검토하면 실상 그의 '작시 의도'는 오히려 그 반대 상황에 초점이 맞추어져 있을 뿐만 아니라 실제로 작품도 일정한 논리와 의미를 함유하기 때문이다. 단지 그것이 표면적으로 무의미(nonsense)의 양상을 띠는 경우 시가 다소 난해해져 해석의 어려움이 따를 뿐 내적으로는 시인이 치밀하게 설계(조작)한 조직(구조)에 상응하는 의미가 내포되어 있다. 이 문제가 주로 수용자의 인식에 관련된다면, 다른 하나는 김춘수의 시정신에 관한 것이다.

무의미시론을 보면 무의미시의 가능성과 한계 인식이 짝을 이루는 경우를 여러 곳에서 발견할 수 있다. 이는 결국 창작심리와 작품의 실체 사이의 괴리, 또는 개념적 언어를 질료로 사용할 수밖에 없는 언어의 한계 등에 깊이 연관되어 있다. 김춘수는 그 괴리와 모순의 격차를 줄이는 방법으로 '시적 트릭(trick)'이나 '僞裝'의 개념을 종종 사용하였다. 따라서 김춘수의 무의미시론에서 무의미의 실체를 이해하기 위해서는 그의 시정신에 내재한 '시적 트릭'의 의미를 해명할 필요가 있다.

위와 같은 관점에서 이 글에서는 주로 김춘수의 무의미시론에서 '무의미'는 하나의 시적 기교일 따름이고 실제로 무의미시에는 시인이 추구한 의미가 치밀하게 조직되어 있다는 전제 아래, 무의미시론의 핵심 요소들을 통해 그의 작시 의도에 내포한 궁극적 지향성과 그에 따른 시적 책략의 핵심을 밝히는 것을 주요 목적으로 삼는다. 이렇게 범위를 한정하는 것은 무의미시론의 일반적 특성에 대해서는 이미 많은 논의가 이루어졌음을 고려하여 불필요한 재론을 피하고 선행 작업들과 차별화를 꾀하기 위한 것임을 밝힌다.

---

7) 김준오, 「처용시학」, 『김춘수연구』, 위의 책, 272~287쪽.
8) 구모룡, 「완전주의적 시정신」, 『김춘수연구』, 위의 책, 421쪽.

2. 작시 의도의 차원, 또는 궁극적 지향성

김춘수의 무의미시론은 하나의 이념이자 주로 시적 책략에 관한 것이라는 판단이 이 글의 기본 관점이다. 김춘수 자신은 물론이고 일반 연구자들이 아무리 강하게 주장하더라도 그와는 상관없이 무의미시 유형으로 분류되는 모든 작품도 일반 시들처럼 어떤 형태로든 일정한 의미가 있고 또 분출한다. 다만 그것들은 시인이 기획한 고도의 책략, 김춘수의 말로 하면 '시적 트릭'에 의해 무의미한 상태로 위장되어 있을 뿐이지, 실제로는 시인이 노리는 어떤 의미가 함축되어 있다. 이 점을 간과한 채 그것을 단순히 축자적 차원에서 무의미로 읽으면, 그는 시인의 '트릭'에 그대로 넘어가는 꼴이 됨으로써 무의미시는 그야말로 무의미한 것으로 전락해 버린다. 따라서 김춘수의 무의미시론은 대체로 심리적인 것으로서 '시적 트릭'이자 책략 즉, 고도의 기법 차원으로 이해해야만 그의 무의미시는 물론이거니와 그 시론의 진정한 의미에도 다다를 수 있다.

이러한 관점은 앞서 잠시 언급한 대로 김춘수의 무의미시론에 함유된 두 가지 상반된 인식을 통해서 뒷받침된다. 다시 말하면 그가 무의미시론을 진지하게 펼쳐 가면서도 한편으로는 늘 일련의 회의나 한계를 숨김없이 드러낸 점을 적극적으로 고려하면 이론과 실제의 거리를 가늠할 수 있다. 이는 역설적으로 무의미시의 불가능성에 대한 인식일 수 있으며, 또 무의미시의 궁극적 목적이 무의미에 도달하기 위한 것이 아니라 자신이 추구하는 어떤 시적 의미에 이르기 위한 하나의 방법론적 수단임을 나타내는 것이기도 하다. 가령, 다음과 같은 여러 가지 언급들을 통해서 보면 그의 작시 의도와 궁극적 지향점이 확연히 드러난다.

① 나의 경험으로는 '시를 쓴다'는 행위는 다른 또 하나의 경험의 세

계로 들어서는 일이 된다'는 말을 액면 그대로 받아들일 수도 없다. 왜 냐하면, 그 대답은 간단하다. 나는 인간이기 때문이다. 詩作은 인간적 행위이기 때문이다. 다르게 말하면, 나의 시작은 나의 체험의 총화요 종합이기 때문이다. 시작은 이리하여 언어체험이 생활에서 하는 체험 에 겹치는 일이요 새로운 차원으로 생활에서의 체험을 이끌어 주는 일이 된다. 아니, 나의 경우, 나의 시작은 나의 생활에서의 체험이 언 어를 불러 언어의 질서 속으로 자기를 변용케 하려는 노력이 되고 있 다는 것을 의식한다. 詩作하면서 나는 나의 인격을 본다. 그렇지 않다 면 나는 시작과 같은, 공리와는 인연이 먼 無償의 행위를 훨씬 이전에 포기했을 것이다. 나는 나의 시작을 통하여 나의 현재를 보고, 나의 과 거와 미래도 본다.9)

② 시에서 대상이 무너져 갔을 때, 시인은 주체를 상실하고 어둠에 묻히게 된다. 이때의 어둠은 심리 세계의 그것이다. 그것은 이념의 밝 음을 일단 등지게 된 상태라고 할 수 있다. 말하자면 그것은 가치의 세 계가 아니고, 가치의 세계의 바탕이 되는 사실(현실, reality)의 세계라 고 할 수가 있다.

이 사실(현실), 이 어둠은 또한 한 사람의 '타자'이면서 인류의 원형이 기도 한 내 자신의 모습이기도 하다. 이 현기증 나는 심연을 들여다보면 우리는 인류의 아득한 과거 속에 잠긴 우리들 자신과 만나게 된다.10)

③ 프로이트와 융의 무의식은 결국 가장 멀고 깊은 곳으로부터 숨 어 있는 내 자신을 길어 올리는 그런 작업을 뜻하는 것이 된다. 이때 두레박의 역할을 하는 것은 자동 기술이다. 자동 기술로 길어 올린 것

9) 김춘수, 「처용·其他에 대하여」, 『의미와 무의미』, 181쪽. (밑줄 강조, 일부 한자의 한글 전환 및 괄호에 넣기, 일부 현대 맞춤법으로 수정, 인용자. 이하 같음)
10) 김춘수, 「지양된 어둠—70년대 한국시의 한 양상」, 『시의 표정』, 문학과지성사, 1979, 108쪽.

에 이름을 붙이는 일은 현대와 한국이라고 하는 시공이다. 내 자신 무엇으로 이름 불리어져야 하는가는 내가 살고 있는 시대의 사회 현실이 책임을 져야 한다. 나는 다만 내 자신이 무엇인 줄도 모르면서 길어올리고 있을 뿐이다. 끝내는 내 자신에 이름을 붙여 호명하는 것도 내 자신의 책임으로 돌아갈는지도 모른다.11)

④ 폭력을 심리적으로 극복할 수 있는 길이 있을까? 그것은 인고주의적 해학이 아닐까? 극한에 다다른 고통을 견디며 끝내는 춤과 노래로 달래 보자. 고통을 가무로 달래는 해학은 그러나 윤리의 쓰디쓴 패배주의가 되기도 하는 어떤 실감을 나는 되씹곤 되씹곤 하였다. 처용적 심리나 윤리는 일종의 구제되지 못할 자기기만 및 현실 도피가 아니었던가? 이러한 딜레마를 나는 안고 있었다.12)

연구자들이 무의미시론을 다루는 과정에서 흔히 간과하는 대목들이라는 점, 그리고 그들의 견해가 다소 편협하거나 편견을 가진 경우가 많다는 점을 고려하여 김춘수의 시적 인식의 실체를 바로 보기 위해 짐짓 다양한 언급들을 인용해 보았다. 이에 따르면 무의미시와 관련하여 흔히 지적하는 '유아론적 고립주의' '비인간화' '禪的 초월', '도피예술'13) 등과 같은 말들은 상당히 무색해진다. 설령, 그런 관점에 일면 타당성이 있다고 하더라도 그것은 ④에서 보듯 시인이 궁극적으로 추구한 진정한 목표가 아니다.14) 무엇보다도 그는 '인간이기 때문에' '인간적 행위'인

---

11) 김춘수, 「존재를 길어 올리는 두레박」, 위의 책, 150쪽.
12) 김춘수, 「처용, 그 끝없는 변용」, 위의 책, 142~143쪽.
13) 김준오, 「처용시학」, 267~293쪽 참조.
14) 이러한 시인의 사회의식(관념)과 무의미시론(기법)은 모두 시인의 의도에 의한 것인데 연구자들이 주로 무의미시론—'두레박'과 같은 수단(기법)에 관한 시인의 의도는 고려하면서도 정작 그 목적인 두레박으로 길어 올리려는 궁극적 의미에 대해서는 소홀히 다루는 경향이 있다.

작시에서 인간의 문제로부터 완전히 초월할 수가 없어(①), 결과적으로 '인류의 아득한 과거 속에 잠긴 우리들 자신'(②)을 도외시할 수 없으며, '현대와 한국이라고 하는 시공' 즉 '내가 살고 있는 시대의 사회 현실'에 대한 '책임'(③)도 외면할 수가 없다고 하였다. 이런 그의 인식이 그가 '처용적 심리나 윤리는 일종의 구제되지 못할 자기기만 및 현실도피가 아니었던가'(④)라고 회의하게 하였다. 즉 그는 '처용적 심리나 윤리'를 현실 도피적이라 비판하고 부정하였다. 이 때문에 그는 자신이 추구한 무의미시가 그의 궁극적 목표와는 다른 방향으로 작용하는 것에 대한 '딜레마'로 인해 회의하고 괴로워했다. 그리고 이런 회의가 그에게 항상 순수와 관념, 또는 그에 대한 긍정과 부정의 모순 사이에서 갈등하며 불안감에 젖도록 하였다.

⑤ 이 단시(<幼年時> ─ 인용자 주) 3편은 따지고 들면 엄청난 관념을 내포하고 있을 것이다. 그러나 제 2장을 제외하고는 전연 그 관념이 밖으로는 고개를 내놓지 않고 있다. 시가 하나의 전달방법이라고 한다면, 나는 이런 현상에 불안해진다. 나의 의도(관념)를 독자에게도 알리고 싶기 때문이다. 그러나 시를 대하는 나의 안목이 관념을 시에서 완전히 배제해 버리는 것을 좋다고 생각하는 쪽으로 점점 기울어져 가고 있다. 극단의 경우 시는 난센스가 되어도 좋을 것으로 생각하고 있다. 그러나 그런 짓을 나는 대담하게 시에서 하지 못하고 있다. 나의 시의 난센스는 이러한 모순에 오히려 있는지도 모른다.[15]

⑥ 순수시를 쓰려면 쓸 수 있을 것인데 나는 끝내 그것(순수시)에 안심이 안 된다. 관념은 증발하든지 배설되든지 하여 투명한 어떤 정경만이 원고지 위에 전개되어가는 일에 불안해진다. 그러니까 나의

15) 김춘수, 「<유년시>에 대하여」, 『의미와 무의미』, 190쪽.

시는 비유가 되는 일이 많다. 부분으로도 그러하거니와 전체적으로도 그렇다. 이른바 텍스추어와 스트럭처가 다 그렇다는 말이다. 끝내 휴먼 한 것을 떠나지 못한다는 말이 되겠다. 그러나 이 휴먼 한 것을 벗어나고 싶은 이를테면 해방되고 싶은 願望은 늘 나에게 있다.[16]

위의 인용문을 통해서 보면 김춘수는 무의미시론에 대해서 거의 자신감과 확신을 갖지 못했다. 거듭 말하지만, 그의 대부분의 서술 형식이 위와 같이 자신의 '의도'를 제시한 다음에 바로 '그러나'로 시작되는 부정 또는 회의하는 형태로 되어 있는 점이 그것을 반증한다. 무의미시에 관한 그의 글 대부분이 결국에는 '그런 짓을 나는 대담하게 시에서 하지 못하'는 자기 자신을 확인하거나(⑤), '휴먼 한 것을 떠나지 못한다.'라는 한계 인식(⑥)에서 스스로 어중간한 위치에 놓여있음을 토로하는 것으로 귀결된다. 또 그렇더라도 그가 다시 '휴먼 한 것'으로부터 '해방되고 싶은 원망은 늘 나에게 있다'(⑥)라고 한 지점에 이르면 그의 고심과 회의와 '딜레마', 즉 내적 갈등의 심도가 얼마나 깊었는지 짐작할 수 있다. 이에 따르면 무의미시론에 관한 한 그는 심리적으로 상당한 갈등 국면에 빠져 있었다. 다시 말하면 그는 인식과 실제, 또는 무의미시론과 무의미시의 거리를 완전히 없애지 못한 채 그 가능성만을 믿었던 셈이다.

그의 갈등은, 다른 측면에서 보면 '순수시를 쓰려면 쓸 수 있을 것'임을 확신하는 것과 상관없이 언어로 짜인 시의 '질감(texture)과 구조(structure)' 및 전달의 문제를 깊이 인식한 것이자 그 한계를 벗어날 수 없음을 자인한 것으로 볼 수 있다. 그는 한 사람의 인간으로서 인간적 행위인 시에서 인간성을 도외시할 수 없다는 점, 그리고 설령 시인이 시에서 관념을 배제할 수 있다고 하더라도 개념을 지닌 언어로 이루어진 시의 생리상 그

---

16) 김춘수, 「<처용삼장>에 대하여」, 『의미와 무의미』, 195쪽.

것을 완전히 일탈하기도 어렵다는 점을 숙고한 셈이다. 이러한 진의를 참고하면, 적어도 그의 무의미시는 표면적으로 무의미를 위장하고 있을 뿐 실제로는 시인이 현실과 윤리적 존재로서의 자아와 세계를 치열하게 인식한 표현적 결과물이다.

이런 점에서 김춘수는 애초에 순수시나 무의미시를 쓰려는 것이 아니었다. 그것은 미적 차원의 문제일 뿐이고 궁극적 지향점은, "기성의 가치관이 모두 편견"[17]이라는 판단 아래 세계를 제대로 보지 못하는 인간의 유한한 인식작용이나 그 표현 질료인 언어의 한계[18]에서 벗어나 세계와 자아의 실재를 바로 보고 자유를 확보하기 위한 구원의 통로를 탐색한 것이다. 여기서 바로 무의미시론과 그 표현 실체인 무의미시 사이에 거리가 생기는데, 그가 무의미시론에서 시를 쓸 때 '시적 트릭'이 아니면 최소한 '위장'이라도 할 필요가 있다고 강조한 것은 바로 그 괴리를 메우기 위한 수단이었다. 나아가 그것은 작의를 내면에 감추고 시치미를 떼기 위한 시적 장치(기교)이자 책략(위장)이며, 예술화의 한 방법이다.

3. 시적 책략, 또는 무의미의 정체

그렇다면 무의미시론에 내재한 시적 책략은 무엇일까? 이를 이해하기 위해서는 먼저 무의미시론에 대한 초기 전개 과정에서 '서술적 시세계'의 핵심인 '물질시[19]=순수시=좋은 시'라고 본 김춘수의 시정신[20]이 물

---

17) 김춘수, 「대상·무의미·자유」, 『의미와 무의미』, 55쪽.
18) 임철규는 인간의 인식작용과 언어 행위 및 언어는 모두 숙명적으로 한계를 지니며 이것이 폭력성을 낳게 하는데, 그 근원은 '눈의 작란'에 있다고 보았다. 임철규, 『눈의 역사 눈의 미학』, 한길사, 2004, 36~37쪽.
19) 다음 언급에서 랜섬의 시론에 대한 인식이 드러난다. "賓辭의 생략은 의미론의 입장으로는 판단의 유보상태를 뜻하게도 되지만, physical poetry의 전형이기도 하다.

질서의 개념을 처음 제시한 본거지인 歐美 이론의 본의와는 일부 대립하는 점을 성찰할 필요가 있다. 그는 J. C. 랜섬(John Crowe Ransom)이 분류한 물질시를 염두에 두면서도 관점을 달리하여 오히려 관념을 배제한 순수시를 지향함으로써 일견 좋은 시로 여겼는데, 이는 물질시와 관념시에 대조되는 형이상시'를 좋은 시로 규정한 랜섬의 관점에 배치될 뿐만 아니라 다음과 같은 주장과도 상당한 거리가 있다.

> 어떤 시인들이 과학과 시를 구분하여 소위 시는 순수한 것이라고 생각하고 시에서 사상·진리·추상성·정확성·불쾌감·구체성·역설 등을 배제하고자 하지만, 시를 구성하는 요소는 그들이 생각하는 것처럼 그렇게 순수한 것이 아니기 때문에 순수시가 되기는 어렵다고 말하였다. 시는 특히 좋은 시일수록 의식적으로 많은 '잡동사니'를 내포하게 되는 것이다.21)

위에서 "특히 좋은 시일수록 의식적으로 많은 '잡동사니'를 내포하게 되는 것"이라는 R. P. 워렌의 '비순수시'(다양한 시적 요소들 사이의 상

'物을 강조하여 그 이외의 것은 되도록 배제하려는 시를 나는 피지컬한 시라고 부르려고 한다'고 랜섬은 말하고 있다." 김춘수, 「한국현대시의 계보」, 『의미와 무의미』, 41쪽.

20) 다음 내용 참조. "현대의 무의미시는 시와 대상의 거리가 없어진 데서 생긴 현상이다. 현대의 무의미시는 대상을 놓친 대신에 언어와 이미지를 시의 실체로서 인식하게 되었다고 할 수 있다.", "이미지가 대상을 가지고 있는 이상 대상을 위한 수단이 될 수밖에 없다는 뜻으로는 그 이미지는 불순해진다. 그러나 대상을 잃은 언어와 이미지는 대상을 잃음으로써 대상을 무화시키는 결과가 되고, 언어와 이미지는 대상으로부터도 자유로운 것이 된다. 이러한 자유를 얻게 된 언어와 이미지는 시인의 바로 실존 그것이라고 할 수 있다. 언어가 시를 쓰고 이미지가 시를 쓴다는 일이 이렇게 가능해진다. 일종의 방심상태인 것이다. 적어도 이러한 상태를 위장이라도 해야 한다." 김춘수, 「한국현대시의 계보」, 『의미와 무의미』, 43·46쪽.

21) 이창배, 『20세기 영미시의 형성』, 민음사, 1979, 42쪽.

호작용, 또는 충돌과 저항의 관계를 유지하는 시) 개념은, T. S. 엘리엇의 '통합된 감수성/객관상관물의 이론'(의미와 이미지의 동일화를 꾀한시), I. A. 리처즈의 '포괄의 시'(상반되는 충동들의 균형과 조화로 이루어진 시), J. C. 랜섬의 '형이상시'(인간 경험의 총체적 양상을 표현한시), A. 테이트의 '완전시'(외연과 내연의 두 극단적인 속성이 통일되어 생기는 새로운 역학적인 긴장 상태를 유지하는 시) 등의 시적 관점과 유사하다.[22] 이들 관점의 공통점은 모두 시에서 어떤 특정 요소를 배제하는 것이 아니라 다양한 요소들이 총합/융합되어 상호작용하면서 서로 긴장 관계를 갖는 것을 좋은 시로 본다는 점이다.

이에 비해 김춘수의 순수시관은 시에서 관념은 물론이고 대상으로부터도 완전히 자유로워진 상태에서 언어와 이미지만으로 '시인의 실존'에 대체하려고 하여 일면 배제의 논리에 치우침으로써 서구 이론과는 일정한 거리를 갖는다. 긍정적으로 보면 그는 특히 랜섬의 물질시 개념을 수용하면서도 나름대로 자기화했다고 할 수 있으나, 반드시 개념을 수반하는 언어를 질료로 세계와 존재의 양태를 표현하는 시의 생리상 그의 의도대로 되기는 어렵다는 점에서 그의 관점은 불완전한 것일 수밖에 없다. 말하자면 좋은 시일수록 배제의 논리보다는 다양한 요소들의 총합과 긴장 관계로 이루어진다는 서구의 관점을 고려하면 김춘수의 배제 논리에 입각한 순수시 관점은 어느 정도 한계가 있는 것으로 판단된다.

사실 무의미시론을 검토하면 김춘수도 그 점을 항상 의식하였다. 가령, 그것은 그가 순수시를 지향하면서도 한편으로는 '끝내 순수시에 안심'하지 못하고 관념이 증발하거나 배설되어 투명한 '어떤 정경'으로만 이루어진 시에 대해 '불안'해진다고 토로한 부분에 직접 드러난다. 즉 그는 순수시에서 '휴먼 한 것'이 제거되는 결과에 대해 늘 불안감을 가졌는

---

22) 위의 책, 26~48쪽 참조.

데, 이는 결국 그의 작시 의도와 궁극적 지향점과는 다른 방향으로 귀결되는 것에 대한 회의하였음을 나타내는 것이다. 이와 같은 작시 의도와 표현의 실제 사이에 가로놓인 괴리 인식에서 그는 그 문제점을 보완하는 방법론에 더욱 큰 관심을 보였는데, 그것이 이른바 '시적 트릭'[23]이나 '위장'[24]의 개념이다. 이것은 일차적으로는 표층은 순수시 형태로 위장되어 있으나 그 심층에는 의미(관념; 인간적인 것들)가 함축되도록 하는 것을 뜻하며, 이차적으로는 '순수시'에 무의미성이 강화되어 본격적인 '무의미시'(외적 논리가 약화하거나 초월하는) 형태로 한 걸음 더 진전하는 것을 나타낸다. 또 여기에는 그의 무의미시론이 고도의 시적 기교의 차원임을 강조하는 의미도 함유되어 있다. 이 점은 무의미의 발생에 대해 그가 피력한 몇 가지의 핵심적인 예를 통해서 보면 더욱 확실해진다. 그의 언급에 따르면 어떻든 무의미시에서 '무의미'의 개념은 하나의 방법론적인 것임을 분명히 확인할 수 있다.

⑦ 사생이라고 하지만, 있는(실재) 풍경을 그대로 그리지는 않는다. 집이면 집, 나무면 나무를 대상으로 좌우의 배경을 취사선택한다. 경우에 따라서는 대상의 어느 부분을 버리고, 다른 어느 부분은 과장한다. 대상과 배경과의 위치를 실지와 전연 다르게 배치하기도 한다. 말하자면 실지의 풍경과는 전연 다른 풍경을 만들게 된다. 풍경의, 또는 대상의 재구성이다. 이 과정에서 논리가 끼이게 되고, 자유연상이 끼이게 된다. 논리와 자유연상이 더욱 날카롭게 개입하게 되면 대상의 형태는 부수어지고, 마침내 대상마저 소멸한다. 무의미의 시가 이리하여 탄생한다."[25]

---

23) 김춘수, 「대상의 붕괴」, 『의미와 무의미』, 82~84쪽.
24) 김춘수, 「한국현대시의 계보」, 『의미와 무의미』, 46쪽. 「대상·무의미·자유」, 『의미와 무의미』, 53~54쪽.
25) 김춘수, 「의미에서 무의미까지」, 『의미와 무의미』, 66쪽.

⑧ 허무는 글자 그대로 모든 것을 없는 것으로 돌린다.…(중략)…즉 허무는 자기가 말하고 싶은 대상을 잃게 된다는 것이 된다. 그 대신 그에게는 보다 넓은 시야가 갑자기 펼쳐진다. 이렇게 해서 '무의미시'는 탄생한다. 그는 바로 허무의 아들이다.[26)]

⑨ 나에게 이미지가 없다고 할 때…(중략)…한 행이나 두 행이 어울려 이미지로 응고되려는 순간, 소리(리듬)로 그것을 처단하는 수가 있다. 소리가 이미지로 응고하려는 순간, 하나의 장면으로 처단하기도 한다. 연작에 있어서는 한 편의 시가 다른 한 편의 시에 대하여 그런 관계에 있다. 이것이 내가 본 허무의 빛깔이요 내가 만드는 무의미의 시다.[27)]

무의미시가 만들어지는 과정을 언급한 위의 글들을 통해 보면 무의미는 모두 방법론적인 문제이지 '의미 없음'이나 '의미 제거'를 뜻하지 않는다. 그러면 이 논의들에 담긴 무의미의 실체를 구체적으로 살펴보기로 한다.

먼저, ⑦에서는 시적 대상이 되는 배경 중에서 취사 선택한 것을 자유연상을 통해 재구성함으로써 실재 풍경 그대로의 대상이 소멸하도록 한다는 것이니, 결국 시에는 현실적인 대상 대신에 시인에 의해 "계산된 심미적 재구성"[28)]의 결과인 새로운(낯선) 세계가 드러난다는 것이다. ⑧에서는 '자기가 말하고 싶은 대상'을 '없는 것으로 돌'림으로써 '보다 넓은 시야가 갑자기 펼쳐진다'는 것, 이를테면 기성관념을 지워 버리면 여러 가지 새로운 가능성이 열릴 수 있음을 제기한다. ⑨에서는 행과 행 사이의 연결성을 파괴함으로써 이미지의 자연스러운 흐름을 방해하는 것이라고 했으니 '이미지가 없다'(이미지의 이면에 관념이 함축되어 있으

26) 김춘수, 「대상·무의미·자유」, 『의미와 무의미』, 55~57쪽.
27) 김춘수, 「의미에서 무의미까지」, 『의미와 무의미』, 69쪽.
28) 김춘수, 『시의 위상』, 둥지, 1991, 172쪽.

므로 의미가 없다는 것이기도 함)고 하는 의미는 정말 이미지가 없는 것이 아니고 이미지의 당돌한 병치를 통해서 외적 통일성과 논리성을 없애려는 노력의 소산임을 나타낸다. 다시 말하면 그것은 일종의 '반 소설'처럼 전통적 구성 방법—"정석적인 순서를 밟"는 것을 해체하는 것과 유사하다. 이러한 형태를 그는 '시적 트릭'이라고 했는데,29) 이는 그가 추구하는 무의미시에 어쩔 수 없이 함유되는 의미(관념)의 문제를 해결하는 하나의 기교가 된다. 물론 이들은 독자를 속이기 위한 진짜 '트릭'(속임수)이 아니라 모두 "예술적인 지향"30)의 산물이다. 다음에서 보면 시적 트릭(위장)의 진의가 좀 더 분명히 밝혀진다.

⑩ 시에는 원래 대상이 있어야 했다. 풍경이라도 좋고 사회라도 좋고 신이라도 좋다. 그것들로부터 어떤 구속을 받고 있어야 긴장이 생기고, 긴장이 있는 동안은 이 세상에는 의미가 있게 된다. 의미가 없는 데도 시를 쓸 수 있을까? '무의미시'에는 항상 이러한 의문이 뒤따르게 마련이다. 대상이 없어졌다는 것을 짐작하고 있으면서 이 의문에 질려 있고, 그러고도 시를 쓰려고 할 때 우리는 자기를 위장할 수밖에는 없다. 기교가 이럴 때에 필요한 것이 된다. 그러니까 이때의 기교는 심리적인 뜻의 그것이지 수사적인 뜻의 그것이 아니다. 그러나 그 위장이라고 하는 기교가 수사에서 그대로 나타나게 되는 것은 어쩔 수 없는 일이다.31)

---

29) "'남자와 여자'와 '오갈피'가 무슨 상관일까? 이것은 하나의 트릭이다. 시가 통속소설의 줄거리처럼 도입부에서 전개부로 전개해 가다가 절정에서 대단원으로 끝을 맺는 정석적인 순서를 밟게 되면 그 자체 여간 따분하지가 않다. …(중략)… 반 소설에서는 그래서 허구(줄거리)를 배격한다. 허구란 실은 그것을 만드는 사람의 관념의 틀에 지나지 않는다. 관념이 필요하지 않을 때 허구는 당연히 자취를 감춰야 한다." 김춘수, 「대상의 붕괴」, 『의미와 무의미』, 앞의 책, 82쪽 참조.
30) 김춘수, 『시의 위상』, 173쪽.
31) 김춘수, 「대상·무의미·자유」, 『의미와 무의미』, 53~54쪽.

⑩에서 보면 그가 지칭하는 시적 트릭은 무의미시에서 의미가 발생하는 것을 마치 그렇지 않은 것으로 '자기를 위장'하기 위한 기교이다. 그래서 그는 '기교는 심리적인 뜻의 그것이지 실제의 수사적인 뜻의 그것이 아니다'라고 주장했다. 그런데 '자기를 위장'하기 위한 기교가 단순히 '심리적'인 차원에 머문다면 작품에서는 그 실체가 드러나지 않는다는 말이 되기 때문에 그는 이를 보완하기 위해 말을 바꾸어 다시 '그 위장이라고 하는 기교가 수사에서 그대로 나타나게 되는 것은 어쩔 수 없는 일이다'라고 수정하여 스스로 앞의 말을 뒤집어 버린다. 말하자면 시인의 측면에서 의미가 발생하는 것을 무의미시인 양 심리적으로 위장한 것이 실제 작품에서는 수사적인 형태로 드러나게 된다는 것이다.[32] 이런 것들을 그는 '자유 연상', '자동 기술', '반 소설 기법' 등을 통해 기성 관념에서 벗어난 이미지의 당돌한 병치와 같은 방법으로 제시했다.

결국, 이들을 종합하면 김춘수가 의도하고 사용한 무의미(허무, 부정과 통합)의 개념은 유한한 것으로 인식하는 기성 관념을 지운다는 의미이며, 또 이것은 '의미 없음'을 실현하기 위한 것이 아니라 새로운(낯선) 세계를 개진하기 위한 전제임을 알 수 있다. 그리고 기법으로 보면 주로 이미지의 자연스러운 연결을 꾀하는 기존의 방법을 부정하고 외적 연관성이 먼 것들을 당돌하게 병치하는 형태이기도 하다. 이렇게 본다면 그것은 바로 일종의 '낯설게 만들기'의 한 책략이라고 볼 수 있다.[33] 물론

---

32) 위장과 기교의 관계에 대해 이광호는 "'위장'의 개념이 의미가 개입되어 있는 언어를 질료로 사용하는 시가 마치 의미가 없는 것처럼 보이게 하는 것을 말하는 것이라면, '기교'는 그 위장을 위해 필요한 언어적인 테크닉을 말할 것이다."라 했다. 이광호, 「자유의 시학과 미적 현대성—김수영과 김춘수 시론에 나타난 '무의미'의 문제를 중심으로」, 287쪽.

33) 이광호는 김춘수의 "언어들의 새로운 배합과 충돌을 통해 그것의 의미 지향성을 해체하는 작업"을 "'상징파' 시인들의 작업과도 연결되며, 러시아 형식주의자들이 말하는 '낯설게 하기' 효과와도 연관될 수 있다"라 하였다. 「자유의 시학과 미적 현

여기에는 새로움을 추구하려는 기법상의 의미와 더불어 세계와 존재의
진실에 더 가까이 다가가려는 철학적 회의가 중첩되어 있다.

4. 마무리

김춘수의 무의미시론은, 이론과 실제 사이에 가로놓인 일련의 한계로
인해 그는 늘 불안감을 가졌을 뿐만 아니라 더러는 난해시나 귀족시라
는 비판을 받기도 하지만, 우리 시사를 통틀어서 시적 방법론에 대해 그
만큼 치열하게 고민하고 회의한 전례를 찾아볼 수 없다는 점에서 분명
히 우리의 소중한 시적 자산 중의 하나이다. 그가 그것을 이론적으로 정
립하고 일반화하기 위해 다양한 이론들을 수용하거나 변용함으로써 시
의 예술성을 강화하려고 노력한 결과 우리 시의 면모를 다양하게 하는
데 이바지하고, 시적 기법에 대해 깊이 인식하게 한 공적은 누구도 부인
할 수 없을 것이다. 이런 측면에서 그의 무의미시론과 무의미시에 관한
연구자들의 관심이 높은 것은 당연한 현상일 것이다.

그러나 김춘수의 무의미시론은 여전히 명확하게 이해할 수 없는 점이
남아 있고, 더러는 오해하기도 하는 것이 사실이다. 그것은 일차적으로
는 무의미시론에 다양한 기법들이 중첩되어 있을 뿐만 아니라 무의미의
바탕에 이른바 '난센스'가 깔려 있어 이해에 어려움이 있으며, 또 시인의
심리적인 차원과 실제 사이의 괴리를 메우기 위한 '시적 트릭'이나 위장
된 책략이 숨어 있기 때문이기도 하다. 이 글에서는 이런 점에 관심을 두
고 특히 무의미시론에 대해 오해의 여지가 있는 부분에 대해 구명하려
고 노력했다. 연구 결과를 요약하면 다음과 같다.

첫째, 김춘수의 무의미시론에서 무의미의 개념은 미적 차원의 문제로

___

대성―김수영과 김춘수 시론에 나타난 '무의미'의 문제를 중심으로」, 288쪽.

서 그 궁극적 지향점은, 기성 관념이나 가치관을 일단 허위이거나 편견이라는 판단 아래 그것을 무의미한 것으로 보고 전복하려는 시인의 의지와 관련이 있다. 그리고 이것은 인간의 유한한 인식작용과 표현 질료인 언어의 한계에서 벗어나 세계와 자아의 실재를 통찰함으로써 자유에 이르는 구원 통로를 탐색하기 위한 수단이다. 그러니까 그가 의도한 무의미의 개념은 일차적으로 외적인 것에 대한 부정, 즉 말도 안 되는(무의미한) 것을 무시하는 것이며, 이차적으로는 표면적으로 무의미 형태를 추구해도 심층에는 새로운 의미를 궁구하는 내적 논리(유의미)가 들어있다. 특히 그는 무의미와 의미 사이에 가로놓인 괴리(무의미≠유의미)를 좁히기 위해 '시적 트릭', 또는 '위장'의 개념을 적용하였다. 이것은 결국 작의를 내면에 감추고 시치미를 떼기 위한 시적 기교이자 책략이며, 예술화의 한 방법이다.

둘째, 무의미시론에서 작시 기법은 주로 관념을 배제하고 물질시(순수시)의 형태로 추구하는 것에서 출발하여 본격적인 무의미시 형태로 이행하면서 '자유연상법', '자동기술법', '반 소설 기법' 등등으로 심화 전개된다. 이것들은 자연스러움을 일탈한 이미지의 당돌한 병치와 같은 방법으로 통합될 수 있다. 이러한 기법들의 궁극적 의미는 기성 관념이나 일상적 논리를 초월하려는 수단이며, 진실에 대한 통찰 내지는 창조를 위한 방법론이다. 따라서 그것은 일종의 '낯설게 만들기'의 시적 책략이며, 세계와 존재의 실체에 근접하려는 철학적 회의의 형식화라 할 수 있다.

시가 예술의 한 양식인 이상 의미 전달보다는 그것을 어떻게 예술적 차원으로 승화하여 독자에게 미적 체험을 부가하느냐가 더 중요하다. 이런 당위적 명제에 입각하면 "시는 도덕보다 더 섬세하고 근본적일는지도 모른다. 나는 시를 쉽게 쓸 수가 없다."[34]는 김춘수의 토로는 매우

---

34) 김춘수, 「존재를 길어 올리는 두레박」, 『시의 표정』, 150~151쪽.

근본적이고도 중요한 의미가 있다. 이는 시와 도덕을 명확히 구분하려는 의지의 표명이자, 시를 시답게 빚기 위해서는 어쩔 수 없이 어려워질 수밖에 없다는 시의 근본 생리에 대한 인식을 보여주는 것이기 때문이다. 이러한 그의 치열한 예술 인식이 바로 그에게 끊임없이 시적 방법론을 모색하고 회의하면서 새로운 기법을 갈구하도록 했다.

특히 그 중에도 무의미시론은 김춘수가 시적 생애 대부분을 바칠 만큼 계속 그의 호기심을 자극한 시적 방법론이었다. 그 까닭은 그것이 무엇보다도 의미 전달보다는 시 기교 차원의 고민과 밀접한 관련이 있을 뿐만 아니라 예술의 중요한 속성인 새로움(개성, 창조 정신, 낯설게 만들기)을 추구하는 것이기 때문일 것이다. 이런 점에서 김춘수의 무의미시론은, 비록 그 자신도 시사적 계보를 운위하는 자리에서 "현대의 무의미시는 …(중략)… 그 가장 처음의 전형을 우리는 이상의 시에서 본다."[35] 라고 해 독창적인 것이 아님을 인정하고, 또 "순수시의 방법상의 승리가 반드시 역사에의 승리와 일치하지는 않는 점"에서 "한국에서의 순수시의 그 방법상의 승리는 상대적으로 하나의 문제를 제기한다."[36]는 오규원의 비판적 인식을 어느 정도 수용하더라도, 시적 기교보다는 의미 추구의 방향으로 무게가 더 기울어진 우리 시사로 볼 때 하나의 본보기로 삼을 만하다고 하겠다.

---

35) 김춘수, 「한국현대시의 계보」, 『의미와 무의미』, 43쪽.
36) 오규원, 「무의미시」, 『현실과 극기』, 문학과지성사, 1976, 86~87쪽.

조병화 시에 투영된 儒學的 상상력

1. 과거이면서 미래인 시

이 글은 片雲 조병화(1921.5.2.~2003.3.8) 시에 형상화된, 유학사상의 핵심으로서의 '仁'(어짊, 사랑)의 특성을 살피는 것을 주요 목적으로 연구되었다. 지금까지 이 논제를 구체적으로 연구한 결실은 없다. 다만 이에 연관될 수 있는 포괄적 견해로 "관용의 정신과 휴머니즘"[1], "순천 명과 운명애의 긍정적 세계관"[2] 등이 있을 정도이다. 그런데 이 논지들은, 유학사상이 주로 인간관계에 관한 실천 덕목을 규정하고 인심은 곧 천심이라는 의미에 관련되는 점을 고려할 때 조병화 시의 사상적 배경의 하나인 유학사상으로 확장될 가능성을 열어주는 것으로 볼 수 있으나, 구체적으로 '인'의 관점에서 다룬 것이 아니어서 이 글에 직접 연관된 선행 연구 자료는 아니다.[3] 따라서 이 글은 조병화 시를 '인'의 관점

---

1) 오세영, 「휴머니즘과 인간정신의 승리」, 『한국시협상 수상작품집』, 문학세계사, 1980, 138쪽.
2) 김재홍, 「낭만주의의 생철학」, 『시와 진실』, 이우출판사, 1984, 260쪽.
3) 조병화 시를 연구한 업적은 석사학위 논문 2편, 박사학위 논문 1편, 학술 논문 12편 정도로 그의 방대한 시적 발자취에 비하면 본격적인 연구는 아직 시작단계에 불과하나.

에서 접근한 試論이다.

조병화는 일반적인 등단 관례를 따르지 않고 ≪버리고 싶은 유산≫(1949)이라는 시집을 직접 펴내면서 시단에 나온 이후, 작고할 때까지 매년 한 권씩 시집을 펴낼 만큼 엄청난 창작 역량을 보여준 시인이다. 구체적으로 그는 시력 53년 동안 53권(유고 시집 1권 포함)의 시집을 발간하고 이를 통해 3,564편의 작품을 발표하였다. 그러니까 그는 매년 시집 한 권씩을 간행하면서 연평균 67.25편의 작품을 세상에 내놓은 치열하고도 놀라운 시적 생애를 영위하였다. 이 사실은 우리나라 시사는 물론이거니와 세계적으로도 기록을 찾을 수 없는 유일한 사례라 할 수 있다.

물론 작품의 많고 적음이 시인의 위상을 가늠하는 절대적인 척도가 되지는 않는다. 그러함에도 대중화 시대가 열리기 전에 조병화는 일찍이 시의 생활화를 꾀하여 많은 독자에게 대중적 인기를 끌었는데 이것은 의미하는 바가 매우 크다. 이를테면 시에 관한 전통적 관점이나 학술적 차원에서 접근하면 시적 형상화의 질을 문제 삼아 더러 '대중 시인'으로 폄훼한 평가도 있으나, 대중화 시대가 활짝 열린 현대의 관점에서 보면 무엇보다도 독자의 관심을 유도하고 그들에게 감흥을 주는 작품의 가치도 무시할 수 없으므로 그는 일찍이 독자를 크게 고려한 남다른 혜안을 가졌다고 평가할 수도 있다. 그러니까 그의 작품이 학계보다는 일반 독자들에게 더 큰 호응을 받은 것은 결코 저평가될 수 없는 가치라 할 것이다.

이런 측면에서 보면 조병화 시는 연구할 만한 가치가 크다. 특히 자본주의와 대중화 시대가 정점으로 치달으면서 인문학을 비롯한 문학, 나아가 시에 대한 대중적 관심이 점점 줄어들어 위기에 직면하고 있음을 고려할 때, 그의 시가 대중적 인기를 누린 까닭은 충분히 연구할 가치가 있다고 본다. 이와 관련하여 '문학의 죽음'에 관한 논의를 펼친 앨빈 커넌의 다음과 같은 지적은 큰 시사점을 던져 준다.

지난 30여 년 동안 문학의 제도와 주요한 가치들은 근본적인 동요를 겪었다. 1960년대부터 문학의 죽음에 대한 논의가 시작되었으며, 이러한 논의는 신은 죽었다는 니체의 단언을 연상시키려는 의도적인 비유였다. 급기야 1982년에 이르자, 레슬리 피들러(Leslie Fiedler)는 의기양양하게 자신의 저서에 『문학이란 무엇이었던가?(What Was Literature?』라는 제목을 붙일 수 있게 되었다. 대중 문학의 옹호자인 그는 고급 교양 문학이 사라져 가는 것에 대해 일말의 아쉬움도 없었던 것이다.[4]

여기서 보면 전통적인 관점에서 규정되는 '고급 교양 문학'이 고사되는 위기는 '대중 문학'에 대한 관심이 커지는 것과 반비례하여 운명이 서로 엇갈림을 알 수 있다. 우리 문학계는 서구보다는 늦지만 1990년대에 이르러 위기의식이 본격적으로 팽배하기 시작했다고 할 수 있다. 그리하여 이제는 멀리는 인문학에서부터 예술과 문학, 그리고 시 분야에 이르기까지 위기를 운운한 논의들이 무척 낯이 익은 상태이다. 그만큼 이제 그 흐름은 누구도 부정할 수 없는 일반적 현상이 되었다고 해도 과언이 아니다.

그렇다면 이러한 시대적 흐름 속에 시의 지속 가능성은 어디서 찾을 수 있을까? 이것은 관점에 따라 여러 가지 방향에서 가늠할 수 있겠지만, 등단 이후 늘 많은 독자의 관심과 사랑을 받았던 조병화 시를 통해서도 그 일단을 엿볼 수 있다. 널리 알려진 대로 조병화는 시의 생활화를 몸소 보여준 대표적인 시인이다. 그는 언제 어디서든 현재의 경험을 시로 풀어내는 일을 자연스레 실천한 것으로 유명하다. 그래서 그의 시는 더러 '대중시'라는 평가를 받기도 했지만, 일반 독자들에게는 오히려 감동적인 시라는 입장에서 상당한 인기를 끌었다.

이런 의미를 적극적으로 받아들이면 조병화 시는 과거이면서 미래의

---

4) 앨빈 커넌·최인자 옮김, 『문학의 죽음』, 문학동네, 1999, 10쪽.

의미를 동시에 갖는다고 할 수 있다. 즉 그가 자신의 시에 대해 일부 쉬운 시, 또는 대중시라고 폄훼하는 소리에도 아랑곳하지 않고 자신의 시적 소신을 일관되게 견지하면서 생활시를 써서 많은 독자를 확보한 것은 시의 위기에 대응할 수 있는 한 본보기가 될 수 있다. 다시 말하면 독자들에게 소외되어 위기에 직면한 오늘날의 시적 현실을 타개할 수 있는 새로운 시의 경향이 그의 시정신과 작품의 한 특성에 깊이 연관되어 있다고도 볼 수 있기 때문이다. 이는 그가 대중화 시대를 염두에 두었는지와는 상관없이 작품 양상이 말을 해주는 것이다.

이러한 점에서 이 글은 조병화 시를 대상으로 독자의 관심을 끈 요인 가운데 한 특성을 밝혀보려고 한다. 특히 시적 사유의 하나인 '인'이 어떻게 작품으로 형상화되었는지 살펴볼 것이다.5) 주지하듯이 이것은 유학사상의 핵심을 이루는 것으로서, 조선시대를 풍미한 중심 사상이자 우리의 전통사상이며 근대로 직결된 가장 낯익은 사상의 하나이기도 하다. 그런 만큼 종교적 개념으로 확장된 유교를 믿건 믿지 않건 우리나라 사람들에게는 유학적 사유가 생활 깊숙이 스며들어 알게 모르게 삶의 질서로 큰 영향을 미쳤다. 달리 말하면 조병화의 시적 형상화의 한 배경으로 자리를 잡은 유학사상의 핵심인 '인'에 관련된 사유는 독자들에게 쉽게 다가갈 수 있는 자질이 있다. 그래서 조병화 시에 투영된 다양한 철학적(또는 종교적) 사유 가운데 주로 유학사상의 '인'을 척도로 그것이

---

5) 조병화 시에는 다양한 사상들이 내포되어 있다. 동양의 유불선은 물론이고 서구의 기독교와 천주교 사상까지 드러나며, 심지어 "내가 나의 경험으로 나의 종교를 추구해왔듯이/주어진 종교가 아니라 찾아가는 종교처럼, 주어진 종교가 아니라 발견해가는 종교처럼/그렇게 항상 나를 미지의 세계로 이끌어 준 것은 죽음이며, 그리움이며, 사랑이며, 꿈이었습니다. 무엇보다도 죽음과 허무, 그 고독이었습니다. 그 고독은 나에게 있어서 적막한 희열이었습니다."(조병화, 『시로 쓰는 자서전─세월은 자란다』, 문학수첩, 1995, '머리말'에서)라고 피력하였듯이, 그는 모든 것을 믿음의 대상으로 바라보는 매우 개방적인 눈을 가졌다.

어떻게 시적 상상력으로 확장되어 작품으로 창출되었는지, 그 실체를 밝혀보려 한다. 이를 통해 조병화 시에 형상화된 '인'의 특성과 현대적 의미를 가늠해 볼 수 있을 것으로 기대된다.

2. 유학사상의 근본이념과 '仁'의 현대적 의미

유학사상의 원류인 중국인들의 인식을 살펴보면, 그것은 주로 행위의 규범 윤리로서 '가르침[敎]'에 관한 것이며, 그 실체는 우주와 인간의 상호작용을 따지는 '길[道]'에 직결된다. 이에 따라 그들에게는 구원에 관한 문제도 현실적 인간의 생명을 넘어 영원성을 추구하는 초월적 원형으로서의 거듭남[重生·再生·復活]의 개념과는 거리가 있다. 즉 그들은 주로 현세의 삶에 초점을 맞추고 내세의 구원 관념에 대해서는 별로 관심을 두지 않았다.6)

공자는 가족윤리의 실천으로서 자식이 어버이를 극진히 섬기는 '효'의 근원을 인으로 규정하였다. 이는 "군자는 근본에 힘쓰니, 근본이 서면 도가 생긴다. 孝弟는 인을 실천하는 근본이다."7)라는 말을 통해 확인된다. 효제의 바탕인 '仁'은 '人'과 '二'가 합체된 것으로서 두 사람이 서로 '親愛한다, 또는 親密한다'는 뜻이다.8) 사람 사이의 관계 맺음에서 가장 중요하고 필요한 것이 서로 가까이 사랑하는 것[친애=인]이라면 이것은 먼저 사회의 출발점이 되는 가정의 가족관계에서부터 구현되어야 한다. 그리고 가족관계의 기초가 부모와 자식의 관계에서 형성되므로 가족윤리에서는 자식이 부모를 섬기는 일을 극진히 하는 것이 참된 도리가 된다.

---

6) 금장태, 『유교사상과 종교문화』, 서울대학교 출판부, 1994, 286쪽.

7) 『논어』 「學而」편.

8) 『說文解字』·『설문해자 주』; 최영진, 『유교사상의 본질과 현재성』, 성균관대학교 출판부, 2002, 37쪽 참조.

여기서 곧 '효제는 인을 실천하는 근본'이라는 논리가 도출된다.

한편, 공자를 숭상한 맹자는 '인'을 '仁義'로 확대해석하였다. 그는 인의를 통한 도덕 실천의 이론적 근거로서 인간에게는 천부적으로 선한 도덕심이 내재해 있음을 들고, 이것을 四端之心이라는 논리로 뒷받침하였다.9) 인간은 선한 도덕심을 갖고 태어나므로 "그 마음을 다하는 자는 본성을 알고, 그 본성을 알면 하늘을 안다."10)라고 하여, 사람의 본성은 천도를 근원으로 한다고 했다. 여기서 '그 마음을 다하는 자'는 바로 마땅히 수행할 인간의 길을 성실히 걸어가서 인륜 질서를 정립하는 사람으로 볼 수 있다. 인륜 질서의 첫걸음은 부모를 정성껏 모시는 것이기 때문에 天道의 구현은 곧 가족윤리에서 출발한다. 사람이 자기 진심을 발휘하는 것은 개인적 존재(자아, 小我)와 사회적 존재(초자아, 大我)가 일체화된 경지이다. 사회적 차원에서 인을 실천하는 것이 인간에게 얼마나 준엄한 도리인지는 "志士와 仁者는 삶을 도모하기 위해 인을 해치지 않으니 자신을 죽여서라도 인을 완성하려 한다."11)라고, 살신성인을 강조한 공자의 말씀을 통해 극명하게 드러난다.

이렇듯 가족윤리에서 출발하는 '인'은 개인의 한 가정이라는 폐쇄적인 울타리를 넘어 사회적으로 확장하는 것, 즉 "인의 최후 토대를 부모와 자식 사이의 사랑을 핵심으로 하는 인류의 정감"12)이 될 때 비로소 그 실체가 드러난다. 특히 물신주의와 이기주의가 날로 팽창해 혼란이 점점 심화하는 현대사회를 상기하면, 소아로서의 개인과 혈연관계를 넘어서는 이른바 대아 정신이 절실하게 요청된다. 이에 유학사상의 궁극적 목적이 至善이라는 가치의 사회적 구현에 있음을 고려하면,13) 이것

---

9) 한국철학사상연구회, 『한국철학』, 예문서원, 1997, 31쪽.
10) 『맹자』 「盡心」 상편.
11) 『논어』 「衛靈公」편.
12) 이택후, 권호 역, 『華夏美學』, 동문선, 1990, 61쪽.

은 시대적 요청에 적절히 부응할 수 있다. 여기서 바로 전통적인 유학사상에 현대적 가치를 부여할 수 있는 근거가 밝혀진다.

3. 조병화 시에 나타난 '인'의 형상화 양상

유학사상의 현대적 가치로 볼 때 조병화 시편에 '인'을 바탕으로 한 시적 사유로 형상화된 작품이 많은 까닭을 이해할 수 있다. 가족윤리의 차원에서 어머니 섬김의 지극한 정성, 그리고 그 사회적 확장으로서 자아를 초월한 따뜻한 인류애의 발로 등은 이것이 비정하고 각박한 현대사회를 극복할 수 있는 지름길이라는 치열한 세계인식의 결과로 볼 수 있다. 이 점을 구체적으로 살피기 위해 이 글에서는 조병화 시를 창작 시기의 선후 관계에 구애받지 않고 자아실현의 추구라는 관점에서 시적 전개 과정을 재편성할 것이다.

1) '인'의 근본으로서의 효친의식

조병화 시에는 전체적으로 '어머니'라는 시어가 단연 가장 많이 사용되었다. 어머니에 대한 깊은 관심은 인지상정이라 할 수 있는데, 조병화 시에 형상화된 어머니에 관한 정서는 상당히 깊고 넓어 인간의 보편적 정서라는 말로는 제대로 설명하기 어렵다. 즉 개인적으로는 지극한 사람다움을 나타내는 의미로부터 인륜을 넘어 천륜에까지 이르는 매우 포괄적인 의미로 확장되어 드러나기 때문이다. 그의 지극한 事親 의식은 『중용』에 "仁은 사람다움이니 어버이를 친애하는 것이 가장 크다."[14]고 한 말을 통해 구체적으로 이해할 수 있다. 이에 따르면 그는 천성적으로

---

13) 최영진, 『유교사상의 본질과 현재성』, 121쪽.
14) 『중용』 20장.

'인'이 충만하여 진정 사람다운 사람으로 살았고, 그 성품이 시의 원천으로 작용하여 다양한 스펙트럼을 형성하였다.

먼저, 어머니에 대한 시인의 인식에는 자아의 탄생 근원이자 귀의처라는 점이 으뜸을 차지한다. '身體髮膚受之父母'(『효경』)라는 말이 널리 알려져 있듯이 효의 근본은 '부모로부터 물려받은 몸'이라는 자아 인식에서 비롯된다. 조병화 시에 두드러지게 드러나는 지극한 효심도 바로 여기서 비롯됨을 다음 구절들에서 확인할 수 있다.

> ① 날 이 땅에 데려다주시고/눈물을 주며 가심에/사랑을 해라 사랑
> 을 해라 하신 분이/어머님이지요
>   　-<어머니> 부분(14시집 ≪내일 어느 자리에서≫, 권2)
> ② 당신은 텅 빈 나의 하늘이옵니다./……/당신은 가득찬 나의 일월
> 이옵니다
>   　-<당신이 당신의 육체를 버리고> 부분(21시집 ≪어머니≫, 권3)
> ③ 나의 선조는 흙이었습니다/그리고/나의 고향은 불이었습니다/
> 그리고/나의 생명은 사랑을 품으시다 돌아가신/어머님의 아프시던 입
> 김이었습니다
>   　-<나의 내력> 전문(35시집 ≪찾아가야 할 길≫, 권5)
> ④ 사람은 누구나/어머니에게서 나와서 어머니에게로/돌아가는 거
>   　-<사람은 누구나> 부분(43시집 ≪서로 따로 따로≫, 권5)

①에서는 어머니의 존재에 대한 복합적인 인식이 드러난다. 즉 어머니는 자아를 존재(사실)하게 하였고, 눈물을 주어 사랑을 실천할 줄 아는 사람, 곧 당위적 존재(가치)가 되라고 거듭 당부하셨다는 것이다. 물론 여기서 '눈물'은 이른바 '인'의 실체 '仁之端'에서 나온 '惻隱之心'[15]이

---

15) 『맹자』 「公孫丑」 상편.

실현된 상태이다. 측은지심은 남의 아픔을 제 아픔처럼 받아들이는 연민의 정(눈물)이므로 자아(소아)에서 초자아(대아)로 나아가는 단초가된다. 이렇게 그의 어머니는 남과 더불어 살 줄 아는 따뜻하고 너그러운 아들이 되기를 간절히 바랐다는 것이다. ②와 ③에서는 자아의 근원을 추구하는 의미가 드러난다. 즉 어머니 → 선조 → 지상의 자연(흙, 불) → 하늘이라는 계통에 따라 결국 어머니와 하늘이 등가관계를 이룬다. 그리하여 어머니는 생사를 구분하지 않고 늘 하늘같이 모셔야 하는 유학적 윤리가 적용되는 존재로 승화된다. ④에서 어머니는 존재의 출발점이자 귀착점으로 인식된다. 즉 자아는 순환하는 자연의 섭리에 상응하는 반면, 어머니는 변화하지 않는 절대적 존재가 된다.

다음으로, 어머니는 자아가 본받아야 할 근본이자 하늘로서 마음에 존재한다. "어머님이 이 세상에서 하신 대로/사는 날까지 그저 공손히/차례차례 보내며/차례차례 맞으며/그저 사는 날까지 살아야 하는 겁니다."(<개구리 명상·56>, 40시집 ≪개구리의 명상≫, 권5)라는 구절에서 보듯이, 그의 마음에는 어머니를 공손히 따르려는 효심[16]과 자연의 질서에 순응하려는 의식이 공존한다. "군자는 천도의 본질을, 인간을 주체로 하여 나의 본질로 자각함으로써[自强不息] 당위의 도덕률을 정립하는 것"[17]을 근본으로 삼는다는 의미에서 보면, 이 시의 핵심은 바로 '어머니가 하신 일'을 '하늘의 운행'과 같은 것으로 받아들인다는 의미로 풀이할 수 있다. 이것은 '공손히'를 의도적으로 어머니와 자연의 섭리 사이에 양걸침 형태로 배치한 형식을 통해 구현된다. 이에 따라 어머니는 자아가 마땅히 따르고 섬겨야 할 모범(근본)이자 절대적인 존재라는 이중성을 함축한다. 이렇듯 어머니를 절대적 존재로 인식하면 갈등은 사

---

16) 이는, "어버이를 따르지 못함은 자식이 되지 못함이라."(『맹자』「離婁」하편)라고 한 말에 따르면 자식의 도리를 다하기 위한 최소한의 노력이자, 그 증명이다.
17) 최영진, 『유교사상의 본질과 현재성』, 21쪽.

라진다. 오직 "어머님이 인도하시는 대로/인생이라는 긴 그 여정"을 "고맙게, 고맙게, 살아왔습니다"(<어머님에게도 비밀이>, 43시집 ≪서로 따로 따로≫, 권5)라고 감사와 순종으로 일관하는 자아만을 추구할 따름이니까.

또 어머니는 자아의 위기의식을 위무하고 마음을 환하게 밝혀주는 존재이기도 하다. 시인의 위기의식은 "어머니 없는 곳에 떨어져서/혼자 남은 이 전율/불길에 말려/사그라진 시간/인간에 끼어, 그 혼자를 산다//동서 남북, 지구는 지금/어디나 화약고/산다는 게/찬 바람이다"(<산다는 거>, 20시집 ≪먼지와 바람 사이≫, 권3)라는 구절에 구체적으로 드러난다. 어머니 부재와 위기의식은 개인적으로는 사별에 기인하지만, 이 시에서는 주로 慈愛와 포용력(모성=사랑)이 고갈된 지구의 비극적 현실에서 촉발되었다. 즉 '인(사랑)'의 부재 현상이 위험천만한 세상을 만들어 삶을 고통스럽게 한다는 것이다. 그렇다면 위기의식이 깊어질수록 어머니에 대한 그리움은 더욱 강화되고 고착된다. 이를테면 어머니는 "어두운 밤에도 하얀 그 모습 그대로 그 자리/캄캄한 천지, 한량없는 어둠 속에서도/언제나 하얀 그 모습 그 자리"(<황혼의 노래·118>, 46시집 ≪황혼의 노래≫, 권6)에 있어 어떤 상황에서도 자아의식에 엄연히 존재한다. 이런 어머니로 하여 그는 충만감에 젖는다.

> 아, 어머님은 나의 평화, 나의 자유,
> 눈물 많은 나의 행복,
> 훤히 넓어지는 충만한 공간,
> 언제나 그곳에서 아늑히 계시면
> 나는 순진무구한 아이가 된다.
>
> …(중략)…

어머님이 내 마음 좁은 안방으로 들어오시면
돌연, 내 마음 좁은 안방은
환하게, 한없이 한없이 넓어진다.
　　　　－<개구리 명상·10> 부분(40시집 ≪개구리의 명상≫, 권5)

　이 시에는 시인이 어머니를 마음 깊이 그리워하고 생각하는 까닭이
구체적으로 드러난다. 특히 자아가 어머니를 생각하는 것을 거꾸로 '어
머님이 내 마음 좁은 안방으로 들어오시면'이라고 표현한 것은 어머니
를 주체로 설정함으로써 어머니의 능동성과 인자함을 강화하기 위한 시
적 장치라고 할 수 있다. 자아는 그런 어머니를 마음에 영접할 때 무한한
평화와 자유를 느낀다. 이는 '순진무구한 아이가 된다'는 것, 즉 속세의
때가 전혀 묻지 않은 시기로서 어머니와 가장 친밀하던 어린아이 시절
로 돌아갈 수 있기 때문이다. 돌아가신 어머니가 자아를 '순진무구한 아
이'로 되돌려 놓고 마음이 훤하고 환한 자유와 평화를 누리는 새로운 경
지에 들게 하는 위력을 가졌으니 그분은 정녕 종교적 차원에 올라 계시
는 신이신 것이다.[18] 이렇듯 시인이 어머니를 간절하게 마음에 모시는
것은 마음의 위안을 얻기 위한 것이지만, 그 궁극의 경지에 도달하게 한
것 또한 어머니의 덕분임을 그는 '눈물 많은 나의 행복'이라는 표현을 통
해 감사의 정을 표한다. 즉 자아를 인정(人情, 仁情)머리가 있는 사람다
운 사람으로 낳아주셨기 때문에 어머니에 대한 사무친 마음을 갖게 되
는 것이고, 그 대가가 바로 평화와 자유를 누려 마음이 한없이 밝아지게

---

18) 다음 시에서 보면 그는 어머니를 생각하는 마음을 스스로 종교적 차원으로 규정하
　　고 있다. "저승에 계실 어머님 생각/그걸 확신하는/한 마음,/그걸 종교라 할까/이 나
　　이 이 단독, 이 왕복/다하곤 어머님 곁으로 가겠지"(<나의 종교－어느 날 출근길
　　에>, 25시집 ≪안개로 가는 길≫, 권3).

된다는 것이다.

끝으로, 절대적인 어머니와 유한한 자아의 대비에 따른 죄의식도 큰 비중을 차지한다. 특히 '어머니의 심부름'을 수행하기 위해 태어난 존재임을 깊이 인식할수록 그것을 온전히 수행하지 못할 것이라는 한계 인식이 커져 죄의식도 깊어진다. 예컨대, "그 많은 심부름을 다는 못하고/시간이 되어/지금 고향으로 돌아가는 길//잠시면 고향,/어머님께 드릴 말씀이//어머님 죄송하옵니다/어머님의 약속, 그 심부름. 다는 못 지켰습니다."(<고향으로 가는 인터체인지를 돌며>, 45시집 ≪그리운 사람이 있다는 것은≫, 권6)라는 시에서 확인할 수 있다. '그 많은 심부름'이라는 구절에 따르면 그의 한계는 일단 세상에 심부름할 일이 너무 많기 때문이다. 이는 결과적으로 아무리 심부름을 성실히 수행해도 세상은 좀처럼 바뀌지 않는다는 사회적 의미도 거느린다. 또 시인의 존재 인식으로 접근하면 그가 끊임없이 시를 써야 할 만큼 비극적 현실이 깊어지는 의미로도 읽힌다. 즉 여기에는 사람들의 무질서와 어두운 마음을 순수하게 정화하여 천도가 현현되는 세상을 만드는 일을 제대로 수행해야 한다는 시인으로서의 강박관념과 책임의식이 투영되어 있다. 그리고 이것은 다시 어머니의 심부름을 다 수행하지 못한다는 죄의식을 씻어내기 위해 그에게 더욱 강력한 실행 의지를 불러일으키는 방향으로 작용한다. 이는 그가 생전에 미리 최종 보고서(묘비명)를 올리기로 작정한 대목을 통해 드러난다.

어머님 심부름으로 이 세상 나왔다가
이제 어머님 심부름 다 마치고
어머님께 돌아왔습니다.
　　　　－<꿈의 귀향－묘비명> 전문(47시집 ≪먼 약속≫, 권6)

이 보고는 반드시 책임을 완수할 수 있다고 확신한 결과이기보다는 남은 시간 동안 어떻게든 어머님이 부여한 책임을 완수하고 가겠다는 결연한 의지를 나타낸 것이다. 그가 완수할 일, 또는 지향하려는 세계는 '사랑'과 '그리움'과 '외로움'과 "꿈으로도 갈 수 없는 하늘"(<혼백방출>, 39시집 ≪잠 잃은 밤에≫, 권5)임을 그는 분명히 알기 때문이다. 그러니 '어머님 심부름 다 마치고 어머님께 돌아왔습니다'라는 보고는 사실이 아니라 '꿈의 귀향'일 따름이고, 한편으로는 어머니의 약속을 다 지키지 못하리라 예상하던 일을 다 마칠 것이라 상상하면 실로 꿈과 같은 귀향이 아닐 수 없음을 나타내려는 것이다. 따라서 그의 꿈만 같은 귀향은 실제의 실현 여부와는 상관없이 다만 한 시인으로서의 책무를 성실히 수행하다가 삶을 마치겠다는 강력한 의지였다고 하겠다.

2) '인'의 사회적 확장으로서의 물아일체 의식

조병화 시에서 사람다움[仁]이 가족윤리의 울타리 안에서 지극한 어머니 섬김으로 나타난다면, 그 확장은 비극적인 사회에 대한 뼈아픈 성찰로 드러난다. 이것은 '인'에서 우러나오는 '측은지심'으로서 나와 남의 경계를 허물어 남도 내 몸같이 소중히 여기는 물아일체 의식으로 구현된다. 사실 제 가족에 대한 사랑은 누구나 할 수 있지만, 그 범위를 넘어 가까이는 이웃, 멀리는 사회와 세계로까지 뻗어 나가 모두를 자신이나 제 가족처럼 사랑하기란 쉽지 않다. 여기서 사랑은 보편성과 특수성으로 갈라진다. 즉 가족 사랑이 누구나 갖는 보편적인 속성이라면, 혈연관계를 떠나 남도 내 가족처럼 사랑하기는 쉽지 않으므로 그 실천을 위해서는 남다른 성품을 지녀야 한다. 그것이 바로 '지성'인데, 지성은 타인과 세계를 폭넓게 살피고 깊이 헤아리는 능력이므로 가족애처럼 누구나 보편적으로 갖기는 어려운 특별한 것이다.[19]

그런데 결핍에 대한 성찰에서 이상 지향으로 종결되는 시 쓰기는 감성과 지성이 융합된 인간의 고도한 정신작용을 요구하는 행태라는 점에서 자아의 사회적 확장의 한 본보기가 된다. 사친의 지극한 효성이 이웃과 사회로 확장되는 과정을 다양하게 보여주는 조병화 시가 '잔인한 인간'에 의해 무너져가는 사회질서를 회복하려는 치열한 시정신의 발현이라는 점에서 "지성과 감성을 조화하는 빛나는 면모"20)라고 평가될 수 있다. 감성과 지성이 조화된 극치라 할 수 있는 물아일체 의식은 조병화 시에서 국내외의 제재로 구분된다. 즉 가까이는 벗과 이웃과 타인에서부터 멀리는 세계인류에 이르기까지 그의 측은지심이 퍼져나가 이른바 '世界一家' 의식을 구현한다. 이것은 유학사상에 따르면 수신을 통해 개인적 자아로서의 나[소아]를 넘어 예로 돌아가는 것[克己復禮]21)을 가리킨다. 예컨대, 이것은 다음 시에 드러나는 진한 우정과 같은 것이다.

> 외로움이 술술 가슴에 고여들면
> 벗이여
>
> 나는 당신 곁에
> 당신은 내 곁에
> 나란히
> 이렇게 훈훈한 생명의 둑길을
> 서서히 서성거린다고만 여기십시오.
>
> 당신이 가면 이 가슴은 당신의 무덤

---

19) 김태길, 『공자사상과 현대사회』, 철학과현실사, 1998, 119쪽 참조.
20) 김종회, 「천지간을 관통하는 감성의 섬광」, 김종회 외, 『조병화의 시세계 II』, 국학자료원, 2013, 16쪽.
21) 『논어』 「顔淵」편.

벗이여

오오 하얀 병상에 오랜 마음의 벗이여.

　　－<외로운 내 벗이여> 부분(5시집 ≪사랑이 가기 전에≫, 권1)

　벗을 문안하는 행위가 예로 돌아가는 일이라면, 병상의 벗과 자아의 경계를 완전히 지우는 것을 '훈훈한 생명의 둑길'이라 하고, '당신이 가면 이 가슴은 당신의 무덤'이라고 표현한 것은 인간관계의 극치로서 측은지심의 적극적인 실현이다. 자식은 부모가 죽으면 산에 묻고 부모는 자식이 먼저 죽으면 가슴에 묻는다는 말을 상기하면 병상의 벗을 생각하는 마음 온도를 가늠할 수 있다. 이렇듯 진정한 '인'의 실현은 고통에 처한 대상에게 따뜻한 마음을 나누어 함께 생명의 길로 나아가는 것이다.

　그런데 같은 따뜻한 마음이라 해도 측은지심이라는 '인'의 온도는 자아와 대상의 현상적인 거리에 따라 달라진다. 즉 가족관계에서는 대부분 당연한 것으로 받아들이는 보편적인 행태이므로 '인'의 사회적 실현 가치인 온도가 상대적으로 낮지만, 가족이라는 울타리를 벗어나 혈연적·사회적·심리적 거리가 점점 멀어질수록 이타적인 사랑의 온도도 더 높아져야 한다. 그래야 먼 상대에게까지 온기가 전해질 수 있기 때문이다. 여기서 시적 대상이 벗→길벗→남남으로 확대되면서 비극적 현실 인식이 더 강화되고 그에 따라 '인'의 실천 의지도 더욱 뜨거워지는 까닭을 짐작할 수 있다. 가령, 이것은 위의 시를 염두에 두고 다음 두 편의 시에 드러나는 대상의 현실적 거리와 심리적 거리를 대비하면 더 구체적으로 알 수 있다.

① 여보십시오/내 인생의 길벗이여/이 추운 겨울 한밤중/어디서/당신은 산 너상을 싯들이고 게시는 깃입니까//내 텡 빈 인생의 둥굴로 돌아

오십시오/내 빈 가슴으로 돌아오십시오.

           —<사랑이 가기 전에>(5시집 ≪사랑이 가기 전에≫, 권1)

② 남남의 자리/좁히며/가까이/네 살 닿는 곳/따사로이//네 입김이고
싶었다/네 이야기이고 싶었다/네 소망이고 싶었다//네가 깃들이는/마
지막/고요한 기도의 둥우리이고 싶었다//흙바람 개인 날 없는/어지러
운 너와 나의 세월/마른 내 목소리/푸른 네 가슴이고 싶었다/푸른 네
목숨이고 싶었다/너와 날 묻을/푸른 대륙이고 싶었다

           —<남남 1>(22시집 ≪남남≫, 권3)

    ①에서의 '길벗'과 ②에서의 '남'에 대한 궁극적 인식은 거의 대동소이
하지만 표현 강도는 사뭇 다르다. 즉 ②에서 훨씬 더 절실하고 따뜻한 마
음이 배어난다. '길벗'이나 '남'이 모두 혈육 관계가 아니고 사회적 관계
로 맺은 타인이라는 점에서 비슷한 맥락에 놓이지만, 어감은 물론이고
사회적 의미에서의 친근성은 '길벗'이 더 높다. 두 시를 대비할 때 '남'에
게로 향하는 사랑의 온도가 상대적으로 더 높다는 것은 그만큼 사회가
개인에게 이타적 삶의 행태를 강하게 요구한다는 의미를 함축한다. 이
는 ①에서의 '추운 겨울 한밤중'과 ②에서의 '흙바람 개인 날 없는/어지
러운 너와 나의 세월'이라는 현실 인식의 차이를 통해서 분명히 드러난
다. 이를테면 '추운 겨울'과 '한밤중'에는 변화와 순환의 관념이 함축되
어 있다. ②에서는 변함없이 지속하는 직선적 관념만 직접 드러난다. 그
래서 시인은 서로 무정(또는 비정)한 남남 관계를 유정한 관계로 바꾸고
싶은 간절한 소망을 '싶었다'를 반복하는 각운 형태를 통해 강조하였다.
이를 통해 한시도 흙바람 잘 날 없는 어지러운 현실이 '푸른 대륙'으로
탈바꿈하기를 간절하게 빈다.

    한편, 남남 사이의 거리를 좁히고 좁혀 결국엔 하나로 통합되어 물아
일체의 경지에 도달하려는 그의 인간애는 자국의 범위를 넘어 먼 세계

로 확장되면서 극점에 이른다. 이것은 그의 숱한 세계 여행 시편에서 다양한 형태로 표현된다. 가령, "오, 안네여, 6백만 대학살 속에/피다 사라진 애련한 꽃/인간의 눈물이여//…(중략)…/너의 가슴/너의 눈물을 내가 흘린다"(<안네에게>, 17시집 ≪내 고향 먼 곳에≫, 권2)고 애도하는 장면에서 안네의 고통을 상상하며 大悲의식을 갖는 것, "지구는 구석구석 다 돌았다./바다도, 육지도, 사막도, 초원도/사는 자, 죽는 자, 같이 묻어 사는 곳/둥근 평원"(<때때로 돌아와>, 19시집 ≪별의 시장≫, 권3)이라는 시에 투영된 생사일여와 지구공동체 의식과 같은 것으로 드러난다. 그의 '세계일가' 의식인 인류애는 베트남 난민에 대한 연민의 정을 표현한 시에서 더 구체적으로 확인된다.

새삼 인생이 무상하다 한들 무엇하리
도의는 항상 강한 자의 방패이며
인도는 가진 자의 방법이 아닌가
캄보디아도
베트남도
믿은 자의 버림에,
따른 자는 지금
동남아 사방,
바다에 떠서
어느 곳 착륙이 허락되는 곳 없어
마냥 표류하고 있을 뿐
아, 인간처럼 배신적인 동물이 있으랴
인간처럼 간계한 동물이 있으랴
인간처럼 잔악한 동물이 있으랴

지∬여

평화여
도의여
사랑이여
바다에 뜬
인간의 절규!

약한 자만이 그 소리를 듣는다.
　　　-<약한 자만이 듣는 소리-베트남 난민을 응시하며> 전문
　　　　　　　　　　　　(25시집 ≪안개로 가는 길≫, 권4)

　　이 시에는 인간에 대한 두 가지 인식이 함축되어 있다. 즉 배신을 일
삼는 강한 인간에 대한 비판적 인식과 배신을 당하고 고통에 처한 약한
인간에 대한 측은한 마음이 대비된다. 그는 약육강식의 싸늘한 동물적
본능이 지배하는 현장, 그러니까 인간이면서 인간이 아닌 모순성을 베
트남 난민을 통해서 목격했다. 그리하여 그는 '자유여/평화여/도의여/사
랑이여/바다에 뜬/인간의 절규!//약한 자만이 그 소리를 듣는다'라고 하
여 인간이 추구하는 참된 이상은 강한 자가 아니라 약한 자들만의 전유
물이라는 뼈아픈 자각에 이른다. 더욱 충격적인 것은 인간(약자)이 인간
(강자)에 의해 억압당하고 핍박당한다는 모순된 현실 인식이다. 그 기막
힌 현실을 시인은 동일한 구문을 통해 '배신'·'간계'·'잔악'이라는 유사
한 의미로 변주 나열하면서 급박한 리듬을 형성토록 하여 인간의 허물
을 강하게 비판한다.
　　맹자가 "사람은 다 사람을 잔학하게 하지 못하는 마음이 있다." 하고
"측은해하는 마음이 없으면 사람이 아니라"[22]고 하였음을 상기하면, 약
자를 잔학하게 내몰아 난민이 되어 망망대해를 떠돌게 하는 강자들의

---

22) 『맹자』 「공손추」 상편.

행태는 인면수심의 형상일지언정 진정한 인간의 모습은 아니다. 천하에 도가 사라져 "적은 것이 큰 것에게 부림을 받고 약한 것이 강한 것에 부림을 받는"[23] 약육강식의 동물적 본능만 횡행하고 '인도는 가진 자들만의 방법', 즉 인도(人道 · 仁道)가 권력이나 재력을 가진 자들의 논리로 전락하는 한 사회 평화는 요원하고 인간들이 끝끝내 갈망하는 참된 자유의 세상도 영원히 실현되지 않을 것이다. 시인은 '바다에 뜬 인간의 절규'를 들으면서 바로 그 가망 없는 인류의 미래를 내다보았다.

3) '인'의 범우주적 확장으로서의 생태학적 인식

비인간적인 만행을 저지르는 '강한 자'에 대한 강력한 비판의식은 시인에게 인간의 범주를 넘어 자연을 재인식하는 계기로도 작용한다. 동물적 상상력에서 식물적 상상력으로의 전이는 인간들의 지적 작용과 행동에 위험 요인이 내재함을 성찰한 결과이다. 물질에 경도되어 자연을 훼손하는 잔인한 인간, 약육강식이라는 비인간적 힘의 논리에 압도되어 약자를 몰아내는 잔학한 인간을 비판한 결과는 순수한 자연과 같은 경지로 되돌아가지 않으면 인류의 미래가 없다는 대안적 인식으로 수렴된다. '인'의 사회적 확장인 측은지심에서 발로되는 이 물아일체 의식은 인간의 도덕 질서[人道]는 곧 자연의 질서[天道]에 기초한다는 유학사상의 일단으로서 자아의 범우주적 확장, 또는 유학사상의 생태학적 인식에 관련된다. 이는 물신주의에 빠져 자연을 오염시키고 파괴하기를 일삼는 '잔인한 인간'에 대해 비판하는 시편들에서 집중적으로 드러난다.

조병화의 부정적 인간관은 이미 앞서 여러 번 언급했는데 생태학적 측면에서 더 살피면, "아, 어느 날이었던가/성산대교 진달래 輾死 사건/잔인한 건 인간이런가"(<성산대교의 진달래>), 또는 "산을 깎아 먹는

---

23) 『맹자』 「이루」 상편.

기계에게/무참히 먹혀 뻗어 가는/경인간 이 현장/보는 눈에 피가 물든다"(<산을 깎아 먹는 기계>, 이상 26시집 ≪머나먼 약속≫, 권4)라고 표현한 구절을 통해 구체적으로 확인할 수 있다. 이에 따르면 그의 부정적 인간관은 현대문명, 특히 자연을 극복이나 정복의 대상으로 취급하는 서구의 자연관에 대한 비판의식에서 도출된 것이다. 목적지에 빨리 도달하고 싶은 인간의 욕망 실현의 한 행태인 '경인간' 고속도로를 만들기 위해 자연을 훼손하는 정황을 목격하고 피눈물을 흘린다고 하듯, 시인은 마치 자기 몸이 훼손되는 것처럼 극한의 아픔을 느낀다. 그의 뼈아픈 성찰은 다음 구절에서 더욱 극명하게 드러난다.

① 지구에서, 여기저기 생명들이/서서히 그 종말로 접어들고 있습니다.//몇 세기 전엔/신들이 죽어갔다고 하지만/이젠 인류들이 죽어가고 있습니다//아 폐허가 되어 가는 이 지구
　　　　－<죽어가는 생명>(38시집, ≪다는 갈 수 없는 세월≫, 권5)
② 멸종이란 말은/종자가 말살되어서/다시는 지구상에 소생할 수 없다는 말/오, 신이여 이건 너무나 잔혹한 처사이옵니다//머지않아 인류라는 종자도.
　　　　－<멸종 풍경>(49시집 ≪따뜻한 슬픔≫, 권6)

인간 편에서 자연을 분석하고 정복하는 행위는 지구를 점점 더 폐허로 만들 것이므로, 이에 대한 분명한 인식을 갖지 않고 적절히 처방하지 않으면 '머지않아 인류라는 종자도' 멸종할 것이라는 무서운 예감이 그에게 극한의 아픔으로 작용한다. 그렇다면 절체절명의 위기에 빠진 인류는 어떻게 구원의 돌파구를 마련할 수 있을까? 조병화 시에서 그것은 인간들이 '꽃'과 같은 존재로 거듭나기 위한 대오각성의 과정을 겪어야만 하는 것으로 표현된다.

① 꽃이여 피어라/피어 솟아라/…(중략)…/돈으로도 허물어지지 않도록/권세로도 깎여 내리지 않도록/투기로도 밀려 내리지 않도록

─<꽃이 잔인한 무력(無力)이여> 부분

(26시집 ≪머나먼 약속≫, 권4)

② 사랑스러운 작은 들꽃아./너는 천성이 너무나 곱고 부드럽고/연해서, 작은 일에도 상하겠구나

─<타향에 핀 작은 들꽃·7> 부분

③ 사랑스러운 작은 들꽃아,/넓은 이 대지에서 들꽃들이 자유이듯이/너는 이 우주에서 한없이 자유로구나.

─<타향에 핀 작은 들꽃·7> 부분

④ 너는 너무나 곱고 순진해서/험악한 인간의 혼탁한 세상을 모르려니

─<타향에 핀 작은 들꽃·11> 부분

⑤ 사랑스러운 작은 들꽃아,/너는 인간들이 울며불며 갖는/고민스러운 소유를 갖지 말아라/번민스러운 애착을 갖지 말아라/고통스러운 고민을 갖지 말아라//하늘이 늘 너와 같이하고 있지 않니/대지가 늘 너와 같이하고 있지 않니/구름이 늘 너와 같이하고 있지 않니

─<타향에 핀 작은 들꽃·16>

(이상 37시집 ≪타향에 핀 작은 들꽃≫, 권5)

위의 시편들에 꽃에 대한 시인의 인식이 다양하게 드러난다. '들꽃'(=자연)은 돈과 권세와 투기를 일삼는 타락한 인간의 대척점에 존재한다. 그것은 '천성'이 아주 곱고 부드럽고 자유로워 '험악한 인간'들과는 전혀 다르다. 또 그것은 욕망의 화신으로서 인간들의 특성인 소유와 애착을 갖지 않고 늘 하늘(上)과 구름(中)과 대지(下), 즉 대우주와 함께 존재한다. 그러니까 자연의 세계는 '인간들의 험악한 세상'과는 정반대이다. 여기서 들꽃을 바라보는 시인의 마음에 측은지심에서 발로되는 연민의 정과 부러움이 교차하는 것은 고운 들꽃마저 인간들에 의해 훼손될 수도

있다는 불안감 때문이다. 이는 들꽃을 지키려는 사명감을 불러일으키는 동시에 험악한 인간에 대비되는 자태를 통해 인간이 가야 할 길을 암시하기 위한 것이다. 다시 말하면 인간들이 멸망의 길로 추락하지 않기 위해서는 지나치게 물신주의에 함몰되어 약육강식의 힘의 논리에 의존하는 잔학한 행태로부터 곱고 순수한 꽃과 같은 천성을 회복하는 일이요, 자연의 섭리에 순응하는 삶의 길을 추구해야 한다는 것이다. 즉 자연을 극복이나 정복의 대상으로 접근하는 서양적 사고[24]에서 벗어나 인간과 자연의 조화를 이상으로 삼고 그 흐름에 따르려는 동양적 사고체계인 물아일체 의식을 되찾아야 함을 시인은 강하게 인식한다. 그 점을 다음처럼 표현한다.

요즘 나의 일과는 잊는 일이다
나무가 하늘에 있듯이
자연으로 있는 일이다

…(중략)…

바람도 구름도 자유로이 지나가는
하늘이 되는 거다

우주 만물이 자유로이 날 수 있는
텅텅 빈 하늘이 되는 거다.
　　－<요즘 나의 일과는> 부분(36시집 《낙타의 울음소리》, 권5)

---

24) 인간의 편리를 위해 자연을 파괴하는 현대문명의 한 양상은 서양적 사고체계이다. 자연과 인간의 조화를 염원하는 동양적 사고와는 달리 그들에게 자연은 분석 대상이자 정복 대상이다.

이 시에는 앞서 '풀꽃'에 말을 건네는 형식을 통해 드러난 부정적 인간 행태를 지우는 과정이 극명하게 표현되어 있다. '요즘 나의 일과는 잊는 일'이라는 것은 나무와 하늘이 일체화되어 있는 것처럼 인간으로서의 자아를 초월하여 자연의 흐름에 귀의하기 위해서는 필수 불가결한 단계임을 뜻한다. 이 과정을 통해 그는 인간의 궁극적 이상인 하늘, 즉 자유에 이를 수 있다고 본다. 물론 그 실현은 낙타가 바늘구멍으로 들어가기보다 더 어려운, 완전히 불가능한 일이다. 그래서 날마다 잊는 일을 '일과'로 삼을 수밖에 없다. 이는 인간의 한계를 깊이 의식한 결과이자, 사막 같은 세상 탓으로 고행에서 벗어날 수 없어 '낙타의 울음소리'를 내야 하는 비극적 존재를 초월하려는 노력의 일환이기도 하다.

그런데 문제는 시인이 날마다 일과삼아 잊는 일에 집중하며 아무리 욕망을 비우려고 애를 써도 결국엔 인간적 한계에 봉착한다는 점이다. 이를테면 "나의 기도로는 다는 갈 수 없는 곳에/신이 있습니다//나의 힘으로는 다는 갈 수 없는 곳에/하늘이 있습니다//나의 사랑으로는 다는 갈 수 없는 곳에/당신이 있습니다//아, 나의 세월로는 다는 갈 수 없는 곳에/나의 사랑이 있습니다"(<고요한 사랑 · 9>, 38시집 ≪다는 갈 수 없는 세월≫, 권5)라는 표현에서 보듯이, 그는 인간적 소망과 그 한계를 분명히 인식한다. '나의 세월로는 다는 갈 수 없는 곳'에 '나의 사랑'이 있다는 것은 개인적 한계와 더불어 낙원 도래의 불가능성을 암시하는 것이다. 이렇듯 인간적 한계를 깊이 인식하면서도 한편으로는 그가 지향하는 대상이 '신→하늘→당신(어머니)→사랑'으로 변주되는 것, 즉 천상에서 지상으로 점점 하강하면서 구체적인 사랑으로 귀결되는 과정에 주목하면, 차츰 만남의 가능성이 커지면서 하늘에 이르는 길이 열릴 수도 있다는 의미가 은밀히 암시되어 있기도 하다. 시에 표현된 대로 그 가능성이 아주 낮기는 하지만 시인은 사랑의 실천 여부에 따라서는 결과가 달라질 수 있음도 열어놓았다.

　이와 같은 모순적 인식은 결국 사랑의 실천은 인류 모두가 숙명적으로 영원히 추구해야 할 대상이자 과정일 뿐임을 역설하기 위한 시적 장치라 할 수 있다. 인간이 간직해야 할 최종 덕목이 사랑이라는 인식은 "그럼, 인간이 가지고 있는 마지막/힘은?/네, 사랑이옵니다"(<밤의 이야기·48>, 9시집 ≪밤의 이야기≫, 권6)라는 구절에 직접 드러난다. 시인은 인간이란 숙명적으로 죽음에서 삶이 생성되고 삶에서 죽음으로 돌아가는 순환론(자연의 섭리)에서 벗어날 수 없어 끝까지 사랑의 힘을 가져야 한다고 보았다. 여기에 이르면 시인의 인식체계가 이중성을 띤다. 즉 인간적 한계를 분명히 의식하면서도 끝까지 무한 자유를 누릴 수 있는 하늘에 이르기 위한 노력의 궁극적 실체인 사랑은 결코 포기해서는 안 된다는 것이다. 인간에게 그런 사랑의 본성이 내재해 있음을 시인은 맹자의 말씀을 통해 확신한다.

> 이 말은 맹자의 말이라고 했던가
> 까마득한 그 옛날
> 어떻게 이러한 좋은 생각이 들었을까
> 실로 경탄스러운 일이라
> 그러나 인간의 지혜가 극도로 발달된 오늘날,
> 물질문명이 급속히 만연해가면서
> 인간정신이 어지러워가는 이 현실,
> 어찌 이 두꺼운 현실의 벽을 뚫고
> 인간의 빛이 새어나갈 수 있으리
> 보이는 것이 약육강식의 생사 풍경이요
> 오가는 것이 돈의 거래요
> 듣는 것이 생존경쟁의 비명이어라

오, 돈에 가려서 꺼져가는 사랑의

빛이요

돈에 잡혀 허덕이는 생존이여

용광필조라 했던가

빛은 아무리 약할지라도

반드시 비쳐 나간다고 했던가

오, 사랑이여

빛이여.

一<容光必照> 전문(51시집 ≪세월의 이삭≫, 권6)

    시의 제목 '容光必照'가 『맹자』의 한 구절이듯이, 이 작품은 맹자의
"물을 보는 데는 방법이 있으니 반드시 그 물결이 이는 모양을 보아야
한다. 해와 달은 밝은 빛을 지니고 있어 작은 구멍이라도 내어 받아들이
면 반드시 다 비친다."25)는 말씀에서 시상을 이끌어와 지은 것이다. 작
품에서는 시인의 부정적인 현실 인식과 맹자의 말씀이 이원화되어 있
다. 즉 시인은 문명의 발달과 자본주의 논리에 의한 약육강식의 사고방
식에 따라 어지러워지는 인간 정신으로 인해 '사랑의 빛'이 꺼질까 봐26)

---

25) 『맹자』「진심」상편.
26) 클리포드 휴 더글러스는 『사회신용론』에서 재화의 교환 과정에서 화폐가 사용되
   기 시작하면서 문명의 모든 해악이 나타나고 인간의 위기가 초래되었다고 주장했
   다. 즉 필요에 따라 정당한 가치로 주고받던 물물교환의 형태가 화폐의 발명으로
   인해 점차 사용가치가 교환가치로 전락하여 나중에는 부의 축적 수단으로 변질했
   는데, 이것이 현대문명이 타락하는 본질적인 원인이라는 것이다. 에즈라 파운드는
   이러한 문제의 극복 방도로 공자의 正名論을 시정신으로 수용했다. 즉 명분과 실제
   가 일치되는 것, 예컨대 돈만 많이 얻으면 된다는 교환가치의 인식을 버리고 사용
   가치에 따른 정당한 상거래가 이루어질 때 타락한 문명을 갱생시킬 수 있다고 보
   았다. 이두진, 『에즈라 파운드의 시와 유교사상』, L. I. E., 2010, 19~20쪽 참조.

노심초사하면서도, 한편으로는 맹자의 말씀에 기대어 빛이 아무리 약하더라도 인간들이 스스로 받아들일 노력만 기울인다면 반드시 구원의 빛이 비칠 것이라는 낙관적 전망을 저버리지 않는다. 여기서 해와 달의 밝음은 진리를 말하는 것으로 진리는 어떤 경우에도 사라지지 않는다는 것을 뜻한다. 그러므로 문제는 인간들이 사랑의 빛은 꺼지지 않을 것이라는 진리를 깨닫고 그것을 받아들이려는 자세를 갖고 치열하게 노력하는 일이 중요한데, 조병화는 이 점을 특히 강조한다.

이 시에 이르면 조병화의 비극적 현실관과 희극적 세계관이라는 대조적인 인식이 다시 교차함을 알 수 있다. 물론 어떤 경우에도 사랑의 빛은 꺼지지 않고 반드시 비쳐 나가는 것으로 결구한 표현에 따르면 낙관적 세계인식에 무게중심이 놓인다. 그러니까 비록 현대사회가 지나친 자본주의적 논리에 빠져 멸망이라는 절체절명의 위기에 이른 것은 분명하지만, 인간들의 대오각성과 그에 따른 사랑의 실천, 즉 모두가 내남없이 서로 사랑하여 '물아일체'의 경지인 자연의 섭리에 따라 진리의 세계에 귀일하려고 노력할 때 멸망의 시간은 적어도 지연되거나 종식될 수도 있다고 그는 확신하였다.

4. 마무리

조병화 시편에는 유학사상의 핵심인 '仁'에 관한 사유가 매우 뚜렷하고도 빈번하게 드러난다. 진정한 '인'(어짊, 사랑)이란 가족윤리에서 출발하여 궁극적으로는 나와 남의 분별마저 사라지는 물아일체의 사회윤리로 확장될 때 온전히 구현될 수 있다는 관점에서 이 글에서는 '인'의 근원에 해당하는 '효심'을 통해 어머니와의 관계인식을 살핀 다음, 그 사회적 확장으로서의 이타적 인간애와 생태학적 세계인식을 밝히는 데 주안점을 두었다.

　유학사상의 최고 덕목인 '인'의 관점에서 볼 때 조병화 시에 절절하게 표현된 효심은 매우 자연스러운 귀결이다. 그에게 어머니는 자아를 존재케 한 근원이자, 자신에게 사랑을 실천하라는 사회적 사명을 부여한 절대자이고, 제 마음을 환하게 밝혀 위안을 주는 종교이기도 하였다. 또 어머니는 그분의 심부름을 제대로 완수할 수 없다는 한계 인식에 따른 죄의식을 불러일으키는 존재이기도 하다. 그의 죄의식은 주로 불효자 인식과 시인으로서의 한계의식에서 촉발된다. 시인의 책무가 시를 통해 어두운 세상을 밝히는 일이라면, 한없이 어두운 세상과 '넘을 수 없는 세월'(마지막 시집의 제목)이라는 인간적 한계는 시인에게 많은 외로움을 안겨 주었다.27) 이것은 다시 시인으로서 끝까지 세상에 대한 책임의식을 내려놓지 않게 하여 많은 작품을 창출하게 하는 원동력으로 작용하기도 했다. 그토록 그는 위기로 치닫는 세계를 구원하는 길을 시적으로 밝혀내려는 뜨거운 시심을 간직하였다.

　'인'의 사회적 실천의 근원인 측은지심은 물아일체 의식으로 수렴된다. 이것이 인류를 대상으로 할 때는 나와 남의 경계를 지우려는 인간애로, 우주로 확장될 때에는 자연의 섭리에 귀일하려는 생태의식으로 드러난다. 이는 잔인한 인간성에 의해 지구가 멸망의 과정에 들었다는 절체절명의 위기의식에서 비롯된 것이다. 시인은 이 문제의 극복 가능성에 대해 인간들이 '인도는 곧 천도'라는 의미를 깨닫고 제 본성을 다할 때 그 실마리가 풀릴 수 있다고 보았다. 바꾸어 말하면 개개인이 소아를 초월하여 대아로 확장되는 과정을 통하여 온 우주에 '인'(사랑, 모성)이 현현될 것이라 믿었다. 이러한 인식은 인류의 최종 꿈인 '자유'에 이르는

---

27) "시인으로 늙는다는 것은/너무나 많은 눈물이었으며/너무나 많은 외로움이었습니다//까마득한 이별, 우리를 지나가는/바람처럼"(<시인으로 늙는다는 것은> 전문, 42시집 ≪시간의 속도≫, 권5) 참조.

길을 모색한 시인의 치열한 사명감 실현의 한 양태라 할 수 있다.

요컨대, 조병화는 '인'의 사회적 실현 가능성을 확신하였다. 그가 돈에 가려져서 사랑이 회박해지는 현대 자본주의적 사회의 맹점과 그 비극성을 뼈저리게 성찰하면서도 결코 '사랑의 빛'은 꺼지지 않으리라고 낙관한 것은 바로 그것이 사람의 천부적 본성이라고 본 맹자의 말씀을 굳게 믿었기 때문이다. 다만 혼탁한 사회에서 사람들이 제 본성을 자각하고 그 실현을 위한 수행과정이 요구되는데, 그의 시는 바로 독자들에게 그 계기를 촉발케 하는 기능을 한다. 즉 그는 시인으로서 시를 통한 대중적 감화의 방법[28]인 '인'의 사회적 실현을 도모하고 더불어 자유에 이르는 통로를 마련하려고 평생을 바쳤다고 해도 과언이 아니다. 결론적으로, 조병화의 시 쓰기는 자기 동일성을 실현하기 위해 골몰한 예술적 행위이면서 그 사회적 확장을 꿈꾸는 철학적 성찰이요, 종교적 이념으로도 승화될 수 있는 의미를 지녔다고 하겠다.

---

28) 대부분 작품에서 리듬의식이 강하게 드러나는 것은 시적 미의식, 음악성 강화를 통한 대중 친화성, 절실한 인식의 강화와 강조 등 형식과 의미를 유기적으로 조화하려 한 성형의식의 결과이다.

조병화 시의 리듬과 세계인식

─《낙타의 울음소리》(36시집)를 중심으로

1. 조병화 시정신의 원형질 탐구의 한 과정

片雲 조병화는 1949년 시집 《버리고 싶은 유산》을 펴내면서 시단 활동을 시작한 이후 평생 53년의 작시 활동 기간에 무려 53권의 시집에 모두 3,564편의 창작시를 발표함으로써 우리나라에서 전례를 찾을 수 없는 다작의 시인이었다. 그러니까 그는 매년 1권씩 시집을 내고 시집당 평균 67편 이상을 수록한 셈이다. 이렇듯 지칠 줄 몰랐던 그의 활동에 대해 더러 지나치게 낭만적이라는 비판이 있기도 하지만, 관점에 따라서는 긍정적으로 볼 수 있는 여지가 더 많다고 할 수 있다. 특히 그는 세상사의 모든 것을 시적 대상으로 삼아 누구나 편하고 쉽게 접근할 수 있는 대중(독자) 친화적인 시를 쓴 대표적인 시인으로 기록될 수 있다.[1] 물론 작품의 질적 여하를 따질 때 시적 긴장도 측면에서 논란의 여지가 있

---

[1] "그의 시는 쉽고 아름다운 언어로 인간의 숙명적인 허무와 고독이라는 철학적 명제의 성찰을 통하여 꿈과 사랑의 삶을 형상화한 점에서 특징을 찾을 수 있다. 김소월이 전원서정을 바탕으로 민족의 정한을 노래한 데 비하여 그는, 외로운 도시인의 실존적 모습, 허무와 고독으로서의 인간존재가 꿈과 사랑으로 자아의 완성에 이르는 생의 아름다움을 이해하기 쉬운 낭만의 언어로 그려냈다." '조병화문학관' 안내 글에서.

을 수 있으나 미학이란 근본적으로 개인적 취향과 주관성이 개입될 여지가 많아 객관적 척도가 마련되기 어려운 점을 고려하면,[2] 작품 활동 기간에 남을 의식하기보다는 스스로 시를 즐기면서 시의 생활화를 꾀했을 뿐만 아니라 늘 많은 독자를 확보한 것으로도 그는 분명히 우리 현대 시사에서 일정한 의의를 지닐 수 있다.[3]

그러나 그간 조병화 시에 대해 본격적인 논문으로 접근한 경우는 아주 드물고 주로 평설 형태로 그의 시세계의 특성이나 가치를 언급해왔다.[4] 그 까닭은 앞으로 심도 있는 연구가 진척되어야 조금씩 밝혀지겠지만, 생전에 시인협회 일로 가까이서 모신 나의 체험과 견문에 의하면 이른바 시적 형상화의 긴장도보다는 먼저 독자들이 쉽게 접근할 수 있는 독자 친화적인 생활시 정신에 결부된 문제라고 판단한다. 오늘날 대중화 시대에 이르러서는 많이 변했지만, 사실 우리의 경우 아직도 독자의 선호도보다는 평자나 연구자의 형식주의적 문학관이 작품을 평가하는 주요 척도로 작용한 경우가 적지 않았기 때문이다. 이런 다소 좁은 문학관으로 접근하면 시적 형상화의 기교나 형식의 문제보다는 생활과 시

---

2) N. 프라이는 "논증 가능한 가치판단이란 문예비평에서 당나귀의 코앞에 매달아 놓은 당근과 같은 것"이라고 비유하여 가치판단의 불합리성을 비판한 바 있다. N. 프라이, 임철규 역, 『비평의 해부』, 한길사, 1982, 35쪽.

3) 마종기의 다음과 같은 견해는 조병화의 작시 활동의 의미와 의의를 어느 정도 가늠하게 한다. "시를 이렇게 써야 한다든가, 詩道는 이래야 한다든가 하는 것은 선생님께서 어떻게 보면 거의 지엽적인 문제가 되어 있는 것 같습니다. 선생님께서는 아예 시 작업 그 자체가 인생이고 시를 그 자체로 생활화하시고 있는 것 같습니다. 그래서 여기서 제가 한 가지 단정할 수 있는 것은 그런 끈질김과 생활과의 일체감 속에서 자기의 시의 신념을 꺾지 않고 지켜 오신 선생님의 정신적 승리 같은 것입니다." 마종기, 「고교시절의 추억과 편운 처녀시집」, 마종기 외, 『조병화의 문학세계』, 일지사, 1986, 5쪽.

4) 조병화 시를 조망할 자료로 편운조병화시인회갑기념문집간행위원회 편, 『편운 조병화 시인』(정음사, 1981)과 마종기 외, 『조병화의 문학세계』(일지사, 1986)가 있다.

의 융합 차원에 심취한 결과로 창출된 조병화의 시에 대해서는 상대적으로 관심이 적을 수밖에 없다. 따라서 기존의 좁은 문학관을 유보하고 조병화의 창작심리와 시관 등을 종합적으로 고려하여 그의 시에 접근하면, 조병화 시의 가치와 의의도 매우 달라질 가능성이 크다.

위와 같은 관점을 갖는 이 글은 단편적이기는 하지만, 조병화 시의 전체 줄기를 염두에 두고 그 원형질에 접근할 수 있는 한 디딤돌을 만드는데 의의를 두고 작성된 것이다. 특히 현재 진행되고 있는 조병화의 후기 (30~52시집) 시세계를 조명하는 연구 가운데 한 부분인 36시집 ≪낙타의 울음소리≫를 중심으로 조병화 시세계의 핵심을 추출한 것이므로 일정한 한계가 있는 것임을 밝힌다. 이 한계는, 한 시인의 시세계란 특정인에 의해 한꺼번에 완벽하게 연구될 수 있는 것이 아니라 궁극적으로 영원한 시간을 두고 많은 연구자의 연구 결과물이 축적되어 해명된다는 관점에 의해 다소 극복될 수 있을 것이다. 예술로서의 시는 근본적으로 무한히 열려 있으니까.

2. 조병화 시편의 원형질

조병화의 시적 특질을 단순화한다면, 그의 호 片雲에 내재한 의미 그대로 '한 조각의 구름' 같은 존재 인식에 대한 다양한 시적 형상화라는 말로 규정할 수 있다. 물론 편운이 시인으로서 평생 일구어낸 시집들에 실린 수많은 작품의 특성을 간단한 구절로 정의한다는 것이 어불성설이요 부질없는 일일 수도 있으나, 그의 시를 평가한 기존의 글들을 참고하여 나름대로 검토한 결과에 따르면 위와 같은 말로 표현해도 그리 틀리지는 않을 것이다. 그러니까 편운은 그의 시편에 내재한 주된 의미처럼 평생 '한 조각의 구름'으로 자처하며 살았고, 그의 시는 바로 그런 삶과 영혼에 대한 자연스러운 표현이라 해도 과언이 아니다.

편운은 늘 자신을 사소하고 가벼운 존재로 취급하며 겸허한 자세를 견지함으로써 어디에 집착하거나 구애되지 않고 자유롭게 살고자 노력한 시인으로 널리 알려져 있다. 그런 자유로운 존재 인식에 대한 사유와 의지는 이미 그의 첫 시집인 ≪버리고 싶은 유산≫에서 '버림'에 대한 인식을 통해 드러날 뿐만 아니라, 그 어떤 작품보다도 편운의 지향성을 가장 절실하게 보여주는 것으로 보이는 다음 작품에서 그 점이 더욱 뚜렷이 드러난다.

네가 지니고 있는 걸
난 버린다.
네가 걸치고 있는 걸
난 버린다
네가 번쩍이고 있는 걸
난 버린다
네가 품고 있는 걸
난 버린다
네가 내세우고 있는 걸
난 버린다
네가 우겨대고 있는 걸
난 버린다
네가 뻐티고 있는 걸
난 버린다
네가 애걸하고 있는 걸
난 버린다
네가 기를 쓰고 있는 걸
난 버린다

네가 같이 하고자 하고 있는 걸
난 버린다
네가 풍기고 있는 걸
난 버린다
네가 살고자 하고 있는 걸
난 버린다

             −＜無言紀行＞ 전문(20시집 ≪먼지와 바람 사이≫)

이 작품에 대해 관점에 따라서는 리듬을 형성하는 두 골격 즉, '네가 ……… 있는 걸/난 버린다'는 구절의 단순 반복으로 인해 너무 기계적이고 단조로워 지루한 느낌을 주는 것으로 비판할 수도 있지만, 사실 깊이 음미하면 공감할 수 있는 표현 효과를 거두고 있음을 알게 된다. 우선 시집 제목에서 암시하듯이 이 시는 너와 나의 대립적인 정신(지향의식)을 표현하였다. 즉 '너'는 '먼지'(욕망에 관련된 부정적인 것들)에 집착하는 반면에 '나'는 오히려 그것들을 버리고 '바람'(영혼, 자유, 순간 등의 긍정적인 것들) 같은 존재를 지향한다는 것이다. 그것을 12번에 걸쳐 변주와 반복을 거듭하여 1년(12달) 내내(확장하면 평생) 그런 삶을 살아야 한다는 간절하고도 절실한 심정을 리듬으로 구조화해내고 있다.

이러한 편운의 정신적 지형도와 표현적 특성은 오랜 세월 동안 중등학교 교과서에 실려 더욱 유명해진 ＜의자＞라는 작품에서도 선명하게 드러난다. 즉 형식 차원에서 전통적 리듬을 수용한 점과 내용 측면에서 자연의 섭리를 통찰한 결과로서의 순응과 겸허와 배려 의식이 근간이 되는 점에서 그렇다.

지금 어드메쯤
시집을 몰고 오는 분이 계시옵니다

그분을 위하여
묵은 이 의자를 비워 드리지요.

지금 어드메쯤
아침을 몰고 오는 어린 분이 계시옵니다.
그분을 위하여
묵은 의자를 비워 드리겠어요.

먼 옛날 어느 분이
내게 물려주듯이

지금 어드메쯤
아침을 몰고 오는 어린 분이 계시옵니다.
그분을 위하여
묵은 의자를 비워 드리겠습니다.
　　　　-<의자·Ⅶ> 전문(13시집 ≪시간의 숙소를 더듬어서≫)

　　이 작품은 전체 4연으로 이루어져 기승전결의 형식을 취하고 있으며,
또 3연을 제외한 나머지 연은 약간의 변화를 보이면서도 동일 통사 구조
로 이루어져 전통적 구성형식의 한 예인 이른바 'aaba형'의 변주가 되는
aa'ba" 형식을 보여준다. 그리하여 이 작품 역시 리듬과 의미가 서로 긴
장 관계를 이루어 표현 효과를 극대화한다. 이를테면 거역할 수 없는 시
간의 흐름(자연의 섭리)을 깊이 인식함으로써 순리에 따르려는 겸허한
자세를 갖고 세대교체의 필연성을 강조하려는 시인의 의도가 잘 형상화
되었다.
　　위에 인용한 두 편은 편운의 리듬의식과 세계(존재) 인식이 유기적으
로 잘 교직된 佳篇으로서, 이 두 요소는 편운 시 전체를 떠받치는 두 개

의 골격이요 독자들에게 다가가는 수레바퀴의 두 축과 같은 것으로 볼 수 있다. 물론 그가 평생 일구어낸 50여 권의 시집에 든 작품 세계가 이렇게 단순하게 정리될 수야 없지만, 그래도 이 두 요소가 그의 작품 세계를 형성하는 핵심으로 파악되는 것은 시인의 정신 깊은 곳에 그것이 原型─집단적 무의식이든 개인적 무의식이든, 또는 그 둘의 합이든─으로 굳건히 자리를 잡고 있다고 보기 때문이라 하겠다. 이런 관점에서 보면 비록 생애나 시적 연륜에 따라 경험과 사유가 조금씩 변화를 보이거나 변주될 수는 있으나, 그 바탕에는 항상 변하지 않는 핵과 같은 것이 암암리에 작용한 것으로 볼 수 있다.

나는 그것을 두 가지로 압축하여, 형식적 차원에서 노래로서의 시라는 점에 대한 시인의 절실한 인식과 표현 의지를 그 한 축으로 하고, 제재/주제적 차원에서 자연의 섭리를 통찰하고 거기에 따르려는 순응의식을 다른 한 축으로 나타내고자 한다. 이 두 요소는 접근하는 과정에서 어쩔 수 없이 분리되기는 하지만 시에서는 서로 유기적으로 융합되어 있다. 즉 규칙적 리듬이 자연의 질서요 생명력을 구현하는 것이듯 자연의 섭리를 거스르지 않고 순응하려는 편운의 리듬의식과 세계(존재)인식은 전체에 근원적으로 작용하는 두 개의 원형질이라고 규정할 수 있다.

이와 같은 편운 시를 형성하는 두 개의 원형질 즉, 리듬과 자연의 섭리에 따르려는 순응의식은 제36시집 ≪낙타의 울음소리≫에서도 밑바탕을 이루는 동시에 고희를 갓 넘긴 노 시인의 연륜에 상응하는 변주를 보이기도 한다. 이를테면 리듬의식은 현저히 강화되는 한편, 자연의 섭리에 따르려는 순응의식은 귀천 의식으로 변주된다. 이 글에서는 주로 이 두 가지 사안에 초점을 맞추어 편운의 후기 시세계의 일면을 살펴보려고 한다.

3. ≪낙타의 울음소리≫의 시적 특성

이 시집은 2부로 구성되어 Ⅰ부의 84편과 Ⅱ부의 19편 등 총 103편의 작품을 담고 있다. 그리고 편운이 서문에서 "Ⅰ부는 매일 하루하루를 살아오면서 느끼고, 생각하고, 생활해온 내 모습을 그려온 내 생애와 그 인생관이며, Ⅱ부는 여행에서 얻은 예술의 보물입니다."5)라고 직접 밝혀 놓았듯이 Ⅰ부와 Ⅱ부는 작품의 성격이 다르다. 즉 Ⅰ부는 고희를 넘긴 원로 시인으로서 존재와 세계에 대한 깊은 성찰을 보여주는 작품들이 주류이고, Ⅱ부에는 중국 각 지역의 문물에 관한 제재가 많으면서도 지역에 따라 일제 강점기의 민족 수난과 통한을 표현한 작품들도 더러 있다.6) 편운이 시집 제목을 Ⅱ부의 소제목에서 가져온 것을 보면 이들 작품에 대한 애착이 강했던 것으로 보인다.

그런데 ≪낙타의 울음소리≫에 대해서는, 이 시집을 구성하는 작품 대부분(81.6%)을 차지할 뿐만 아니라 존재에 관한 보편적 시상을 전개한 제1부를 통해서 그 특성을 탐구하는 것이 더 적절할 듯하여, 여기서는 주로 제1부의 시편들을 중심으로 편운 시의 특성을 살펴보려고 한다. 특히 시를 형성하는 원형질로 파악되는 두 요소인 형식으로서의 '리듬'과 주요 표현 내용으로서의 '세계인식과 자아 성찰'이 ≪낙타의 울음소

---

5) Ⅱ부는 '한국문인협회 제2회 해외문학심포지엄'을 위해 중국에 갔을 때 창작한 것들이다. 당시 중국 여정은 <다시 상해에서>라는 작품에 "아, 참으로 많이 날아다녔다/일본 후쿠오카에서 상해로, 다시/상해에서 장춘, 연길, 두만강, 용정, 백두산,/심양, 북경, 서안, 난주, 돈황, 난주, 상해/소주, 다시 상해로, 그리고 오늘 도오꾜로 떠난다"라고 표현한 것으로 보아 상당히 먼 길이었다.

6) 예시: "먼 어제 일제를 피해/이곳으로 온 사람들이 일구어 놓고/그 자손들이 자리잡고 살아오는 이곳/긴 세월 뒤에 내가 와서/지금 그 달구지 소리를 듣는다"(<먼 어제의 소리 延吉에서>), "일제 식민지 시절 이곳으로 도망온/망명시절의 우리 조선족들은/이 거리에서 얼마나 비통했을까"(<王府井街 北京에서>).

리≫에서는 어떻게 구현되고 변주되는지 그 실상을 구체적으로 밝혀볼 것이다.

1) 리듬의 특성; 자연의 호흡과 간절함의 형식화

시에서 리듬은 이미지와 더불어 2대 요소로 규정될 정도로 매우 중요한 의미와 가치를 갖는다. 물론 현대 자유시로 이행되면서 리듬보다는 이미지에 관심이 높아지고 리듬은 현저히 내면화되어 객관적인 분석이 어려운 경우가 많지만, 그것이 뚜렷한 형태로 객관화되든 아니면 시의 내면으로 잠재되어 모호해지든 간에 어떤 형태로든 시에서 리듬은 중요한 가치로 인식됨은 분명한 사실이다. 특히 "율조(metre)는 바로 그것이 인공적인 용모를 띠므로 해서 최고도의 구조(frame)의 효과를 낳고 시 경험을 일상생활의 우연이나 부당한 사태로부터 분리시킨다."[7]는 리처즈의 견해에 적극 귀를 기울이면, 시인의 의도에 의해 조직된 리듬은 시의 구조적 효과를 극대화할 뿐만 아니라 시와 일상성(또는 非詩)을 구분하는 조건이 되기도 한다.

이런 관점에서 볼 때, 초기부터 후기까지 편운 시에 일관되게 뚜렷이 드러나는 시적 리듬은 그의 시의 특성을 밝히는 데 결코 간과할 수 없는 중요한 요소이다.[8] 그가 시의 리듬을 얼마나 치열하게 인식했는가 하는

---

7) I. A. 리처즈, 김영수 역, 『문예비평의 원리』, 현암사, 1981, 197쪽.
8) 편운 시에서 리듬이 차지하는 위상은 매우 높지만, 지금까지 이에 대해 면밀하게 분석한 글은 거의 없고, 박의상과 김삼주가 부분적으로 언급하였다. 박의상은 제 6시집 ≪서울≫에 대한 단평에서 "반복과 변화의 원리"를 "그의 특이한 시구성법"으로 지적했으며(<반복적 구조의 미학>, 편운 조병화 교수 정년퇴임기념 평론집 『조병화의 문학세계』, 일지사, 1986, 36~41쪽), 김삼주는 21시집 ≪어머니≫에 대한 평론의 한 장에서 "병치와 반복의 효과"에 대해 분석했다. (김삼주, <어머니라는 종교>, 『조병화의 문학세계』, 160~163쪽.)

점은 우선 시에서 빈번하게 발견되는 리듬의 양적 측면에서도 확인되지만, 그보다는 특히 질적 차원에서 변주된 형태가 매우 다양하게 드러난다는 점에서 더욱 분명히 확인할 수 있다. 이에 편운 시의 특성은 리듬을 간과하고는 제대로 해명했다고 할 수 없을 만큼 중요한 요소 가운데 하나임을 고려하여 이 글에서 그 특성을 살펴보려 한다. 다만, 편운 시를 개관하면 다양한 형태의 리듬이 빈번하게 드러나기 때문에 사실 일일이 다 지적하기 어려울 정도이다. 그래서 다음과 같이 가장 단순한 리듬의 형태는가급적 논의의 대상에서 제외한다.

고개를 넘어도 고개
고개를 넘어도 고개

— <이미지 단상> 부분

이렇게 단순한 형태는 리듬의 양상을 분명하게 보여주기는 하지만, "대개의 운율은 단순하고 소박한 만족에서 성립되어 있음과 동시에 실망·연기·경이·배반 등에서 성립되어 있다고 할 수 있다. 너무 지나치게 단순한 운율, 너무 쉽게 간파되는 운율이 최면상태의 개입이 없는 한 곧장 생기가 없는 지루한 것이 되어 버리는 것은 이러한 때문이다."[9]라고 언급한 데서 보듯이 말 그대로 너무 단순하고 보편적이기 때문에 구체적으로 분석할 필요가 없다. 그래서 여기서는 '단순하고 소박한 만족'을 넘어서는 '실망·연기·경이·배반 등'에 의해 이른바 시에 '생기'를 불어넣는 리듬들을 가려내어 유형화하고 그 의미를 살펴볼 것이다.

주지하듯이 리듬은 운과 율로 구분된다. 운이 주로 시각성에 의존한다면 율격은 청각성에 기댄다. 편운 시의 리듬도 근본적으로는 이 두 가

---

9) I. A. 리처즈, 앞의 책, 185~186쪽.

지 요소가 두루 적용되었지만, 그 빈도나 선명성 등으로 보면 아무래도 운보다는 율격 체계가 상대적으로 도드라진다. 그 중에도 특히 편운이 가장 즐겨 수용한 것이자, 그의 세계인식을 가장 잘 반영한 것으로 보이는 것은 시의 구성형식에 관한 것이다. 즉 그것은 같거나 비슷한 문장 구조를 지닌 것들을 반복, 병렬하거나 조금씩 다르게 변주하는 형식이라 할 수 있는데, 이들 중 대표적인 사례들을 추출하여 여섯 가지 정도로 유형화하면 다음과 같다.

첫째, 同位語의 변주에 의한 전개 유형(aa'a"…형10))

①
달빛을 안고
밤에 안겨서, 나는
신라, 고려, 조선, 그 달을 본다

― <달>에서

봄, 여름, 가을, 겨울, 세월은 돌아도

― <내 마음은>에서

②
황색, 홍색, 백색, 자색,
어지럽게 칠해 놓고

― <한식 이후>에서

---

10) 이것은 반복 병렬된 형태를 기호화한 것이다. 김대행은 한국시를 이루는 구성형식을 aaba, aab, abb, aa 등 네 유형으로 분류했는데(김대행, 『한국시의 전통 연구』, 개문사, 1980, 86~92쪽 참조), 편운 시에는 이보다 더 다양한 유형들이 보인다. 즉 편운은 전통을 적극적으로 변주하려고 노력했다.

떠남을 거듭하며 살아온 생애,
실로 나의 인생은 오해, 와 포기, 와 도피, 와
이별, 과 고독.
그 순수고독을 살아오며, 그 순수허무를
같이 살아온 거다

ㅡ<단 하나의 소원>에서

③
무슨 지켜야 할 약속이라도 있으십니까
무슨 지켜야 할 절개라도 있으십니까
무슨 지켜야 할 정조라도 있으십니까

참으로 의젓하십니다
참으로 숭고하십니다
참으로 *대단한* 인내이십니다

ㅡ<돌부처>

꽃비는 소리없이 **술술** 내린다
살살 내린다
촉촉히 내린다

ㅡ<꽃비>에서

'동위어'란 의미는 다르지만 같은 위상이나 계열로 분류되는 시어를 뜻한다. 그러니까 의미로 보면 반복이 아니라 나열이지만 동일 위상이나 계열성으로 보면 반복 형태가 되어 리듬을 형성한다. 먼저 ①의 <달>에는 리듬이 두 가지 형태로 드러난다. '안고'/'안겨서'는 '안다'라는 의미를 나타내는 말의 반복 형태인데 능동과 피동이라는 의미로 대립한다. 또 하나는 '신라, 고려, 조선'이라는 구절인데, 여기서는 우리나라의 옛 이름을 시간의 흐름에 따라 나열했으므로 동위어가 반복되었다. <내 마음은>의 '봄, 여름, 가을, 겨울'은 계절을 나타내는 동위어가 나열과 반복 형태를 지닌다.[11] 이와는 달리 ②에서는 시간성이 배제된 대신에 동위어를 다양하게 나열하여 복잡하고 혼란한 현상과 심정을 형상화했다.[12]

한편, ③에서는 '약속/절개/정조', '의젓/숭고/인내'(<돌부처>), '술술/살살/촉촉히'(<꽃비>) 등에서 보듯이 순차성보다는 유사한 의미이면서도 조금씩 차이를 보임으로써 동위어가 전개된 형태를 보여준다. 여기서 동일 문장 구조에 의한 반복이 주술성과 강조 등 일차적으로 리듬의 효과를 낸다면, 다른 의미의 동위어를 전개하는 것은 대상에 대한 다면적 접근을 통해 편협한 사고를 제어하고 복합성을 지닌 그 본질에 가까이 다가가려는 깊은 사유를 형식화한 것이라 할 수 있다.

둘째, 반복과 변주와 병렬에 의한 구성 유형(aa/bb형)

④
길은
사람이 있는 곳으로

---

11) <청춘 하이웨이>의 '청평을 지나고, 가평을 지나고,/강촌을 지나고,'에서는 거리에 따른 동위의 의미를 지닌 지명이 나열되어 있다.

12) 이런 유형은 상당히 많다. 예컨대, <미지의 영혼으로—교향악 예찬>에서 "보다 순결하고, 순수하고, 숭고하고, 오묘한/영감으로 이어지는 나의 영혼,/들리는 것이 도취이요, 희열이요, 존재이요,/새로운 신비", <봄이여, 사월이여>에서 "이걸 생명이라고 할까,/자유라고 할까,/해방이라고 할까," <이미지 단상>에서 "나는 한평생을 살아옴에/잘못도 많았고,/실수도 많았고, 고집도 많았고,/하지 않아야 할 일도 했지만,"에 유사한 구조가 드러난다.

사람이 있는 곳으로

사람은
그리움이 있는 곳으로
그리움이 있는 곳으로

―<그림에 붙인 단상>에서

　④에서 뒤의 연은 의미론적으로는 변주되었으나 앞 연과 동일 통사 구조를 지니므로 병렬과 반복을 동시에 보여준다. 길→사람→그리움으로 이어지는 계기성과 연속성이 리듬을 통해서 형상화되었다. 거꾸로 말하면 사람이 길을 내고 길은 만남을 위한 통로이므로 그 바탕에는 그리움이 깔려 있다. 이처럼 시에서 리듬은 매끄럽게 읽히는 것뿐만 아니라 마음을 형태화하는 것인 동시에 간절한 마음을 강조하는 기능을 갖기도 한다.

　셋째, 의미의 대립/대응과 동일 통사 구조의 병렬 유형(a/―a형)

⑤
나를 기쁘게 한 사람이나
나를 슬프게 한 사람이나

내가 기쁘게 한 사람이나
내가 슬프게 한 사람이나

―<만남과 이별>에서

⑥
한 집에 살면서

생전을 입을 닫고 사는 사나이와
생전을 귀를 닫고 사는 여인이 있었다

　　　　　　　　　　　　　－<어느 부부>에서

⑦
낮이면 꾀꼬리 만산에 울고
밤이면 개구리 목놓아 울고

　　　　　　　　　－<공적한 집－편운재 일기>에서

　위에 예시한 것들은 동위이면서 서로 대립하는 관계를 갖는 말로 이
루어진 것들이다. ⑤는 a/non a//a'/non a'의 형태로서 이중 반복의 형태
를 띤다. 즉 1차로 '기쁘게'와 '슬프게'가 대립하고 다시 피동과 능동이
대립한다. ⑥에서는 입/귀, 사나이/여인의 대응을, ⑦에서는 낮/밤, 꾀꼬
리(산)/개구리(들)의 대립과 대응을 보이면서 각각 동일 통사 구조가 반
복된다. 위에서 보듯 대립(대응)의 구조 유형은 역지사지, 또는 다면적
세계를 표현하기 위한 수단이 된다.

　넷째, 교차 나열의 유형(abab형)

⑧
무슨 사연이 저렇게 구성지게 길까,
평생을 후회, 고백이라도 하는 것처럼
밤을 새워서 치고, 지우고, 치고, 지우고,
서툴게 타자를 친다

　　　　　　　　　　　－<밤에 내리는 봄비>에서

　위의 시에 밑줄 친 부분은 '치고─지우고'를 두 번 반복하여 두 낱말이
교차관계를 이룬다. 맘비 내리는 소리를 타사기 치는 소리에 비유하면

서 사람이 어떤 의미를 만들고 후회하여 지우는 행위를 반복하는 것처럼 표현하고 있다. 그러니까 여기서 교차 반복의 리듬 형태는 부질없는 행위를 끝없이 반복하는 인간의 무상한 삶을 효과적으로 드러내기 위한 시적 장치가 된다.

다섯째, 연 구성의 형태상 반복과 병렬적 전개 유형[aaa'(aaaa', aa'a''a''')형]

⑨
이젠 너무나 늙어서
뮤즈마저 비켜가누나

이젠 너무나 늙어서
구름마저 비켜가누나

아, 이젠 너무나 늙어서
빛도 소리도 멀리 비켜가누나.

－<풍화작용> 전문

이 시에서 리듬은 전체적으로 aaa'형으로 분석되는데, 첫 행과 둘째 행 및 각 연 단위로 구분해서 보아도 모두 동일 형태로 유합된다. 우선 각 연의 첫 행을 중심으로 분석하면 같거나(1~2연) 약간 변주된 형태(3연)가 반복되어 aaa'의 형태를 띤다. 둘째 행들은 '뮤즈', '구름', '빛과 소리'라는 의미만 다른 동위의 낱말로 전개하여 다양한 탐색의 의미를 나타내면서도 통사 구조로 보면 3연에서만 약간 변화되어 aaa'의 형태가 된다. 따라서 이들을 통합한 연 단위로 보아도 역시 aaa'의 형태로 규정된다. 이와 같은 반복적 리듬을 통해 '너무 늙음'과 외로움에 대한 한과 탄식이 절실하게 구조화되고 있다.

한편, 각 연의 마지막 행을 후렴구처럼 처리한 형태도 많다. 예컨대, <빈 날, 빈 세월>의 경우를 보면 각 연의 마지막 행을 각각 '빈 말만 보낸다//빈 말만 보낸다//*이렇게* 빈 말만 보낸다'(이탤릭체: 인용자)로 처리하여 aaa'의 형태를 이루게 하였다. 그리고 4연 형식의 작품인 <지금 내 마음은>에서는 앞 세 연의 끝행은 같고 마지막 연에서만 '늘어진'이라는 수식어를 하나 덧붙여 aaaa'의 형태가 되게 하였다.13) 또한 <영원 국도 1081에서>14)와 <외로운 영혼의 섬>15) 등의 경우에는 각 연의 마지막 행이 기본 의미는 유사하면서도 각각 조금씩 변주된 aa'a"a'''의 형태를 보여준다.

여섯째, 낱말 및 구조의 반복과 변화의 유형[aab, aaba(aaba')형]

⑩
온종일 바닷물은 혼자서 밀리고 쓸리고
<u>철석, 철석, 술술</u>

　　　　　　　　　－<지금 나는 다시 소라로>에서

---

13) *한여름 하얀 대낮의 모래밭이옵니다//*
　　한여름 하얀 대낮의 모래밭이옵니다//
　　한여름 하얀 대낮의 모래밭이옵니다//
　　한여름 늘어진 하얀 대낮의 모래밭이옵니다'(이탤릭체: 인용자)
14) 나는 永遠이라는 것을 생각하고 있었습니다//
　　그 永遠을 생각하고 있었습니다//
　　그 고독한 永遠을 생각하고 있었습니다//
　　그 순간의 永遠을 생각하고 있었습니다
15) 쓸쓸할 땐 슬며시 그곳으로 숨어 버립니다//
　　고독할 땐 슬며시 그곳으로 숨어 버립니다//
　　만사가 싫어질 땐 슬며시 그곳으로 숨어 버립니다//
　　쓸쓸하고 쓸쓸할 땐 슬며시 그곳으로 숨어 버립니다

⑪
겨울 내내 움츠렸던 몸을
밑으로,/밖으로,/인생/밖으로
한없이,/한없이/끌어내어

―<봄이여, 사월이여>에서

⑫
눈물을 주는 시는
세상에서 가장 잔인한 죄인 줄 알면서도
나는 어쩔 수 없이
눈물을 주는 시를 많이 써왔습니다

혼자서 이 세상 외롭게 살아가는 것이
가장 편안한 인생이라는 걸 알면서도
나는 외로움을 참을 수가 없어서
그저 어쩔 수 없이, 무상히
눈물을 주는 시를 많이 써왔습니다

그것이 죄라면 죄이겠지만
살아가는 것이 하두 외로워서
그저 무상히 그립고, 그립던 것을 어찌하리

눈물을 주는 시는
세상에서 가장 잔혹한 죄인 줄 알면서도
그저 나는 나를 잊기 위해서
눈물을 주는 시를 많이 써왔습니다.

―<눈물> 전문

aab나 aaba 유형은 민요에서 흔히 사용된 예이다. 가령, '아리랑 아리랑 아라리요'나 '형님 형님 사촌 형님' 같은 구절에서 보듯이 이 예는 두 번 반복한 후 변화를 주는 것이 리듬 형성의 바탕이 된다. 위의 예에서 ⑩과 ⑪은 낱말의 반복과 변화를 통해 리듬을 형성한 경우이고, ⑫는 각 연의 마지막 행을 aaba의 유형으로 구성한 예이다. 이 유형들이 많이 보이는데 그중에 다음과 같이 약간씩 변주되기도 한다. 즉 <너의 사랑은>은 5연 중에 앞의 4개의 연 마지막에 '절대적인 존재이듯이'라는 구절을 후렴구처럼 배치한 후 마지막 5연에서는 변화를 주어 aab의 확장형인 aaaab 유형이 되었고, <나는—어머님께>는 aaba의 변주형인 aa'ba' 유형이 되었다. 그리고 <어느 천성>의 경우에는 이것을 다시 변주한 aa'ba'a" 유형인데 수식어를 통해 변화와 대칭 구조가 되도록 하였다.

이상에서 편운의 후기 시에 형성된 대표적인 리듬 형식들을 여섯 가지로 유형화하여 그 특성을 살펴보았다. 편운 시에 드러나는 리듬은 주로 구성형식상 반복 병렬과 전개의 구조 유형이 주종을 이루는 것으로 파악되었다. 이것들은 민요에서 흔히 볼 수 있는 전통적인 리듬의 일부 형식을 토대로 하고 하는데, 편운은 그것을 수용하면서도 한편으로는 변주를 꾀하여 전통과 개성을 조화하려고 노력하였다. 이에 따르면 편운은 시와 리듬의 관계를 매우 중요하게 인식하고 시를 빚는 과정에서 내용에 걸맞은 리듬을 조직하기 위해 치열하게 노력했음을 알 수 있다.

이러한 노력으로 조직된 편운 시의 리듬이 갖는 주요 의미를 간추리면 다음과 같다. 첫째, 반복에 의한 병렬 형식은 시에 음악성을 배가하는 동시에 시인의 절실한 마음을 표현하고 강조하는 의미가 있다. 둘째, 성격상 동일 계열의 시어[동위어]를 나열하는 것은 다양하고 복합적인 세상사와 정서를 형식화하여 세계에 대한 편견이나 편협함에서 벗어나 존재와 삶의 진실에 더 가까이 다가가는 성찰 효과를 극대화한다. 셋째, 균형과 절제를 통한 정서적 안정감을 도모한다. 넷째, 규칙성과 안정성에 기초한 자연의 리듬과 순리에 따르려는 시인의 정서가 잘 호응하여 의미 이전에 이미 구조적으로 시인의 지향 의지가 구현되는 효과를 낸다.

2) 세계인식의 특성: 자연의 섭리에 대한 통찰과 귀천 의식

완성도가 높은 작품일수록 형식과 내용은 따로 놀지 않고 서로 팽팽한 긴장 관계를 이룬다. 그리하여 형식이 내용을 규제하거나 내용이 형식을 규제하기도 하고, 또는 형식에 의해 내용이 강조되거나 내용에 의해 형식이 빛을 발하기도 한다. 이런 점에서 편운 시에 드러나는 도저한 리듬은 시인의 세계인식을 효과적으로 담아내는 구실을 충실히 한다고 볼 수 있다. 구체적으로 말해서 그가 평생 자기 삶의 근본 태도로 지향하며 시적 형상화의 가장 중요한 관심사로 다루었던 '자연의 섭리'에 대한 깊은 통찰은 그에 호응하는 시적 리듬을 입음으로써 한껏 절실한 빛깔과 의미를 획득한다. 이를테면 두 요소는 서로 상보적인 관계로 조화되어 시인이 추구하는 예술로서의 시의 경지를 드높이는 구실을 한다.

그렇다면 편운 시의 리듬에 호응하는 세계인식의 가장 큰 특성은 무엇일까? 그것은 다음 시에 잘 드러나는 바와 같이 무엇보다도 자연의 섭리를 통찰한 결과, 겸허한 마음으로 순리에 따르려는 자세를 갖는 것이라 할 수 있다.

> 이제 작은 열매일지라도 작게 이대로 맺고
> 떠나려 합니다
>
> 이제 아직은 설익은 열매일지라도
> 작게, 작게, 이대로 열매를 맺고

힘에 겨워서 떠나려 합니다

이만해도 나에겐 고마운 세월이었습니다
이만치 열매를 맺게 해주신 것만 해도
나에겐 한없이, 한없이 고마운 은혜였습니다

많은 바람과 구름이 있었습니다
많은 눈과 비가 있었습니다
많은 밤과 낮, 해와 달이 있었습니다
변화무상, 견디기 어렵던 빛이 있었습니다

그것들에게 시달리다 영글은 작은 열매로
작은 열매일지라도 감사히 여기며
이제 이 자리를 물러나려고 합니다.

ー<이제 작은 열매일지라도> 전문

이 시의 핵심을 '스스로 물러나려는 자세'라고 한다면, 그 이면에는 노
년기에 접어든 시인으로서 천명에 대한 깊은 성찰이 깔려 있다. 시적 화
자는 시간을 거역할 수 없는 존재의 근본 한계를 인정하고 자연의 섭리
에 순응하려 한다. 이러한 인식이 비록 작고 설익은 것이더라도 그것대
로 '나에겐 한없이, 한없이 고마운 은혜였습니다'라고 지극히 겸허한 마
음을 갖도록 했다. 물론 이 경지에 이르는 것이 결코 쉬운 일은 아니다.
4연에서 '바람·구름·눈·비·밤' 등의 상징적 이미지에 드러나듯이 그
과정에서는 긍정적인 요인들의 도움도 있겠지만 시인은 부정적인 요인
들에 의한 시련이 더 많았던 것으로 규정한다.

그런데 이 시에서 주목되는 것은 시적 화자의 상반된 심리이다. 즉
'힘에 겨워서 떠나려 합니다'의 비특 '작은 열매일지라도 감사히 여기며/

이제 이 자리를 물러나려고 합니다.'에 드러나는 갈등 의식이다. 앞의 태도가 온갖 시련을 겪으며 살아가야 하는 힘겨운 존재 인식으로 인한 부정적 자기 동일성의 선택16)을 보여주는 것이라면, 뒤의 태도는 그래서 오히려 더욱 감사히 여기는 겸허함과 긍정적 자세를 표상하므로 이 둘은 사뭇 대조적인 관계에 놓인다. 이 같은 시인의 상반된 태도를 종합적으로 파악하면, 결국 '변화무상, 견디기 어렵던 빛', '그것들에게 시달리다 영글은 작은 열매'이기에 더욱 감사히 여기며 소중한 것으로 받아들이려는 겸허한 태도에 이르기까지는 심리적으로 많은 고뇌와 갈등을 겪었음을 뜻한다. 이는 다음 시에서 더욱 확연히 드러난다.

> 머지않아 그날이 오려니
> 먼저 한 마디 하는 말이
> 세상만사 그저 가는 바람이려니,
> 그렇게 생각해 다오
> 내가 그랬듯이
>
> 실로 머지않아 너와 내가 그렇게
> 작별을 할 것이려니
> 너도 나도 그저 한세상 바람에 불려가는
> 뜬구름이려니, 그렇게 생각을 해 다오
> 내가 그랬듯이
>
> 순간만이라도 얼마나 고마웠던가
> 그 많은 아름답고, 슬펐던 말들을 어찌 잊으리
> 그 많은 뜨겁고도, 쓸쓸하던 가슴들을 어찌 잊으리

---

16) E. H. Erikson, *Identity,* 조대경 역,『세계사상전집』42, 삼성출판사, 1981, 326~329쪽.

아, 그 많은 행복하면서 외로웠던 날들을 어찌 잊으리

―<나도 그랬듯이> 부분

이 시에서도 시인의 두 가지 인식이 뚜렷이 드러난다. 하나는, 시적 화자인 '나'는 이미 '세상만사 그저 가는 바람이려니, 그렇게 생각'하며 '머지않아' 다가올 '작별'의 시간을 담담하게 받아들일 자세가 되어 있다는 것이고, 다른 하나는 그 경험을 바탕으로 하여 '내가 그랬듯이' '너'도 '그저 한세상 바람에 불려가는 뜬구름이려니, 그렇게 생각'하며 순순히 작별을 받아들일 것을 권유하는 것이다. 이런 지혜를 터득한 것은 마지막 3연에 드러나듯, '아름답고/슬펐던 말들', '뜨겁고도/쓸쓸하던 가슴들', '행복하면서/외로웠던 날들'로 표현된 과거사에 대한 대립적인 인식이 시련으로서 작용했기 때문이다. 다시 말하면 인간이란 한 조각의 뜬구름에 지나지 않으므로 자유로운 영혼으로 돌아가야 한다는 판단은 인생의 쓴맛 단맛을 절실하게 겪은 경험자로서 삶의 양면성을 함께 성찰한 결과이다.

한편, 삶의 양면성 즉, 행복과 슬픔을 함께 겪어야 하는 것이 바로 존재의 근본 속성이라는 깊은 성찰은 일면 편운의 뼈아픈 존재 인식을 보여주는 것이기도 하지만, 실상은 세상사로 인해 울고 웃는 모순된 존재로부터 일탈하는 통로를 발견하는 동인으로 작용하기도 한다. 다음에서 그것이 뚜렷이 드러난다.

아무런 욕심도 없는 사람은 가볍다/따라서/이승과 저승 사이에 걸려 있는/강물의 다리도 가볍게 건너리

―<이승의 짐을 덜어내며>에서

소유하려는 마음일랑 버리세요/소유는 늘 불안한 번뇌이니까요
                                                  −<조롱의 새>에서

요즘 나의 일과는 잊는 일이다/나무가 하늘에 있듯이/자연으로 있는
일이다//…(중략)…//바람도 구름도 자유로이 지나가는/하늘이 되는
거다//우주 만물이 자유로이 날 수 있는/텅텅 빈 하늘이 되는 거다.
                                          −<요즘 나의 일과는>에서

위의 여러 구절에서 누누이 강조하고 있듯이, 편운은 '소유하려는 마
음'을 갖는 것은 '불안한 번뇌'를 낳는 원인이 되는데, 그것을 버리거나
잊는 것은 '하늘'에 드는 지름길이라고 생각한다. 그래서 그는 바람이나
구름처럼 가볍고 자유로운 존재로 거듭나기 위해 소유욕을 초월하여
'자연으로 있는 일'을 일과로 삼는다고 한다. 이러한 그의 인식과 태도는
반복 병렬로 형성된 리듬에 의해 더욱 절실한 느낌을 준다.17)
    여기서 다시 한 가지 고려할 것은 사람들이 추구하는 일이 중요하고
높은 가치를 지닐수록 그만큼 실현되기도 어렵다는 사실이다. 즉 시인
이 '소유하려는 마음일랑 버리세요'라고 남에게 권유하는가 하면, 또 '요
즘 나의 일과는 잊는 일이다'라고 강조하는 대목에서 잘 드러나듯이, 사
람이 소유욕을 깨끗이 떨쳐 버리고 그야말로 완전한 무위자연의 경지에
들기란 내남없이 거의 불가능하다는 것이다. 달리 말하면 욕심을 모두

---

17) 1991년 5월 2일에 쓴 작품인 "가진 거 하나 없이 이 세상에 나와서/돈 들이지 않고
    공부도 하고/많은 굵은 상도 탔습니다//지금 인생을/마무리지으려는, 나는/그 많은
    은혜를 다 합쳐 보답도 하고/다시 가진 거 없이 빈 손으로 돌아가기 위하여/이 상을
    마련했습니다//'시는 영혼의 화석'이라는/황금의 메달을 달아서."(<시는 영혼의 화
    석−제1회 편운문학상 시상을 마치고> 전문)에 따르면, 이 무렵에 제정된 '편운문
    학상'도 결국 편운이 이승에서 받은 은혜에 보답하는 차원이자 가진 것들을 모두
    버리고 '빈 손'으로 돌아가기 위한 노력의 일환임을 알 수 있다.

떨쳐 버리는 것보다는 '소유하려는 마음'을 갖는 것이 오히려 사람의 보편적인 속성이라고 표현하는 편이 더 적절할 수도 있다. 시인이 잊는 일을 '日課'로 삼는 이유는 바로 그런 인간의 한계를 의식한 결과이자 어떻게든 그 한계를 극복하려는 치열한 노력의 일환이기도 하다.

편운이 그토록 어려운 길을 스스로 선택한 것은 물론 그 끝에 '하늘'이 닿아 있다고 믿기 때문이다. 즉 세속적인 욕망을 버리고 존재의 무게를 가볍게 함으로써 인간은 '불안한 번뇌'의 바다에서 벗어날 수 있다는 것이다. 여기서 '하늘'은 '우주 만물이 자유로이 날 수 있는/텅텅 빈 하늘'로서 모든 것을 받아들이고 그것들이 자유를 누릴 수 있게 하는 절대 공간이며, 또 존재가 이승의 무거운 짐을 벗고 편안히 거주할 수 있는 이상향이 되기도 한다. 그러니까 이 시집에 등장하는 '하늘'은 기본적으로 중의성을 갖는데, 시집 전체의 맥락에 따르면 다음 구절에서 확인되듯 '저승'의 의미가 더 강한 것으로 파악된다.

> 어머님, 저도 이젠 그곳으로
> 갈 때가 되었습니다.
>
> ㅡ<어느 소원ㅡ어머님 산소에서> 부분

위와 같은 귀천 의식이 ≪낙타의 울음소리≫의 가장 두드러진 화제임을 고려하면, 이 시기에 편운은 삶의 종말이 가까이 다가오고 있음을 깊이 인식하고 있었다. 오늘날 과학 문명과 의술의 발달로 장수하는 사람들이 많이 늘어나 '人生七十古來稀'라는 옛말의 의미가 현저히 희석되었지만, 여전히 고희를 넘긴 존재로서 종말의식을 떨쳐 버리기가 어려울 것이라는 점을 고려하면 이 시기에 편운이 '자연으로 있는 일'을 갈망하는 것 즉, 그의 귀천의식은 자연의 섭리를 깊이 통찰하고 거기에 순응하려는 태도를 보여주는 것이라 하겠다.

사실, 편운 시에서 죽음의식은 이미 60년대(중년기)의 시에서부터 드러난다. 가령, 그것은 '어머니께서 물려주신 그 노자만큼/쓸쓸히/죽음으로 직행을 하고 있는 거다'(<밤의 이야기 17>, 9시집《밤의 이야기》)라는 구절에서 볼 수 있다. 그러니까 죽음의식의 뿌리가 깊다고 하겠는데, 다만 질적으로는 다소 차이가 있다. 즉 젊은 시절에 가졌던 죽음의식이 태어날 때 이미 죽음이 결정된, 유한한 생명체라는 존재론적 성찰에 기대고 있으면서도 현상적으로는 비극적 현실 인식[18]에서 촉발된 것이기에 그 이면에 삶의 애착심이 전제된 역설적 의미를 띤다면, 이 시기에는 모든 것을 초탈하고 오직 자연의 섭리에 순응하려는 인식으로 집약된다. 그리하여 곧 다가올 것으로 예상하는 천명에 순순히 머리를 조아림으로써 편운은 이제 더없이 고요한 마음의 상태로 접어든다.

4. 마무리

조병화는 '한 조각의 구름'[片雲]이라는 그의 호처럼 자신을 아주 사소하고 가벼운 존재로 인식하며 겸허한 자세로 어디에 집착하거나 구애되지 않고 자유롭게 살고자 노력한 시인이다. 그런 자유로운 존재에 대한 지향 의지는 이미 그의 첫 시집인 《버리고 싶은 유산》에서 '버림'에 대한 인식으로 그 징후가 드러날 뿐만 아니라, 그 후 대부분 시집에서도 항상 시정신의 핵심으로 작용하여 하나의 원형질의 의미를 띤다. 비록 해당 시기에 상응하는 삶과 인식에 따라 다양하게 변주되며 더러는 빛깔이 다소 달라지기는 해도 그 밑바탕에는 항상 욕심으로부터 자유로운

---

18) 이는 그다음 연 "캄캄한 것을 살아온 거다./마음도 사랑도 모두/가난한 풀밭 머리에서 가난한 풀만 뜯다/가난에 쫓겨다니며/아까운 정들을/캄캄히 살아온 거다."라는 표현에서 드러난다.

영혼으로 살고자 하는 겸허한 자세가 자리를 잡고 있다.

이러한 겸허한 자세는《낙타의 울음소리》에 이르러 '귀천의식'으로 수렴되면서 더욱 뚜렷한 빛깔로 형상화된다. 오세영은 편운의 1960년대 시를 총평하는 자리에서 "인생은 나그네라는 의식, 따라서 언제인가 올 그 작별의 때를 대비하여 삶에 미련과 집착을 두지 않고 그것을 있는 그대로 받아들이고, 있는 그대로 살아가려는 태도는 …(중략)… 시인으로 하여금 삶에 대한 달관의 경지에 이르게 한다. 그것은 버리는 것이 소유하는 것이요, 비어 있는 것이 오히려 충만한 것이라는 도가적 역설의 경지에 가까운 것"[19]이라고 지적하였는데, 《낙타의 울음소리》에 드러나는 귀천의식은 그 역설을 넘어서는 자연의 경지인 무욕과 무심으로 절대 자유의 경지에 들고자 한 것이다. 즉 자연의 섭리를 거스를 수 없는 존재의 본질을 깊이 성찰한 결과로서 이승에 대한 욕망과 집착을 초탈하여 저승으로 갈 시간 앞에 순순히 따르려고 하였다. 그리고 그런 간절한 마음을 형식화한 것이 바로 다양하게 변주된 시적 리듬이라고 할 수 있다.

이러한 형식과 내용의 유기적인 조직이 편운 시의 특성이자 큰 장점이라면, 이것은 많은 독자에게 호감을 주는 요소이기도 하다. 편운이 누구도 감히 범접할 수 없을 만큼 평생 그토록 많은 시를 쓰고 또 수많은 독자를 확보할 수 있었던 것은 무엇보다 그의 삶에 버금가는 시적 경지에 기인하는 것이기도 하겠지만, 한편으로는 통시적으로 많은 사람에게 통용되는 민요의 장점이 공감성에 있듯이[20] 편운 시가 오랜 세월에 걸쳐 많은 독자에게 널리 사랑을 받는 요인도 결국 그의 시에 공감할 만한 요소가 많기 때문이라 할 수 있다. 따라서 편운은 일찍이 많은 독자에게

---

19) 오세영, 「고독과 실존」(조병화의 시세계−60년대의 시), 『조병화의 문학세계』, 260~261쪽.
20) 김대행, 『한국시의 전통 연구』, 112쪽.

소통하는 시가 결국 높은 가치를 가진다는 점을 남 먼저 깨닫고 그런 시를 쓰기 위해 평생 노력한 분으로서, 20세기 중엽 무렵부터 이미 21세기의 대중화 시대의 첨단을 걸어간 이른바 '見者'로서의 시인이라는 위상에 걸맞은 시적 삶을 살았던 셈이다.

한국 현대시의 평화 지향성

─작시 태도와 시 형태를 중심으로

1. 사회적 효용성과 문학적 자율성

이 글은 한국 현대시를 통해서 평화 지향성의 실체를 밝히는 것을 목적으로 작성된다. 관점에 따라서는 다양한 논의가 가능하겠지만, 시인은 대부분 주요 표현 대상인 사회(현실·세계)나 개인에게 드리워진 시련과 갈등, 아픔과 슬픔 등을 성찰하는 것으로부터 시 짓기의 실마리를 풀어간다. 그리고 그 궁극에는 대체로 이상적인 존재로 거듭나려 하거나 이상향을 지향하는 시인의 정서를 직접 표현하거나 암시한다. 다시 말하면 부정적(비평화적)인 세계인식으로부터 이상적(평화적)인 세계를 지향하는 꿈을 노래하는 것이 시인의 숙명이라 할 수 있다. 그러니까 다소 포괄적으로 접근하면 시는 표면적이든, 심층적이든 평화 지향성을 함유한다고 볼 수 있다. 이러한 시적 성향을 확인하기 위해 한국 현대시 작품[1]을 분석하여 평화 지향성의 실체를 살펴보려고 한다. 문학 작품을 통해 사회 이념인 평화 문제를 다루는 점을 고려하여 본 연구는 문학과

---

1) 이 글에서 다룰 주요 텍스트는 연구자가 논지를 단계적으로 심화하고 결론에 이르는 데 매우 적절하다고 판단하여 선정했다.

사회학을 아우르는 문학 사회학적인 방법론을 적용한다.

문학과 사회는 밀접한 관련을 맺는다. 문학은 사회 구성원의 일원인 창작자가 사회적 경험에 상상력을 불어넣어 창작하고 결과적으로는 사회의 구성원인 독자에게로 환원될 가능성이 잠재된 예술이기 때문이다. 그렇다면 모든 사회적 현상을 문학에 담을 수 있고 반대로 모든 문학적 활동을 사회적 관점에서 이해할 수 있으므로[2] 문학과 사회를 연계하는 문학사회학의 가능성은 열려 있게 마련이다. 문학의 사회학은 방법론의 차이에 따라 다음과 같이 두 가지 경향으로 구분된다.

> 첫째, 환경으로부터 시작해서 문학 외부에서 작업을 하며 텍스트 안에 반영된 것이나 굴절된 것을 통해 문학을 순전히 외부적 요소들과 관련시키려는 문학사회학이 있다. 이것은 문학 생성과정의 특정 순간에 있어서 문학과 사회의 상관관계를 밝히려는 방법이다(텐, 플레하노프). 둘째, 문학적 텍스트에 그 기초를 두면서 문학의 구조들을 장르와 사회에 연결시키는 문학사회학이 있다.[3]

두 유형은 텍스트에 접근하는 경향 즉, '실증주의처럼 문학을 대체로 사회경제적인 과정의 반영으로 보는 경향'인가, '보다 비판적이며 내재적인 관점을 지닌 구조주의'에 관련되는가에 따라 갈라진다. 물론 문학을 사회경제적인 과정의 반영으로 보는 외재적 접근이든 작품의 구조에 집중하는 내재적 접근이든 그것을 기계적으로 도식화하거나 명백하게 분리해서 다룰 수는 없다. 작품에서 두 관계를 완전히 분리할 수 없듯이 접근 태도 역시 조화되거나 최소한 상호보완적이어야 더 바람직하기 때문이다.

---

2) 김현, 『문학사회학』, 민음사, 1985, 11쪽.
3) 앨런 스윈지우드 저, 정혜선 옮김, 『문학의 사회학』, 한길사, 1984, 87쪽.

그러나 문학과 비평의 현장에서 두 관계는 관점과 태도에 따라 상당한 편차를 보인다. 특히 사회적 효용성 대 문학적 자율성으로 문학관이 달라지면 접점에 이르기 어려울 정도로 대립 현상을 보여준다. 이를테면 일제 강점기부터 본격적으로 대두하여 현재까지도 끊임없이 벌어져 이제는 거의 상식이 되다시피 한 예술(문학)계의 순수와 참여라는 이념 논쟁이 그것을 입증한다.

그런데 김현은, 문학을 위한 문학을 주장하며 문학의 쾌락원칙을 강조하는 경향과 인간과 사회를 위한 문학을 주장하며 문학의 현실원칙을 강조하는 경향이 서로 대립각을 세우는 현상을 '가짜 대립'이라고 단정하였다. "근대 이후에서부터 문학의 그 이중적 성격은 분리할 수 없는, 이중적이며 단일한 성격"이기 때문이라는 것이다. 이 논리는 설령 두 가지를 억지로 나누어도 인간이 "행복하게 그러면서 의미 있게 살기 위해서는 쾌락원칙에 집착하는 문학과, 현실원칙에 집착하는 사회가 결국은 상호보존적으로 인간의 삶을 위해 노력해야 한다"[4]는 결론을 통해 더욱 확실해진다. 여기서 중요한 것은 쾌락원칙과 현실원칙을 분리해서 따지지 말고 '사람이 행복하고 의미 있게 살기' 위해 노력하는 일에 초점을 맞추고 이를 위해 두 가지를 상호보존적인 차원에서 조화롭게 접근해야 한다는 것이다. 이러한 김현의 통합적 관점을 받아들여 이 글은 우리 시의 평화 지향성의 특성을 문학 사회학적인 관점으로 살펴보려 한다.

이 글의 논점에 관한 연구사를 검토하면, 정효구의 평론[5]을 제외하면 선행 사례가 없다. 이 현상은 순수 지향적이고 주관적인 시라는 양식과 그 반대로 가장 대중적이며 거창한 평화라는 사회 차원의 주제를 연결하는 것이 어울리지 않는다는 인식 때문이 아닌가 짐작된다. 비록 선행 연구는 없을지라도 앞서 제기했듯, 문학(시)과 평화는 밀접한 관계를 맺는

---

4) 김현, 『문학사회학』, 12~14쪽.
5) 정효구, 「평화를 주제로 한 試論 혹은 詩論」, 『시와반시』 2005. 가을호, 시와반시.

다. 시에는 표면적이든 함축적이든 대체로 인간과 사회의 갈등·분열·다툼 등에 관련된 것들이 비판적 제재로 수용되어 독자에게 성찰·비판·반성을 유도하고 결국엔 순수한(정화된) 마음에 이르게 하려는 시인의 창작 의도가 함축되어 있는데, 이것은 인류의 최대 꿈인 자유와 평화의 길로 들어서는 출발점으로 작용할 수도 있기 때문이다. 마음이 순수한 개인이 모이면 그 집단 역시 순수해진다. 이 점에서 인류 평화는 개인의 더럽고 사나운 공격적인 마음부터 정화하는 것으로 그 문이 열릴 수 있다. 이러한 시의 일반적인 특성은 본 연구의 타당성을 높여준다고 하겠다.

연구 과정은 크게 세 가지 논점으로 압축된다. 먼저 평화의 개념을 정리한 다음 평화 다원주의의 차원에서 시의 역할 가능성을 간추려 제시한다. 그리고 樣式 관점에서 시인의 작시 태도와 표현 형태에 따라 시를 두 가지 유형으로 구분하여 평화 지향성의 특성을 분석한다. 이것은 문학의 '내적 형식'에 주목하는 방식이다.6) 끝으로 이 과정에서 도출한 결과와 지혜를 통해 시의 미래를 가늠하는 것으로 결론을 맺는다. 이 연구를 통해 한국 현대시에 표현된 평화 지향성의 특성이 드러날 것으로 기대한다.

2. 평화 다원주의와 시의 역할

인류가 최고 가치로 지향하는 평화 실현은 폭력 여부에 달려 있다. 평화론에서는 '폭력의 정도'에 따라 개인과 사회 및 국가 차원에서 평화 실현의 가능성을 따져 ①소극적/②적극적 평화 수준으로 구분한다. ①은 직접적인 폭력이 사라진 경우로 낮은 수준의 평화를, ②는 구조적·문화

---

6) 르네 웰렉·오스틴 워어렌 저, 백철·김병철 옮김, 『문학의 이론』, 신구문화사, 1981, 318쪽.

적 차원에서 간접적인 폭력까지 모두 사라진 경우로서 가장 높은 수준의 평화를 가리킨다.[7] 이렇게 평화의 개념과 범주는 매우 복합적이고 넓은데, 그럴수록 평화의 실현 가능성은 희박해짐을 뜻한다.

톨스토이는 평화 부재의 원인과 해결 과제를 정부라는 집단에서 찾았다. 그는 "군비 확대와 전쟁이라는 끔찍한 해악이 계속되는 상황에서 사람들을 구하고자 한다면, 회의나 회담, 조약이나 중재재판소를 요구할 게 아니라 정부라고 불리는 폭력 기구를 없애야 한다. 인류의 커다란 해악은 여기서 비롯되었다"[8]라고 설파했다. 그는 '인류의 커다란 해악'의 근원을 '정부라고 불리는 폭력 기구'라고 단정하니까 평화 실현의 길도 '정부'를 해체하는 방향으로 열려야 한다고 보았다.

톨스토이의 주장에 따르면 평화 실현은 불가능하다. 현대는 무정부주의가 실현되기가 더욱 어려울 뿐만 아니라 국제 관계든 한 나라의 정부든 구성원들의 갈등과 분쟁이 완전히 사라질 가능성도 없기 때문이다. 그러니까 지구상에 평화가 실현된 역사가 없는 것은 당연한 결과이고, 또 그래서 평화는 언제나 인류 최대의 꿈으로만 인식되어왔다. 다시 말하면 인간들의 간절한 평화 추구와 그에 따르는 절망감은 늘 악순환만을 거듭할 뿐 개선의 여지는 거의 없다. 이러한 비극적인 세계인식을 이해인은 '송년 기도 시'(2014.12.27)를 통해서 다음처럼 읊은 바 있다.

> 이 둥근 세계에
> 평화를 주십사고 기도하지만
> 가시에 찔려 피나는 아픔은
> 날로 더해 갑니다.

---

7) 정주진, 『평화를 보는 눈』, 개마고원, 2015, 24~25쪽.
8) 박노자, 「너희가 '톨스토이'를 아느냐」, 『한겨레 21』 498호, 2004.3.4, 한겨레신문사. 재인용.

평화로 가는 길은
왜 이리 먼가요.

얼마나 더 어둡게 부서져야
한 줄기 빛을 볼 수 있는 건가요.

멀고도 가까운 나의 이웃에게
가깝고도 먼 내 안의 나에게
맑고 깊고 넓은 평화가 흘러
마침내 하나로 만나기를
간절히 기도하며 울겠습니다.

얼마나 더 낮아지고 선해져야
평화의 열매 하나 얻을지
오늘은 꼭 일러주시면 합니다.

—이해인, <평화로 가는 길은> 전문

이 시의 요점은 네 가지로 간추릴 수 있다. 첫째, 평화를 갈구하는 기도의 간절함과 현실적 아픔의 심도는 반비례한다. 둘째, 전정한 평화는 인류 전체와 '내 안의 나'까지도 '마침내 하나로 만나'는 상태를 뜻한다. 셋째, '평화로 가는 길'은 요원하다. 넷째, 따라서 평화 실현을 위해서는 더욱 '낮아지고 선해져야' 한다. 이렇게 시인은 평화로 가는 길이 너무 멀어 자신이 해야 할 일이 더욱 절실함을 성찰하였다. 그리하여 그는 인간의 간절한 염원에도 불구하고 현실의 아픔은 점점 더 심해지는 아이러니한 세상을 구원하는 길은 결국 먼저 개인의 변화로부터 출발해야 한다고 강조하였다.

톨스토이의 주장이 '소극적 평화' 수준에 해당한다면, 외부는 물론 자

신의 마음속까지도 모두 '하나' 되기를 갈망하는 이해인의 시는 '적극적
평화' 수준에 가깝다. 이런 차이에도 불구하고 모두 실현 가능성이 희박
하고, 그래서 더욱 평화 실현을 위한 노력이 절실히 필요하다는 공통점
을 지닌다. 여기서 '평화 다원주의'의 관점이 요청된다. 평화 다원주의란
개인·사회·국가가 평화를 적극적으로 인식하고 각각의 위치와 능력에
따라 다양한 방향에서 동시다발적으로 평화를 추구해야 한다는 것을 뜻
한다.9) 톨스토이의 처방전이 소극적이면서도 거의 불가능한 방법이지
만, 적극적인 평화 수준인 이해인의 관점은 현실적으로 실천 가능성이
더 크다. 즉 아래로부터 먼저 변화의 물꼬를 트는 것이 더 적절하다고 본
다. 이해인의 바람대로 겸허하고 선량한 개인들이 모이면 그 사회도 자
연스레 갈등과 분쟁이 줄어들고 조화와 질서가 자리를 잡는 상태로 변
할 수 있기 때문이다.

세계와 자아 성찰을 통해 이상향을 지향하는 시정신은 독자의 정화와
감화로 연결되어 스스로 변화하는 계기를 촉발할 수 있다. 일찍이 공자
가 정의했듯이, 시는 "思無邪"10)의 기능을 간직하여 시인은 물론 독자
의 마음에서도 사악함을 정화하여 순수한 상태로 돌아가게 해줄 수 있
다. 이러한 시의 능력과 역할은 "雜駁"11)된 현대인들의 마음을 고요하
고 깨끗하게 변화를 일으키게 하는 계기로 작용할 수 있다. 특히 서정시
는 짧아도 그 여운은 길어 대중성이 강하고 그 효력도 긴 것이 큰 장점이
다. 따라서 시도 온갖 갈등과 다툼으로 혼란이 심해지는 사회를 안정과
평화의 길로 들어서게 하는 데 한몫할 수 있을 것이다.

9) 이찬수, 『평화와 평화들』, 도서출판 모시는사람들, 2016, 59쪽.
10) 윤재근 편, 『장자』, 동학사, 2004, 118쪽.
11) 윤재근 편, 『논어 I』, 동학사, 2002, 90~91쪽.

3. 한국 시의 평화 지향성에 관한 두 가지 양상

앞서 거론한 대로 시는 평화를 지향하는 성향이 있다. 시인들이 추구하는 사랑이든 자유든 그가 타인과 더불어 살아가야 할 사회적 존재라는 사실을 망각하지 않는 한 궁극적으로는 평화에 직결된다. 시 쓰기의 출발점이 불화와 갈등을 겪는 자아와 세계를 성찰하는 것이고, 도착점이 불화와 갈등이 해소되어 조화와 화합이 실현된 이상향을 소망하는 시적 형태로 이루어지기 때문이다. 그래서 시는 대체로 사랑과 자유의 정념을 함유하고, 궁극적으로는 평화를 염원하는 시인의 꿈으로 형성된다고 해도 과언이 아니다.

이런 관점에서 이 글에서는 시를 분류하는 관점 중에 특히 시인의 경험을 조직할 수 있는 두 가지 방법을 "배제에 의한 것과 포괄에 의한 것, 곧 삭제에 의한 體制化와 통합에 의한 체제화"로 구분한 리처즈의 견해를 원용하여 평화 지향적 시의 유형을 두 가지 형태로 압축하여 풀어보려고 한다. 리처즈는 시인의 경험이 '몇 쌍의 평행하는 충동―같은 방향으로 향하는 충동―으로 조립'된 것을 배제에 의한 시로, '상반되는 충동'이 조립된 것을 포괄에 의한 시로 구분하고, "상반되는 충동―그것이 해결되는 곳에서 최고의 시경험이 생긴다"라고 하여 '상반되는 충동', 즉 이질적인 것을 아이러니한 형태로 조직한 것을 좋은 시라고 규정하였다.[12]

그러나 다양성을 토대로 하는 예술관을 고려하여 여기서는 가치판단은 유보한다. 그 대신 시인의 현실 인식과 비판의식 등 사회문제를 적나라하게 표현하는 경우를 '포괄의 시' 유형에, 반대로 평화롭지 못한 세계를 혐오하고 부정하여 시의 표면에서 최대한 축소하거나 제거하는 방식

---

12) I. A. 리처즈 저, 김영수 옮김, 『문예비평의 원리』, 현암사, 1981, 330쪽.

을 '배제의 시' 유형에 드는 것으로 규정한다. 시인의 관념을 덧붙이거나 최대한 억제하는 점을 고려하면서 이 글의 관점에 맞추기 위해 두 용어 중에 '포괄의 시' 유형은 '덧셈의 시학'으로, '배제의 시' 유형은 '뺄셈의 시학'으로 변용하여[13] 평화를 지향하는 한국 현대시의 두 가지 양상과 그 의미를 살펴본다.

1) 덧셈의 시학

'덧셈의 시학'이라는 관점에서, 평화롭지 못한 비극적인 현실을 직접 다루고 평화 지향의 길을 암시한 시로는 한국 현대시사에 널리 알려진 작품으로 김광섭의 <성북동 비둘기>를 들 수 있다. 이 작품은 산업화와 도시의 팽창에 따라 심화하는 人爲와 자연 파괴로 인한 평화의 상실을 고발하고 비판한 것이다.

> 성북동 산에 번지가 새로 생기면서
> 본래 살던 성북동 비둘기만이 번지가 없어졌다.
> 새벽부터 돌 깨는 산울림에 떨다가
> 가슴에 금이 갔다.
> …(중략)…
> 예전에는 사람을 성자처럼 보고
> 사람 가까이
> 사람과 같이 사랑하고
> 사람과 같이 평화를 즐기던
> 사랑과 평화의 새 비둘기는
> 이제 산도 잃고 사람도 잃고

---

13) 이 분류 개념은 절대적이거나 보편적인 것이 아니라 가능한 체계들의 하나로 이 글에서 설정한 것이다.

사랑과 평화의 사상까지
낳지 못하는 쫓기는 새가 되었다.

　　　　　　　　　 －김광섭, <성북동 비둘기> 부분

　1960년대는 1950년대 전반기에 겪은 6 · 25전쟁의 폐허를 극복하면
서 본격적으로 근대화와 산업화 및 도시화가 이루어지기 시작한 시기이
다. 산업화는 인구의 집중과 도시의 팽창을 유발하고 그 과정에서는 필
연적으로 인위로 인한 자연 파괴가 따라온다. 이러한 현대문명의 발달
에 따른 역기능적인 현상을 비판한 것이 바로 이 시이다. 이 시는 당시
한국 수도의 외곽에 있는 성북동의 야산을 주택지로 개발하는 과정에서
그곳에 살던 비둘기가 쫓겨나 모든 것을 잃어버린 존재로 전락하는 모
습을 고발하는 형태로 이루어졌다. 그러니까 자연 파괴로 인해 인간과
비둘기의 평화로운 공존 체계가 무너진 현상을 성찰하면서 인위성과 문
명의 폐해를 비판하였다. 따라서 시의 이면에는 자연과 인간이 공존하
는 상태가 평화의 길이라는 의미가 함축되어 있다.
　사람이 하는 일은 모두 제 욕구를 충족하기 위한 시도의 일환이기 때
문에 공격성을 내포하기 마련이다. 산을 헐어 집터를 마련하는 공사가
인간에게는 더 잘 살기 위한 자구책이지만, 그 욕구를 충족하는 과정에
서는 다른 사람의 처지나 욕구를 제한할 수도 있어 그들의 자유와 평화
를 훼손할 가능성이 있다. 이런 점에서 평화는 다른 존재의 입장을 헤아
리고 배려할 줄 아는 데서 출발한다. 다음 시는 그런 입장의 차이를 성찰
하는 내용으로 이루어져 있다.

　　　당산학교 운동회날
　　　대조롱 터뜨리기 하는 걸 보았다.
　　　장대끝 매달린 대조롱 속에는

비둘기 한 마리가 들어 있었다.

아이들이 제기로 조롱을 치면

찢어진 거죽을 뚫고 비둘기가 날아오르기 마련.

비둘기는 평화의 상징

그래서 아이들은 손뼉을 치며 좋아했다.

(전날 밤, 그 속에 갇힌

비둘기의 불안은 헤아리지도 못하고!)

네 기쁨은 내 아픔 위에 세워진다.

—민영, <대조롱 터뜨리기> 전문

학교 운동회에서 흔히 하는 '대조롱 터뜨리기'라는 경쟁놀이를 제재로 하여 표현한 이 시에서는 인간의 즐거움을 위해 비둘기가 고통당하는 장면을 보여준다. 조롱 속에 갇혔다가 그것이 터지는 순간에 날아오르는 비둘기를 보면서 아이들은 해방과 자유와 평화의 한순간을 목격하고 즐거움을 맛볼 수 있지만, 그 순간을 위해 비둘기는 전날 밤부터 조롱에 갇혀 불안과 공포의 시간을 보내야 했다. 놀이만 생각하고 비둘기의 처지를 망각한 사람들에게 '네 기쁨은 내 아픔 위에 세워진다.'라고 비둘기를 대변하는 표현으로 마무리했듯이, 시인은 진정한 평화란 상대방을 이해하고 배려하는 과정에서 실현된다는 것을 강조한다. 무심코 살다가 보면 제 욕망과 생각에 빠져 남을 의식하지 못하고 뜻하지 않은 억압과 고통을 주는 경우가 많은데, 이 시는 그런 문제의식을 일깨운다.

상대방을 배려하는 정신은 자기 욕망을 절제할 줄 아는 지혜에서 출발한다. 즉 욕망 충족을 위해 밖으로 향하는 시선을 거두어 먼저 자기를 성찰하는 방향으로 돌릴 때 가능하다. 톨스토이는 진정한 평화를 구현하는 길을 찾기 위해 "잠시라도 하던 일을 멈추고 자신을 깊이 돌아보라. 그럼 뤼순이 러시아의 것인지, 일본의 것인지, 중국의 것인지, 조선

진남포의 목재가 누구의 것인지 그게 다 무슨 소용이란 말인가. 회개하라"[14]고 강하게 권유했다. 평화를 위해서는 온갖 해악의 온상인 정부부터 해체해야 한다고 강조한 그도 결국엔 자기성찰에서 시작하여 욕망을 억제하고 '회개'하는 과정에서 평화의 실마리가 풀린다고 보았다. '회개'는 자기성찰과 반성을 통해 공격과 파괴의 악행을 선행과 사랑으로 바꾸어 평화를 지향하는 출발점이 되기 때문이다. 다음 시는 그런 자기성찰과 반성을 주조로 이루어져 있다.

> 항아리를 그리기 시작했다.
> 빈 들판같이 살기로 했다.
> 남아 있는 것은 모두 썩어서
> 목마른 자의 술이 되게 하고
> 자라지 않는 사랑의 풀을 위해
> 어둡고 긴 내면의 길을
> 핥기 시작했다.
>
> —마종기, <그림 그리기> 부분

자기성찰의 과정을 그려낸 이 작품에서 시인은 제 욕망을 채우기 위해 남을 사랑하지 못함을 반성한다. 그는 마음의 항아리에 든 욕망과 이기심을 빈 들판처럼 비우려고 결심한다. 빈 들판이 농작물을 인간들에게 다 바친 뒤의 모습인 것처럼 시인도 자신을 비우고 남을 위해 헌신하는 길을 걸으려 한다. '어둡고 긴 내면의 길을 핥기 시작했다'라고 표현했듯이 제 욕망을 깨끗이 비우고 남에게 사랑을 바치는 길은 치열하게 자기를 성찰하고 반성하는 과정에서 이루어진다. 허심으로 돌아가 있는 그대로 사랑을 나누고 남을 위해 헌신하는 마음을 갖는다면 자연스레

14) 이문영, 『톨스토이와 평화』, 도서출판 모시는사람들, 2016, 94쪽.

서로 간의 갈등과 다툼이 사라져 너와 나, 또는 나와 내 안의 나까지 하나가 되는 진정한 평화의 길이 열릴 것이라고 그는 믿는다.

2) 뺄셈의 시학

<그림 그리기>의 핵심인 비움[謙虛·無慾·無心]은 남에게 사랑을 나누고 너와 내가 함께 평화의 길로 들어서는 기초가 될 수 있다. 자신의 지나친 욕망을 비워내고 양보할 수 있어야 다른 사람을 이해하고 배려할 수 있기 때문이다. 이러한 비움의 의미를 시 창작과정의 한 방법론에 적용하면, 시인의 욕망과 의지에 따라 세상을 왜곡하거나 억압할 가능성을 줄이고 자연 그대로의 순수 상태를 지향하는 방식이 된다. 즉 시인의 욕망을 최대한 억제하고 비워냄으로써 대상에 투사하는 시인의 정서가 최소화되기 때문에 '뺄셈의 시학'이라는 의미가 있다.

주지하듯이 비움은 老莊사상의 핵심인 무위자연과 밀접한 관련이 있다. 특히 노자의 무위사상은 평화주의자 톨스토이에게 크게 영향을 미쳤다. 그는 "노자의 가르침에 따르면 사람들의 모든 불행은 그들이 해야 할 일을 하지 않아서가 아니라, 하지 말아야 할 일을 한 데서 생긴다. 따라서 사람들이 무위를 따른다면 개인적 재난은 물론, 특히 중국 철학자가 주로 염두에 두었던 온갖 사회적 재난들로부터 해방될 수 있을 것이다."[15]라고 하여, 무위를 재난과 불행의 근원을 잘라버리는 핵심 요소로 보았다. 무위 사상자들은 무위를 '안 하는 것'(I would not prefer to)이 아니라, '안 하는 것을 하는'(I would prefer not to) 것으로서 '변화를 일으키기 위한 주요 제스처 중 하나가 활동을 철회하는 것'[16]이라고 주장하여 그 의미를 더욱 적극적으로 강조한다. 이를테면 그냥 소극적으로 아

---

15) 이문영, 『톨스토이와 평화』, 145쪽. 재인용.
16) 이문영, 『톨스토이와 평화』, 147쪽.

무 짓도 안 하는 것이 아니라 의도적·적극적으로 '안 하는 것'을 의식하고 실천하는 것을 진정한 의미의 '무위'로 본다. 즉 무위의 의미와 가치를 적극적으로 해석한 셈이다.

우리나라에서 무위를 시적으로 시도한 결실의 하나로 김춘수의 '무의미시'를 들 수 있다. 이것은 인위로 인해 왜곡되거나 불순해진 일상적 관념과 언어 체계를 뛰어넘어 순수를 지향하려는 시인의 의지에서 창출되었다. 日帝의 감옥에서 집단과 역사라는 이름으로 자행되는 억압과 폭력을 겪으면서, 그리고 우리라는 집단과 역사는 자신의 개인적 고통을 구원할 힘이 없는 관념이요 허상에 불과하다는 사실을 뼈저리게 느낀 나머지 그에 대한 허무와 부정 인식을 시적인 방법론으로 풀어낸 것이다. 이런 배경 아래에서 형성된 무의미시의 '무의미'는 '의미 없음'(meaninglessness)을 뜻하기보다는 일상적 논리를 초월하는 시적 상상력으로 이루어진다는 뜻의 무의미(nonsense)이자, 낯설게 하기를 위한 시적 책략(trick)의 일종이기도 하다. 그는 이런 방식으로 시적 대상인 부정적 현실을 '허무'하게 여겨 제거하려고 의도하였다. 그리하여 시는 '대상을 잃은 언어와 이미지'로 형성되어 결국 '대상을 지우는 결과'를 가져온다. '대상으로부터 자유로운' 순수 이미지의 시인 무의미시는 이렇게 탄생하였다. 기존 세상을 허무한 것으로 부정하고 순수성을 지향하기 위해 고안된 것이 무의미시라면, 이는 세상을 '보다 넓은 시야'로 바라볼 수 있는 '자유'를 누리게 한다는 것이다.[17] 이렇듯 김춘수의 무의미시는 기존의 왜곡된 역사 인식과 관념을 창조적으로 해체함으로써 자유를 얻고 평화를 지향하는 방향으로 나아가는 시적 실험의 하나라고 볼 수 있다.

ㅎㅏㄴㅡㄹㅅㅜㅂㅏ ㄱ근한여름이다 ㅂㅏ ㅂㄴㅑ

---

17) 김춘수, 『의미와 무의미』, 문학과지성사, 1976, 43~57쪽.

,
올리브 열매는 내년 ㄱㅏ을ㅣㄷㅏㅂㅏㅂㅗㅑ

,
ㅜ찌ㅣㅅㅏㄹ끄노ㅂㅏㅂㅗㅑ
ㅣ바보야,
역사가 ㅕㄱㅅㅏㄱㅏ하면서/ㅣㅂㅏㅂㅗ

,

　　　　　　　　 —김춘수, <처용단장 3부—메아리 39> 부분

　폭력적이고 허위적인 역사를 비판하고 그것을 지워 버리려는 시인의
의도는, 부분적으로 음절을 해체하는 과정에서 ①초성+중성+종성으
로 조합되는 한글의 음절 구성원칙을 구현하기 위해 사용한 'ㅇ[ɒ]'(虛
字)을 생략한 것, ②음소 단위로 나열한 형태, ③해체된 음절과 정상적
인 표기 형태가 교차하는 형식 등으로 드러난다. ①이 허무한 세상을 무
의미한 것으로 보고 지워서 진정성을 추구하려는 의도를 표기 형태로
구조화한 것이라면, ②는 의미 형성을 지연시키는 의도를, ③은 불완전
과 불안이 뒤섞인 세계상을 형식화한 것이다. 이렇게 하여 시인은 불완
전하더라도 불가피하게 언어를 사용해야 하는 시의 생리를 어느 정도
받아들이면서도 한편으로는 진실을 언어로 다 표현하지 못하여 불완전
할 수밖에 없는 언어를 부분적으로 해체해 버린다. 이 과정을 통해 의미
형성의 빌미를 최소화하여 '언어의 지시성'을 낮추고 '원시적 혼돈' 상태
로 돌아가 '음악과 같은 환기력'에 의한 '순수 상태'를 지향하려고 했다.
이 순수 상태의 출발점에 무위가 자리 잡고 있으며, 그로 인해 세계는 평
화의 순간으로 들어갈 가능성을 마련할 수 있다.
　현실 대상을 시에 수용한 점은 무의미시와 거리가 있지만, 오규원의
'날이미지시'도 무위의 관점에 유합될 수 있다. 이 유형은 시인의 관념으

로 대상이 왜곡되는 결과를 배제하고 순수한 상태, 즉 시인에 의해 가공되지 않은 날 것 그대로 자유롭게 놓아두려는 의도에서 출발했다. 다음 시는 세계의 일부를 선택하여 묘사한 부분에서는 시인의 의도가 개입된 것으로 볼 수 있으나 표현 대상에 시인의 가치판단이나 감정을 최대한 절제하여 자연 상태로 놓아두려고 한 모습을 보여준다.

> 붉은 양철 지붕의 반쯤 빠진 못과 반쯤 빠질 작정을 하고 있는 못 사
> 이 이미 벌겋게 녹슨 자리와 벌써 벌겋게 녹슬 준비를 하고 있는 자리
> 사이 퍼질러진 새똥과 뭉개진 새똥 사이 아침부터 지금까지 또닥 또닥
> 소리를 내고 있는 봄비와 또닥 또닥 소리를 내지 않고 있는 봄비 사이
> ─오규원, <양철 지붕과 봄비> 전문

시인이 의도적으로 대상을 가공하지 않은 상태를 '날 이미지'라 한다. 그런데 이 표현은 모호한 점이 많다. 시란 사진 찍듯이 사실 그대로 제재들을 나열하지 않기 때문이다. 이 시에서 보더라도 표현된 '양철 지붕' 위에 묘사된 상황들은 날 것 중심이지만 제재의 선택과 표현과정에는 부분적으로 가공된 것도 있다. 가령, '붉은 양철 지붕', '녹슨 못', '새똥', '봄비' 등은 일반 대상일 수 있다. 그 반면에 옥상 상황 중에 이것들만 필요에 따라 특정하고 선택적으로 표현한 점, 그리고 '반쯤 빠질 작정을 하고 있는 못', '벌겋게 녹슬 준비를 하고 있는 자리'라든가 '또닥 또닥 소리를 내고 있는' '소리를 내지 않고 있는 봄비'라는 표현 등에서는 시인의 의도와 관념이 개재되어 있다. 그렇지만 이 표현들을 시 구성을 위한 최소한의 요소로 보고 유보한다면, 이 시에는 시인의 관념이 절제된 대신에 '하는 것(인위)과 하지 않는 것(무위)'을 동시에 묘사하여 동/정과 인위/무위를 대비하고, 다시 그것을 아우르는 그 '사이'를 바라보기도 하여 결국 대상의 전체를 보여준다.

이 시의 특성은 우선 시인의 관점이 아니라 사물의 편에서 세상을 엿보거나 엿듣는 형식으로 표현된 점이다. 특히 '반쯤 빠질 작정을 하고 있는 못', '벌써 벌겋게 녹슬 준비를 하고 있는 자리', '또닥 또닥 소리를 내거나 내지 않고 있는 봄비'라는 표현에서 사물에 의도와 행위를 부여한 대목에서 그 점이 드러난다. 엄밀하게 말하면 시인의 판단에 의한 작위성이 개입되어 있지만, 그 의도의 궁극적 의미는 인간의 관념을 배제하려는 것이므로 순수한 상태를 지향하는 것으로 해석할 수 있다. 이러한 의미는 사물의 의지를 표현한 위의 구절들과 연관된다. 이는 두 가지로 구분된다. 먼저 '반쯤 빠질 작정을 하고 있는 못'과 '벌써 벌겋게 녹슬 준비를 하고 있는 자리'에서는 못을 박은 인위로부터 원래대로 되돌아가는 의미, 즉 자연의 치유와 복원력에 의해 무위 상태를 회복하는 의미가 내포되었다면, '또닥 또닥 소리를 내거나 내지 않고 있는 봄비'에는 지붕과 봄비의 만남과 거기서 흘러나오는 소리(음악성)로 인해 조화·유쾌함·순수성 등이 함축되어 있다. 이 시에는 인위와 무위가 은밀하게 대비된다. 그리하여 사물과 자연의 자연스러운 만남과 변화를 통해 자연의 섭리와 조화가 암시된다.

앞에서 살핀 두 편의 시에 수용된 제재에는 현실이든 자연이든 가시적인 의미를 지니고 평화를 지향하는 시인의 의지가 내포되었으나, 처음부터 가시적인 대상을 유보하고 시인이 상상력으로 평화가 깃든 세계를 그려낸 것도 있다. 이는 온전히 무위가 실현된 환상의 세계에 초점이 맞춰진 시이다. 박목월의 초기시 가운데 풍경화 같은 묘사를 취한 작품을 그 예로 들 수 있다.

> 머언 산 청운사
> 낡은 기와집

산은 자하산
봄눈 녹으면

느릅나무
속ㅅ잎 피어가는 열두구비를

청노루
맑은 눈에

도는
구름

　　　　　　　　　　　　　－박목월, <청노루> 전문

　이 시에는 人跡이란 오직 '청운사'의 '낡은 기와집'밖에 없다. 낡은 기
와집이니 이미 자연의 한 부분이 된 것이나 다름없는데 그것도 사찰이
므로 탈속의 중심 공간이다. 그리고 인간은 시의 전면에서 완전히 사라
지고 오직 자연 현상만 묘사되었다. 인간의 그림자도 없으니 세속적인
인위로 인한 욕망이나 갈등과 분열과 다툼도 일어나지 않는다. 그 대신
에 자연의 여러 존재가 조화를 이루어 자유를 누릴 뿐이다. 자작시 해설
자리에서 목월은 이 시에 대해 "한국의 천지에는 어디에나 일본 치하의
불안하고 바라진 땅"이어서 "나 혼자의 깊숙한 산과 냇물과 호수와 봉
우리와 절이 있는 '마음의 자연'－지도(또는 내 '영혼의 자연')"[18]이라고
밝혔듯이, 이 공간은 비극적 현실의 대척점에 자리한 마음속 낙원을 환
상적으로 그려낸 것이다. 그리하여 하늘(이상향)에 가장 가까이 닿은 자
연의 핵심 표상인 산에는 봄이 돌아와서 '봄눈'이 녹고 수목에는 다시 움
이 돋으며 동식물들은 평화롭고 자유롭게 공존한다.

---

18) 박목월, 『보라빛 소묘』, 신흥출판사, 1958, 83쪽.

이렇듯 시인은 현실에서는 불가능한, 그래서 인간들이 언제나 간절하게 염원하는 낙원의 한 모습을 만물이 소생하는 봄 산의 정경을 통해 환상한다. 생성하는 산, 청노루의 눈 속에 구름이 도는 모습에서는 천상과 지상이 하나로 조화되는 인간의 꿈이 서려 있다. 시인은 이러한 무위자연의 평화 세상을 꿈꾸었다. 비폭력과 무저항이 사랑을 실현하는 중요한 방법이라면 무위자연의 실현도 동일 의미를 지닌다. 목월은 파괴되고 피폐한 현실로 인하여 상실된 평화를 회복하는 길이 무위자연을 지향하는 인간들의 인식과 행태로부터 열릴 수 있다고 보았던 셈이다.

'덧셈의 시학'은 시인이 부정적인 세계에 대한 성찰과 비판인식을 통해 이상 세계를 지향하기 위해 대안을 구체적으로 제시하는 것이 큰 특성이다. 다시 말하면 이 유형은 시인이 평화롭지 못한 현실 세계를 성찰하고 직접 표현하여 고발과 비판적 의미가 강하며, 이에 따라 자연스레 그것을 정화하고 치유하여 평화로 가는 길이 어떤 것이라는 점을 표면화하거나 암시하는 작시 방식이라 할 수 있다. 그만큼 표현된 대상─현실 세계에 대한 시인의 자의적인 선택과 집중이 이루어질 수밖에 없다. 그리하여 표현 형태는 대체로 사실주의적인 색채를 보인다.

이와는 달리 '뺄셈의 시학'에서는 시인들이 무위를 중요하게 인식하고 부정적인 현실 세계보다는 지향적인 세계를 환상적으로 그려내는 방식을 취한다. 즉 사람들이 지나친 욕망에서 벗어나 인위적인 왜곡이나 억압 및 폭력(공격성)을 제어하고 자연처럼 자유를 누리기를 염원하는 시인의 꿈을 형상화한다. 그래서 뺄셈의 시학은 일부 시인들이 시학적 이념을 표출하는 한 방법론으로서 무위사상을 원용하여 세속적으로 억압된 자유와 상실된 평화를 염원하는 시인의 사회적인 사명감을 표현하는 한 형식이라고 할 수 있다. 이에 따라 시의 형태는 대체로 낭만적이고 환상적인 모습을 지닌다.

4. 마무리

지금까지 시의 평화 지향성을 밝히려는 이 글의 목적을 수행하기 위해 평화다원주의의 관점에서 시의 역할을 개진한 다음, 시인의 작시 태도에 따라 시의 유형을 두 가지로 구분하여 그 형태와 의미를 살펴보았다.

연구 결과, 평화롭지 못한 문제를 표현하는 방식에 따라 시의 형태에 큰 차이가 있음을 확인하였다. 즉 '덧셈의 시학'의 경우는 시인이 문제의 세계를 직접 선택하고 표현하여 비판함으로써 개선의 길을 암시했으나, '뺄셈의 시학'에서는 그것을 인위의 결과로 혐오하여 아예 시의 표면에서 대부분 제거하는 대신에 주로 무위자연의 평화로운 세계를 지향하는 형태로 묘사하거나 환상적인 모습을 다루었다. 이런 차이에도 불구하고 시의 궁극적 목표인 평화로운 세상을 염원하는 차원에서는 대동소이하였다. 이 현상은 평화가 인류 공통의 지향 가치이자 다양한 접근 통로가 있다는 평화 다원주의의 의미를 시적으로 보여주는 것이기도 하다.

시의 형식 측면에서 보면 대부분 서정성을 바탕으로 이루어진 특성이 있다. 서정시는 갈등보다는 조화와 안정을 추구하는 절제 미학의 대표적인 문학 양식이기 때문이다. 가령, 같은 뿌리에서 분화된 서사시→소설, 극시→희곡을 대비하면 그 의미가 선명해진다. 두 양식은 권선징악의 주제를 강조하기 위해 등장인물들의 갈등과 분규 및 쟁투 장면을 절정 형식으로 조직하므로 공격적인 대화와 상황을 도입할 수밖에 없다. 그 결과 두 양식에는 비평화적인 방법으로 평화를 지향하는 모순성이 따른다. 이에 반해 서정시는 시인들이 주로 공격적 언어를 최대한 절제하고 세련되게 함축하여 암시하는 방법을 쓰기 때문에 대부분 평화 언어로 이루어진다. 그래서 한국현대시문학사를 장식한 많은 시인은 서정시를 시의 표본으로 인식한 것으로 기록되어 있다.

결론적으로, 현실적인 덧셈의 시학이든 환상적인 뺄셈의 시학이든 대체로 평화 지향성이 강하게 드러난다. 다만 시인의 작시 태도에 따라 표현 형태가 차이를 보일 뿐이다. 그러니까 두 형태는 모두 독자에게 현실과 자아 성찰의 계기를 촉발하고 감동과 감화의 경지로 유도하여 평화에 대해 무관심하거나 무지한 평화 문맹률의 비율을 낮추는 데 이바지할 수 있다. 따라서 독자들이 즐기고 사랑할 만한 좋은 시가 많이 창출될수록 평화 실현을 위한 시의 역할도 드높아질 수 있다고 하겠다.

자유민주주의 체제의 시정신

─해방공간의 우익계열의 시론을 대상으로

1. 우익계열의 대표 논객

광복공간(1945.8~1948.8)은 정치 과잉의 시대였다. 특히 사회주의와 자유민주주의의 이념이 서로 충돌하면서 사회는 끝없는 갈등과 논쟁과 분열로 치달았다. 이런 와중에서 정치·사회·문화 등의 변동에 민감하게 반응하기 마련인 문학계 역시 좌우 이념으로 분열되어 치열한 논쟁에 휩싸였다. 이른바 사회주의 이념을 옹호하는 좌익계열 문인과 자유민주주의 이념을 옹호하는 우익계열 문인들은 서로 자신들의 문학적 관점이 문학의 진정한 길임을 주장하면서 저마다 상대방의 관점을 부정하거나 비판하였다.

광복 후 좌우익 계열이 다 같이 일제에 유린당한 국가를 재건하고, 나아가서 '민족문학'을 건설해야 한다는 목적으로 보면 그들은 서로 합치점을 가지면서도 실상 그 구체적인 내용에 들어가면 상당히 다른 견해를 가졌다. 그들은 사회주의나 자유민주주의의 지향에 따라 문학의 사회적 목적성을 강조하는 계열과 문학의 독자성(자율성)을 우선시하는 것으로 구분된다. 그리하여 두 계열은 서로 자신들의 관점이 상대적으로 옳고 가치 있는 것이라는 굳은 신념 아래 상대의 허점을 찾아 공격하여 갈등과 논쟁이 고조되게 하였다.

그런데 이러한 문학 일반론에서 자유민주주의 체제의 문학적 관점에 대해서는 이미 살펴보았기 때문에[1] 이 글에서는 문학의 하위 장르의 하나인 시문학에 관한 논의를 중심으로 자유민주주의 체제의 시정신에 대하여 살펴본다. 물론 문학의 하위 장르로 내려가면 각 장르가 갖는 특성들이 각각 있게 마련이고 그 특성이 각각 변별적 자질을 갖도록 하지만, 그것이 구체적인 기법에 관한 것이 아니고 기본 정신의 문제로 돌아갈 때는 문학 일반론의 범주에서 크게 벗어나지 않는다. 주지하듯이 해방공간에서 펼쳐진 문학 논쟁은 주로 정치와 문학의 상관관계 아래서 근본이념에 대한 문제에 집중하였기 때문에 더욱 그렇다. 그러니까 기본 정신은 상/하위 장르에 상관없이 보편성을 띤다.

이런 점에서 시정신에 대한 문제도 문학 일반론의 특성을 근간으로 한다. 즉 시정신에 관한 논의의 많은 부분이 문학 일반론을 토대로 하여 용어만 '문학' 대신에 '시'라는 말로 대체된 것이 그 점을 뒷받침한다. 이는 시정신을 논의하는 자리에서 가장 많이 거론된 몇몇 용어를 살펴보아도 쉽게 확인할 수 있다. 가령, 순수문학→순수시, 민족문학→민족시, 세계문학→세계시 등으로 대체되는 것이 그 단적인 예이다. 그리고 표현 내용이나 독자의 문제로 돌아가면 사실 이런 구분마저도 거의 사라져 버린다.

이렇듯 시정신에 관한 논의의 많은 부분이 문학 일반론과 공유하기 때문에 사실 작품론이 아닌 한 논의할 만한 내용이 많지는 않지만, 그런 가운데도 당시 시인이자 시학자인 조지훈은 초기에 논의의 대상을 주로 시에 초점을 맞추었기에 해방기 우익계열, 즉 자유민주주의 체제의 시정

---

1) 이상호, 「자유민주주의 체제와 문학의 역할―해방공간의 우익 문학론을 중심으로」, 『한국언어문화』 제23집, 2003.6, 25~48쪽.

신의 핵심이 무엇인가 하는 것을 들여다볼 수 있는 글들을 비교적 많이 남겼다. 이런 점에서 조지훈은 당대의 우익계열 문학론자들―김동리·조연현 등과는 다소 차이를 보여준다. 이는 당시 우익계열의 대표적인 논객의 한 사람으로서의 조지훈은 소설가로서의 김동리나 비평가로서의 조연현과는 달리 시인이었다는 조건이 무엇보다 크게 작용했기 때문이다.

조지훈의 논지도 근본적으로는 우익계열에서 옹호하고 주장하는 문학관이 대체로 합치되는 것은 사실이지만, 특히 그가 주로 시를 대상으로 '민족진영이 추구해야 할 시의 방향'[2]에 대하여 좀 더 구체적인 논리를 펼친 점에서 그의 글들은 자유민주주의의 체제의 시정신의 본질을 살펴볼 수 있는 좋은 자료가 된다. 그래서 이 논의는 조지훈의 글을 중심으로 하고 여타의 논의들을 참고하면서 자유민주주의 체제에서 옹호한 시정신의 특성을 중점적으로 살펴보려고 한다.

2. 자유민주주의 체제의 시정신의 본질

1) 순수문학의 본질 개관

자유민주주의 체제를 옹호하는 우익계열의 문학적 관점인 민족문학론 또는 순수문학론이 좌익계열이 내세운 계급문학론에 대한 대립·비판·갈등으로부터 도출되었듯이 순수시론도 같은 관점에서 출발함은 물론이다. 즉 순수시론은 순수문학론의 연장 선상에서 각론적인 의미를 띤다. 이런 점에서 자유민주주의 체제의 시정신의 본질은 좌익계열의 문학단체인 조선문학가동맹과 그 맹원들에 대한 대항세력으로서 민족문학의 정통성을 지키기 위해 우익계열 문인들이 조선청년문학가협회

---

2) 김용직, 『해방기 한국시문학사』, 한학문학, 1999, 332쪽.

를 결성(1946.4.4)하면서 내세운 '강령'과 '선언문', 그리고 이를 바탕으로 우익계열의 문학관이나 문학정신의 본질을 적극 옹호·강변하는 데 힘쓴 김동리 등의 주장들과 같은 맥락을 지닌다.

당시 조선청년가문학가협회의 대표였던 김동리는 협회의 '강령'인 ① 자유 독립 促成에 문화적 헌신을 기함, ②민족문학의 세계사적 사명의 완수를 기함, ③일체의 공식적 예속적 경향을 배격하고 진정한 문학정신을 옹호함3) 등 세 개의 항목에 제시된 문학정신을 바탕으로 좌익계열의 문학관과 그 활동에 대한 비판과 부정적 입장에서 우익계열의 문학정신의 본질을 전개해 갔다. 김동리가 주장하는 순수문학은 '문학정신의 본령 정계의 문학'으로서의 그 본질이 '인간성 옹호'에 있으므로 결국 그것은 휴머니즘을 기초로 할 수밖에 없다는 것이다. 그 이유는 시대가 '개성향유를 전제한 인간성 창조의식이 신장되는 때'이기 때문이라고 했다. 그리고 휴머니즘의 범주를 민족적인 동시에 세계적이어야 한다고 규정함으로써 그는 참된 민족문학은 곧 세계문학으로 나아갈 수 있어야 한다는 점과 더불어 이른바 문학의 본질로서의 개성에서 출발하여 보편성을 획득해야 한다는 점을 강조하였다.4) 또한 순수문학은 문학을 '모든 정치적 사회 목적의식에의 예속과 도구화의 경향에서 구출하여' 그 '주체성을 엄수하려는 본격문학'이므로 이를 위해서 무엇보다 자율성을 확보해야 한다고 주장하였다.5)

---

3) 「청년문학가협회특집」, 『청년신문』, 1946.4.2.
4) 김동리, 「순수문학의 진의―민족문학의 당면과제로서」, 『서울신문』, 1946.9.14.
   자료의 인용 과정에서 구식으로 표기된 것은 그 의미가 훼손되지 않는 범위 안에서 현대맞춤법에 따라 수정하며, 한자어도 의미 구분을 위한 경우를 제외하고는 우리말로 고쳐 인용한다.
5) 김동리, 『문학과 인간』, 청춘사, 1952, 184쪽. 그는 순수문학의 특질을 계급문학과의 대립 관점에서 다음과 같이 설명하였다. "즉 계급문학으로서의 소위 민족문학과 애국문학으로서의 민족문학 이외에 다시 청년문학가협회 계통의 유치환, 서정주,

이러한 논의를 토대로 우익계열의 문학관과 문학정신의 핵심을 집약하면 한마디로 순수문학을 옹호하는 것이라 할 수 있다. 그리고 순수문학의 본질이나 그 정체성을 좀 더 구체적으로 인식하면, ① 순수문학이 곧 민족문학이라는 점, ② 순수문학은 인간성(휴머니즘) 옹호에 집중한다는 점, ③ 순수문학은 문학의 독자성이나 자율성에 입각하고 있다는 점, ④ 순수문학은 보편성과 영원성을 지향한다는 점, ⑤ 순수문학이어야 세계문학이 될 수 있다는 점 등으로 구분할 수 있다. 이 사항들은 서로 밀접한 관련을 맺어 각각 개별적으로 명확하게 분리해서 인식하기는 어렵지만, 우익계열 문학론자들이 좌익계열 문학론자들과의 논쟁에서 내세우는 내용은 대체로 이런 문제들이 중심이 된다. 그리고 이를 통해 자기들 관점의 정당성과 우위성을 주장했다.

  한편, 조지훈은 이러한 우익계열의 문학정신을 포괄하여 세 가지 문제로 구분했다. 그의 논지도 결국 순수문학이 곧 민족문학이라는 관점에서 같은 맥락을 지니는데, 그 특성에 대하여 그는 세부적으로 다음과 같이 구분했다.

  그러므로 나는 이러한 역사적 의식에서 해방 이후 혼란 속에 재출발한 우리 문학을 세 가지 각도에서 보았을 뿐 아니라 미약한 이론으

최태응, 조지훈, 김광주, 김송, 박두진, 박목월, 김달진 제씨들을 중심으로 한 순수문학 혹은 본격문학으로서의 민족문학이 있다. 오늘날 논의되는 순수문학이란 일부 천박한 인사들 속에 곡해 선전되는 바와 같이 정치나 사회나 기타 여러 가지 현실적 문제를 문학적 대상으로서 기피한다든가 경원한다든가 하는 것이 아니라 충분히 이를 포용하되 끝까지 문학의 자율성을 확보하여 이러한 모든 정치적 사회목적의식에의 예속과 도구화의 경향에서 구출하여 이것의 주체를 추진시키려는 것이다. 그러므로 순수문학을 그 소극적 일면에서 예술지향주의나 탐미주의로 보는 것이 아니고 현재와 같은 혼란기의 현상에서, 흔히 볼 수 있는 목적문학의 발호에서 문학정신의 주체성을 엄수하려는 본격문학으로서의 순수문학을 이르는 것이다."

로나마 이로써 우리 문학의 방향을 찾아보려고도 노력했던 것이다. 나는 먼저 순수문학이란 용어를 표어로 하여 주로 문학의 독자성 옹호와 개성의 문학을 문학하는 태도의 기본 거점에서 주장하였으나, 이것만이 문학 전부가 아니므로 민족문학이란 지표 밑에 민족문화 제 분야의 발달과 관련성을 고조하여 순수문학과 민족문학의 동의어적 일치점을 밝혀 문학의 사회성과 보편을 강조하여 보았다. 마지막으로 순수문학과 민족문학이 개인의 문학에서 민족의 문학에로만이 아니라 인류의 문학, 세계의 문학에 이르는 길로서 '고전문학에의 지향'을 들어 이지와 정열의 균형에서 오는 창조적 조화로써 인간의 전형성 탐구를 제창하였다. 이와 같은 일견 발전단계적 공식적인 듯한 견해는 실상 단계적이요 공식적이 아니라, 等時的이요 현실적인 일체화된 문학관에서 유래함을 보아야 할 것이다.6)

이 논의에 따르면 조지훈이 인식한 우익계열의 문학정신의 본질은 ① 독자성과 개성, ② 사회성과 보편성, ③ 영원성과 세계성 등으로 구분된다. 그는 주로 이러한 관점에서 문학 일반론이나 시론에 관한 논지를 전개하였다. 이렇게 문학 일반론과 시론이 큰 차이 없이 함께 다룰 수 있는 것은 그것이 개별 작품론이 아닌 문학의 근원을 이루는 정신에 대한 문제에 접근하기 때문일 것이다. 이에 나도 참고사항으로 문학정신과 시정신을 통합적으로 고려하면서 논의를 전개하되, 조지훈이 내세운 위의 세 가지 관점에서 자유민주주의 체계의 시정신의 본질에 대한 문제를 살펴본다.

---

6) 조지훈, 「현대문학의 고전적 의의─민족문학의 전통을 위한 시론」, ≪조지훈전집≫ 3, 일지사, 1973, 184쪽. 전집에 실린 이 글의 끝에 1949년 12월 『문예』에 발표된 것으로 표시해놓았으나 확인 결과 거기에는 실려 있지 않았다.

2) 순수시의 정신

(1) 독자성(자율성)과 개성

우익계열의 시정신의 근간인 순수시의 개념에서 가장 중요한 요소는 무엇보다도 시 자체의 독자성(자율성)과 개성이라 할 수 있다. 이것은 詩性, 또는 시적인 형상화의 중요성을 의미한다. 즉 진정한 시는 그것이 시이기 때문에 무엇보다도 먼저 시적으로 완성된 모습을 갖추어야 한다는 것을 뜻한다.

시의 독자성 문제는 문학을 이루는 두 요소 즉, 이념과 예술성의 선후 문제에 관련되는 것으로서 이른바 순수문학과 참여문학의 논쟁에서 가장 첨예하게 충돌하는 문제이기도 하다. 이것은 좌익이든 우익이든 문학(시)의 존립 근거로 내세우는 가장 핵심적인 문제이기도 하여 문학관의 차이에 따라 늘 대립 갈등 관계로 대두되었다. 그러니까 좌익계열에서는 정치이념을 시의 본령으로 내세웠지만, 우익계열에서는 정치이념보다는 먼저 시의 독자적인 영역을 확보하여 시 본연의 모습을 갖추는 것을 중요하게 여겼다. 그리하여 좌익계열에서는 정치적 이념을 담는 점을 시의 일차적 목표로 삼았으나, 우익계열에서는 시의 형상화와 그 결과로서 완성도를 일차적인 목표로 삼았다.

가령, "오늘에 있어서는 정치란 우리들 자신의 손으로 하는 우리들의 생활의 설계와 조직이어야 되게 되었으며, 이러한 정치적 단계에서는 시가 시의 왕국을 구름 속에 꾸미는 것보다는 한 새 나라의 건설이야말로 얼마나 시인의 창조와 의욕에 불을 질러놓는 것이랴. 우리는 우리의 암담한 날의 기억의 산 교훈으로서 정치의 보장이 없는 곳에 문화의 자유도 시의 자유도 없었던 것을 잘 알고 있다."[7]는 김기림의 주장과, "시

---

7) 김기림, 「우리시의 방향」, 조선문학가동맹 편, 『건설기의 조선문학』, 1946, 63쪽.

와 문학에 생활이 있고 근로가 있고 비판이 있고 투쟁과 적발이 있는 것이 그것이 옳은 예술이다./걸작이라는 것을 몇 해를 두고 계획하는 작가가 있다면 그것도 '불멸'에 대한 어리석은 허영심이다. 어떻게 해야만 옳은 예술을 급속도로 제작하여 건국 투쟁에 이바지하느냐가 절실한 문제다./정치와 문학을 절연시키려는 무모에서 순수예술이라는 것이 나온다면 무릇 정치적 영향에서 초탈한 여하한 예술이 있었던가를 제시하여보라"[8] 는 정지용의 주장, 그리고 "시인이 되기는 바쁘지 않다. 먼저 투철한 민주주의자가 되어야겠다. 시는 그 다음에 써도 충분하다. 시인은 누구보다도 먼저 진정한 민중의 소리를 전하는 사람이어야 할 것이다. 투철한 민주주의자가 된다는 것은 인민을 위한 전사가 되는 것이다. 나의 시다운 시는—금후의 문제"[9]라고 보는 유진오의 주장 등에 잘 드러나고 있는 바와 같이 사회주의 이념에 입각한 문학론자들은 한결같이 시의 정치성과 대사회적 투쟁성을 우선적인 것으로 취급하고 순수시, 또는 '시다운 시'의 요소를 이차적인 것으로 보았다.

그러나 우익계열의 문학론자들은 문학과 정치의 결합, 또는 정치성 우선을 내세우는 좌익계열의 문학관이 문학의 본질을 이탈한 것으로 규정하고 그에 대립하였다. 김동리는 좌익계열의 문학관은 문학의 사상성과 정치·경제의 사상성을 혼동하여 정치적인 목적을 문학적 목적으로 삼았기 때문에 문학을 정치적 무기로 사용하였다고 비판하면서 그 원인과 결과를 이렇게 설명하였다.

> 당의 목적은 그대로 그들의 문학의 목적이기 때문이다. 이것은 첫째 문학의 자율성을 완전히 포기한 예지만, 또 그들의 세계관(정치적, 경제적)의 공식성에도 기인하는 것이다. 그들의 정신적 거점이 되는

---

8) 정지용, 『산문』, 동지사, 1949, 32쪽.
9) 유진오, 《창》, 정음사, 1948, 93쪽.

'사적 유물론 체계'에서는 개인이나 민족의 개성이 거부되어 있으며 이러한 개성이 거세된 그들의 작품이 소위 천편일률적 결과를 초래할 수 있음도 당연한 노릇이라 하지 않을 수 없는 것이다.10)

김동리는 좌익계열의 문학관을 '당의 목적'을 '그대로 문학의 목적'으로 받아들인 결과로 파악하고, 이는 '문학의 자율성을 완전히 포기'한 것과 함께 '그들의 세계관(정치적, 경제적)의 공식성'에 기인하는 것으로 보았다. 그 결과 그들의 문학은 개성을 상실하고 '천편일률적 결과'를 초래하게 되었다는 것이다. 이에 그는 "우리가 할 일은 우선 문학이 되도록 하는 것이다. 문학이 되려면, 먼저 문학에 있어서의 사이비적 사상성이니 내용성이니 하는 것을 소탕하고 참다운 사상성이 무엇인가를 구명해 내도록 해야 할 것"11)을 강조했다.

김광균·김광주·김광섭 등도 대체로 비슷한 논리로 문학(시)의 독자성을 망각한 정치성 우위의 문학관에 대하여 신랄하게 비판하였다. 김광균은 "예술성을 상실한 시란 정치에 기여는 고사하고 모체인 문학까지도 상실하는 우스꽝스러운 결과를 맺을 뿐"12)이라고 주장하였고, 김광주는 '정치 만능주의, 당파지상주의'가 "문학을 괴롭히고 문학인을 모독"한다고 하고 "문학은 결국 문학이며, 정치도 강권도 명령도 아니라는 지극히 평범한 사실"임을 전제한 뒤 "개성을 찾고, 참된 자유를 찾고, 문학 본래의 면목을 찾으리라고 인간에 기본을 둔 문학을 찾으라는 세력을 가리켜 상아탑적 예술이니 심지어 '手淫文學'이니 하는 정치의 주의와 당파의 노예가 된 徒輩들이 해방 후 오늘에 이르기까지 소설다운

---

10) 김동리, 「문학의 2대 방향—그것의 파괴면과 창조면에 대하여」, 『대조』, 1947.5, 10~11쪽.
11) 김동리, 「문학적 감시를 소탕하라」, 『백민』, 1948.5, 22쪽.
12) 김광균, 「문학의 위기—시를 중심으로 한 일년」, 『신전치』, 1946.12, 116쪽.

소설, 시다운 시, 문학다운 문학을 한 편도 내놓지 못하고 문학으로 시대에서 역사에서 뒷걸음질한다"[13]고 비판하였다. 김광섭 역시 "우리의 당면한 문학 내지 예술운동은 정치라든가 과학이 빚어낸 현실적 환경을 만족하지 않고, 문학이 문학을 위한, 예술이 예술을 위한 자유로운 환경을 독자적으로 조성하여야 할 것이다. 그러지 않고는 문학은 정치의 지배를 면치 못할 것이요 영혼의 해방을 얻지 못할 것"[14]이라고 단언하였다. 이들에 의하면 문학이 문학답고 시가 시다운 모습을 지닐 때 정치에도 이바지할 수 있고 '개성과 참된 자유'를 찾을 수 있게 하는 것이지 시의 정치 예속화는 그들이 절실하게 의도하는 정치에 대한 기여는 고사하고 오히려 문학을 황량하게 만들어 결국 문학 본래의 의미마저도 상실케 하는 '우스꽝스러운 결과'를 낳고 만다는 것이다.

이러한 관점에서 조지훈은 '시는 원래 영원히 해방된 것'이라고 하여 독자성과 자율성이 시의 본질임을 밝히고, 그것을 "먼저 시가 되었는가 안 되었는가, 민족적 현실이 예술적 승화를 이루었는가 안 이루었는가"[15]에 달렸다고 하였다. 그는 이것을 기회 있을 때마다 언급하여 그 중요성을 누누이 강조하였다. 그만큼 시에서 독자성과 개성은 가장 우선하는 제일차적인 요소가 되는 셈이다.

> 원래 시는 영원히 해방된 것으로 새삼스레 해방이 있는 것은 아닙니다. 오직 시가 되었는가 안 되었는가 하는 엄정한 자율의 밸런스 위에서 규정될 것이므로 참혹한 검열의 질곡도 우리의 시정신만은 구속하지 못했던 것입니다. 다만 우리의 선배와 벗들이 皇民文學이란 허망한 논리를 부르짖을 때 타협할 수 없어 비장한 퇴각을 결의했을 뿐 어

---

13) 김광주, 「문학으로 돌아가서」, 『백민』, 1948.5, 31쪽.
14) 김광섭, 「민족문학을 위하여」, 『백민』, 1948.5, 30쪽.
15) 조지훈, 「민족시의 밤 개회사」, ≪조지훈전집≫ 3, 218쪽.

제나 오늘이나 절대로 순수하고 자유로운 시정신을 굽히지 않은 것입니다.

어떠한 사상도 이 시의 기술적 표현을 거치지 않고는 시의 소재의 나열은 될지언정 형상되고 창조된 시가 못 된다는 것은 누구나 다 아는 사실입니다. 이런 의미에서 해방 후에 나타난 시의 대다수가 소재의 나열, 다시 말하면 사상이 완전히 혈액화되고 생활화되지 못하고 미감과 사상이 물에 기름 탄 것처럼 유리되고 있었다는 것을 말하지 않을 수 없습니다. 뼈다귀만 앙상한 개념적 사상에 격에 맞지 않은 서툰 옷을 입히고 혹은 케케묵은 감탄사를 연발하여 공감이전에 비웃음을 사고 혹은 일편의 정서도 없는 얇은 지성을 가장한 이들 시는 한결같이 시 이전의 시였습니다. 따라서 해방 후 시단은 사이비시의 범람기라고 부르지 않을 수 없는 것입니다.16)

조지훈은 '순수하고 자유로운 시정신'은 시 이외의 다른 것에 억압받을 수도, 또 스스로 굽혀서도 안 되는 절대적이라 하였다. 그리고 시에 관한 판단은 '오직 시가 되었는가 안 되었는가 하는 엄정한 자율의 밸런스 위에서 규정될 것'이기 때문에 그는 '시의 기술적 표현'을 중요하게 여겼다. '시의 기술적 표현'은 사상을 완전히 혈액화하고 생활화하는 것으로서 이 과정을 거치지 않을 때 시에서 '미감과 사상'은 서로 겉돌 수밖에 없으므로 '뼈다귀만 앙상한 개념적 사상'에 불과한 '시 이전의 시', 또는 '사이비 시'가 될 수밖에 없다는 것이다. 이러한 사이비 시를 몰아내는 것을 그는 순수시 운동이라 하고 '순수시 운동은 곧 시의 본질적 운동인 동시에 그의 발전이 그대로 민족시의 수립'이 됨을 다음처럼 주장하였다.

---

16) 조지훈, 「해방시단의 과제」, '청년문학가협회' 창립대회에서(1946.4.4), 위의 책, 208~209쪽.

그러나 시인은 민족시를 말하기 전에 그냥 시 자체를 알지 않으면 안 된다. 먼저 시가 된 다음 그것이 민족시도 되고 세계시도 될 수 있는 것이므로 시의 전통이 확립되지 못한 이 땅의 시가 민족시로서 세계시에 가담하기 위하여서 먼저 일어날 것은 순수시운동이 아닐 수 없다. 순수시운동은 곧 시의 본질적 계몽운동인 동시에 그의 발전이 그대로 민족시의 수립이기 때문이다. 시가 시로서 가진 바 그 본래의 가치와 사명을 몰각하고 시의 一部因子요 오히려 그 附隨性인 공리성을 추출 확대함으로써 시의 전체를 삼고 자신의 문학적 창조와 개성의 無力을 엄폐하고 정치에의 예속 정당과의 야합의 당위를 부르짖는 수다한 시인은 기실 시인이 아님으로써 민족문학의 一支流는커녕 정치 浮動勢力 밑으로 추방될 성질의 것이다. 시는 시로써 저 자신과 민족과 인류에 기여할 것이니 시는 모든 사회 현상의 가치로 더불어 홀로 설 수 있는 개성을 고수할 것이므로 정치건 무엇이건 시의 개성을 굴복시키려는 유파가 있을 때만은 진실한 시는 언제나 순수시로서 그 정통을 유지하는 것이다.17)

조지훈이 말하는 순수시는 시의 한 지류에 불과한 '정치에의 예속 정당과의 야합의 당위'로부터 자유로운 '시의 개성'을 지키는 것이며, '시의 일부인자요 오히려 그 부수성인 공리성'을 지나치게 확장하지 않는 것이다. '시는 시로써 저 자신과 민족과 인류에 기여하는 것'이지 정치성이나 공리성으로 이바지하는 것이 아니라고 했다. 이에 그는 민족시를 말하기 전에 먼저 '그냥 시 자체를 알지 않으면 안 된다'고 하면서 민족시나 세계시의 문제도 결국엔 먼저 '시가 된 다음'의 문제라는 것이다. 이것이 곧 시의 본질이므로 그는 '진실한 시는 언제나 순수시로서 그 정통을 유지하는 것'이라고 강조했다.

---

17) 조지훈, 「순수시의 지향—민족시를 위하여」, 『백민』, 1947.3, 166~167쪽.

이러한 관점에서 그는 "문학은 정치에 복무하기 위하여 존재한다고 문학인 스스로 주장하는" 이른바 정치주의 문학인들을 '狐假虎威'에 비유하면서 정치주의 문학을 '工具의 문학'이라 규정하고 "한 개의 정당의 힘 앞에 아첨함으로써 그 힘의 부침과 함께 消長하려는 문학, 이것이 정치주의 문학의 정체라면 어찌 憫然의 嘆을 금할 수 있단 말인가."[18]라고 한탄하였다. 따라서 순수시의 독자성(자율성), 또는 '순수하고 자유로운 시정신'은 정치에 복무하는 것을 우위에 두려는 정치주의 시정신에 대립하는 것으로서 먼저 시를 최대한 시답게 만들게 하는 순수시의 일차적 조건이 되는 것이다.

> 시에는 시 고유의 즐거움이 있으며 충족시켜주어야 할 형태적인 요건이 있다. 충족될 것이 충족되지 못한 언어조직은 시라는 이름에 어울리지 않는다. 시로서의 최소한도의 위엄을 갖추고 나서야 비로소 사상과 철학과 세계관도 거론될 수 있을 것이다.
> …(전략)… 사상도 철학도 어디까지나 시의 소재 내지는 재료에 지나지 않는다. 그것이 얼마만큼 시 속에 통합되어 있느냐 하는 것은 산문적 진술로의 환원에 의해서만 판단될 수는 없다. 그러한 안이한 습관으로부터 벗어나는 것이야말로 시 이해의 正道일 것이다.[19]

'시로서의 최소한도의 위엄을 갖추고 나서야 비로소 사상과 철학과 세계관도 거론될 수 있을 것', 또 '사상도 철학도 어디까지나 시의 소재 내지는 재료에 지나지 않는다. 그것이 얼마만큼 시 속에 통합되어 있느냐 하는 것'을 무엇보다 먼저 다루어야 한다는 주장에 귀를 기울이면, 시

---

18) 조지훈, 「정치문학의 정체―그 허망에 抗하여」, 『백민』, 1948.5, 5쪽.
19) 유종호, 「시와 사상」, 유종호·최동호 편저, 『시를 어떻게 볼 것인가』, 현대문학, 1995, 266~267쪽.

의 독자성(자율성)과 개성의 문제는 언제나 순수시의 정도로서 가장 중요하게 고려해야 할 대상이 된다. 여기서 곧 일차적으로 시를 시 자체로 파악하려는 우익계열의 순수시에 대한 관점은 상대적으로 온당한 것이라 하겠다.

(2) 사회성(민족성)과 보편성

시의 독자성과 개성에 관한 궁극적 의미가 시가 정치를 포함한 시 외적인 것으로부터 완전히 자유로운 입장을 갖는 것이고, 그것은 다시 '오직 시가 되었는가 안 되었는가'의 문제로 귀결되어 '시의 기술적 표현'의 중요성을 강조하는 것이라면, 시의 사회성과 보편성의 문제는 이의 연장 선상에서 '무엇을 쓰냐' 하는 문제, 즉 표현 대상과 사상의 범주에 관련된다. 다소 앞당겨 말하자면 좌익계열에서 문학에 관한 판단의 잣대를 정치와의 연관성, 또는 민족의 개념을 계급과 당파적인 차원에서 파악하고 그 내용과 이념성의 유무로 삼음으로써 편협성과 폐쇄성을 면치 못한다고 한다면, 우익계열에서는 이러한 모든 것으로부터 자유로운 입장에 섬으로써 다시 대립적 관점을 갖는다는 점을 뜻한다. 이를테면 우익계열의 관점은 좌익계열의 민족문학을 "우리가 요구하는 민족문학은 인민 전체의 이익을 위하는 문학이오 그 중에도 특히 국가의 기초가 될 근로계급의 이익을 주로 위하는 문학"[20]이라고 보는 것이나 "민족문학이 내용으로 하는 세계관은 맑스 · 레닌주의이며 그러므로 민족문학은 초계급적 초역사적인 성격을 갖는 게 아니라 계급적이요, 당파적이요, 세계사적인 성격을 갖지 않을 수 없다"[21]는 관점, 또는

---

20) 김영건, 「민족문학의 진수」, 『신천지』, 1947.1, 139쪽.
21) 김영석, 「민족문학론」, 『문학평론』, 1947.4, 13쪽.

그러나 이러한 문학은 민족문학이 아니라 계급문학이 아닌가? 왜
냐하면 문학의 토대가 된 이념은 민족의 이념이기보다도 인민의 이념
이며, 인민의 이념이기보다도 더 많이 노동계급의 이념이라고 말할
수 있기 때문이다. 그렇다. 현대의 민족문학은 분명히 노동계급에 기
초하여 있고, 노동계급은 또한 자기의 이념이 인민의 이념으로 될 것
을 주장하고 인민의 이념이 또 민족의 이념이기를 요청한다.[22]

는 관점에 대립하여 민족을 배타적이고 분파적으로 보지 않고 총체적이
고 개방적 관점으로 파악하려 하는 것이다. 즉 우익계열의 문학관은 소
재 선택의 자유를 보장하는 쪽에 서 있는 셈이다. 그러니까 이들은 무엇
을 쓰든지 그것은 자유이지만 다만 그것이 문학적으로 어떻게 형상화되
었는가 하는 점이 관건이 된다.

순수시의 본질 중의 한 요소인 사회성의 문제는 우선 표현 대상의 범
주에 관한 것을 들 수 있다. 좌익계열에서 표현 대상을 계급(노동자 계
급)이나 당파적 차원에서 제한적 · 배타적 · 폐쇄적인 좁은 의미로 파악
하고 있는 반면에 우익계열에서는 그것을 '순민족적', 또는 '순인간적'
차원에서 총체적 · 포괄적 · 개방적 관점에서 넓은 의미로 파악하고 있다
는 점에서 서로 배치된다.

하나에서 열, 열에서 천만 가지로 생각해 봐도 민족을 하나로 파악
하지 않으면 안 될 오늘 우리들 민족시인은 대다수의 근로계급을 망
각한 것이 아니라 약소민족으로서의 피압박의 굴레를 벗는 전민족적
으로 무산계급인 우리의 혁명을 위하여서는 조급한 계급의식의 고조
로 민족통일전선을 교란하고 싶지는 않습니다. 더욱이 계급시로서 한

---

22) 임화, 「민족문학의 이념과 문학운동의 사상적 통일을 위하여」, 『문학』, 1947.4; 송
기한 · 김외곤 편, 『해방공간의 비평문학』 2, 태학사, 1991, 313~314쪽. 재수록.

정당에 예속하여 양두구육의 민족시를 들고 시의 순수를 파괴하고 싶
지는 않습니다. 압제에 대한 영원한 혁명가, 권력에 대한 영원한 반역
자인 시인이 결코 정치와 현실에 맹목한 것은 아닙니다. 다만 오늘의
우리 시인의 지상 명제는 순수한 민족정신과 순수한 시정신의 합일에
만 있다는 것을 알기 때문입니다. 다시 말하면, 정당을 위한 시가 아니
오, 민족을 위한 모든 현실을 시로서의 파악과 시로서의 기여함만이
다른 부문에 구별되는 시인의 의무인 것입니다. 그리고 민족혁명을
계급혁명보다 먼저 또는 그것을 그대로의 민족혁명 곧 그대로의 계급
혁명이기를 염원하는 것이 전민족적 양심이란 것을 잘 알고 있기 때
문입니다.[23]

　　조지훈이 파악하는 민족의 개념은 '전민족'적인 것으로서 이것은 민
족을 제한적으로 파악하는 계급에 우선한다. 즉 그는 민족을 계급적 차
원에서 분파적으로 파악하는 것을 부정하고 총체적·포괄적으로 보아
야 한다는 것이다. 이는 좌익계열에서 말하는 것처럼 '대다수의 근로계
급을 망각한 것이 아니라' 오히려 '조급한 계급의식의 고조로 민족통일
전선을 교란'하는 것을 막고 '약소민족으로서의 피압박의 굴레를 벗는
전민족적으로 무산계급인 우리의 혁명'을 위하는 일이 된다. 그리하여
그는 전민족적 차원에서 '민족을 위한 모든 현실(사회성)'을 '순수한 민
족정신'으로, 그리고 그것을 시로 파악하고 시로서 이바지하는 것을 '순
수한 시정신'으로 보고 '시인의 지상 명제는 순수한 민족정신과 순수한
시정신의 합일에만 있다는 것'을 강조했다. 그는 이러한 시를 '高次의
시'로 보고 고차원의 시가 될 때 '전인간의 공감성'[24], 즉 시의 보편성을
획득할 수 있다는 것이다.

---

23) 조지훈, 「민족시의 밤 개회사」, ≪조지훈전집 3≫, 218쪽.
24) 조지훈, 「순수시의 지향-민족시를 위하여」, 『백민』, 1947.3, 168쪽.

김광주는 조지훈이 주장하는 '전인간적 공감성' 문제를 '인간 그 자체의 아름다운 삶을 추구하게 하는 것'이라 하면서 인간을 분파적이고 편협하게 바라보려는 관점을 비판했다. 그는 "내버려 두라!/모든 사람으로 하여금 쓰고 싶은 것을 쓰게 내버려 두라!/赤色도 좋고, 白色도 좋고, 黑色도 좋고, 左도 좋고, 右도 좋다. 그러나 문학의 세계에서만은 이 어떤 하나만을 고집하는 편협한 인간들이 존재할 수는 없다./왜? 문학이란, 赤이기 전에 白이기 전에 左이기 전에 먼저 인간을 아름답게 살고, 인간을 아름답게 하자는 오직 한 가지의 노력이기 때문이다./여기서부터 새로운 조선문학은 출발하자!"25)고 주장했다. 말하자면 인간 그 자체의 아름다운 삶을 추구하게 하는 것이 문학의 목적이기 때문에 그 목적에만 충실하다면 어떤 방향에서 어떤 것을 쓰든지 그것은 전적으로 쓰는 사람의 자유에 맡길 일이라는 것이다.

한편, 시적 대상에 대한 사회성(민족성)의 문제는 사상성의 문제로 연결된다. 조지훈은 "모든 불순한 야심과 음모를 버리고 진정한 시정신을 옹호하는 것이 언제나 다름없는 시의 순수성이지만, 이때까지 우리가 가져온 '순수'의 개념은 자칫하면 무사상성, 무정치성이란 이름에로 떨어질 위험성이 다분히 내포되어 있었던 것"을 언급하면서 그런 오해의 소지를 낳게 된 것을 일제 강점기라는 특수한 정치 체제에 기인한 것으로 파악하였다. 즉 "해방 전에 있어서는 우리 시인들 시에서 사상을 나타낸다는 것은 거의 불가능에 가까울 뿐 아니라 어떤 의미에서는 사상을 가진다는 것은 곧 일제에 매수되고 영합한다는 슬픈 결과가 되었기 때문에 일견해서 花鳥風月을 노래하는 무사상성이 우리들의 민족적 양심과 시인적 양심을 아울러 지키는 방편이 되었던 것"이라 보고 "이제 우리 손으로 새로운 문화를 이룩하고 새로운 생활을 설계할 자유를 얻

---

25) 김광주, 「문학으로 돌아가서」, 『백민』, 1948.5, 32쪽.

은 만큼 시에 있어서의 사상성 문제도 정당히 재논의되어야 하겠습니다만은 우리가 가지고 있는 '사상'이란 말에 대해서도 반성이 있어야 할 것"을 주장하면서 시에서의 사상 문제를 다음처럼 규정했다.

　　예술에 나타난 사상이란 대개가 어떤 주의를 표방함을 가리킨 적이 많았으나 시에 있어서의 사상이란 이런 좁은 곳에 국한시킬 것이 아니라 인간성의 기미를 건드리는 것이라면 우리는 작은 서경시에서도 능히 사상성을 파악할 수 있을 줄 압니다. 그러므로 시의 사상성은 어떤 주의의 편당성에보다도 전인간적 공감성에 그 뿌리를 두어야 할 것입니다. 결국 어떠한 사상이라도 시 속에 포섭될 때 시가 되는 것이므로 주체는 시에 있는 것이요, 사상은 시를 구성하는 요소에 지나지 않는 것이기 때문입니다. 시가 가진 사상이란 그 예술성을 무시하고는 사상으로서의 가치를 상실하는 것이므로 氣韻生動이란 동양의 미학은 바로 이 사상성의 예술화를 가리킨 것이라고 믿습니다. 그러므로 결국 시의 사상이란 시 속에서 절로 섭취되는 영양소여야 하는 것입니다. 그것이 민족을 사랑하든 정치를 선전하든 말하고자 하는 사상이 완전히 혈액화되어 시 속에서 따로 유리하지 않을 때 비로소 우리는 그 사상을 예술로서 받아들일 수 있는 것입니다. … 그러므로 다만 우리가 순수라는 개념을 고쳐 가져야 할 것은 순수는 무사상의 것이 아니라 시를 예속시키는 사상이 아니고 순화된 사상이면 다 순수시가 될 수 있다는 점입니다.26)

　　조지훈은 순수시에 있어서 사상을 매우 포괄적인 것으로 '인간성의 기미를 건드리는 것'이고 '전인간적 고감성에 그 뿌리'를 두는 것이면 모두 해당하는 것으로 보았다. 다만 그것이 '어떤 주의의 편당성'을 갖거나

---

26) 조지훈, 「해방시단의 과제」, ≪조지훈전집≫ 3, 209~210쪽.

'시를 예속시키는 사상'이 되는 것은 경계해야 한다는 것이다. 시란 시이기 때문에 어디까지나 시가 '주체'이고 '사상은 시를 구성하는 한 요소에 지나지 않기 때문이다.'[27] 그래서 그는 인간의 기미를 건드리는 것이라면 어떤 것이든, 즉 '그것이 민족을 사랑하든 정치를 선전하든 말하고자 하는 사상이 완전히 혈액화되어 시 속에서 따로 유리하지 않을 때 비로소 우리는 그 사상을 예술로서 받아들일 수 있는 것'이라고 역설하였다.

이러한 그의 논지는 순수시가 정치이념이나 사상으로부터 도피하거나 유리된 것이라는 좌익계열의 비판에 대한 비판이자, '시의 사상이란 시 속에 절로 섭취되는 영양소여야 하는 것'인 까닭에 예술적으로 순화된 것을 겉만 보고 무사상의 시라고 오해하는 그들의 무지를 꼬집는 것이기도 하다. 이러한 그의 비판적 인식은 "예술성 속에 浴化된 사상 반영된 현실 함축된 시대성은 비록 시의 혈육이 못된 개념의 固形이 얼핏 보이지 않으므로 정치적 선전효용은 약할지 모르나 시로서는 설 수 있지만, 시의 의도가 지나친 실용개념에 방편의 옷을 입히려 하는 동안은 정치는 얻을지 모르나 미적 승화의 부족 때문에 시는 항시 불구의 流産이 되는 것은 시를 짓는 이는 누구나 느낄 수 있다."[28]는 대비적 관점에서도 잘 드러나듯이 사상이나 '실용개념'이 지나치게 불거지는 시가 '불구'라면 사상이 용화되고 혈육화된 순수시는 '시적 승화'를 이룩하여 완전한 시가 된다. 따라서 참된 시로서의 순수시는 먼저 시로 형상화되기 위해서 정치나 사상 등 모든 것으로부터 독자성을 갖지만, 그것이 예술

---

27) 이 문제에 대해 김동리는 톨스토이의 작품 <안나 까레리나>를 예로 들어 설명하면서 "이 작품에는 물론 '시대적 사회적 의의'도 공리성도 다 들어있다. 그러나 그것은 한 개의 배경 혹은 환경일 따름, 이 작품이 가진 사상성의 주체는 아닌 것이다. '시대적 사회적 의의'니 공리성이니 하는 것은 어디까지나 제이의적 부수적 조건에 불과한 것이다."라고 설명하고 있다. (김동리, 「문학적 사상의 주체와 그 환경 −본격문학의 내용적 기반을 위하여」, 『백민』, 1948.7, 910쪽.

28) 조지훈, 「순수시의 지향−민족시를 위하여」, 『백민』, 1947.3, 167쪽.

적으로 순화되는 한 '전인간적' 차원에서 '민족을 위한 모든 현실'과 사상을 포괄할 수 있는 특성이 있어서 결국 사회성(민족성)과 보편성도 획득할 수 있다는 것이다.

(3) 영원성(초월성)과 세계성

김용직은 우익계열인 '조선청년문학가협회는 좌파 문학가동맹계에 비해 현저히 나쁜 여건, 수적 열세 속에서 작품 활동을 전개'하면서 "좌파에 맞서 그들을 이겨내는 길은 질적으로 우수한 작품들을 제작·발표하는 길밖에 없었다. 이것은 어떻든 문학, 예술의 감각을 작품 활동에 살려 나가는 것을 뜻했고, 그 정신의 닻이 예술성의 옹호, 추구 쪽에 던져지는 경우였다."라는 점과 더불어 시와 문학은 끊임없이 보편성, 일반성을 지향하는 속성을 지니는, 다시 말해서 근본적으로 시와 문학이 시간 공간의 개념에서 벗어나려는 성향의 정신 활동인 데 반해 시의 내용으로 추구하는 민족이나 역사는 바로 시간 공간의 개념을 바닥에 깔고 시작하는 것(특수성)이므로 이 두 개념은 서로 '모순, 충돌'하여 그들은 이것을 한 문맥 속에 조화, 수용시키지 않을 수 없었다고 하면서 이 때문에 그들의 행동지표, 창작원리 수립이 어려운 문제였다고 보았다.[29]

수적으로 우세하고 강력한 사회주의 이념으로 무장한 좌익계열의 논리에 맞서 그것을 이겨낼 수 있는 우익계열의 행동지표와 창작원리를 구체적으로 수립하는 일이 그리 간단한 문제는 아니었지만, 좌익계열의 문학적 논리나 그 신념이 견고한 만큼 우익계열의 문학적 논리나 신념 또한 그에 못지않게 논리적으로 전개되었다. 즉 그들은 김용직이 언급하는 모순·충돌하는 두 개념, 즉 형식적 보편성과 내용적 특수성을 지양할 수 있는 길을 계급과 민족에 우선하는 '인간성 옹호'(보편성)와 '민

---

29) 김용직, 『해방기 한국시문학사』, 322~323쪽.

족을 위한 모든 현실'(사회성)을 내용으로 하면서 그것을 예술적으로 순화하는 방향(독자성과 개성)에서 찾음으로써 논리적 타당성을 확보하려 했다. 그들은 문학(시)이 이러한 차원에 이를 때 궁극적으로 시간과 공간을 초월하여 전 인류에게 공감을 줄 수 있는 영원성과 세계성을 회득할 수 있다고 보았다.

그런데 그들이 지향하는 순수시의 영원성과 세계성의 문제를 좀 더 자세히 들여다보면 인간·시간·공간 등 세 개의 차원에서 접근할 수 있다. 즉 인간성: 민족→인간성 옹호(전인간적 공감성), 시간성: 역사성→과거−현재−미래(영원한 현재)→초역사성, 공간성: 민족시→세계시 등에 관한 문제가 바로 그것이다. 이것은 "시류의 격동 속에 흘러들지 않는, 변하는 가운데 변하지 않는 영원히 새로운 것이 시 본래의 정신이며 이른바 자본주의와 함께 일어나고 그와 함께 사라지는 것이 아니요, 언제나 새로운 의의를 가질 수 있는 것이 민족 정신이다. …(중략)… 高次의 시는 차라리 전인간의 공감성에 있으며 愛美求命의 영혼성찰에 있으며 영원한 시공의 관조에 있다 할 것이다."[30]라는 조지훈의 논지에 잘 함축되어 있다. 이러한 그의 관점은 개성(변하는, 언제나 새로운 의의, 현재성)과 보편성(시류의 격동 속에 흘러들지 않는, 변하지 않는 것, 영원성)의 문제를 총체적으로 바라본 것이라 할 수 있다. 즉 참된 시로서의 순수시는 내용(사상성)과 형식(예술성)의 조화, 개성과 보편성의 조화, 과거와 현재와 미래의 조화 등, 말하자면 서로 모순 충돌하는 것을 포함한 모든 요소는 서로 지양 발전하는 관계[31]가 되어야 한다는 것이

---

30) 조지훈, 「순수시의 지향−민족시를 위하여」, 『백민』, 1947.3, 166~167쪽.
31) 여기서 '지양 발전'이란 개념은 어느 한쪽만을 분리해서 생각할 수 없고 항상 두 개 념을 서로 연관성 속에서 파악해야 하는 것을 뜻한다. 가령, 예술성을 예로 든다면, 이는 예술 장르적 특성으로 보면 일면 보편성을 띠기도 하지만, 정치 사회적 이념 으로부터 독자성을 갖는다는 점에서는 개성을 갖는다. 이런 점에서 예술성은 넘나

다. 이러한 경지에 이를 때 순수시는 지엽말단의 편협성을 초월하여 영원성을 얻고 나아가서 세계성을 확보할 수 있게 된다.

주지하듯이 김동리는 좌익계열에서 민족을 계급 단위나 당파적으로 제한하여 파악하는 것에 대하여 '인간성 옹호'를 주장하고 이것을 구체적으로 민족 단위의 휴머니즘에서 세계사적 휴머니즘으로 나아가는 것이라 한 바 있다.[32] 그런데 이것을 문학적 사상으로 환치하면 "자연과 인생의 일반적 운명에 해석과 비평을 통하여 시대적, 사회적 의의와 공리성을 반영시킨 참다운 문학적 사상의 주체는 시대와 사회를 초월하여 인간이 영원히 지닐 수밖에 없는 인간의 일반적 운명, 즉 인간의 가장 보편적이요 근본적인 문제에 대한 고도의 해석이나 비평"[33]이라고 할 수 있다. 조지훈 역시 김동리와 같은 입장에서 휴머니즘의 개념을 인식하면서 새로운 문학은 '인간에의 환원이라는 구심력을 그 첫 내용으로 삼지 않을 수 없었다'고 주장하였다.

> 그러면 生誕할 현대, 생탄해야 할 현대는 이상내용으로 어떠한 특징을 가질 것인가. 중세의 종교정신, 근대의 과학정신의 지양으로서 혹은 예술정신이라 할 수도 있다. 또는 신학과 문학과 과학을 3대 基幹으로 하는 새로운 철학이 이에 대치될 수 있다고 할 수도 있다. 우리는 현대가 다만 휴머니즘의 고조기라는 것밖에 더 細言할 수가 없는 것이다. 새로운 시대정신은 언제나 휴머니즘의 새로운 변환의 각도를 거점으로 하기 때문이다. 중세의 '神'이나 근세의 '과학'이 모두 그 출

한 의미에서 개성과 보편성을 공유한다. 인간성의 문제도 같은 관점에서 설명할 수 있다. 민족의 현실이란 점에서는 특수성을 갖지만, 그것이 인간 본질에 대한 문제로 환원되어야 한다는 점에서는 보편성을 갖는다.

32) 김동리, 「순수문학의 진의─민족문학의 당면과제로서」, 『서울신문』, 1946.9.14.
33) 김동리, 「문학적 사상의 주체와 그 환경─본격문학의 내용적 기반을 위하여」, 『백민』, 1948.7, 9쪽.

발점을 구심에서 벗어나 교회와 기계로의 원심의 경향을 띠었을 때
그 다음에 오는 시대정신은 근세나 현대가 다 같이 인간에의 환원이
라는 구심력을 그 첫 내용으로 삼지 않을 수 없었던 것이다.[34]

조지훈은 중세의 종교 정신과 근대의 과학 정신이 그 본래의 목적인
인간을 지향하는 것이라는 구심력을 상실하고 지엽적인 '교회와 기계에
로 원심의 경향'을 보임으로써 도리어 인간을 소외시키는 결과를 가져
왔다고 보고, 이러한 문제점을 지양 극복할 수 있는 새로운 시대로서의
현대는 예술정신을 이상적 내용으로 간직해야 한다고 하였다. 그리고
새로운 시대정신으로서의 예술정신은 곧 '인간에의 환원이라는 구심력'
을 되찾는 일이라는 것이다. 그러니까 '인간에의 환원'은 신이나 과학으
로 인해 소외된 인간을 구원하는 길이 되는 셈이다. 그가 말하는 인간의
개념은, "누구를 위하여 쓸 것인가에 대해서는 우리는 누구를 위해서도
좋다는 것은 인정하지만, 그 '누구'가 되는 모든 생활이 인간 전체의 공
통된 문제에 환원해야 한다는 것을 잊을 수는 없기 때문이다."[35]라는 주
장에 명확히 드러나듯 인간 전체의 공통된 문제'를 의미한다. 이는 '시대
와 사회를 초월하여 인간이 영원히 지닐 수밖에 없는 인간의 일반적 운
명, 즉 인간의 가장 보편적이요 근본적인 문제'라는 김동리의 견해에 합
치되는 개념이다.

이러한 관점에 입각할 때 좌익계열의 이념적 토대를 이루는 유물사관
도 중세의 종교 정신이나 근대의 과학 정신과 같은 원심적 운동으로서
'인간 전체의 공통된 문제'가 아니기에 마땅히 부정되어야 한다. 즉 "유
물사관—다시 말하면 문학을 위한 구심적 주체를 가지지 못한 사상"은
"사회성을 무기로 하여 문학을 인생을 위한 二義的 방편으로 돌림으로

---

34) 조지훈, 「현대시의 문제」, 《조지훈전집》 3, 193쪽.
35) 조지훈, 「立命의 문학―김동리의 평론집 『문학과 인간』」, 위의 책, 348쪽.

써 공존을 가장한 이기주의로 전락"한 것, 또는 "인간을 위한 구심적 주체를 가지지 못한 사상"은 "영육에 혼연한 생활을 물질로 착각시키고 인생 전체를 위한다는 말을 다수파주의로 왜곡하여 투쟁을 위한 편의적 방편으로 사역함으로써 道義를 가장한 殺戮에 타락"36)하는 것이기 때문이다.

그런데 '인간 전체의 공통된 문제'를 다루는 예술정신이 문학 본질의 한 요소로서의 보편성을 충족할 수는 있지만, 문학 본질의 또 다른 한 축인 개성이 희박해질 가능성이 있다는 점에서 문제의 여지가 있다. 조지훈은 이 문제를 해결하는 논리로서 이른바 '역사적 의식'을 거론했다. 그가 말하는 역사적 의식은 '자기의 특수성 속에 보편성'을 만드는 것, '일시적이면서 항구적인 것, 또는 개성과 전통의 조화를 그 내용으로 한다. 이러한 관점을 그는 엘리엇과 키에르케고르의 견해에 기대어 다음과 같이 부연했다.

> 과연 그(T. S. 엘리엇: 인용자 주)의 말대로 역사적 의식은 일시적인 것에 대한 의식인 동시에 항구적인 것에 대한 의식이요, 항구적인 동시에 일시적인 것에 대한 의식이어서 작가를 전통적이게 하는 것이요, 작가로 하여금 시대에 처한 자신의 위치, 자신의 현대성을 극히 예민하게 의식시키기 때문이다.37)

> 키에르케고르에 의하면 '순간'은 본래 시간의 원자가 아니고 영원의 원자라고 한다. 이와 같은 의미의 현재 곧 '찰나'로서의 현재는 단순한 현재가 아니라 영원인 것이다. 현재, 그것은 '영원의 지금'인 것이다. 그러므로, 모든 시간은 이 '영원의 지금'의 자기 한정에 不外한다

---

36) 조지훈, 「立命의 문학─김동리의 평론집『문학과 인간』」, ≪조지훈전집≫ 3, 348쪽.
37) 조지훈, 「현대문학의 고전적 의의─민족문학의 전통을 위한 시론」, 위의 책, 184쪽.

고 할 것이다. 과거와 미래가 현재에 동시 존재적인 현재―이 '영원의
지금'은 시에다 철학적 의미를 주는 것이다.

　시에는 현대라는 게 따로 없다. 오직 '영원의 지금'이 있을 따름이
다.[38]

　일시적/항구적, 개인적/전통적, 또는 시대에 처한 자신의 위치를 예민
하게 의식하는 것이 바로 역사적 의식이요, 문학의 현재성이자 현대성
이며 영원성이다. 이것을 다시 키에르케고르의 관점으로 말하면 '영원
의 지금'이 된다. 그리고 이러한 시간관으로 인간을 파악하는 것이 이른
바 조지훈이 제창하는 "이지와 정열의 균형에서 오는 창조적 조화로써
인간의 전형성 탐구[39]"가 된다. 말하자면 시간과 공간을 초월하여 누구
나 공감할 수 있는 인간의 보편성을 탐구하는 것이 순수문학(시)의 본질
이고, 이와 같은 본질에 충실할 때, 순수문학으로서의 민족문학은 자연
스럽게 세계문학, 또는 세계시의 차원에 올라설 수 있다는 것이다. 왜냐
하면 "세계시란 그 내용에 있어서나 형식에 있어서나 완전히 민족시로
서 정통을 이룬 다음 세계시의 일원으로 등장할 수 있는 것"[40]이요, "민
족문학이 민족의 문학이란 것은 민족만의 문학이란 뜻은 아니다. 민족
의 문학인 동시 세계적인 문학이어야만 하는 것이며, 이 세계적이란 말
은 시간적 영구성을 포함한 공간적 보편성을 가리키는 것이다. 그러므
로 민족의 문학인 동시 세계의 문학이란 것은, 민족적 개성을 띤 세계의
문학으로서 온 인류가 영구히 향유할 수 있는 문학"[41]이기 때문이다.

　그러나 조지훈은 "우리의 시단이란 애초에 그 출발점이 세계시의 공

---

38) 조지훈, 「현대시의 문제」, 위의 책, 193쪽.
39) 조지훈, 「현대문학의 고전적 의의―민족문학의 전통을 위한 시론」, 위의 책, 184쪽.
40) 조지훈, 「해방시단의 과제」, 위의 책, 210쪽.
41) 김동리, 「민족문학론」, 『대조』, 1948.8, 105~106쪽.

명에 있었던 것은 사실"이나, 우리시는 "아직 민족시로서의 정통을 이루지 못한 모색기"의 단계이자 구미문학의 "미숙한 모방을 일삼는 사대주의에 떨어지고 있다"라고 진단하였다. 그래서 그는 우리 시가 세계시로 발돋움하기 위해 "우리의 문화에 대하여 너무도 무지한 우리의 현대시인들은 민족시의 수립이라는 거대한 명제 앞에 심각한 반성과 새로운 결의가 있어야 할 것"42)을 주장하였다. 그리고 반성과 새로운 결의의 일단으로서 그는 우리 전통의 의의와 가치에 대하여 바르게 파악할 것을 강조하였다.

조지훈은 우리가 고전에 대하여 재인식해야 할 이유, 또는 문학의 고전주의가 새삼스럽게 대두될 필요성을 "'세련된 문장' '충분한 구성' '일관한 관념'이라는 고전문학의 삼대 요소는 문학 본격의 지향인 주체주의에 부합되고 '지배적'이고 '통일적'이고 '전형적'이라는 고전문학의 삼대 본질은 민족문학 앙양의 계몽주의에 부합되는 것이며 '명랑성'과 '조화성'과 '일반성'이라는 고전문학의 삼대특성은 현대문학의 제약인 이성주의에 부합"된다는 점에서 찾았다. 민족문학이 이러한 고전주의의 특성을 받아들임으로써 "그 전통과 역사 위에 開花"하고 나아가서 "문학의 황금시대"를 가져오게 할 것이라고 그는 주장하였다.43)

이러한 그의 주장 역시 "오늘날과 같은 우리의 역사적 현실에서는 낭만주의의 반항적 폭발이 유물사관 투쟁 의욕의 성격과 통해 있어서 통일과 법칙과 질서와 조화가 없는 곳에 이에 대한 파괴가 문학에도 미치고 있었음을 보았다"44)고 하는 대목에서 잘 드러나듯이 일면 좌익계열의

---

42) 조지훈, 「해방시단의 과제」, 청년문학가협회 창립대회(1946.4.4), ≪조지훈전집 3≫, 210쪽.
43) 조지훈, 「고전주의의 현대적 의의─민족문학의 지향에 관한 노-트」, 『문예』, 1949.10, 141쪽.
44) 조지훈, 「현대문학의 고전적 의의─민족문학의 전통을 위한 시론」, ≪조지훈전집

문학이념과 그 활동을 의식하고 있음을 알 수 있다. 그래서 그는 고전주의 정신을 계승함으로써 계급주의 문학에 의한 갈등과 혼란을 극복하고 민족문학의 정상적인 발전을 꾀할 수 있다고 보고, 이것이 '고전주의의 현실적 타당의 근저와 현대적 선구의 이론'임을 주장했다. 그러니까 '이지와 정열의 균형에서 오는 창조적 조화로써 인간의 전형성 탐구'를 큰 줄기로 하는 고전주의의 계승과 지향은 참다운 민족문학(시)의 형태인 영원성과 세계성을 동시에 획득할 수 있는 중요한 방편이 되는 셈이다.

3. 마무리

지금까지 조지훈이 자유민주주의 체제를 옹호하는 우익계열의 문학정신의 본질로 파악한 ① 독자성(자율성)과 개성, ② 사회성(민족성)과 보편성, ③ 영원성(초월성)과 세계성 등을 분석 내용으로 설정하여 순수시의 본질을 구체적으로 살펴보았다. 우익계열에서 주장하는 순수시의 본질은 사실 민족과 시간과 공간을 초월하는 문학(시)의 일반적 특성이기도 하지만, 또 많은 부분은 그 본질에서 이탈하는 성격을 지닌 좌익계열의 문학적 이념 내지는 그 활동에 대하여 비판하고 부정한다는 점에서 대립적 의미가 있다. 주지하듯이 해방공간에서는 좌익계열의 문인들이 주도권을 잡고 있었기 때문에 그들의 논리가 문단에 더 큰 힘을 발휘하고 있었는데, 이러한 상황에서 우익계열의 문사들은 좌익계열에서 주장하는, 문학의 본질에서 상당히 이탈한 문학(시)적 관점이 온당하지 않음을 역설하면서 문학 본연의 모습을 옹호하는 데 심혈을 기울였다.

시에 대한 우익계열의 관점을 한 마디로 집약하면 그 본질이 무엇보다도 순수시에 있다는 점이다. 즉 그들은 하나의 예술로서 시란 어디까

3≫, 185쪽.

지나 시로서 먼저 형상화되어야 한다는 것을 일차적 조선으로 보았다. 그리하여 먼저 순수시로 형상화될 때 그것이 민족시도 되고 나아가서 세계시로서의 위치도 확보할 수 있다는 것이 그들의 일관된 관점이요 주장이었다. 이와 같은 순수시의 본질을 인식하는 과정에서 조지훈은 그것을 분석적으로 접근하여 독자성(자율성)과 개성, 사회성(민족성)과 보편성, 영원성(초월성)과 세계성이라는 세부 항목을 도출하였다. 따라서 이 세부 항목들은 근원적으로는 서로 상보적인 관계에 놓이는 한편, 서로 모순·충돌하면서 지양 발전의 관계를 갖기도 한다.

이러한 관점을 근간으로 하는 자유민주주의 체제의 시정신의 가장 큰 특질은 철저히 시를 주체로 파악한다는 점이다. 이것은 어떻게 보면 시의 발생론적 관점일 수도 있다. 말하자면 정치·사회·경제·교육·과학·종교·철학·윤리·도덕 등등의 무수한 사회 현상과 이념이 있음에도 불구하고 인간들이 굳이 시라는 장르를 창안한 것은 분명히 시가 독자적으로 세상에 존재할 몫이 있다고 인식했기 때문일 것이다. 그 몫은 궁극적으로 인간 자체로 환원되는 어떤 것이어야 함은 물론이다. 이를테면 다소 관념적·이상적으로 말해서 시는 먼저 시로서의 제 모습을 갖출 때 시공을 초월하여 모든 인류에게 공감을 주고 그것을 통해 어떤 영향력을 발휘하는 것이라 할 수 있다. 우익계열에서 주장한 순수시=민족시=세계시의 등가성은 바로 이러한 시의 본질을 사유의 근간에 두었다고 하겠다.

이런 점에서 "본질적으로 순수한 시인만이 개성의 자유를 옹호하고 인간성의 해방을 戰取하는 혁명시인이며 진실한 민족시인만이 운명과 역사의 공동체로서 민족을 자각하고 정치적 해방을 절규하는 애국시인일 수 있는 것이다."[45]라는 조지훈의 주장 (우익계열의 문학관 및 시정

---

45) 조지훈, 「순수시의 지향—민족시를 위하여」, 『백민』, 1947.3, 167쪽.

신)은 "프로문학이 종래의 신문학 위에 몇 가지 중요한 예술적 기여를 했다. 내용에 있어 미약한 진보성과 계몽성을 혁명성과 대중성의 방향으로 발전시켰고 형식에 있어 리얼리즘을 확립한 것은 큰 공적에 속하는 일이었다."[46]는 임화의 주장을 그대로 받아들인다고 하더라도, 본질적으로 편협성·경직성·폐쇄성·분파성 등을 노출하는 좌익계열의 문학관이나 시정신에 비해 상대적으로 더 많은 설득력을 얻을 수 있다고 하겠다. 무엇이든 먼저 제 본연의 모습을 갖추고 자기 본질에 충실할 때 다른 것과의 관계에서도 제 가치를 나타내고 그 기능도 제대로 실행할 수 있는 것은 자명한 이치이기 때문이다.

---

46) 임화, 「문학의 인민적 기초」, 『중앙신문』, 1945.12.10.

3부

우리 당대 시의 참맛

역설과 아이러니의 오묘한 노래

―허영자, ≪마리아 막달라≫·≪투명에 대하여≫

1. 지속과 변화의 역학관계

허영자 시인은 2017년 후반기에 2권의 새 시집을 잇달아 펴냈다. 8월 상순에 펴낸 ≪마리아 막달라≫(이하 ①로 표시함)에 이어 불과 넉 달 만인 12월 중순에 다시 ≪투명에 대하여≫(이하 ②로 표시함)를 엮어냈다. 한 해에 두 권의 시집을 발표한 예가 없지는 않으나 그리 흔한 일은 아니다. 허 시인께서는 1962년 목월 선생의 추천이 완료되어 『현대문학』으로 등단하였으니 어느덧 시인 경력만도 회갑에 이르는 나이인데 연년생도 아닌 이란성쌍둥이 같은 창작시집을 연달아 펴냈으니 그야말로 노익장을 과시한 셈이다.

잘 알려져 있듯이, 허 시인은 늘 곱고 단아한 모습으로 주변 사람들을 기분 좋게 하는 능력과 미덕을 가진 분이다. 부지런한 시간이 세상만사를 다 변하게 하는 데도 그분만은 시까지도 한결같으니 무슨 비책이라도 있는 것일까. 물론 시는 무한 복제가 허용되는 상품이 아니라 개성이 강해야 하는 예술작품이므로 그 빛깔과 향기와 맛은 편편이 다르고 달라야 한다. 그러함에도 변주할지언정 완전히 달라지지는 않아 시인의 시적 개성이 유감없이 드러나서 지속과 변화가 서로 밀고 당기는 예술의 속성을 잘 보여준다. 이를테면 중등학교 교과서에 수록되어 널리 알려진 <刺繡>에 드러나는 특성—서정적인 절제의 형식미와 자기성찰을 통한 정화 의지가 절묘하게 어우러지는 허영자 시의 스타일에는 조금도 흐트러짐이 없다. 그리하여 허영자 시편들을 떠올리면 간결함·담백함·음악성·단아함·명징함·사랑·성찰·정화·평화 등의 말들이 자연스레 떠오른다. 우리 현대시사에서 이만큼 강렬한 자기 빛깔을 간직한 시인이 또 있을까 하는 의문이 들 정도이다.

예술이란 무엇보다도 관점이 중요하게 작용하듯이 반백 년이 넘는 세월 동안의 창작과정을 통해서 형성된 허영자 시의 뚜렷한 빛깔에 대해서도 보기에 따라서는 다른 느낌이나 견해를 가질 수도 있다. 긍정적으로는 진정한 예술이 그렇듯 자기 빛깔을 분명히 지녀 다른 시들과 변별되는 자질을 확실히 갖추었다고 평가되는 반면에 외형적으로는 다양한 맛을 내지 못하여 단조롭다는 비판을 받을 여지도 있다. 그런데 예술적 취향과 인식에 따라 달라지는 상반된 견해는 허영자 시관으로 접근하면 그 의미는 사뭇 달라진다. ②의 표 4에 특별히 밝힐 만큼 스스로 매우 중요하게 여기는 시관을 참조하면 고집스레 추구하고 지켜온 자신의 시적 빛깔이 얼마나 큰 고민 끝에 확립한 집념의 결실인지 여실히 드러난다.

가능하다면 모든 곁가지를 치고 요설을 뺀 시를 쓰고 싶습니다. 그러나 그것은 그리 쉽게 되는 일이 아니었습니다. 자칫 내용의 불충분과 문맥의 단절을 가져올 수도 있고 언어유희에 떨어질 우려도 있으며 웅혼한 시적 분위기를 마련치 못하는 소품에 그칠 수도 있기 때문입니다. 그러나 쉽지 않은 일이기에 해내고 싶다는 열망을 가집니다.

유년기에 그리하였던 것처럼 성년이 되어서도 나의 영혼은 늘 상처를 입었습니다. 노년이 된 지금도 상처를 입고 있습니다. 그것은 외적 충격일 때도 많지만, 내면의 불안과 허위로 인한 가책일 때도 많습니다.

'시 쓰기'라는 작업을 통하여 나는 상처를 치유 받고 위안을 얻고 다소의 자기 정화를 도모할 수 있습니다. 바라건대, 이러한 시 쓰기가 나의 존재를 확인하는 증표가 되고 시를 읽어주는 세상의 어느 친구에게도 작은 위로가 되었으면 하는 것이 나의 시 쓰는 마음입니다.[1]

이 자술 내용에 인간 허영자와 시인 허영자의 모습이 잘 드러난다. 인간 허영자의 면모는 심성적으로 여리고 섬세하다. 그래서 '외적 충격'에 민감하고 허약하며 '내면의 불안과 허위'를 성찰하는 기질로 인해 상처를 잘 받는다. 이러한 인간 허영자의 심성과 기질적 특성이 또 다른 허영자인 시인이라는 존재로 거듭나게 한 요인이라 할 수 있다. 다른 글에서 자신의 모든 시에 '죄의식과 부끄러움'이 깔려 있음을 스스로 감지한다고 밝혔듯이[2] 그의 시는 내외부의 충격으로 생긴 상처를 달래고 자기 존재를 확인하려는 예술적 산물이다. 그리고 시인은 자기 시를 밖으로 소통하고 확산하여 나와 남을 동시에 위로하고 정화하기를 염원하므로 그것은 자연스레 시적 기능과 시인의 창작 목적으로 연결된다. 앞서 밝힌 허영자 시인의 독특한 시적 특성은 결국 이러한 시인의 시 쓰기의 목적을 가장 효율적으로 실현할 수 있다는 판단에서 형성된 것이라 할 수 있다. 다시 말하면 허영자 시인이 추구하는 시적 특성은 시인과 독자의 마음에 도사린 상처와 죄의식을 정화(치유·속죄)하고 안정과 평화에 들 수 있는 지름길을 만드는 중요한 요소들인 셈이다.

이러한 허영자 시의 특성은 이번에 펴낸 두 시집에서 더욱 뚜렷하게 드러난다. 특히 아름답고 맑은 세계에 대한 지향성은 시인의 존재론적인 세계인식의 끝을 보여줄 정도로 세차고 뜨겁다. 탄생 시차가 매우 좁

---

1) 허영자, ≪투명에 대하여≫, 표 4, 「위안과 치유」 중에서.
2) 허영자, ≪허영자 시집≫, 1990, 92쪽.

은 만큼 두 시집은 연속성과 변화라는 고리로 연결되어 시인이 지향하는 궁극의 세계에 이르는 과정이 뚜렷하게 드러난다. 형식적으로 두 시집은 연작시가 중심을 이루어 유사성3)을 지닐 뿐만 아니라 시의 형식미도 크게 다르지 않아 연속성을 갖는다. 반면에 제재와 의미로 보면 ①에는 이미 세상에 알려진(낯익은) '마리아 막달라'라는 성경 속 여인의 삶에서 '죄와 속죄'라는 중심 모티프를 끌어내어 현대적(현실적)으로 변용한 작품들이 실렸으나, ②에서는 새로운(낯선) 제재를 통해 인류의 궁극적 지향점인 '투명'성을 탐색하고 염원하는 정서를 표현한 작품들이 주류를 이룬다. 이렇게 두 시집은 비슷하면서 다르고 다르면서도 비슷하여 지속과 변화라는 두 힘이 서로 작용하면서 절묘한 역학관계를 이룬다. 이 글에서는 이것을 형식과 내용으로 나누어 두 시집의 특성을 엿보기로 한다.

2. 기본구조와 변주의 긴장 관계

허영자 시는 주로 서정적 자유시 계열에 들기 때문에 대개 내재율을 지닌다. 주지하듯이 내재율이란 음악성이 내면화되어 외형률과 같은 운율적 자질이 뚜렷이 드러나지 않는 것을 뜻한다. 그렇지만 자유시에도 외형적으로 계측 가능한 운율적 자질이 드러나는 경우를 흔히 볼 수 있는데, 허영자 시가 바로 그런 유형에 든다. 두 시집에 구현된 리듬 형식을 살피면 행수율과 각운 형태가 주류를 이룬다. 행수율이란 聯詩에서 각 연에 배치된 행의 숫자가 같거나 비슷하게 반복되는 경우를 가리킨다. 허영자 시는 대부분 연시 형태이고 각 연의 행수는 대개는 2~3행

---

3) ①은 50편 전체가 '마리아 막달라'라는 제목의 연작시로만 되어 있고, ②는 69편 중 앞의 31편이 '투명에 대하여'라는 제목으로 이루어진 연작시이다.

(최대 5~6행짜리가 있으나 극히 희박함)인데 그 중에도 매 연이 2행으로 구성되어 규칙성을 보이는 시편4)이 압도적으로 많다.5) 통계를 내 보면 ①의 50편 중 완전하게 2행 1연의 규칙성을 보이는 시만 20편(40%)이나 된다. 여기에 한 연만 파격인 3편을 더하면 무려 절반에 가까운 46%가 2행 1연의 행수율로 이루어졌다. ②에서는 69편 중 2행 1연이 규칙적으로 반복되는 작품은 20편(29%)이지만 약간의 파격이 가미된 것까지 더하면 28편(40.2%)에 이른다. 두 시집을 합하면 2행 1연의 행수율을 보이는 작품은 약 43%의 비중을 차지한다. 이러한 통계적 현상은 이 형식을 선호하는 시인의 확고한 신념이 형태적으로 표현된 것임을 실증하는 것이다. 이 밖에 각운(후술 참조)이 드러나는 작품도 많은데, 이 결과는 진정한 시는 곧 노래라는 시인의 관점을 확인케 한다. 다음 시는 리듬의 한 전형을 보여준다.

울지 마
마리아

너 일곱 번
사랑을 하였어도

---

4) 2행 1연 형식은 가장 멀리는 백제의 <정읍사>, 고려가요 <청산별곡>에서 보인다. 이 노래들에서 2행 다음의 후렴구를 제외하면 의미의 변화가 이루어지는 단위는 2행연의 형태를 지닌다. 민요에서 흔히 보이는 주객 대응의 병렬 형태에도 2행 1연의 구조가 드러난다. 근대에는 20년대 김억·김동환·주요한 등의 시에 일부 드러나고, 30년대 이후에는 정지용의 시를 비롯하여 정지용 추천으로 등단한 청록파의 초기시에서 집중적으로 발견되며 요즘 시에서도 더러 볼 수 있는 형태이다. 따라서 이 구조를 한국 시의 기본구조(전통) 중의 하나로 삼을 만하다.

5) 전체적으로 행수율이 적용되는 작품의 비중은 3행 연과 4행 연의 규칙성을 보이는 것과 약간의 파격을 보이는 것까지 포함하면 50%가 넘는다.

온 몸 온 마음 다한
어여쁜 사랑이었거니

울지 마
마리아

너 일곱 번
잘못을 하였어도

온 몸 온 마음 다한
간절한 속죄가 있었거니.
　　　　　　　－①, <마리아 막달라 1－온 몸 온 마음> 전문

　이 시는 노래의 성격이 잘 드러난다. 운율 요소를 구체적으로 분석하면 이렇다. 전체적으로 2행 1연의 행수율을 지닌 6연의 시이지만 의미 구조상으로는 전후 3연이 대응 짝을 이루어 동일 구문이 반복되는 형태이다. 즉 1연과 4연은 같고, 2연과 5연에서는 '사랑'/'잘못'이, 3연과 6연에서는 '어여쁜 사랑'/'간절한 속죄'가 대응된다. 이렇게 전후 3연이 구문적인 대응 구조를 지녀 노래의 1절과 2절 같은 의미를 띤다. 서로 대응하는 1~3연과 4~6연은 음위율 측면에서 두운·요운·각운이 완전히 일치된다. 음보율 측면에서 보면 전·후반의 각 연(1~3=4~6)이 1음보에서 시작하여 점차 한 음보씩 증가하다가 3음보로 끝나는 점층법으로 이루어져 '마리아'가 울지 않아야 할 까닭이 서서히 밝혀지도록 하는 긴장감을 부여한다. 이렇듯 노래를 지향하는 복합적이고 섬세한 운율 체계는, 사랑은 죄를 짓는 일이라는 역설과 더불어 사랑하든 죄를 짓든 '온 몸 온 마음'을 다하면, 성실하게 최선을 다했다면 슬퍼할 일이 아니라는 사랑의 진정성을 형식화하고 강조하는 속뜻을 거느린다.

한편, 음위율의 경우에는 같거나 유사한 음운·구문·구조·의미 등이 병렬된 각운 형태가 매우 다양하게 배치되어 있다. 가령, <마리아 막달라 27-가만한 시간>(①)과 <투명에 대하여 4-환하다>(②)에서처럼 모든 연의 끝이 동일 형태로 종결되어 완전한 규칙성과 반복을 보이는, 이른바 aaaa형6)을 비롯해 이의 변주 형태인 aaab(①-28, ②-24), abbb (②-21), aaba(①-12)·aaba'(①-29)·aaa'ba(②-2), abab(②-20) 형태 등 다양하게 드러난다. 이 밖에도 많은 작품에서 경중은 달라도 리듬을 세심하게 의식하고 배려한 흔적들이 드러난다.

온 몸을 던져
삽니다

온 마음을 던져
삽니다

오체투지는
온 몸 온 마음의 **삶**

꿈틀꿈틀
지렁이처럼 **삽니다**.

　　　　　　　-①, <마리아 막달라 12-오체투지> 전문

　　　　　　　　　　(밑줄 강조: 인용자. 이하 같음)

바람이
시드는 꽃에게 **속삭였다**

---

6) 앞 시에는 '시간입니다'가, 뒤의 시에는 '환하다'가 각 연의 끝마다 반복 배치되었다.

─곱게 늙기도 **쉽지 않지?**

바람이
떨어지는 꽃에게 **속삭였다**

　─곱게 죽기도 **쉽지 않지?**
　　　　　　　　─②, <투명에 대하여 20─바람이> 전문

　위에서 ①의 경우는 동사 '삽니다'가 기본 운인데 3연에서는 그 명사
형인 '삶'으로 파격이 되었다가 4연에서 다시 복귀하는 변화를 주어 단
순히 기계적으로 반복하는 단조로움을 피하고 기대와 배반이라는 살아
있는 리듬을 형성하여 긴장감을 자극한다. 이것은 민요 가락의 "노세 노
세 젊어 노세", "형님 형님 사촌 형님" 등의 구조와 유사한 것으로, 시행
에서 가로로 실현되는 것을 세로로 연에 적용한 경우이다. ②의 경우에
는 '속삭였다'와 '쉽지 않지?'가 교차하는 현상을 보인다. 그리하여 1·3
연과 2·4연은 구문상 같은 형태가 병렬 반복되는 동시에 의미상으로는
늙음에서 죽음으로 변화되도록 하였다. 이를 통해 시인은 존재와 삶에
편재하는 시련과 고통을 강조한다.
　이상과 같이 두 시집에는 시인이 섬세한 운율 감각으로 조직한 다채
로운 형태들이 눈길을 끈다. 전체적으로 볼 때 시행이 짧고 행수도 많지
않아 간결하고 담백함에도 다양한 리듬들이 배치되어 빠른 호흡에 변화
를 주고 읊는 맛과 울림을 자아내어 감상자의 마음에 시적 감흥이 머무
는 시간을 늘려준다. 대체로 간결하고 담백할수록 노래에 가까워지고,
노래의 성향이 높아질수록 서정시의 묘미가 깊어지며 독자에게도 정서
적으로 잘 스며들게 하는 것을 상기하면 허영자 시는 노래를 지향하는
대표적인 유형이라 할 만하다. 그만큼 시다운 시를 빚어내려는 시인의

집념과 예술적 고집이 있었기에 형식적 완결성과 음악적인 절제의 미감이 충만한, 진정한 시에 도달하였을 것이다.

3. 역설적이고 아이러니한 존재와 삶

허영자 시의 세계를 "사랑과 모순"[7]이라고 집약한 김재홍의 말처럼 ≪마리아 막달라≫ 역시 사랑에 관한 인식이 중심을 이룬다. 물론 그 사랑은 주로 긍정적인 의미를 거느리는 일상적인 개념과는 달리 고통과 책임이 따르는 것으로서 허영자식으로 풀어낸 것이다. 이 점에 비추어 보면 시인이 굳이 '마리아 막달라'라는 성경 속 여인을 시의 모티프로 이끌어온 까닭을 헤아릴 수 있다. '그녀'는 여성적 삶의 고난과 슬픔을 보여주면서도 초월 의지를 통해 죄와 속죄의 길을 넘어 성녀로 거듭나는[8], 이른바 시련-극복-재생이라는 '고진감래'형 영웅적 서사의 표본이라 할 수 있기 때문이다. 시인은 그녀의 기적 같은 삶을 모티프로 끌어와서 시적으로 형상화하여 현재화하고 여성적 존재의 위대함을 보여주려고 했다. 그리고 그 효과와 의미를 극대화하기 위해 사랑하는 것은 죄를 짓는 일이며 지은 죄는 마땅히 풀어야 한다는 역설과 아이러니를 작시의 기본원리로 삼았다.

그런데 이 시집에서 먼저 주목되는 것은 일반적으로 통용되는 '막달라 마리아'를 허영자 시인이 '마리아 막달라'로 뒤집어 호칭한 점이다. 이것은 어떤 의미를 지닐까? 이 의문은 "<마리아 막달라>는 성경 속

---

7) 허영자 시선 ≪말의 향기≫, 1988, 151쪽.
8) '마리아 막달라'는 성경에 나오는 '막달라 마리아'를 지칭하는 것인데, 그녀에 대한 사전적 설명은 다음과 같다. "막달라 마리아: 그리스도의 여 제자, 성녀. 일곱 악령에 시달리다가 예수에 의해 고침을 받고 열렬한 추종자가 되었다. 세 번이나 그리스도의 발에 향유를 바르고 죄를 회개한 여자와 동일시된다."

한 여인의 상징적 이름을 빌려 여러 여성과 그들의 삶의 모습을 담아보고자 한 것입니다. 그러므로 이 글들은 종교시는 아닙니다."라고 피력한 '시인의 말'을 통해 풀어 볼 수 있다. 즉 시인은 '성경 속의 한 여인의 상징적 이름을 빌려'오기는 했지만, 궁극적인 표현 의도와 목표는 '여러 여성과 그들의 삶의 모습을 담아보고자' 한 것이므로 종교시로 오해하지 말라는 것이다. 그러니까 성명을 뒤집어 부른 만큼 성경 속의 여인과 시집 속의 여인은 일정한 거리가 있다. 즉 종교적인 상징성과 현실적 여인상으로 구별된다.

그러나 그렇더라도 '막달라 마리아'의 삶에 드리워진 상징성을 모티프로 끌어온 만큼 완전한 분리와 구별은 어렵다. 특히 시집 첫머리를 장식한 작품에서 그녀는 '일곱 번 사랑'을 하고 '일곱 번 속죄'를 하였으며(①-1), '성이 다른 일곱 아이'를 낳았다(②-2)고 표현한 대목은 '마리아가 일곱 악령에 시달리다가 예수의 고침을 받고 죄를 회개한 여자'라는 성경 속 내용을 연상케 하고, 부분적으로 이 시집이 성경의 '막달라 마리아'에 관한 내용을 시적으로 재현한 것처럼 보이게 한다. 그래서 시인이 서문에서 굳이 밝혀 자칫 종교시로 오해할지도 모를 독자를 경계한 것은 아마도 '막달라 마리아'와 '마리아 막달라'가 서로 넘나드는 것에 대하여 과거(종교적 의미)보다는 현재와 미래(일상적, 지향적)에 초점을 맞추기를 바라는 뜻이 아닐까 짐작된다. 하지만 시인의 우려와는 상관없이 이 작품들이 종교시가 아니라는 사실만은 분명하다. 비록 궁극적으로는 시인 자신이든 독자든 종교 이념처럼 시를 통해 자기성찰의 과정을 겪고 각성이나 정화의 경지에 이르기를 바랄지언정 시인이 그 이념을 직설적으로 서술하지 않고 최대한 시적인 옷을 입혀 표현하고 서정적으로 형상화해냈기 때문이다.

전제가 좀 길어지기는 했지만, 어떻든 50편의 <마리아 막달라> 연작시는 한마디로 여성적 삶의 슬픔과 초월에 관한 시인의 인식을 다양하게 풀어낸 것인데, 이는 우선 마리아에게 고통과 슬픔의 굴레를 씌운 장본인인 남자(성경적으로는 '악령')와 그에 대비되는 여자에 대한 표현을 통해 선명하게 드러난다. 이를테면

> 분칠한 여자의 얼굴 위로
> 눈물이 흐르고 있었다
>
> …(중략)…
>
> 여자 뒤에
> 그림자처럼 섰던 남자가
> 그림자처럼 사라졌다
>
> 이제 저 지전을
> 늙은 에미와 어린 자식을 위한
> 밥과 바꾸리라
> — ①, <마리아 막달라 3 ─ 눈감고 뛰어든> 부분

라고 표현한 대목에 그 점이 구체적으로 드러난다. 여자는 생계를 책임지기 위해 정체성('분칠한 얼굴')마저 상실한 채 울고 있으나 남자는 다만 '그림자처럼' '여자 뒤'에 서 있다가 사라질 뿐이다. 여기서 '그림자'란 '악령' 같은 존재 아닌 존재로 사랑이라는 이름으로 여자를 능욕하고 착취하는 타자이다. 이는 "그들이/노리고 범한 건/오직/그녀의 살이었을 뿐입니다"(①─4)라는 표현으로 이어지듯이 여자에게 남자는 오직 육체적 욕망에만 사로잡힌 짐승에 지나지 않는다. 이렇듯 여자의 고통과 슬픔은 바로 남자의 잘못된 여성관에서 비롯된다.

그러나 여자는 남자를 낮하거나 서버리시 않고 오히러 '온 몸 온 마음

을 다한' 사랑을 실천하려고 하며, 설령 그것이 잘못되더라도 '간절한 속죄'를 통해 원점으로 회귀하려는 노력을 기울인다. 그리하여 여자는 "사랑은 아직/끝나지 않았다//가슴에 쌓여 있는 잿더미를/다 쓸어내기 전에는"(①-5)이라고 다짐하며 "길 없는 길, 죄 없는 죄의 길을/걸어"(①-6)가면서도 "죄 있으면/용서하지 마시고/아프게 아프게/돌팔매질 하소서//부디/벌을 주소서"(①-8)라고 간절하게 자청하면서 어떻게든 "처음 태어난 아기처럼"(①-7) 순수한 존재로 거듭나기 위한 정화과정을 겪으려 한다. 이를 통해 여자는 남자와는 전혀 다른 존재임을 스스로 증명한다.

그렇다면 여자는 왜 그토록 고통스러운 사랑을 거부하거나 단절하지 않는 것일까? 이 궁금증은 "용서할 사람/혹은 용서 못할 사람/한 사람도 없다는 것은/사랑한 사람/한 사람도 없었다는 뜻 아닐까"(①-9)라고 표현한 대목을 통해 어느 정도 풀릴 수 있다. 용서할 사람을 만드는 일이 사랑이라면 사랑은 잘못(죄지음)을 통해 이루어진다는 것이며, 또 그 잘못까지도 다 용서할 수 있어야 진정한 사랑이라고 하였으니, 사랑과 고통은 운명적으로 연결되어 있다는 것이다. 말하자면 그것은 피하거나 거부할 수 없는 본질이므로 어쩔 수 없이 받아들여야 한다. 이런 사랑의 진의를 이해하지 못할 때 이 시에 드러나는 시인의 사랑관은 일상적 차원에서는 이해하기 어려운 역설이자 아이러니가 된다. 그리하여 이 구조는 사랑의 속내를 깊이 알기 어려운9), 특히 달콤한 맛만 기대하는 일상인의 단순한 인식을 깨뜨리기 위한 시적 장치라고 할 수 있다.

이러한 사랑에 대한 역설과 아이러니한 인식을 존재와 삶으로 확대하면, "온 몸 온 마음의 삶"을 "지렁이처럼 삽니다"(①-12), '버림을 받았기에' '제 모습'을 보고 '부끄러움이 어떤 것인지' 알며 '눈물 없는 울음의

---

9) 사랑과 미움은 동전의 양면처럼 붙어 있다는 말, 또는 '회자정리'처럼 만남(사랑)에는 이별이 전제되어 있다는 말도 있지만, 그 깊은 뜻을 늘 염두에 두고 경계하며 살기 어려운 것이 평범한 사람들의 한계이다.

깊이'를 알고, '제 영혼은 조금 키가 자랐'음을 확인하게 된다는 것(①-14), "지조 높은 지사가/변절하는 것을 보았습니다"(①-18), "몸은 검은 수렁에 빠졌어도/마음은 언제나 빛나는 별빛"(①-20), "참으로 참으로/외로운 날에는/돌은 스스로 제 몸에/아픈 금을 긋습니다"(①-22) 등등 일일이 다 거론할 수 없이 많다. 말하자면 세상살이(특히 여성적 존재의 삶)에는 평범한 인간의 능력으로는 이해할 수 없는 일들이 부지기수라는 것이다. 그래서 애초에 다 거론할 수 없는 것을 말하려 하는 웅변은 무의미하므로 차라리 침묵하는 것이 더 나을지도 모른다. 시인이 이 시집을 '침묵'으로 마무리한 까닭은 바로 그 때문이리라.

> 그녀의 삶은
> 한 권의 소설
>
> 한 권의 소설은
> 한 편의 시가 되고
>
> 한 편의 시는
> 깊은 늪 속
> 무거운 침묵으로 가라앉고
>
> 마침내
> 말없는 말이
> 그녀의 유언이 되었다.
>
> ─①, <마리아 막달라 50-침묵> 전문

이 시에서 '그녀의 삶'에 대한 표현을 확장 지향적인 '소설'에서 함축 지향적인 '시'로, 다시 시에서 '침묵'으로 겹쳐 축소해가는 것은 '깊은 늪'

과 같은 세상에 빠진 그녀의 삶을 온전히 표현할 길이 없다는 한계를 나타내는 것이다. 물론 말로 표현하지 않는다고 그녀의 모든 것이 무의미하거나 사라지는 것은 아니며, 그녀의 고통과 슬픔을 잊을 수 있는 것은 더욱 아니다. '말없는 말이 그녀의 유언이 되었다'고 하듯이 '침묵'은 오히려 언어와 표현의 한계로 인해 왜곡되거나 사라지는 것을 막고 진실을 온전히 보존하는 수단이 될 수 있다. 따라서 이 '침묵'은 여성적 존재와 삶이 너무나 슬퍼서 할 말이 끝없음을 암시하는 역설과 아이러니로 이루어져 있다.

4. 역설과 아이러니의 시학

≪투명에 대하여≫는 삶의 궁극적 경지에 이르는 길을 투명한 것과 투명하지 않은 것의 대비를 통해 보여주는 시들이 중심을 이룬다. 특히 이 시집은 앞 시집에서 3자인 '마리아 막달라'(또는 '그녀')와 같은 존재를 시의 표현 대상으로 바라본 것과는 달리 주로 '나'라는 서정적 자아를 주체로 내세워 자기성찰과 반성을 통해 불투명한(어두운) 세상과 존재에서 '투명'으로 가는 길을 탐색하고 지향한다. 다시 말하면 이 시집에서 시인은 자신이 가장 잘 아는 자신의 일상적 자아를 비판적 자아(또는 사회적 자아)의 시각으로 바라보면서 세상과 자아의 허위를 씻어내고 투명한 경지에 들기를 염원하는 것을 적나라하게 보여준다. 이것은 언제나 인간들이 간절히 열망하는 궁극의 길이고 꿈이지만, 또 언제나 온전히 실현될 수 없는 이상일 뿐이다. 그래서 더욱 어두운 세계와 자아에 대한 성찰과 반성이 절실해진다. 시인의 절실함은 이 시집의 첫머리를 장식한 다음 작품에서 그 요체가 드러난다.

히말라야 상상봉의
만년설에 숨어있는 메아리

검은색이 결단코
물들이지 못하는 순수

비손이라는 마음의
간절하고 정직한 슬픔
　　　　　－②, <투명에 대하여 1－숨어있는 투명> 부분

　여기서 보면 시인이 간절히 바라는 투명한 세상은 현실적으로 실현될
수 없다. 그것은 '히말라야 상상봉의 만년설에 숨어 있는 메아리' 같은 것
이기 때문이다. 즉 그곳은 사람이 존재할 수 없을 뿐만 아니라 설령 머물
수 있다고 해도 메아리처럼 곧 사라질 수밖에 없다. 이 관념을 역으로 접
근하면 사람이 사는 현실사회는 '검은색'으로 물들어 '순수'할 수 없음을
증명하는 시적 논리가 도출된다. 그러니까 '비손이하는 마음'은 더욱 간
절해지고, 또 간절함이 클수록 실현 가능성은 적어진다는 아이러니 국면
이 된다. 여기서 '정직한 슬픔'이라는 역설이 나온다. 말하자면 모든 것이
투명해지기를 비는 마음이 당위적이어서 '간절하고 정직'하기는 하지만
그 실현은 기대할 수 없어 '슬픔'으로 돌아올 수밖에 없다. 이렇듯 세상은
우리의 상식으로는 다 이해할 수 없는 역설과 아이러니로 점철되어 있는
데, 그러기에 또한 그 비밀을 알기 위한 노력은 더욱 절실해진다.
　이 시는 현실과 이상의 괴리에 대한 시인의 인식을 하나의 모형처럼
보여준다. 이 시에 표현된 '검은색'＝현실, '순수'＝이상에 관한 관념과
상상력은 연작을 통해 다양하게 변주되어 드러난다. 여기서 그것들을
일일이 다 살피기는 어려워 편의상 두 사안에 해당하는 핵심만 '현실↩

이상' 형태로 대비하여 적시하면 다음과 같다.[10] ㉠일상적·보편적 가치 인식에 유합되는 것들: 검은색↔옥색·하양·블루·푸른 비췻빛, 욕망↔허심, 어두움↔밝음, 속박↔자유, 동물성↔식물성, 딱딱함↔부드러움, 타락↔순결, 비겁↔정직, 미움↔사랑, 가면(거짓)↔실제(참), 허명↔실속, 자만↔겸손, 인색↔후덕, 불↔물, 추함↔고움 ……. ㉡일상적·보편적 가치 인식에 반하는 것들: 웅변↔침묵, 봄·여름↔가을·겨울, 청결함↔누추함, 유명↔무명, 똑똑이↔바보 ……. ㉠은 보편적인 지향 가치를 지닌 것으로 주로 욕망에 결부되어 있다. 그 반면에 ㉡은 대체로 반문명적이고 일반인들이 싫어하는 것들이다. 그러함에도 성격이 다른 두 가지 유형이 투명을 추구하는 관점에서 같은 목적을 수행할 수 있는 것은 그것들이 지나친 욕망의 반대편에 있기 때문일 것이다. 즉 시인은 어떻게든 '순수=투명'의 경지에 드는 것을 최상의 목적으로 삼고 지향한다.

이렇듯 혐오의 대상인 '검은색'과 지향 대상인 '투명'한 유형들을 대비하면 시인이, 우리가 지향하는 궁극의 세계는 미래가 아닌 과거에 있다. 아니 더 극단적으로 인간 역사가 시작되기 이전의 시간에 존재한다. 즉 코스모스가 아니라 카오스의 세계에 그 답이 있다는 것이니, 시인의 세계인식 속에는 근본적으로 비극적인 인간관과 비관적인 미래관이 들어 있다.

꽃처럼 뜨겁던 욕망!

그 불꽃이 가신
그대의 시선

---

10) 작품에서는 온전히 대비되지 않은 경우가 있어서 일부는 그 짝이 되는 개념을 유추하여 명시한 것이다.

가을 물처럼
깨끗하다

참
맑다.

—②, <투명에 대하여 8—視線> 전문

카오스의 세계는 위의 시와 같이 불꽃처럼 뜨겁던 욕망이 사라지고 강물처럼 깨끗하고 참 맑은 상태이거나,[11] "투명하여라/자유로운 그 영혼/처음으로 돌아가는/맨 나중의 이름//무명! 용사의 무명"(②, 12)으로 표현한 시에 드러나는 것처럼 처음으로 돌아가 무명이 된 상태와 같은 것이다.

이러한 경지는 살아 있는 한 욕망을 완전히 버릴 수 없는 인간이라는 존재론적 한계와 더불어 시·공간적으로도 태초 이전과 같은 카오스의 국면으로 되돌아갈 수 없는 물리적 한계로 인해 실현 불가능한 꿈의 세계이다. 그래도 시인이, 우리가 관념 속에라도 그 순간으로 회귀하려는 간절한 꿈을 꾸는 것은 거기서 '자유로운 그 영혼'을 누릴 수 있을 뿐만 아니라 "눈물이 섞여서/서로 껴안는/하나가 되는 투명"(②, 23) 상태에 들 수 있기 때문이다. 누구나 느끼듯이 현대사회는 피도 눈물도 없는 비정한 인간들이 서로 대립하고 갈등하며 어둠으로 치닫기에 인간들이 하나 되는 투명한 경지에 이르기 위해서는 어쩔 수 없이 원점으로 되돌아가는 꿈을 저버릴 수 없다. 허 시인이 전통적인 서정시를 고수하고 고집스럽게 진정한 노래의 경지에 이르는 시의 상태를 지향하는 것은 바로 그러한 꿈이 작용하고 있기 때문이다.

---

11) 이 시의 역삼각형 구조에는 말을 줄이고 줄여야 맑음(투명)에 이른다는 시인의 인식을 형태적으로 표현한 의미가 들어있다.

그러나 그 꿈은 불가역적인 시간의 속성이나 끝없이 앞으로 내닫고 위로만 치닫기 일쑤인 인간의 욕망을 고려하면 한없이 '간절하고 정직한 슬픔'에 지나지 않는다. 시인이 그토록 다양하게 자아를 성찰하고 투명의 경지에 드는 길을 간절하게 탐색하고도 결국엔 이 연작을

> 풍선 너는
> 투명한 공기로 채워져
> 하늘로 오르지만
>
> 누우른
> 욕심으로 채워진 나는
> 땅만 보고 산다.
>
> —②, <투명에 대하여 31 – 풍선> 전문

라는 형태로 마무리한 것은 여러 가지 의미를 암시한다. 이상과 현실의 괴리를 재확인하고 자신의 한계를 스스로 인정하며 솔직하게 드러내는 것이자, 인간의 욕망이 얼마나 떨쳐 버리기 어려운 것인가를 강조하는가 하면, '하늘'로 오르는 것은 인간의 영원한 꿈이지만 그것은 살아 있는 한 도저히 실현될 수 없는 한낱 꿈일 뿐이고, 결국엔 현실('땅')에 얽매여 살 수밖에 없다는 의미도 있다. 이렇게 비극적인 인식으로 마무리가 되었지만, 시인이 무려 31편에 걸쳐 투명을 갈망하고 그 경지에 드는 길을 탐색하는 것은 그런 꿈이라도 꾸지 않으면 우리는 더 깊은 어둠 속으로 추락할 수밖에 없다는 절박함 때문일 것이다.

이상에서 보면, 허영자 시인이 집요하고도 일관되게 추구하는 서정시 유형과 그에 걸맞은 스타일은 일그러진 현대인의 초상을 절실하게 그려 낸 값진 결실이라 하지 않을 수 없다. 이런 점에서 허영자 시는 가장 전

통적이면서 또 가장 현대적이라는 역설적이고 아이러니한 성격을 지닌
다. 그런 만큼 그의 시는 시적이든 사회적이든 현대라는 질곡을 뼈저리
게 성찰하고 비판하는 토대 위에 지어져 그 안에 드는 이들에게도 성찰
과 정화의 계기를 마련해준다. 그러니 어찌 그 집을 사랑하지 않을 수 있
겠는가.

즐거움과 어루만짐

—김여정 시의 길과 빛

1. 시에 빠진 까닭

김여정 시인은 1968년 『현대문학』에 <和音> · <편지> · <南海島> 등이 추천 완료되어 시단에 올랐으니 거의 반백 년에 가까운 기나긴 시적 여정을 걸어오고 있다. 이 과정에서 지금까지 모두 14권의 시집(2012, 고요아침 간행, ≪김여정시전집≫에 수록된 미발간 작품집 포함)을 비롯하여 3권의 시선집과 2권의 시전집 및 번역시집(1) · 시 해설집(2) · 수필집(4) 등을 펴냈다. 그리고 이러한 시적 성취를 인정받아 그동안 월탄문학상 · 한국시인협회상 · 동포문학상 · 대한민국문학상 · 성균문학상 · 남명문학상 · 공초문학상 · 시인들이 뽑은 시인상 등을 수상하였다. 이처럼 김여정 시인은 무척 부지런하고 치열하게 시적 삶을 영위해왔으며, 시단에서도 매우 높은 평가를 받아왔다. 2012년에는 팔순 기념으로 그간의 작품들을 정리한 ≪김여정시전집≫(1968~2012)을 다시 간행했지만, 시단 활동이나 작품 창작과 발표 등으로 보면 여전히 노익장을 과시하고 있다.

이렇듯 장구한 세월 동안 늘 성실하게 시에 몰입하는 까닭에 대해 김여정 시인은 일찍이 "시란 도대체 나에게 있어 무엇인가? 내가 시라고 써오고 있었던 것들이 나와 나 아닌 다른 사람들을 얼마나 즐겁게 하고 또 아픔을 어루만져 주었는가? 그도 아니라면 얼마나 절망에 빠뜨렸는가? 그 어느 물음도 나에게 해답을 주지 않았다. 하여 나는 더욱 시에 침몰할 수밖에 없었다."[1]라고 自省의 소회를 피력한 바 있다. 거의 3년마다 한 권꼴로 시집을 펴낼 만큼 열정적으로 시업에 임하면서도 시인은 도대체 시가 독자나 자신에게 어떤 의미와 가치를 갖는지 분명하게 가늠할 수 없어서 '더욱 시에 침몰할 수밖에 없었다.'라고 한다. 시를 쓰는 일을 '침몰'로 표현할 정도라면 김여정 시인에게 시는 그야말로 생애 그 자체라는 의미를 띤다고 할 수 있다.

물론 시인이 자신의 시가 나와 남에게 어떤 가치를 지니는지 잘 모르겠노라고 반문하는 말에는 겸손이 내포되었다. 스스로 시의 기능을 '즐거움'[快感]과 '어루만짐'[慰撫](또는 정화)으로 규정한 측면에서 본다면 김여정 시는 시인 자신은 물론이거니와 독자에게도 읽는 즐거움과 아픔을 어루만져 주는 감화 요소가 다분한 것으로 평가할 수 있기 때문이다. 다시 말하면 김여정 시를 개괄하면 읊는 재미(즐거움)에 관련된 시적 미학에 대해 고민한 흔적이 역력하며, 또한 참살이에 대해 고뇌하는 이들에게 존재론적 자유를 찾아가는 통로를 마련해주려는 시정신이 충만하다는 점에서 그런 판단을 내릴 수 있다.

2. 즐거움과 어루만짐

전통적인 관점에서 보면 예술로서의 시의 효용성은 쾌락성과 교훈성이다. 여기서 쾌락성은 주로 형식성에, 교훈성은 내용에 해당한다. 그리

---

1) 제 5시집 《어린 신에게》(1983) '자서' 중에서.

고 내용을 중시하는 관점으로 보면 형식성은 교훈적 내용의 표면에 설탕을 바른 이른바 糖衣에 비유된다. 즉 몸에 좋은 효과를 내는 약이지만 쓴 탓에 먹기 쉽도록 달콤한 설탕 같은 것(재미, 즐거움 등)을 바른 부차적 요소에 해당한다. 그러니까 사람들이 '몸에 좋은 약은 입에 쓰다'라는 말을 잘 이해하고 약을 잘 먹기만 하면 굳이 겉에 설탕을 바를 필요가 없다는 논리이다. 물론 이러한 내용 우선주의는 예술 유희설에 의해 뒤집히기는 하지만, 어느 시대를 막론하고 예술에서 형식과 내용 문제는 언제나 뜨거운 문제임은 틀림없다.

김여정 시인 역시 앞서 보았듯 시를 짓는 과정에서 이 문제에 대해 깊은 관심을 가져왔다. 특히 자신도 즐겁고 남에게도 즐거움을 줄 수 있는 시에 대한 인식에 철저하였다. 나는 이 점을 김여정 시의 원형질이라 규정한 바 있는데, 이번에 스스로 가려 뽑은 대표 시를 일별해도 그 점이 확연히 드러난다. 그 중에도 유사 구문의 반복을 통해 리듬을 형성하고 의미를 변주하거나 강조하는 경우가 매우 두드러진다. 이 점을 김여정 시의 원형질로 보려는 것은 등단작인 <화음>2)에서부터 즐겨 사용된 형식이기 때문이다. 시인이 즐겨 구사하는 기법은 예컨대 다음 시에 구조화된 형식 같은 것이다.

내가 이집트이니까
내가 나일강이니까 내가 피라미드니까
내가 단연 이집트가 아니니까, 글쎄 아니니까
내가 이집트와 불구대천 사돈의 팔촌도 아니니까

－<이집트> 부분

---

2) <화음>은 14행 14연으로 된 작품인데, '그건 꽃망울 버는 소리'로 시작하여 '그건 삶의 소리, 알찬 삶의 소리'로 마무리된다. 즉 시인은 '그건 ~ 소리'라는 기본 골격 안에 든 내용을 14번 변주하여 유사성과 변화성이 조화를 이루는 '화음'의 의미를 강조하면서 이상적 세계를 추구한다.

대표시 20편 중에 <향일암>·<하늘 위의 악보>·<봄은>·<은행 잎 편지>·<병원 가는 날>·<깊은 우물>·<문은>·<어머니의 물레> 등의 작품에 부분적으로 이 형식이 내포되어 있다.3) 이 가운데도 주로 근작에서 많이 드러난다는 점에 시사점이 많다. 대표시로 내세운 20편 중 절반인 10편이 근작일 정도로 이번에 김여정 시인은 과거보다는 현재에 초점을 맞추고 있는데 이 근작에 초기부터 추구해오던 시적 형식이 고스란히 들어있음은 바로 이것이 김여정 시인이 일관되게 추구하는 원형질임을 단적으로 입증한다.

시에서 리듬만이 형식을 대표하지는 않지만, 전통적으로 리듬과 이미지를 시의 2대 요소로 취급할 만큼 리듬은 매우 중요하게 인식되어왔다. 리듬의 유형에 따라 시의 형식이 결정되는가 하면, 표현과정에서는 규칙성을 통해 독자에게 기대와 안정감을 주면서 강조점을 확인하게도 하고 반대로 파격이라는 변화를 통해 배반과 놀람을 부여하면서 단조로움에서 벗어나게도 한다. 물론 이것은 형식을 위한 형식이 아니라 의미와 유기적인 관계를 맺어 표현 효과를 극대화하는 데 궁극적 의의가 있다. 시인이 시어를 선택하고 조직하는 과정에서 의미와 이미지 및 소리의 청각성[律]과 시각성[韻]을 다각적으로 고려하며 하나하나 디딤돌을 놓듯 시의 행과 연, 또는 전체의 질서를 조율하는 동안 즐거움을 느낀다면, 독자들 역시 그런 시적 질서를 느끼고 받아들이는 과정에서 시인의 수고로움과 즐거움에 상응하는 감동과 즐거움을 누릴 수가 있을 것이다.

이제는 황금빛 옷을 입어도 괜찮다고

---

3) 산문시 <하얀 밤>에는 '하얗게', '하얀'이라는 시어가 반복되어 리듬을 형성하면서 읽는 쾌감을 배가하고, 나아가서 검은 세상이 하얗게 바뀌기를 바라는 시인의 간절한 염원이 함축되어 있다.

이제는 황금빛 옷을 벗어도 좋다고

이제는 노랗게 웃어도 된다고

이제는 바람에 떨어져 내려도 아름답다고

이제는 땅에 깔려 밟혀도 황금기라고

노오란 봉투편지를 보내는 사람

아, 내 그리움이고 먼 이별인 사람

평생 가슴에 묻어 두었던 사랑을 은행잎 편지로

한꺼번에 고백하는 사람

내 속의 적멸보궁인은 가을사람

지금 지상은 그 사람이 남긴 말들로 찬란하다

—<은행잎 편지> 전문

    최근작 중 한 편인 이 시를 통해서 리듬의 형식과 의미(가치)를 여실히 살필 수 있다. 전반부(5행까지)에서는 리듬의 두 가지 특성인 율격(유사 구문의 병치에 따른 반복)과 운['이제는 …… ~ㅏ(다 · 라)고']을 조직하고 나머지 6행에서는 6~7행과 9~10행에서만 각운('사람')을 배치하여 변화를 주었다. 이러한 구조를 통해 시인은 그리운 어떤 '사람'에 대한 다양한 심사를 변주한다. 이를테면 1~2행에서는 '입어도/벗어도'라는 내싱 구문(동사로서 同位語다는 짐에서는 빈복이고 의미큰으로는 대립함)과 4~5행의 아이러니를 통해 정신적 자유 구가를 표현한 뒤, 나머지 시행에서는 '은행잎'을 매개로 하여 이별한 그리운 '사람'으로부터 자아로 귀결되는 변화 과정을 은밀히 드러냄으로써 조락의 계절인 가을을 진정한 자아 찾기로 연결한다. 말하자면 우리가 정말로 그리워해야 하는 진정한 것은 존재의 무한한 자유이며, 그것은 자아의 밖이 아닌 '내 속'에서 찾아야 한다는 것이다. 가을에 지상으로 떨어지는 '은행잎'이 시인에게 버림으로써 궁극적 자유를 얻는 역설적 지혜를 주었기 때문에 그것을 '찬란하다'라고 찬양할 수 있었다. 물론 이러한 표현의 이면에는 버리기보다는 갖는 쪽으로 마음이 쏠림으로써 아픔을 자초하는 일상적 인간의 한계에 대한 성찰이 전제되어 있다. 따라서 스스로 낙하하는 은행잎에 대한 찬양은 참살이의 지혜가 바로 거기 있음을 깨닫고 있다는 것을 암시하며, 그리고 이 과정을 따라온 독자 역시 허욕에 사로잡힌 자신을 되돌아보면서 잠시 마음의 여유를 가질 수도 있다.

요컨대, 이 시의 리듬은 우주의 순환성(자연의 섭리)에 맞물린 시적 자아의 심리적 변화(인간적 도리)를 은밀하게 형식화하는 기능을 한다. 잎이 떨어지는 가을을 순순히 받아들여야 새로운 잎이 돋아나는 희망의 봄을 맞이할 수가 있음을 상기하면 우주의 찬란한 섭리를 찬탄하는 시인의 마음을 이해할 수 있을 것이다. 이처럼 김여정 시의 리듬은 형식과 의미가 유기적으로 조직되어 있는데, 이것은 리듬에 대한 시인의 깊은 관심에서 비롯된 결과라 할 수 있다. 그리고 이에 대한 지속적인 관심은 시와 리듬의 깊은 관계, 특히 시가 즐거운 노래로 되기 위해서는 필수 요소임을 늘 잊지 않고 있음을 방증하는 것이기도 하다.

시인이 즐겁게 읽히는 시를 염두에 두고 있음을 증명하는 것은 리듬만이 아니다. '봄은 봄[見]이다/봄은 꽝꽝 얼어붙은 계곡물 속 돌틈의/이끼를 보아냄이다'(<봄은>)에 드러나는 말놀이[言語遊戲] 형태의 아이러니에서도 엿볼 수 있다. 이른바 동음이의어인 계절의 '봄'[春]과 동작의 '봄'[見]을 등가관계로 놓은 것은 '만물이 생동하는 계절'이라는 봄의 속성을 연상하여 내적 논리를 찾아냈기 때문이다. 다시 말하면 겨우내 정지해 있던 생명체들에게 숨길을 불어넣어 움직이도록 해주는 것이 바로 봄이기에 봄은 우리에게 다시 깨어나는 생명체들을 유심히 바라보게 만드는 신기한 힘을 갖고 있다. 이와 같은 내적 논리에 의해 조직된 봄[春]과 봄[見]이 표면적으로는 언어적 아이러니의 형식을 갖는다면,[4] 다음과 같은 구절들은 존재론적 아이러니 상황이 시의 맛을 한껏 돋운다.

> 속이 비니 비로소 꽃들이 내 속으로 들어오는구나
> 속이 비어 가벼워지니 내 몸도 꽃잎이 되는구나
> ─<병원 가는 날>에서①

> 닫힌 문은 문이 아니다
> 열린 문은 문이 아니다
> 나는 하루에도 수십 번 아니 수도 없이
> 문을 열고 나오고 문을 열고 들어간다
> 문을 들락거리는 것이 내 숨의 들숨 날숨이다
> ─<문은>에서②

> 버린다 버린다 하면서
> 벗어나야지 벗어나야지 하면서

---

4) '환장하게 고운 빛깔로 하늘에 붉은 꽃을 수놓고 있는/한여름날의 베롱나무를 보면/왜 느닷없이 "메롱!" 하고/붉은 혓바닥을 날름 내밀어/하늘 한복판을 핥고 싶어질까/그 매끈한 갈색 몸피가/내 몸속 피를 몽땅 혓바닥으로 밀어 올려서일까/왜 "배롱!"이 아닌 엉뚱한 "메롱!"일까'라고 시작하는 <왜 "메롱!" 하고 싶어질까>라는 작품에서도 '배롱'과 '메롱'이라는 유사 발음에 의한 언어유희가 기초가 되고 있으며, 시에서 전달 의미뿐만 아니라 형식적 즐거움도 중요하다는 시인의 인식을 보여준다.

다짐하면 할수록 더욱 발목 잡히는
미련함이며 어리석음이
나를 참 많이도 부끄럽게 했다.

－<눈꽃 속 적멸보궁>에서③(밑줄: 인용자)

위 구절들에서 구조상 유사 구문의 반복과 변화 및 삶에 대한 반어적
(또는 역설적) 인식을 공통점으로 꼽는다면, 이를 통해 시인이 궁극적으
로 의도하는 것은 삶의 진실이란 일상적 세계를 초월한 지점에 놓여있
음을 인식하려는 것이다. 시인이 다양한 탐색을 통해 끊임없이 자아(①,
③)와 세계(②)를 성찰하는 것도 삶의 진실에 이르기 위한 꿈의 현실화
의지로서 결국엔 참살이의 경지에 이르기 위한 시인으로서의 성실을 보
여주는 것이다. 이 같은 시정신이 시적으로 표면화된 것 중에 대표적인
것이 바로 리듬과 아이러니 기법이다. 그리하여 형식과 의미가 유기적
으로 섬세하게 조직되어 시적 의미를 한층 강화한다.

시적 의미란 물론 예술적 즐거움과 전달 의미가 잘 융합된 상태를 뜻
한다. 예술로서의 시는 모름지기 영양소만 추출하여 정제한 알약이기보
다는 맛있는 음식 같은 것이어야 한다는 점을 부정할 수는 없을 것이다.
예컨대, 맛있게 사과를 먹었는데 그 속에 몸에 좋은 비타민이라는 영양
소가 들어있어 몸도 건강해지는 것처럼 시도 그래야 예술로서의 참된
자질을 갖추었다고 할 수 있다. 이런 관점으로 앞서 살핀 김여정 시에 표
현된 형식성과 상상력이 지향하는 심층 의미를 집약하면, 독자들이 감상
의 즐거움을 누리면서 허욕을 떨쳐 버리지 못하는 인간적 한계를 은연중
에 성찰하고 깨닫게 하는 것이다. 그러니까 시인이 꿈꾸는 作詩의 보람
은 독자에게 시적 감수성을 자극함으로써 읊는 즐거움과 정신적 영양소
를 함께 공급하여 따뜻한 감화력을 드높이는 과정에서 얻을 수 있다.

3. 멈출 수 없는 시 쓰기

김여정 시인은 거의 반백 년의 시적 생애를 숨 가쁘게 달려왔다. 시인은 초기의 '피와 뼈'에 대한 이미지에서부터 중기의 '새'를 통한 비상 이미지와 '자연' 이미지, 그리고 후기의 원초적 모성 이미지를 거쳐 최근의 6·25동란 때 겪은 어린 시절의 고통스러운 추억에 대한 회상과 '비움을 통한 충만'(전집에 수록된 14시집)이라는 역설적 삶의 인식에 이르기까지 세계와 자아의 궁극적 경지에 이르기 위한 시적 탐색을 잠시도 게을리하지 않았다. '깊고 깊은 속을 보는 일은 늘 이렇게 불안을 앞세운다'라고 하면서도 자아와 세계의 깊은 곳을 들여다보는 시적 탐구를 멈추지 않는 것은 일차적으로 멈추어 변화하지 않으면 예술이 아니라는 명제 때문이기도 하지만 무엇보다도 거기에 '영롱한 영혼의 별밭'(<고향 집 우물>)이 있다는 믿음에 따른 것이라 할 수 있다.

물론 시인이 추구하는 궁극의 세계인 '영롱한 영혼의 별밭'으로 '비상'하는 길은 여전히 요원할지 모른다. 왜냐하면 '속이 비어 가벼워지니 내 몸도 꽃잎이 되는'(<병원 가는 날>) 줄을 잘 알기 때문에 속을 비우기 위해 버리거나 벗어나야 한다고 무한히 다짐하지만, '다짐하면 할수록 더욱 발목 잡히는/미련함이며 어리석음'을 떨쳐 버리기 어려운 것이 인간인 까닭에 그렇다. 그 점이 '나를 참 많이도 부끄럽게 했다.'(<눈꽃 속 적멸보궁>)라고 표현하듯 누구나 욕망 덩이인 인간의 한계를 쉽게 벗어나기는 어려운 것이 현실이다. 헛된 욕망으로 가득한 무거운 현존이 궁극적 지향 세계로 '비상'하기 위해서는 헛된 것들에서 벗어나야 하지만, 그것이 말처럼 결코 쉬운 일이 아닌 까닭에 결국 시인의 시 짓기는 영원히 지속해야 한다.

앞서 잠시 언급했듯 이번 특집을 위한 대표 시 20편을 뽑는 과정에서 시인이 남달리 신작으로 절반을 채운 것도 아마 시 쓰기를 멈출 수 없는 시인으로서의 당위적 의미를 강조하기 위한 것으로 보인다. 다시 말하면 과거보다는 현재, 현재보다는 미래에 대한 꿈을 꾸는 예술가의 숙명을 깊이 생각한 결과로 짐작된다. 작품에 치열한 인식을 가진 예술가일수록 대표작은 과거보다는 미래에 있다고 생각하기 마련이니까. 말하자면 항상 더 나은 작품에 대한 집념을 떨쳐 버리지 못하기 때문이다. 어느덧 팔순을 넘긴 김여정 시인이 여전히 시적 긴장을 늦추지 않고 작품을 쏟아내는 것은 바로 시인임을 증명하기 위한 궁극의 노력일 것이다. 최근에 새 시전집을 출간하여 이전에 펴냈던 전집을 보완했듯이 아마도 김여정 시인은 다시 새로운 전집을 간행할 날을 고대하면서 또 다른 시의 세계를 지향하며 치열하게 노력할 것이다. 그 길에 분명 시의 여신이 동행할 것이라 믿는다.

생사를 넘나드는 애끓는 사랑 변주곡

─강우식, ≪바이칼≫

1. 사별의 충격과 시인됨의 숙명성 자각

강우식 시인은 최근작 시집 ≪바이칼≫의 남다른 의미를 후기에 밝혀 놓았다. 그 요점을 간추리면 이렇다. "연가곡 시집 ≪바이칼≫은 아내를 저세상으로 보낸 진혼의 읊조림"으로 "아내가 명을 달리했기에 이뤄진 참으로 어쩔 수 없는 아픔을 동반한 작품"이다. 창작과정에서 시인이라는 '숙명성'을 뼈저리게 자각하고 "쓸 수밖에 없는 필연"성을 느꼈으며, "아내의 죽음을 애도하는 조시로는 세계에서 가장 큰 스케일로 구성"하였다. 통한을 못 이겨 "작품을 이루는 동안 나는 솔직히 아내가 죽지 않았으면, 시인이 아니었으면 하는 숙명성에 끝없이 시달리고 아파"하다가 "어떤 때는 이 작품을 남기라고 아내는 명을 달리했다는 착각에 사로잡히게도" 되었다는 것이다. 이렇듯 아내와의 사별이 제재인 이번 시집은, 견디기 힘든 고통을 뒤집어 아이러니로 인식하고 표현하려 함으로써 시인에게는 일말의 위안으로 작용하기도 하는데, 그래서 더욱 절절한 아픔과 슬픔과 인내심으로 범벅이 되어 있다.

시인은 이 시집이 '連歌曲' 형식을 취한 점에 대해서도 남다른 의미를 부여했다. 연가곡이란 특정 주제를 연작 형태로 다양하게 변주하면서 가곡 형식으로 지은 것을 뜻하므로, 이 시편들은 작곡이 이루어지기 전의 가사라는 의미를 지닌다. 그래서 이 시집은 종국에는 시와 음악을 융합한 '복합예술'을 지향한다. 이 점에서 시인은 또 하나의 도전과 실험을 감행한 의미가 있다고 자부했다. 그는 지금까지 4행시 · 3행시 · 2행시 · 1~10행 시 등의 짧은 형식을 비롯하여 연작 장시 · 시극 · 음식 시집 등 다양한 형식을 추구했는데, 이 시집은 그 연장선에서 '멀티 포임'이나 '문화콘텐트' 같은 현대적 의미의 대중적 확장을 꾀한 결실이다. 요컨대, ≪바이칼≫은 사별한 아내에 대한 남편의 '丹心'을 연가곡 형식으로 형상화하여 시인의 치열한 예술혼이 스며든 결정체라 할 수 있다.

이별의 한을 노래한 작품이라면 우리는 역사적으로 고려가요 <가시리>를 대표적으로 떠올 수 있다. 강우식 시인도 그 한 대목을 "가시리 있고 가시리 있고/날더러 어이 살라 하고 가시리 있고"(<이제 나는 모든 것을 다 놓아버렸다>)라고 살짝 변주하여 그 이별가를 부른 시인의 심정과 겹쳐짐을 표현하였다. 그리하여 두 시인 사이의 시간적 거리인 천 년이 넘는 세월이 순식간에 사라져 버린다. 그리고 현대로 오면 ≪바이칼≫은 만해 시 <님의 침묵>의 결구 "아아, 님은 갔지마는 나는 님을 보내지 아니하였습니다."/제 곡조를 못 이기는 사랑의 노래는 님의 침묵을 휩싸고 돕니다."라는 구절을 떠올리게도 한다. 이 구절의 묘미는 임은 갔으나 자신은 보내지 않았다는 역설과 아이러니인데, ≪바이칼≫에서도 시인이 정신적으로 우여곡절을 거쳐 결국엔 그 지극한 경지로 돌아들어 정착하는 것으로 마무리하여 그 피를 이어받은 형상을 보여준다.

물론 이러한 해석은 정서적이고 표현적인 동질성을 고려하여 이별에 대한 극한적 인식은 일맥상통할 수밖에 없음을 말하고 싶은 것일 뿐, 이 시집은 '가곡' 형식을 염두에 두고 지은 연작 형태라서 변별성이 또렷하다. 이를테면 반드시 가곡으로 작곡될 노랫말임을 전제로 하면 고도의 시적 기교나 함축성을 맘껏 구현할 수 없는 한계를 지니는데, 시인은 노래로 작곡될 것을 전제하지 않으면서도 어느 정도 노랫말의 성격을 고려하여 시와 노랫말 사이를 적절히 넘나들게 했다. 시인은 "솔직히 이 시만큼은 되도록 요란하게 시적 기교도 가미하지 않고 감정이 흐르는 대로 만들고 싶었다."('여적')라고 밝혔지만(너무 절실한 것은 기교가 거추장스러울 수 있다), 결과적으로 이 시들 역시 비록 요란하지는 않더라도 특유의 시적 재치와 미의식이 잘 녹아들어 읊는 맛이 쏠쏠하다.

2. 상처와 치유의 파노라마

≪바이칼≫을 만나면 먼저 시인이 '바이칼' 호수에서 아내의 진혼곡을 읊조린 대목부터 궁금증을 자아낸다. 이것은 바이칼이 "우랄알타이족의 생명의 시원"('지은이로부터 2')이므로 "어머니의 품"과 같고, 그 어머니에게서 피를 받았으니 "아내는 바이칼의 딸"(<바이칼에 가며>)이라는 시인의 인식을 통해 해소된다. 그래서 시인은 "아내의 유골을 품고/바이칼 고향으로 간다."(<몽골항공 기내에서>)라고 고백한다. 이는 귀소본능의 존재 인식을 함축하는 동시에 "시베리아 대지의 자궁"('지은이로부터 2')에서 아내가 다시 태어나기를 기원하는 순환(윤회·재생) 인식을 반영한다. 이 시집은 시인이 이승과 저승을 넘나들며 과거와 현재와 미래를 성찰하면서 유명을 달리한 아내와 자아에 관한 애틋하고도 아린 정념을 서정적으로 다양하게 풀어낸 일대 비망록이다. 시 전편에 펼쳐진 놀람과 당혹감, 성찰과 각성, 회상과 추모, 죄책감과 속죄의식, 현실 수용과 순리 인식, 소망과 기대 등등으로 집약되는 시인의 복잡한 정서를 통해 우리는 그야말로 만감이 교차하는 파란만장을 엿볼 수 있

다. 이제 이 파노라마를 압축해서 살펴본다.

전통적으로 우리네 가정윤리에서는 한 번 부부의 연을 맺으면 평생 해로하기를 바란다. 그런데 어느 날 갑자기 짝이 유명을 달리한다면 누구든 경악과 당혹감에 빠질 수밖에 없다. 꿈에도 생각지 못한 사별은 "마른하늘의 날벼락"(<바이칼은 누가 가르쳐준 것이 아니다>)이 되어 남은 자를 전율케 하고, 그저 모든 것을 사랑의 기쁨으로만 여기며 살다가 "그 촛불이 어느 때인가는/사랑의 심지처럼 다 타 버리는 줄은 몰랐었다."(<우리는 정말 사랑만 있었다>)라고 후회와 탄식을 하게도 한다. 한 치 앞을 내다보지 못하는 것이 인간의 한계라지만, 아내의 죽음 앞에서 그런 이성적인 인식이 무슨 소용이 있겠는가?

미운 사람도 유명을 달리하면 애도의 정이 앞장서기 마련인데, 하물며 가장 가까이 사랑한 아내임에랴. 넘쳐나는 연민과 회한의 정은 어쩔 도리가 없다. "봄이 와 눈 없어도/눈 한 됫박 갖다 주세요 하면/없는 눈 대신/팝콘 한 봉지라도 사다 줄 여자."(<서시─아내를 추억하는 칸타타)라 하고, 위암이 발병했을 때 아내가 "백화나무 숲속에서 자란/차가버섯으로 삼백예순날 차를 달"여 준 "정성이 나를 살렸다."(<백화나무, 차가버섯>)는 따사로운 회상은 온순하고 착하고 헌신한 아내를 기리는 시인의 정성이다. 그런데 문제는 추모의 정이 아름다운 추억만 떠올리는 데만 머물지 않는다는 점이다. 시인이 곧이어 "그리고 아내는 백화나무마냥/검은 머리카락이 하얗게 세고 진이 다 빠져/나보다 이승을 먼저 떴다."(<백화나무, 차가버섯>)라고 표현했듯이, 자신에게 쏟은 정성이 행여 아내에게 치명적인 원인으로 작용한 것은 아닐까 하는 시인의 성찰과 자책감을 촉발하기 때문이다.

자신의 허물을 꼬집어 스스로 낮추는 것은 아내를 받드는 뜻이 되어 마음에 위안이 될 수도 있다. 즉 자학이나 죄의식을 갖거나 속죄의식을 통해 자책감을 줄이려는 심리적 방어기제가 작동한다. 아내에게 "그래 그래 아내는 내 마음의 하늘자리에서/밤마다 눈물어린 별빛으로 돋아나서//타는 소금밭, 쓰린 형벌로/내 아린 가슴을 더 아프게 하여다오"(<국립공원 테를지>)라고 빌거나, "아내의 죽음은 내 사는 날까지/용서 받지 못할 형벌이었으면 합니다./…(중략)…/이 미안함을 씻을 길이 있다면/알몸으로 석 달 열흘 쏟아지는/장대비를 맞겠습니다."(<죽을 사람은 나인데>), 또는 "매일매일 무너지는 시 쓰는 사내는/차라리 형벌이었다./밤마다 벗을 길 없는 죄를 벗으려고/손톱으로 보이지 않는 벽을 긁는/핏물이 흐르는 사내였다."(<이르크추크－예까체리나>)라는 표현에서 그 점이 처절하게 드러난다.

그런데 속죄의식은 때로는 마음의 안정을 가져오기보다는 오히려 더욱 자신을 고통에 몰아넣을 수도 있다. 가령 "그 슬픔 잊기 위해/살아있는 날까지, 살아있는 날까지/그대를 더욱 사랑하기로 한 이 징역살이를/어찌하란 말이냐."(<백화나무>)라고 하며 혼란스러워하는 대목에서 그 점을 엿볼 수 있다. 시인이 남은 생을 아내 사랑으로 속죄하는 것을 '징역살이'로 보고 '어찌하란 말이냐'라고 당혹감을 감추지 못하는 이 아이러니는 그 속죄의식이 겨우 목숨이나 연명하는 무상한 삶이라고 보기 때문일 것이다. 여기서 다시 감당하기 힘든 짐의 무게를 줄이려는 인식이 싹튼다. "생로병사의 우리들 인생에서/어쩔 수 없는 것이 있듯이/풀고 싶지 않은 우리 사랑도/어느 때 맥없이 풀렸습니다."(<다시 할 수 없는 사랑>)라고 현실을 인정하면서 시인은 죽음을 삶의 한 과정으로 받아들이고 아내에게 이승에서 다하지 못한 소원을 저승에서 이루라고 명복을 빈다. 이승의 죽음을 저승의 삶이 시작되는 것으로 보아 시인은 답답한 마음에 조금이라도 숨통을 틔우려 한다.

그러나 그래도 상실로 인한 아픔과 쓰라림이 온전히 사라지는 것은 아니다. 마음먹은 대로 되지 않는 게 사람의 일이라 중요하고 가치 있는 일일수록 배반의 아이러니로 귀결되는 것이 다반사이다. 이를테면 시인이 "떠나라, 바람의 순리에 따라서/어느 곳에도 머물지 말고./머리 올 하나 남김없이/그대를 따뜻이 지운다, 그만 떠나라."(<바이칼에 가며>)라고 순리를 의식하며 단호하게 결별을 외치면서도, 한편으로는 "찾지 않으리, 찾지 않으리./…(중략)…/찾지 않으리 다짐하면서도/찾지 않을 수 없는/허전한 이 마음을 어이하리."(<서시-아내를 추억하는 칸타타>)라고 하며 회의에 젖는 것을 보면 순리에 따르려는 결심이 진심이 아님을 알 수 있다. 이는 "내 사랑, 예 있으니/다시 못 올 세상 끝이더라도/세상 끝이라 하지 말고/비바람 눈 속에서도/백화나무처럼 기다리고 있는/백화나무처럼 그대를 기다리는/나를 보러 오소서."(<내 사랑 예 있으니>)라고 권유하거나, 또는 "내 먼저 바이칼에 가 터 잡아 집짓고/그대 오기를 기다릴 테니 슬퍼하지 말고/한세상 다하는 날 여기 와서/영원히 사랑하며 살자고 별빛 말씀을 하신다."(<바이칼은 누가 가르쳐 준 것이 아니다>)라고 자신의 바람을 아내에게 감정 이입한 구절에서 구체적으로 확인된다. 즉 자연의 섭리를 믿으며 아내와의 결별을 받아들이려는 것은 역설이자 아이러니인 셈이다.

이렇듯 갈등과 시련으로 우여곡절을 겪어온 시인은 이제 현실을 인정하는 동시에 인정하지 않는 경계점에서 아내를 사랑하는 새로운 방식에 도달한다. 이것은 어떤 순간에도 "내 사랑은 산처럼 바다처럼 변함없을 것이라고/나는 영원히 믿고 싶네.//나는 이제 보이는 것보다/보이지 않는 것들이 보이는 것을/사랑이라고 여기며 살고 싶네."(<영원하리라 믿었던 내 사람>)라고 소망하는 것, 또는 "당신은 내 가슴에 영원히 살아 있으므로/세상 어디에도 비석을 세우지 않으련다."(<그대와 나는 참 먼 길을 왔다>)라는 의지를 갖는 것으로 표현된다. 말하자면 "아아, 님은 갔지마는 나는 님을 보내지 아니 하였습니다."(만해, <님의 침묵>)라는 역설과 같은 맥락이다. 이러한 심리적 전환을 통해 자책감과 죄의식을 얼마간 씻어냄으로써 시인은 상처를 달래면서 "살아있는 자는 살아야 한다"(<생명의 촛불은 꺼지고 말았다>)는 세속의 말을 온전히 믿지 않으면서도 산 자로서 살아갈 힘과 마음의 여유를 조금이나마 마련하는 길로 들어선다.

3. 불멸의 영혼과 사랑 인식

각각 다른 환경에서 남남으로 성장하여 어느 날 사랑이라는 이름으로 부부의 연을 맺어 기쁠 때나 슬플 때나 함께 울고 웃으며 일가를 이루고 살던 반려자가 갑자기 저승으로 떠나갔을 때 혼자 남은 짝의 마음은 어떨까? 직접 경험하지 않은 사람으로서는 도저히 그 실상에 도달할 수 없는 심층 정서를 ≪바이칼≫은 적나라하고도 절절하게 보여준다. 아내와 사별한 지 10년이 넘어, 옛말로 강산이 바뀔 만큼 세월이 흘렀는데도 여전히 사랑의 회한과 이별의 아픔과 그리움에서 벗어나지 못하고 흔들리고 무너지는 한 시인의 애틋하고 애끓는 정한이 오롯이 우리네 마음을 적신다.

시인이 "세월이 아픔을 잊게 한다는/이웃들의 말의 잔치 속에서 나는/내 마음을 의심하노라.//살아있는 자는 살아야 한다는/너무나 당연한 인간적인 위로 앞에서/오늘도 나는 고백하건대/햄릿처럼 끝없이 갈등하고 있노라."(<생명의 촛불은 꺼지고 말았다>)라고 시집의 문을 닫고 있듯이, 이 시집을 음미하고 나면 강우식 시인의 아내 사랑은 아무리 세월이 흘러도 영원히 현재형으로 살아 있을 것으로 짐작된다. 그래서 그 사랑은 세월이 가면 잊히게 마련이라는 세속적 잣대로는 잴 수 없는 무한한 깊이와 넓이를 지닌다고 하겠다.

인간인 듯 인간 아닌 인간에 관한 감성 보고서

―이건청론

1. 순정한 인간, 치열한 시인

이건청 시인은 1942년 2월 25일(음력) 경기도 이천군 모가면 신갈리에서 태어나 6·25사변 직후에 서울로 이주하였다.[1] 그는 문학에 관심이 많고 조숙하여 고교생 때 한국시인협회에서 주최한 '4·19 희생 학도 추모 시낭송회'에 참여하는가 하면, 박목월 시인에게 문학적 가르침을 받기도 하였다. 등단은 1967년 『한국일보』 신춘문예에 <목선들의 뱃머리가>가 입선되어 이루어졌고, 이듬해 『현대문학』에 목월 추천으로 <손금> 등을 발표면서 본격적으로 시인의 길을 다져나갔다.

詩歷 반세기가 넘은 이건청 시인은 늘 긴장을 늦추지 않고 성실하게 작품을 발표해왔다. 이는 ≪이건청 시집≫(1970)·≪목마른 자는 잠들고≫(1975)·≪망초꽃 하나≫(1983)·≪청동시대를 위하여≫(1989)·≪하이에나≫(1989)·≪코뿔소를 찾아서≫(1994)·≪석탄 형성에 관한 관찰 기록≫(2000)·≪푸른 말들에 관한 기억≫(2005)·≪소금창고에서 날아간 노고지리≫(2007)·≪반구대 암각화 앞에서≫(2010)·≪굴참나무 숲에

---

1) 자료는 주로 ≪이건청 시선집≫ 참조.

서≫(2012)·≪곡마단 뒷마당엔 말이 한 마리 있었네≫(2017) 등 12권의 신작 시집과 ≪해지는 날의 짐승에게≫(1991)·≪움직이는 산≫(2005)·≪이건청 문학선집≫(전4권, 2007)·≪무당벌레가 되고 싶은 시인≫(2013) 등 4권의 시선집이 입증한다. 또 현대문학상·한국시협상·녹원문학상·목월문학상·현대불교문학상·고산문학대상·김달진문학상 등 다수의 문학상 수상과 한국을 대표하는 시인단체인 한국시인협회의 회장을 맡는 일 등의 문학 경력들이 그의 위상을 일러준다.

이건청 시인의 문학 열정은 등단 초기에 오세영 시인과 함께 '육시' 동인을 결성하는 데 앞장서고, 곧이어 '현대시' 동인에 참여하여 시적 성취를 꾀하는가 하면, 1979년 말에 결성되어 80년대 중반까지 활동한 '현대시를 위한 실험무대'라는 詩劇동인회의 일원으로서 시의 확장과 독자 배가 운동을 펼치는 방향으로 분출되었다.[2] 시극동인회는 한국시인협회의 중진들인 강우식·김종해·김후란·이건청·이근배·이탄·정진규·허영자 등 8명이 중추가 되어 극단 민예극장(대표 허규)과 손잡고 현대시의 위기를 극복하려는 목적으로 결성되었다. 즉 동인들은 시와 극의 융합을 통해 활자 매체에 갇힌 정적인 시를 역동적으로 확장하여 현대시의 활로를 넓히려 했다. 이건청 시인은 5회 공연작인 시극 <폐항의 밤>(강영걸 연출)을 쓰기도 하면서 시의 대중화에 이바지했다. 이처럼 그는 늘 열성적으로 시의 길을 걸어왔다.

이건청 시인과 가까이 지낸 시인들은 대체로 그의 인간 됨됨이와 시적 치열함을 함께 지적하며 인간의 길과 시인의 길이 그리 다르지 않음을 강조한다. 인간과 시의 균질성, 또는 어우러짐은 이건청 시의 빛깔과 향과 맛을 통해 고스란히 드러난다. 이를테면 그의 시세계를 꿰뚫는 존재에 대한 치열한 탐색과 자연 애착은 바로 비인간화의 길로 치닫는 현

---

2) 1979.12~1984.10. 총 6회 공연.

대인의 마음에서 어둠을 걷어내어 순정한 존재로 거듭나게 하고 싶은 인간적 꿈과 열망을 형상화하려는 발상에서 비롯된 것이다.

2. 시인 될 운명, 목월과의 조우

이건청 시인과 목월은 떼려야 뗄 수 없는 관계이다. 그 끈끈한 운명의 끈은 문학이 연결해주었다. 그는 1959년 양정고등학교 2학년 때 학교 문학 행사에 선생님을 모시기 위해 댁으로 찾아뵌 것이 계기가 되어 그분과 인연을 맺기 시작했다. 그때 목월을 통해 느낀 '시인'이라는 '감동적 영감'이 그를 문학청년의 길로 인도하여 그는 선생님께서 소개하신 동서양의 다양한 서적들을 열독하며 시인의 꿈을 키우다가 더러는 습작시를 들고 선생님 댁으로 찾아가 조언을 들으며 시적 내공을 다져갔다. 그 인연은 선생님께서 돌아가신 1978년 3월까지는 가까이에서 모시며 자신의 문학적 안목과 가치관을 다지는 방향으로 작용하였고, 돌아가신 뒤에는 목월회(목월 문하생 모임) 활동을 통한 추모의 정으로 이어졌다. 특히 지난 2015년 5월에는 목월문학포럼(목월회+심상시인회) 회장으로서 '목월선생탄생100주년기념행사'를 대대적으로 거행하여 제자의 도리를 실천했다.

목월 역시 이건청 시인을 가까이하면서 그의 문학적 진로를 어느 정도 예감했다. 이는 『한국일보』 신춘문예로 등단할 때, "앞으로 네가 타작은 쓰지 않을 것이다.", 그리고 "네가 앞으로 시를 쓰다 보면, 이쯤 되면 되었지 싶을 때가 있을 것이다. 그때 네 시가 매너리즘에 빠지고 있다는 사실을 알아라."(自述, 이하 같음)라고 일러주셨다는 말씀을 통해 알 수 있다. 이에 따르면, 그분은 일찍이 이건청 시인의 시적 재능을 감지하였고, 그 비범한 시적 능력으로 하여 자칫 그늘을 지을 수도 있는 '자만심'을 경계하며 늘 치열하게 시인의 길을 걷도록 당부했다. "지금도 늘 자신을 경계하는 경구의 말씀으로 새기고 있다."라고 하였으니, 시인으로서 이건청은 그분의 말씀을 뼈에 깊이 새겨 평생 실천해오는 셈이다.

목월을 만나는 과정에서 또 하나 주목되는 것은 문예지 발간을 도운 일이다. 목월은 1973년 여름쯤 필생의 시업으로 시 전문지 『心象』의 발간 준비를 마치고 10월에 창간호를 펴냈다. 선생님의 부름을 받아 편집일을 도맡은 이건청 시인은 '필진 발굴, 품격 있는 특집 마련, 엄선된 작품 게재, 편집 체제의 방향 설정' 등에 정성을 쏟으며 시지를 혁신적으로 만드는 데 거들었다. 그 결실은 "이 시지로 하여 한국 문예지는 새로운 개안을 하게 되었다"는 말이 나올 정도로 튼실하였다. 특히 연구자들이 시에 관한 다양한 특집 내용들을 많이 인용하는 것을 보면, 당시 '잡지의 품격'을 높이기 위해 품었던 목월의 큰 뜻과 더불어 그 뜻을 받들어 실현하기 위해 애쓴 이건청 시인의 노고와 보람이 어느 정도였는지 가늠할 수 있다.

이렇듯 이건청 시인에게 목월의 훈향은 짙다. 그 중에도 치열하게 시의 길에 정진하는 자세라든지, 한양대학교에서 선생님의 뒤를 이어 제자를 기른 일, 목월이 회장으로 오래 공을 들인 한국시인협회의 37대 회장을 맡아 그 터전을 지키고 발전시킨 이력들은 결코 우연한 일이 아니다. 그의 타고 난 시인의 운명을 알아차린 목월이 그것을 현실로 끌어내 주셨기 때문이다. 그가 "생각하면 선생님을 가까이 모실 수 있었던 건 제게 행운이었다는 생각이 듭니다."라고 자평하는 것은 목월과의 인연에 대한 감사와 기쁨이 섞인 솔직한 심정일 것이다.

3. 원점으로 회귀하거나 바람직하게 진화하거나

우리 시의 흐름으로 계보를 따지면 이건청 시인은 서정시인으로 가름할 수 있다. 창작 취향이 주로 시의 본류로서 오래된 미래인 전통 서정시 쪽에 닿아 있기 때문이다. 더 세밀히 따지면 그의 시는 신서정(또는 신감각)의 색채를 띤 작품들이 주류를 이룬다. 신서정의 특성을 전통과 현대의 연속성에 자연과 사회 인식을 아우르는 것으로 규정할 수 있는데, 이건청 시의 세계는 큰 틀에서 여기에 든다. 즉 그의 시는 전통 서정성을 바탕에 깔고 그 위에 사회적 인식을 녹여낸 작품들이 대부분이어서 신서정시로 분류될 수 있다.

이건청 시를 물들이는 신서정성은, "6·25가 있기 전의 아름다운 자연 풍광들과 또 전쟁 후의 파멸된 자연이 유년의 내겐 동시에 존재해 있는 것 같아요. 그것들이 오늘날 내가 시를 쓸 수 있게 해주고, 비옥한 상상력의 자양분을 보내주는 것 같아요."('기억이 살아 있는 한 그루 자연', ≪소금창고에서 날아간 노고지리≫)라고 밝힌 술회에 따르면 그의 체험적 사유가 시심의 원천으로 작용한 결과로 보인다. 그의 시에서 6·25사변을 전후로 갈라지는 '아름다운 자연 풍광들'과 '파멸된 자연'이라는 대조적인 경험이 서로 긴장 관계로 변주되는 것은 그와 깊이 연계되어 있다. 그가 추구하는 신서정성은 어린 시절에 겪은 전쟁의 참상이 정신적 상처로 잠재되었다가 용출된 것이라 할 수 있다. 그렇다면 그의 시세계를 관통하는 '인간과 사회와 자아에 대한 치열하고도 다양한 성찰과 비판의식에서 싹튼 진정한 인간에 이르는 꿈과 열망'은 바로 그의 심각한 상처에 대한 치유와 승화의 한 과정이자, 우리가 모두 새로 태어나야만 한다는 절절한 시적 부르짖음인 셈이다. 그의 출발 시기의 작품에서 그 실마리를 엿볼 수 있다.

휠체어에 실린 남자가 엎드린 채
파괴된 마을로 돌아온다.

아, 1969년 12월의 오후
이건청, 이건청을 찾으며
한 사내가 뛰어가고
하늘에서 흙 위로 눈이 오고
타버린 재가
어두운 젊음의 안으로 밤새도록 내린다.

　　　　　　　－<어둠의 재> 부분 (≪이건청 시집≫)

　이 시에는 '암흑'에 던져진 시적 자아의 비극적 현실과 존재 인식이 짙게 노출된다. (병고인지, 부상 때문인지 알 수 없는) 한 '남자'가 휠체어에 실려 엎드린 채 파괴된 마을로 들어오는 배경 아래, '한 사내'가 '이건청을 찾으며' 뛰어가고 '어두운 젊음의 안'으로는 밤새도록 '타버린 재'만 내린다는 형국에서 막막한 현실과 위기의식이 적나라하게 드러난다. 이런 상황에서 다급하게 '이건청'을 찾는 '한 사내'는 상황 반전과 시인의 미래인식을 반영하는 중요한 구실을 한다. 그에게는 타자와 주체의 이미지가 겹쳐진다. 즉 '한 사내'를 남으로 보면 그가 찾는 대상인 시인(이건청)은 파괴되고 피폐한 현실을 구원하는 존재이고, 나로 보면 그는 잃어버린 자기 정체성을 되찾으려고 노력할 것을 일깨우는 비판적 자아가 된다. 어떤 경우든 위난의 시대를 건너가는 존재로서 마땅히 행동해야 할 당위성을 함유한다.

　'한 사내'에 함축된 탐색 이미지는 이 시의 제목이 '타버린 재'가 아니라 '어둠의 재'로 된 것과 연결된다. '타버린 재'가 불의 주검이므로 빛이 사라진 의미를 거느린다면, '어둠의 재'는 어둠의 주검이 되어 빛이 살아

나는 의미로 이어진다. 즉 시인은 절망의 극단에서 희망의 빛을 상상한
다. 마치 '타고 남은 재가 다시 기름이 됩니다'라고 자연의 섭리를 읊어
낸 한용운 시의 한 구절처럼 아이러니를 통해 그는 빛과 어둠의 순환작
용이라는 자연의 이치와 인간의 절실한 꿈이 함축되도록 설정했다. 이
렇게 이건청 시에는 비극적 현실과 존재 인식의 이면에 그것을 초월할
수 있는 열망이 은밀하게 기획되어 있어 세심한 독법이 필요하다.

한편, 젊은 이건청 시인의 시정신을 자극한 어두운 이미지들은 제 2
시집 ≪목마른 자는 잠들고≫에 나오는 <심봉사 전>과 <황인종의
개> 연작으로 변주되면서 심화·확장된다. "난파의 물결 속으로 내가
간다."(<심봉사 전·1>), "광막한 어둠속에/해도, 달도, 별도 져버린/한
세대의 늪으로 간다./건져다오, 탁발승아."(<심봉사 전·2>)라고 절규
하며 구원을 갈망하는 그의 어두운 내면의식은 "이 도시의 바깥방에서/
빈 골목을 서성이는/껌정 개"(<황인종의 개·1>)로 인간을 희화화하는
방향으로 표출되기도 한다. 앞이 안 보이는 캄캄한 현실 인식이 자아를
'심 봉사'와 동일시하고 종교적 초월의 길을 갈구하게 만든다면, 그 꿈마
저 상실할 때에는 열패감이 고조되어 인간을 '개'와 같은 짐승으로 전락
시켜 버리기도 한다.

이러한 동물 이미지는 '어두운 눈'으로 "추한 목숨 이어" 가는 <하이
에나> 연작(≪하이에나≫)에서 절정을 이루지만 사실 초기부터 빈번히
등장한다. 첫 시집을 보면 18종의 동물이 나온다. 그 중에도 말[馬](10
회)과 조류(9회+나비 2회)가 자주 등장하는데, 이는 어두운 현실에 맞
물린 탈주와 비상의 이미지로 풀이된다. 그 이후에도 시집 제목(12권 중
5권)은 물론 시집마다 많은 동물이 등장하는데, 이것들은 대체로 우의
(allegory) 형태로서 인간의 속성을 대체하는 이미지로 선택되어 작품에
따라 다양한 의미로 변주된다. 가령, "전쟁은 도처에서 인간을 죽이고

있습니다. 말씀드리자면, 지금 지구상에는 이미 짐승이 되었거나 짐승이 되어가는 인간들이 너무나 많습니다."(<감사의 말씀>)에 등장하는 '원숭이'는 비이성적인 본능과 욕망에 사로잡혀 전쟁이나 일삼으며 역주행하는 인간을 비판하기 위해 차용되었고, "원래 나는 한 마리 원숭이였다. …(중략)… 사람처럼 악수도 나누고, 전화기 다이얼을 누르기도 하지만 사람은 아니다. 사람의 자리에 닿기 위해 맨발로 8만 유순을 가는 한 마리 원숭이일 뿐이다."(<호모 하빌리스>)라는 시에서도 원숭이는 인간처럼 보이지만 아직도 인간답게 제대로 진화하지 못한 미성숙한 존재를 성찰하고 비판하는 의미를 거느린다.

반면에 "당신들의 말로 뜻을 전하는 유일한 동물이 인간이라고 한다. 사람이 된 원숭이인 나는 당신들 말에 늘 치명적인 독이 묻어 있는 걸 보고 놀란다. …(중략)… /그러나 짐승들의 말은 늘 그냥 풀밭이다. …(중략)… 아, 그리운 짐승, 짐승의 말 속에선 언제나 아카시아꽃이 연기처럼 피어오르고 그 향기가 그득히 퍼진다."(<짐승의 말>)라고 한 표현에서는 자연계의 짐승과 사회화된 동물인 인간을 구별하여 관점이 달라진다. 자연계의 짐승은 순수함 그대로이나 인간으로 변신한 경우는 치명적인 독 같은 말로 서로 깊은 상처를 주고받기 때문에 부정되어야 할 존재이다. 그렇다면 인간들이 생존의 자구책으로 무리를 지어 문화를 만들고 짐승과 구별되기 위한 교육을 받으며 사회적 인간으로 거듭나는 과정은 오히려 비인간적인 존재로 추락하는 결과를 낳는 아이러니를 보여준다.

자연계의 '짐승'과 '늘 그냥 풀밭'을 등식화한 대목에 드러나듯이 이건청 시인의 세계인식에서는 현대인에 대한 부정(저항)과 자연에 대한 지향의식이 첨예하게 대립한다. 그래서 그는 인위성을 벗고 자연적 존재로 거듭나려는 열망을 시의 도처에 심는다. 이것은 "폭양 아래서 마르고 말라, 딱딱한 소금이 되고 싶던 때가 있었다. …(중략)…//그러나 지금, 나는 이 딱딱한 결정을 버리고 싶다. …(중략)… 이 마대 자루를 버리고, 다시 물이 되어 출렁이고 싶다."(<소금>), 또는 평생 도시에서 살다가 낙향한 뒤 꽃가지에 동공이 찔려 "눈이 닫힌 사내는 그가 세상에 태어날 때의 이목구비를 다시 지니게 되었고, 그 숲의 진짜 주인이 되었다." (<숲에 사는 남자>)라는 표현들로 전개된다. 즉 시인은 옛꿈을 부질없는 것으로 돌리고 사회화되기 이전의 원점으로 되돌아가려는 열망을 갖는다. 또한 "나 죽어/이 자리에 다시 올 수 있다면/나는 한 마리/은어로 오겠다.//…(중략)… 귀도/눈도/새로 씻고,/수박 향 짙은 몸이 되어/다시 오겠다.(<은어>, 이상 ≪소금창고에서 날아가는 노고지리≫)는 대목에는 아예 다른 차원의 존재가 되려는 꿈이 드러난다. 특히 후기에 수구 초심을 갖거나 원점으로 퇴행하여 다시 출발하려는 이미지가 빈발하는 것은 결국 진화가 잘못된 사회적 동물인 인간에 대한 혐오와 비판에서 비롯된 절실함을 표현한 것이다.

이렇듯 이건청 시의 상당량에 인간 혐오감이 절절하게 노출되는 것은 시인이 인간을 갈등과 분열과 파괴와 살육 등의 대표적 부조리 행위인 전쟁을 일삼는 몹쓸 존재로 규정한 결과이다. 그리고 그 짙은 혐오감에서 자연에 대한 긍정과 그리움의 정서가 촉발한다. 왜냐하면 "물이며, 산이며, 단풍들" 같은 자연은 언제나 서로 "한 몸"(<금동미륵보살반가사유상 앞에서>, ≪굴참나무 숲에서≫)으로 어우러지는 모습만 보여주기 때문이다. 그래서 시인은,

우리 여생의 길도
그리움의 향기 아찔한
저 풀섶 쪽으로
아득히, 멀리

열려 있기를…….
　　－<그리움에 대하여> 부분 (≪곡마단 뒷마당엔 말이 한 마리
　　　　　　　　　　　　　　　　　　　　있었네≫)

간절히 염원한다. 요컨대, 이건청 시인은 인위의 음험한 조작이 스며들지 않은 자연을 인간들이 마침내 도달해야 할 진정하고 영원한 낙원이라고 확신한 까닭에 후기로 올수록 아름다운 자연에 대한 향수와 갈망을 형상화하는 데 온 정성을 기울인다.

4. 풀리지 않는 난국, 더욱 뜨거워야 할 시인의 사명

　이건청 시인이 장장 반세기에 걸쳐 치열한 시적 긴장감으로 빚어낸 시집 12권에 담긴 800편에 육박하는 많은 작품에 대한 감상을 짧은 글에 오롯이 담아내기는 힘겨운 일이다. 그의 시세계는 기나긴 역정과 많은 작품 편수만큼이나 넓은 波長을 형성하기 때문이다. 특히 시인이 세심하게 공을 들이는 것으로 보이는 유려한 리듬의식, 자유시와 산문시의 교체의식, 다양한 동식물 이미지의 선택, 인간과 자아에 대한 깊은 성찰, 그리고 무엇보다도 언제나 새로움에 목말라하는 치열한 예술 의지 등이 녹아든 작품들이어서 그의 시세계는 시기마다 작품마다 무척 다채로울 수밖에 없어 더 그렇다.
　이런 시적 특성을 고려하면서도 한편으로는 시인의 체험과 예술적 취향과 가치관 등이 융합된 결과에 따라 크게 변하지 않는 시적 원형질이 있을 것으로 보면, 이건청 시세계의 심연에도 시간과 작품을 초월하는 통일된 그 무엇이 있지 않을까? 이런 관점으로 그의 시세계의 흐름을 가늠하면 그 밑바닥에 어둠을 짓는 인간에 대한 비판(저항) 정신과 그에

대립하는 진정한 사람에 대한 짙은 그리움이 긴장 관계를 이루는 것으로 파악된다. 다양한 동물들이 주로 앞의 인간적 고민과 고뇌를 반영한 이미지라면, 늘 그냥 그대로의 순정한 자연은 뒤쪽의 그리움의 대상인 낙원을 표상하는 이미지로 그려진다.

그런데 성서적 상상력에 기대면 인간은 언제나 불완전한 존재이다. 널리 알려졌듯이 에덴동산의 선남선녀부터 이미 금기사항에 대해 저항하며 어기고 싶은 욕망과 호기심에 시달렸다. 어떻게 보면 욕망의 역기능에서 비롯되어 금단의 열매를 범한 원죄가 풀리지 않은 채 인간들의 행태는 줄곧 타락 방향으로 악화한다고 해도 지나치지 않는다. 진화론적으로 보더라도 짐승 차원에서 만물의 영장이라 자부하는 인간의 모습으로 바뀐 결과를 이상적이라고만 말할 수 없다. 인간이라는 이름으로 살아남기 위해 무리를 이루어 사회적 동물로 생태계와 행태를 바꿀수록 더 극심한 갈등과 분열과 다툼이 줄곧 끊이지 않는 것이 그것을 여실히 입증한다.

이러한 역사 인식에서 이건청 시인의 동물적 인간관이 탄생하고 우리의 공감대를 형성한다. 그의 현실비판의 끝에는 두 가지 열망이 열려 있다. 하나는 가역반응으로서 사회화되지 않은 인간의 원초적인 모습인 순정한 존재로 되돌아가는 것이고, 이에 대립하는 다른 하나는 순행 방향으로서 정말로 이상적인 인간이 되는 길로 진화의 틀(paradigm)이 바뀌기를 바라는 것이다. 그의 체험과 시적 사유에 입각하면, 어떤 방향이든 인간의 꿈이 실현될 최종 종착점은 6·25사변 이전의 파멸되지 않은 '아름다운 자연 풍광'과 동심 같은 세계가 된다. 그는 이 세계에 연착륙하기 위해 후기 시의 대부분을 바치는 중이다.

물론 시인 이건청의 열망은 우리 모두의 꿈이기도 하지만, 그래도 동물적 인간들이 대오각성하지 않는 한 그 실현은 요원하여 늘 남가일몽에 그치고 말 것이다. 이것이 곧 현대인들이 겪는 난국(亂局·難局)이자 시인들이 끝끝내 시정신을 뜨겁게 달궈야 하는 까닭이기도 하다. 그래서 그가 늘 순정한 인간에 대한 열망의 끈을 놓지 않고 치열하게 시를 써온 집념은 더없이 아름답게 우리의 마음을 물들인다.

시조의 형식적 계승과 변주에 서린 애틋한 사부곡

─김월준, ≪푸른 숲≫

1. 시조의 전통적 형식의 변주와 한계

김월준 시인은 1963년『조선일보』신춘문예에 <항아리>가 당선되고 같은 해『자유문학』에 <제삼무대>가 당선된 뒤, 1966년에는『동아일보』신춘문예에 <나무>가 당선되기도 하였다. 그는 20대 중반에 화려하게 시단에 등단한 이후 지금까지 시력만도 갑년에 근접하는 세월 동안 시업에 종사하며 다양한 경험을 겪어왔다. 그동안 ≪검은 땅 검은 꽃≫ㆍ≪숲으로 가자≫ㆍ≪푸른 말 내닫다≫ㆍ≪꽃도 말하네≫ㆍ≪꽃과 바람과 푸른 숲≫ 등의 시집을 펴냈고, 국제펜문학상ㆍ현대불교문학상 등을 수상했으며, 국제펜한국본부 이사ㆍ한국문인협회 감사와 이사 및 상임이사ㆍ『월간문학』주간 등을 거쳐, 현재 한국문인협회와 국제펜한국본부 고문을 맡고 있다. 세속적 나이로는 은퇴한 시점을 넘어섰으나 시력으로는 아직 '인생은 육십부터'라는 갑년에도 이르지 못한 장년으로서 "살아 있는 날까지 계속 쓸 것이다. 끊임없이 읽고, 끊임없이 모색할 것이다."('시인의 말')라고 스스로 굳게 다짐하며 시업에 대한 열정을 달구는 중이다.

김월준 시인은 지금까지 주로 시조 작품을 발표해왔다. 이번에 펴내는 ≪푸른 숲≫에 수록된 작품도 형식상 시조 갈래에 든다. 그의 시가 시조 樣式(genre)으로 이루어졌음을 고려하면 이 시집에 드러나는 다양한 형식적 실험 결과는 시인의 치열한 심미의식을 여실히 보여주어 아주 특별한 관심을 가질 만하다. 시조가 고정된 형식의 외형률로 이루어지는 대표적인 양식이라는 점에서 이 양식은 시인의 개성이 자유롭고도 다양하게 발휘될 여지가 매우 좁음에도 불구하고 김월준 시인은 전통적이고 정통적인 시조 형식을 보여주는 작품이 한 편도 없을 정도로 형식적인 변화에 온 정성을 다 기울인 것으로 드러나서 무척 예사롭지가 않기 때문이다.

물론 시조의 고정된 형식에 대해 변화와 쇄신을 꾀하려고 노력한 시인들은 적지 않다. 시조에 대해 구체적으로 깊이 연구한 바는 없어 견문이 좁기는 하지만, 요즘 가끔 보는 시조 작품들의 경우 전통적 시조 형식을 찾아보기 어려울 만큼 다양한 변화를 보여주는 것이 거의 상례로 되어 있다. 그토록 현대시조 시인들은 일정한 틀로 닫혀 있는 전통적인 시조 형식에 대해 답답해하며 고민이 깊다고 할 수 있다. 시조의 고정된 형식에 대해 민감한 반응을 보이며 그 변화를 일찍이 작품으로 실현한 시인으로 시조사에서 조운이 거론되는데, 나는 현대시조의 형식적 변화와 쇄신을 매우 흥미롭게 보여준 역작으로 단연 이영도의 <아지랑이>를 꼽고 싶다. 먼저 그 전문을 보면 다음과 같다.

어루만지듯
당신
숨결
이마에 다사하면

내 사랑은 아지랑이
春三月 아지랑이

장다리
노오란 텃밭에
　　　나비

나비
　　나비
　　　나비

―이영도, <아지랑이> 전문

　이 작품은 시조 시인이 지어 발표하고 시조집에 실려 있으니 당연히
시조로 분류된다. 그런데 章과 行의 구성형태 및 종장의 3·4음보에 해
당하는 구절에 반영된 구체시 형태를 보면 일반 독자로서는 시조로 판
별하기가 쉽지 않다. 전통적인 형식에 대입하면 3장으로 된 평시조인데
각 장을 4행(초장), 2행(중장), 6행(종장)으로 분절하여 각각 다르게 구성
하고 장과 장 사이를 한 행씩 띄기까지 하였으며,[1] 종장에 이르러서는
'장다리 노오란 텃밭에' 나비들이 나풀나풀 날아다니는 모습을 형태적
으로 표현하기도 하여 절묘한 구성 솜씨를 보여주었다. 그러니까 변화
하고 생동하는 봄기운을 한층 더 살리기 위해 감각적 이미지(촉각, 器官
감각, 시각)를 최대한 활용하려고 시조의 전통적인 구성형태를 과감하

---

[1] 장 사이에 한 행을 띄운 형태는 일반적인 기법에 따르면 연구분을 나타내기 위한 표
시가 되지만, 시조의 경우에는 기본적으로 3장을 갖추어야 완결되므로 그것을 연
표시 기능으로 볼 수 없다. 그러니까 각 장 사이에 여백을 주어 잠시 쉬어가면서 호
흡을 가다듬게 하는 정도의 의미를 지닌다고 할 수 있다. 그런데 김월준 작품에서는
대부분 장과 장 사이를 한 행씩 띄었으며, 연시조 형식에서마저 극히 일부를 제외하
고는 한 행만 띄우고 연 표시를 생략해 아주 특이하게 구성되어 있다.

게 탈피하고 자신의 표현 의도에 걸맞은 효과를 극대화하는 방식을 택해 자유롭게 창조적으로 재구성하였다. 시인의 상상력과 예술적 의도 및 노력으로 탄생한 이런 즐거운 형식적 파격은 독자에게도 그에 상응하는 감흥을 선사할 수 있을 것이다.

그런데 한편으로 생각하면 일말의 의문을 지울 수 없다. 시조의 전통적 형식을 과감하게 파괴(쇄신)한 이 작품은 시조 형식보다는 자유시의 표현적 장점을 수용하고 한껏 살린 것이어서 자유시로 보아도 별다른 무리가 없어 보인다는 점 때문이다. 그렇다면 비판적 시각에서 한 걸음 더 극단으로 나아가면, 다시 양식의 정체성 혼란이라는 근본적인 문제점이 제기될 가능성이 뒤따름에도 불구하고 시인이 굳이 시조 형식을 고집한 까닭을 시원스레 설명할 수 있을까 하는 의문이 생긴다. 말하자면 '어떤 제재는 반드시 시조 형식을 입혀야 더 효과적으로 표현할 수 있다'라는 필요충분조건을 갖춘 설명이 가능할 때, 고정된 외형률로 분류되는 시조 형식을 최소한으로 계승하는 대신 자율성을 최대화하여 시조와 자유시의 경계점에 위치하게 한 융합형식을 독자들도 기꺼이 받아들일 수 있으리라는 점을 간과해서는 안 된다는 것이다.

이렇듯 과감한 형식실험과 예술적 새로움에 대한 도전에 부수되는 반작용, 또는 위험 요인을 고려하여 김월준 시인의 시조 작품을 이영도의 <아지랑이>에 비교하면, 그의 작품들은 형식적으로 온건한 실험이면서 무척 다양하여 상대적으로 독자들이 의문을 자아낼 여지가 상당히 좁아질 수 있다. 여하튼 이번 시집에 실린 작품들은 무엇보다도 표현 형태가 단연 주목 대상이므로 우선 그 문제를 풀어보는 일로부터 김월준 시조에 접근하는 것이 제격일 듯하다.

2. 고정형식의 변주와 쇄신에 몰두하는 장인정신

김월준 시인의 ≪푸른 숲≫에 실린 총 60편[2]을 검토하면 우선 모두 짧은 형태로 이루어졌다는 점이 두드러진다. 행의 숫자로 계산하면 최대 9행이고 행간을 띄운 것을 포함해도 18행을 넘어서는 작품이 없다. 물론 이 형태는 시조라는 명칭이 생기기 전에는 短歌라는 말로 통용되었듯이 '짧은 노래'라는 시조의 특징에 기인하는 것이다. 그런데 시의 길이를 제외하면 이 시집에 실린 작품들을 한눈에 시조로 직감할 만한 일반 독자가 과연 얼마나 될지 의문이 들 정도로 대부분 자유시와 구분되지 않는다.[3] 다시 말하면 김월준 시인은 짧은 형태라는 점만 계승하고 나머지는 다양한 형식적 변주를 통해 자유분방한 모습을 보여주도록 조형하였다.

조선조 시조의 형식적 특성은, 평시조의 경우 대부분 '3章 6句 45字 내외'[4]이고 종장 초구는 반드시 3자로 이루어지는 기본 틀을 갖는 것으로 규정되고 있는데, 김월준 시조는 이런 전통적인 기본 틀 안에 드는 작품이 한 편도 없을 정도로 다양하게 변화된 형태를 보여준다. 필자가 60편 전체를 분석한 결과, 유형별로 보면 연 구성형태별로는 3가지이고 다양하게 변주된 형태로 보면 11가지 정도로 세분할 수 있다. 그 유형을 구체적으로 분류하면 다음과 같다.

---

2) 전체 60편을 6부로 나누고 각부별로 똑같이 10편씩 편성하여 균형을 맞추었다.
3) 시집 표지에 시조집이라는 명칭을 표시하지 않아 더욱 그럴 가능성이 크다.
4) 3장: 초장·중장·종장으로 각 장은 붙임, 6구: 한 장은 문장 구조와 호흡상 양분(兩分)됨, 45자 내외: 평시조 한 편에 사용된 음절의 총 숫자.

1) 聯 형태별 구분5)

(1) 평시조형(단연 시): 33편

(2) 2연 시조형: 18편

(3) 3연 시조형: 9편

2) 변주 형태별 구분

(1) 평시조형(33편)

    ① 한 장을 3행으로 분절, 총 9행6)(29편)

    ② 한 장을 2행으로 분절, 총 6행(2편)

    ③ 한 장을 4행으로 분절, 총 12행(2편)

(2) 연시조형

   가. 2연 시조형(18편)

    ④ 한 장을 2행으로 분절, 1, 2연 구분 표시 없음. 총 12행(11편)

    ⑤ 한 장을 3행으로 분절, 1, 2연 구분 표시 있음. 총 18행(1편)

    ⑥ 한 장을 3행으로 분절, 1, 2연 구분 표시 없음. 총 18행(1편)

    ⑦ 장을 분절하지 않음. 1, 2연 구분 표시 없음, 총 6행(3편)

    ⑧ 장을 분절하지 않음. 1, 2연 구분 표시 없음. 총 6행. 문장 구조상
      1연 종장과 2연 초장이 연결된 형태임7)(2편; 중복 1편 포함)

    ⑨ 한 연을 1행의 산문시 형태로 구성, 1, 2연 구분 표시 있음. 총 2행
      (1편)

---

5) 각주 1)에서 잠시 언급한 대로 김월준 시조에서 연구분 표시가 있는 작품은 3편 정
   도로 매우 드물다. 그래서 여기서 시조의 형태를 구분하는 기준은 하나의 장에 해당
   하는 행의 숫자를 계산하는 것이다. 즉 3행은 평시조 유형, 6행은 2연 시조형, 9행은
   3연 시조형으로 분류하였다.

6) 모두 장마다 띄어쓰기를 했으나 편법이므로 행의 숫자 계산에는 띄어쓰기를 제외했음.

7) 이는 필자의 견문으로는 선례가 없는 파격적인 구성형태로서 연 갈음의 경직성을
   완화하려는 의도에서 비롯된 결과인 듯하다.

나. 3연 시조형(9편)

⑩ 세 연을 연구분 표시 없이 총 9행으로 구성(8편)

⑪ 세 연을 연구분 표시하여 총 9행으로 구성(1편)

위와 같이 형식적 특성을 구체적으로 분석한 결과, 전통적인 방법—초·중·종장의 3행을 연속으로 배열하는 평시조 형태는 물론이거니와 그 배수로 이루어지는 연시조 형태로 행과 연을 배열한 작품도 전혀 없이 모두 변형된 형태로 구성되어 있다. 그것을 유형별로 나누면 모두 11가지로 분류된다. 그리고 다양한 형식적 실험을 시도한 가운데도 평시조형이 33편으로 과반을 상회하고, 다시 그 중에도 (1)-① 한 장을 3행으로 분절하여 총 9행으로 구성된 작품이 29편이나 되어 시인이 이 형식을 제일 선호한 것으로 나타났다. 그러니까 그는 가장 전통적이고 정통적인 단가(평시조) 형식이 취향에 잘 맞는다고 본 셈이며, 결과적으로 최대한 시어를 절제하여 간결하게 표현하려는 시정신을 가졌다고 할 수 있다. 다음으로 시인이 선호한 형식은 ④유형; 한 장을 2행으로 분절하고, 1, 2연의 구분 표시 없이 12행으로 구성한 것으로 총 11편이다. 그리고 ⑩유형; 세 연을 연구분 표시 없이 총 9행으로 구성한 작품 8편이고, 그 나머지 유형은 모두 세 편 이내에 그치고 있어 다양한 형식적 실험이 그리 쉽지 않다는 인식을 보여준다.

한편, 전통적인 행 배열이나 근대 이후의 일반적인 연 배열의 방식을 따르지 않고 다양한 형태로 변화를 시도한 사례들을 대상으로 시인 나름의 어떤 틀(pattern)을 적용했는지를 검토한 결과 대체로 다음과 같은 유형들로 파악되었다. 첫째, 평시조형의 경우, 모두 세 장을 분절하여 배열하는 방식을 취했다. 분절 형태는 각 장을 3행(1/2/3·4)으로 나누어 배열한 방식이 대부분이고, 그 밖에 2행으로 나눈 형태(1·2/3·4: <천리

향>, 1/2·3·4: <니 맛도 내 맛도 없다>), 4행으로 나눈 형태(1/2/3/4: <원숙>, <없던 복도 찾아온다>)도 있다. 둘째, 2연 시조형의 경우에는 한 장을 주로 1·2/3·4의 2행으로 나누는 방식을 취했다. 셋째, 3연 시조형은 모두 행을 분절하지 않은 상태다. 그리고 산문시 형식을 가미한 한 편을 제외한 59편은 모두 장과 장 사이를 한 행씩 비워 자유시 형태로 보면 일종의 연의 의미를 부여한 상태로 볼 수 있으나 작품이 시조인 점을 적용하면 형식상 연으로 보아서는 안 된다.

시인이 작품 형태를 구성하는 과정에서 행의 분절 형식과 장이나 행 간에 여백 주기를 즐겨 사용한 까닭은 대체로 다음과 같은 의미로 해석할 수 있다. 첫째는 작품의 구성상 단조로움과 단순함을 완화하려는 의도가 가장 크게 작용한 것으로 보인다. 그리고 여백 주기를 빈번히 구사함으로써 시의 형식상 길이와 호흡이 길어지며 내적으로는 의미와 이미지를 고려하여 표현한 구성적 효과도 낼 수 있다. 그러니까 시의 행과 연을 배열하는 과정에서 시인이 고정된 시조 형식을 최소한 고려하면서 나름대로 변화를 적극적으로 모색한 이면에는 그만한 이유와 타당성이 전제되어 있다고 하겠다. 여기서 우리는 그의 성형의식의 의도와 높이를 가늠할 수 있다.

이렇듯 김월준 시인은 시를 빚는 과정에서 형식적인 새로움(개성)을 확보하기 위해 무척 심사숙고했다. 널리 알려졌듯이 러시아 형식주의자들이 문학작품의 개성(새로움)은 어디서 창출되는가를 연구하는 과정에서 처음에는 형식에서 나온다고 보았다가 나중에 형식이 아니라 '문학성'이 관건이라고 정정하였듯이 틀에 박힌 형식에서는 개성이 발휘될 가능성은 희박하다. 다시 말하면 창작 이전에 이미 시의 형태가 결정된 고정된 형식을 적용하는 한 시조에서 시인이나 작품의 형식적인 변별성이 나오기는 거의 불가능하다. 선인들이 조선조 시조들을 분석한 결과로 시조는 대개 '3장 6구 45자 내외'로 구성된다고 규정한 것은 바로 시조 형식의 몰개성을 실증하는 좋은 예이다. 이 점 때문에 현대시조 시인들의 큰 고민 중 하나도 바로 고정된 형식을 어떻게 변용하고 변주하여 시조라는 양식을 견지하면서도 변화를 꾀하고 쇄신할 수 있느냐 하는 문제인 것으로 알고 있다. 그래서 김월준 시조에 드러나는 다양한 형식적 실험들은 그런 답답한 심정에 대해 한 답을 제공할 수 있어 일정한 의미와 가치를 지닌다. 이상과 같은 주요 특성들을 염두에 두고, 이제 몇몇 실증적인 예를 구체적으로 살펴보기로 한다.

> 가난한
> 이를 보면
> 지나치질 못하고
>
> 따뜻한
> 마음으로
> 즐겁게 나누는 이
>
> 천사여
> 오오 천사여
> 그대가 성 프란시스코!
>
> ─<조남찬 선생> 전문

시집의 첫머리에 내세운 작품이자 시인이 가장 선호하는 형태를 취한 작품이기도 하다. 가장 전통적이고 정통적인 형태로 보면 평시조 형식이지만, 전래의 초·중·종으로 이루어지는 3장 체계를 허물고 장마다 3행으로 나눈 뒤 한 행씩 띄었기 때문에 자유시 형태로 보면 3연의 형태를 취했다. 그래서 이 작품은 관점에 따라서는 자유시로 취급해도 큰 무리는 없다. 하지만 시인이 이 작품을 시조 양식이라는 인식 아래 지었으므로 시조로 보아야 한다. 전통의 3장을 연속 배열하는 형태만 해체되었을 뿐 각 장을 4음보로 분화할 수 있고 종장의 첫 구절 3자와 음절의 총숫자가 45자로 이루진 점 등에서는 시조 형식의 기본을 최소한 범위로 축소하여 지켰다. 그렇다면 부분적으로 발생하는 모순성을 해소하기 위해서는 이 작품을 전통적인 시조 형식을 현대적으로 변주한 것으로 볼수밖에 없다. 즉 이 작품의 형식적 특성은 시조이면서 시상과 심상에 따라 자유로운 행 갈음[分節]을 취하는 자유시의 기법을 원용하여 확장한 것이고, 그 결과 시조와 자유시의 단단한 경계를 허물어 기존의 양식적 고정관념을 깨뜨렸다. 거꾸로 말하면 시조와 자유시가 경계점에 만나는 접점을 형성하도록 구성했다고 볼 수 있다.

아내를 떠나보내고 집안에 들어서니

반갑게 맞아주던 그녀는 여기 없고

빈 가슴 쓸어안으며 울고 있는 그리움.

아옹다옹 한 생애를 사랑으로 메워가며

듣기 좋은 잔소리도 귓전으로 흘렸는데……

빈자리 너무 크구나 아, 그대가 복덩이!

-〈빈집〉 전문(가-⑤)

생각지도 못한 일이 지구촌 곳곳으로

번져가, 많은 이들의 목숨을 앗고 있다

지나친 탐욕이 불러온 또 하나의 돌림병

몸에 좋다면 뭐든 잡아먹는 먹자거리

구제하려야 구제할 수 없는 이 끔찍한 일을

박쥐가 새 바이러스로 앙갚음하고 있다

끊임없이 일으키는 변종의 세균 앞에

힘없이 무너지는 인류의 허상이여

보이지 않는 미물에게 무릎 꿇고 말건가

 ー<상상 초월> 전문(나-⑩)

　위의 두 편의 연시조형은 각 장을 분절하지 않고 장과 장 사이에 규칙적으로 한 행씩 띄어 전통적 방법을 그대로 받아들이지 않았다. 그러면서도 2연 시조인 <빈집>에서는 연구분을 표시하기 위해 1, 2연 사이에 한 행을 더 띄었으나, 3연 시조 형태인 <상상 초월>은 연구분 표시 없이 규칙적으로 한 행만 띄어 표현 형식이 다르다. 연구분 표시를 한 작품이 두 편에 불과하여 두 형식의 차이를 가름하는 이유를 분명히 찾아낼수는 없다. 다만 시인이 연과 연 사이의 흐름과 호흡을 분명히 끊어야 좋을지 아닐지를 고민했다는 점, 아니면 이미 시조 양식이라는 사실을 인지한 상태로 작품에 접근하는 경우라는 점을 전제할 때 연시조의 경우행의 구성과 배열은 당연히 평시조의 완결 형태인 3장의 배수인 6·9·

12……행으로 이루어지므로 굳이 연구분을 따로 표시하지 않아도 되지 않겠느냐고 독자에게 암묵적인 동의를 구하는 의미로 볼 수도 있다. 이렇게 보면 이것도 시조의 구성 형태로서 하나의 변별성을 지니는 것으로 보아야 한다. 그렇다면 시인이 연과 연 사이를 띄어 호흡을 의도적으로 끊을지 말지, 어떤 경우가 좀 더 효과적일까를 고민하는 것은 시상을 전개하는 과정에서 시인의 선택 자유와 권리에 해당한다는 점을 인정해야 한다. 시인에게 예술적 자율성은 언제 어디서나 항상 열려 있는 것이 마땅하니까.

사과를 먹으면서 사과를 생각한다

내 허물 가슴에 안고 끙끙대기보다는

사과할 이를 찾아 깨끗이 사과를 하고 나면

마음에 낀 성에가 말갛게 사라진다

용서는 화해를, 화해는 평화를 불러와

마침내 살맛나는 세상이 웃으며 찾아온다
　　　　　　　　　　　－<사과를 먹으며> 전문(가-⑧)

이 작품은 연시조 형식으로 볼 수 있는데, 엄밀하게 따지면 기존의 연시조 형식에 충족되지 않는 부분이 있다. 연시조 형식이 되기 위해서는 1연 종장이 종결된 문장으로 마무리된 후 2연이 시작되어야 한다. 그런데 여기서는 1연의 종장과 2연의 초장이 연결되는 문장으로 구성되어 있다. 즉 '사과할 이를 찾아 깨끗이 사과를 하고 나면'(1연 종장) '마음에

긴 성에가 말갛게 사라진다'(2연 초장)라고 표현하여 두 연이 하나의 문장으로 인과관계를 갖도록 처리하였다. 이 형태는 굳이 따지자면 멀리 신라가요의 4구체 형식을 배로 늘려 8구체로 확장한 경우를 원형으로 볼 수 있다.[8] 이 작품 외에 <착각에 대하여>라는 작품에서도 이 형식을 취했는데, 결과적으로 1연에 해당하는 3행에 종장의 의미를 부여하지 않음으로써 전통적인 연시조의 개념에서 일정한 거리를 두려고 한 의도에서 비롯된 것으로 볼 수 있다.

　　그대와 나, 손 한번 잡지 않고 진하게 사랑할 수 있는 사랑이 있다
　면, 이보다 순결한 사랑, 어디 또한 있으리

　　꽃보다 고운 마음 눈빛으로 주고받고, 눈물마저 말라버린 갈잎 같
　은 세상에서, 온 누리 차고도 남을 사랑이여 내 사랑!
　　　　　　　　　　　　　　　　　　　－<그대와 나> 전문(가－⑨)

이 작품은 이번 시집에서 가장 시조답지 않은 형태를 지니고 있다. 유일하게 산문시의 구성 형태로 이루어져 있는데 시인의 이름과 시조라는 표시를 지우고 일반 자유시 지면에 게재되었다면 누구든 시조라고 판단하기 어렵게 되어 있다. 이 시의 표면 형태를 분석하면 2연 형태의 연시조로 각 연은 산문 형태를 취하고 있다. 그러니까 자유시와 산문시 기법이 융합되었다. 즉 연을 나눈 것은 자유시 기법이고 각 연에 행 갈음이 없음은 산문시 기법이다. 전통적으로 보면 형태는 조선조의 사설시조나 엇시조 계열로 볼 수 있으나 표현 내용은 사설형이 아닌 평시조에 가깝게 이루어져 있을 뿐 아니라 연까지 나누어 전혀 다른 모습을 지닌다. 이

---

8) 신라가요(향가)의 행 증가는 4행의 배수로 이루어졌다. 즉 초기 4구체에서 8구체로 확대되었다. 나중에 후렴구를 넣어 10구체를 만들었다.

시를 아래와 같이 전통적인 평시조 형식으로 재구성해 보면 그 특성이
분명하게 드러날 수 있다.

그대와 나, 손 한번 잡지 않고
진하게 사랑할 수 있는 사랑이 있다면,
이보다 순결한 사랑, 어디 또한 있으리

꽃보다 고운 마음 눈빛으로 주고받고,
눈물마저 말라버린 갈잎 같은 세상에서,
온 누리 차고도 남을 사랑이여 내 사랑!

위에서 보면 음보 단위의 음절 수에 융통성이 있는 것과 문장부호를
사용한 점 등을 제외하면 일반 연시조와 별로 다를 점이 없다. 그렇다면
시인은 왜 이 작품을 행을 분절하지 않고 산문시 형식의 줄글로 표현했
을까? 필자의 판단으로는 시상의 흐름을 끊지 않고 자연스러우면서도
속도감 있게 전개하고 싶은 시인의 의도와 밀접한 관련이 있는 듯하다.
그만큼 사랑에 대한 절실한 심정을 토로하고 싶다는 것이다. 그러면서
도 시인은 시조인 점을 고려하여 쉼표를 사용해 최소한의 장 구분을 표
시함으로써 독자에게 혼란을 줄 수 있는 우려를 줄이고 수월하게 감상
할 수 있도록 배려하였다. 여기서도 김월준 시인의 시적 인식이 잘 드러
난다. 즉 형태적 실험에만 매몰되지 않고 적절한 범위 안에서 효과적으
로 표현할 방안을 찾았음을 알 수 있다.

좋은 작품은 내용과 형식이 불가분의 관계로 이루어진다. 다시 말하
면 형식이 내용을 규제하고 내용은 형식을 규제하는 것이 예술의 한 특
성이다. 이 점을 깊이 심각하게 고민한 작가는 채만식이다. 그는 소설가
로 널리 알려져 있으나 희곡작품도 여러 편 창작 발표했다. 그런데 그는

희곡 양식을 선택한 동기로서 소설 형식으로 표현하기가 적절하지 않다는 점을 내세웠다.[9] 이를테면 제재의 성격이 표현 양식을 결정하도록 만들었다는 것이다. 현실감과 생동감을 작품으로 구현하려고 할 때 적절성에서 소설은 희곡에 비할 바가 안 됨을 고려하면 그가 왜 그런 양식적 변별성을 고집했는지 이해할 수 있다. 김월준 시인이 시조 양식을 선택하고, 또 시조가 지닌 고정적 형식을 최소한으로 고려하면서도 허용되는 실험의 테두리 안에서 최대한 변화와 변주를 꾀하려고 고심한 점도 바로 그 양식적, 예술적 생리를 깊이 의식한 결과일 터이다. 따라서 그가 가진 시조 양식에 대한 외경심은 충분히 가치 있는 것으로 평가받을 받을 만하다.

3. 전통 계승의 묘미로 풀어낸 애틋한 사부곡

김월준 시인이 시조의 형식실험에 바친 치열한 노력에 비하면 제재를 표현하는 방식에 대해서는 상대적으로 신경을 덜 쓴 편이다. 그가 표현 과정에서 가끔 '사과(과일류)/사과(謝過)'(<사과>), '박대(생선류)/박대(薄待)'(<박대>), '여자(女子)만/여자만(汝自灣)'(<여자만>), '백호(百號)/백호(白虎)'(<비상>) 같은 아이러니(동음이의어를 통한 언어유희)를 가미하거나 '봉황새－봉선화'(<봉선화>) 같은 韻을 만들며 시적 재치를 추구해 보기도 했으나 이것이 그의 표현 솜씨를 돋보이고 빛나게 할 만큼의 비중을 차지하지는 못한다. 이로 보면 그는 시조의 매력에 빠진 나머지 자유시처럼 시를 위한 시를 만들기 위해 꾸미고 비틀고 뒤집고 감추고 시치미떼고 하는 기교 같은 것에는 별로 관심을 두지 않는 듯하다.

9) 채만식, 「연극 발선책－극연좌에의 부탁」, 『소광』(1939.1). 『채만식선집』 10, 159쪽.

오늘날의 '時調'라는 명칭이 원래 '時節歌調'(이세춘)라는 말이 축약된 것이듯이, 이 양식은 시절을 읊는 노래라는 전통을 지닌 것이어서 유별나게 기교를 부릴 필요가 적다. 옛시조들을 보더라도 별다른 기교 없이 대체로 소박하고 담백하게 이루어져 일반 대중이 함께 즐기도록 만들어졌다. 물론 현대시조에서는 다양한 표현 기법을 활용한 재치 넘치는 작품도 적지 않으나 그보다는 생활 주변에서 만나는 인간적 정경과 자연 풍광에 대한 성찰로부터 정감을 불러일으키고 어떤 감흥에 도달하여 독자가 수월하게 접근하고 즐겨 공유할 수 있도록 하는 것이 시조의 큰 특성이라 할 수 있다. 예컨대, 다음과 같은 작품들에서 김월준 시인의 시정신이 그런 전통을 지향하고 계승하는 방향으로 흐르고 있음을 감지할 수 있다.

> 뒷물이
> 앞선 물을
> 밀어내고 있습니다
>
> 흐름을
> 멈추지 않는 한
> 어쩔 수 없습니다
>
> 둑으로
> 막아도 안 됩니다
> 강물의 질서입니다
>
> 　　　　　　　　　　　－<강물을 보며> 전문
>
> 눈부시게
> 물결치는

꽃바다를 보아라

사랑도
저들처럼
빛날 수만 있다면

모든 걸
다 밀어내고
그대만 사랑하리

-<단풍> 전문

　시집 어디를 들쳐도 위와 같은 작품들이 대종을 이룬다. 말하자면 김
월준 시인의 창작 관습을 잘 보여주는 작품이다. 즉 시조의 전통적인 형
식과 구성방식에는 변화가 보이나 표현 기법과 내용에는 별로 변화가
보이지 않는다. 자연의 이치를 성찰하여 삶의 지혜를 얻어내는 방식, 즉
'先景後情'이라는 전통적인 발상 과정과 시 구성방식으로 지은 점이 바
로 그 점을 일러준다. 그리고 '文以載道'라는 조선조의 문학관에도 합치
된다. 그런데 일반 독자로서는 '선경후정'의 구성방식이나 '문이제도'라
는 문학관을 몰라도 얼마든지 이 시의 깊이에 들어갈 수 있다. 이를테면
웬만한 독자라면 대체로 '그렇지'라고 머리를 끄덕거릴 만한 작품이다.
그래서 두 작품에 대해 따로 설명을 덧붙일 필요가 없으나 굳이 구차하
게 살을 좀 붙여보기로 한다.
　<강물을 보며>에서는 '뒷물이 앞선 물을 밀어내'는 현상이 자연의
섭리이므로 자연의 일부인 인간도 그것을 거역하거나 가로막지 못한다
는 것, 즉 시간의 흐름에 따른 세대교체는 필연적이므로 누구나 순순히
받들어야 한다는 점을 표현하였다. 다르게 말하면 시인은 허욕과 아집

을 버리고 자연의 이치를 거스르지 않으며 순리대로 사는 삶을 강조했다. 그것이 공동체의 질서를 유지하여 서로 간의 갈등과 분열에서 벗어나 평화로운 경지에 드는 최상의 길이라는 것이다. <단풍>은 눈부시게 아름다운 단풍을 통해 촉발된 뜨겁고 아름다운 사랑의 감정, 즉 '그대만 사랑하리라'라는 다짐을 담고 있다. 이 작품 역시 공동체의 존재 의미를 생각게 한다. 이를테면 단풍의 아름다움이 여러 개체가 함께 어울려 '꽃바다'를 이룬 결과라는 점을 상기하면서 시인은 사랑도 그러리라 깨우친다. 오직 그대만을 사랑하는 사랑만이 서로의 사랑을 아름답게 할 수 있다는 것, 즉 아름다운 사랑은 순수와 헌신과 조화를 통해 이루어진다는 것이다. 이런 주제는 어떻게 보면 만고의 진리이기에 평범한 것일 수도 있으나 '강물'과 '단풍'에 빗대어 녹여낸 시인의 인생관과 가치관 및 표현의 맛은 범상치 않다.

이렇듯 김월준 시인이 즐겨 다루는 것 중에는 삶의 지혜를 일깨우는 경우가 많은데, 그 이면에는 주로 결핍이 전제되어 있다. 그러니까 그 지혜에는 부족하거나 부정적인 인간성에 대한 연민을 갖는 동시에 개선의 정(꿈)을 불러일으키려는 시인의 사회적 인식이 깔려 있다. 결핍과 환상은 '필요는 발명의 어머니' 같은 구조로서 시(예술)를 탄생케 하는 대표적인 명제 중 하나인 만큼 시인이 인간사의 결핍에 대한 성찰을 통해 시적 발상을 이끌어오는 것은 자연스럽다. 가령, "정이 고플 때" "외롭고 고달플 때" "엄마 같은 사랑집"(<따뜻한 밥집>)을 찾아간다고 애정 결핍을 노래한 것, "벽을 헐기는커녕 드높이 쌓고 있네//누굴 위한 것이기에 그토록 막고 있나//언젠가 제 몸을 가둘 감옥인 줄 모르고.//…(중략)…//얼마나 많은 밤을 울어야 이루리까//벽과 벽을 넘어서 모두가 하나되어//목청껏 화합의 노래 불러보고 싶구나"(<벽과 벽을 넘어서>)라고 소망하는 것, 그리고 "틀 안에 갇힌 새는/날지를 못하느니//우물쭈물

하지 말고/뒤돌아보지 말고//박차고 날아가거라/푸른 하늘 네 것이
야!"(<틀에 갇힌 새는 날지 못한다>)라고 권유하는 것, 또는 요즘 세계
적으로 가장 뜨겁고 심각한 문제인 코로나바이러스를 제재로 한 작품인
<상상 초월>에서 "생각지도 못한 일이 지구촌 곳곳으로//번져가, 많은
이들의 목숨을 앗고 있다//지나친 탐욕이 불러온 또 하나의 돌림병"이라
고 일갈하는 대목 등등에서 시인의 사회의식과 작품관이 잘 드러난다.
말하자면 사회와 인간에 대한 절망적인 인식이 그에게 시를 짓게 하는
동인으로 작용한 셈이다.

　위와 같은 예들을 종합적으로 고려하면, 김월준 시인에게 시조는 절
망적인 현실을 이겨낼 수 있는 길을 성찰하고 모색하는 예술적 매개체
가 된다. 바꾸어 말하면 그는 예술작품에 내포된 두 기능인 敎示性과 쾌
락성 중에 교시성, 즉 서양 고전 용어로는 '정화'(catharsis)이고, 요즘의
과장된 말로는 '치유'(healing)이며, 우리의 옛날 방식으로는 '道'에 이르
는 효과를 더 적극적으로 믿는 편이다. 이러한 효과가 그의 절실한 꿈과
믿음이 실현되는 시간을 조금이라도 앞당길 수 있다면, 그것이 실현된
궁극의 경지는 바로 '푸른 숲'의 세계라고 시인은 강조한다. 여기서 우리
는 그가 시집 제목을 '푸른 숲'으로 내세운 까닭을 알아차릴 수 있다. 다
음 작품에는 그가 숲의 세계를 얼마나 간절히 염원하는지 그 이유가 절
절히 펼쳐져 있다.

　　도시든, 강가든, 어디든, 숲을 가꾸자

　　황사먼지, 미세먼지 하늘을 뒤덮는 오늘

　　사람이 살만한 곳은 저 숲밖에 없어라

숲은 찌든 대기 빨아먹고 산소를 내뿜는

푸르디푸른 분수, 인류의 생명나무

신선한 공기 마음껏, 마실 수 있는 터에

숲 나라, 숲 천국을 만들어 보자구나

자손들이 이어받아 영영 살아갈 이 땅에……

수풀은 영혼의 쉼터, 태초의 고향이다!

-<푸른 숲> 전문

  여기서 보듯 '푸른 숲'은 인류의 '생명나무'로서 '영혼의 쉼터, 태초의 고향'이자, '자손들이 이어받아 영영 살아갈 이 땅'을 '천국'(낙원)으로 만드는 원천이다. 이와 같은 '숲'에 대한 시인의 절실한 인식을 고려할 때, 그간에 펴낸 그의 시집 제목들이 '검은 땅 검은 꽃'·'숲으로 가자'·'푸른 말 내닫다'·'꽃도 말하네'·'꽃과 바람과 푸른 숲' 등과 이번에 다시 '푸른 숲'으로 제목을 선정한 사정을 어느 정도 짐작할 수 있다. 그리고 여기서 또 한 가지 흥미로운 사실은 첫 시집 제목인 ≪검은 땅 검은 꽃≫과 이번 시집 제목 ≪푸른 숲≫이 대조적으로 이루어졌다는 점이다. 다시 말하면 부정적인(결핍) 세계인식에서 출발하여 이상적인 세계로 지향해 온 그의 시적 역정과 작의가 시집 제목을 통해서도 상징적으로 드러나서 그의 절실한 심정이 한층 찡하게 와닿는다.
  그런데 시인이 간절히 꿈꾸는 '푸른 숲'의 경지가 거의 도탄에 직면한 현대의 인간공동체를 구원할 수 있는 절체절명의 聖所로서의 사회적 공간이라 한다면, 김월준 시인은 개인적으로 최근에 그 숲과 같은 아내를 여의는 비극을 겪어서 더욱 큰 고통과 슬픔에 빠져 있다. 세상에 충격적인 일이 많고도 많겠지만 반려자를 영원히 상실하는 사건보다 더 큰 충격적인 일이 있을까. 그가 '시인의 말'에서 "나에겐 2019년은 잃을 것 다 잃은 한 해였다. 평생을 같이하던 아내가 하늘나라로 떠나고, 심한 충격에 많은 시간을 보내기도 했다."라고 피력한 대목을 통해서 어느 정도 짐작할 수 있듯이 아마도 그는 지금도 필설로는 이루 다 말하기 어려울 만큼 극한의 슬픔 속에서 허덕일지도 모른다. 이렇게 보면 이 시집의 요체는 사별한 아내에 대한 애틋한 정을 표현한 思婦曲이자, 유명을 달리한 아내에게 바치는 헌사라고 할 수 있을 것이다.

> 그대는
> 나의 사랑
> 영원한 그대 사랑
>
> 하늬바람
> 몰아치는
> 눈보라 속에서도
>
> 정답게
> 뿌리 내리며
> 사랑 노래 부르리
>
> −<참 소중한 당신·1> 전문

한 쌍의 원앙처럼 다정스레 살다가

어느 날 갑자기 짝을 잃어버리면

저절로 뭉그러지며 어쩔 줄을 몰라라

흔들리는 마음을 다잡아 보지마는

연민의 정 때문에 잊지 못할 그대여,

"모든 게 내 탓이라고" 통한의 가슴친다

잘 가오, 나 때문에 고생도 많이 했소

울며불며 한 평생을 알뜰살뜰 거뒀지요

다음에 하늘서 다시 만나 영원토록 살리라

— <아내를 보내며> 전문

　위의 두 작품은 아내에 대한 시인의 마음을 대조적으로 표현하고 있다. 즉 영원히 함께 사랑할 것으로 믿었던 행복한 마음과 아내가 어느 날 갑자기 하늘나라로 떠난 뒤의 충격 및 회한이 상반되어 있다. 인생에서 죽음은 누구도 피하지 못할 哲理이므로 이미 예상된 일이라 하더라도 막상 현실에서 직접 부딪치면 누구나 크나큰 슬픔에 빠지게 마련이다. 영원히 사랑할 것을 믿으며 '한 쌍의 원앙처럼 다정스레 살'던 아내가 어느 날 갑자기 하늘나라로 떠나갔으니 남편으로서 '저절로 뭉그러지며 어쩔 줄을 몰라라'라 하며 당혹감에 빠지지 않을 수 없다.

　그러나 시인은 지극한 슬픔 속에서도 한편으로는 '흔들리는 마음'을 다잡으며 현실을 직시하려고 애를 쓴다. 흔히 장례식장에서 비통함에 젖은 상주를 위로하고 용기를 잃지 않게 하려고 그에게 '죽은 사람은 죽은 사람이고 산 사람은 살아야 한다.'라는 말을 해주듯이 이승과 저승의 길은 다르다. 시인이 모든 것을 자신의 탓이라고 자책감을 토로하며 통한의 가슴을 치면서도 혼미한 정신을 추스르며 '잘 가오' '다음에 하늘서 다시 만나 영원토록 살리라'라고 약속하는 것은 바로 그런 삶의 이치를 받아들여야 함을 깨달은 결과일 것이다. 그가 사별한 아내로 인한 슬픔과 고통에 함몰되거나, 원망과 회한에 오래 빠져 있기보다는 "즐거운 마음으로 나누고 베풀면서//스치는 바람같이 한세상을 누비다가//목숨이 다하는 날에 미련 없이 가리라"(<작별인사>)라고 다짐하면서 빨리 현실을 받아들이며 마음을 비우려 애를 쓰거나, <참 소중한 당신> 연작을 통해 주로 좋았던 때를 되돌아보는 것은 깊은 절망감 속에서도 살아갈 의욕과 힘을 모으려는 의지를 보여주는 것이다. 이에 따르면 현실적 고통과 슬픔을 시적으로 토로하고 표현하는 것은 누구보다 먼저 충격과 혼란에 빠진 시인 자신의 마음부터 정화해주는 효과로 작용함을 알 수 있다. 그리고 이것은 독자에게도 공감을 주고 마음을 울리는 힘으로 작용하여 사회적 의미로 확장되게 한다. 바꾸어 말하면 시인에게 절실한 것은 독자에게도 절실하게 다가가 사회적 공감대가 높아질 수 있다는 것이다.

물론 시조 양식이라고 해서 꼭 이런 현실적, 실용적 차원의 효능을 위해 존재하지만은 않는다. 그 대극점에 예술을 위한 예술을 지향하는 예술관인 유미주의를 신봉하는 부류도 존재하듯이 실용적 목표와 예술적 목표 사이에는 수많은 예술적 관점이 스며든 작품들이 종·행대로 늘려 있다. 이 波長(spectrum) 위에 김월준의 시조는 어디쯤 위치할까, 부질없더라도 잠시 한번 가늠해보자면 그 위치는 아마도 중간쯤의 어디가 아닐까. 시인의 치열한 형식실험을 예술적 색채 방향으로 기울어지는 것이라고 본다면, 시를 통해 삶의 지혜를 얻고 정화 기능을 염두에 두는 관념은 실용적 색채 쪽으로 무게의 중심이 이동한다고 할 수 있다. 그러니까 두

색채는 서로 긴장 관계를 이루어 중간쯤에서 만날 가능성이 커진다.

이러한 특성을 다른 관점으로 접근하면, 시인이 추구하는 형식은 현대적인 변주를 지향하는 반면, 내용은 전통을 지향함으로써 또 다른 긴장 관계를 이루어 신구 조화가 이루어지는 방향으로 작동한다. 이 결과는 김월준 시인이 시조의 매력을 한껏 느끼면서도 고정된 형식만은 다양한 변화와 쇄신이 필요하다는 신념을 갖는 이유와도 통한다. 결론적으로, 좋아하되 빠지지는 않는 균형감각을 유지하려고 애쓰는 것이 그의 시정신의 가장 중요한 덕목이라 할 수 있다.

불멸하는 어머니에 대한 믿음

―이사라, ≪훗날 훗사람≫

1. 부재와 존재 사이

이사라 시집 ≪훗날 훗사람≫(문학동네, 2013)을 읽으면서 작년인가 어머니를 여읜 이사라 시인의 애절한 마음을 떠올렸다. 예술(시) 작품의 창작이란 무엇보다도 가장 절실한 것으로부터 촉발된다고 본다면, 이번 시집에 사랑하는 어머니와의 가슴 저린 이별 과정을 겪었을 시인의 체험이 깊이 스며들지 않을 수 없었을 것이다. 세상에 어버이를 여읜 슬픔보다 더 크고 절실한 것이 또 있을 수 없을 테니까. 나는 이사라 시에서 시인이 어머니와의 마지막 이별을 겪는 과정에서 참으로 많은 번민과 아픔을 겪었구나 하는 느낌을 분명히 읽었다. 물론 개인의 감정을 억누르고 깎고 구부리고 채색하여 개연성을 부여하려고 애쓴 표현물인 시편들이므로 시와 시인의 개인적 삶을 곧이곧대로 등가관계로 보는 것은 어느 정도 유보되어야 마땅하겠지만, 그래도 나는 시편 곳곳에서 인간 이사라의 사모곡과 시인 이사라의 존재론적 고독이 중첩되어 절절한 울림을 자아내고 있음에 전율하였다. 이것은 다음 작품에 잘 표현되어 있다.

내가 사랑하는 저 사람
곡기를 끊고 누워버린 지 오래

…(중략)…

내가 아무리 사랑해도
사랑하는 저 사람
내가 아무리 사랑해도
저 혼자 뜨겁고 서늘하네

한 사람의 생이 食道 앞에서 길을 잃는데
나는 하릴없이
끼니를 두 배나 더 먹은 포만감에 시달리면서
밥에 관하여
빵에 관하여
혹은 쌀에 관하여
밀에 관하여
사랑하는 사람의 사랑에 관하여
곡기에 관하여
식도에 관하여
뜬눈으로 밤을 바쳐 읽고 또 읽네

내가 사랑하는 사람을 읽고 또 읽네

― <곡기> 부분

　여기에 등장하는 '내가 사랑하는 저 사람'이 누구인지 짐작하기는 그
리 어렵지 않을 것이다. 어머니의 마지막 병상을 지켰던 체험을 형상화

한 이 작품에는 극한 상황에 놓인 사랑하는 사람과 자아에 대한 깊은 성찰 및 '나'의 애끓는 사랑과 그 한계가 극명하게 드러난다. '곡기를 끊고 누워 버린 지 오래'인 '내가 사랑하는 사람'을 '저 사람'으로 거리를 두고 바라보아야 하는 심정이 오죽했을까 싶다. 세상에 다시없을 내가 사랑하는 사람에게 죽음이라는 지상 최대의 절망과 비극이 다가오고 있으나 자식으로서 아무 짓도 할 수 없다는 무력감이란 참으로 견디기 어려운 고통일 것이다. 그래서 우리는 '뜬눈으로 밤을 바쳐 읽고 또 읽네' '내가 사랑하는 사람을 읽고 또 읽네'라고 거듭 강조하는 표현에 드리운 자식의 조바심과 번민과 죄스러움을 온몸으로 느끼지 않을 수 없다.

이렇듯 가장 사랑하는 분을 여의게 된 시인에게 시간과 존재에 대한 절실한 인식과 상상력이 발동하는 것은 당연한 일일 것이다. 아무리 사랑하는 사람이라도 때가 되면 헤어져야 한다는 것을 인정해야 하면서도 마음 한쪽에는 영원한 이별이 아니기를 바라는 소망이 자리를 잡는 것은 어쩔 수가 없다. 이러한 자식의 간절한 마음은, 이번 시집의 핵심을 '재생(부활)'이라는 시어로 삼아도 좋을 만큼 죽음이 완전한 소멸이 아니라 재생의 근원, 이를테면 순환적 존재라는 시인의 인식이 하나의 원형으로 많은 작품에서 반복 표현된다는 점을 통해서도 실감할 수 있다. 이 것은 과거→현재→미래로 오로지 직진만 하는 시간관이 아니라 아침－낮－저녁－밤(하루)이나 봄－여름－가을－겨울(계절)처럼 끝없이 순환 반복하는 시간관, 또는 계절에 따라 피고 지는 과정을 거듭하는 꽃과 같은 식물적 상상력의 근간으로서 인간도 궁극에는 그 범주 안에 들어있음을 확신하고 있음을 나타낸다. 이것을 다시 생사관으로 본다면 결국 죽음을 인정하는 동시에 부정하는 역설적 관념이라 할 수 있다. 바꾸어 말하면 자연의 섭리를 받아들이는 일상적 자아와 재생(부활)을 확신하는 초월적 자아가 시인의 마음속에 공존한다고 하겠다.

2. 순환하는 시간, 불멸의 존재 인식

이사라 시에서 시간과 존재에 관련된 표현을 따라가면 이승(삶)·저승(죽음)·이승⇄저승(순환) 등 크게 세 개의 인식 단위를 만날 수 있는데, 이것을 구체적으로 살피면 이렇다.

첫째, 이승에 대한 비극적 인식이다. <얼룩>에서 시인은 "날이 저물고 아픈 별들이 뜨고/내가 울면/세상에 한 방울 얼룩이 지겠지//우리가 울다 지치면/한 문명도 얼룩이 되고"라고 표현했다. 이에 따르면 삶의 과정은 아픔-꿈(별)-울음-얼룩으로 이어진다. 얼룩도 삶의 한 흔적이기는 하지만 오염이나 흉터 등에 더 가까우므로 비극성을 내포한다. 그런데 여기서 얼룩을 세상과 문명으로 확장한 점을 눈여겨봐야 한다. 나의 울음-세상의 얼룩, 우리의 울음-문명의 얼룩이라는 관계에서 드러나듯이 개인의 비극성과 세상의 비극성이 밀접하게 연관되어 있다. 이는 순행과 역행이 겹쳐진 것으로 볼 수 있다. 다시 말하면 나의 아픔이 세상(문명)을 얼룩지게 할 수 있고, 반대로 슬픈 세상과 문명이 나에게 아픔을 주는 원인이기도 하다는 것이다. 이렇게 보면 달걀과 닭의 관계처럼 어떤 쪽이 먼저인지 모호한데, 사실 이보다 더 슬픈 것은 "검버섯 피부의 시간이 당신을 지나간다//시간을 다 보낸 얼룩이 지나간다"라는 것, 그리고 "나의 얼룩도/당신처럼 시간을 지나가겠지"라고 하는 소멸에 대한 인식에 젖어 있다는 점이다. 시간은 얼룩만 지우지 않고 얼룩이 묻은 주체까지도 사라지게 하기 때문이다. 그래서 여기에는 소멸의 두려움이 함축되어 더 깊은 슬픔을 자아내게 한다.

둘째, 저승에 대해서는 '고요'하다고 인식하는 점이다. <빈틈>에서 시인은 "한 사람이 살다가 비 그치듯 사라지면/그 주위에서 한동안 들끓던 시간이 잦아들며/갑자기 고요해진다"라고 표현하여 삶을 비 내리는 형상에 비유하였다. 이에 따르면 삶이란 궂음과 소음으로 점철된 것이요, 죽음은 그 비극성을 단절하고 고요한 세계에 드는 것을 뜻한다. 이렇게 시인은 이승의 삶을 비극적이고 번거롭고 시끄러운 것으로 보고, 죽음(저승)에 대해서는 그에 대립하는 고요한 상황으로 인식한다.

그런데 시인은 위와 같은 대립적인 세계인식과는 상관없이 고요한 세계에 영원히 들어가 이승과 완전히 단절되기보다는 '순환하는 시간을 통해 재생되는 존재'에 대해 더 애착하는 것을 보여주어 궁극적으로는 영원 지향성에 침전되어 있음을 드러낸다. "개똥밭에 굴러도 이승이 낫다."라는 속담을 연상시키는 시인의 존재 인식을 다음에서 엿볼 수 있다.

> 전쟁 같은 사랑
> 피 흘리는 시간들
>
> 한 세상을 다하고
> 단풍처럼 물들어 낙엽처럼 떨어지는 시간들
>
> 그러나
> 한 술 한 술 주워 담는 신의 숟가락에 담기니
> 천만다행이다
>
> 시시포스 하나가 또 태어나도
>
> ―<시시포스 하나가> 전문

주지하듯 시시포스는 제우스신의 노여움을 사서 큰 돌을 산꼭대기까지 밀어 올리는 일을 반복하는 형벌을 받은 신이다. 시시포스가 제우스신의 불의를 밀고하였다는 것이나, 죽음의 신을 가두었다는 것 등을 상기하면 신의 세계에서 보면 금기사항을 어긴 죄를 저질렀지만, 인간에

게는 매우 도전적인 일을 하였다. 이처럼 시인은 비록 '전쟁 같은 사랑/
피 흘리는 시간들'로 얼룩진 세상에서 영원한 *徒勞*의 고통스러운 노역
을 치르는 시시포스와 같은 운명을 가진 삶을 살더라도 다시 태어나는
것이 더 낫다고 여긴다.

　이와 같은 시인의 강력한 재생 인식은 시작 노트로 볼 수 있는 '시인
의 말'에 이미 직접 진술되어 있다. 즉 "봄날이 되어도 나타나지 않는 사
람들을 위해/꽃다발 한 목숨 바치는 것으로 될까!//훗날 훗사람을 위해/
우리들 다 바치는 것으로 될까!//그래도, 그러는 사이에도/한 세상 또 한
세상/말없이 누구나 단풍 들고 낙엽 지고/말없이 봄볕 들고 새순 돋는다
는 다정한 말,/나는 믿는다!//첫 울음소리 다시 들리는 날들이다."라고.
이러한 시인의 생사관은 표제 시 <훗날 훗사람>에 다음처럼 고스란히
표현되어 있다.

　　　떠나온 골목에서
　　　피는 목련을 두고 왔다는 먼 소리가 들린다

　　　…(중략)…

　　　골목은 그곳에서 떠난 사람이
　　　훗날 훗사람이 되어 오리라는 것을
　　　기다려왔던 것일까

　　　제단 위에 벌써
　　　바람이 불고 허공이 차려진다

　　　목련이 지면
　　　피는 목련을 두고 왔다는

그 소리도
제단 위에서
구름빛으로 사라지겠지

훗날 훗사람이 또 태어나길 기약하겠지

─<훗날 훗사람> 부분

　‘훗날 훗사람’을 시간과 존재의 관계로 보면, 시간은 계속 흐르기 때문에 전혀 다르지만, 존재는 같거나 비슷할 수 있다. 즉 ‘골목은 그곳에서 떠난 사람이/훗날 훗사람이 되어 오리라는 것을/기다려왔던 것일까’라는 표현에 따르면 동일인이 되돌아오는 형상임을 알 수 있다. 여기서 ‘목련’은 확인할 수 없는 존재의 재생과 순환 과정을 가시적으로 확인해주는 비유적인 대체물이다. 물론 현상적으로는 똑같은 꽃이라 할 수는 없어도 동종의 꽃이 끊임없이 피고 지는 것을 고려하면, ‘훗날 훗사람’에 담긴 시인의 인식은 인생도 목련처럼 피고 지고 다시 피는 과정을 거듭하면서 영생하는 것으로 본다고 할 수 있다. 시의 표현 구조상 ‘목련’과 ‘훗사람’을 교차시킨 것은 바로 일회적인 유한한 인간의 일생을 식물과 등가관계로 놓음으로써 재생할 수 있는 통로를 마련하기 위한 시적 책략이다. 인간을 식물적 상상력으로 접근한 것은 바로 이와 같은 존재론적 의미가 깔려 있다고 하겠다.

　그러나 이러한 시인의 시간과 존재론적 관념에는 한편으로 일말의 회의가 깔려 있기도 하다. 이를테면 “햇살이 펼쳐놓은 복도 속으로/빵과 함께 들어가서/복도를 품으면/사라진 시간이 돌아올까?”(<느린 이별>)라고 표현한 대목에 깔린 의문, “둥근 세상과 한 몸으로 철철이 물들어/눈 밖에 나는 일 없으면 좋겠다”(<둥근 반지 속으로>)라는 구절에 담긴 수망의식, 그리고 “다시 돋아나 쑥바귀처럼 쓰디쓴 시간을 먹어도/기

불멸하는 어머니에 대한 믿음　473

억처럼 살아날 것은 살아나고/화석처럼 남을 것은 남고"(<봄맛>)에 드러나는 차별성 인식 등을 통해 보면 시인은 그것을 완전히 확신하고 있는 것만은 아님을 알 수 있다. 이러한 반신반의는 시인이 현실과 이상의 틈을 의식하고 있음을 나타낸다. 그렇다면 이 틈을 좁히거나 궁극적으로는 없애 버릴 때 그 이상은 실현이 가능할 텐데, 이것을 시인은 다음처럼 표현한다.

> 한 사람이 살다가 비 그치듯 사라지면
> 그 주위에서 한동안 들끓던 시간이 잦아들며
> 갑자기 고요해진다
> 지상의 고요는 그렇게 시작되기도 한다
> 살아남은 사람이
> 그 고요를
> 둥글게 둥글게 쓰다듬는다
> 그와 나 사이
> 빈틈이 없어지도록
>
> 그러다 봄날이면
> 영안실의 꽃처럼 뿌리 뽑혔던 그 사람이
> 말없이 새순 돋듯
> 빈틈으로
> 돌아오기도 한다
>
> $-$ <빈틈> 부분

> 딱딱한 것 깨고 나와
> 알고도 모르는 척 다시 세상 살면서
> 온 마음이 온 마음에게 부딪쳐도 즐겁게 쓸리는

여느 봄날같이
가지 끝의 연륜이 가벼울수록 팔랑팔랑 안타까운 봄날같이
사랑했던 사람들 다시 파릇한 봉분에서 피어오르는 봄날같이

이렇게 둥근 눈으로 마주보며
말 못하고 피 마르는 고통도
오래될수록
씨눈 된다는 말, 이젠 믿는다
사랑은 말없이 둥글다며
누구나 말없이 단풍 들고 낙엽 지고
누구나 말없이 봄볕 들고 새순 돋는다는 말, 정말 믿는다

둥글게 세상 담은 반지 속으로
사람들 자꾸 들어간다

―〈둥근 반지 속으로〉 부분

위의 두 편을 관통하는 핵심 시어는 '둥글게'와 '새순'이다. 여기서 '둥글게'가 원만함(모습)과 영원성(시간)에 연관된다면, '새순'은 존재를 상징한다. 말하자면 두 시어는 현실과 미래 성찰이 중첩된 의미, 즉 시간이 지나서(훗날) 원만한 존재(훗사람)로 재생되어야 한다는 인식을 함유한다. 그리고 여기서 중요한 것은 시인의 염원이 저절로 이루어지는 것이 아니라고 본다는 점이다. 소망 실현을 간절히 염원한다는 것은 역설적으로 그만큼 실현 가능성이 작음을 의미한다. 그러니까 염원과 불가능성이 선순환으로 연결되면 안정된 마음을 통해 성실성이 배가되어 비록 시시포스와 같은 고역을 치르는 존재가 될지라도 과정을 중요하게 여기며 목표 실현을 위해 노력하게 되지만, 반대로 악순환으로 연결될 때에는 시에 절망하여 주저앉는 존재로 전락할 수도 있다. 이렇게 시인이 인

식에는 기본적으로 상반된 의미가 깔려 있다.

　그런데 위의 시에 따르면 시인은 선순환의 궤도를 더 크게 의식한다. 먼저 <빈틈>에서 시인은 이승에서 사라진 그와 이승의 나 사이에 있는 빈틈을 없애기 위해 노력한다. 이는 이승의 '들끓는 시간'을 저승과 같은 '고요'한 상태로 만드는 일이 되는 것인데, 이를 위해 가장 필요한 것이 바로 '그 고요를 둥글게 둥글게 쓰다듬는다'라는 것, 즉 원만한 인간으로 거듭나는 과정을 겪는 것이라고 시인은 규정한다. 세상이 시끄러운 것은 결국 모난 인간들이 서로 부딪치기 때문이라는 것이다. 따라서 모난 존재가 원만한 존재로 바뀌어 거듭나는 것이 곧 고요한 세상을 만드는 근원인데, 이것은 그와 나 사이의 빈틈을 없애는 것이라 하였으니 궁극적으로 시인은 생사일여의 존재론에 닿아 있음을 보여주는 것이기도 하다.

　한편, <둥근 반지 속으로>에서는 순환하는 계절과 존재의 재생에 대한 믿음을 확고히 하는 표현이 드러난다. 특히 '이젠 믿는다' '정말 믿는다'라는 표현을 반복하는 건 그동안 일말의 회의가 있었음을 나타내는 동시에 그것을 깨끗이 지우는 儀式을 치르는 의미도 있다. 그리고 '말없이'와 '누구나'도 의미심장한 시어이다. 즉 '말없이'가 웅변보다는 실천행위가 더 중요하다고 보는 것이라면, '누구나'는 보편적인 현상이라는 의미를 띠게 하여 확신을 더욱 확고히 하는 기능을 한다. 그리고 '둥글게 세상 담은 반지 속으로/사람들 자꾸 들어간다'는 표현도 주목된다. <빈틈>에서 개인이던 '나'가 이 시에서 복수의 '사람들'로 확장된 것은 결국 '내남없이' 모두가 '둥근 반지'가 상징하는 의미, 즉 원만한 존재로 거듭나는 일을 자꾸 추구해야 인류가 영원히 사는 길이 열린다는 것을 강조하는 의미가 있다. 다시 말하면 모난 사람들의 갈등과 충돌에 의한 들끓는 세상이 극한(종말)으로 가는 길이라면 원만한 사람들이 조화롭게 사는 세상은 영원할 수 있다는 것이다. 요컨대, 들끓는 현실이 개선된 고요하고 아름다운 미래에 대한 꿈과 확고한 믿음이 일상화되고 보편화할 때 '둥글게 세상 담은 반지 속으로' '자꾸 들어'가는 '사람들'의 숫자는 더욱 늘어날 수 있음을 시인은 간절한 마음으로 노래한다. 그리고 이러한 새로운 세계의 도래는 곧 돌아가신 어머니를 다시 만나는 것만큼이나 모두에게 무한한 기쁨과 행복을 가져다주리라고 시인은 확신한다.

3. 애 끓는 사모곡

지금까지 살펴본 대로 이사라 시인의 여섯 번째 시집 ≪훗날 훗사람≫은 가장 사랑하는 사람을 여읜 개인사적 슬픔이 근저에 깔려 있지만, 궁극적으로는 이상적인 새로운 세상을 만나는 염원으로 확장되고 보편화하는 작품들로 이루어져 있다. 그리고 시인의 세계인식 속에는 시간과 존재론적으로 '재생과 순환'이라는 자연 섭리가 핵심으로 자리를 잡고 있다. 이것은 식물적 상상력과 밀접한 관련이 있는데, 이는 봄마다 새순이 다시 돋아나는 식물처럼 인간과 세상도 늘 순수한 상태로 다시 태어날 수만 있다면 세계는 낙원으로 바뀌어 항상 웃음꽃이 피어날 것임을 염원하는 시인의 꿈을 표상하는 기능을 한다.

이런 점에서 이사라 시인의 순환하는 시간관과 존재 인식은 종교적이면서 문학적 사유인 동시에 돌아가신 어머니에 대한 딸의 강력한 그리움의 시적 감응 양식이기도 하다. 그러니까 ≪훗날 훗사람≫은 겨울 지나 봄이 돌아오면 수목에 새순이 돋고 화초에 다시 꽃이 피어나듯이 사랑하는 어머니 역시 그런 돌고 도는 시간의 수레에 실려 돌아오리라는, 불멸에 대한 믿음을 담은 애끓는 자식의 사모곡으로 읽어도 큰 허물이 되지 않을 것이다. 나의 이런 생각은 다음 작품이 뒷받침해줄 것이라 믿으며 졸고를 맺는다.

한 줌의 세상이 둥글게 굴러가겠지

그리고 또 다른 당신과 내가 태어나고
또 다시 햇살 드리운 창가에 다가앉아
둥근 이마를 부딪쳐가며
한 시절의 털 뭉치에 조금씩 엉켜들겠지

한 마디 한 마디 조그만 햇살들을 나누면서

-<대바늘 이야기> 부분

늘 살아 있는 뜨거운 상징의 시학

─김용옥, ≪그리움을 채우는 기억≫

1. 침묵과 표현 사이

시인 김용옥은 셋째 시집 ≪그리움을 채우는 기억≫(1998.1)의 '自敍'에서 "누군가 가장 내밀한 수신자가 되어, 백 번쯤의 편지를 받게 되는 날, 죽음보다 평화로운 화해가 세상으로 가는 길목을 장애 없이 당당히 열어 주리라." 기대한다고 피력하였다. 그런 의도에 따라 이 시집에는 온갖 갈등으로 들끓는 세상에 평화가 깃들기를 염원하는 시심으로 물들인 <편지> 연작 45편이 실려 있다. 그리고 넷째 시집 ≪사과나무 아래≫(2002.10)는 그 연장선에서 <편지> 연작(46~121)으로만 꾸려 세상으로 띄워 보냈다. 이토록 시인은 절실한 마음으로 '편지' 쓰기의 시 형식을 상당 기간 견지하였다. 이 시집을 끝으로 시인은 10여 년간 긴 침묵에 들었다. 그렇다면 무엇이 시인에게 시심에 편지 형식을 입히도록 자극했고, 또 긴 침묵 끝에 다시 시집을 묶어내도록 작용하였을까? 이런 의문들을 먼저 풀어내야 다섯 번째인 이번 시집으로 들어가는 문을 여는 열쇠를 마련할 수 있다고 보아 우선 이것부터 짚어보기로 한다.

자신이 직접 밝혔듯이 김용옥이 추구하는 시인으로서의 사명감은 무

엇보다도 얽힘과 싸움으로 점철되는 세상을 '죽음보다 평화로운 화해'
에 이르게 하는 통로를 찾는 일이다. 시인이 시의 기능을 인간들에게 이
상향으로 가는 길목을 열어주는 것이라 믿듯, 시를 읽고 감동하는 독자
가 늘어날수록 어지러운 세상은 '평화로운 화해'의 상태로 조금씩 가까
이 다가갈 수 있을지도 모른다. 일찍이 I. A. 리처즈가 역설했듯이 산문
과 달리 시는 독자에게 순수한 정서적 반응을 유도함으로써 "그것에 의
해서 초래될 인간 생활의 혁명은 다른 어떠한 혁명보다도 큰 것이 될"[1]
수도 있기 때문이다. 스스로 읊고 감동하여 자신도 몰래 마음이 움직이
는 경험이야말로 그 어떤 물리적 자극이나 강압보다도 큰 변화를 일으
킬 수 있음을 상기하면, 리처즈가 '혁명'이라는 강력한 어휘를 선택할 만
큼 확신에 찬 기대는 어느 정도 유효할 것이라 믿는다.

　그런데 문제는 물신주의가 극에 달한 천박한 자본주의 세상은 물질적
교환 수단과는 거의 무관한 시에 관심을 쏟을 만큼 사람들에게 여유를
주지 않는다는 점이다. 더구나 첨단 문명의 발달로 인터넷과 휴대전화
등의 보급으로 인해 전통적인 의미의 '편지' 형식도 사람들의 마음에서
거의 퇴출당하는 처지로 전락하고 말았다. 내가 볼 때 밀레니엄을 전후
로 하여 한때 편지 형식의 시 쓰기를 고집했던 김용옥의 마음에는 아마
도 이처럼 위기로 치닫는 현대사회를 절실하게 마음에 담은 결과였던
것으로 보인다. 그리하여 시인은 수년간 편지 형식의 시를 연작으로 세
상에 띄워 보내기 시작하였고, 마음속으로는 아무리 세상이 지독하게
어둡더라도 한 '백 번쯤의 편지'를 띄우면 좀 달라지지 않을까, 10번 찍
어 안 넘어가는 나무 없다는데 그 열 배인 100편의 간절한 시 편지를 띄
운다면 아마 세상이 조금이라도 좋은 방향으로 바뀜 직하다고 믿었던
모양이다.

---

1) I. A. 리처즈, 김영수 역, 『문예비평의 원리』, 현암사, 1981, 370쪽.

그러나 예상했던 100편을 훌쩍 넘어 무려 121편에 이르는 시 편지를 세상으로 띄워 보냈건만 세상이 변하기는커녕 시는 "아무나 불러도 누구나 응답해 오는/너른 세상의 언어"(이번 시집 <세상 주유>)가 되지 못한 채 세상은 점점 더 어두워만 갈 따름이다. 그러니까 시인은 서양에서 먼저 불어 닥친 '문학의 위기'가 이제는 '문학의 죽음'으로 더 심화하는 그 무서운 세상을 절실히 경험한 셈이다. 이러한 아이러니 현상은 순수하고 순진한 시인의 마음에 씻을 수 없는 크나큰 상처가 될 수 있다. 나는 시인 김용옥이 10여 년을 침묵한 이면에는 이런 뼈저린 고뇌가 서려 있다고 감히 단정한다. 그래서 굳게 닫힌 세상을 시로 열어 보겠다는 호기를 부린 것이 자신을 무척 민망하게 만들지는 않았을까, 그런 생각을 해보았다. 그러면서도 한편으로는 그래도 시를 餘技쯤으로 생각하는 시인이 아니라면 온전히 시를 떠나기는 어렵다는 점도 예상할 수 있다. 그런 일로 시를 버리고 어쩌고 할 것 같으면 아마도 애초에 시의 길로 들어서지도 않았을 것이다.

시인이 다만 겉으로 보이기에는 침묵하고 있었을 뿐이지 시를 완전히 단념하고 이별한 것이 아니었음은 <보내 온 시집>이라는 작품이 증명한다. 이 시에 따르면 시인으로서 김용옥이 지난 10여 년간 침묵하는 동안 어떤 마음이었는지 그 정황이 쩡하게 다가온다. 시를 함께 나누자고 보내 준 시집을 뜯어보지도 못하고 봉인된 채로 가방에 넣고만 다니며 '망설이'고 '서성거리'는 심정은 시에 대해 침묵하는 스스로에 대한 자격지심 때문일 것이다. 그러니까 주고받음이라는 세속적 품앗이의 문제는 피상적이다. 이는 결구가 뒷받침한다. 즉 '닫힌 세상의 저녁'이라는 세계 인식은 시인이 상상하고 실천해온 시 편지의 배달이 실효성을 갖지 못하고 아무런 보람도 얻지 못했음을 단적으로 나타낸다. 시인의 침묵은 바로 이 때문이지만 실상 내면에서는 늘 망설임과 서성거림으로 시의 주변에 맴돌았다. 그렇기에 "아무나 불러도 누구나 응답해 오는/너른 세상의 언어를 <u>더 늦기 전에 배워야지</u>"(<세상 주유>, 밑줄: 인용자)라는 새삼스러운 다짐이 가능했던 것이 아니었을까.

사실, 10여 년간 시집을 내지 않고 침묵으로 일관한 시인의 속내를 자세히 알 수는 없다. 다만 지난 시집과 이번 시집의 시적 전후 맥락을 짚어 보면 위와 같은 정신적 방황을 겪었음이 짐작된다. 즉 편지 같은 형식으로 그리운 것들을 호명하고 불특정 다수에게 진심을 전하던 방법에 대한 한계를 인식하였음을 형식과 내용을 통해 살필 수 있다. 아무리 편지를 보내도 응답이 없는 현실, 도무지 긍정적인 상태로 변할 기미가 없이 오히려 점점 더 혼란하고 어지러워지는 세상사에 대한 염증이 시인에게 시적 침묵에 빠져들게 했다면, 시인이라는 숙명과 사명감은 다시 시에 대한 열정에 불을 지피고 시 쓰기에 대한 용기를 뜨겁게 달군 것으로 보인다. 소통할 수 있는 '언어'를 '더 늦기 전에 배워야지'라고 표현한 구절에 드러나는 것처럼 침묵보다는 소통할 수 있는 시를 써야 한다는 절박한 심정이 시인에게 시의 세계로 다시 몰입하도록 부추겼음을 알 수 있다.

이렇게 시인 김용옥이 오랜 침묵을 깨고 다시 시로 돌아올 때 우리는 이미 스스로 변하지 않으면 안 된다는 어떤 내적 결의를 거쳤을 것이라 예감할 수 있다. 편지 형식의 시로서는 시인이 열려고 갈망하던 닫힌 세상이 꿈쩍도 하지 않음을 뼈저리게 간파했기 때문이다. 그러지 않아도 하나의 매듭을 지은 다음에는 반드시 새로운 세계를 모색해야 하는 것이 예술의 생리임을 익히 아는 시인으로서 옛날 방식으로 노래를 계속 부를 수는 없을 것이니 새로운 시적 세계로의 변모는 지극히 당연한 결과이다. 다만 그것이 앞과 뒤로 어떻게 이어지고 갈라지는가 하는 점만이 현안이 될 뿐이다.

그렇다면 시인이 오랜 침묵 끝에 '닫힌 세상'을 열 수 있는 시적 표현 방법으로 궁구한 결과는 어떤 것일까? 새 시집의 원고를 검토하면 상당한 변화상이 감지된다. 특히 실효성이 미약한 것으로 판단한 편지 형식의 시를 접고 새로운 상상력으로 시상을 펼쳤다는 점이 먼저 눈에 들어온다. 형식을 바꾸고 상상력에 변화를 꾀해 이전 작품들과는 다르게 정적/동적, 관조적/탐색적, 성찰적/비판적, 하소체/평서체 등 여러 측면에서 세부적으로 다양한 변화를 보여준다. 이 중에도 시의 내면을 결정하는 시정신의 차원에서 떠돌이와 탐색 정서가 중첩된 '流民의식'이 바탕을 이룬다면, 외형상으로는 호흡이 상대적으로 짧아지고 전에 볼 수 없었던 산문시 형식이 더러 가미되기 시작했다는 점이 눈길을 끈다. 그리하여 종합적으로 이번 시집에서는 현실 인식이 상당히 강화되었는데, 이것은 세상을 구체적으로 확인하기 위해 이곳저곳을 돌아다니면서 참살이의 진실을 확인하고자 한 시적 노력의 결과로 파악된다.

2. 형식적 전통과 새로움 사이

시적 변화는 무엇보다도 먼저 형식에서 가장 잘 드러나게 마련이다. 형식은 시의 외형을 이루는 핵심인지라 작품을 구체적으로 읽지 않고도 한눈에 파악되기 때문이다. 그런데 이번 시집 원고를 검토하면서 김용옥 시 형식의 기존 틀이 다소 흔들리고 있음을 보았다. 물론 이 현상은 시인이 시의 형식 문제를 놓고 깊이 고민한 결과일 것이다. 사실 시를 써 본 사람이라면 작시 과정에서 제재의 선택과 전언 탐색도 큰 고민이지만 어떻게 표현할 것인가라는 문제는 더 큰 고민으로 늘 심중에 맴돈다. 그것은 시가 시다울 수 있는 근본적인 문제이기 때문이다. 그래서 한 시인의 작품들이 기존의 형식을 고수하든 변화를 꾀하든 모두 그 나름대로 시인의 시정신이라는 검정 과정을 거친 것이기 때문에 깨어 있는 예술 독자라면 세심한 주의를 기울이는 것이 마땅하다.

그렇다면 김용옥 시의 형식적 특성은 어떻게 규정할 수 있을까? 지금까지 상재한 4권의 시집 전체를 형식적 차원에서 검토하면 가장 큰 특성으로 줄곧 자유시 형식을 철저히 고수해왔다는 점을 지적할 수 있다. 즉 작품 대부분이 시상에 따라 자유롭게 시의 행과 연을 가름하는 자유시 형식으로 이루어졌다.[2] 김용옥의 자유시 형식 취향에 대해서는 이미 김용범 시인이 간파한 바 있다. 그는 셋째 시집 ≪그리움을 채우는 기억≫의 '해설'에서 "김용옥은 정석에 가까운 행 갈이와 당돌한 분절 두 기법을 자유롭게 사용하는 시인이다. 그리하여 그의 시가 의미 전달이 아닌 시 본래의 기능인 음악성의 기반 위에서 쓰여지고 있음을 재확인해 준다."라고 하면서 "양날 칼을 사용하는 熟手거나 오른손과 왼손을 같이 쓸 줄 아는 시인, 우리 시대에 드물게 만날 수 있는 시인이 바로 김용옥"(138쪽)이라고 평가하였다. 이를테면 서정시의 큰 특성인 음악성이 잘 살아남으로써 언어예술로의 시적 위상에 걸맞다는 것을 그는 김용옥 시의 큰 장점으로 보았다.

주지하듯이 시는 그것이 예술인 이상 단순한 전달 차원을 넘어 형식과 내용이 유기적인 관계를 맺어야 한다. 다시 말하면 언어로 이루어지면서도 언어의 주요 기능인 의미 전달에만 집중하지 않는다. 다른 예술 양식과는 달리 문학예술로서의 시는 언어를 질료로 사용하기 때문에 어떻든 의미 전달과 불가분의 관계를 맺지만, 그것은 어떻게 표현하여 전달할 것인가라는 문제가 결부되지 않으면 산문으로 전락하고 만다. 그러니까 시에서 형식의 문제는 시의 정체성을 가늠하는 절대적인 요건이

---

2) 자유시 형식 가운데도 대부분 행과 연을 나누는 분절 방식을 선호하여 연을 나누지 않은 시는 찾아보기 힘들 정도로 거의 없다.

다. 그렇더라도 최근의 일부 난삽한 시들에서는 이런 점이 많이 간과되어 시와 비시의 갈림길에 선 작품들이 적지 않다. 이는 그렇지 않아도 위기에 봉착하여 독자들로부터 점점 유리되는 시의 위상을 더욱 흔들리게 할 뿐이다. 이런 나쁜 예에 비출 때 무엇보다도 시의 형식에 대해 깊이 고민한 김용옥 시는 그 자체로 일정한 의의를 지닌다.

김용옥의 자유시 형식 선호 취향은 이번 시집에서도 일단은 큰 변화가 없다. 그만큼 시인의 시 인식에는 서정시와 자유시 형식이 불가분의 관계라는 등식이 확고하게 자리를 잡고 있다. 그런데 좀 더 세심하게 주의를 기울여 분석하면 그 속에 작은 변화의 바람도 불고 있음이 감지된다. 그 가운데 형식 차원에서 앞서 잠시 언급했듯 의미 있는 것으로 두가지를 지적할 수 있다. 하나는 시의 길이가 이전 시보다 대체로 짧아졌다는 점이고, 다른 하나는 미미하게나마 산문시 형식에 대한 인식이 싹트기 시작했다는 점이다.

먼저, 큰 변화의 하나로서 시의 길이가 짧아진 점을 살피면 이렇다. 띄어쓰기를 합쳐 1면당 20행으로 이루어진 제4시집(가)을 기준으로 이번 시집(나)을 분석하면 큰 차이가 있음이 확연히 드러난다. (가)에는 총 63편의 작품이 실려 있는데 그중 58편(92.1%)이 20행을 넘어 2면 이상이 된 경우가 대부분을 차지한다. 반면에 (나)에는 73편 중 20행 이하로 이루어진 작품이 39편(53.4%)을 차지하여, 만약 (가)와 같은 조건으로 조판한다면 1면 이하로 이루어질 가능성이 있는 작품의 비율이 오히려 더 높다. 이는 설득 조의 긴 편지 형식으로부터 서정시의 본령으로 회귀하는 의미를 가지며, 긴 사색보다는 세상을 직시하고 직관력으로 표현하려는 의도가 더 강화된 것과 관련이 있는 것으로 보인다.

다음으로, 전에 볼 수 없던 산문시 형식을 가미한 작품도 주목된다. 전체 시 가운데 온전히 산문시의 형식으로 이루어진 시는 없고, 다만 산문시 형식을 가미한 작품이 두 편 있어 비율로 보면 아주 미미하다. 그런데도 이들 작품에 큰 의미를 부여하려는 것은 그것이 바로 김용옥의 시적 리듬 감각을 분명히 확인해주는 의미가 있기 때문이다. 가령, 다음 시를 보면 그 점을 알 수 있다.

숨을 막는 건조한 며칠이 지나고
흐린 오후에 비가 내렸다

김강태 형, 임영조 두 시인 떠난 어젯밤, 내내 비바람 어수선하더니 영안실 가는 저녁, 강변 도로 동쪽 어두운 지상에서 하늘로 무지개가 걸렸다. 지난 해 오월 하순, 이비오 시인 보내던 날에도 비 오고 무지개 뜨더니 영혼이 순결한 사람 하늘이 영접하는 날, 피안의 나루로 건너는 영롱한 다리 놓아 이승의 무거운 물살 모두 잊고 오르라고 강물에 잠시 걸렸다 스러지는 짧은 무지개.

반짝, 눈물처럼 들어오기 시작한 가로등 아래
弔燈을 내다 건
전조등 불빛 길게 늘어 선 사이로
강변의 키 낮은 개망초 흐느끼는 어깨선을 지우며
어둠도 조용히 고개를 묻고 있었다.

— <영안실 가는 길> 전문

이 시는 전체 3연으로 구성되었다. 시의 구조상 1연은 도입부로서 '숨을 막는 건조한 며칠'과 '비가 내렸다'는 표현을 통해 죽음과 슬픔을 연상케 하는 배경 제시로 이루어졌고, 본체에 해당하는 2연은 '시인들의 죽음'이라는 비극적 현실과 그들의 명복을 비는 의미의 이미지들이 주축을 이룬다. 그리고 종결에 해당하는 3연은 '어둠'이라는 상징적 이미지를 통해 세상 모든 것은 사라질 수밖에 없는 자연의 섭리를 암시하는 것으로 마무리된다. 이를 통해 시인의 생사관이 선명하게 드러난다. 즉 복수의 시인들의 연쇄적인 죽음을 거명함으로써 존재에 내리는 죽음이 현실적으로는 슬픈 현상이지만 누구도 피할 수 없다는 점과 그것이 완전한 소멸을 의미하는 것이 아니라 오히려 '이승의 무거운 물살을 잊고' 彼岸에 이르는 길이라는 인식을 통해 알 수 있다. 요컨대 이 시는 영혼 불멸의 내세관을 통해 비극적 상황을 희극적 상황으로 반전 승화하여 죽음에 대한 불안감을 줄여 시적 카타르시스를 경험하게 한다.

3원 구조인 이 시에서 더욱 우리의 눈길을 끄는 것은 시의 본체에 해당하는 2연에 산문시 형식을 도입했다는 점이다. 그리하여 이 시는 산문시 형식인 2연을 중심으로 자유시 형식의 1, 3연이 대칭 구조를 이룬다. 시인이 이렇게 한 편의 작품에 두 가지 시 형식을 교차 구성한 것은 운문체와 산문체 형식의 쓰임새가 다름을 분명히 인식한다는 증거이다. 그렇다면 위의 시에서 이 두 형식이 교차된 까닭은 무엇일까? 제재를 중심으로 파악할 때 그것은 바로 시의 내용이 기준이 되었음을 알 수 있다. 즉 운문체로 된 1, 3연이 죽음 밖의 현실의 거리 풍경에 대한 서정적 인식이라면 산문체로 된 2연은 시인의 죽음과 명복을 비는 마음으로 이루어져 있다. 운문체가 산문체보다 노래와 낭만적 성향이 강하다는 점을 고려하면, 2연에 표현된 시인의 죽음은 그 무엇보다도 절실한 생사의 갈림길을 인정하지 않을 수 없는 극한적 현실이다. 이것을 어떻게 노래(운문)로만 표현할 수 있겠는가. 다시 말하면 시인이 동료 시인의 죽음이라는 비극적 현실에 대해 그토록 고통스럽게 받아들이고 있음을 나타낸다. 이는 결국 시에서 내용과 형식(리듬)이 유기적으로 이루어져야 함을 치열하게 의식한 결과로서, 김용옥 시정신의 치밀성을 엿보게 하는 대목이라 하겠다.

그런데 이러한 리듬 감각의 강화라는 점에서는 사실 역설적이게도 전통적 서정시에 더 가까이 다가서는 의미가 있다. 시학 교실에서 보편적 이론으로 소통되듯이, 서정시(lyric)는 그 옛날 'lyra'라는 작은 타악기에 맞춰 부르는 노래라는 어원에서 비롯되었다. 이 연유로 전통적으로 서정시에는 음악적(리듬)·주관적·고백적·독백적·내성적·현재적·단형적·음유적 등등의 관형어가 붙을 수 있다. 이에 따르면 서정시와 편지 형식은 부분적으로 대립 관계로 놓일 수밖에 없다. 특히 일반적으로 편지가 특정 대상을 전제로 한 목적 의식적·외향적인 실용문의 성격을 갖는 점에서(물론 김용옥 시의 <편지>는 다른 차원이지만) 독자를 거의 의식하지 않는 자족적인 서정시와는 거리가 있다. 그렇다면 이번 시집의 첫머리에 '유민 일기' 연작을 배치한 까닭도 짐작할 수 있다. 즉 이것은 특정 대상에게 보내는 '편지'와 개인적 삶의 성찰과 그 기록인 '일기'의 차이를 반영한 결과로 볼 수 있다.

이런 의미로 볼 때 이번 시집에 실린 작품들의 형식적 특성 가운데 길이가 다소 짧아지고 리듬을 강하게 의식한 형태로 이루어진 것은 시의 정체성이 강화된 의미가 있다. 그렇다고 이것이 꼭 과거로의 회귀만을 뜻하는 것은 아니다. "전통은 새로운 상황에 대한 반응"[3]이라는 말을 통해 알 수 있듯이, 김용옥 시에서 부분적으로 전통적 형식에 대한 재인식 양상이 드러나는 것은 '선택적 전통'의 의미가 있는 것으로서 그 나름의 새로운 의미를 담고 있다. 이를테면 안으로는 스스로 한계를 인식한 편지 형식의 시 쓰기에 대한 일신이라는 의미와 함께 밖으로는 산문적 행태로 치닫는 현대사회를 닮아 장황한 넋두리 시가 일부 평론가들의 관심거리가 되는 잘못된 시판에 대한 성찰과 비판적 의미도 있다. 따라서 김용옥 시 형식의 작은 변화는 사소해 보이지만 깊은 시안으로 들여다

---

3) 에릭 홉스봄 외, 박지향·장문석 옮김, 『만들어진 전통』, 휴머니스트, 2004, 21쪽.

보면 사소하지 않은 개인적이며 사회적인 의미가 아우러진 예술의식의 결과임을 간과해서는 안 된다.

3. 방랑과 정착 사이

앞서 시인으로서 김용옥이 시적 갈등으로 침묵할 수밖에 없었고, 다시 돌아오지 않을 수 없었던 까닭을 나름대로 짐작해보았다. 다소 직설적으로 말하면 시의 사회적 쓰임새에 대한 깊은 회의가 시인에게 시 쓰기에 대한 근본을 다시 생각하게 하였다. 이러한 갈등의 실체는 이번 다섯 번째 시집의 첫 장에서 만나는 <流民 일기> 연작을 통해 구체적으로 드러난다. 시집의 머리에 배치했듯이 '유민', 즉 '떠돌이' 의식은 시인의 세계와 자아 관계가 집약된 시어로, 여기에는 여러 가지 의미가 함축되어 있다. 浮游와 여정, 전이와 변화, 체념과 방황, 일탈과 도피, 성찰과 비판, 탐방과 모색 등등 긍정과 부정의 의미가 뒤섞여 있다. 발붙일 곳이 없는 극한 상황이 연상되는가 하면, 어느 곳에도 뿌리를 내리고 싶지 않을 정도로 부정적인 세상을 혐오하는 마음과 몸짓이 그려지기도 한다. 또 안주할 만한 곳을 찾지 못해 이상향을 찾아 끝없이 떠도는 모습이 떠오르기도 하고, 근원적으로는 영원한 자유인에 대한 염원이나 '인생은 나그네'라는 아주 낯익은 비유를 새삼 떠올리게도 한다. 이렇게 이 시어는 현상과 본질을 함께 생각하게 할 정도로 시인의 마음이 복잡함을 부각한다.

이러한 시인의 마음이 담긴 '유민 일기'에는 무엇보다 비감 농도가 짙은 시어가 유난히 많다. 예컨대, "혼자 적막을 지키다/그대로 적막의 사리가 되는 집//종일 참았던 침묵이 우르릉 쿵쾅/밤마다 배수관을 타고/온 어깨로 흐느끼는 울음을 뱉어내/함께 어지러운 꿈이 되는 동네"(<유

민 일기-적막의 사리>), "긴 장화로 시장 바닥을 끌며 부르는/희망가한 소절이 잘린 발목과 함께 젖는//모서리가 모두 헤진 성남 유민의/봄날이 그렇게 가고 있다"(<유민 일기-모란장>), "글썽거리며 사람들불러들이는/점점이 뿌려진 낮은 집들의 불빛 속에/길 잃고 찾아온 잔별하나/함께 절룩이며 달과 동무하네요"(<유민 일기-붉은 줄장미 넝쿨아래>) 등의 구절들에 들어있는 '혼자 · 적막 · 침묵 · 흐느끼는 울음 · 잘린 발목 · 모서리가 헤진 · 글썽거리는 · 길 잃고 찾아온 잔별 · 함께 절룩이며' 등과 같은 시어들이 바로 그런 정서와 분위기를 환기한다. 이런 세계인식과 자아의식으로 문이 열리는 이번 시집의 시세계를 형성한 기본화두(핵심어)가 '유민 의식'이라 한다면, 비극적 세계를 해소하는 길을찾아 끝없이 떠도는 것은 시인이 누구보다도 비판적 지성인이자 당위론적 존재임을 확인하는 시적 여정이라 할 수 있다. 이 두 중심 관념, 즉 비극적인 세계에 대한 인식과 희극적인 이상향 지향 사이를 잇는 징검다리가 곧 김용옥 시의 바탕을 형성한다.

　그런데 김용옥 시에 들어가는 징검다리 구실을 하는 것들은 시집에접근하는 거리에 따라 다양하게 거론될 수 있다. 징검다리를 촘촘하게놓아 장황하고 여유롭게 걸어갈 수 있고, 띄엄띄엄 놓아 긴장하며 조심스럽게 다가갈 수도 있다. 여기서는 뒤의 경우를 택하여 유사 이미지나표현 의미를 중심으로 재분류하는 방법을 취할 것이다. 유사 범주에 관해서는 이미 목차에서도 어느 정도 알 수 있다.[4] 이것을 중심으로 살피

---

4) 시집을 엮어낸 시인이라면 대개 경험했을 터인데 목차를 짜는 과정에서 어느 정도유사성을 고려하게 마련이다. 그래서 아주 간단하게는 목차에 드러나는 시 제목이나 목차의 중간 제목들을 통해서도 대강의 그림을 그려낼 수도 있다. 이런 경험에비추어 보면 이번 시집의 목차가 4부로 나누어져 있고, 각 부의 중간 제목이 각각'제1부: 유민 일기', '제2부: 건봉사에서 보냅니다', '제3부: 여자가 가네', '제4부: 고리에 대하여'로 이루어진 것을 통해 김용옥 시의 상상력 지도의 밑그림을 가늠해 볼수 있다. 4라는 숫자는 춘하추동의 사계절을 연상케 하고 이를 확장하면 생로병사

면 비극적 세계와 자아에 대한 인식으로 인한 '유민 의식'(①)에서 분화되는 김용옥 시의 상상력 파장은 '도시·저자 거리'(②)→'교외·오지(시간으로는 과거)'(③)→'사찰·자연'(④) 등으로 구별된다. 이것을 더 압축하여 이원화하면 속(俗)↔성(聖)으로 대비할 수도 있다. 그러니까 번거로움과 번뇌로 점철된 세속을 일탈하여 고요한 평화(이상향)에 들고자 하는 정신적 이행 의지는 곧 김용옥 시의 근간이다. 가령, 다음 시에서 보면 그 두 인식이 선명하게 대비된다.

자욱한 비안개 아래로
사바세상의 갈증
다 가시지 않아
휴대전화를 놓지 못하는 사람들
떠도는 주소지 위로
비 사나흘 내려
기억의 상처
진부령 골짜기로 흔적 없이 스며들어
지우고 나면

설악의 잎새
살아있는 반짝임 끝에
내가 푸른 수액으로
다시 곁에 서 있을까요

— <건봉사에서 보냅니다> 부분

의 삶의 주기를 생각게도 한다. 그래서 김용옥 시를 핵심 이미지 중심으로 해체하여 주요 범주별로 다시 조합하면 '생로병사'의 삶의 술거리로 엮어낼 수 있나.

여기서 보면 시인의 마음이 흘러가는 방향이 뚜렷하게 드러난다. 그 방향은 과정상 3개의 단위로 나누어진다. 즉 ①'사바세상의 갈증/다 가시지 않아/휴대전화를 놓지 못하는 사람들'이기에 '떠도는 주소지'를 면치 못한다는 것, ②이것은 참삶이 아니라는 인식이 작동하여 세속적 탐욕을 지우고 싶어 '진부령 골짜기로 혼적 없이 스며들어' 그것을 '지우고 나면', ③'설악의 잎새'처럼 살아 '내가 푸른 수액으로' 재생될 수 있을까 반문하는 것 등으로 구분된다. 이렇게 과정상 세 단계로 구분되지만 결국 압축하면 시인의 의식구조는 온갖 탐욕에 함몰된 사람들로 인해 死境에 직면한 '사바세상'에 대한 비판인식과 이로부터 발동한 극복 의지로서 살아 있는 푸른 존재로 재생되고 싶은 열망을 갖는 것으로 구분된다. 물론 이 열망의 실현 여부는 결구를 탐색과 회의를 공유하는 반문 형식으로 처리하였듯 누구도 확신할 수 없다. 다만 삶이라는 것이 그렇듯 그런 인식과 자각이 일고 그에 따른 실행과 수행이 이루어지는 그 과정이 중요할 따름이다. 그러면 이제 이런 상상력의 큰 줄기를 바탕으로 시인의 눈길과 마음과 발길이 흘러가는 곳이 어딘지 따라가 보기로 한다.

앞서 일부 제시했듯이 '유민 의식'은 비극적인 현실과 자아 인식에 기인한다. 여기에 덧붙이면 비극적 현실은 '한기', '더 완고한 어둠'(<그릇을 닦다>), '시린 발등'(<입동의 산 속>), '너무 채워서/빈 고샅 없이 채색투성이인/난삽한 내 일상'(<다시 돌아와>), '멍이 가시지 않는다'(<멍이 가시지 않는다>), '열리지 않은 문 앞에서/…(중략)…/젖은 날개로 우기의 새들이 알 수 없는 물기를 떨어뜨리는 저녁'(<일기를 쓰지 않는다>) 등과 같이 변화를 도모하지 않으면 존재하기 힘든 정황이다. 얼마나 견디기 힘들고 절실한 문제이면 "검은 물로 환골탈태의 꿈을 꾼다"(<환골탈태의 꿈>)[5]고 태풍의 위력 같은, 부정적일 만큼 지나치게

---

5) 만해 시 <당신을 보았습니다>에는 시인이 악한 세상은 근본부터 잘못된 결과라고

강력한 힘에 기대려 하겠는가.6) 이렇게 시인은 어떻게든 자리를 바꾸어 보거나 마음을 비워 보려는 일을 궁구한다. 물론 그 변화는 부정적 현실의 반대쪽을 지향하는 것이다. 구체적으로 그것은 추위나 어둠이 없는 밝고 따뜻한 곳, 탐욕에서 벗어난 겸허와 무심의 세계, 멍을 풀고 비상할 수 있는 열린 세계 등으로 상정할 수 있다.

그러나 시인의 꿈이 쉽게 이루어지지는 않으리라는 점도 우리는 익히 알고 있다. '언제나 있고 어디에도 없다.'라는 역설이 말해주듯이 관념과 꿈에는 항상 존재하지만, 그래서 또 사람들에게 늘 탐색의 끈을 놓지 않게 하지만 실상 현실적으로 찾아가면 확인할 수 없고 도달할 수도 없는 것이 낙원이기 때문이다. 이는 시인의 마음과 발길이 닿은 곳이 무척 많다는 점을 통해서도 짐작할 수 있다. 가령, 시집에 거명된 지역들만 일부 나열해보면, 봉국사·모란장(성남)·영장산·서울 공항·건봉사·설악·제석봉·천은사·섬진강·원효로·영목항·남당 포구·계산동·간석동·수타사·홍천·영주·서귀포·대구 수성못·운주사·목포 북항·합해도·은비령·통영 앞바다·신기 저수지·유성·공주·용산역·진안·해미·고한·만항재·공현진 등등 그 숫자가 상당하다. 이는 1, 2부에서만 뽑은 것인데 특히 2부에 집중되어 있다. 이 중에는 물과 산과 절에 관련된

비판하여 '역사의 첫 페이지에 잉크 칠을 할까'라고 표현해 잘못 흘러온 역사를 송두리째 지워 버리고 처음부터 다시 쓰고 싶은 열망이 암시되어 있는데, 이 시의 '검은 물' 이미지는 '잉크 칠'에 상응한다. 즉 잘못된 것을 완전히 지워 버리고 다른 색으로 물들이고 싶은 간절한 소망을 나타낸다. 그런 완전한 환골탈태는 자신의 힘으로는 불가능하다고 생각하기 때문에 '태풍' 같은 외부의 위력을 의식하게 되는 것이다.

6) 이번 시집에 많이 선택된 시어의 빈도수를 분석하면 '물' 이미저리의 범주에 드는 것이 무려 103회{구체적으로 나열하면 물(50회)·비(33회)·눈[雪](12회)·눈물(8회)} 나 사용되어 단연 으뜸을 차지한다. 이것은 정화·흐름·달림 등의 의미를 내포하여 변화와 깊은 관계가 있다. 이처럼 다양하고 빈번한 물 이미지들은 그만큼 변화 의지가 심봉숙의 시적 상상력에 넓게 퍼져 있음을 나타낸다.

지역이 많은데 자연과 성소로서 모두 순수한 공간이라는 점에서 세속의 대척적인 거리에 존재한다는 공통점을 갖는다. 또 한 가지는 "포플린 치맛자락에 매달려 어린 실눈을 찡그리고 바라보던 수성못"(<대구, 수성못>, "사과 꽃 눈부신 봄날 비스듬히 기대 선 석불 앞에서 봄빛에 찡그리며 파인더를 바라보던 복사꽃 향내에 벌들 날갯짓 소리 한데 어울리던 감실 앞에 함께 앉아있었지요"(<운주사 다녀왔지요>) 등에서 보듯이 시간상 과거의 시점으로 돌아간다는 점이다.

이렇듯 시인이 세속을 일탈하여 자연 공간이나 과거 시점으로 전전하려는 것은 거기에 번거로운 세상을 만든 근원인 사람들의 안이한 삶의 자세와 탐욕과는 다른 고뇌와 겸허와 순수가 자리를 잡고 있고, 그것이 바로 이상향으로 다가가는 지름길이라 믿기 때문이다. 이를테면 그것은 "언덕으로 난 길이 하늘로 오르고"(<입동의 산 속>), "더 낮추어야 스스로 높아지는 이치"<은비령 화전>)와 같은 것이다. 시인이 버림의 미덕을 열렬히 신봉하는 것은 바로 그와 같은 삶의 역설적 진실을 자각한 결과이다. 그래서 시인은 바쁜 일상에 얽매여 실제로 떠나지 못할 때도 "자꾸 버리는 연습, 가볍게 행장 꾸리는 연습/가끔은 시외버스 터미널 외진 의자에 앉아 떠올려보지요"(<시외버스 터미널에 갑니다>)라고 하여 마음이라도 잊지 않으려 애를 쓴다.

이러한 시인의 인식과 자세는 "고도가 높은 벼랑에서만/황홀한 비색을 피우는 여린 풀꽃"(<은비령 화전)처럼 세속을 일탈하여 고결한 궁극의 경지에 이르는 길이기는 하지만, 그 실현은 불가능한 꿈에 지나지 않는다. 그 꿈을 꾸는 주체가 현실적으로 온갖 번거로운 일에 발목이 잡혀 있으며, 시인이 종종 추억에 젖듯이 그 한 경지가 미래보다는 과거의 어느 시점에 있기 때문이다. 그래서 시인은 "불빛에 이끌려 자꾸 신발을 끌며/떠도는 몽유의 외출/멍든 발을 또 씻으며/자꾸 낯선 세상을 탐닉하

는/지친 순례의 꿈"(<몽유의 외출>)을 접고, "푸른 그늘로 저녁이 내려 오던 가파른 길 끝에/지도를 내려놓"(<집에 돌아오다>)은 채 집으로 돌아온다.

그런데 일상으로 돌아온 시인에게는 지나간 周遊의 의미를 느끼기도 전에 더 큰 번민이 기다리고 있었다. 여기저기서 부음이 들려오기 때문 이다. 가까이 지내던 시인들이 떠나고(<마지막 저녁상─이기애 시인을 영결하며>·<영안실 가는 길>), "검은 輓章 아래로/…(중략)… 한 여 자"(<여자가 가네>)도 가고, 어떤 때는 "사람들이 떠난다/모든 것은 떠 나게 마련이지 되뇌는 동안에도/또 다른 부음이 들려오는 저녁"(<부음 을 듣는 저녁>)을 맞는가 하면, 심지어 영화를 보면서도 "눈부신 종이 꽃상여/만장이 되어 떠나가"(<영화관에서>)는 장면이 유난히 마음에 머물기도 한다. 이렇게 시인은 떠나는 존재에 대해 신경을 곤두세우곤 한다. 그런데 떠나는 사람 중에는 천명을 다하여 호상인 경우도 있으나, 시인이 호명한 시인들처럼 병환이나 사고로 "자리를 비우고/거리 모퉁 이에는 새로운 가게가 문"(<태풍 속에는>)을 열기도 하여 안타까움을 더 한다. 그런 사람일수록 더 오래 잊히지 않아 "늦여름 바다를 건너 가/ 영영 돌아오지 않은 이름을 다시 불러" 보지만 "피안의 기슭 저쪽에서 흘려보내 온 물에/한쪽 정강이"(<그레고리안 성가>)만 시린 것을 느낄 뿐이다. 그러니까 돌이킬 수 없는 죽음을 돌이키려는 노력이란 부질없 는 일에 지나지 않는다.

세속적 인간으로서 존재의 끝을 인식하고, 죽을 수밖에 없는 존재의 숙명 앞에서 생과 사의 갈림길을 아프게 목격한 시인은 그 경계를 지우 는 길이 무엇인가 고민한다. 즉 영원에 대한 문제를 의식하기 시작한다. 이번 시집에서 '그늘'·'나무'·'고리' 등의 이미지는 생과 사, 이승과 저 승 등의 경계를 지우려는 의식과 밀집한 관련이 있다. 불교적 관념으로 보면 이는 '不二'의 경지이자 '색즉시공 공즉시색'의 진리에 대한 역설적 인식에 대한 반영이기도 하다.

먼저, 시인이 '그늘'에 관심을 두는 것은 그것이 빛도 아니고 어둠도 아닌 그 중간의 세계이기 때문일 것이다. 그러나 빛이 있어야 그늘이 생긴다. 온전한 어둠 속에서는 그늘이 드리워질 수 없다. 그러니 그늘은 빛을 품은 어둠이고 어둠을 끌어안은 빛이다. 또 은은한 빛이고 투명한 어둠이다. 여기에 정서를 대입하면 슬픔 속에 기쁨이 있고 기쁨 속에 슬픔이 있음이다. 삶 속에 죽음이 있고 죽음 속에 삶이 있다.[7] 그러니까 그늘은 양면성을 지닌 동시에 빛과 어둠을 아우르는 불이의 세계요 절대의 세계이다. 이런 그늘을 일상적 의미로 접근하면, "아직도 추운 그늘로만 가고 있는 게다."(<한 눈 파느라>), "그늘 없이 밝고 정갈한 집안"(<그늘에 대해>), "더러 그늘진 사람도 있다"(<느닷없는 사무침으로>)와 같은 부정적인 의미로 쓰인다. 그 반면에 긍정적으로 인식하면 "상처를 어루만지는 부신 그늘 아래로"(<봄·일점>), "푸른 그늘"(<집에 돌아오다>), "적멸의 숲에 스며들어 그냥 그늘이고 싶다"(<다시 봉은사에서>)라고 표현한 것처럼 오히려 지향적 경지가 된다. 이처럼 긍정적이고 지향적인 차원으로 인식되기도 하는 것은, 그늘이 신화의 시간이자 밤과 낮, 흑과 백의 대극이 중앙으로 합일된 경지이자, 분석심리학적으로는 빛과 그림자의 대립 관계가 해소되는 중심이기도 하기 때문이다.[8] 즉 시인은 생사의 양극을 초월하는 것이 평정심에 드는 길이라 믿는다.

시집 후반부에 자주 등장하는 '나무' 역시 주로 대립적 관념을 해소하는 이미지로 사용된다. 나무는 땅속으로 뿌리를 뻗어 내리면서 하늘로

---

7) 佛家뿐만 아니라 기독교의 부활에도 죽음이 전제되어 있고, 道家에서도 삶과 죽음은 대립이 아니라 서로 품고 생성케 하는 관계로 인식된다. 특히 장자의 '제물론'이나 '至樂' 등은 萬物齊同의 不二思想과 生死一如의 사유가 중심을 이룬다.

8) 이부영, 『노자와 융』, 한길사, 2012, 81쪽.

줄기와 가지를 뻗어 올리는 이중성을 띠지만 땅과 하늘을 이어주는 매개 기둥으로서 아우름의 의미도 지닌다. 그리고 이것은 땅에 발을 대고 살면서 마음은 항상 하늘(이상향)을 지향하는 인간의 형상을 닮았다. 또 봄과 겨울을 거치면서 외형상 해마다 죽살이를 거듭하여 유한한 목숨을 가진 인간에게는 선망의 대상이 된다. 식물적 상상력이 발동하는 것은 바로 여기서 기인한다. 가령, "해마다 나무들은/죽고 태어나는 이승의 한복판에/나를 자꾸 세워놓으며"(<해마다 나무들은>)라는 표현에서 보듯이 시인은 나무의 정체성을 해마다 죽살이를 거듭하는 순환과 영속성으로 파악하여 나무 같은 존재가 되는 꿈을 꾼다. 그러면서도 "나무가/어둔 한 채의 집이 된다."라고 마무리한 점을 보면, 나무=인간의 등식이 온전히 성립될 수 없음도 분명히 인식하는 것을 알 수 있다. 즉 나무 같은 존재('한 채의 집')가 되는 것은 '어둠' 속처럼 막막한, 실제로는 현현될 수 없는 형상이라는 것이다. 더욱이 나무도 생명체인지라 어느 시점에는 시들고 죽는 순간에 들지 않을 수 없으므로 인간과 같은 운명이니 궁극적 지향세계가 되기는 어렵다. 그래서 시인은 다시 존재의 진정한 안식처가 될 "내 집 한 채,/헐은 몸 누이려 찾으러 간다"(<집을 찾는다>). 여기서 시인이 찾는 '내 집 한 채'는 "나이에 맞는 색깔을 드러내야 한다"(<색깔 찾기>)라는 것, 즉 제격에 맞는 정체성을 획득하는 자아실현의 궁극적 형상을 뜻하는 동시에 '나무'와 같은 식물적 상상력에 기댄 세계인식을 스스로 정정하는 의미도 있다. 그 결과로 도달한 것이 바로 '고리' 이미지이다.

　　　고리가 있었네
　　　하늘을 동여맨
　　　그늘 속에서 내려온
　　　무서운 고리

그늘 안에
무게를 지운 물방울
공중 가운데
집을 짓네
집을 허무네
집이 무너지네

고리 끝에 매달린
비스듬한 한나절
누군가 매듭을 내려놓네.

물방울
투명한 몸을 버리네

— <고리에 대하여> 전문

'고리'는 ①무엇에 끼우기 위하여 만든 둥근 물건. 주로 쇠붙이로 만
듦, ②'문고리'의 준말, ③조직이나 현상을 연결하여 주는 부분이나 이음
매 등의 개념으로 정의된다. 이런 개념을 복합적으로 거느리는 이 시의
'고리'는 연결 고리라는 측면에서는 땅과 하늘을 잇는 '나무'와 상통하면
서도 여러 측면에서 다른 점을 함유한다. 특히 유기체(생명체)↔무기물
(비생명체), 木性↔금속성, 유한성↔무한성, 수직성↔순환성에서 대립
관계를 형성한다. 그러니까 순환성과 영원성이 극히 강화된 이미지인
셈이다.

또 한편으로 이 시에서 고리는 '물방울'로 바뀌면서 궁극적으로 영원
성과 순환성마저 해체해 버리는 이미지로 변주된다. '물방울'로의 변주
는 고리가 '하늘을 동여맨', 즉 둥근 하늘의 축소판으로 지향적 체계이지
만 동시에 '무거운' 것이어서 수용하기에는 버거운 대상임을 의식한 결

과이다. 말하자면 무게를 가진 것은 중력으로 인해 결국 지상으로 추락할 수밖에 없기 때문이다. 그래서 '그늘 안에/무게를 지운 물방울'로 가볍게 만들어 '공중 가운데' 떠 있는 '집'이 되도록 하려 한다. 그러나 바로 이어 그 집마저 허물어 '투명한 몸'을 버림으로써 그것이 부질없는 꿈이었음을 비판한다. 그리하여 궁극적으로는 온전한 공허, 또는 無의 경지를 지향한다. 이를 통해 시인은 존재의 두 양상, 즉 집을 짓고 욕망하는 속물적 존재와 모든 것을 허물고 버리는 성스러운 존재를 대비한다. 일찍이 어느 철학자가 갈파했듯 인간은 공중에 매달린 거미처럼 '중간자'로서 제 하기에 따라서는 하늘로 상승할 수도 있고 지상으로 추락할 수도 있다. 이것이 세속적 인간에 대한 분석적 이해라면, 불교적 차원에서는 유무의 경계마저 지우고 완전한 허무에 이르러 열반에 드는 것을 최상의 가치로 받든다. 이 시는 그런 궁극의 경지에 이르려는 시인의 최종 열망과 그 이전 단계로서의 탐욕의 세계를 비판하는 의미를 동시에 반영한다.

그러나 이 시의 제목이 '고리에 대하여'라는 점을 간과해서는 안 된다. 불교적 관점으로 보면 고리, 즉 윤회에 드는 것은 존재의 궁극적 이상이 아니다. 존재가 윤회에 들어있다는 것은 이승과 저승을 오가면서 현상적으로 존재의 현현과 소멸이라는 차이만 있지 번뇌의 고리가 완전히 끊어진 것은 아니기 때문이다. 그래서 이 윤회의 고리를 끊어야 번뇌의 바다인 이승으로 환생하지 않고 열반에 영원히 들 수 있다. 이렇게 보면 시인이 일련의 한계를 의식하면서도 굳이 '고리'를 작품의 이름표로 사용한 까닭이 궁금해지지 않을 수 없다. 아마도 그것은 스스로 세속인임을 자인한 결과가 아닐까. 이를테면 열반에 들기 위해 출가(탈속)하여 수행만을 일삼는 수도승이 아닌 중생으로서 열반에 들기를 염원하는 것은 허욕을 부리는 주제넘은 짓임을 시인은 깊이 의식한다. 그렇다면 속인으로서는 어쩔 수 없이 윤회의 고리 안에서 맴돌 수밖에 없는데, 그것에 대한 일말의 비판적 인식을 언젠가는 터질 수밖에 없는 '물방울'로 변주하여 온전한 허무의 세계에 드는 것을 마음 한 곳에 간직하고 있음을 암시한다. 이렇듯 이 작품은 시인의 각성과 겸허의 자세를 적실히 보여준다. 이 시와 같은 섬세한 조직을 통해 우리는 시인의 그윽한 詩眼을 다시 확인하게 된다.

4. 차가운 수사와 뜨거운 상징 사이

공멸의 위기가 촘촘한 그물망처럼 우리를 덮쳐 오는데, 한없이 정적이고 여린 시가 무엇을 할 수 있을까? 일찍이 부조리극작가이자 이론가인 이오네스코가 세상의 진정성을 담아내지 못하는 언어, 아니 진정성을 담지 않는 가식적이고 부조리한 현대인들의 언어 행태를 간파하고 '언어의 비극'이라는 말을 사용했듯이 오늘날 사람들의 언어는 소통보다는 오히려 갈등을 조장하는 경우가 많다. 그만큼 사람들이 순수와 정의에서 멀어진다는 증거이다. 이기주의에 빠진 속물들에게 언어는 남을 속이기 위한 술수의 수단쯤으로 치부될 뿐이다. 진심도 진실도 담기지 않은 언어가 난무하는 시대, 서로 믿음이 사라지고 그 자리를 이기주의와 속임수가 차지하여 악의 꽃만이 난만한 형국에서 거짓말로 참말을 하는 역설적인 시어가 비집고 들어갈 자리는 무척 좁은지도 모른다.

세상이 번잡하고 흉흉할수록 시가 번창하고 그 쓰임새도 더 높아져야 하는데 실제는 그렇지 못하여 안타깝다. 어떻게 생각하면 참으로 서글픈 현실이지만 이 현상이 일면 수긍되는 점도 있다. 물질이, 재화가 정신을 압도하는 물신주의의 정점에서 물질적 교환가치로서는 거의 영점에 가까운 시를 누가 즐겨 찾으려 하겠는가. 그러나 우리는 알고 있다. 사람이 가는 길에 물질로 모든 것이 해결될 수 없다는 것도. 건강한 몸 없는 정신이 무의미하듯이, 건전한 마음 없는 몸 또한 백해무익하다. 특히 건전하지 못한 정신에 몸만 번창하는 것은 사람들이 서로 관계를 맺고 함께 어우러져 잘 사는 아름다운 사회를 만드는 데는 오로지 해악의 근원만 될 뿐이다. 이에 타락의 극점에 서 있는 현대인들에게 이른바 '思無邪'를 바탕으로 이루어진 시는 유용한 양식이 될 수가 있다. 그러니 오늘날과 같은 절체절명의 위기의 현실에서 현대시는 사람들의 마음에 가까이 다가가기 위한 몸짓을 보여주어야 한다. 이를 위해서는 현란한 수사나 필요 이상의 말의 소비를 지양하고 함축적이고 맑고 단아한, 읊고 싶고 울림이 큰 서정시의 본령과 그 위의를 새삼 되새길 필요가 있다.

이런 경지를 위해 나는 김현이 언급한 좋은 문학의 형상과 기능에 관련한 '뜨거운(더운) 상징'이라는 말을 상기하고 싶다. 그는 '뜨거운 상징'에 대해 "이것은 멋진 말의 수사도 아니고, 즉각적인 반응을 유발하는 힘 있는 구호도 아닙니다. 그것은 그 자체가 하나의 더운 상징이 되어 거기에 대한 뜨거운 반응을 유발하는 하나의 사건입니다. 수사는 역겨움을 불러일으키고, 구호는 시들게 마련이지만 뜨거운 상징은 비슷한 정황이 되풀이될 때마다 새로운 반응을 불러일으킵니다. 그 반응은 한결같은 것이 아니고 거의 매번 다릅니다. 저는 바로 그것이 문학의 힘이라고 생각합니다. 문학이 인간의 모든 문제를 다 해결해줄 수 있는 것은 아닙니다만, 문학은 그 어떤 예술보다도 더 뜨겁게 인간의 모든 문제를 되돌아보게 합니다."[9]라고 설파한 바 있다. 김현의 말을 통해 우리는 오늘날 시의 매력이나 威儀가 흔들리는 까닭이 문학(시)의 진정성이 너무 흐려진 탓임을 짐작하게 된다. 문학(시)의 위력은 구호나 수사에서 나오는 것이 아니라 '뜨거운 상징'의 획득 여부에 달려 있고, 그에 따라 독자에

---

9) 김현, 『전체에 대한 통찰』, 나남출판, 1990, 8쪽.

게 공감과 믿음을 주는 경중도 달라진다는 것이다. 이 같은 그의 일갈을 오늘날 진정성을 상실한 많은 시인이 좀 귀담아들었으면 좋겠다.

김용옥 시는 현란한 수사나 생경한 목소리를 탐하지 않는다. 이번 시집의 큰 장점은 담담하게 현실을 성찰하거나 비판하면서도 조용히 스스로 안으로 굽어드는 분위기가 더 짙다. 이는 자신에게 문제 해결의 답이 있음을 절실히 느낀다는 증거이다. 아무리 거대한 물결도 한 방울의 물에서부터 비롯되는 것처럼 우리가 함께 살아가는 사회의 이상도 먼저 개개인의 각성으로부터 출발해야 함을 실체적으로 보여주고자 한 것으로 보인다. 그것이 정답이 아닐까. 어떤 캠페인처럼 '내 탓이요.'를 차 유리 뒤쪽에 붙여 뒤따라오는 사람이 보고 각성케 할 것이 아니라 앞 유리에 붙이고 자신이 먼저 실행에 옮기는 일이 바른 순서이다. '차카게 살자'라고 팔뚝에 새겨 남을 기만하고 현혹되게 할 것이 아니라 제 마음에 깊이 간직하고 먼저 실천하는 것이 더 온당하다. 한없이 시끄럽고 번거로운 오늘날의 현실이 그런 태도를 한사코 요구한다. 물론 "결론이 없는 세상살이"(<논술 수업>)이기는 하지만 우리가 함께 어우러지고 다 같이 잘 살아야 한다는 명제만은 언제나 변하지 않는 가장 소중한 가치일 것이다. 그래서 나직이 읊어내는 다음과 같은 시의 구절들에 우리의 눈길과 마음이 오래 머문다.

> 상수리나무도 굴참나무도 잎을 버려
> 익명의 나무가 되어 아주 가벼워진 머리를
> 조용히 하늘 속에 들이고 명상에 들었다
> 너무 고요해 새들도 서둘러 몸을 숨긴
> 입동의 산 속
>
> 이따금 시린 발등을 어루만지며

눈발은 잘 자라 잘 자라 섬세한 손을 흔들며
하늘에서 가장 낮은 빈 터만 골라 내리고 있다

-<입동의 산 속> 부분

어둠의 따스한 궁훌 아래
서로의 등을 부둥켜안은 사람들은
비로소 깊은 잠에 든다

-<안개의 그물> 부분

이들 시처럼 겸허와 공평이 사회의 이상이자 정의가 될 때 우리는 모두 '비로소 깊은 잠'에 들어 조금이나마 시인이 염원하는 죽음보다 더 고요한 평화와 자유의 순간을 경험할 수 있을 것이다. 이렇듯 절실한 명제임에도 한껏 목소리를 낮추어 자신에게 호소하듯 나직이 다가오는 김용옥 시는 현대적 서정시의 한 차원을 실현한 '뜨거운 상징'으로 생각된다. 숱한 떠돌이의 과정을 통해 비움의 높은 가치를 체험하고 그 속에 존재의 영원한 집을 짓고 들어 살려는 시인의 시적 다짐은, 현대인들이 너나 없이 물신주의에 빠져 거의 약탈 수준의 이기주의와 탐욕에 젖어 있는 것을 조금이나마 제어하고 희석할 수 있는 원동력으로 작용할 수 있을 것으로 믿는다. 그래서 그의 시가 갖는 현대적, 현실적 의의와 미덕은 독자에게도 큰 공감대를 형성할 것으로 기대된다.

상생의 아름다운 꽃밭을 가꾸는 서정

─임지현, ≪틈과 틈≫

1. 계승과 변화

임지현 시인이 1985년에 등단했으니 어느덧 시력 30년에 가까운 중진의 반열에 올랐다. 이 기간에 이번 시집을 포함해서 일곱 권을 갖게 되므로 임 시인은 거의 4년 터울로 시집을 엮어낸다. 4년이란 세월이 긴 것 같아도 실상 여간 부지런하지 않으면 한 권의 시집을 낼 만큼 작품을 채우기 어렵다. 그러함에도 꾸준히 시집을 펴내는 것으로 볼 때 시인으로서 임지현은 참 치열한 시적 삶을 살아가는 셈이다. 임지현 시인을 '시의 오랜 벗'이라 자부했던 고 이성부 시인은 "시를 온몸으로 '살고 있는' 시인"이라 규정하고 "그에게서 시를 빼버리면 남는 삶이란 빈 껍데기거나, 허수아비일 뿐이다. 산책로에서도, 입원실에서도, 고즈넉이 집에 앉아 있을 때도 시는 항상 그의 내면을 가득 채우는 샘물이다. 따라서 그의 생활은 언제나 시적 긴장과 상상력의 연장선에 있음을 확인하게 된다."[1]라고 평가한 바 있다. 이성부 시인이 임 시인에 대해 경의를 표한 것은 일상적 삶과 시적 삶이 등가를 이룬다는 점 때문일 것이다. 말하자면 임 시

---

[1] 이성부, 임지현의 ≪누가 시간을 쓸고 있는가≫(제5시집), 발문에서.

인은 아주 평범한 일상에서도 시심을 촉발하고 이것을 어엿한 작품으로 일구어내는 시인 자질이 있다는 것이다. 이에 대해 나도 전적으로 동감한다. 임 시인의 작품은 얼핏 보면 평범한 듯해도 곰곰이 따져 음미하면 사유와 상상력의 깊이가 여실히 감지되는 까닭에 그렇다.

지금까지 보아왔던 임지현 시인의 시정신과 시적 특성은 이번 시집에서도 유감없이 발휘된다. 특히 시에 임하는 자세로 볼 때 늘 견지해왔던 단아한 시적 형식을 그대로 이어가고 있으며, 또 표현 대상을 조금씩 바꾸면서 시적 변용을 꾀하는 점에서도 크게 다를 바 없다. 다시 말하면 형식적 계승과 표현 대상의 변화라는 두 축이 임지현 시의 근간이 됨은 여전하다. 여기서 형식의 문제가 지속 가능성에 대한 확신과 관련을 맺는다면, 표현 대상의 변화는 시각의 다변화를 보여주려는 시적 책략이다. 더 구체적으로 말해서 지속 가능성으로서의 형식에 대한 믿음이 시적 樣式을 구현하기 위한 필요조건임을 염두에 둔 것이라면, 대상에 대한 시각의 다변화는 예술적 감각으로서의 '낯설게 하기'에 뿌리가 닿아 있다. 이 점을 상기하면 임 시인의 시정신이 얼마나 건강한지 알 수 있다. 특히 요즘같이 혼란한 세계에서 계승과 변화를 분명히 하는 그의 시적 자세는 많은 것을 생각게 한다. 지금 우리가 가장 절실한 것이 사람다운 사람에 대한 그리움이라면, 그 연장선에서 시다운 시에 대한 그리움도 그에 상응한다. 참신한 발상이나 표현보다는 기이한 파괴를 마치 새로운 시의 전형인 양 부추기는 행태가 적지 않은 오늘날의 시단에서 임지현 시인이 추구하는 근본에 대한 확신과 조용한 변화는 누구든 한 번쯤 생각해볼 여지가 있다고 하겠다.

2. 지속 가능성으로서의 형식에 대한 믿음

주지하듯이 발생 근원으로 거슬러 올라가면 시(서정시)는 노래에서 발원되었다. 조그만 타악기의 반주에 맞춰 현재 정서를 읊조리던 방식에서 점차 순수한 음악적 가락이 약화하거나 내면화되어 시적 리듬으로 그 기능이 축소됨으로써 문자적 텍스트성이 강화된 것이 오늘날의 시 형태이다. 이런 역사적 과정을 상기하면 예나 이제나 읊는 이의 마음을 자극하는 서정시는 대체로 짧은 형식을 취하게 되는 까닭을 이해할 수 있다. 즉 이야기를 토대로 하는 서사 양식이나 극양식과는 달리 서정시의 경우 주로 표현 내용이 집약적이고 정제된 리듬에 기대는 것은 한순간의 심오한 심정을 노래로 읊조린 데서 연유한다. 밖으로 멀리 눈을 돌릴 것도 없이 우리 고대 시가들을 상기하면 될 것이다. 예컨대, <구지가>·<황조가>·<정읍사> 등의 고대가요는 물론이거니와 신라가요(향가)도 가장 긴 형식을 취한 것이 불과 10행[十句體]이었지 않는가. 물론 이러한 짧은 시 형식은 근대에 이르러 시대의 변천과 복잡한 사회로의 변동에 따른 자유시와 산문시 등과 같은 새로운 형식의 대두로 인해 부분적으로 변화된 것은 사실이지만, 그래도 독자에게 강한 인상을 주는 서정시는 그 피를 완전히 바꿀 수 없는 까닭에 장황함보다는 압축을 통한 단아한 형식이 제격일 수밖에 없다.

이런 점에서 임지현 시는 일단 형식에서만은 근본에 충실한 것으로서 한 전형성을 보여준다. 첫 시집에서부터 이번 시집까지 어디를 들춰봐도 대부분 한 쪽으로 되어 있음이 그것을 뒷받침한다. 그리고 주로 자유시 형식에 시의 행도 대부분 길어야 4마디(4음보)를 넘지 않아 안정감을 준다(전통적으로 우리 시의 율격은 1~4음보로 되어 있고, 그 중에도 3~4음보의 율격이 주류를 이루는 점은 널리 알려진 사실이다. 특히 민요나 시조의 형식이 그렇다). 그런 만큼 임 시인은 전통적인 시정신을 갖고 있어 장황하게 늘어지는 시를 혐오하는 것으로 보인다. 긴 호흡의 시가 반드시 졸작이라는 등식이 성립되는 것은 아니겠지만 근본이나 초심을 존중하는 자세가 가치 있는 것으로 인식되는 점을 고려하면, 임 시인의 일관된 시정신은 그 나름의 의미가 있는 것으로 평가할 만하다. 지극히 당연한 것이 왜 이토록 관심거리로 대두하느냐 하면, 오늘날 시의 근본마저 상실한 작품들이 너무나 많이 횡행하기 때문이다.

그런데 여기서 우리가 주의할 것은 시의 길이가 짧다고 그 내용도 단순할 것이라는 편견을 가져서는 안 된다는 점이다. 긴 시가 반드시 삶의 총체성이나 진실을 온전히 표현했다고 볼 수 없듯이, 그 반대로 짧은 시는 사소하거나 단편적인 사유만을 표현할 것이라는 선입관도 편견이거나 단견에 지나지 않는다. 가령, 다음 시를 통해서 보면 그 점을 확인할 수 있다.

> 빈 집
> 한 귀퉁이에
> 목련 한 그루
> 헐벗은 시간 손질한다
> 눈비 쏟아져
> 모든 것 앗아갈 듯 사납지만
> 벗겨내고 벗겨내도
> 벗을 것 하나 없는
> 맨몸으로 씨눈을 여민다
> 거무스레한 껍질 터지고 부르트도록
> 모진 추위가
> 위세를 떨치지만

아랑곳 않는 저 여유로움이
숨 고른다
부드럽고 뽀얗게 피어 날
아름다운 꿈을 위해
만만찮은 곧은 자세가
울타리 치고 있다

　　　　　　　　－<겨울 목련> 전문

　이번 시집의 첫머리를 장식한 작품이다. '겨울 목련'을 제재로 이루어
진 이 시는 우선 형식적으로 단아하다. 기본 형식은 18행의 單聯으로 이
루어진 자유시이고, 각 행의 마디[語節]는 띄어쓰기 단위로 단순하게 계
산하면 최소 2개에서 최대 4개로 되어 있다. 그런데 이를 다시 호흡 마
디로 분절하면 대체로 2음보와 3음보가 교차하는 것으로 따져 읊을 수
있다. 가령, 앞부분을 예로 들어 호흡 마디로 따지면, '빈 집/한 귀퉁이에
//목련/한 그루//헐벗은 시간/손질한다'(2·2·2), 또는 '빈 집/한 귀퉁이에
/목련/한 그루//헐벗은/시간/손질한다'(4·3)로 분절할 수 있다. 겉으로는
자유로운 행 갈음을 해 놓은 것처럼 보이지만 律讀으로는 2음보의 중첩,
또는 4음보에 3음보가 연계된 것으로 읊어야 매끄러운 리듬이 형성된
다. 그러니까 시의 형식은 자유시이지만 리듬은 전통적 율격 구성의 질
서를 은밀하게 따른다. 그런 만큼 시각적으로나 청각적으로 단아하게
구성되어 읊는 과정에서도 안정감이 배가되도록 하였다.

　한편, 표현상 특성은 대상의 겉모습에 대한 관찰에서 출발하여 점차
상상적 세계로 자연스럽게 이미지가 전이되는 것이 돋보인다. 그리고
이 과정을 깊이 따지면 역설 또는 아이러니가 작품의 뼈대를 받치고 있
음을 알 수 있다. 즉 '벗겨내고 벗겨내도/벗을 것 하나 없는', '모진 추위
가/위세를 떨치지만/아랑곳 않는 저 여유로운' 등에서 역설(앞)과 아이

러니(뒤)가 작용한다. 더 구체적으로 분석하면 '벗을 것 없음'↔'계속 벗겨냄'−벗을 것이 없다고 하면서 자꾸 벗겨낸다는 모순적 구조가 역설적이라면, '모진 추위의 위세'(시련)가 도리어 '여유로움'(극복 의지)을 갖게 한 점은 아이러니의 양상이다. 모진 추위가 대상을 좌절케 함에도 결과적으로는 그 반대의 상황인 꿋꿋이 견뎌내는 모습에 초점이 맞추어져 있기 때문이다.

이와 같은 기법 차원에서의 역설과 아이러니에 의한 대조적 구조는 중심 제재인 '빈 집'과 '목련 한 그루' 사이에서도 형성된다. 즉 '빈 집'이 인위적이고 무기물임에 반해 '목련'은 자연의 생명체라는 점에서 대조적이다. 그리고 '빈 집'(가족이 거주하던 장소라는 점에서 인간적 의미 내포)은 인위적인 것으로서 유한하지만 '목련'은 자연물로서 시련(겨울)과 극복(봄)을 거듭하면서 영원성을 지향한다. 한때는 가족들의 안온한 보금자리였을 '새 집'이 세월의 흐름에 따라 '빈 집'으로 바뀌어 무상함을 보여주지만, 마당 한쪽에 자리한 '목련 한 그루'는 그 가족들이 어디론가 떠난 뒤에도 여전히 빈 집을 지키고 있어 지속성을 드러낸다. 적어도 텍스트 내에서만 보면(텍스트 밖으로 나가면 목련도 생명체인지라 언젠가는 소멸할 것이므로) 그렇다. 그래서 시인은 목련의 존재 양태를 '아름다운 꿈'이 있는 것으로 파악한다. 이는 유한하고 무상한 인간들과는 달리 흘러가는 시간에도 흔들리지 않는 '곧은 자세'가 해마다 목련의 꿈(의연한 존재, 아름다운 꽃)을 실현케 한 근본 요인이라고 본 결과이다.

끝으로, 이 시는 '빈 집/한 귀퉁이'(인간의 거주지)를 전제했지만, 이미지의 전개 과정에서는 주로 목련의 생존법만을 의인화하여 담담하게 그려낸 점에서 일종의 우유(allegory)로 읽힌다. 즉 시인은 목련을 통해서 인간들이 살아가야 할 지혜를 우회적으로 표현하였다. 다시 말하면 위기와 시련을 견딜 수 있는 '곧은 자세'의 의미와 궁극적 가치(아름다운 꿈)에 주목했다. 그래서 표면적으로는 '겨울 목련'이라는 단편적인 상황을 그려낸 것으로 보이지만, 그 심층에는 자연의 한 단면을 통해서 우리 삶의 영원한 진실을 통찰하려는 큰 뜻이 내포되어 구조적 비유의 형식을 띠게 된다. 요컨대, 인간으로서 늘 견지해야 할 '영원한 진실'이라는 시적 사유가 시의 근본 형식(리듬＋기법 등)과 조화를 이룸으로써 시다운 시의 면모가 더욱 확연하게 구현됨을 확인할 수 있다.

3. 인식 변화로서의 사회의식 심화

시의 형식성이 다른 문학 양식과의 변별성을 갖게 하는 중요한 요소인 까닭에 시간과 공간으로부터 어느 정도 초월적 개념을 갖는다면, 그 형식에 담기는 제재나 주제는 항상 새로움을 지향하지 않으면 시적 개성을 갖기 어렵다. 이런 근본 조건 때문에 언제나 새 시집을 엮어낼 때마다 예술가로서 시인의 고심은 깊어질 수밖에 없다. 그렇다면 이번 시집에서 시인이 특별히 고심한 사안은 무엇일까?

4부로 구성된 이번 시집에서는 앞서 펴낸 제 6시집 ≪산행시편≫의 유사 계열도 가끔 보이나 대부분 작품에서 시인의 새로운 인식이 드러난다. 즉 생활 주변에 관련된 제재로 이루어진 시편들, 산행 시편의 반대편에 있는 바다와 섬을 제재로 한 시편들, 그리고 유럽 여행에서 얻은 시상을 전개한 시편 등이 그것이다. 여기서 유럽 여행을 통해 얻은 시편들이 주로 외국 풍물에 대한 소감을 표현한 것임을 고려하면 대개 1~2부에서 임 시인의 변화된 세계인식을 살필 수 있다. 물론 이것들도 엄밀히 말하면 시인이 가진 세계인식, 이를테면 "모든 존재는 생성과 소멸을 거듭하면서 영원으로 이어진다는 긍정의 세계관을 산으로 표상되는 자연을 통해 읽어내고 있다."2)라는 점에서는 완전히 달라진 것은 없다고 볼 수 있다.

---

2) 김선굉, 임지현의 ≪산행시편≫(제 6시집)에 대한 해설에서.

다만, 제재를 달리함으로써 사유와 시각의 차이가 드러나는데, 이것이 바로 이번 시집의 가장 큰 특성이다. 그것은 부분적으로 앞서 살펴보았던 <겨울 목련>과 같이 자연과 인간의 대조를 통해서도 드러나지만, 때로는 생활 주변으로 더 가까이 파고들어 긍정과 낙관의 시각을 보여주는 대목에서도 확인된다. 가령, ≪산행시편≫에서 시인은 "산을 산답게 끌어안고/먼먼 날의 긴 골짜기 타고 오르면/바람과 숲의 안개와 어우러져 취해 버린다"(<네 앞에 서면—산행 1>)라고 하여 주로 산에 동화되거나, "물의 청정함에/꽉 막힌 고막이 뚫리면서"(<행간마다 글씨 쓰기—산행 2>), 또는 "험한 오르막길 걷다 보면/밧줄로 매단 가파른 바위 길 만나/힘이 빠져 주저앉고 싶을 때/큰 산의 눈빛 지극함을 읽으며/고마움이 사무쳐 가슴 깊이 젖는다"(<산그늘—산행 3>)는 구절에 잘 드러나듯이 산속의 정기를 통해 존재의 고단함이나 막막함이 정화되는 경험을 형상화했다. 이에 비해 이번 시집에서는 시각과 인식이 상당히 달라져 있다. 한마디로 사회의식과 비판적 인식이 크게 강화되었다. 그리하여 시적 대상이 자아 밖의 존재로 향하거나 자아에 회귀하더라도 비판적 인식을 동반한 성찰을 통해 구체적인 시상을 끌어낸 점에서 이전과는 상당히 다른 양상을 보여준다. 이와 관련하여 먼저 사회의식이 짙게 투영된 작품을 한 편 보기로 한다.

> 아무리 방수 처리
> 능한 솜씨 발휘해도
> 햇빛 부족
> 공기 부족
> 환풍이 잘 안 된다
> 이런 환경 벗어나려고
> 밤낮을 뛰어 보는

야행성 박쥐가 되었다
어둠을 한낮으로 빛 따라 움직여도
달라지지 않는 삶
젊음을 다 내주고
시간의 강물에
헝클어진 머릿결 정갈하게 감아
결 곱게 참빗질을 한다

—〈반지하방〉 전문

　〈반지하방〉은 이른바 소시민의 삶에 대한 성찰로부터 시상의 실마리가 풀리므로 사회의식을 근간으로 한다. 이 점은 자연에 동화되어 자아가 정화되는 순간을 경험하는 앞선 작품의 경향과는 사뭇 다르다. 이를테면 개별적 자아의 테두리를 일탈하여 超自我─사회적 자아인 '우리'에 대한 인식으로 시정신이 확장되었다. 다시 말하면 자기 고백적인 태도에서 시각을 바꾸어 자아의 바깥세상으로 향한다. 그리하여 열악한 현실을 직시하고, 거기서 힘겨운 삶을 근근이 이어가는 사회적 약자─주변인들의 서러운 삶을 어루만진다. 시인은 그들의 삶에서 비록 현실은 척박하고 극한적일지라도 결코 한 가닥 희망마저 포기해야 할 정도로 통로가 완전히 폐쇄된 것만은 아님을 상정한다. 즉 '반지하방'에 사는 고된 삶을 개선하려고 밤낮을 가리지 않고 아무리 노력해도 '달라지지 않는 삶' 때문에 '젊음을 다 내주고'는 있지만, 그래도 주저앉지 않고 '시간의 강물에/헝클어진 머릿결 정갈하게 감아/결 곱게 참빗질을 한다'라고 표현한 대목에서 우리는 '반지하방' 생활자의 의연한 자세에 초점을 맞춘 시인의 긍정과 낙관적 미래의식을 엿볼 수 있다. 여기에는 적어도 다음과 같은 시인의 두 가지 인식이 내포되어 있다. 이를테면 미래는 항상 희망이 열려 있으며, 따라서 어떤 극한 상황에서도 포기하지 않고 새로운 삶의 의지를 불태우며 다시 출발하려는 자세를 갖는 것이야말로 존재의 참다운 면모임을 생각한다는 것이다.

이러한 시인의 낙관적 시각은 생명체의 본질로서 생존 본능에 대한 인식을 바탕으로 한다. 모든 생명체에는 상처를 스스로 치유하는 기능이 내장되어 있음을 적극적으로 인식한 결과이다. 대부분 사람이 극한 상황에서도 생명의 존엄성을 경배하며 결코 삶의 끈을 놓지 않는 것은 바로 그런 천부적인 치유력(극복 능력)을 갖고 태어났기 때문일 것이다. 이것은 비유컨대 '겨울 목련'처럼 생명을 위협하는 모진 겨울에도 봄에 새로운 꽃을 피워내기 위해 꿋꿋이 '곧은 자세'를 견지하는 것과 같은 이치라 할 수 있다. 여기서 우리는 생명체의 영원 지향적 본능은 인간이나 자연이나 다를 바가 없음을 알게 된다. 그리고 인간도 자연의 한 부분이라는 사실을 새삼 일깨우게 된다.

이렇듯 임지현 시인은 절망적 현실과 낙관적 미래가 아주 대립된 것이 아니라 아이러니하게도 서로 연결되어 있음을 믿는다. 더 적극적으로 말하면 오히려 서로 계기를 이룬다고 하는 것이 적절하다. 이렇게 보면 그의 존재 인식에는 이른바 삶의 역전현상에 대한 확신이 담겨 있다. 인간의 삶이든 자연 현상이든 어느 극단에 이르면 새로운 국면으로 전이(하강)되거나 초월(상승)하는 경향이 나타나게 마련이다. 예컨대, 자연 현상에서 개화와 낙화가 직결되고, 그 반대로 꽃이 짐은 다시 핌을 예비하는 것과 같은 이치이다. 이것을 다시 우리네 삶에 대입하면 행복의 절정 다음에는 불행으로 떨어질 일만 남고, 반대로 불행의 밑바닥에서는 행복으로 올라갈 일만 남아있는 것과 같다. 이처럼 존재의 영위 과정에는 '촘촘히 검은 실과 흰 실로/짜깁기하는 일상'(<계절의 발자국소리>)처럼 항상 울고('검은 실') 웃는('흰 실') 굴곡 현상이 교차할 수밖에 없는데, 이는 다음 시에서도 잘 드러난다.

저도 모르게 잠근

마음 속 밸브를 튼다

녹슬어 삐그덕거린 손잡이를

이리저리 좌우로 닦아낸다

쇳가루 부스러져 떨어진 것 훔쳐낸다

새로 끼운 밸브 조작 서툴지만

지저분한 것들

시원스럽게 씻어내는 내 안의 물소리

주변 생물들까지 윤기 반들반들하다

생기 도는 느긋함 되찾아

환하게 밝아지는 세상살이

어둡던 하늘까지 드맑아진다

ㅡ<내가 나를 만나기> 전문

이 시는 인식의 눈을 사회적 현상에서 자아로 돌린 경우이다. 시인은 '저도 모르게 잠근 마음 속'을 성찰하고 그것을 열기 위해 녹을 닦아내거나 새로운 밸브를 갈아 끼움으로써 '지저분한 것들/시원스럽게 씻어내는 내 안의 물소리'를 듣는다. 그리고 그 정화의 과정을 통해 결국 '생기 도는 느긋함 되찾아/환하게 밝아지는 세상살이/어둡던 하늘까지 드맑아진다'는 절정감을 맛본다. 이 고백적인 표현을 통해 우리는 막힘과 뚫음이 서로 밀접하게 연결되어 있음을 확인할 수 있다. 어쩌면 우리 삶은 이런 이항대립의 순간으로 점철되어 있다고 해야 할 것이다. 뚫린 것이 영원할 수 없는 것처럼 막힌 것도 결코 영원할 수 없다. 시의 첫 행에서 '저도 모르게 잠근 마음 속'이라 표현했듯 뚫림이 지속하면 자신도 모르게 (무의식적으로) 어느새 느슨해지거나 게을러져 정체하기 일쑤이고, 그러면 답답하고 막막하여 다급하게 막힌 것을 뚫기 위해 뒤늦게 갖은 애를 다 쓴다. 한 치 앞을 내다보기 어려운 것이 인간의 한계이기에 삶의 경로에서 우리는 이런 어리석음과 뒤늦은 깨달음의 순간을 수없이 경험하고, 또 그때마다 삶의 역전(반전) 현상을 숱하게 겪지 않을 수가 없다.

임지현 시에서 삶의 역전현상에 대한 표현은 주로 하강에서 상승 국면으로 이행하는 경우가 많다. 물론 이것은 충족된 상황보다는 결핍된 정황에 눈길이 머무는 시인의 숙명에 기인한다. 또 이것은 꿈(이상)을 먹고 사는 인간에게 불안한 현실은 언제나 극복해야 할 대상으로 인식되기 때문이기도 하다. 그러니까 삶의 역전현상은 항상 누구에게나 큰 관심거리로 대두할 수밖에 없다. 이번 시집에서 역설이나 아이러니에 관련된 표현이 종종 드러나는 것도 결국엔 이런 인간과 시인의 숙명에 대한 성찰을 주요 표현 대상으로 삼은 결과일 것이다. 역설이나 아이러니가 일상적 인식을 초월하여 삶의 진실을 궁구하는 표현적 특성을 가진 것임을 이해하면, 시인이 왜 중요한 고비에서 즐겨 그 기법을 동원하는지 이해할 수 있다. 삶의 진실이란 대부분 일상적 눈이나 상식으로는 접근하기 어려운 심오하고 미묘한 경지이기 때문이다. 가령, 이것은

> 파도에 씻기기를 수만 년
> 탄생과 소멸을 끌어안고
> 들고 나는 물때가 빚어내는 삶
>
> — <중도> 부분

> 파도는 넘어질 때마다
> 일어서는 힘을 키운다
>
> — <울릉도 2> 부분

> 살아 있는 것이 죽어가는 것이고
> 죽어 가는 것이 살아가는 것임을
>
> — <참매미> 부분

산다는 건 날마다 훑치고 훑쳐
매듭을 엮으면서
죽음과 삶이 함께 한다

－<목숨> 부분

한강 가 불빛은 어둠이 들수록
더욱 빛을 뿜어내고
이승의 등짐 무게만큼
그대 모습 뒤로
줄행랑치는 초겨울의 발자국

－<계절의 발자국소리> 부분

등등에서 잘 드러난다. 여기서 보듯이 '이승의 등짐 무게만큼' 치열하게
살지 않을 수 없는 우리네 삶은 일상적인 인식의 범주를 초월한다. 때로
는 '탄생과 소멸을 끌어안고' 수없는 죽살이 길도 마다하지 않아야 하며,
끊임없이 출렁이는 파도처럼 위기에서 주저앉지 않고 넘어질 때 도리어
일어서는 힘을 키우기도 해야 한다. 또 어느 때는 삶과 죽음이 별개가 아
님을 인정함으로써 죽을힘을 다해 역경을 넘어 목숨을 버티어낼 수 있는
가 하면, 어둠이 짙어질수록 우리는 더욱 강렬한 빛을 뿜어내야만 '줄행
랑치는 초겨울의 발자국' 소리를 듣고 다시 봄이 오는 반가운 소식도 들
을 수가 있는 것이다. 시인이 '이승의 등짐 무게'라 표현했듯이 우리가 이
승에 존재하는 동안에는 한시도 현존으로서 삶의 중압감에서 벗어나기
어렵다. 그래도 우리는 또 가능한 한 조금이라도 그 중압감에서 벗어나
고 싶은 열망을 접을 수도 없다. 이와 같은 삶에 드리워진 괴리와 모순을
어떻게 상식이나 일상적 어법으로 도달할 수가 있겠는가. 여기서 바로
역설이나 아이러니의 어법이 동원될 수밖에 없다. 모순된 현실과 존재는

모순된 표현 체계를 통해서 들여다볼 때 그 진정한 모습을 살필 수가 있기 때문이다. 그리고 이것은 무엇보다도 위기의 현실을 뛰어넘어 삶의 역전현상을 경험할 수 있는 지름길이 된다는 점에 궁극적 의미가 있다.

4. 상생을 위한 기도로서의 시 쓰기

시인은 태생적으로 무한한 혼돈과 방황에 직면한다. 그는 누구보다도 고뇌하는 지성인으로서 불안한 시대나 사회에 대하여 불화 관계가 될 수밖에 없기 때문이기도 하지만, 현실적으로는 '밑 모를 어둠'(<촛불과 염주>) 속에서 '가슴 저미며 사는 일이/하루 이틀'(<목숨>)이 아닌 까닭에 그렇다. 그래서 이래저래 시인은 늘 방황하기 마련인데, 이 방황은 탐색이라는 말로 풀이할 수도 있다. 그것은 인식적 차원에서 시대의 어둠을 걷어내고 사회와의 불화 관계를 청산하기 위한 노력이지만, 또 그 노력은 항상 헛수고[徒勞]에 그칠 것이라는 점도 우리는 이미 잘 알고 있다. 유사 이래 모든 이들이 꿈꾸는 낙원이 한 번도 실현된 적이 없었듯이 미래의 어느 시간과 장소에서도 그것은 영영 기대하기 어렵다.

그러나 우리는 또 어둠을 밀어내고 빛을 추구하지 않을 수 없다. 아니, 최소한 광명에 대한 그리움마저 꺼 버릴 수는 없다. 설령 개인적으로는 낙원에 이르는 꿈을 실현하지 못하고 실패한다고 하더라도 다수의 거듭하는 실패가 쌓여 발효되면 우리 사는 세상에 아름다운 꽃을 피우는 밑거름이 된다는 점은 잘 알고 있으니까. 임지현 시인이 산행을 통해 자기 정화를 경험한 뒤 세속으로 하강하여 사회적 약자에 눈을 돌리거나 바다와 섬에서 고투하는 소시민들의 삶을 눈여겨보기도 하고, 또 어느 때는 자기 내부로 성찰의 날카로운 바늘을 들이대어 허물을 찌르거나, 단종이 삼촌의 권력욕에 희생되어 비운의 삶을 마감한 청령포를 되

새기기도 하고, 세계 여행을 통해 유명한 관광 거리에서 자기 인식을 일
구어내는 것도 모두 인간과 역사에 대한 치열한 성찰을 통해서 더 나은
미래를 열기 위한 사회적 자아의 열망을 실현하려는 시인으로서의 지극
한 노력이다. 그렇다면 시인이 사회적 자아로서 열망하는 미래의 구체
적인 세계는 어떤 것일까?

> 백사장에 너의 마음 널어놓고
> 달구어진 뜨거움에
> 모래 한 알 한 알의 의미로
> 너를 챙기려 뭉개고 앉았는가
> 거미줄 세상 등지기엔
> 너무 이른 새벽
> 먼동은 색색의 꿈 일궈낼 것이다
> 설렘 잠시 접어
> 의자 밑에 숨기고
> 한 여름날의 디딤돌을 딛고
> 시원한 공기와 맑은 하늘이
> 네 머리칼마다 넘나들어
> 상생의 숲 바다 꽃 피울 것이다
>
> ―<모래밭―너를 위한 기도> 전문

　여기서 우리는 모래밭에서 '모래 한 알 한 알의 의미'를 스스로 일깨우
며 '너를 위한 기도'를 올리는 시인의 궁극적 가치관을 확인할 수 있다.
모래 한 알들이 모여야 백사장이 이루어지듯이 사회는 수많은 개인이
집합하여 이루어진 공동체이다. 즉 개인과 사회는 출발점과 귀결점으로
서로 연계되어 있다. 그리고 결과의 아름다움은 '너를 챙기려는' 배려에
서 비롯된다. 개인은 비록 모래 한 알처럼 아주 사소한 것에 불과할지다

도 그 온전한 개체들이 모이면 아름다운 백사장을 이룩할 수 있다. 그러기에 세상 사람들은 외로움에 움츠러들거나 떨 것이 아니라 '거미줄'처럼 얽힌 관계망에 들어있음을 자각하고 서로를 믿고 믿음을 주는 관계로 맺어져야 한다. 세상이 어두울수록 더욱 그래야 하며, 또 어두울수록 먼동이 트는 새벽도 가까이 다가오리라 예감하는 슬기를 지녀야 한다. 그러면 결국 우리 사는 세상은 언젠가 '상생의 숲 바다 꽃 피울' 날이 도래할 수 있을 것이다. 아니, 설령 그날이 영영 오지 않는다고 해도 낙관적 세계관으로 무장하고 서로가 '너를 챙기려는' 배려정신과 따뜻한 마음으로 기도하듯이 다가서면 상생의 꽃밭엔 조금씩 아름다운 꽃들이 피어날 수 있을 것이다.

이 시에서 특히 우리는 '거미줄 세상 등지기엔/너무 이른 새벽'이라는 표현에 주목할 필요가 있다. 어느 시대 어느 사회나 위기는 있기 마련임에도 불구하고 요즘 유난히 생명 경시 풍조가 만연하여 세상을 등지는 사람이 많음을 생각할 때 이 구절은 많은 것을 시사한다. '거미줄 세상'이라는 인식이 고립과 소외 의식을 줄이는 기능을 한다면, '너무 이른 새벽'이란 인식은 혼돈된 현재의 시각이 출발점에 지나지 않으므로 밝은 날이 곧 오리라 기대하게 만든다. 흔히 미래가 더 나아질 가능성이 없다는 절망감이 사람들에게 극단적인 행위를 선택하게 만든다고 하는데, 극단적으로 염세적이고 비관적인 사람들에게 가장 절실한 것이 바로 긍정과 낙관의 세계관이라면 위의 구절은 바로 인식의 전환을 꾀하는 데 매우 중요한 계기를 마련해 줄 수 있다. 이렇듯 세계와 미래에 대한 긍정과 낙관의 자세가 소극적인 삶에 생기를 불어넣어 '상생'의 아름다운 꽃밭을 꿈꾸게 한다면, 저마다 '너를 챙기는' 이타적 행위는 그 실현을 앞당기는 원동력으로 작용할 수 있다.

시인은 <그리움 1>에서 이타적 행위의 전제 조건으로 두 가지를 제시한다. 즉 '긍정의 첫줄부터/네가 내게 들어와/숨 쉴 공간을 찾는다'와 '나를 비우고/너를 채워 넣을 빈칸마다'에 드러나는 '긍정'과 '겸허'가 바로 그것이다. '긍정의 첫줄부터 내게 들어와'라는 표현에서 보듯이 인간 관계가 단절에서 상생으로 바뀌기 위해서는 먼저 내가 상대방을 긍정하는 자세가 필요하다. 그래야만 그를 받아들일 수 있는 마음의 여유가 생기고, 그 여유가 곧 '네가' 들어와서 '숨 쉴 공간'을 마련해 줄 수 있다. 다시 말하면 '나를 비우'는 겸허함이 '너를 채워 넣을 빈칸'을 만들어 숨 막히는 현실에서 아파하는 너에게 숨통을 틔우게 한다는 것이다. 그리고 이와 같은 '나부터 먼저'라는 솔선수범 의식이 온 사회에 넘실거린다면 드디어 개개인은 각자 '한 알의 의미'가 아닌 서로 유대관계로 끈끈하게 이어져 아름다운 '모래밭'이나 '상생의 숲'을 이루게 하는 근원으로서의 가치를 지니게 된다. 서로의 '다순 눈빛이/차가움을 데워' 사회에 온기를 불어넣을 수 있기 때문이다. 공동체 의식의 고귀한 가치는 바로 이러한 유대의식과 확산 효과에 근거한다.

> 아우성치는 횃불이
> 굳게 다문 불신의 탑 허문다
>
> 사방천지 어둠 태워
> 환한 등불로 심지 돋우어
> 앞다투어 기치를 흔드는 손 손 손들이
> 확산하는 함성의 물결
>
> —<봄날> 전문

　　자연의 시간은 저 스스로 돌고 돌아 겨울을 보내고 다시 봄을 데려오는 순환작용을 끝없이 반복하지만, 우리가 삶을 영위하는 사회적 시간에서 봄은 결코 저절로 오는 법이 없다. 사회 곳곳에 봄의 도래를 가로막는 '불신의 탑'이 너무 높고 많이 도사리고 있기 때문이다. 그래서 시인은 먼저 불신의 높은 탑을 허물기 위해 '횃불'과 '환한 등불'을 들고 '사방천지'에 깔린 '어둠'을 불태워야 한다고 한다. '사방천지'라는 시어가 나타내듯 세상의 어둠은 편재되어 있기에 어느 개인의 힘만으로는 온전히 물리칠 수가 없다. 그러니 '앞다투어 기치를 흔드는 손 손 손들이/확산하는 함성의 물결'을 이루기를 염원한다. 말하자면 저마다 자발적인 공동체 의식이 발동하여 점차 사회로 확산할 때 서로 상생할 수 있는 '봄날'의 도래를 앞당기는 강력한 물결을 일으킬 수 있다는 것이다.

사회의식에서 싹튼 임지현 시편은 앞으로 더 아름다운 꽃을 피워 메마른 대지에 향기를 뿌리고, 끝없는 위기로 인하여 시름에 젖어 고뇌하는 다중들에게 일용할 마음의 양식으로 소중한 열매를 맺을 것이다. 그의 최근 시심의 중심에 자리한 사회의식의 근저에서 나는 이런 간절한 꿈이 서려 있음을 보았다. 나의 믿음에 확신을 더해 주는 것은 바깥세상으로 향하는 그의 따뜻한 관심의 출발점이 자아로부터 비롯되기 때문이다.

요컨대, 임 시인은 남을 탓하기에 앞서 먼저 자신의 허물을 살펴 낱낱이 재로 사르려 한다. 이를테면 결과보다는 과정을 더 중요하게 여긴다. 사회가 어둠에서 벗어나 '상생'의 아름다운 꽃밭으로 변화하기 위해서는 먼저 꽃밭을 형성하는 낱낱의 꽃나무들이 건강하고 아름다워야 한다는 점에서 그의 사회의식과 시적 사유는 매우 온건하고 순리적이다. 이렇게 본다면 이번 시집에서 보여주는 심화한 사회의식도 결국에는 자아로 향하는 비판적 인식이 더 절실하게 깔려 있음을 알게 된다. 그러니까 '위대한 고백'이라는 시적 의미와 가치를 그의 시는 유감없이 보여준다.

다채로운 상상력과 무지개 시학

―이동희, ≪차가운 그림 문자≫

1. 양가정신을 아우르는 시정신

이동희는 1985년에 등단했으니 어느덧 30년에 가까운 시력을 갖는 중진의 대열에 서 있다. 30년의 세월이라면 한 세대에 해당하는 기간이고, 10년이면 강산도 변한다는 말에 따르면 강산이 세 번이나 바뀌는 시간이니 그는 참으로 오랜 세월 동안 꾸준히 시업에 종사하여 이제는 시인으로서 일가견을 가질 만한 연조가 되었다. 그는 이런 긴 시력에 대해 지금까지 여섯 권의 시집을 펴내어 시인으로서의 자신을 증명하였고, 이 밖에도 문학 연구와 저술 및 문단 지도자 역할 등 다양한 문학 활동을 펼쳐왔으며, 그 업적을 인정받아 다수의 문학 예술상을 받았다. 그러니 이제 그는 '이동희 (시)연구'와 같은 총체적이고 무게 있는 논문을 헌정 받아도 좋을 만큼의 시적 역정을 걸어왔다고 평가할 수 있다.

이 글을 통해 이동희 시를 총체적으로 살펴보면 좋겠으나, 그것은 이 글의 성격에 맞지 않을 뿐만 아니라 나는 이동희 시의 전모를 찬찬히 감상하고 총체적으로 분석 종합할 만한 경험과 능력을 갖추지 못하였으니 시간이 더 흘러 이동희 시에 대한 열혈 독자가 나오기를 기다릴 수밖에 없다. 다만, 그간 출간된 시집마다 평설들을 붙여놓아 지금까지 이동희가 시인으로서 추구해온 시세계를 대략이라도 조망할 수 있는데, 여기서 그 핵심들을 살피는 것으로 대신하고자 한다. 이것은 이동희가 펼쳐온 시업의 근간이 되는 동시에 이 글에서 살필 제 7시집으로 들어가는 디딤돌이 될 수도 있어 일정한 의의가 있다. 그러면 우선 기존의 평설들에서 핵심들을 인용하면 다음과 같다.

　　▣제 1시집 ≪빛 더듬이≫(1987): "건전한 모럴의 기층 위에 전개되는 깊이 있는 상상력, 발상의 에스프리, 그리고 변화 있는 표현의 意匠"(유시욱 평설, 「휴머니즘의 기층과 알레고리의 변화」 중에서)

　　▣제 2시집 ≪사랑도 지나치면 죄가 되는가≫(1998): "삶의 부정적 현실을 긍정의 시학으로 반전시켜 희망을 보여주기"(이운용 평설, 「삶의 본질에 투신한 언어와 연꽃」 중에서)

　　▣제 3시집 ≪은행나무 등불≫(2001): "不正을 否定하며 노래를 잃지 않는 것"(소재호 평설, 「시문학의 등불을 공유하는 행복」 중에서)

　　▣제 4시집 ≪벤자민은 클래식을 좋아해≫(2005): "파도 같은 언어들의 유희에서 절제된 시어만을 뽑아 집합했다는 생각"(최영 평설, 「정승과 아전 사이」 중에서)

　　▣제 5시집 ≪북으로 가는 서정시≫(2011): "언어와 정신의 양가정신이 합일된 작품"(송수권 평설, <극기의 삶, 서정의 힘> 중에서)

　　▣제 6시집 '유럽 기행시화집' ≪하이델베르크의 술통≫(2001): "이동희 시인이 포착한 서부유럽 6개국의 '여행보따리'는 동굴 같은 '길'을 따라 '여행'이라는 악기의 줄을 고르는 일이었다."(김종 평설, <방언하는 시인 촌놈, 유럽을 낚다> 중에서)

위에 제시한 것들은 각각 다른 시집을 다른 시인이나 평론가가 다른 시각으로 접근한 것일 뿐만 아니라 아주 핵심적인 평가만을 발췌한 것이기 때문에, 이를 통해서는 통시적 차원에서 시적 변모 양상이 잘 드러나지는 않지만, 그동안 이동희가 추구해온 시의 세계가 어떤 것이었는지 그 윤곽은 어느 정도 엿볼 수 있다. 예컨대, 제재와 주제적 차원의 핵심이 '삶의 부정적 현실'에 대한 성찰과 비판을 통해 긍정과 희망의 세계를 지향하는 것으로 집약된다면, 미적 차원에서는 언어에 대한 치열한 인식과 '깊이 있는 상상력' 및 '변화 있는 표현의 의장'으로 집약될 수 있다. 이 두 차원을 아우르는 관점에서 특히 이동희 시에서 '극기의 삶, 서정의 힘'을 읽어낸 송수권 시인의 '언어와 정신의 양가정신이 합일된 작품'[1]이라는 평가에 눈길이 간다. 송수권 시인은 평문에서 '언어의 성취'로서 영랑 시를, '정신의 성취'로서 만해 시를 꼽고 있는데, 이 예를 통해서 짐작하면 이동희 시의 위상을 어느 정도 가늠할 수 있지 않을까 한다. 즉 그의 시적 특성에 대해 주로 언어 미학과 부정적 현실에 대한 부정 정신으로 집약한 그간의 평가들을 고려한다면 이동희의 시정신은 대체로 균형감각을 잘 견지하고 있음을 알 수 있다. 요컨대, 이동희 시는 미학과 사상이 걸맞게 융합되어 있다는 것이니, 그의 시는 예술적으로 매우 이상적인 차원에 올라 있거나 적어도 그런 차원을 지향하는 과정에서 창출된 것이라 할 수 있다. 이 같은 그의 시적 결실이 결코 우연한 것이 아니라는 사실은 시에 대한 자신의 인식과 습작기의 고뇌 과정을 토로한 첫 시집의 '후기'를 통해서 확인된다.

시가 없는 생활을 가난한 삶이라고 한다면, 지나친 감정의 사치요 유희일까. 그러나 사람이 그것을 잊어버린다면 가난해진다는 것을 생

---

1) 송수권 시인의 설명에 따르면, 아널드(M. Arnold)가 말한 '兩價精神'이란 시를 대하는 태도에 관련된 것으로서 '언어'와 '정신', 즉 예술적 차원에서 언어 미학적 성취감과 정체성을 확인할 수 있는 차원에서 정신(사상)의 성취도가 융합된 것을 가리킨다. 제5시집 ≪북으로 가는 서정시≫, 158쪽.

각하게 하는 한 가지 방법, 시는 그렇게 정의할 수 있다는 지적을 접하기 전부터 시는 내 삶을 풍요롭게 하는 자양이었다. 시는, 악성병균처럼 성장 세포마다 침투해 있던 나의 눈물샘을 자극하기도 했고, 젖은 일상을 해바라기 얼굴로 말리기도 했다. 그리하여 궁색한 자취방 책꽂이에는, 보물처럼 몇 권의 시집이 나를 지켰고, 푼돈마저 털어 문학잡지를 사들고 와 군불 없는 방에서 이를 탐독하게 하는 부를 누리기도 했다.[2]

이 글에 자연인 이동희가 시인 이동희로 거듭날 수밖에 없는 개연성이 절절이 드러난다. '시가 없는 생활을 가난한 삶'으로 본 그로서 '시는 내 삶을 풍요롭게 하는 자양'분이라는 관점을 갖게 된 것은 지극히 당연한 이치일 것이다. 물론 여기서 '가난한 삶'이란 근본적으로 정신적 차원의 궁핍을 의미한다. 그리고 보면 이는 시의 요체를 '思無邪'로 본 공자의 시관에 유합된다. '庶民'의 원래 뜻이 '정신적으로 가난한 사람'을 일컫는 것이었다고 하듯, 공자가 시를 모르면 벽 앞에 마주 서 있는 것과 같다고 하면서 자식들에게 시에 대해 무지한 사람을 사귀지 말라고 한 것은 바로 서민들과의 교유는 하나도 유익할 것이 없음을 경계했기 때문이다. 이동희가 공자의 시적 사유와 같은 시정신을 가졌음을 상기할 때, '시는, 악성 병균처럼 성장 세포마다 침투해 있던 나의 눈물샘을 자극하기도 했고, 젖은 일상을 해바라기 얼굴로 말리기도 했다.'라는 그의 습작기가 얼마나 치열하게 전개되었는지 짐작할 수 있다. 그야말로 시로 열병을 앓음으로써 정신의 속속들이 시에 대한 그리움이 파고들었을 것이니 어찌 한시라도 시를 멀리할 수 있었겠는가.

이렇듯 그는 시에 조숙하여 일찍이 시의 매력에 빠져들었으며 그 치열한 사랑이 끝끝내 그의 마음을 사로잡아 지금 일곱 번째 시집으로 그

---

2) 제 1시집 ≪빛 더듬이≫, 129쪽.

애끓는 사랑의 한풀이를 하는 셈이다. 그런데 그 열병은 아무리 풀어내도 영원히 풀어지지 않는 숙제 같은 것인지 갈수록 더 뜨거워져서 우리를 숙연케 한다. 2011년에 여행시편을 포함한 2권의 시집을 펴낸 지 3년도 채 안 되었는데 그새 무려 147편(웬만한 시집 3권 분량)이라는 작품을 창출하여 또 하나의 시의 탑을 쌓아 올리려 하고 있으니, 참으로 샘이 깊은 물은 마르지 않는다는 말을 실감한다.

2. 시 맛을 북돋우는 조미의식

시의 미학성, 또는 기법은 접근하기에 따라 다양한 논의가 가능하다. 가령, 시에서 가장 널리 수용되는 운율·이미지·비유·상징·역설·반어 등등은 모두 일상성을 초월하는 경향을 지닌 기법과 밀접한 관련이 있는 것으로, 시의 맛을 깊게 하여 흥미를 북돋우면서 의미를 구체적이고 효과적으로 전달하는 기능도 갖는다. 그런데 여기서 미학과 의미(이념)의 전달 문제 가운데 어느 것이 더 우선하느냐 하는 질문은 부질없다. 말하자면 융합과 조화의 의미로 보아야 한다. 물론 문학사적 경험을 반추하면 시인의 취향에 따라서, 또는 시대와 작품의 경향에 따라서는 미학성과 이념의 문제는 선택적인 차원에서 어떤 것이 우선 취급될 수는 있지만, 더 긴 역사적 안목으로 접근하면 결국 좋은 시는 언제나 그 두 가지 요소가 잘 어우러지는 경우가 훨씬 더 많다고 단정할 수 있다.

이런 관점에서 나는 먼저 시 맛을 북돋우는 미적 체계에 관련된 이동희의 성형의식을 작품을 통해 엿보려고 한다. 성형의식이란 무엇보다도 운율과 밀접한 관련이 있다. 시에서 운율이란 전통적으로 시와 산문을 구별하는 근본 요체로 인식되어오듯 시의 존립 근거로서 결코 간과할 수 없는 요소이다. 산문적 시대로 일컬어지는 현대 자본주의 사회에 이르러 자유시가 일반화되면서 운율적 자질이 현저히 약화하거나 내면화되는 경향으로 치닫지만, 그렇다고 해서 그것을 온전히 부정하고는 시 자체가 존립할 수 없다는 점에 대해서는 누구도 부인하지는 못할 것이다.

그런데 시에 관심을 가진 독자라면 요즘 시와 산문의 경계를 아슬아슬하게 줄타기하는, 다소 과격하게 비판하면 시도 아니요, 산문도 아닌 정체불명의 작품들이 무수히 횡행한다는 사실을 의식하리라 짐작되는데, 난잡한 사회 현상만큼이나 시단의 흐름도 부정적인 점이 많다.[3] 이런 우려스러운 점을 생각하면 이동희의 시정신에 내재한 한결같은 성형의식은 개인적 고집 이상의 의미가 있다. 누가 뭐래도 시는 먼저 시다워야 한다는 점을 시적 형식을 통해 주장하는 그의 목소리는 매우 우렁차고 당당하게 울려온다. 대부분 작품에서 시상과 이미지에 따라 행을 나누고 연을 나누는 그의 자유시 유형의 표현 경향은 구태의연한 것을 초월하는 의미, 이를테면 시의 정체성에 대해 치열하게 고민한 의도적인 결과라고 보아야 마땅하다. 그러기에 그 시적 실체는 시인의 뚜렷한 성형의식의 소산이자 미의식의 발로로 이루어진 것임이 분명하다. 그렇지 않고는 <텃밭>이나 <물 안 새는 사이>와 같은 유형의 작품들에 사용된 자유시형과 산문시형의 교차 표현에 관해 설명하기가 어렵다. 가령, <텃밭>을 예로 들면 이렇다.

> 봄이 자지러진 거리에 등장한 종묘상
> 푸른 꿈 공장에서 풍기는 파란 고소함이
> 허기진 나그네를 붙잡는다.

---

3) 한 비평가가 올해 모 시문학상 수상작에 대해 '넋두리'에 불과한 작품이라고 폄훼한 까닭도 바로 시적으로 제대로 정제되지 못하여 산문처럼 장황한, 비시적 성향을 꼬집은 것으로 짐작된다.

가지 모종 두 포기

오이 모종 다섯 포기

쌈채소라며, 모둠 이름을 가진 너는 어여쁘고 싱싱하고 가녀린 몸매를 지녔다

파란투구를 쓴 어린이 모종들은 나란히 줄을 맞추어

나를 반긴다.

공중에 거미집을 짓고 사는 처지에 일용할 양식은 전선을 타고 온다. 그래도 저 어여쁘고 싱싱하고 가녀린 몸매를 지닌 푸른 영혼을 만나면 나를 배양했던 흙의 감각을 추억해내는 머리 나쁜 땅강아지가되려 한다. 산란해도 기를 곳 없는 파란 알을 낳으려 한다. 天不生無祿之人・地不長無名之草라 했던가. 낳고 보면 나머지는 하늘이 땅이 다알아서 먹여주고 이름 붙여 자라게 하겠지만…

한 뼘 스티로폼 밭에도 한 뼘의 햇볕이

든다. 한 타스의 바람자락이 놀러와 참 쉽게도 글을 쓴다

맑은 해님이 한 모금의 생수를 마시듯

황혼이 기웃할 때

한 잔의 그리움으로 푸르른 날을 푸르게 취하듯

나에게 녹을 주고 이름 불러줬던 흙냄새를 방위하려

비만의 여백에

푸른 군대의 연병장을 일군다.

─ <텃밭> 전문

총 5연으로 된 이 작품은 산문시 형태인 3연을 중심으로 앞뒤의 각각 두 개의 연은 자유시로 구성되어 있다. 시인이 왜 이렇게 한 작품에 두

개의 시형을 교차하도록 조직하였을까? 이런 의문을 갖지 않고는 이 작품의 본질을 제대로 이해할 수 없다. 그만큼 이 형식에는 깊은 시적 의미가 들어있다. 즉 창작과정에서 시인은 [1~2연·4~5연]과 [3연]은 표현 내용의 성격이 다름을 인식하고 그 다름을 구조적으로 표현하는 것이 시적 효과가 더 발휘될 수 있다고 생각했을 것이다. 그것이 곧 운문과 산문으로 표현 형식을 교차적으로 구성한 결과로 나타났다고 할 수 있다. 그렇다면 표현 내용은 어떻게 다를까? 그것은 바로 제재와 경험의 문제에 관련된다. 이를테면 나머지가 시인의 개인적 경험에 따른 창의적 제재라면 3연은 한문 두 문장을 인용했듯이 공동기억에 해당하는 내용이어서 서로 변별된다. 그리고 이 3연은 1~2연의 채소 씨앗과 모종에 관한 것에서 4~5연의 글쓰기 과정으로 확장 변주되게 하는 돌쩌귀 구실을 한다. 그래서 1~2연에서 3연으로 들어갔다가 나오면 3연의 영향에 의해 시상에 전이가 이루어지게 된다. 그런 제재와 의미 및 변화의 과정을 구조적으로 표현하기 위해 시인은 운문과 산문 형태를 교차적으로 표현했다고 할 수 있다.[4)]

이러한 의미와 형식상의 변화는 낭송에도 분명히 다른 속도와 어조로 이루어져야 시의 맛을 살릴 수 있다. 즉 1~2연과 4~5연은 행 갈이를 한 자유시 형식이므로 행 갈이에 따른 속도 조절이 필요하지만, 3연은 전체가 산문시 형식이므로 일정한 속도가 유지되어야 한다. 이에 따라 어조에도 차이가 나야 하는데, 개인적 경험에 대비되는 집단적 경험을

---

4) <물 안 새는 사이>와 <안 나쁜 사람>에서도 비슷한 구조를 보여준다. 앞의 시에서는 산문시형을 취한 3연의 경우 성철 스님과 청담스님에 얽힌 사실이나 일화가 중심을 이루는 점에서 앞의 두 연과 뒤의 세 연과는 차별화된다. 뒤의 시는 2연에서 '한 거간꾼에게 끌려 식모로 팔려간 여덟 살 소녀'의 아픈 경험에 관한 내용을 소개하는 대목을 산문시형으로 표현하여 현실적 아픔과 설움을 형식적으로 드러내려 하였다. 이 밖에도 더 있는데 이런 형식으로 된 작품은 모두 10편에 이른다.

근간으로 한 3연의 경우에는 낭송 어조(소리)보다는 낭독 어조(아니리에 상응함)에 의존하는 것이 의미와 유기적인 관계를 형성하는 데 더 효과적일 수 있다.

위에 든 예는 한 편의 작품 안에서 두 개의 시형을 사용한 특이한 경우라서 그 내적 의미를 구체적으로 살펴 시의 문체형식과 효용성의 관계를 해명해 본 것이다. 말하자면 시의 리듬과 형식은 그에 상응하는 시인의 미적, 표현적 의도와 깊은 관련이 있음을 직접 확인했다. 그렇다면 이동희 시의 대부분을 차지하는 자유시 형태의 작품들도 분명히 작의가 내포되어 있을 것이다.[5] 말하자면 그는 표현 의미와 이미지의 변화에 따라서 행과 연을 나누는 것이 가장 자연스러운 시의 형식이라고 확신하는 셈이다. 이런 점에서 그는 시의 형식에 대해서 매우 정통적인 인식을 보여주는 것으로 평가할 수 있는데, 그러면서도 간혹 다음과 같은 실험의식을 보여주기도 하여 그가 형식에 대해서 아주 경직되거나 기계적인 단순성을 견지한 시인이 아니라는 점을 확인하게 한다.

나는 항상―
왼손에게 미안하다

1천원을 꾹꾹 눌러 보내며 듣는 발신음 경고 때문에
흔들려도 일어서야 하는 시내버스 손잡이 때문에
사르트르의 지옥[6]에게 무기명 이체하는 좀심 때문에
택시의 동전거스름을 받아 챙기는 작은 주머니 때문에

---

5) 이번 시집의 147편은 모두 자유시형을 취하고 있는데, 이것을 내적 형태에 따라 좀 더 세분하면 다음과 같다. 單聯詩: 25편(17%), 聯詩: 122(83%), 자유시형 중 산문시형이 복합된 작품: 10편(전체의 6.8%). 이 분석에 따르면 이동희가 가장 즐겨 사용하는 구성방식은 연구분을 하는 자유시형임을 알 수 있다.
6) 사르트르는 '타자는 나의 지옥'이라고 했다. (原註)

제 먹은 밥그릇 씻어내는 기껏 하는 설거지 생색 때문에
튕겨져 나온 돌멩이를 치우고야마는 잠시 굽힌 허리 때문에
우측통행하지 않는 행인에게 보내는 손가락질 때문에
붓두껍 누른 대로 나오지 않는 선량하지 않은 선량 때문에
누르는 협력 없이는 올릴 수 없는 바지의 지퍼 때문에
제 숨통을 조르고도 편안한 예절 바른 넥타이 때문에
주말 연속극에 시선 꽂아 돌린 채널의 가난한 부유 때문에
언로를 뚫는 길에 푼돈으로 깔아야 하는 보도블록 때문에
1만 댓글로 백만송이장미꽃을 피우려는 국민명령 때문에
쓰이는 글씨대로 뜻을 만들지 못하는 문자 때문에

오른손잡이여서 미안하다
나는 항상—

　　　　　　　　　　　　　—〈바른 손에 관한 명상〉 전문

和蘭의 한 여행사에서
편도火星여행객을 모집했다,
한다. 전 세계로부터 순식간에 일만여 명이 응모했다,
한다. 한 번 가면 다시 돌아올 수 없는 여행길에
사람들이 서로 먼저 가겠다며 그리 몰렸다,
한다. 기필코 가고자 하는 길에
서둘러 가려고 탑승권을 사려 떼돈을 벌자
한다. 아침 밥상머리에 펼쳐진 피비린내를 맡으며
편도선이 부어오른 밥숟가락을 거두려
한다. 화학무기로 외상없이 깨끗하게 정렬한 어린 주검이
시리아로부터 칼라사진으로 날아왔다,
한다. 직격탄을 날리니, 밥그릇에 가득한 화약 냄새

밥이 밥이 아니라 밥이 독약이 되리라
한다. 밥을 버는 돈이 독약이 되리라
한다. 아이가 아이를 때리고 따돌려도
어른이 어른을 구박하고 내쳐도 잘한다, 잘한다
한다. 부자가 부자를 따돌리지 않는 것이나,
가난이 가난을 따돌리지 않는 것이나 마찬가지라
한다. 그래도 가난이 가난을 따돌리지 않으면
가난한 밥통에는 여러 개 밥숟가락이 드나든다,
한다. 부자가 부자를 따돌리지 않으니
부자 밥통은 肥滿하여 痞滿症만 고여 있다,
한다. 부자는 내일도 배가 고프다,
한다. 가난은 오늘도 배가 고프다,
한다.

그래도 우리는 아무도 편도 화성 여행 표를 끊지 않는다,
한다. 가난은 표를 살 수 없어서 여행을 꿈으로 다닌다,
한다. 부자는 돈이 있어도 떠밀려가는 여행은 싫다,
한다. 시를 쓴다는, 자칭 가난한 비렁뱅이만, 어떻게
서정시 한 편으로 표를 구할 수 있을까, 전전긍긍
한다.

　　　　　　　　　　　－<한다−슬픔이 슬픔에게> 전문

　위의 두 작품에도 적극적으로 성형의식이 발휘되었다. 우선 앞 시의
경우는 두 가지 측면에서 눈길을 끈다. 하나는 1연과 3연이 수미쌍관을
이루면서도 두 행을 뒤집어 변화를 꾀했다는 점, 다른 하나는 2연에서는
행마다 '때문에'를 각운으로 배치하여 세상과 자아에 대하여 다양하게
성찰하면서 반성이나 비판하고 싶은 사안들을 나열한 점이 바로 그것이

다. 이를 통해 시인은 그것이 정말 부끄러워해야 할 일인가 아닌가, 헷갈린다는 의미를 넌지시 나타냄으로써 뒤죽박죽이 되어 버린 세태를 풍자한다. 오른손잡이이어서 왼손에 항상 미안하다는 것은 보기에 따라서는 다른 생각을 가질 수도 있기 때문이다. 즉 오른손만 많이 쓴다는 것은 왼손을 소외시키는 의미가 되므로 미안할 수 있지만, 반대로 오른손만 혹사한다는 의미로 읽으면 도리어 한가한 왼손이 미안해해야 하는 역전현상이 일어난다. 그래서 이 시의 각운인 '때문에'는 온갖 핑계를 대거나 책임을 전가하기 일쑤인 현대인들의 부조리 상황을 다양하게 나열하여 비판하고 강조하는 의미가 있다.

뒤의 작품에서는 '한다'라는 두운이 뚜렷하게 드러난다. 각운을 규칙적으로 배치한 앞 시의 형태와는 달리 여기서는 교차적 배치를 기본으로 하되 때로는 두 행이나 세 행에서 연속되기도 하여 변화된다. 이 시역시 '한다ー슬픔이 슬픔에게'라는 제목과 부제가 나타내듯이 부조리한 세계를 다양하게 성찰하고 비판하는 제재들이 나열된다. 특히 직접화법을 인용하는 경우에 사용하는 '한다'라는 형식을 빌려서 개인적 생각이 아니라 세간에 횡행하는 일반적인 인식이나 말을 그대로 옮기는 것처럼 표현하였다. 이를 통해 시인은 사적 의미를 축소하고 일반적, 객관적 의미가 강화되도록 한다. 그리고 두운으로 수차례 반복되는 과정을 통해 그런 사회 현상이 세상에 팽배하여 일상화되어 있음을 암시하며, 역설적으로 그것은 또 사람들이 그러한 세태에 길들여져 은연중에 무감각해짐을 드러내는 기능도 한다.

한편, 시 맛을 북돋우는 주요 요소로서 이동희는 비유와 더불어 언어유희, 아이러니(역설 포함) 같은 기법에도 관심을 기울이고 있음이 드러난다. 특히 언어유희에 관련된 작품으로 <무주는 무주다> · <날밤> 같은 것이 주목되는데, 그 중에 앞의 시 일부를 인용하면 다음과 같다.

무주에는 주인이 없더라.

목마른 자

누구나 와서 반딧불이와 노닐기만 한다면

주인이라 하더라.

무주라서 취할 일 없으리란 주객이여!

주객이 따로 없이

산머루주나 먹포도주에 그냥 취하시기 좋을

동굴주도를 따라 걷기만 해도

산내음에 취하기만 하더라.

자연이 낸 길을 따라

그저 걷기만 해도 도로 취하는 마을

주인이 없으니

모두가 주인이더라.

　　　　　　　　　　　　　　　－＜무주는 무주다＞ 부분

　이 시는 전북지역의 한 지명인 '茂朱'와 소리는 같고 뜻이 다른 '無主'가 중첩되도록 하여 이른바 동음이의어를 통한 모호성의 시학에 기대어 표현한 작품이다. 그리하여 독자에게 여러 가지 의미를 복합적으로 상상하게 한다. 이를테면 지역적 특성에서 출발하여 인간과 사회와 자연에 관한 생태와 환경에 대해 되새겨 보게 한다. 그리하여 시인은 무주라는 지역적 특성을 자연환경이 훼손되지 않고 순수한 상태로 남아있음을 강조하면서 이 지역에 오면 인간관계도 그렇게 될 수 있음을 강조한다. 이는 역설적으로 소유욕과 권력욕에 따른 수직관계로 이루어져 자유가 억압되는 현대 도시 사회의 한 폐해를 염두에 둔 것이므로 비판적 의미를 함유한다. 이에 따라 무주는 시인에게 비판 대상으로서의 도시 사회의 대척점에 놓이는 공간으로 인식된다. 말하자면 시인은 '茂朱＝無主

崒山＝모두 주인'이라는 전이 과정을 통해 아이러니 구조가 형성되도록 하여 결국 무주라는 지역이 현대인들의 궁극적 이상향임을 강조한다. 이와 같은 시인의 인식은 시의 결구를 통해 다음처럼 부연 마무리된다.

> 무주공산!
> 어여쁜 짐승들만 주인이 되는 나라
> 환인께서 다시 오시기에 적합한
> 단 한 곳, 사람의 궁전
> 무주에 오면
> 모두가 주인이 되어
> 가빴던 숨결마저 곱디곱게
> 도처에 펼쳐진 시(詩)의 문맥 따라
> 숨 쉴 만하더라.
> 숨을, 쉴 만하더라.

이 대목에서 우리는 시인이 상정하는 이상향의 구체적인 형상을 다시 확인할 수 있다. 즉 '무주 = 무주공산 = 사람의 궁전 = 시(자연) = 숨 쉴 만한 곳'으로 귀결되는 과정에서 그 점이 잘 드러난다. 이를테면 개개인이 소유욕으로부터 자유로워져서 모두가 주인이 되는 수평적 인간관계를 형성하게 되면, 서로가 주인이 되겠다고 전쟁을 방불케 하는 무한 경쟁 관계에서 벗어나게 되어 '가빴던 숨결'이 '숨을, 쉴 만하더라'로 바뀜으로써 여유로움의 경지에 들 수 있다는 것이다. 이렇듯 동음이의어에는 최소한 두 개 이상의 시선이 중첩된다. 즉 비판 대상을 바라보는 현실적 눈과 이상 공간과 세계를 지향하는 미래 눈이 겹쳐져 있다.[7] 이러

---

7) <날밤>에서는 '날밤'을 '밤[夜]을 새다'와 '익히지 않은 밤[生栗]'의 의미가 중첩되고 다시 밤을 새워 밤의 겉껍질을 깎는 행위가 정성껏 글을 쓰는 행위로 전이된다.

한 이중적 시선은 다음 시에서 극적 아이러니의 형태를 동반하며 세태 비판의 의미를 더욱 강화한다.

> 공원 산책길 옆 잔디밭을 파헤친 남새밭에 느닷없는 발목지뢰
>
> 경고!
> 양심을 믿읍니다
> 남 농작물을 훔쳐가는 자는 도둑입다.
> 양심을 지킵시다!
> 농작물주인
>
> 고 바로 위에서
> 행색 초라한 구경꾼이 내려다보고 있다.
>
> 경작금지 자연보호
> 공원 내에서 허가 없이 농작물 경작, 건축물 설치, 토지 형질 변경,
> 임목 벌채 행위 등 금지. 위반자는 도시공원법 제32조 및 33조 규정에
> 의거 1년 이하 징역 또는 300~500만 원 이하의 벌금
> 행복시 욕망구청장
>
> ─〈양심〉 전문

주제를 제목으로 내세운 이 시는 두 개의 경고문을 직접 인용하는 방법을 통해 현대사회의 기만적인 양심의 실체에 대한 한 유형을 드러낸

그리하여 시인은 '하얀 밤의 속껍질을 밤새 밝혀내어/탱탱하게 문맥을 다듬어내노라면/입안에 툭툭 터지는 질감으로/저, 생밤의 시가 문득 새벽을 두드리는 소리/아득하고 막막하구나.'로 마무리한 결구에 드러나듯 진정한 글쓰기의 과정과 그 의미를 생각게 한다.

다. 시의 구조는 경작이 금지된 공공 토지에 농작물을 경작한, 불법을 저지른 농작물 주인이 남을 믿지 못하여 농작물을 훔쳐 갈지도 모르는 불특정, 또는 미필적 도둑에게 양심을 지키라는 경고판을 세워놓았는데, 알고 보니 정작 그 자신이 먼저 도시공원법을 어긴 잘못된 사람이라는 아이러니 형태로 이루어졌다. 말하자면 아이러니를 통해 극적 반전이 유발되게 하여 이중적 인격자의 모순성—부조리한 인간에 대한 경각심을 부각한다. 자신에게는 한없이 너그럽고 남에게는 야박한 현대인의 잘못된 한 모습을 이 시의 구조를 통해서 엿볼 수 있다.

요컨대, 이 작품의 특성은 주제를 제목으로 먼저 제시하고 본문에서는 다만 두 개의 경고문만을 인용하여 두 연으로 나누어 제시하면서 그것을 '행색 초라한 구경꾼이 내려다보고 있다'라고 설정하여 극적 장면의 효과가 발생하도록 했다는 점이다. 그리하여 독자는 이 시를 읽으면서 극적 반전의 과정을 겪음으로써 속으로 빙그레 웃으며 어떤 경험이나 감회에 젖게 된다. 의심스러운 짓을 한 사람이 남을 의심하기 쉽고, 세상에 믿을 사람 하나도 없다고 하던가!

이상에서 특히 주목할 만한 시인의 성형의식이 드러난 작품을 예시하여 그 특성과 의미를 살펴보았듯 시에서 운율이나 기법들은 의미와 불가분의 관계를 맺으며 유기적으로 조직되어 있음을 알 수 있다. 그 점을 이동회 시가 독자들에게 실체적으로 경험하게 한다. 이를 통해 우리는 시인이 창작과정에서 얼마나 많은 고민을 하며, 그 결과로 나타난 표현 효과를 알아차리기 위해 독자들도 깊이 고민하지 않을 수 없음을 몸소 체험하게 된다. 더불어 그 고민의 크기만큼 그 내밀한 의미에 도달하여 얻는 기쁨도 따라서 커진다는 사실도 느끼게 된다. 이러한 독서 체험과 효과가 곧 미학적 차원에서 고민하는 시인의 성형의식에서 비롯된 것임은 더 말할 필요가 없다. 그러니 명색이 시인이라는 이름을 달고 어찌 한 편이라도 편안한 마음으로 되는 대로 시를 지을 수 있겠는가.

3. 참살이의 궁극에 이르는 길

<양심>이라는 작품을 통해 이미 부분적으로 경험을 하였지만, 이동 희는 몇몇 작품에서 부조리한 사회 현상에 대해 강하게 비판하는 시정신을 보여준다. 특히 <삽목>·<홍매>·<길을 내는 법>과 같은 작품에서는 거의 민중시 같은 냄새를 풍길 정도로 사회적 약자에 대한 측은지심과 불의에 대한 증오심이 얼비친다. 이런 유형의 시를 어떻게 판단할 것인가는 오로지 개별 독자의 몫이겠지만 관점에 따라서는 달라질 수 있다. 즉 시적 함축성과 완성도 여부를 잣대로 들이대는 경우는 다소 직설적이라 평가할 수 있고, 시적 정제보다는 대사회적 쓰임새를 우선시하는 민중시 관점에서는 민중의 속을 후련하게 해주는 것으로 값 매김 될 수도 있다. 그렇다면 이동희는 어느 쪽일까? 나의 판단으로는 서정시 유형을 선호하는 줄에 서 있는 것으로 보인다. 다소 직설적인 경향을 보이는 작품의 숫자가 희소한 점이 말해주듯 대체로 그는 서정시에 대한 향수를 깊이 간직하고 있다.

그런데 문제는 그가 내적으로 상당히 흔들리고 있음을 간과할 수 없다는 점이다. 왜 그럴까? 먼저 흔들림의 징후를 엿볼 수 있는 시의 일부를 인용해 본다.

서푼짜리 오페라로
문명을 날린, 브레히트 선생

꽃피는 사과나무에 대한 감동과/엉터리 화가에 대한 경악이/가슴속
에서 다툴 때
바로 두 번째 것이 있어 시를 쓰게 한다[8],고 고백하였는데

…(중략)…

우리 귀여운 세 공주님 璘·多·朗을 놓으려
九尾 박통생가 옆집으로부터 온고을까지 한달음에 달려온
아조, 어여쁘신 내 선화공주며느님도,
그 녁 사람인 게고

하긴, 세상 위에 사람 있지
사람 위에 세상 있는 것 아닌 거, 삼시 세끼 찾아 먹으면서
서푼짜리 세상 거시기 땜시
사람 거시기 할 일은 아닌 게고,
아닌 건 아닌 게고…

　　　　　　　　　　　　　－<서정시·2> 1~2, 7~8(끝)연

　이 시 역시 제목과 본문 사이에 괴리가 있어 일종의 아이러니 구조를 갖는다. 즉 본문은 서정시라기보다는 서정시를 쓰기 어려운 시대를 표현함으로써 시인은 오히려 서정시에 대한 비판적 인식을 내비친다. 이런 점에서 이 시는 서정시에 대한 재인식을 근간으로 하는 시에 대한 시 쓰기(metapoem)의 성향도 보인다. 시인이 브레히트의 <서정시를 쓰기 힘든 시대>라는 작품 일부를 인용한 것은 바로 그런 인식―브레히트와 같은 시정신을 갖고 있음을 나타내기 위한 시적 장치이다. 그러니까 이 시대는 브레히트가 표현한 대로 시인에게 '꽃피는 사과나무에 대한 감동'보다는 '엉터리 화가에 대한 경악', 즉 사회적 부조리 현상을 비판하고 고발하는 것을 시화하도록 압력을 가한다는 것이다. 그만큼 사회가 깊이 병들어 있음을 방증하는 것이요, 그런 사회에 대해 시인도 일말의

---

8) 베르톨트 브레히트 <서정시를 쓰기 힘든 시대>에서. (原註)

책임의식을 나누어 가져야 한다는 것이기도 하다.

그런데 이 시는 브레히트의 생각을 반영하는 동시에 비판하는 의미도 함유함으로써 그 스스로 또는 독자들에게 이 시대의 진정한 서정시는 어떤 것이어야 하는가를 성찰하고 고민하게 만든다. 그것은 시인이 일단 '서정시'라는 제목을 붙여놓고 전통적 의미의 서정시가 아닌 현실적 문제를 다루어 의도적으로 제목과 본문 사이에 괴리(아이러니)가 생기게 하거나, 아니면 일종의 시적 책략을 통해 독자들을 긴장시키고 있기 때문이다. 더 구체적으로 말하면 아직도 선거 때만 되면 되살아나는 망령인 '지역감정'(정확하게는 지역차별의식)과 같은 사회문제에 대한 시인의 비판적 인식이 시의 바탕에 깔려 있음을 고려하면(호남 사람으로서 거리낌 없이 경상도 지역의 시우를 사귀고 며느리를 맞았다는 표현에 드러남) 이 작품을 온전한 서정시로 보기는 어려우므로, 시인이 굳이 이런 괴리된 구조로 조직한 의도에는 그에 상응하는 문제의식이 들어있다. 그것이 무엇일까? 문맥 의미로 볼 때 그것은 바로 시대가 변했으므로 당연히 서정시에 대한 인식도 달라져야 한다는 주장을 그는 구조적으로 표현한 것이라고 판단된다.

그렇다면 우리는 새삼스레 서정시에 대한 통시적 고찰을 해볼 필요성을 느낀다. 과연 서정시란 무엇인가. 주지하듯이 '서정시'는 발생학적 차원에서 고대로 거슬러 올라가면 문학의 세 양식인 서사시·극시와 변별되는 것, 현대적 관점으로 말하면 시와 소설과 극을 변별할 때 시를 통칭하는 용어였다. 즉 서정시란 서사성과 극성이 희소한 시인의 정서를 풀어내는 양식을 가리켰다. 이것이 현대로 이행되면서 좁은 의미에서 이념과 사회적 목적의식을 우선시하는 시와 구별되는 인간의 본질과 순수한 정서를 노래하는 경향을 지닌 시로 규정되기에 이르렀다. 그리하여 어떻게 보면 현대에 이르러 서정시의 개념은 편협하게 인식되거나 왜곡되어 무척 모호해져 버리고 만 셈이다.

　그런데 위에 인용한 시에 따르면 이동희는 서정시의 개념을 포괄적으로 접근한 것으로 보인다. 이 시대가 서정시를 쓰기 어렵다는 점을 깊이 의식하면서도 서정시의 근본을 재인식하려는 태도로 보면 그는 분명히 양자를 포괄하는 차원에서 이해하고 있거나 적어도 이해하려는 입장인 것으로 판단된다. 이러한 그의 태도는 마지막 연을 통해 확인된다. 이를 테면 '서푼짜리 세상 거시기 땜시' '사람 거시기 할 일은 아닌 게고'(모호 하게 표현한 '거시기'는 문맥적으로 앞은 '문제'·'풍조'·'현상' 등으로, 뒤의 경우는 '소외'·'훼손'·'증오'·'비판' 등등의 의미로 짐작됨)라고 표 현한 대목에서 사소한 세상보다는 사람이 더 소중하다는 의미가 선명하 게 드러난다. 시인이 그것을 '아닌 건 아닌 게고'라고 재차 강조하였듯 현상적 문제 때문에 본질적 가치가 결코 전도될 수 없음을 강력하게 주 장하고 있는데, 문제는 이 강조의 강도가 커질수록 사회의식의 노출 수 위도 점점 높아진다는 점이다. 그렇게 되면 아이러니 형태로 전이되어 서정시가 아닌 사회 현상에 관한 문제를 다루는 비서정시의 성격이 우 세해지는 결과를 낳기 때문이다. 그래서 이러한 내적 구조까지 통합적 으로 읽으면 결국 시인은 전통 서정시를 염두에 두면서도 한편으로는 바뀐 시대에 적응할 수 있는 변화된 모습으로서의 새로운 서정시를 의 식한다는 것을 알아차릴 수 있다. 요컨대, 그는 이른바 '신서정'이라 불 리는 현대적 서정시의 한 모습을 작품으로 형상화한 셈이다. 가령 이러 한 경향은,

　　　집안에서 키워오던 열대관상수 가지가 무성하다 그중 한 가지를
　　　잘라 대지의 배꼽에 꽂았다

　　　전정가위로 아무렇지도 않게 자르는데

아무렇지도 않은 게 아니었다.

잘린 자리에서 솟아나던 하얀 진액,
자른 가윗날에 아픈 망설임이 찐득하게 묻어났다.

그렇게 두어 달이 지나자
하얗게 질렸을 가지들이 파르랗게 숨을 쉬었다

회식모임 식당에서 고종사촌제수씨와 조우했다 그녀는 越族이다
아우와 결혼하여 낯선 땅에서 노동으로 가난을 차렸다

눈물자국에는 파르랗게 숨을 쉬는 새싹이,
아무렇지도 않은 게 아닌 단절의 자리에서 태어났다

대지는 약손을 숨기고 있음에 틀림없다
아무렇지도 않은 게 아닌 상처마다 붕대를 감아준다.

　　　　　　　　　　　　　　　　－<삽목> 전문

과 같은 작품에 여실히 드러난다. 이 시는 이원 구조로 조직되어 있다.
총 7연 중에 앞 4연은 꺾꽂이 과정에 관한 것이고, 뒤 3연은 한국 남자에
게 시집와서 소위 다문화가정을 이룬 이국 여성의 고된 삶에 대한 성찰
이다. 즉 뒤쪽은 시인이 표현하려는 궁극적 제재이고 앞쪽은 심각한 사
람의 삶에 관한 설득력을 높이기 위해 차용된 자연의 섭리에 해당한다.
그러니까 식물과 사람이라는 전혀 다른 속성을 지닌 두 제재는 시인의
경험과 상상력에 의해 시에서 통합되어 이합집산의 과정을 겪는다. 그
리하여 서로 다른 성격의 나뭇가지가 어려운 과정을 거쳐 하나로 접목
되는 것처럼, 다른 문화에서 살아온 두 남녀이지만 힘겨운 과정을 거쳐

상처를 극복하고 결국 '파르랗게 숨을 쉬는 새싹'으로 태어난다는 것이다. 그것이 가능하게 하는 것을 '대지의 약손'이라 하였듯 시인은 자연의 섭리가 인간에게도 작용한다고 확신한다. '죽으라는 법은 없다'라는 말처럼 세상에 태어난 것은 모두 어떻게든 살아갈 수 있는 길이 열린다는 것을 그는 다문화가정의 한 모습을 통해서 확인한다. 이렇듯 이 시는 자연 생태와 현대사회의 한 생태를 접목한 일종의 현대적 서정시=신서정에 가까운 시의 한 모습도 보여준다.9)

그러나 이번 시집의 절대다수를 차지하는 작품들이 비교적 특정 이념이나 사회의식을 직접 노출하지 않고 삶의 깊은 곳을 들여다보려는 노력을 보여주는 것으로 볼 때, 이동희의 시정신이나 작시 태도의 근간은 아무래도 이념이나 현상에 대한 문제보다는 좀 더 근원적인 문제에 대한 관심사를 시적으로 표현하려는 것이라고 단언할 수 있다. 그런 경향을 잘 보여주는 작품 한 편을 들어보면 다음과 같다.

> 봄이 산 너머에서 머뭇거리며 컹컹 짖어대자, 매화도
> 벙긋거리며 흉내를 낸다. 아직은 아니다, 아니다
>
> 드나들던 자연교실에서 외우고 또 받아써 온 내공으로
> 짖을 때마다 어둠을 털어내려 하지만
> 보이는 소리 크다, 천지간에…
>
> 보이는 것들은 무섭지 않다, 보이는 것들을 비추는 광고탑처럼
> 보이는 길들이 잦아드는 종점

---

9) 유사한 방법으로 이루어진 <길을 내는 법>에서는 '강릉 남대천 하구'에 '날아오르는 외다리 왜가리'의 생태와 '현대자동차 공장 철탑/다리 묶은 외다리 비정규직/한 사람'을 연결하여 표현하였다.

보이는 꽃들이 떨어지는 낙점
보이는 것들은 보이는 방식으로 잦아들거나 떨어지면 그만이다

모처럼 선명한 두려움을 보았다, 빈집
봄마저 출입을 삼가는 한적한 농가
대문간에 묶인 黃狗는 지킬 것 없는 자신을 컹컹 짖어댔다.
지축이 울린다.
자신의 두려움이 저리 무거울 수도 있구나, 천지간에…

끝자리에서 이어지는 평행선처럼
떨어지는 자리마다 꽃을 피우는 씨앗들처럼

보이는 방식으로 나는 나를 짖을 것이다. 두려움이
보이는 그 자리까지, 소리의 그루터기까지
자신의 허물에 묶인 풍월을 읊는 황구를 조문하듯이
천지간에 나는
나를 짖을 것이다.

― <폐(吠)> 전문

　"짖다. 개가 짖다."라는 개념의 '폐(吠)'라는 어려운 한자어를 제목으로 사용한 이 작품은 말 그대로 다채로운 자연 이미지들이 향연을 이룬다. 순수 서정시의 맛을 풍기는가 하면 '광고탑' 같은 현대적 특성의 시어가 동원되기도 하고, '산'과 '농가', '자연교실'(무위적＋인위적), '봄'과 '나'와 '黃狗'('짖다'라는 행위소에 유합됨) 등의 제재, 그리고 기법적으로 비유와 역설 등이 동원되어 봄이 돌아오는 산천과 농가에 대한 관찰로부터 자아 성찰과 반성 및 개선 노력으로 발전되는 과정이 적나라하게 표현되어 있다. 이러한 다각적 시선은 물론 도무지 알기 어려운 우리네

존재와 삶의 속내와 관련이 있다. 다시 말하면 참된 존재 양태에 도달하기란 그만큼 어려우므로 시인은 미지에 대해 컹컹 짖어대는 개처럼 민감하게 자아의 허물을 걷어내기 위해 골몰하지 않을 수 없는 인간의 숙명을 의식한다. 그것이 어둡고 추운 자아와 세계에 환한 봄을 영접하는 근원이요 시발점이자 가장 적극적인 행위라고 믿기 때문일 것이다.

서정시의 개념을 존재와 자아에 대한 깊은 성찰에 관한 문제를 다루는 것으로 정의하는 기존의 인식에 따르면, 이 시는 그런 서정시의 성향을 잘 보여준다. 이동희 시의 대부분이 이 범주에서 몇 발짝씩 가감되는 것으로 볼 때 그는 온전히 정통적이라고 할 수는 없어도 서정시에 시정신의 촉각을 많이 곤두세우면서도 현대라는 새로운 시대에 걸맞은 시의 방향을 모색하여 이른바 신서정시에 대한 관심을 표출하기도 한다. 가히 그의 관심의 끝은 어디인지 이번 시집에 묶인 작품들만 가지고는 참으로 가늠하기 힘들다.

위에서 살펴본 대로 시에 관한 한 이동희의 뚝심은 대단하다. 그는 한 세대만큼 걸어온 오래된 시인이면서 새로운 시인이고, 전통적이면서 현대적인 시인으로 여러 방면에서 다채로운 모습을 보여준다. 약력에서 보듯 삶도 시도 다 그렇다. 세상사 모든 것을 시에 담으려 하는 도전적 자세와 다양한 시적 태도로 표현적 호기심과 열정을 오롯이 펼쳐내는 것을 보면 분명 욕심꾸러기로 보이는데 사람들 사이에서는 호인으로, 양반으로 자리하는 것을 보면 순수성이 빛을 발한다. 이러한 요인들을 종합할 때 그는 삶이든 시든 다 다채롭게 전개되는 것을 종교처럼 믿는다고 생각되는 까닭에, 그런 자세로부터 흘러나온 그의 시는 절로 무지개처럼 다양한 색채로 빛을 발한다고 감히 말하고 싶다.

자기 동일성 탐색의 뜨거운 역설

—정재영, ≪내가 하고도 모르는 것들≫

1. 전통 서정시의 지향과 자기성찰의 시학

서정시의 바탕에는 대체로 '성찰'이라는 의미가 깔려 있다. 시인의 관점에서 보면 서정시란 기본적으로 자아와 더불어 자아 밖의 세계에 대해 심각하게 살핀 결과를 시적으로 형상화한다는 뜻이다. 성찰의 빛깔은 저마다 다를 수 있어도 그 과정은 대체로 비슷하다. 즉 궁극적으로 더 나은 상태와 더 아름다운 지점을 추구하기 마련인 인간의 상승 지향적 본심이 발현되는 첫 단계로서 생산적인 정신작용의 하나이다. 그리고 성찰 결과의 구실과 감화력을 세련되고 효과적으로 북돋우기 위한 수단이 바로 시인이 작시 과정에서 표현 내용에 예술적 옷을 입히는 일인데, 시에서는 서정성을 바탕으로 하면서 다양한 언어적 기법을 통해 심화 강조하여 지각과 기억의 강도를 드높인다. 물론 이러한 논리는 전통 서정시 차원에서 바라본 것이다. 현대시에서는 서정성의 빛깔이 극도로 희미해진 경우도 더러 있으나 깊이 파고들면 결국에는 전통의 계승보다는 전복에 관심을 둔 시들도 겉만 그렇지 속은 서정시의 구실과 이상의 테두리에서 그리 멀지 않다.

글의 출발점을 좀 먼 데서 잡은 듯하지만, 우리는 정재영 시인의 16번째 시집 ≪내가 하고도 모르는 것들≫의 중심 빛깔이 대체로 전통 서정시의 모습을 보여준다고 판단해서 이 시집으로 들어가는 첫 실마리를 풀기 위해 짐짓 서정시의 바탕색에 대해 새삼 되짚어보았다. 이를테면 정재영 시는 주로 자아와 삶에 대한 치열하고도 뜨거운 물음을 통해 끊임없이 갱신 의지를 다잡는 것을 작시의 원천과 원리로 삼아 이루어진 결실이라 할 수 있다. 이번 시집도 결국 자아의 존재 인식을 핵심으로 삶의 과정에서 고비마다 변신하지 않을 수 없는 이치를 파노라마처럼 적나라하게 펼쳐내어 서정시의 장점과 미덕을 유감없이 보여준다. 시인의 갱신 의지는 기본적으로 일정한 정답이 없는 것이 인생길이라 그 길에서는 누구나 숱한 회의와 갈등, 시련과 고통을 겪을 수밖에 없다는 판단에 기인하며, 궁극적으로는 순간순간마다 참고 견디고 이겨내어 주된 목적지인 정화의 순간에 이르기 위해서는 숱한 변신을 겪어야 가능하다는 점을 함유한다. 이러한 존재 인식을 시인은 그에 걸맞은 기법인 역설과 아이러니로 표현하여 시적 감각과 감응 능력을 적절히 발휘한다. 말하자면 정재영 시인이 주로 이 기법을 작시 원리로 선호한 배경에는 그것이 내용을 가장 잘 표현할 수 있다고 보았기 때문일 것이다.

너무나 번거롭고 어지러운 현대, 앞뒤가 맞지 않거나 안팎이 다른 경우를 숱하게 만나는 당황스러운 상황에서 과연 우리는 어떤 자세로 대처해야 할까? 이번 시집은 이러한 근본적인 물음을 시인이 자신에게 끊임없이 부가하면서 진정한 자기 동일성(identity)을 추구하고 탐색하는 과정을 형상화한 작품들로 꾸며져 있다. 그래서 그의 시는 급변하는 세상에서 뿌리까지 흔들리는 삶을 살기 십상인 현대인들에게 하나의 이정표 같은 구실을 할 수 있는데, 이보다 더 매력적인 것은 시인이 다양한 시련을 거쳐 자기에 이르는 과정에서 주로 자기성찰로 일관한다는 점이다. 누구든 고통에 직면하면 흔히 그 짐을 조금이라도 손쉽게 덜기 위한 방어기제로서 책임을 남에게 떠넘기려는 심리가 작동하기 일쑤인데(얼마나 보편적이면 속담까지 생겼을까), 정재영 시에서는 고요히 자기에게로 돌아들어 제 갈 길을 점검하고 탐색하는 형태가 주류를 이루어 우리네 상식을 뒤집어 시적 차원으로 한층 더 승화시킨다. 이런 관점에서 우리는 정재영 시인의 세계인식과 자아 인식 및 시적 형상화의 특성을 짚어볼 것이다.

2. '가을'의 양면성, '비가'와 '연가'가 뒤섞인 장년 인식

이번 시집에서 정재영 시인은 '가을'에 대한 인식을 표현한 작품으로 출발점을 설정했다. 어떤 만남이든 첫인상이 중요하듯이 시집에서도 독자와 첫 대면이 이루어지는 작품은 아무래도 신경을 써서 고를 수밖에 없다. 이런 심각한 의미를 생각하면 우리는 '가을' 인식을 제재로 한 시편들이 앞부분을 장식한 점에 주목할 필요가 있다. 여러 가지 의미 중에 이 시집에서는 시인의 정서가 어느 방향으로 흘러가는지를 암시하려는 의도가 많이 작용한 것으로 보이기 때문이다. 이들 시편에 따르면 이즈음 시인의 정서는 네 계절 가운데 가장 극적인 변화를 보여주는 '가을' 같은 존재 인식에 깊숙이 꽂혀 있는 것으로 보인다.

급해지는 붉은 이파리
낙엽 지기 전
잊어야 할 일 많은 지금

새나
나무나
그 속에 함께 늙어가는가나

옛 그림 하나 그려 걸어두면

오늘 생각 물들어
가을이 수북이 쌓이는 날
붉은 마음 그 사람 찾아오실까

- <가을 미술관> 부분

'가을 미술관'을 제재로 삼은 이 시는 시인의 존재 인식을 매우 심각하게 보여준다. 가을은 인생 마디에 비유하면 장년기쯤으로, 이 시기는 한창때인 청년(봄)과 중년(여름)을 거쳐 결실의 보람을 맛보는 희극적인 시절이면서도 노년기(겨울)로 이어지는 관계로 비극적 존재 인식과 우울감에 빠지기 쉬운 시절이기도 하다. 이렇게 <가을 미술관>은 정서적으로 희비가 교차하는 가을의 시점에서 시인의 고뇌와 성찰을 풀어낸다. 특히 가을에 존재론적 번민이 깊어지는 까닭은 '미술관'의 의미와 관련되어 있다. 즉 예술적 가치를 잣대로 미술품을 수집하여 길이 보존하고 전시하여 만인에게 관람 기회와 즐거움을 제공하는 일이 미술관의 기능임을 의식하면서 시인은 인생을 어떻게 마무리해야 아름답고 가치 있는 삶으로 결실에 이르러 오래도록 남을 수 있을까? 그런 심각한 고민에 빠져 있다. 이것을 시 짓기의 관점으로 확장하면 좋은 작품을 남기려는 예술가로서의 시인의 꿈과 신념을 보여준다고 할 수 있다.

시인의 고민을 더 구체적으로 풀어보면 이렇다. 그는 늦가을에 단풍든 잎과 같은 존재의 처지에서 곧 '낙엽'처럼 떨어질 것을 예감하며 잊어야 할 많은 일을 정리하고 비우려 한다. 그 중에도 가장 중요한 일은, 자아를 새와 나무 같은 자연의 일원으로 보고 자연의 섭리를 의식하는 것이다. 즉 집착을 버리고 순리에 따를 것을 명심한다. 그림이란 눈에 보이고 상상하는 모든 것을 그리는 것이 아니라 그릴 만한 것만 가려서 표현한 것이듯, 자아를 대상으로 한 그림도 삶에 부수되는 온갖 것 중에 버릴 것은 버리고 남길 만한 가치가 있는 것만 골라 그려야 한다. 시인이 그 그림을 '옛 그림'이라고 한 것은 미래의 어느 시점에서 바라보는 자기 모습임을 뜻한다. 그리고 이 그림을 그리는 시점은 '지금'이고, 그 그림을 보는 사람의 시점은 미래일 터인데, 시인은 미래의 관람객 중에 특히 '붉은 마음'을 가진 사람이 '찾아오실까' 궁금해하는 것으로 시를 마무리하여 특정 존재에 대해 강한 인식을 보여준다. 그렇다면 '붉은 마음 그 사람'은 누굴까? 이 작품만으로는 구체적으로 확인할 수 없다. 다만 앞부분에서 '급해지는 붉은 이파리'에서 '붉은'이라는 시어를 사용했는데, 여기서는 단풍 든 의미이기 때문에 시인이 궁금해하는 존재와는 거리가 있다. 그래서 이것은 시인의 마음에 깃든 어떤 특정한 존재를 다양하게 변주한 이미지의 하나로 볼 수 있으므로 텍스트 상호성의 관점에서 풀어내야 한다. 이 점을 고려하면서 다소 단순하게 접근하면 시인이 궁금해하는 그는 뜨겁고도 아름다운 마음을 가진 사람이라 짐작할 수 있는데, 다음에 이어진 시를 고려하면 성숙한 존재로 볼 수도 있다.

이렇듯 시인의 '가을' 인식은 현실적으로 영생 불가능한 존재의 한계를 의식하는 동시에 그것을 초월하는 길(그림＝시＝예술)을 모색하는 계기로도 작용한다. 인간의 예지가 그것을 가능하게 만든 셈인데, 이 예지 능력은 다른 측면에서 '비가'와 '연가'라는 두 갈래 길을 만들어내기도 한다. 다음 두 편은 한 대상에 대해 상반된 인식이 드러나 관점의 다양성을 보여준다.

가을에는
길을 떠나야 합니다.

관해계길이아

사철이지만
버릴 줄 아는 때
떠나야 합니다

버리지 않고 붙든
이파리 한 장 마음
떠날 수 없는 당신

가을이 있는 줄 몰라
봄 여름
뜨거워 초라했던 사랑

붉고 붉게 익은 마음
낙엽 지기 전
지금은 떠나셔야 합니다

— <가을 悲歌> 전문(①)

휘발성 불길엔
물을 끼얹지 않는다

지난 철 폭염
푸른 불길 끝자락 견디던 각오
잠깐 부는 찬바람에 껍질 터트려
속마음 드러낸 단풍의 소란

가을비도 뜨거운가
속까지 불태워
고엽으로 저무는

가을 사랑은

푸르고 푸른 날
상고대 하얀 순백 영혼으로 여물기 위해
타지 않는 불길 속에서
끝까지 참아내는 일이다

－＜가을 戀歌＞ 전문(②)

①은 떠남을, ②는 사랑을 노래한 시로 대조된다. 반면에 ①에서는 '붉고 붉게 익은 마음'을, ②에서는 '순백 영혼'을 이상적인 상태로 규정하여 동질성과 이질성을 동시에 보여준다. 즉 색깔은 다르더라도 두 가지 모두 시인이 지향하는 상태라는 점에서는 유사하다. 다시 말하면 진정한 존재라는 이상은 같은데 여기에 시간 인식이 개입되어 달라진다. 현실에서는 열정과 아름다움에 결부된 '붉은 마음' 형태의 결실을 지향적 가치로 보지만, 종착점에 도달할 즈음에는 무채색인 '순백 영혼'의 형태를 꿈꾸어 차별화된다. 이 차이에 대해 더 구체적으로 살피면 이렇다.

먼저, ①에서 시인은 슬픈 노래를 불러야 하는 이유로 떠남의 철리를 받아들이지 않으려는 '당신'을 내세운다. 당신은 어떤 존재인가? 그는 겨울(미래)이 있는 줄 모르고 봄과 여름에 모든 것을 태워 버린 결과 '초라한 사랑'으로 전락하게 한 불완전한 존재이다. 그래서 시인은 현실에 집착하며 머뭇거리는 '당신'에게 '지금은 떠나서야 합니다'라고 일깨우고 강권한다. 이러한 인식이 시의 표층적 의미인데, 주지하듯이 더 중요한 의미는 심층에 함축된 것이다. 즉 어떤 존재든 때가 되면 떠나는 것이 순리인데도 막상 현실에 직면하면 떠나지 않으려고 고집을 부리는 것이 인지상정이라는 뼈저린 인식이 시인에게 더욱 짙은 슬픔을 자아내게 한다, 당신에게 떠나라고 하는 권유를 수미쌍관 형식으로 구성한 것을 통해 그런 시인의 인식이 절실하게 표출된다. 정리하면 이 시에서 시인이 가을의 한복판에서 부르는 '비가'는, 모든 것 내려놓고 떠나야 하는 시점에 도달한 현실 그 자체보다 허욕에 사로잡혀 때가 되면 떠나야 하는 자연의 이치까지 망각하는 유한한 인간의 숙명을 인식해야 하는 것이 더 슬프다는 의미를 담고 있다. 순리대로 사는 삶이 얼마나 어렵다고 생각했으면 노래(비가)로 누누이 부르며 가슴에 깊이 새겨야 한다고 했을까? 이래저래 가을이라는 계절—장년기는 심각한 성찰과 비극적인 인식을 불러일으키지 않을 수 없음을 이 시는 참으로 아프게 읊어낸다.

그러나 그렇다고 그 슬픔이 반드시 삶을 송두리째 무너뜨리는 절대적인 비극이 될 수는 없다는 점 또한 부정할 수 없는 진실이기에 우리는 슬픔에 잠기면서도 한편으로는 살아야 할 근거와 이유를 찾아 헤맨다. ②를 ①의 바로 뒤에 이어 나란히 배치한 것은 삶이란 아이러니의 연속임을, 그리고 '비가'보다는 '연가'가 더 중요함을 강조하려는 의도로 보인다. 어떤 물로도 끄기 힘든 여름(중년기)의 폭염(열정)을 견디고 가을(장년)에 이르러 '속까지 불태워/고엽으로 저무는/가을 사랑은' '상고대 하얀 순백 영혼으로 여물기 위해/타지 않는 불길 속에서/끝까지 참아내는 일'이라는 시인의 성찰은 낙관적인 빛깔로 채색되어 있다. 이것은 참된 존재란 봄부터 가을까지 온 열정으로 삶에 부가되는 온갖 시련을 다 견디고 참아내야 더 이상 불에 타지 않는 절대적인 경지—'순백 영혼'으로 여물 수 있다는 기대를 저버리지 않으려는 시인의 인식을 반영한 것이다. '순백 영혼으로 여물기 위해'라는 비유적 표현은 인간과 식물을 등가로 놓고 인생의 성숙과 보람도 열매 같은 것임을 나타내기 위한 장치이다. 열매는 꽃의 죽음으로 완성되지만 봄에는 씨앗이 되어 새 생명으로 태어나기도 한다. 이런 점에서 열매는 역설적이다. 시간이 집적된 실체로 겉으로는 죽은 듯 고요해도 안으로는 새 생명을 잉태하고 있어 새싹으로 거듭나는 능력을 품고 있으니까.

지금까지 보았듯이 시집의 도입부를 장식한 정재영 시인의 가을 시편들은 희극성과 비극성, 또는 비극성과 희극성이라는 극적인 양면성을 함께 성찰하는 시인의 복합적 인식을 담고 있다. 시인은 이를 통해 존재나 삶이란 어느 일면으로 고정된 것이 아니라 늘 웃음과 울음, 울음과 웃음이 교차하는 입체적인 의미를 띠게 마련이라는 심오한 인식을 형상화했다. 그러고 보면 우리는 삶의 과정에서 사사건건 일희일비할 필요가 없다. 일찍이 솔로몬의 말을 셰익스피어가 극시에 표현하여 더 유명해진 '이 또한 지나가리라'라는 말처럼 정재영 시인의 가을 인식도 그런 삶의 심층을 더듬어 어느 측면에서는 견디고 참고 기다리면 새로운 시기가 온다는 삶의 철리를 서정적으로 풀어내어 우리 정서의 밑바닥을 자극하고 찡하게 만든다.

3. 간절히 그리운 '당신', 동일성을 열망하는 자아

정재영 시에서 가장 빈번하게 사용된 시어는 '하늘'과 '당신'이다. 참 많이 등장한다 싶어 헤아려 봤더니 '하늘'은 31편(약 41%)에서 54번(각주에 사용된 2개는 제외), '당신'은 30편에서 51번이나 사용되었다. 이처럼 시인이 특정 시어를 많이 사용한 것은 작시 과정에서 그 방향으로 상상력이 많이 뻗어 나갔음을 뜻한다. 수치로는 두 시어가 엇비슷하게 나오지만 두 시어는 공간(하늘)과 존재(당신)로 갈리는 만큼 시에 함축된 의미도 부분적으로 상통하면서도 변별성을 지닌다. 특히 우리 마음에 다가오는 인상과 영향력은 '당신'이 훨씬 강렬하다. 그리고 '하늘'은 함축된 의미의 폭이 비교적 얕고 좁지만, '당신'은 상대적으로 의미의 폭이 넓고 다양하다.

예컨대, "하늘을 바치던 산이 힘에 부쳐/감추어둔 붉은 마음 속살 드

러내는 날/희미하던 당신은/천연색 그림으로 하늘에 걸린다"(<만추>)
라고 표현된 부분에서 두 시어가 동시에 등장하는데, 여기서 보면 '하늘'
과 '당신'의 차이가 잘 드러난다. '하늘'은 스치듯 지나가는 배경에 가깝
지만 '당신'은 역동적이고 변화무쌍한 존재로 표현의 초점에 해당한다.
'하늘'에 함축된 의미의 폭이 상대적으로 좁은 까닭은 "무심히 가는 구
름 이끄는/하늘에 손길이 있네"(<보이지 않는 손>)라 표현했듯이 그것
이 전지전능한 '숨은 신'의 위상을 갖기 때문이다.[1] 세상을 주재하는 절
대자(또는 자연)에 대해서는 절대적인 믿음밖에 갖기 어려우니 다양한
표현이 나오기도 쉽지 않다. 이에 비해 '당신'에 대한 시인의 인식과 표
현은 상당히 다르다. 얼마나 다른가 하면, '당신'에 함축된 의미가 무척
다양하여 일일이 다 거론하기 어려울 정도이다. 이를테면 시인의 위치
에서 거리 감각으로 나타낼 때 가까이는 세속적인 사람 형상에서부터
멀리는 하늘과 같은 절대적 위상에 이르기까지 그 폭이 무척 넓다. 이 가
운데 몇 가지 핵심을 집약하면 '당신'은 대체로 시인이 사랑하고 추구하
고 그리워하면서 함께 하기를 염원하는 대상으로서 자아와의 일정한 거
리에 있는 것으로 드러난다. 이제 그 정체에 대해 거리 감각을 중심으로
살펴보기로 한다.

> 눈 내리는 날
> 그것도 너무 내리는 날은
> 당신이 오시지 않으리라는 것을
> 잘 알고 있습니다.
> 아니, 오실 수 없다는 것을

---

1) 다소 가벼우면서도 흥미로운 발상을 보여주는 단시 "하늘은/번개를 터트려/어둔 세
상/사진을 찍는다.//골수 깊이 숨은 사람/가슴속까지/훤히 다 찍혀 들킨다//두렵
다"(<하늘 카메라> 전문)라는 표현도 같은 맥락이다.

당신 곁에 수북이 쌓인 눈
당신 힘으로는 벗어날 수 없는 곳
길도 없어 기다릴 필요 없는 것을
잘 알고 있습니다

                              - <알고 있습니다> 부분

여기서 '당신'은 거리 관념으로 볼 때 시인에게 물리적(육체=인간적 존재 인식)으로 근접한 거리에 있는 세속적 존재로 형상화되었다. 그는 전지전능한 절대자가 아니라 폭설도 이기지 못하는 유한한 존재이다. 또 능력 수준에 대해 시인이 짐작할 정도로 익히 알 만한 존재라는 점에서도 그는 인간의 범주에 든다. 그래도 결구를 "마지막 길을 나들이처럼 가시다가/제 곁 지나가는 일 있으면/그날 한 번 헛기침이라도 들려주시면 좋겠습니다"라고 존칭을 사용하여 구성한 대목에 따르면 '당신'이 예사로운 존재가 아닌 것 같기도 하다. 그래서 여기서는 '당신'의 정체가 시인이 만남을 염원하는 어떤 존재임에는 분명하지만, 구체적인 실체에 대해서는 짐작하기 어려운데, 다음 시에서 그 비밀이 밝혀진다.

당신마저 늙은 어느 먼 날
몰래 떠나야 했던 까닭 혹시 알려 하시면
이름 석 자 쓴 돌비 아래 묻은 시집을 찾아
마지막 시를 읽어 보세요

우리 젊은 날 돌려 잡으려
숨 거두는 순간도 몸부림 친 일 아신다면
아직 떠나지 않았던 것을, 아니 못했던 것을
당신은 아실 겁니다

…(중략)…

아무에게 들키지 않으려 가슴에 묻고
당신을 꼭 붙들고 있었던 것을
그날은 당신도 아실 겁니다.

-<비밀> 부분

앞 시와의 연관성은 일단 '당신마저 늙은 어느 먼 날'이라는 구절을 통해 확보된다. 즉 당신이라는 정체가 자연의 재해에 직접 영향을 받는 유한한 존재이거나(앞 시), 생로병사를 겪는 생명체라는 점에서 합치점을 갖는다. 그리고 나에게서 멀리 떨어져 있는 점, 또 만났으면 좋겠다거나(<알고 있습니다>), 비록 '젊은 날' 어떤 이유로 헤어졌어도 마음은 떠나지 않아 '우리 젊은 날 돌려 잡으려/숨 거두는 순간도 몸부림 친' 사실과 '몰래 떠나야 했던 까닭'을 당신에게 알리고 싶다는 세속적인 인간관계를 암시하는 점도 유사하다. 다만 <알고 있습니다>에서는 내가 당신의 사정을 짐작하면서 잘 알고 있다고 한 데 비해, 여기서는 당신이 나에 대해 알고 있으리라고 짐작하여 대조를 이룬다. 이렇게 보면 당신과 나는 소통하던 관계였음을 짐작할 수 있다. 비록 시의 표면에 사랑이라는 말은 등장하지 않을지라도 '당신'은 자신에게 그리움을 자아낼 만한 어떤 존재임에는 분명하다. 다음 시에서는 '당신'의 정체가 더 구체적으로 드러나면서도 결과적으로는 여전히 모호성의 장막은 완전히 걷히지 않는다.

사랑하는 사람이여

사랑을 묻은 겨울 묘지 앞
봄의 解産잔치에

나비들 날갯짓과
푸르게 웃는 꽃소리들은 모두
고이 가꾸어 온 당신의 몫인 것을

당신의
바람과
따스함과
촉촉한 입김 탓으로
사랑이 싹을 내밀었지요

— <봄이 오는 길에서> 부분

　제목에 따르면 늦은 겨울이나 이른 봄을 배경으로 한 이 시는 시인이 '사랑하는 사람'을 직접 부르는 형태를 취하고 '사랑을 묻은 겨울 묘지'라고 표현해 그와의 현실적 사랑은 끝났음을 보여준다. 그러면서도 '당신'을 잊지 못하는 점이 비슷하고, 또 '당신'을 봄을 불러들이는 능력자로 그려 여기서도 평범한 존재가 아님을 암시한다. 그리고 이 시에서는 시인이 당신의 능력을 '덕'으로 보지 않고 '탓'이라는 부정적 의미를 지닌 말을 선택하여 일반적 예상을 뒤집은 것이 우리의 눈길을 끈다. '사랑이 싹'을 내민 것을 당신 덕분이 아니라 '탓'이라고 여기는 것은 당신을 원망하고 있다는 뜻이기 때문이다. 이 아이러니는 현실과 이상의 차이를 보여주기 위한 시적 장치로 읽힌다. 부언하면 이 아이러니는 현실적으로 사랑이 끝났는데도 사랑의 정을 완전히 끊을 수 없어 이러지도 저러지도 못하고 혼란에 빠져 있음을 강조하는 의미가 있다.

　이렇게 보면 시인의 마음에 깃든 '당신'은 세속적이든 이상적이든 모두 눈에서는 멀어도 마음에는 가까이 있는 모호한 존재이다. 그러니까 두 존재의 관계양상은 "눈에서 멀어지면 마음에서도 멀어진다."라는 서양 속담에 대립하며, 사랑하면서도 헤어져야 했다는 역설적 의미로 규정된다. 그리하여 시인에게 당신은 어떤 형태로든 거리를 온전히 지울 수 없는 위치에 있어 오직 끝없이 추구해야 할 대상일 뿐이다. 오히려 그럴수록 시인의 마음에는 당신과의 거리를 좁히고 싶은 갈망이 더 열렬히 타오른다.

> 당신은 아직도 멀리 계시고/나는 가녀린 몸뚱이/좁은 발로 서 있습니다//마디마디 칸마다/당신 생각 가득 채웠어도/목마름과 허기는 매한가지//흔들리면서/흔들면서/탑을 쌓고 있습니다.
> ─<대나무·2> 부분①

> 흐르는 강물처럼 끊어지지 않으면/바다라는 곳에 언젠가 이를 수 있듯/당신 생각 함께 보내는 밤늦은 시간/당신 곁으로 끌고 가는 생각의 초침도/소리 없이 흘러 세월을 만든다
> ─<벽시계> 부분②

> 비워서 채우고/버려야 얻는/당신의 가득함//비울 것도 없는 마른 가슴/잠시도 비울 수 없는 당신 생각에/멍하니 그 자리 있을 뿐이다
> ─<빈 항아리> 부분③

> 마지막 날은 내 속에 무엇이 남아 있을까/첫 울음대신 조용한 웃음으로/사랑과 미움 어느 하나 버리지 않고/당신 앞에 그대로 반납하려 한다
> ─<반납> 부분④

'당신'을 지향하고 그리워하는 시인의 마음이 얼마나 간절하고 뜨거운지 증명하기 위해 그 핵심이 드러나는 4편에서 일부를 제시했다. 이들 구절에 따르면, 시인은 일단 당신과 자아의 거리가 너무 멀어 만남의 가

능성에 대해 회의하면서도 가까이 가려는 꿈만은 저버릴 수 없다. 그래서 그 틈을 좁히기 위한 노력을 경주한다. 즉 공든 '탑'을 쌓듯 정성으로 그 일을 수행하고(①), 성실과 끈질긴 노력만이 '당신 곁'으로 가는 지름길임을 단단히 믿으며(②), 당신을 영접하기 위해서는 그만큼 비워야 한다는 역설적 진리를 깨닫고 더 '비울 것도 없는 마른 가슴'인데도 당신을 영접하기 어려운 자아의 한계와 허망함을 성찰하기도 한다.(③) 그리고 결국엔 소망이 '마지막 날'까지도 온전히 이루어질 수 없음을 예견하면서도 시인은 기쁜 마음(인생이란 과정일 뿐임)으로 '사랑과 미움'(사랑에서 미움까지=삶의 모든 것)을 고스란히 당신께 바치려 한다.(④) 여기서 시인이 '반납'이라는 시어를 선택한 것은 자아의 일체를 당신이 빌려준 것으로 믿기 때문일 것이다. 그렇다면 빌려온 것을 잘 운위해야 그분께서도 기뻐하고 자아실현도 할 텐데, 중요한 것일수록 뜻대로 안 되는 것이 인간의 한계인지라 좋은 것만 바칠 수가 없다. 그뿐만 아니라 자아의 모든 것이 당신 소유라면 좋든 나쁘든—사랑뿐만 아니라 미움까지도 다 당신 것이니 '어느 하나 버리지 않고' 반납하는 것이 마땅하다. 시인의 인식이 여기까지 미치고 있다. 그렇다면 인간이 한계가 많고 심지어 미움을 자청하는 엉뚱한 짓까지 해대는 것은 주체가 아니라 빌려온 객체로 사는 탓이 아닐까? 이런 아프고도 슬픈 회의와 의문에 빠질 수도 있는데, 다음 시에서 그 까닭을 엿볼 수 있다.

앞뒤 좌우 맵시
베 조각 모양새와 색깔
어느 하나 맞는 것이 없다

찢어지고 붙인
한 뜸 두 뜸

손바느질로 오려 붙인 모습

세상에 하나밖에 없는
당신과 나를
심장 미세혈관 실로 꿰맨
아련한 바늘 자국처럼 애련하다

— <퀼트> 전문

시인은 '세상에 하나밖에 없는/당신과 나' 사이에 '어느 하나 맞는 것이 없다'는 것을 색깔과 모양 등이 다양한 베 조각을 붙여 만든 이불이나 방석, 또는 조각보의 구성 이면과 표면적 형태에 비유한다. 쓰임새로는 결과적으로 하나의 기능으로 통합되나 겉으로 보면 갖가지 빛깔과 모습은 그대로 노출한다. 그래서 시인은 '애련하다'라고 느낀다. 여기서 보면 '당신'에 대한 시인의 인식이 매우 복합적이고 복잡하다. 맞는 것이 하나도 없으면서 심장의 미세혈관이라는 실로 꿰매어 하나의 통일체를 이루며, 세상에 오직 하나밖에 없는 '당신과 나'인지라 아주 특별한 관계인데도 '애련'한 느낌을 지울 수 없는 관계로 맺어진 까닭에 그렇다. '애련'이라는 시어는 이런 시인의 정서를 반영한다. 왜냐하면 '애련'에 관련된 모든 의미, 즉 가엽고 애처로움[哀憐]·이루지 못한 슬픈 사랑[哀戀]·어리거나 약한 사람을 가엽게 여겨 사랑함[愛憐]·사랑하여 그리워함[愛戀] 등등으로 풀어내도 별로 무리가 없을 정도로 두 존재의 관계에 대한 시인의 심정은 복잡하기 때문이다. 그래서 시인은 애련한 심정을 '당신과 나'가 하나로 이어졌다고 느끼면서도 여전히 거리를 의식하는 역설과 아이러니로 풀어낸 것으로 보인다.

두 존재의 거리 인식은, "단 둘의 출연자만 있는 무대"에서 당신은 "유일한 주인공"이지만 나는 "무대 뒷켠에서 침묵해야 하는 단역"(<잉

여인간>)이기에 출연 비중에서 상대도 안 되는 좁힐 수 없는 차이로, 또 어느 때는 "낮에도 어두운 곳/하늘도 지하도 아닌/내 마음 지하방/햇볕을 심어주자"고 하여 "당신은 빛을 모으는/렌즈가 되고/나는 몸으로 비치는/반사경이 되어" "어두운 곳에/하늘 햇빛으로 불을 건네자"(<지하방에 햇살을>)라고 표현된 부분에 드러나는 '렌즈'와 '반사경'의 차이로 비유되기도 한다. 여기서는 주체와 객체, 또는 주도자와 반영자의 관계로 달라지지만 어두운 곳에 '하늘 햇빛'으로 불을 건네는 일을 함께 수행하는 공통분모로 묶이기도 한다. 그러면서도 '지하방'이 '내 마음'의 은유임을 고려하면 '당신'의 빛(은총)을 통해 낮고 어두운 곳에 든 자아를 끌어올리고 밝히려는 시인의 소망으로 귀결되므로 결국 둘 사이는 위와 아래라는 위상적인 관계만 바뀔 뿐 분별과 차이는 사라지지 않는다. 이러한 거리의 이중성은 다음처럼 변주되기도 한다.

> 유리잔에 남긴
> 붉은 입술자국처럼
>
> 창문에 걸려 아련히 떨던
> 달빛 파문이 찍어 놓은
>
> 딱 하나뿐인 화인(火印)
> 붉은 피 손자국 지문
>
> 나는
> 당신 것인 것을"

—<지문> 전문

여기서 1~3연의 공통점은 두 요소가 서로 분리되어 있지 않은 섬이다. 시인은 '당신과 나'가 그처럼 밀착되었다는 인식을 '나는 당신 것인 것'이라고 표현하여 당신과 자아 사이의 틈을 지워 버린다. 그런데 자아를 당신의 소유로 보는 것은 실제로 당신=나의 등식 관계가 성립하여 거리가 사라지지만 현실적으로는 주인과 임차인의 관계로 설정되어 여전히 이상적인 거리는 존재한다. 그러니까 이것은 앞서 ④에서 본 당신에게 모든 것을 남김없이 '반납'하겠다는 의미를 재확인한 셈이다. 이러한 시인의 거리 감각에 따르면, 결국 당신을 향한 자아의 사랑과 그리움과 심지어 미움까지도 따지고 보면 모두 당신에게서 분리된 불안심리와 위기의식에서 비롯된 것이다. 그래서 시인은 마침내 당신과의 일체화가 최종 목표임을 염원하고 강조하기 위해 구구절절 되뇐다고 할 수 있다.

이렇듯 정재영 시에는 '당신'에 대한 인식이 거의 시 전편에 녹아있다고 해도 과언이 아니다. 그만큼 시인에게 '당신'은 절대적인 존재이다. 그는 "잡힐 듯 닿지 않는 당신"(<대나무 · 2>)으로 자신에게 안타까운 마음을 자아내게 하거나, "보이지 않는 공기"처럼 "보이지 않는 당신"(<유무>)이어서 목숨까지도 좌지우지할 수 있는 절대적인 능력을 지녔다. 공기처럼 언제 어디서나 세상에 두루 존재하면서도 실재는 보이지 않기에 시인에게 당신은 늘 그리움의 대상으로 다가온다. 이를테면 시인은 세상에 절대적인 가치가 있고 사랑으로 보듬고 싶은 것들은 모두 '당신'의 의미를 지니거나 당신의 소유라고 인식한다. 이런 점에서 정재영 시인이 추구하는 '당신'은 만해가 ≪님의 침묵≫ 서문에서 "님만 님이 아니라 기룬 것은 다 님이다"라고 표현한 말의 의미와 유사한 맥락이다. 그리하여 만해가 임에 대한 정서로 시집 한 권을 가득 채웠듯이 정재영 시인도 오롯이 '당신'에게 가까이 가고 싶은 절절한 염원을 형상화한 시편들로 이번 시집을 엮었다고 할 수 있다.

4. 자기 정체성 탐색의 한 결실, 새로운 출발의 환승장

정재영 시인이 간절히 염원하는 '당신'의 정체가 절대자의 위상을 갖는다면 한 몸이 되는 것은 애초에 불가능하다. 그렇다면 당신에 대한 그의 간절한 그리움은 당신과의 일체감을 끌어올리려는 것, 다시 말하면 어두운 곳('지하방')에 든 것 같다는 존재감을 높고 밝은 위치로 상향 조정하려는 열망으로 치환될 수 있다. 이것은 절대적인 위상에 올라 있는 당신을 단순하게 기리기보다도 여러모로 부족하고 결핍된 존재일 수밖에 없는 유한한 자로서 자아를 냉철하게 성찰하고 개선하는 길을 찾는 것이 현실적으로 '당신'에게 더 근접하는, 당신이 바라는 가치 있는 일이 된다는 의미로 풀이할 수 있다. 그래서 자기 동일성 탐색의 과정에서는 무엇보다도 먼저 자기성찰이 중요하게 작용한다. 인간이라면 대체로 누구나 참된, 진정한 자기의 동일성에 이르는 길을 평생의 과업으로 삼기 마련인데, 시인들의 시 쓰기 바탕이 되는 자기성찰은 바로 인간들에게 부여되는 그런 필연적인 숙명과 사명을 일깨우기 위한 전제 조건이 된다. 이제 우리는 정재영 시인이 다양한 성찰을 통해 '당신'에 대한 인식을 거쳐 도달하려고 하는 자기 동일성이라는 목적지가 어디이고 어떤 모습일지 살펴볼 지점에 도달했다. 이 과정을 겪어 우리는 무려 16번째 시집을 펴낼 정도로 정재영 시인의 들끓는 시심의 용광로를 통과하여 창출되는 순정한 결정체=자기 동일성의 한 모습을 만날 수 있다.

정재영 시인이 추구하는 자기 동일성의 결정체를 만나기 위해서는, 누구나 그렇듯 우리는 필연적으로 몇몇 심리적 전환단계를 거쳐야 하는데, 그 첫 단계는 평등의식(평행이론)과 동행 인식으로 집약된다. 이것은 한마디로 남에 대해 차별인식을 갖지 않으려는 자세로서, 너나없이 비슷한 삶을 살고 비슷한 결말에 이른다는 동류이자 동료 의식으로 드러난다. 가령, "다른 듯 닮은 물결"로 "다다르는 곳 어차피/파도 물결 속인 걸"(<결국>), 또는 "식객 입성은 서로 달라도/삶을 진 지게질에 등줄기 굽어짐은 매 한 가지"(<국밥>)라는 구절에서 보듯, 인간의 삶이란 대개 거기서 거기로 별다를 게 없다는 것이다. 그리고 이 평등의식과 평행감각은 다시 "이곳 만남은/언제나 새로운 사랑을 만드는/아름다운 동행의 시작이었네."(<동행자>), 또는 "동행이라는 이름의 열차에서/벗어날 수 없는 길이라 자유롭고/처음 보는 타인이라 서로 몰라 그냥 반가운"(<낮은 곳>) 마음을 갖게 하는 더 큰 긍정적인 의식으로 진전한다. 그리하여 시인은 궁극적으로 다음 시에 보이는 만고불변의 진리를 감지하기에 이른다.

간밤 비바람에 멍 든 자리
선혈 단풍

겨우내 품던 울혈(鬱血) 터진 상처
봄꽃

모두 피다

피 할 수 없는 두 가지
죽음, 사랑을 위한

　　　　　　　　　−<때를 기다리는 것들> 전문

극서정시의 품격을 보이는 이 시에서 먼저 눈길을 끄는 대목은 간명하고도 맛깔난 비유와 역설이다. 즉 어떤 존재이든 죽음과 사랑을 위한 길은 피할 수 없다고 표현한 점을 먼저 해명해야 한다. 사랑이 공동체의 이상 실현을 위해 꼭 필요한 요소라면, 죽음은 세상에 절대적인 공평성을 구현하는 으뜸 자리에 놓는다. 그러니 얼마나 다행한가? 현대적인 힘을 표상하는 대표적 요소인 재력이나 권력 그 무엇으로도 바꿀 수 없는 것, 그 앞에서는 누구든 절대적이고 평등한 자연의 섭리에 따라야 하니까. 이 점이 우리가 반드시 유념해야 할 삶의 가장 무겁고도 무서운 섭리의 핵심인데, 위의 짧은 시에 구사된 시적 장치는 그 감당하기 힘든 무거움과 무서움을 드러내어 우리에게 한결 가볍고 즐거운 마음을 갖도록 이끌어 시적 감응을 북돋운다.

이제 이 시가 바탕에 무겁고 무서운 비감을 깔고 있으면서도 아이러니하게도 독자에게 경쾌하게 음미하도록 하는 맛깔난 형식에 대해 분석적으로 살펴보기로 한다. 먼저 곱게 물든 단풍(하루로 보면 노을이 됨) 빛깔은 '선혈'에 비유되어 겉으로 화려해도 존재의 끝이 어른거리는 위기 상황을 연상케 하고, 또 그것이 지난 겨우내 품었던 '울혈'로 터진 상처로 변주되고 역설적으로 곧 다가올 '봄꽃'이 피는 형상에 비유됨으로써 끝과 시작이 맞물려 희망의 싹이 트기도 한다. 여기서 '피다'는 '봄꽃이 피다'[開花]로 보았으나 '피[血](이)다'로 읽어도 무방하므로 동음이의어로서 언어유희에 의한 아이러니 구조를 형성한다. 그리고 전편에 번진 피의 이미지에 호응하도록 '피할 수 없는'이라고 표기해야 할 문장의 상식을 깨고 '피∨할'이라고 강제로 띄어서 피(避; 이것도 피[血]와 소리만 같을 뿐이므로 언어유희의 아이러니임)를 강조한 부분도 시인의 세계인식이 시 예술로 상승하게 만든 돋보이는 대목이다. 또 매연마다 선혈[피]·울혈[피]·피·피를 배치하여 규칙적인 리듬[2]을 형성하면서 단풍으로 불타는 가을 전경을 피가 낭자한 위기와 위험성을 유추케 하는 동시에 곧 닥쳐올 겨울 앞에서 시위하듯 마지막 목숨 잔치를 벌이는 잎사귀의 장렬하고도 비장한 儀式에 동참하는 환상에 젖도록 한다. 이

---

2) 계절의 순환은 자연의 대표적인 리듬이므로, 이 리듬은 가을→겨울→봄의 순환을 암시하고 겨울에 봄을 연상케 하는 비극적 현상 속의 황홀감으로 연결될 수 있다.

렇듯 단풍 하나에도 시인의 상상력이 끝없이 번져갈 수 있는 것이 시이고, 또 짧은 구절 몇 개에도 많은 삶의 의미를 갈무리하고 함축할 수 있는 것이 서정시의 장점임을 이 시는 참으로 아프고도 절실하게 증명한다. 그래서 이 작품은 극서정시의 장점과 매혹적인 질감을 유감없이 드러낸다.

한편, 시인의 평등과 동행 의식은 다시 '박애 정신'으로 변주된다. 정재영 시인은 독실한 기독교 신자인 줄로 알고 있는데, 그의 시에 펼쳐진 박애 정신은 종교적 신심을 넘어서는 더 넓고 보편적인 의미로 확장된 것이다. 이것은 마지막 작품 <환승장>에 나오는 '회자정리'라는 불교적 사유를 바탕으로 한 시를 통해서도 직접 확인되듯, 시인으로서 정재영에게 고정관념과 편견은 砒霜 같은 독약일 따름이요 무한한 자유의지와 열린 눈과 마음을 갖는 것이 시를 시답게 만드는 원천이자 원동력임을 증명하는 요인으로 작용한다. 시인의 가슴에 충만한 박애정신은 겨울을 수월하게 나도록 나무에 "지푸라기 섶"으로 둘러놓은 모습을 보고도 "모든 것을 사랑해야지"(<겨울나기>)라고 결심케 하고, "당신 때문에 그래도 나는 나를 사랑해야지, 사랑해야지 모든 것들을."(<속에 갇힌 나를 본다>)이라는 경지까지 무한히 번진다. 특히 뒤의 작품은 사랑을 확장해가는 시인의 방법론적 인식을 잘 보여준다. 그가 절대자로 믿고 인식하던 '당신'마저도 때로는 '당신 때문에'라고 탓하고 싶은 순간이 있는데, 그때도 그를 미워하기보다는 결국엔 '나'를 사랑하는 방향으로 마음을 돌려 자신을 이겨내면[克己] 마침내 '모든 것들을' 사랑할 수 있는 겸허함과 아량이 생길 수 있다는 것, 이것은 이른바 '잘 되면 내 덕이고 못되면 조상 탓'이라고 책임을 전가하는 것이 인지상정이라는 선인들의 경험을 뒤집는 참신하고도 생산적인 자세이다. 그리고 '사랑해야지 모든 것들을'이라고 문장을 도치시킨 대목도 주목할 필요가 있다. 모든 것을 사랑하기 위해서는 먼저 무조건 사랑하겠다는 굳은 마음이 선행되어야 가능하기 때문이다. 이러한 사랑이 먼저라는 시인의 인식은,

어제도 오늘도 시간의 급류에 쓸려가는 지금
나의 유일한 무기는
시간도 폭포도 급류도 사랑하는 것.

급류의 완강한 속도에도
절벽이 끝까지 하늘과 지상을 붙들고 있듯
나는 이 순간의 모든 사랑에 다가가는
물길질을 멈추지 않으리.

— <절벽에서> 부분

라고 굳게 다짐하는 장면에서 더욱 넓고도 거침없이 펼쳐진다. 이렇게 시인의 박애 정신이 싹트는 근원은 '당신'뿐만 아니라 식물과 폭포까지도 포괄한다. 즉 존재와 비재(당신), 인간과 식물(유기체), 폭포(무기물) 등 세상 모든 것이 그를 각성케 하고 관심의 대상으로 다가오고 있으니 그야말로 그의 박애 정신은 울타리가 없으며 가없이 넓고 평평한 경지이다.

그러나 삶이란 그리 간단하게 규정되거나 쉽게 정리될 수 없는 것, 더구나 세상에 제 뜻대로 되는 일이란 그리 많지 않은 것이 우리네 삶의 실상이듯이 시인은 다른 측면에서 삶을 성찰하고 그 정곡을 꿰뚫어 보기도 한다. 이를테면 "자정이 새벽으로 가는 건널목에서/당신 긴 호흡이 흐린 내 마음 지우면" "지나간 시간만 삭아/산다는 것은 모두 텅 빈 과거를 만드는/빈 시간 속의 모래시계 공간"(<빈 시간>)이라고 표현한 대목에 드러나듯, 시인의 존재에 대한 깊은 성찰과 그윽한 시적 안목[詩眼]은 삶의 과정에서 때때로 덧없음[無常]을 뼈저리게 느끼게도 한다.

여기서는 긍정은 사라져 버리고 부정의식이 그 자리를 차지한다. 그리고 이런 고통스러운 상황의 극한점에서 시인은 허무감에 젖는다.

> 하나 더하기 하나는 둘
> 하나가 떠나면 하나가 남아야 할 텐데
> 영이 되었네
> 서로 묶여 있어 하나 따라 가버렸나
> 남은 게 없구나
> 봄부터 가득 달아둔
> 만에 만을 곱했던 사연
> 당신 떠난 날
> 남은 나를 곱하기하였더니
> 남은 게 하나 없는 답은
> 제로만 가득한 산과 내와 들
> 우리가 서있던 가을 하늘도
> 텅 비어 형체가 없네
> 나는 언제나 제로였구나
>
> ─ <낙엽 떨어지니> 전문

　이성적인 계산으로는 해명할 수 없는 것이 사랑이라고 하던가. 시인은 '당신이 떠난 날' 자아를 돌아본다. 그 결과 스스로 '영'(零＝0; 인용자)이 되어 남은 게 하나도 없음을 느끼고 급기야 산과 내와 들, 가을 하늘까지도 텅 비었다고 탄식하며 '나는 언제나 제로'였음을 깨닫는다. 이 대목에서 우리는 부부(시에서는 확인할 수 없지만)는 '일심동체'라는 옛말을 떠올리게 된다. 신세대들에게 이 말이 얼마나 와닿을지 모르겠으나 적어도 선인들의 지혜로 재면 부부는 몸과 맘이 완전한 일체를 이루는 것을 최상의 상태로 보았으니까. 이런 이상적인 사랑의 극치에 도달한 상태라면 한 짝이 떠날 때 남은 짝은 세상 모든 것이 사라지는 것과 같은 공황 상태에 직면할 수도 있지 않을까. 물론 사랑의 농도와 헌신의 깊이에 따라 다르겠으나, 이 시에 드러나는 정서로 볼 때 자신을 남김없이 바친 것으로 보여 나는 무엇인가라는 뒤늦은 깨달음을 이해할 만하다. 시인이 '당신'과 나의 관계에 대해 평소에 1+1=2로 동등하다고 여겼는데 그(녀)가 떠난 뒤에 알고 보니 1+0=1이었다고 한탄하는 것은 일종의 순진성 아이러니를 보여준다. 말하자면 이는 실제로 순진함이나 무지한 존재임을 뜻하는 것이 아니라 아무 조건 없이 사랑하고 헌신했음을 강조하기 위한 일종의 시적 장치이자 책략(trick)이다. 그리하여 이 시는 이상과 현실의 괴리를 통해 인간의 일은 때때로 자기의 의도와 노력에 상관없이 뜻하지 않은 결과를 낳아 한탄할 수도 있음을 경계하는 것으로 볼 수 있다. 우리 삶에 드리우는 이러한 아이러니 상황은 또 많은 회의와 성찰을 부가하는데, 정재영 시에서 그것은 다시 세 가지 정도로 집약된다. 그 첫째 항목은 허심으로 돌아가는 길을 선택하는 것이다.

> 여러 색이 겹친 색을 지우고 지우면
> 검은 단색 그림 하나 나온다
>
> 거기까지가
> 나의 일이다
>
> ─<회심> 부분

　이 시의 핵심인 '나의 일'은 유채색에서 무채색으로 존재의 변화를 꾀하는 것, 말하자면 꽃의 시절을 지나 결실에 이르는 과정을 비유한 것이다. 그리고 이것을 앞서 언급한 삶의 덧없음을 뼈저리게 느낀 시인의 인식에 연결하면 부질없는 욕망을 버리고 허심으로 돌아가려는 시인의 초월 의지로 풀이할 수 있다. 이는 여러 색깔이 겹쳐 있는, 부정적 의미로 잡스럽고 모호하고 번거로운 색깔을 지우고 '검은 단색 하나'로 남는 지점까지가 '나의 일'이라고 단언한 점을 통해 확인된다. 여기서 '검은 단색'은 첫머리의 '가을 인식'에서 보았던 '백색 영혼'의 변주이자 그 외형으로서 시인이 추구하는 궁극의 경지인 자기 동일성에 근접한 것을 나타낸다. 시인이 존재의 안팎인 영육의 빛깔을 백색과 검은색으로 조합한 것은 최대한 소박하고 압축된 상태를 지향한 결과일 것이다.

그러나 여기에는 역설과 아이러니가 깔려 있음에 주의해야 한다. 즉 '여러 색이 겹친 색'보다 무채색의 '검은 단색'이 더 화려하고 중요하다는 의미가 들어 있다. 그것이 '열매'를 유추케 하기 때문이다. 앞서 잠시 언급한 대로, 열매는 봄과 여름의 잎과 꽃의 시절을 거쳐 도달한 결실이자 봄에 다시 태어날 수 있는 생명력이 집적된 씨앗이기도 하다. 이를테면 식물계에서 꽃과 열매가 맞물려 매년 거듭나며 순환하는 과정은 인생행로에서 상징적인 죽음과 재생을 거듭하면서 더 나은 자아로 성장 발전하는 과정에 비유될 수 있다. 인생 최대의 축복이라 할 만한 '날마다 새롭게 거듭나고 거듭나는'[日新又日新, 『대학』] 혁신적인 존재가 되기 위해서는 반드시 어제의 舊態를 벗어 던지고 오늘의 새로운 '나'로 바뀌는 시련을 수없이 겪어야 한다. 이런 의미를 함축하기 위해 시인이 식물적 상상력을 즐겨 형상화하는 것으로 보이는데, 이는 육체적으로 식물과 대조되는 유한한 인간에게도 재생력이 있으면 좋겠다는 꿈과 더불어 비록 육체적으로는 불가능할지라도 정신적으로는 거듭나는[重生] 길이 있음을 강조하기 위한 자구책이며 시적 장치이다.

> 비바람 치는 길목, 계곡이나 산정에서
> 꺾어지거나 찢어지는 아픔을 좋아할 나무 없지만
> 산다는 것은

쉬지 않는 바람 길에 서서 살아내는 일이다

…(중략)…

헐벗은 몸으로 깨어나는 당신은
아침 이슬을 먹은 별들이 깎아 세운
단 하나 명품 조각 되어 있으리
                    －<상처 많은 나무가 더 아름답다> 부분(①)

낙수의 순간에도
바람의 손으로 잡아주던 하늘을 향해
한 번쯤은
정화수에 담겨
역고드름으로 굳은
역리이고 싶다
                    －<순리와 역리 그리고 합리> 부분(②)

　둘째는 시련에 부대껴도 끝끝내 살아남아야 한다는 존재 인식에 관한 것이다. <회심>에서는 덧없고 부질없는 삶에 대한 인식으로 인해, '그래서' 자아를 극단적으로 압축하고 축소하는 열매의 경지를 지향하여 정신적으로 상징적 죽음의 경지까지 밀고 나가 죽지 않고 초월(재생)하려는 克己의 길이 드러난다면, 이 두 편에서는 '그러함에도 불구하고' 삶이란 결코 포기할 수 없다는 새로운 긍정과 도전 정신을 보여준다. 먼저 ①에서는 '산다는 것'은 좋든 싫든 끝없이 닥쳐오는 시련에 맞서서 꿋꿋이 살아내야 하며, 그러면 '명품 조각'으로 거듭나는 좋은 결과로 돌아올 것이라는 기대와 믿음을 보여준다. 여기서도 앞 시처럼 식물적 상상력을 통해 거듭나는 길을 강조한다. 그리고 ②는 중력의 영향을 받아 위에서 아래로 흐르는 물의 원리에 따라 처마 끝에 매달려 땅을 향해 커가는 고드름과는 반대로 땅바닥에서 하늘을 향해 커가는 '역고드름'(석회석 동굴의 종유석)처럼, 비록 사리에 어긋나는 逆理일지라도 상식을 뒤집는 삶의 길을 선택하는 모험을 감행하여 겨울이라는 시련기를 건너가려는 시인의 적극적인 자세를 보여준다. 그만큼 삶의 환경이 극한적이지만, 그래도 끝끝내 살아남아야 하는 존재의 존엄성을 반증한다.

마지막으로, 삶의 목표는 목적지 위주가 아니라 과정 지향적이라는 인식에 관한 것이다. 끝없는 도전과 변신을 거듭하면서 조금씩 진전하는 것이 인생이므로 삶을 영위하는 과정에서는 완전한 종착점이란 있을 수 없다. 그래서 삶의 고비나 마디마다 "당신에게 가는 어둔 길에 작은 마침표 하나"(<정확한 침묵>)씩 찍으며 하나의 매듭을 짓고 다시 그것을 넘어서는 길로 나아가야 한다. 이런 의미에서 시인이 이번 시집의 마무리 작품으로 <환승장>을 배치한 것이 아닐까. 그러니까 이 시집은 결국 장년기 시절을 겪는 과정에서 작은 마침표 하나 찍고 다시 다른 목적지를 향해 떠나기 위한 하나의 경유지이자 '환승장' 구실을 한다.

단번에
목적지까지 가는 일은 없다.

열차 안에서
비행기 안에서
잠시 만났던 모든 사람이
같이 내리는 종착지도
혼자 가야 하는 목적지를 위한 환승장이다.

만남은

떠나면 아무도 서 있지 않을 환승장에서
이별을 잉태하는 일
사랑이 틔운 기쁨도
또 떠나야 할 곳을 향한 슬픈 눈짓이다

　　　　　　　　　　　　　－<환승장> 전문

　이 시의 요점은, 삶이란 자신이 꿈꾸는 목적지에 도달하기 위해서는 필연적으로 많은 과정을 거쳐야 하므로 수많은 변신을 꾀해야 하며, 그때마다 만남과 이별이 교차하는 순간도 겪어야 한다는 것이다. 시인은 시의 표층에 만남은 이별을 잉태하는 일이고 사랑으로 누리는 기쁨은 헤어짐의 슬픈 눈짓으로 변하는 근원이라고 하여 한 방향만 표현했지만, '환승장'에 깔린 함축적 의미로 보면 궁극적으로는 그 반대 방향도 유추할 수 있다. 그것이 자연의 이치이자 섭리인 까닭에서다. 이런 역설적 구조를 지닌 시를 시집의 마지막에 배치한 것은, 이번 구간에 시인의 세계관을 집약하여 최종적으로 반영한 동시에 시적 역정에서도 이제 또 하나의 마침표를 찍고 다시 어디론가 떠나야 함을 분명히 하려는 의도에서 비롯된 결과로 보인다. 확장하면 정재영 시와 독자의 만남도 처음부터 이별이 예정되어 있었으며 이제 그 시점에 도달했음을 알리는 것으로 볼 수도 있다.

　이렇게 보면 이 시의 결구는 다시 만해의 <님의 침묵>을 떠올리도록 우리의 경험을 자극한다. '회자정리'의 哲理를 성찰한 점에서 그렇다. 그래서 사유와 표현 측면에서는 그리 새로울 것이 없다고 할 수 있으나, 삶의 과정을 끝없는 변화의 연속으로 보고 그 상승이나 하강의 변곡점을 하나의 '환승장'으로 바라본 점은 참신한 표현으로 돋보인다. 이렇게 계승된 사유와 혁신적 상상력의 조화는 개인적 관념에서 출발하여 보편성으로 귀결될 될 때 감동의 폭이 더 넓어질 수 있다는 예술의 속성으로 연결된다. 이래저래 시인 나름대로 삶의 진실을 탐색하는 과정에서 도달한 시인의 '환승장' 인식은 우리의 관심을 끈다. 특히 삶이란 끝없이 변신해야 지속될 수 있는 고달픈 역정이면서도, 또 그렇게 참아내고 이겨내며 거듭나는 과정에서 미래에 대한 기대와 호기심이 발동하여 사는 재미와 힘을 얻을 수 있다는 시인의 인식이 우리에게 삶 앞에 옷깃을 여미게 한다. 정재영 시는 이런 존재의 숙명과 삶의 이치를 나직하면서도 실감 나게 읊어내어 우리에게 공감을 불러일으키고 정감을 자아내게 한다.

우리는 <환승장>을 끝으로 이제 이 시집에서 떠날 시점에 도달했다. 지금까지 '환승장'에 모여 북적거리는 다양한 시편들을 나름대로 분류하여 시인의 성찰이 돋보이는 작품들을 중심으로 인간 정재영이 시인 정재영이라는 見者의 위치에서 진정한 자기 동일성을 찾아가는 시적 여행의 한 구간을 구체적으로 살펴보았다. 요컨대, 이 시집은 세계와 자아에 대한 시인의 깊은 성찰과 폭넓은 상상력을 통해 독자에게 다양한 미적 체험의 기회를 넉넉히 제공하는 미덕을 지니고 있다. 특히 존재와 세계의 이면에 드리워진 심오한 의미를 자유롭고도 다양한 상상력으로 풀어내어 우리의 호기심을 자극하는 기름을 붓는다. 그리고 시집 곳곳에 깔린 시인의 계절(특별히 가을과 겨울, 비유적으로 장년기와 노년기) 인식이 비감을 자아내게 하면서도, 한편으로는 시련에 든 자아를 '검은 단색 하나'로 최대한 압축하여 만남과 헤어짐, 헤어짐과 만남이 별개가 아니라 한 몸의 두 얼굴이라는 역설적 의미로 승화시킴으로써 존재의 유한성을 초월하려는 극적인 반전을 보여주어 다시 마음에 고요가 깃들게 한다. 물론 이 초월의 길은 육체가 아니라 정신적 차원일 것이며, 시를 짓는 일도 그 한 길이 될 터이다.

또 우리는 정재영 시에 다양하게 깔린 역설과 이이러니 구조는 인간의 한계를 솔직히 드러내고 형식화하기 위한 수단이라는 점도 유념할 필요가 있다. 어찌 유한한 존재인 인간으로서 무한한 자연의 이치를 다 안다고 말할 수 있으며, 누군지 분명히 알 수 없는 '당신'의 정체를 훤히 들여다본 듯 확신하고 명확하게 규정할 수 있겠는가? 그래서 시인은 모호하여 잘 모르는 것을 모르겠다고 솔직하게 표현한다. 이는 모르는 것도 다 아는 듯 너스레를 떠는 관념적인 이상주의자들의 그것과는 근본에서 차원이 다르다. 시인은 세계와 존재와 삶의 이치를 잘 모르는 것을 피할 수 없는 인간의 한계로 보기 때문에 그 숙제를 풀어내야 할 숙명과 사명을 실천하기 위해 시라는 예술 양식을 통해 표현해낸다. 아마도 우리가 사는 동안 끊임없이 추구하고 풀어내야 하는 그 숙제는 머리로 알게 하는 것보다 가슴으로 느끼게 하는 것이 더 감동적이고 효과적이라고 믿기 때문일 것이다.

그리움을 풀어내는 두 갈래 길

─나기철, ≪지금도 낭낭히≫ · 강영은, ≪상냥한 시론≫

1. 미적 취향의 거리

어떤 시든 시인이 세상을 읽고 해석한 결과물이며 존재와 삶을 성찰하고 인식한 것을 서정 양식으로 표현한 미적 실체이다. 다만 시인이 그것을 어떤 질료로 어떻게 표현하느냐에 따라 시의 질감과 형태 및 향과 맛이 조금씩 달라질 뿐이다. 이런 시적 특성으로 보면, ≪오늘도 낭낭히≫(①로 표시)와 ≪상냥한 시론(詩論)≫(②)은 좋은 본보기이다. 특히 형태가 매우 뚜렷이 대조되어 두 시인의 미적 취향과 개성이 잘 드러난다.

예컨대, ①에서는 아주 짧은 자유시 유형이 대부분(89.5%)을 차지하는 반면, ②에는 자유시와 산문시 형식을 아우른(연만 나누고 행 갈음은 없음) 융합형이 과반(49.2%)에 육박할 만큼 긴 시가 많다. 이에 따라 ①에서는 시상을 압축한 결과 생략과 여백의 미가 돋보이고, ②는 시상이 다양하고 복잡하며 무의미(nonsense)한 형태로 표현된 시가 주종을 이룬다. 이것을 창작 관념이나 관습으로 접근하면, 나기철 시인이 전통적인 차원에서 서정시의 절제 미학에 철저하여 극서정시 형태로까지 나아갔다고 한다면, 강영은 시인은 서정시의 현대적 변형인 신서정에 기대어 자유분방하게 시상을 펼친 것으로 가름할 수 있다.

물론 미적 형태의 온도 차가 극명하다고 시의 모든 성향이 다 그럴 수는 없어 일맥상통하는 부분도 적지 않다. 가령, 마침표가 거의 없거나 (①: 93%) 전혀 없는 점(②), 주로 결핍인식과 충족 갈망의 구조로 분석 가능한 점, '그리움'이 시의 근원 정서로 작용하는 시편들이 대부분이라는 점, 또 대상을 쉽게 단정하기보다는 판단을 유보하고 지연하여 불완전한 인간의 한계를 구조적으로 표현한 점 등등 여러 층위에서 겹쳐지기도 한다.

이렇게 두 시집은 다름과 같음이 표층적/심층적으로 교차한다. 이것은 이상향을 지향하는 인간과 예술의 근본 생리에 관련된다. 즉 결핍으로부터 자유로워지고 싶은 마음이 집약된 '그리움'은 누구에게나 항상 마음속에 잠재하지만, 그것을 풀어내는 방식은 저마다 다를 수 있다. 아니, 다르고 새로워야 예술성이 높아지기 때문에 두 시집의 이질성과 동질성은 각각 시적 개성과 정서적 보편성을 구현하는 요체로 작용한다.

2. 생략과 여백의 미학; 나기철 시편

≪지금도 낭낭히≫는 극서정시의 형식을 지닌 작품들로 채워졌다. 최근에 나기철 시인이 선호하는 이 형식, 즉 '간절한 것'을 최대한 압축하여 표현하는 방식은 시적 효과로 따지면 모호성을 강화하여 접근성의 다변화와 의미의 진폭을 확장함으로써 독자에게 상상력을 발휘할 기회를 드높여주는 동시에 미적 知覺과 감화 기능을 극대화하는 장점을 지닌다. 다음 시는 그런 특성을 잘 보여준다.

아직 다 못 핀 벗나무
너를 보내놓고
주저주저 하는,

옆 벗나무
와라락

주저주저
하는 사이

－<사이> 전문

　이 시는 형태는 짧아도 내포적 의미는 깊은 서정 양식의 특성이 선명
하게 드러난다. 여기에는 과거와 현재, 현재와 미래, 만남과 헤어짐, 외
로움과 그리움, 기쁨과 슬픔, 추억과 회한, 현실과 이상 등등 다양한 상
상력을 불러일으킬 수 있는 요인들이 함축되어 있다. 이것들을 집약하
면 이별(결핍)과 그리움(초월 의지)의 정서로 나눌 수 있는데, 나기철 시
의 바탕에는 대응되는 이 두 개의 항목 '사이'에 다양하고 복합적인 감정
이 개입되어 자연스레 모호성이 발동한다. 그리고 이 모호성에는 정서
적이고 의미론적이며 시적인 차원들이 겹쳐져 있다.

　가령, 2연의 '옆 벗나무/와라락'이 대표적이다. 이 표현은 시적 모호성
을 창출하기 위해 시인이 의도적으로 불분명한 시어를 선택하고 생략
기법을 통해 불완전한 문장으로 처리한 결과이다. 그리하여 시적 화자
가 이별 뒤에 이러지도 저러지도 못하고 우물쭈물하는 사이에 옆 벗나
무가 꽃을 활짝 피웠다는 것인지, '와라락'이라는 말이 한꺼번에 쏟아지
는 의미로 쓰이는 의태어임을 고려하면 옆 벗나무의 꽃잎이 어느새 한
꺼번에 왕창 떨어지기 시작했다는 깃인지(주저주저한 시간이 김), 또는

그것이 시적 화자의 눈(마음)에 와라락 들어(다가)왔다는 것인지 잘 가름되지 않는다. 오직 '너를 보내 놓'은 현상만 분명할 뿐 표현 형태로는 그가 왜 주저주저 하는지 도무지 알 수 없다. 다만 이별 뒤에 오래 갈등한 것은 어렴풋이 짐작되는데, 텍스트 상호성에 의하면 다음 시를 통해 그 이후의 상황을 엿볼 수 있다.

> 눈 피해 눈이 자꾸 갔습니다
> 그 사이 달라진
> 머릿결
> 파동의 남오미자꽃
> 지금도
> 낭낭히 들리는,
>
> ―<別後> 전문

이 시는 '남오미자꽃'을 중심축으로 이별 전후의 상황이 갈라진다. 이별 직전의 장면은 상대방을 진정 사랑하기 때문인지, 지난번 만났을 때와는 달리 머릿결이 변화된 모습을 보고 이별 기미를 눈치채어 차마 눈을 맞추지 못한 탓인지는 알 수 없지만, 시적 화자는 상대방의 달라진 머릿결이 남오미자꽃처럼 파동 치던 모습을 유심히 바라보았다는 것이다. 이별 뒤의 장면은 그 모습을 항상 잊지 못하고 생생하게 기억하고 있음을 보여준다. 여기서 '그 사이'는 과거와 현재의 시간적 거리와 이별 전후를 가름하는 구실로 작용하면서도 시의 이면에 내포된 그리움으로 인해 정서적으로는 둘 사이에 전혀 거리가 없음을 강조하는 기능을 한다.

이 시에서 또 하나 주목되는 것은 '파동의 남오미자꽃'을 '낭낭히 들리는'으로 연결한 점이다. 즉 꽃이 흔들리는 모습을 소리로, 공감각적으로 표현하여 모호성과 詩性을 강화했다. 또 일반적인 '낭랑히'가 아니라 '낭낭히'로 모호하게 표현하여 맑고 또랑또랑한 소리와 넉넉하다·푸짐하다—크다·많다는 개념이 겹쳐지게 했다. 그리하여 시간의 변화(사이)가 사람의 마음도 변하게 하지만, 그래도 누구는 변하지 않은 채 늘 그리움에 젖을 수도 있다는 모호하고 모순된 존재의 깊은 속내를 반영한다.

두 사람 사이의 만남과 헤어짐이라는 대조와 모순은 꽃나무라는 제재를 통해 인간과 자연으로 확장되어 의미가 더 깊어진다. 꽃이 피고 지는 자연의 섭리와 인간의 만남과 헤어짐이 유사관계를 맺는다면, 꽃나무(자연)가 해마다 꽃을 피우는 것과 일회성을 지닌 인간은 대조를 이룬다. 이런 복합적인 구조를 통해 시인은 인간의 비극성을 강조한다. 이를테면 자연이 재생과 순환을 거듭하며 영원성으로 연결되는 반면에 인간은 존재론적으로 재생 과정이 닫혀 있으므로, 그 대비는 인간도 자연처럼 만남과 이별, 또는 삶과 죽음 같은 슬픈 현상으로부터 초월하기를 바라는 간절한 그리움(꿈)을 암시하는 시적 책략으로 읽힌다.

이러한 심오한 뜻은 사회의식이 얼비치는 작품들에서도 감지된다. 제재를 달리하여 현대사회에 드리운 문제점과 비판의식을 담고 있는 작품에도 그 바탕에는 대체로 따뜻한 시절에 대한 '그리움'이 깔려 있다.

> 도서관 로비, 녹색 체크무늬 교복 치마 입은 여고생
> 셋이 그냥 지나간다
> 날 모르나 보다
>
> —<그만 둔 다음 해, 시월> 전문

> 밖에
> 늘
> 사람 하나
> 얼씬 않는다

내가
바라본
지구

          －<평화양로원> 전문

  <그만 둔 다음 해, 시월>은 삶의 무상성, 또는 매정한 현대사회를 암
시한다. 시적 화자가 직장에서 퇴직한 다음 해에 도서관 로비에서 봉직
하던 학교의 여고생들과 마주쳤는데 그들이 자신을 알아보지 못하고 그
냥 지나가는 것을 '날 모르나 보다'라고 하며 혼자 짐작한다. 시인은 단
순하게 표현하고 있지만, 그의 짐작에는 세월과 삶의 무상함을 느끼며,
무심하고 냉정한 신세대와 쉽게 잊어버리고 단절되는 세태를 꼬집는다.
그리고 학생들과 마주친 장소를 도서관 로비로 설정한 것은 그곳이 지
성을 추구하는 대표적인 공간이라는 점에서 현실과 이상의 괴리를 보여
주는 아이러니인 동시에 비판의 강도를 높이려는 의도에서 비롯된 것이
다. 달리 말하면 여기에는 사제 간에 정감이 오가던 재직시절에 대한 그
리움이 깔려 있다.
  <평화양로원>에서 시인은 비극적인 사회인식을 지구로 확장하여
온 우주가 빙하기에 들어있음을 비판적으로 형상화한다. 극히 짧으나
시적 장치를 통한 함축적 의미는 매우 의미심장하다. 우선 표면적 의미
로는 단절된 사회라는 비판적인 인식을 통해 냉정한 사회를 비판하면서
도 '평화양로원'이라는 이름(기호)으로 인해 아이러니가 발생하여 심층
의미를 다르게 접근할 수 있는 길이 열린다.
  '평화양로원'의 작명 배경을 일상적으로 짐작하면 일단 노인들을 잘
보살펴 그들의 삶에 평화가 깃들도록 한다는 좋은 의미로 풀 수 있지만,
시 속으로 들어가면 '평화'라는 기호가 아이러니로 쓰였음이 드러난다.
즉 비정과 단절로 치닫는 고령화 사회의 극단에 지구가 텅 비는 날이 올

수 있으며, 그리고 이 현상을 거꾸로 생각하면 사람에 의해 저질러지는 허물들—온갖 평화롭지 못한 일들도 모두 사라지는 반전 의미로도 읽힌다. 이렇게 아이러니가 겹쳐져 반전에 반전을 거듭하면 표현 상황은 희화화되고 허탈감과 비극성은 더욱 강화된다.

이렇듯 제재와 인식은 달라도 결국 나기철 시에는 어떤 존재와의 이별로 인한 것이든, 또는 사라지지 않아야 할 것들이 사라지는 것에 관한 안타까움이든 그 바탕에는 그리움이 깔려 있다. 그러니까 그의 시는 우리들의 그리움을 풀어내는 일종의 살풀이 같은 노래로 다가오기도 한다.

3. 우연으로 점철된 세계의 미적 형식화; 강영은 시편

강영은 시의 표현 특성 즉, 표면적으로 논리적 연관성이 적은 무의미(nonsense)한 양상은 일상 차원에서 보면 이질적인 이미지들을 비논리적이고 폭력적으로 연결하여 인간으로서는 온전히 알기 어려운 복잡하고 미묘한 세계를 형식화하고, 일상적 표현을 부정하거나 희화화하는 의미가 있다. 그리고 그 연장선에서 우연으로 점철된 현상 속에서 진정한 세계란 도대체 무엇인지 헤아려 보려는 강렬한 탐색 의지를 표출하기도 한다. 그래서 그의 시는 무의식과 의식이 교차하고 일상성을 초월하는 양상이 빈번하게 표현되어 초현실주의 색깔이 짙다.

바나나를 입에 물고
계단을 오른다
계단을 오르는 건 몸에 좋지
등이 꼿꼿하게 펴지거든
헤엄쳐온 생각을

혀로 핥는데
입속으로 사라지는
아, 바나나
…(중략)…
죽음 뒤엔 무엇이 남는지
말하지 않는 바나나
껍질만 남은 계단을 오른다
우연히 식탁에 놓여 있던
아, 바나나

—<투케(tuche)에 대한 小考> 전문

시집의 첫머리를 장식한 이 작품은 강영은 시인의 시정신, 또는 시적 표현의 특성을 보여주는 동시에 이 시집을 읽는 방법을 암시하는 열쇠 구실도 한다. 특히 이질적인 이미지의 폭력적 연결과 논리성이 희박한 문장 구성을 통해 시인은 현상을 필연적인 인과관계로 보는 일상적인 관념을 파괴하고 희화화하는 한편, 수많은 우연 속에 실재를 만날 가능성이 열린다는 세계인식을 드러낸다.

이 시에서 시인은 수입 과실인 '바나나'를 제재로 선택하여 논리적/비논리적 연결성에 개의치 않고 나름대로 연상되는 상상력을 발휘하여 좌충우돌 자유롭게 시상을 펼쳐 나갔다. 일견 의식의 흐름에 의존한 것 같으면서도, 곰곰이 따지면 어렴풋이 논리적인 끈도 엿보인다. 즉 비슷한 개체가 여러 개 달린 바나나의 형상과 계단의 유사성, 계단을 오르는 것과 건강의 상관성, 건강과 꼿꼿한 허리, 수입품에서 바다를 건너는 헤엄의 연상 등등, 단순한 시적 허용 이상의 내적 논리를 찾아 실재에 다다르려는 시인의 절실한 꿈이 형상화되었다. 일견 지나치게 비약하여 난센스가 연속된 난해 시 같아도 잘 음미하면 희미하게나마 내적 논리의 결을 가늠할 수 있다.

바로 다음 쪽의 <산수국 통신> 역시 난센스가 상당히 불거져 일상적 관념으로 읽어내기 어렵다. 특히 1연이 그렇다. 상식을 뛰어넘는 정황과 관념 들이 삐뚤삐뚤 쌓여 '길고 좁다란' '돌담' 길을 이루어 논리적인 의미를 찾기보다는 일종의 병치은유 기법으로서 개괄적인 이미지로 바라보는 것이 더 나을 수도 있다.

우선 제목이 '산수국 통신'이라는 점을 고려하면 '그대'와 '나'는 멀리 떨어져 있는 상황이고 서로 원활한 소통은 되지 않는다. 이런 인식을 시인은 두 개의 연으로 나누어 북쪽과 남쪽 상황으로 대조한다. 북쪽에 대해서는 이질적이면서도 '길고 좁다란' 의미가 연상되는 닭의 목·돌담길·비·뱀 등을 비논리적으로 장황하게 연결한다. '길고 좁다란'이라는 형용사를 10번이나 반복하여 비극적인 상황을 부각하고, 그곳에서 초월하고 싶은 간절함을 강조한다. 반면에 남쪽에 대해서는 간단하게 산수국이 핀 상황을 묘사하여 북쪽과 대조한다. 그러면서도 시적 화자가 "그대에게 나는 산수국 피는 남쪽이고 싶었습니다"라고 한 정황은 1연의 '꽃피우고 싶어졌습니다'라는 형국과 다를 바 없음을 보여준다. 그러니까 '산수국 통신'은 고립된 자아가 그대에게 그리움의 편지를 보내는 형식을 취한다. 그래도 현실은 소통되지 않는 상태이므로 서로는 타인인 셈이다.

누구에게나 아프리카는 아프리카가 아니겠지만 아프리카에서 온 사람처럼 어깨를 기대고 싶어 했다 그러는 너는 어깨를 기대었다 너는 언제나 같은 얼굴이었고 따뜻한 벽을 그리워했지만 장작불이 타는 거실은 벽이 되지 못했다 너는 타다 남은 얼굴로 거실을 지나갔다

누구에게나 파프리카는 파프리카가 아니겠지만 파프리카를 고르는 사람처럼 시선을 내려놓았다 너는 언제나 같은 내면이었고 가벼우

포옹을 그리워했지만 한 봉지에 들어 있어도 색깔이 달랐다 빨강, 노
랑, 초록, 표정이 다른 너는 비닐봉지 속으로 돌아갔다

아프리카에서 온 파프리카처럼, 타다 만 침묵이 식탁 둘레에 앉아
있다 침묵은 보호받는 것을 원치 않는다

—<타인들> 전문

이 시는 현대인들이 단절과 고립으로 인해 각자 타인으로 사는 비극
적인 세계를 구원하기 위해서 '침묵'을 깨뜨려야 함을 강조한다. 그래서
사람들은 서로 기대면서도 존엄성을 간직하고 보호받을 수 있는 '따뜻
한 벽'을 그리워하지만, 현실 공간('거실')은 장작불이 타는 데도 정작 따
뜻한 보호벽은 되지 못하는 아이러니한 형국이다. 이 때문에 사람들은
'아프리카에서 온 파프리카처럼' 본질적인 관계보다는 단지 비슷한 소
리로만 억지로 꿰맞춘 상태이어서 서로 간에 대화가 없다. 즉 외형적으
로는 사회라는 집단에 함께 소속된 것 같아도 실제로는 개개인이 군중
속의 고독을 앓고 있다는 것이다. 그래서 시인은 침묵은 보호할 필요가
없다고 하여 사람들 사이에 실질적인 소통이 이루어지지 않는 사회를
비판하는 동시에 그 현상이 역전된 사회에 대한 그리움을 갖는다.

서로 타인으로 살아가는 파편적인 존재 인식이 강영은 시가 무의미를
지향하는 원인이라면, 그로 인해 표현된 비논리적인 문장과 체계는 바
로 무의미한 세계를 파괴하고 진정성에 도달하려는 시적 책략의 하나이
다. 가령, "정어리를 받아먹는 나나 정어리가 가득 담긴 양동이를 들고
절룩거리며 들어오는 조련사나 쇼를 하는 건 마찬가지//우리는 상대적
이며 절대적인 눈 속에 박혀듭니다"(<쇼(show)>)라는 표현에서 보듯,
현대인들은 누구나 쇼를 하는 존재로서 상대적이며 절대적인 범주에 들
어있다. 즉 개인은 스스로 절대적인 존엄성을 지니면서도 사회적인 관

계를 의식하며 상대적인 존재로 살 수밖에 없으니 결국 남에게 보여주기 위한 '쇼'를 하며 살아야 하는 가식적인 존재라는 것이다.

사회적 인간에 대한 시인의 부정적인 비판의식은 "들리는 목소리보다/들리지 않는 목소리가 달콤하니까"(<사랑에 관한 책>)라는 역설, 또는 "금을 금으로만 보는 안목 앞에 무릎 꿇은/나는 한낱/금덩이가 되고 싶은 돌덩이에 불과한지 몰라,"(<안목에 대하여>)라고 하는 것과 같은 자기비하의 아이러니 형태로 변주된다. 그래서 시인은 자신을 포함하여 온 세상이 천박한 속물주의에 물들어 가식적인 삶을 살고 있음을 폭로하고, 이 부정적인 동일성을 무너뜨려야 그리움의 대상인 진정한 세계―'금덩이'처럼 가치 있고, 영원한 세계에 이를 수 있음을 시의 주된 빛깔로 장식한다.

요컨대, 강영은 시편들은 형태적으로 나기철 시편과는 일정한 차이를 보이면서도 진정한 세계에 도달하려는 꿈과 노력을 시적 형상화의 바탕으로 삼은 점에서는 엇비슷하다. 즉 인간의 보편적 정서(동질성)와 예술적 개성(이질성)이라는 양면에서는 대동소이하다는 예술가의 숙명을 그대로 보여준다고 하겠다.

저자 이 상 호

⊡경북 상주 출생. 서라벌고등학교, 한양대학교 국어국문학과 및 동 대학원 석사과정 졸업, 동국대학교 대학원 박사과정 졸업(문학박사). 1982년 월간 『심상』 신인상 당선.

⊡시집: ≪금환식≫, ≪그림자도 버리고≫(1988 한국문화예술진흥원 대한민국문학상 신인상), ≪시간의 자궁 속≫(1989 한국문화예술진흥원 우수도서), ≪그리운 아버지≫, ≪웅덩이를 파다≫(2001 편운문학상 본상), ≪아니에요 아버지≫, ≪휘발성≫(2011 한국시문학상), ≪마른장마≫(2016 세종도서 문학나눔), ≪너무 아픈 것은 나를 외면한다≫(2020 한국시인협회상), ≪국수로 수국 꽃 피우기≫(2021).

⊡저서: 『한국 현대시의 의식 분석적 연구』, 『자아추구의 시학』, 『디지털문화시대를 이끄는 시적 상상력』, 『우리 현대시의 현실인식 탐구』, 『따뜻한 상상력과 성찰의 시학』, 『한국 현대시의 쟁점과 진의』, 『희곡원론』, 『전환기의 한국 근대희곡 연구』, 『한국 시극사 연구』(2017 한국학술원 우수학술도서). 공저: 『청소년 애송시 선집』(전3권)(윤재근 공편저), 『북한의 현대문학』 I(이형기 공저), 『북한의 문화정보』 I · II(윤재근 공저), 『북한식 문화예술 창작 방법론 연구』(전영선 외), 『문학과 정치 이데올로기』(현길언 외).

⊡수상: 대한민국문학상 신인상, 편운문학상 본상, 한국시문학상, 한국시인협회상, 문화관광부장관 표창, 문화관광체육부 장관 표창.

⊡역임: 한국시인협회 사무국장 · 감사 · 기획위원장, 계간 『시로여는세상』 주간, 한국언어문화학회 회장, 한국현대문예비평학회 부회장, 한양대학교 안산학술정보관장, 문화산업대학원장 겸 국제문화대학장.

⊡현재: 한국시인협회 이사, 계간 『시와함께』 공동주간, 한양대학교 한국언어문학과 명예교수.

한국 현대시의 쟁점과 진의

초판 1쇄 인쇄일	2021년 7월 07일
초판 1쇄 발행일	2021년 7월 15일

지은이	이상호
펴낸이	한선희
편집/디자인	우정민 우민지
마케팅	정찬용 정구형
영업관리	김보선 정진이
책임편집	김보선
펴낸곳	국학자료원 새미 (주)
	등록일 2005 03 15 제25100－2005－000008호
	경기도 고양시 일산동구 중앙로 1261번길 79 하이베라스 405호
	Tel 442－4623 Fax 6499－3082
	www.kookhak.co.kr
	kookhak2001@hanmail.net

ISBN	979-11-91440-17-1 *93810
가격	42,000원